I

Die Art des Joris vom Felsen

»Mein Geburtstag«, grummelte Tiphaine de Ath, »mein eigener Geburtstag, und ich darf mir noch nicht einmal von meinem eigenen Geld eine Brosche kaufen!«

Die gerade achtzehn Jahre alt gewordene Tiphaine hatte braune Augen und schwarzes Haar, war hübsch, aber rund wie ein Rebhuhn, und war vom Wesen her störrisch wie ein Maulesel. Rings um sie herum herrschte das lärmende Treiben des Sommerjahrmarkts von Olencourt. Und direkt vor ihr, auf der Theke eines Verkaufsstands, glitzerte verführerisch eine Brosche aus Lapislazuli und Silber. Neben ihr jedoch stand in der grauen Tracht der Franziskaner der Bruder ihres Vaters und lächelte.

»Nun kommt schon weiter, Tiphaine«, krächzte er. »Die Börse, die ich bei mir trage, habe ich für Euch in Verwahrung genommen. Wir dürfen Euer bißchen Gold nicht für eitlen Putz verschwenden und sollten lieber sehen, daß wir weiterkommen. Bis zur Stunde der Nonen* ist es nicht mehr lange. Und ich bitte Euch inständig, zieht Euch die Kapuze über den Kopf. Wir sind alle Gottes Geschöpfe und nach seinem Ebenbild gemacht. Doch der Satan lauert überall, um in solcher Stunde an solchem Ort aus sündigen Augen verderbte Blicke zu werfen.«

Satan – oder vielleicht auch nur der Höllenfürst Momus, der Dämon des Spotts – warf in diesem Moment einen Blick aus dem einzigen Auge des geriebenen Standbesitzers. Knotige Finger klopften einen hinterhältigen Takt neben dem glitzernden Stück, und eine bartbesetzte Kinnspitze machte eine verständnisvolle Bewegung zu dem Mädchen.

* Das Mittagsofficium der Mönche (A. d. Ü.)

»Ich hege für nichts mehr Respekt und Hochachtung als für den Orden des Heiligen Franziskus«, schnaufte der Händler. »Doch dies mag sich von Gelegenheit zu Gelegenheit etwas nachteilig auf den Verkauf auswirken.«
»Onkel Blaise«, begann Tiphaine, doch der Mönch brachte sie mit einer einzigen Bewegung seiner dünnen Hand zum Schweigen.
»Bruder Eugenius«, beharrte er langmütig, »Bruder in Gott.«
»*Onkel Blaise*«, wiederholte die junge Dame ungehalten und wandte sich von der Auslage ab, um ihren Begleiter direkt anzugehen. »Ich werde Euch nie und nimmer Bruder Eugenius nennen. Ihr seid mein Onkel, jetzt und immerdar. Und ich werde auch nicht die Kapuze hochziehen. Ich denke, Ihr würdet es am liebsten sehen, wenn ich von Pockennarben verunstaltet wäre, so daß kein Mann einen zweiten Blick an mich verschwenden würde. Davon abgesehen ist es viel zu heiß für eine Kopfbedeckung. Ich habe auch nicht vor, achtlos an den Verkaufsständen vorbeizulaufen, als handele es sich dabei um Misthaufen. Ihr mögt Franziskaner sein, aber ich gehöre nicht dem armen Orden der Klarissinnen an; und habe auch gar nicht vor, dort einzutreten. Ist es denn eine Sünde, jung zu sein ... und stolz auf das Gesicht und die Gestalt, die einem unser aller Herr mitgegeben hat?«
»Es ist keine Sünde, mit beidem zufrieden zu sein, Tiphaine.«
»Oh, Ihr versteht es, einem das Wort im Munde herumzudrehen. Und Ihr macht mich wütend und beschämt mich zugleich. Seit Stunden höre ich nichts anderes als Legenden von Heiligen, von Wundertaten, von Konvertierungen und Bekehrungen, von Pilgerfahrten und Wallfahrten ... Nun könntet Ihr mir ruhig ein Quentchen Zeit gewähren, damit ich mir das ansehen kann, was mich wirklich interessiert. Ich will die Brosche gar nicht mehr. Wenn ich sie tragen würde, müßte ich glauben, der heilige Franziskus würde jedesmal in Tränen ausbrechen, wenn ich nur einen Blick darauf werfe.«
»Tiphaine!«
Der Einspruch war kaum lauter als ein Flüstern. Unter den lan-

Die Hauptpersonen

Joris vom Felsen	ein Räuber und Gesetzloser
Die Rote Anne	seine und Graf Lorin von Alanols Geliebte, eine Hexe
Lys	ihre Dienerin, ebenfalls eine Hexe
Ivo	ihr Page
Lorin der Schlächter	Graf von Alanol, Schloßherr von Campscapel
Jehan der Rote	sein Bruder
Tiphaine von Ath	eine junge Adlige
Juhel (Gilles) von Ath	ihr und Joris' Sohn
Ingolard	ein fahrender Prophet
Dodart	der Sohn des Müllers von Ath
Rufin	einer von Joris' Männern, ein Bastard Jehans des Roten
Adelgar	Hauptmann von Alanol, später einer von Joris' Räubern
Gavin, Guy	Pagen beim Grafen Barberghe, Juhels Feinde
Piers du Véranger	Page beim Grafen Raoul von Ger, Juhels Freund
Raoul von Ger	Markgraf von Nordanay
John Doust	sein Feldhauptmann
Yaan	der Teufel der Singenden Steine, ein Hexenmeister
Thorismund	König von Neustrien
Conrad von Burias	sein Vetter und Rivale

gen Ärmeln verschränkte der Mönch die Hände vor Kummer, doch von seinen sanften, wettergegerbten Zügen ging eine sonderbare Ruhe inmitten des Geschiebes und Getöses des Volkes aus, das vor Freude über die Attraktionen und Ausschänke wie von Sinnen war. Seine blauen Augen sahen in ihre braunen. Er blickte offen und sanft, sie finster und unsicher. Dann zuckte sie unbußfertig die Schultern und trat einen Schritt fort.

»Tiphaine!«

Sie lief in einen kräftigen Mann, und der geplagte Ausruf des Franziskaners fand über ihrem Kopf in einer dröhnenden Baßstimme seinen Widerhall. Tiphaine sah einen goldbesetzten Gürtel und eine breite, in blauen Samt gekleidete Brust. Ein Hüne von einem Mann versperrte ihr den Weg und sah begierig auf sie hinunter, während er seinen spitz zulaufenden Jagdhut schief auf das kastanienrote Haar setzte.

»Ein wunderschöner Name für ein wunderschönes Fräulein«, sagte er. Tiphaine verschlugen seine haselnußfarbenen Augen und die vollen, blassen Lippen über dem ausgeprägten Kinn die Sprache.

»Ich bitte Euch, Herr, laßt uns vorbei«, ertönte die helle Stimme des Fraters. »Wir müssen bis Sonnenuntergang Vautrem erreicht haben und dürfen daher nicht länger säumen. Bei Eurer Freundlichkeit, laßt uns ziehen.«

»Vautrem, was? Das habt Ihr aber fein gegackert, graue Gans«, höhnte der junge Hüne. Doch er trat zur Seite, und Tiphaine entwand sich seinem dicken Daumen und den mächtigen Fingern, als sie sich um ihren Oberarm schlossen.

Sie hörte das dröhnende Lachen in seinem Brustkorb. Dann packte sie empört und verärgert, mit Wut im Herzen und einem *Grobian* auf den Lippen den weißen Gürtel aus weißer Kordel ihres Verwandten und ließ sich von ihm, so gut es ging, durch die Menge ziehen.

»Wer war denn dieser blaue Goliath?« fragte ein Mann einen anderen, als Tiphaine an ihnen vorüberkam.

»Der Blaue dort drüben?« kam die belustigte Antwort. »Ach, Ihr

Spatzenhirn, kennt Ihr denn noch nicht einmal *den?* Das ist kein Geringerer als Gaston de Volsberghe.«

Also Gaston de Volsberghe hatte ihren Arm gekniffen und ihr frech ins Gesicht gegrinst. Die Röte in Tiphaines Gesicht brannte jetzt nicht mehr so heiß und verging rasch, je weiter sie vom Sohn des großen Herzogs aus dem Norden fortkam. In seinen Kreisen galt Gaston als Löwe; allerdings war nicht ausgeschlossen, daß das Volk ihn mit anderen Beinamen aus dem Tierreich bedachte.

Dennoch dauerte es, bis der Frater sie aus den letzten Reihen der Menge hinausgeführt hatte, ehe Tiphaine ihre alte Neugierde wiederfand und stehenblieb, um einen Blick zurückzuwerfen. Von dort, wo sie stand, auf einer staubigen Straße, die zum Wald hinaufführte, war das ganze Gewimmel des Jahrmarkts zu überblikken. Wiesen und Flußufer waren übersät mit vielfarbigen Ständen, Zelten und Hütten, die das unförmige Ziel für die Schwärme und Schübe der Kauflustigen und Vergnügungssüchtigen bildeten.

Vor den Hütten, an denen Eßbares feilgeboten wurde, war das Gedränge am größten. Dann gab es Plätze, auf denen Hunde auf Bären gehetzt wurden, und in manchen Momenten übertönte das Jaulen und Kläffen von dort alle anderen Geräusche. Zur Linken befanden sich die Schießstände, wo die Pfeilschüsse mit Beifall oder Gelächter belohnt wurden. Hier und da war eine Gruppe von Sängern oder Musikanten von Zuhörern oder Tanzpaaren umringt. Heisere Gaukler und Akrobaten, zur Schau gestellte Monstrositäten, Bettler und Wahrsagerinnen, und alle nur vorstellbaren Arten von anderen Beutelschneidern buhlten um die Bronze und das Silber der Menge. Über diese See von Geräuschen, Bewegung und Farben erhob sich das Tor der Stadtmauer von Olencourt. Es stand auf, und heraus oder herein strömten Soldaten, Knechte und Mägde, die auf dem Weg zur Burg des Grafen Fulk dahinter oder zum Jahrmarkt waren.

Schwäne putzten sich zwischen den Wasserlilien auf dem Burggraben, der nichts weiter als ein Kanal von einer Seite der Flußbiegung zur anderen war. Die scharfäugige Tiphaine beobachtete eine graugekleidete Reitergruppe, die zur Familie des Grafen gehörte und langsam über die heruntergelassene Zugbrücke kam. Auch Gaston de Volsberghe mußte als Gast des Hauses diesen Weg gekommen sein, um sein Vergnügen bei den groben Belustigungen des niederen Volks zu finden.

»Aber er hat mich *Fräulein* genannt«, sinnierte Tiphaine. »Er hat also sofort erkannt, daß es sich bei mir keineswegs um eine dumme Bauerndirne handelt, trotz dieses verstaubten Umhangs und dieses schäbigen Rocks. Ach, warum habe ich denn nicht mein keckes Schultertuch und den silberbestickten Kopfputz mit den Silberstickereien angehabt... Wenn mein Vater es schon nicht weiter als nur bis niedersten Adel gebracht hat, warum konnte er dann nicht wenigstens versuchen, das meiste aus diesem bißchen zu machen?«

Tiphaine war nicht gerade mit einem goldenen Löffel im Mund zur Welt gekommen. Ihr Vater, der zweite Sohn eines Vavasors*, war in Schande aus seinem Posten als Aufseher des Herzogs von Ahun gejagt worden. Er und seine tölpelhaften Versuche der Unterschlagung hatten bald darauf ihr Ende durch die Hauer eines wilden Ebers gefunden. So war seine mutterlose Tochter, gleichzeitig sein einziges Kind, gezwungen gewesen, vor einem nachtragenden Herzog und einer Versammlung schadenfroher Bediensteter um Gnade zu flehen. Es hatte nichts genützt. Man hatte sie in den Kleidern, die sie am Leib trug, aus der Burg verwiesen; nur die freundliche Herzogin hatte ihr im Moment des Abschieds eine kleine Börse mit Goldstücken zugesteckt. So hatte sich Tiphaine zu ihrem Onkel, einem Franziskaner-Mönch, begeben, der durch blanken Zufall einen Monat zuvor in der Niederlassung seines Ordens in Ahun eingetroffen war. Bis zu jenem Tag hatte sie ihn nur selten gesehen, denn der Frater hatte ihren Vater beleidigt, als er sich geweigert hatte, mit dem Aufseher eines Herzogs in einer guten Schänke gutes Essen zu sich zu nehmen. Doch er hatte sich nun rasch bereit gefunden, die Erlaubnis von seinem Orden einzu-

* Vasall, der seinerseits Lehen vergeben darf (A. d. Ü.)

holen, sich um Tiphaine zu kümmern. Seitdem reisten Onkel und Nichte gemeinsam nach Norden, um in Basse Honoy den Turm von Ath zu erreichen, wo ein weiterer Bruder des verstorbenen Aufsehers einen Streifen Ackerland und ein Stück Wald besaß.
Tiphaine, die nur das Leben auf der Burg kannte, hatte gehofft, die Reise auf dem Rücken eines Pferdes zu unternehmen; notfalls hätte es auch ein Esel getan. Doch nachdem sie Bruder Eugenius ihre Börse zur Aufbewahrung gegeben hatte, sah sie sich mit seiner Spielart der familieneigenen Halsstarrigkeit konfrontiert. Die bedingungslose Unterwerfung unter die Ordensregeln der Franziskaner war sie noch bereit zu akzeptieren. Doch nach anderthalb Tagen in der frömmelnden, demütigen Gesellschaft des Mönchs war Tiphaine fest davon überzeugt, daß der eigentliche Grund dafür, daß sie zu Fuß reisten, der war, daß er ihr gründlich das austreiben wollte, was sie für ihren Selbstrespekt hielt, er aber weltliche Eitelkeit und Hoffart nannte.
»Hufe verweisen auf Reichtum«, pflegte er die Fußreise zu begründen. »Die sicherste Rüstung für einen Wanderer ist seine Armut.«
Da Tiphaine zuviel Respekt vor ihrem Verwandten hatte, verzichtete sie darauf, ihn an seiner Kapuze zu ziehen und ihm die Börse mit Gewalt wieder abzunehmen. Und sie ergab sich ihrem Schicksal und legte mit ihm jeden Tag fünfzehn Meilen zurück. Fast eine halbe Woche ging das nun schon so, und ein Ende war noch nicht abzusehen. Sommersprossen breiteten sich auf ihrer blassen Haut aus. Ihre Muskeln wurden kräftiger, während im gleichen Maße ihre Verbitterung wuchs; denn Bruder Eugenius versäumte keine Gelegenheit, eine jugendliche Seele von den Fährnissen des Lebens abzulenken und der göttlichen Gnade zuzuführen. Mal geschickt und mal grob setzte er die Macht der heiligen Worte ein und schaffte es dadurch endlich, daß Tiphaine für einen halben Tag in Schweigen verfiel. Der demütige Onkel wußte sich schließlich keinen anderen Rat, dem in ihr aufgestauten Zorn Luft zu machen, als sie auf den Jahrmarkt von Olencourt zu führen.
»Ich muß aufhören, dort hinunterzustarren«, sagte sie sich jetzt,

»sonst hält er mir noch einen längeren Vortrag über Lots Weib Sloth, die zur Salzsäure erstarrte.« Also drehte sie sich herum und wandte ihren Blick zum Forst von Honoy.
»Die Leute dort halten uns sicher für Narren, weil wir von einem Jahrmarkt fortgehen, der gerade erst angefangen hat«, bemerkte sie etwas später, als ihnen zum wiederholten Male Gruppen von Bauersleuten nachstarrten, die auf dem Weg hinunter an ihnen vorbeikamen. »Und Narren sind wir wahrscheinlich auch«, fügte sie halblaut hinzu.
»Seht nur, wie sich die Weiden zum Fluß hinabbeugen«, sagte der Mönch freundlich. »Der Varne hat heuer viel Wasser, und nur die Espen rühren sich. Wißt Ihr, warum das so ist? Als unser Herr Jesus durch die Wälder bei Jerusalem ging, zitterten alle Bäume aus Gram darüber, was bald folgen sollte. Alle bis auf die Espen. Und der Heiland sah die Espen sehr traurig an. Seitdem zittern die unglückseligen Espen.«
Nach einer Weile liefen die beiden durch die Schatten von Eichen und Buchen. Die Erlen standen in voller Blüte, und ihr schwerer Duft hing unbewegt über dem Flußufer. Libellen glitzerten über dem murmelnden, braunen Wasser. Tiphaine verfiel in einen Tagtraum, in dem sie in hauchdünne Gewänder und weiches Schuhwerk gekleidet war. Und ihre Schönheit trieb die hohen Herren reihenweise in den Wahnsinn oder in Verzweiflung.
Keiner von ihnen wagte es, sie so anzusehen, wie Gaston das getan hatte. Denn ein junger Mann, der mutigste und ritterlichste von allen, war ihr vollständig verfallen und hatte ihr geschworen, ihr in aller Gefahr und bei jeder Mühsal treu zu dienen. Selbst der Herzog von Ahun rückte unruhig auf seinem Thron hin und her, um endlich zu erfahren, was sie dem starken Arm eines solchen Dieners als nächstes befehlen würde. Und der Herzog von Volsberghe zog entsetzt an seinem kupferfarbenen Bart, wenn sein kräftiger Sohn in hohem Bogen aus dem Sattel flog, wenn ihn beim Turnier die Lanze des Ritters von Tiphaine getroffen hatte.
»Ich werde ihn erkennen, wenn ich ihn sehe«, sagte sie sich.

»Und er wird mich als seine Bestimmung erkennen ... Ja, das wird er, trotz meiner Erschöpfung und meines heruntergekommenen Äußeren ... trotz der Scham, die mir mein Vater angetan hat, und trotz meiner Empörung über diesen unfähigen Onkel, der keinen anderen Wunsch hat, als der Bruder der ganzen Menschheit zu sein. Möge Sankt Katharina es geben, daß mein Onkel in Ath weniger auf den Kopf gefallen ist als seine Brüder.«
Der Onkel in Ath hatte immerhin einen Sohn, der bereits zum Ritter geschlagen war. Sollte der es sein, der ihr sein Leben widmen und dafür sorgen würde, daß ihr kein Unrecht mehr zugefügt wurde? Und wenn nicht, so machte das wenig, denn in Basse Honoy gab es genug Ritter und Edelleute.
Tiphaine lächelte in sich hinein. Und hinter diesem Lächeln stand die feste Gewißheit, daß die Mutter Gottes und all die Heiligen, denen all ihre Gebete gegolten hatten, seit sie sprechen konnte, schon dafür Sorge tragen würden, eine so einmalige Maid wie Tiphaine zu beschützen und endlich doch noch auf Rosen zu betten.
Der Lärm vom Jahrmarkt in Olencourt war nun kaum noch wahrzunehmen. An seine Stelle waren das Zwitschern von Vögeln, das Summen von Insekten und das leise Rauschen des Sommerwinds im dichten Wald getreten. Über weite Teile der vergangenen Reise waren die beiden immer wieder anderen Wanderern oder Händlern begegnet, doch nun waren sie ganz allein. Das Mädchen rückte näher an ihren Begleiter heran. Der Onkel schien ihre Unbehaglichkeit zu erahnen und sprach ruhig vom Grafen Fulk de Olencourt, der die Straßen beschützen ließ und als ein Fürst bekannt sei, der Recht und Ordnung aufrechterhielt.
»Es heißt, Trupps von berittenen Bogenschützen seien jeden Tag zwischen seinen Burgen und Marschen unterwegs«, erklärte der Frater und sah munter nach vorn, so als könnte sein guter Wille Reiter mit grünen Umhängen hervorzaubern. Die Männer des Grafen, die seine silbernen Lilien trugen und zwischen den grauen Stämmen am westlichen Horizont auftauchten. »Habt Ihr gesehen, wie das Unterholz abgehackt war, als wir das Land des Grafen

erreichten? Ich schätze, er hat vor, alle Straßen seines Besitzes auf diese Weise sicherer zu machen.«

»Ich wünschte, er wäre schon fertig damit«, sagte Tiphaine leise. »Gestern nacht, als uns im Gästehaus des Ordens die Magd die Essensreste brachte, hörte ich, wie an den anderen Tischen von diesem grausamen Mörder und furchtbaren Räuber Joris vom Fels gesprochen wurde.«

»Wohl wahr!« sagte der Mönch traurig, so als müßte er damit eingestehen, daß vierzehn Jahrhunderte nach der Wiederauferstehung des Herrn und achthundert Jahre nach der Heiligsprechung von Franziskus immer noch Reste und Spuren von Grausamkeit und Verruchtheit auf der Erde überdauert hatten. »Ein schrecklicher Sünder, falls sich das alles als wahr erweisen sollte, was man ihm nachsagt. Ich habe gehört, daß er sein sündiges Leben nach einer ungerechten Behandlung durch die Mönche von Medrincourt begonnen habe ...«

Zum erstenmal an diesem Tag erschien ein leises Lächeln auf Tiphaines rosigen Zügen.

»Die Bettelmönche aus dem Orden meines Onkels haben allen Grund, diesen Joris einen Straßenräuber zu nennen«, murmelte sie hintersinnig. Dann sprach sie laut: »Sagt mir doch, lieber Onkel, würdet Ihr, wenn sich für Euch die Gelegenheit dazu ergäbe, Joris in eine Falle locken, um ihn dann in Fesseln vor den Grafen Fulk zu schleppen?«

Die sanften blauen Augen des Franziskaners ließen erkennen, daß er Tiphaines Spott durchaus bemerkt hatte, aber sein demütiger Geist nahm die Herausforderung einfach hin, und auf seinen Zügen zeichneten sich die Sorgenfalten stärker ab als vorher.

»Das käme darauf an«, lautete seine Antwort, »welches Maß an Reue und Wiedergutmachung ich in ihm erkennen würde. Es ist nicht recht, jemanden auf bloßes Hörensagen hin zu verurteilen.«

Tiphaine stöhnte in gespieltem Entsetzen. Doch bevor sie ihre Meinung über ein solches gefährliches Übermaß an Menschenliebe kundtun konnte, ertönte hinter ihnen auf der Straße mäßig

rasches Hufgetrappel. Der Mönch und das Mädchen blieben stehen und drehten sich um.
»Graf Fulk hat uns einen Reiter als Eskorte geschickt«, sagte Tiphaine heiter und hoffnungsvoll, fand aber sofort wieder ein Haar in der Suppe. »Eigentlich hätte uns ja ein ganzer Trupp zugestanden. Er soll dafür tüchtig gescholten werden, sobald ich ...«
Die Mischung aus Hoffnung und Empörung gefror auf ihren Zügen, denn um eine buschige Wegbiegung, hoch auf einem schwarzen Roß, das auf einen kurzen Ruck des azurblauen Zügels hin gehorsam eine Seitenbewegung machte, erschien Gaston de Volsberghe. Er schien nur Augen für den strahlenden Sonnenschein zu haben, näherte sich aber unzweideutig, wenn auch ohne übertriebene Eile den beiden Reisenden.
Unwillkürlich rückten Onkel und Nichte zusammen. Bruder Eugenius befingerte die Knoten seines Seilgurts. Tiphaine spürte ein sonderbares Kribbeln am Rücken, und sie wurde kurzatmig. Die dunklen Hufe richteten im herüberhängenden Unterholz am Wegesrand eine Verheerung an. Endlich kam das Pferd dampfend zum Stehen. Dicke Lippen verzogen sich zu einem freundlichen Grinsen. Dann öffnete der Edle eine große braune Hand, um eine goldene Brosche zu zeigen, auf der sich Amethyststeine wie violette Flammen vor dem sommerlichen Grün abhoben.
»Was für Jammer, wenn ein so hübsches Persönchen gabenlos vom Jahrmarkt ziehen müßte«, dröhnte die selbstsichere, jugendliche Stimme. »Steigt auf, Fräulein Tiphaine, damit Ihr auf meinem Sattel reiten könnt. Euer Mönch mag sicher eine Stunde mit Gebet und Meditation verbringen, während wir beide uns etwas abseits eine Lichtung suchen, auf der wir es etwas gemütlicher haben und ungestörter sind. Reicht mir Eure Hand, meine Teure!«
Starr und bleich stand Tiphaine mit dem Rücken an einer Buche und mußte sich mit nach hinten ausgestreckten Händen festhalten. Ihr Blick wanderte rasch von den gierigen, haselnußbraunen Augen zum goldenen Schmuckstück und wieder zurück. Sie fand keine Worte angesichts einer solchen ebenso unverhüllten wie freundlichen Einladung. Da trat Bruder Eugenius zwischen seine

Nichte und den Steigbügel des Edlen. Seine Miene war nicht mehr besorgt, sondern ruhig und furchtlos.

»Herr«, erklärte er ohne Umschweife, »Eure Worte sind böse, und Euer Vorhaben ist höchst unwürdig für eine Person von Eurem Stand und Ansehen. Ich ersuche Euch in aller Höflichkeit: Wendet Euer Roß und zieht Eures Weges. Und unterdrückt die Versuchung Eurer Jugend und Eures Blutes, auf daß Ihr den großen Verderber beschämt, der augenblicklich alles daransetzt, Eure Hoffnung auf das Paradies zu zerstören.«

»Es könnte eher sein, daß ich Euer blödes Gesicht unterdrücke, mit ein paar derben Fußtritten«, ertönte die heitere Antwort. »Auf dem Jahrmarkt bin ich für Euch zur Seite getreten. Nun erfüllt Eure Christenpflicht und tretet für mich zur Seite. Und stellt Eure Litaneien ein.«

Der schmächtige Mönch begegnete standfest dem gebieterischen Blick des Reitersmanns, der nun alle Höflichkeit abgelegt hatte. Doch dann fiel der Frater auf die Knie, preßte die Handflächen aneinander und betete laut zum blauen Himmel.

»Lieber Gott und liebster Herr Jesu, Erlöser der Menschheit, erweicht das Herz dieses stolzen Mannes, aus Erbarmen für Deine Mutter und die Frau, die diesen Mann zur Welt gebracht hat! Laßt ihn mich erschlagen, wenn es sein muß, aber die Unschuld Eurer treuesten Jungfrau muß erhalten bleiben ...«

Über die Schulter ächzte er eindringlich: »Lauft davon, Tiphaine!«

»Damit hat es keine Eile«, ließ sich eine angenehme, tiefe Stimme vernehmen. Eine rote Hand, so mächtig wie die von Gaston, faßte in die blauen Zügel.

Der junge Edle mit einem Fuß aus dem Steigbügel und der Hand am Schwertgriff, Bruder Eugenius kniend im Gras und Tiphaine auf dem Sprung in die Büsche – so starrten sie auf den braungekleideten Bogenschützen, der so leise und so überraschend zwischen ihnen erschienen war.

Der Fremde war noch größer als Gaston, doch schlaksiger und schmaler gebaut. Sein Adlergesicht hatte die Farbe von rotem

Sand, seine Augen blickten frostblau unter den buschigen, blonden Brauen, und sein Schnurrbart und der lockige, spitz zulaufende Bart wirkten wie aus goldenen Fäden gesponnen. Anmaßung und Drohung leuchteten von den leicht gesenkten Lidern, und auch das eher beiläufige Schnipsen von Daumen und Zeigefinger seiner waffenlosen Hand wirkte nicht eben beruhigend.

»Bleibt ganz still in Eurem Sattel, hoher Herr«, riet der Fremde leise. »Meine beiden Kameraden hier haben beim Zielschießen so manchen Preis gewonnen.«

De Volsberghe ließ den Blick nach allen Seiten fahren. Dann traten zwei weitere Braungekleidete aus dem Unterholz, und das Sonnenlicht beschien ihre angespannten Bögen und funkelte auf den Pfeilspitzen. Der eine von ihnen war dick und schweißverklebt und hatte eine gebrochene Nase. Der andere war klein, dunkel, hatte ein scharfgeschnittenes Gesicht und stand auf O-Beinen. Beide Schützen sahen ruhig und nicht ohne eine gewisse Vorfreude auf den Punkt in Gastons mächtigem Leib, den sie sich für ihre Pfeile als Ziel erwählt hatten.

»Wessen Männer seid ihr?« knurrte der Reiter und legte die Hand verächtlich vom Schwertgriff auf den Oberschenkel.

»Dies sind meine Männer«, antwortete der erste Fremde kurz angebunden, »und ich bin niemandes Mann. Dort unten auf dem Jahrmarkt haben wir uns als Forstarbeiter des Herzogs von Hastain ausgegeben, doch hier ist solche Maskerade wohl nicht mehr vonnöten. Man nennt mich Joris vom Fels. Und nun steigt freundlichst von Eurem Gaul.«

Einen kurzen Moment lang zögerte Gaston. Tiphaines Augen wurden vor Verwunderung und Erschrecken ganz groß. Bruder Eugenius, der in die Hocke gegangen war, sprang nun auf und hielt Joris eine abwehrende Hand entgegen.

»Verschont ihn, Freund!« rief er schrill. »Gott hat Euch geschickt, uns beizustehen, aber nicht, um einen Mann zu erschlagen, der nicht seine letzte Beichte ablegen konnte!«

»*Steigt von Eurem Gaul!*« knurrte der Vogelfreie. Er hatte in keinem Moment den Blick von dem nachdenklichen Adligen ge-

wandt. »Ich zähle bis sechs, und nicht weiter. Eins, zwei, drei ... ah ja, so ist es recht.«
De Volsberghe wußte, wann er sich geschlagen geben mußte. Schweigend schwang er ein Bein über den Hals des Rosses, sprang zu Boden und beobachtete ruhig Tiphaine, als er bemerkte, wie der Räuber sich ihr zuwandte.
»Euer braver Mönch rät zur Milde, mein Fräulein«, erklärte Joris freundlich. Und wieder stand seine Stimme in eigenartigem Widerspruch zu seiner Miene. »Alles liegt in Eurer Hand. Sollen wir ihm das Leben nehmen oder ihn unbeschadet, aber zu Fuß ziehen lassen?«
Ein Wunder war vor ihren Augen geschehen. Tiphaine glaubte kurz, Joris zwinkerte ihr zu, bemerkte dann aber, daß sein Lid an einem Zucken litt. Und in diesem Moment wunderte sich Tiphaine sehr darüber, daß sie wie ein Mann behandelt und als solcher auch betrachtet wurde, ohne daß jemand von den Fremden auch nur das geringste Interesse an ihr als Frau zeigte. Dann atmete sie tief ein und genoß eine Sekunde lang das Gefühl der Macht. Sie verschränkte die sonnenverbrannten Hände vor dem Bauch, und die Farbe kehrte in ihr Gesicht zurück. Dann fiel ihr Blick auf den wieder knienden Mönch, dessen Züge vor heiliger Christenart leuchteten.
Sie kicherte. Einerseits juckte es sie sehr, den Onkel und seine Erwartung zu enttäuschen, andererseits entsetzte sie die Vorstellung, einen Mann zum Tode zu verurteilen und damit womöglich für einen Mord verantwortlich zu sein. Endlich sprach sie mit rauher Stimme.
»Onkel, bitte, erhebt Euch. Man könnte ja annehmen, Ihr wärt vom Roß dieses Edlen dort hin und her gerissen. Doch was nun ...«
Sie wandte sich an Joris, und ihre Stimme verfestigte sich.
»Doch was nun diesen Reiter angeht, so bitte ich Euch, laßt ihn gehen. Die Erinnerung an diese Stunde wird ausreichen, seinen Stolz zu mäßigen, und zwar für immer.«
Gaston de Volsberghe machte ein leises, belustigtes Geräusch,

ohne dabei die Lippen zu bewegen. Der Strauchdieb bedachte ihn mit einem nicht gerade unfreundlichen Blick.

»Habt Ihr dieses milde Urteil vernommen?« sagte er. »Edler Herr, ich nehme Euer Pferd in Verwahrung, damit Ihr nicht auf den Gedanken verfallt, überall damit prahlen zu wollen, Ihr hättet mir unbeschadet trotzen können.«

Diesmal wurde der spitze Jagdhut vom blonden Dach gezogen und durch die Luft gewedelt. De Volsberghe verbeugte sich vor der erröteten Tiphaine und dem unbewegten Joris. Dann machte er, ohne den Mönch oder die beiden Bogenschützen noch mit einem Blick bedacht zu haben, auf dem Absatz kehrt und schlenderte die Straße hinunter.

Fünf Augenpaare beobachteten das Lichtspiel der Sonnenstrahlen auf seinem Körper, während er sich von ihnen entfernte. Und als der blaugekleidete Edle nicht mehr zu sehen war, schnaubte der Schütze mit der gebrochenen Nase, spuckte aus und schob den Pfeil in den Köcher zurück.

»Die Pest über soviel Weichherzigkeit«, murrte er. »Ein hübsches Lösegeld einfach aus dem Fenster geworfen. Und nun wird er den ganzen Jahrmarkt gegen uns aufhetzen.«

»Nein, der nicht«, antwortete der kleine Dunkle und zeigte in einem gemeinen Grinsen spitze weiße Eckzähne. »Das Fräulein hat die Lage gut erkannt. Gaston wird hübsch schweigen zu den Vorfällen des heutigen Tages.«

»Hm«, brummte Joris leise in seinen Bart. Dann wandte er sich an den Mönch und sprach mit rauherer Freundlichkeit.

»Madoc hat recht, und Herbrand hat unrecht«, erklärte er. »Wie dem auch sei, es wäre nicht klug, noch länger hier herumzustehen. Wenn Ihr wollt, könnt Ihr und das Fräulein uns begleiten. Unterkunft für die Nacht geben wir Euch gern, und morgen führen wir Euch zur Straße, die hinter dem Herrschaftsgebiet von Olencourt nach Ververon führt. Falls Euch jedoch nichts an unserer Gesellschaft liegt, so lauft diesen Weg hier weiter, bis Ihr in Euer nächstes Mißgeschick geratet. Nun entscheidet Euch rasch.«

»Ich weiß gar nicht, wie ich Euch danken soll, Meister Joris, mir fehlen einfach die Worte dafür«, flötete Tiphaine rasch, bevor ihr Onkel etwas sagen konnte. »Natürlich kommen wir gern mit Euch. Und von nun an will ich jede Nacht zu unserer gesegneten Jungfrau beten und auch zu den Heiligen Michael und Christopherus, daß ... daß Euch Eure Ehre erhalten bleibt und Ihr aus allen Gefahren, sei es Mann oder Tier, mit heiler Haut herausfindet.«

»Das waren schöne Worte, mein Fräulein«, antwortete der Räuberhauptmann nur und drehte sich im selben Moment um, um das Pferd am Zügel zu führen. Doch Tiphaine entging nicht, daß die feinen Linien in seinen Augenwinkeln tiefer wurden, so als würde er innerlich lachen.

»Kommt«, meinte er kurz darauf, »reitet auf dem Sattel von dem, der Euch den Weg für den Wald frei gemacht hat.«

Etwas mühsam half er ihr auf das Pferd und setzte sie in den Sattel, als sei sie ein Sack Kohlen, wie Tiphaine empört vermerkte. Da sie durch den Schrecken der letzten Minuten etwas genauer achtgab, hätte sie schwören können, daß Joris' Nasenspitze wie vor großer Anstrengung gezuckt hatte, als er sie hochhob. Sie saß rittlings auf dem Tier und beschäftigte sich die nächsten Minuten damit, den hochgerutschten Rock nach unten zu schieben; gleichzeitig betete sie in Gedanken zur heiligen Katharina, sie möge dafür sorgen, daß Löcher in ihren Strümpfen, wenn denn welche vorhanden seien, erst über den Knien beginnen möchten. Denn leider war ihr Joris sehr nahe, um die Steigbügel für ihre Füße zu verkürzen. Die lange Fasanenfeder auf seinem Jagdhut tanzte vor ihrer Nase, als sie die Zügel zog. Endlich sah er auf, und sie lächelte ihn zur Antwort auf seine unausgesprochene Frage an. Aber seine Augen blickten dunkel – er war wohl sehr müde, entschied sie. Und erst jetzt fiel ihr Bruder Eugenius auf, der mit sorgenvoller Miene und zum Gebet verschränkten Händen etwas abseits stand. Oh, wie sie diese Haltung kannte und haßte.

»Auf zur nächsten heiligen Pein«, war ihr erster ungeduldiger Gedanke. Und als Joris seinen Männern befahl, die Vorhut zu bilden, meldete sich der Mönch mit rascher Zunge zu Wort.

»Möge Euch der Herr im Himmel entlohnen, Freund«, rief er. »Er läßt in Seiner Weisheit Nesseln und Ampfer zusammen wachsen. Und so kam es, daß Ihr jenem ungezogenen jungen Mann gefolgt seid, um Seine Barmherzigkeit über die Unschuldigen und Bedrängten zu bringen. Dennoch wäre es nicht recht, wenn ich in Frieden verkehren würde mit jemandem, der . . .«

»Ich erkenne, daß Ihr am Ende dieses längeren Diskurses auf etwas Bestimmtes hinauswollt«, unterbrach ihn Joris. »Also, was plagt Euch, Mann?«

»Mich erfüllt mit Sorge, daß es sich bei diesem Pferd um ein gestohlenes Gut handelt.«

»Onkel Blaise, hütet Eure Zunge!« schrie Tiphaine. Doch der Strauchdieb warf nur einen sonderbaren Blick auf den spitzfindigen Mönch, während die beiden Bogenschützen ihn in heller Verzweiflung anstarrten.

»Nein, lieber Mönch«, widersprach Joris in aller Ruhe. »Ich ehre Euch für ein solches Wort, doch bedenkt, daß der himmlische Lohn durchaus auch in der Form eines Pferdes auftreten kann. Wohlan denn . . .«

Bruder Eugenius errötete, aber sein Blick blieb fest.

»Ihr verspottet mich und laßt mich so dastehen, als sei ich undankbar«, erklärte der Frater. »Doch der Himmel läßt sich nicht verspotten. Und eine gute Tat hat noch nie eine böse gerechtfertigt. Ich meinte eben auch mehr den spirituellen Dank.«

»Den meinte ich auch, aber Ihr habt mich leider unterbrochen«, fuhr Joris ruhig fort. »Die Sicherheit und Bequemlichkeit dieser Maid ist mir der schönste Lohn. Ich erbitte keinen weiteren und hoffe nur auf die Gebete, die sie für mich sprechen will.«

»Da hat er es Euch aber gegeben, Ihr Tölpel von einem Onkel«, dachte Tiphaine und betrachtete kalt die Verwirrung und innere Anspannung ihres Begleiters.

»Hört mit diesem dummen Geschwätz auf und laßt uns endlich weiterziehen!« brummte der dicke Bogenschütze und grunzte, als ihn sein Kamerad mit dem Ellenbogen in die Rippen stieß.

»Nur die Ruhe, Herbrand!« sagte Joris freundlich, während er den verdrießlichen Räuber von Kopf bis Fuß musterte.

Der Räuberhauptmann stand mit dem Rücken zu Tiphaine. So entging ihr das Mienenspiel, und sie bemerkte nur dessen Auswirkungen. Herbrand wich einen Schritt zurück, drehte sich dann schwerfällig um und stieg ins Unterholz.

»Nun, Mönch?« wollte Joris wissen. »Begleitet Ihr uns und unser gestohlenes Pferd? Oder vermögt Ihr in solchem Unrat nicht Gottes Ampferblatt zu entdecken?«

Bruder Eugenius seufzte und nickte. Er hatte seinen Einspruch vorgebracht und würde von nun an kein Wort mehr über das Thema verlieren.

Endlich kehrte auch Zufriedenheit in Tiphaine ein, als sie bequem durch die sonnenbeschienenen Gassen im dichten Wald schaukelte. Nicht lange darauf konnte sie sich nur noch schwach an den Moment der Bedrohung erinnern, als die Gestalt von Gaston de Volsberghe den ganzen Tag zu verdunkeln drohte. War es denn wirklich so schlimm gewesen? Joris, der berüchtigte Ausgestoßene, schritt mit dem leichten Gang eines Waldbewohners bald neben und bald hinter ihr. Seine Schwertspitze leuchtete im Sonnenlicht, und der lange Bogen wackelte auf dem mit vielen Pfeilen bestückten Köcher an seiner Hüfte hin und her. Der Schwertgriff war schmucklos und aus Bein, doch das Mundstück seines Jagdhorns schien mit ziseliertem Silber beschlagen zu sein. Die Leute erzählten sich, er sei ein unehelicher Sohn aus dem mächtigen Hause Montcarneau . . . Er hatte Tiphaine aufs Pferd gehoben, als hätte er Angst vor ihr. Ganz offensichtlich war Joris kein so finsterer Geselle, wie von ihm behauptet wurde. Bei diesem Punkt der Überlegung angekommen, war Tiphaine mit einemmal etwas enttäuscht. Denn je furchtbarer dieser Waldräuber wäre, desto mehr würde seine wundersame Rettung des Mädchens aus höchster Not an Bedeutung gewinnen. Dennoch war sein unerwartetes Erscheinen immer noch bezaubernd genug, um sich den schönsten Mädchenträumen hinzugeben.

»Und wenn sie mir im Turm die Geschichte nicht glauben?« fragte sie sich mit plötzlicher Betroffenheit. »Aber da ist ja noch Onkel Blaise, der einen wortreichen Bericht mit vielen Histörchen von den Vorvätern und reich garniert mit Bibelzitaten liefern wird... Wahrscheinlich können mein Onkel und seine Familie nach zwei Tagen nichts mehr von Räubern, von Joris und von meiner Errettung hören.«

Die Dämmerung kam rasch in die heidebewachsene Felsschlucht, in der Joris sein Lager aufgeschlagen hatte. Gut dreißig Männer, allesamt in der unterschiedlichsten Bekleidung und Bewaffnung, lagen oder saßen zwischen Stechginster auf dem Sand des Bachufers. Nur wenige standen vor ihren Hütten aus Balken und Torf, um Zeuge der Rückkehr ihres Hauptmanns zu werden. Mochte Joris selbst kein Bauernlümmel sein, so gehörten seine Kameraden doch ganz unzweifelhaft dem menschlichen Abschaum an. Ihre dämonenhaften Fratzen zuckten oder erstrahlten, als sie die junge Frau und den Mönch entdeckten. Vielstimmiges Gemurmel erfüllte die leise Luft, die nach Holzfeuer, kochendem Fleisch und Wein roch.

»Was für hübsche Andenken«, kicherte einer der Burschen, als das Pferd mit Tiphaine an ihm vorüberkam. »Wenn sie jetzt in Olencourt solche Waren feilbieten, gehe ich morgen auch auf den Jahrmarkt. Ich frage mich, ob der Gaul oder die Reiterin die Draufgabe waren?«

Tiphaines Zufriedenheit war schon längst nicht mehr auf der Höhe, aber bei dieser Bemerkung zitterte sie und zog sich rasch die Kapuze über den Kopf. Sie fühlte sich nur noch müde, hungrig und verloren.

»Sind diese Männer denn allesamt Tiere oder Narren?« fragte sie sich und verbesserte sich sofort: »Alle bis auf Joris vom Fels?«

Doch eine halbe Stunde später, als der erste blaue Stern über dem dunklen Rand der Schlucht aufging und sie zum erstenmal in ein saftiges Stück Wildbret biß, das über Kiefernscheiten gebraten war, kehrte eine Lebensfreude in sie zurück, wie sie sie seit dem Tod ihres Vaters vor einer Woche nicht mehr erfahren hatte. Das Hauptlager befand sich etwa dreißig Meter weiter und war durch einen steilen Sandsteinfelsen und eine scharfe Biegung des Baches von der Hütte des Hauptmanns getrennt. Gelächter und kühne Reden wurden vom monotonen Murmeln des Baches und dem stetigen Wind gedämpft. Alles war so friedlich um das Feuer, an dem Tiphaine zwischen Joris und Bruder Eugenius saß. Die drei Stellvertreter des Räuberhauptmanns machten die Runde komplett.

Aber als der Franziskaner darum bat, als letzter bedient zu werden, erhielt Tiphaines innere Ruhe wieder einen derben Stoß. Doch Joris schien die Widerborstigkeit des Mönchs gelassen zu nehmen.

»Ach, mein lieber Mönch«, erklärte er, »versucht bitte nicht, mich mit Eurer Demut zu beschämen. Hier erhält niemand, der schon einmal einem Volsberghe getrotzt hat, das, was die anderen übriglassen. Wollt Ihr Wein?«

»Nein, vielen Dank, ich nehme Wasser«, ertönte die geflüsterte Antwort. Aber Bruder Eugenius nahm das Fleisch an, das einer der Männer ihm auf einer Messerspitze reichte. Dann erhob er sich, um zum Bach zu gehen.

»Madoc, bedient unseren Gast«, befahl Joris. Der kleine O-Beinige griff sich ein Trinkhorn und beugte sich über einen Stein zum Wasser hinab, bevor der Mönch vom Sandboden hochgekommen war.

Tiphaine lachte hämisch in sich hinein. Joris lächelte und mit ihm der vierte Räuber, ein knochiger Jüngling mit Namen Gandulf. Madoc reichte dem Mönch grinsend das tropfende Horn. Nur in Herbrands vorstehenden Augen zeigte sich etwas Grimmiges, Erbarmungsloses.

»Heilige Maria«, betete Tiphaine in Gedanken, »laß nicht die Narretei meines Onkels so groß werden, daß unser Gastgeber darüber seine Höflichkeit vergißt.«

»Im Namen des Papstes, setzt Euch endlich wieder hin«, drängte der Räuberhauptmann. Demütig gehorchte der Mönch, stellte sich dabei aber so ungeschickt an, daß er die Hälfte des Wassers verschüttete.

Nun wurden Hunger und Durst gestillt und besiegt. Schweigen

herrschte beim Mahl; oder zumindest wurde kein Wort laut gesprochen. Tiphaine blickte fröhlich in das gedankenverlorene, ernste Gesicht von Joris, in das Spiel der Flammen, auf die dunklen, kauenden Mienen ihr gegenüber, auf den weißen Rauch, der wirbelnd hinauf zu den Wipfeln der Kiefern trieb, und auf einen Streifen gelben Sands, der zwischen den Felsen wie Sonnenlicht leuchtete, das am Ende eines eigentümlichen Tages dort vergessen worden war.

»Onkel Blaise hat keinen Segen über Speise und Trank gesprochen«, fiel ihr plötzlich auf. »Wahrscheinlich sagt er sich, daß hier alles gestohlen ist, auch die Nahrungsmittel. Hhm, der herbe Wein war wirklich gut. Soll Joris doch die Reichen bestehlen, denke ich mir, solange er den Armen soviel davon abgibt. Wie grimmig und traurig seine Miene geworden ist ... oder täuscht mich da nur der Widerschein der Flammen? Ob er wohl jemals eine Frau von ganzem Herzen geliebt hat? Nicht gerade der schönste Platz für eine Frau, in einem solchen Lager zu leben. Höchstens die niedersten Weiber würde es hierher verschlagen. Und die können nicht heiraten, da die Kirche einer solchen Verbindung keinen Segen erteilen würde, da keiner hier über Land, Besitz oder sonstige Güter verfügt. Er trinkt und trinkt ... und wird doch nur noch trauriger davon.«

Doch dann legte der Räuberhauptmann die leere Flasche neben sich, riß ein Büschel Gras aus und fing damit an, die vom Mahl beschmutzte Klinge seines langen Jagdmessers zu reinigen. Einmal sah er zur Seite, und Tiphaine schenkte ihm ein schüchternes Lächeln. Doch sein Blick fuhr durch sie hindurch, so als sei sie gar nicht anwesend.

»Mönch!« brummte er schließlich.

Bruder Eugenius nickte, hob dann aber den rasierten Schädel, und in seine müden Augen trat rasch der Ausdruck guten Willens.

»Stets zu Euren Diensten, Meister Joris«, antwortete er.

Joris starrte ins Herz der Flammen, bevor sich der helle Bart wieder bewegte.

»Einmal abgesehen von Euren Schwüren und guten Vorsätzen, die für meinen Geschmack eher behindern als erleuchten – einmal abgesehen von Euren Ordensregeln, den Gebeten um göttlichen Beistand und die Hoffnung auf das Paradies –, was ist Euer erstes Vorhaben an einem neuen Tag?«

Der Franziskaner war nun höchste Aufmerksamkeit. Sein schmales Gesicht glühte vor Erfüllung, als er zur Antwort ansetzte.

»Abgesehen von Gottes Beistand, den Ordensregeln und der Hoffnung auf das Paradies ... nun, da bleibt nicht mehr viel übrig. Doch ich denke, Ihr wollt wissen, was ich selbst als erstes unternehme, um diese Waffen gegen den Satan ins Feld zu führen.«

»Ja, dabei könnt Ihr es belassen.«

»Ich verbringe jeden Tag so, als wäre es mein letzter. Und jedes Jahr widme ich der Ausrottung einer Sünde meines schwachen Geistes.«

Joris zeigte mit der Messerspitze auf die Flammen und blinzelte die Klinge freundlich an.

»Ihr seid hier nicht bei einer Beichte«, sagte der Räuberhauptmann, »doch es würde mich erfreuen zu hören, gegen welche Eurer Sünden der Kampf in diesem Jahr geführt wird?«

Bruder Eugenius starrte auf das Gras zwischen seinen Sandalen. Madoc und Gandulf warfen sich einen grinsenden Seitenblick zu. Und dabei kam Tiphaine ein kniffliger Gedanke. Wollte Joris ihren Onkel verspotten oder nicht; wußten die Stellvertreter, was Joris vorhatte, oder wußten sie es nicht. Doch der Wein und die Behaglichkeit am Feuer schläferten Tiphaines Verstand ein, und sie grübelte nicht sehr angestrengt darüber nach, wo die Wahrheit liegen mochte. Aber sie hörte nur mit halbem Ohr zu, als der Mönch wieder aufblickte und sprach.

»Ich bekämpfe eine besonders heimtückische Sünde«, verkündete der heilige Mann düster. »Eine Tochter der Sünde des Hochmuts. Wenn reiche Männer protzend daherschreiten, verspüre ich in mir die Lust, sie zu schmähen. Ihre Kleidung, Ausstaffierung und Rüstung überdecken ihre Unkenntnis all der Dinge, die ein Leben in wahrer Freude und rechtem inneren Frieden ausmachen. Doch es ist sehr schlecht von mir, der ich Demut geschworen habe, geringschätzig auf einen anderen Menschen hinabzusehen. Und das nicht nur, weil es im Gegensatz zu den Regeln des Ordens vom heiligen Franziskus steht, sondern auch, weil in jeder Seele – sei es die von einem König, einem Prälaten oder einem Hauptmann – der Same von großer Heiligkeit liegt, der, sollte er aufkeimen oder gar zur Blume erblühen, mich im Angesicht von unserem Herrn zutiefst beschämen müßte.«

Joris brach darüber in Gelächter aus. Doch dieses Lachen war nicht dazu angetan, seine Spießgesellen anzustecken. Keiner von ihnen rührte sich oder wagte es, ein Wort zu sprechen. Nach einer Weile schob Joris das Messer in die Scheide, stützte die Ellbogen auf die angezogenen Knie und legte das bärtige Kinn auf die starken Hände, so als wollte er mittels dieser goldenen Fäden einem fordernden Geist des Feuers seinen Tribut zollen.

»Wißt Ihr, Mönch«, brummte er, »ich halte Eure Sünde für etwas spitzfindig. Und wahrscheinlich denkt auch Adam so; andererseits mag dies auch lediglich als Nachweis seiner Stammvaterschaft dienen. Was mich angeht, so bin ich froh, daß es die Reichen gibt, und meine Männer denken da nicht anders. Und in Eurer Lebensweise und der meinen entdecke ich eine Gleichheit und einen Unterschied. Auch ich muß so leben, als wäre jeder Tag mein letzter ... doch was den Rest angeht, so lautet meine einzige Regel, in allen meinen Belangen überlegen zu sein. In meiner Gefolgschaft ist Herbrand der stärkste Ringer, Madoc der sicherste Bogenschütze und Gandulf der schnellste Läufer. Doch ich kann Herbrand auf den Rücken werfen, ich übertreffe Madoc an Zielgenauigkeit, und ich überhole Gandulf. Ist dem nicht so?«

»Es ist so, Joris«, antwortete Gandulf gelassen, während Madoc nickte und Herbrand zustimmend grunzte.

»Ich bin hier tatsächlich so wie ein König, auch wenn mein Arm nicht weiter als einen Pfeilschuß von meinem vordersten Mann reicht. Und eigentlich kann ein König kaum mehr von sich behaupten.«

»Es gibt da aber noch einen König der Könige«, erinnerte der Mönch. »Und dem habt Ihr heute wohl gedient.«

Joris rülpste, und Tiphaine wußte nicht zu entscheiden, ob das zufällig geschehen war oder eine Gotteslästerung darstellte. Doch sie sah ihn beeindruckt an und kam zu dem Schluß, daß Joris nicht zu dem Typ Mann gehörte, der gerne prahlte. Im Grunde genommen hatten seine Worte so beiläufig geklungen, als wäre er allein und hätte zu sich selbst gesprochen.

»Ich denke«, erklärte er einen Moment später, »daß selbst Ishmael* noch einiges andere getan hat, als nur die Zehn Gebote zu brechen.«

»Als Ishmael sich gegen die Menschheit wandte«, erwiderte Bruder Eugenius, »waren die Zehn Gebote noch nicht erlassen worden. Er irrte also in Blindheit.«

Joris schmunzelte unheiter und nahm die Worte des anderen auf.

»Er irrte in Blindheit. Nun ja, dabei kann man es belassen. Ich für meine Person sehe mich einem ganzen Berg von Tätigkeiten ausgesetzt, so daß mir kaum die Gelegenheit dazu bleibt, die Zehn Gebote zu brechen. Aber ganz im Ernst, Mönch, hat nicht auch der Teufel Anspruch auf Freizeit? Macht er nie Urlaub?«

»Nein, denn das ist ihm verwehrt«, kam die bibelfeste Antwort. »Er ist dazu verdammt, bis zum Jüngsten Gericht ständig und ohne jede Unterbrechung Böses zu wirken und die Menschen in Versuchung zu führen.«

»Nur Arbeit und niemals Vergnügen, was? Er wird aber doch zumindest hin und wieder Zufriedenheit verspüren dürfen?«

»Ich bitte Euch inständig, Meister Joris, treibt nicht länger darüber Scherz. Er ist der große Erzverderber und findet seine ganze Freude und Zufriedenheit in seiner Arbeit.«

Joris spuckte geräuschvoll in die Flammen, und für eine Weile wurde kein Wort gesprochen. Tiphaine wurde immer müder und begann zu dösen. Der Lärm von den Feuerstellen im eigentlichen Lager verging in ihren Ohren, bis er etwas aus weiter Ferne und

* Sohn des Abraham, der nach der Geburt von Isaak das Haus verlassen mußte und zum Stammvater eines den Israeliten feindlich gesonnenen Volkes wurde. (A. d. Ü.)

nicht mehr dazu in der Lage zu sein schien, sie in irgendeiner Weise zu beeinträchtigen. Nur matt vernahm sie die Stimmen von Madoc und Gandulf. Dann warf jemand einen neuen Scheit ins Feuer, und Tiphaine war mit einemmal hellwach, als sie die Worte *Bauern* und *Jahrmarkt zu Olencourt* hörte.
»Mir kam es so vor«, erklärte Bruder Eugenius, »daß das Volk einen reichlich zufriedenen Eindruck machte. Die Leute waren ruhiger, als ich das in den letzten Jahren irgendwo erlebt habe. Sicher, ihr Leben ist immer noch hart, das wissen wir, aber sie hatten Geld in der Tasche, und eine gewisse Lebensfreude war auf ihren Mienen zu erkennen.«
»Ja, klar«, gab Gandulf zu, »die Ernte war gut, das Korn steht hoch, und in den letzten drei Jahren hat es keinen Fall von Maul- und Klauenseuche gegeben. Dennoch müssen viele Freie Frondienst leisten, die ihr Land zum Lehen haben. Und aus Gründen, die ich nicht verstehe, ist kein Ende dieser Fronarbeit abzusehen, gleichwohl man die Freien noch nicht Unfreie oder Sklaven oder Tagelöhner nennt. In der letzten Zeit tauchen immer häufiger Männer auf, die über das Land ziehen und überall die Unruhe schüren. Sie erklären zum Beispiel, daß die Bischöfe und die Fürsten nicht wie Christus sind, auch wenn sie ihr Amt von ihm ableiten. Und sie können auch froh sein, daß sie nicht wie der Herr sind, sonst könnten die Freien allzu leicht auf die Idee verfallen, sie wie den Heiland an ein Kreuz zu nageln. Diese hohen Herren, Bischöfe wir Fürsten, liegen ständig im Streit miteinander oder mit den freien Städten. Und Saulte und Barberghe haben sich nur allzu bereitwillig ihrer uralten Fehde erinnert ...«
Der Vogelfreie zählte einen stolzen Namen nach dem anderen auf und hatte zu jedem eine passende boshafte Bemerkung parat. Die Miene des Fraters wurde bei solchen losen Reden immer vorwurfsvoller.
»Im ganzen Norden gedeiht der Hader, brodelt der Streit«, kam Gandulf zum Schluß. »Wenn die Katzen sich bekämpfen, kann die Maus sich den Schnurrbart putzen. Und ich bleibe lieber mit meinem Hauptmann Joris im Wald.«

»Genau«, kicherte Madoc. »Ich wette ein Goldstück gegen jeden, der dagegenhält, daß schon das nächste Jahr Blutvergießen über Honoy oder Nordanay oder alle beide bringt.«

»Was meint Ihr denn dazu, Meister Joris?« fragte der Frater betrübt. »Sind die Bauern schon so verleitet, daß sie sich bald massenhaft erheben werden?«

Joris starrte den Mönch mit blanken Augen an, und wieder kam es Tiphaine so vor, als nähme er sein Gegenüber gar nicht wahr. Sie rutschte unruhig hin und her und grollte über die Mißachtung ihrer Schönheit, die dieser Mann ihr entgegenbrachte. So etwas war ihr noch nicht oft widerfahren, eigentlich noch nie, wie sie sich nach flüchtiger Überlegung sagte. Halb unterbewußt zog sie den Umhang etwas herunter, und zog mit den Fingern leicht eine Haarsträhne heraus, bevor sie Joris mit großen, runden Augen betrachtete.

»Ich habe zu meiner Zeit einige Predigten gehört«, brummte der Räuberhauptmann. »Steht nicht schon in der Heiligen Schrift geschrieben, daß der, der Fett ansetzt, auf einmal anfängt, um sich zu treten? Ein leerer Bauch stößt nur schlecht mit dem Spieß zu, Mönch. Leih einem Bauern dein Ohr, und er wird hineinbrüllen. Behandele ihn besser als einen Hund, und schon glaubt er, er wäre genauso gut wie sein Herr. Häng den Bauern am nächsten Baum auf, sage ich, wenn er so wild wird, daß sich die Kaufleute nicht mehr herwagen. Ich wäre von einem großen Aufruhr am meisten betroffen. Ich würde am meisten verlieren, wenn die Stränge des Hasses, in die das Leben verwoben ist, durcheinandergebracht würden.«

»Das Leben verwoben in Strängen des Hasses?« entfuhr es dem Mönch. »Dieses Rätsel verstehe ich nicht ganz.«

»Das ist überhaupt kein Rätsel. Habt Ihr Gandulf denn nicht zugehört? Ist es nicht so, daß der Stand der Adligen, der Beamten, der Stadtbürger und der Bauern jeden anderen hassen? Jede Gruppe hält sich für besser als den Rest, oder? Der König, ja, der König ist weit fort in Hautarroy. Jeder fürchtet ihn ein wenig, haßt ihn aber um so mehr.«

»Jawohl, ganz genauso verhält es sich!« erklärte Tiphaine kühn. Und sie bewunderte sich dafür, hier zwischen so wilden Gesellen zu hocken und unter dem Sternenzelt über dem Wald über die harten Wirklichkeiten des Lebens zu disputieren. War nicht alles wunderbar?

Die fünf Männer starrten sie an, aber Tiphaine hatte nur Augen für Joris. Hinter ihr überbrückte die erschütterte Stimme des Franziskaners das momentane Schweigen.

»Gott erbarme dich deiner, Kind! Ihr wißt ja nicht, was Ihr da sagt. Meister Joris irrt. Nur wenn wir erpicht sind auf dieses jämmerliche und verrückte Leben, finden wir Gelegenheit, einander zu hassen. Die aber, die es zufrieden sind, von den anderen in dieser Welt als Narren angesehen zu werden, die sich bereitwillig unter die mächtige Hand Gottes beugen und Sein Wort von Generation zu Generation weitertragen, sind die in Wahrheit Seligen. Die Mildtätigkeit trägt immer noch Früchte, und in vielen Herzen wohnt auch heute noch Freundlichkeit, auch wenn sie unter einer bitteren Zunge verborgen liegt. Vor einem Jahr sah ich in Santloy einen Soldaten, der sehr betrunken war und anstößige Reden führte, aber dann stürmte er in ein brennendes Haus, um ein Kind und ein kleines Kätzchen zu retten, wobei er sich an Händen und Schultern schwere Verbrennungen zuzog ...«

An dieser Stelle unterbrach ihn Joris. Er starrte weiterhin mit glasigen Augen in das Feuer und vertiefte seine Stimme, bis sie dem erbaulichen Tonfall des Mönchs angepaßt war.

»Dann wart Ihr also an jenem Sommerabend auch in Santloy? Wir sind uns also in einer merkwürdigen Stunde schon einmal begegnet, Frater.«

Bruder Eugenius hatte höflich innegehalten und wartete jetzt ein Weilchen auf die weiteren Ausführungen des Räuberhauptmanns. Dann wurde ihm plötzlich auf etwas unangenehme Weise bewußt, daß sein eigener Diskurs nicht mehr interessierte. Er nahm es aber hin und linderte Tiphaines brennende Neugier, indem er dem Walddieb eine Frage stellte.

»Wie das, Meister Joris?«

»Habt Ihr denn nichts von der ... von der sonderbaren, wilden, aber kurzen Schlacht in jener Nacht gehört?«

»Doch, doch. Ich wohnte gerade dem Abendgottesdienst bei, als ich vom Jahrmarktgelände ein großes Getöse vernahm. Einige der Kirchgänger rannten sofort hinaus und schätzten so ihre eitle Neugier höher ein als das Heil ihrer Seele ... Einer von ihnen soll, wie ich später hörte, schon in der Vorhalle von einem Pfeil tödlich getroffen worden sein ... Ich aber blieb in meiner Bank, bis der Priester die Messe zu Ende gelesen hatte. Als ich dann nach draußen ging, war der Kampf schon vorüber. Die Straßen waren leer. Nur zwei Tote lagen in der Gasse, die zum Jahrmarktgelände führt. Alles bis auf die Stallwachen waren zu einer brennenden Scheune neben der Unterkunft des Priors von Dor gerannt. Es hat eine ganze Weile gedauert, bis ich erfuhr, was sich zugetragen hatte.«

»Und was hat man Euch erzählt?«

»Wenn ich mich recht entsinne, hat man irgendeine fremde Frau beim Hexen erwischt«, Bruder Eugenius bekreuzigte sich rasch. »Ohne viel Federlesens hat man sie den Hexenproben unterzogen und dann zum Tod auf dem Scheiterhaufen verurteilt, damit alles Christenvolk sehen könne, wie man mit denen verfährt, die sich mit dem Satan einlassen. Damals herrschte viel Gerede über Hexerei und andere üble Dinge, die des Nachts dort am Fluß ausgeübt werden sollten. Auch kam im Volk viel Murren auf, denn die Hexe war von vortrefflicher Schönheit und hatte schon so manchem Gutes erwiesen. Ihr Taufname war Anne, aber überall nannte man sie nur die Rote Anne, was auf ihr flammendes Haar zurückzuführen ist, das sie wie eine Bauersmagd unbedeckt trug, auch wenn ihre Sprache und Kleidung eher an eine freie Bürgerin erinnerte. Man sperrte sie also in der Unterkunft des Priors in eine Zelle. Doch irgendwer muß die Wachen bestochen und sie nach draußen gebracht haben. Jedenfalls hat man sie ein zweites Mal aufgegriffen, und zwei Pfeile verwundeten sie, als sie versuchte, durch den Fluß zu entkommen ...«

»Und was geschah dann?«

Joris klang gelassen, als er die Frage stellte, und Tiphaine konnte nichts Außergewöhnliches in seinem ruhigen Gesicht und den steinharten Augen erkennen, in denen sich der Feuerschein widerspiegelte.

»Da sie sich eines Großteils ihrer Kleider entledigt hatte, um durch das Wasser zu eilen, trieb man sie jetzt halbnackt durch die Straßen. Doch der Teufel, ihr Gebieter, verdarb und bestrickte die Herzen von vielen Männern, die ihren Körper erblickten. Also rückten die Bogenschützen des Priors aus und bildeten einen Kreis um die Hexe oder hielten die Burschen zurück, die für ihr ungezügeltes Gebaren bekannt waren. Während sie sich so einen Weg durch die Menge bahnten, tauchten plötzlich Reiter am Ufer auf, die Annes Wachen und die, die sie gern gerettet hätten, gleichermaßen niedertrampelten. Der Anführer der Reiter zog die Hexe zu sich auf den Sattel, wendete sein Roß und verschwand mit ihr wie der Wind. Der Fremde verlor nicht einen einzigen seiner Reiter bei diesem Unternehmen. Doch viele erkannten die schwarzen Umhänge mit den silbernen Löwen drauf. Ein Mann, der schon in den Frankenkriegen gekämpft hatte, erzählte mir, er habe kurz das Gesicht des Anführers gesehen, bevor der sein Visier gesenkt hätten. Und dieser Reiter sei Lorin de Campscapel gewesen.«

»Ja, es war tatsächlich der Schlächter«, erklärte Joris düster. »Und sie ist mit ihm zu seiner starken Burg über Alanol geritten. Dort weilt sie bis zum heutigen Tag als seine Mätresse.«

»Es wäre besser für ihr Seelenheil gewesen, wenn die Flammen des Scheiterhaufens ihren Körper zerstört hätten«, ließ sich der Mönch ergriffen, aber unbekümmert von seinem Vorredner vernehmen. »Die Fleischeslust mag durch Sühne wiedergutgemacht werden, der Verkehr mit dem Satan jedoch niemals. Denn diese ist von allen Sünden die schmutzigeste, beschämendste und verfluchteste.«

Tiphaine bemerkte nicht, wie die Miene des Räuberhauptmanns sich wandelte, aber unzweifelhaft hatte dort eine Veränderung stattgefunden, denn Madoc leckte sich unruhig über die Lippen und bedeckte seine flinken schwarzen Augen. Gandulf rückte hin

und her, und Herbrand starrte den Franziskaner ungläubig an. Joris ließ beide Hände sinken und entblößte den linken Arm bis zum Ellenbogen, auf dem sich eine lange weiße Narbe zeigte. Als das Mädchen ihm ins Gesicht sah, entdeckte sie, daß seine Züge entflammt waren, sei es nun vom Trunk oder von Verärgerung.
»Seht her, Mönch«, brummte er in dem Tonfall, mit dem er schon Gaston de Volsberghe davon überzeugt hatte, daß es besser für ihn sei, vom Pferd zu steigen und zu Fuß zurückzukehren. »Diese Narbe ist ein Andenken vom Schwert des Schlächters. Ich erhielt es inmitten des Getümmels, als seine Reiter über uns herfielen. Denn ich und meine Männer waren diese ›Burschen, die für ihr ungezügeltes Gebaren bekannt waren‹. Nun sagt mir doch noch, ob Ihr die Frau gesehen habt, die die ganze Unruhe verursachte?«
»Möge Gott es geben, daß er sie nicht gesehen hat«, flehte Tiphaine in Gedanken, weil sie befürchtete, die inbrünstige Einfalt ihres Onkels könnte ihr und ihm Schaden einhandeln.
»Ich sah sie am Morgen jenes Tages«, erklärte der fromme Mann ruhig.
»Und was habt Ihr von der Dame gehalten?«
»Ich habe mir eigentlich gar keine Gedanken über sie gemacht, bis auf den, daß die am bemitleidenswertesten sind, die ihr eigenes Unglück nicht sehen. Denn nichts verführt die Seele so sehr wie die unreine Liebe des eigenen Körpers. Aber ich hörte sie singen und muß gestehen, daß sie eine wunderbar reiche und süße Stimme hat.«
»Ihr seid ein mutiger Mann, Mönch«, sagte Joris heiser. »Nun erklärt mir noch, wie der Überfall der Reiter mit Gottes Willen übereingehen kann? Wer wurde wirklich bestraft und wofür, als Lorin de Campscapel mit Anne verschwand?«
»Meister Joris, ich muß gestehen, ich weiß es nicht. Das Urteil des Herrn, der genausogut Euer Gott ist wie der meine, muß gefürchtet und geachtet werden. Wir Menschen sind zu schwach, um Seine Ratschlüsse zu begreifen, und dürfen sie deshalb nicht zu ergründen versuchen. Doch ich habe den Eindruck, Euch in ir-

gendeiner Weise in Mißstimmung versetzt zu haben. Sagt mir bitte, was ich falsch gemacht habe, und ich will Euch bereitwillig um Verzeihung angehen.«

Der Räuber hieb die geballte Faust neben sich auf den Sand und schien den Zorn in sich bezähmen zu wollen, bevor er ausbrechen konnte. Doch es gelang ihm nicht.

»Schluß jetzt mit diesem Predigtgezirpe! Und ich will auch nichts mehr von Eurem salbungsvollen Gottgerede hören, Ihr tölpelhafter Eunuch! Eine Stunde in der Gesellschaft Eurer speichelleckerischen Demut würde Tote dazu bewegen, sich eiligst eine neue Grabstelle zu suchen. Seid Ihr der Treiber Gottes, der für Seine erfolgreiche Jagd mit aufreizendem Gerede alles Wild fluchtartig aus seiner Deckung rennen läßt? Seht mich an, Narr: Dies ist der Forst von Honoy, und ich bin Joris vom Fels! Warum bei den Glocken der Hölle seid Ihr erst dann richtig zufrieden, wenn Ihr von mir geschmäht werdet? Dank sei dem Herrn für die bösen Menschen, denn sie legen die Kleinlichkeit des Guten bloß! Und ohne böse Menschen hätten Heilige wie Ihr keine Gelegenheit, etwas zu vergeben. Sagt, Mönchlein, würdet Ihr es mir auch vergeben, wenn ich die Heilige Jungfrau eine Hexe und Dirne schimpfen würde?«

»Nein, aber ...«

»Was, auch jetzt noch Verständnis? Nur heraus damit, was würdet Ihr dann tun?«

»Ich würde zu Gott und zur Mutter Maria beten, daß Ihr das Furchtbare Eurer Worte erkennen mögt. Zweifelt keinen Augenblick daran, daß solche Worte das Paradies durchschütteln und in der Hölle mit lautem Jubel und Beifall vernommen werden. *Herr Jesus, durch Dich erkenne ich das Unglück, in dem dieser Mann lebt. Gerade durch solche Worte wird mir offenbart ...«*

»Im Namen aller Heiligen, seid endlich still, Onkel Blaise!« stöhnte Tiphaine und zog den Frater an der grauen Kutte, als der sich erhob und zwischen sich und Joris das Kreuzzeichen machte.

»Im Namen des Herrn werde ich nicht schweigen!« rief er mit

einer grollenden Stimme, wie Tiphaine sie noch nie bei ihm gehört hatte. Sein schmales Gesicht glühte, und seine Linke zuckte über das Kruzifix, das ihm an einer Holzperlenkette vom Hals hing.
»Ich werde nicht schweigen. Ausgestoßener, Ihr seid verhext. Kniet nieder und befreit Euch, denn es steht geschrieben: *Auferam maleficia de manu tua . . .*«
»Wagt es nicht, einen lateinischen Ritus über mich zu sprechen«, knurrte Joris. In ihrer Verzweiflung huschte Tiphaine mit weit aufgerissenen Augen und ringenden Händen vor den Räuberhauptmann.
»Ich bitte Euch inständig, Meister Joris«, begann sie, doch ihr Onkel übertönte sie leicht.
»Ja, und bei der Größe des Herrn, der zu dem vernebelten Geist spricht: *Ego praecipio tibi, exi ab eo . . .*«
»Er soll endlich mit dem Latein aufhören! Kann ihn denn niemand zum Schweigen bringen!« brüllte Joris und griff wild hinter sich, so als suche er nach einem Wurfgeschoß.
Gandulf sprang auf die Füße, aber Herbrands erfahrene Hand war schneller. Ein Beil schnitt durch den Rauch, wirbelte zielsicher durch die Luft und traf mit der flachen Seite wie ein Hammer die Stirn von Bruder Eugenius.
Tiphaine hatte sich geduckt, als sie die Waffe entdeckte. Jetzt sah sie, wie das Gesicht und der Hals ihres Verwandten sonderbar steif wackelten. Dann krachte die graue Gestalt neben ihr in den Sand, und gleichzeitig mit ihrem gellenden Schrei stieß Madoc ein grimmiges Gelächter aus, und Joris sprach leise einen furchtbaren Fluch.
»Verdammt, Herbrand! Bei den Gebeinen des Goliath von Gath, Ihr seid ein Narr!« brummte Joris dann. »Ich wollte diesen Mann nicht tot sehen, zumindest nicht, solange . . . Laßt das augenblicklich fallen!«
Die letzten Worte waren an Tiphaine gerichtet gewesen, und er hatte sie geradezu ausgespuckt; denn das Mädchen hatte die Waffe an sich gerissen und machte Miene, den Onkel zu rächen. Doch schon war der Räuberhauptmann über ihr und überwältigte sie.

Eine große Pranke preßte ihre Finger an den Stiel der Waffe, während die andere ihr den linken Arm an den Rücken drehte.
So hielt Joris sie für einen Moment, in dem sein steifer Bart ihr Ohr kitzelte und seine schweren Rippen ihren Busen eindrückten. Dann entwand er das Beil ihren kraftlosen Fingern, ließ sie halb los und zog sie dann fest an sich; und von seinen Lippen löste sich ein Geräusch, halb Grunzen und halb Lachen, das ihre Empörung in große Furcht verwandelte. Als er nun sprach, hielt er die Zähne aufeinandergepreßt, und zwischen den einzelnen Worten roch er an ihrem Haar, an ihrem gespannten Nacken und ihrem bleichen Gesicht.
»Heda, mein Fräulein, blickt auf. Ich wollte dem Schwätzer kein größeres Leid zufügen. Aber Ihr seid eine Närrin, weil Ihr mich dazu brachtet, Euch ein zweites Mal zu berühren. Andererseits könnte das vielleicht von Euch auch . . .«
Tiphaine wehrte sich wie eine Wildkatze. Sie biß und kratzte und verschwendete keinen Atem mit Kreischen oder Schreien. Doch als ein derber Stoß sie in das Dunkel der Torfhütte sandte, begann sie doch zu quieken. Und obwohl viele Zeugen ihrer Not wurden, kam ihr doch keiner zu Hilfe. Sie wurde sich bewußt, daß ihre Gebete sich in der Unendlichkeit des Himmels verloren hatten, daß Gott sich von ihr abwandte und daß ihre Schutzheiligen gerade schlafen mußten. Ihre Finger suchten derweil hysterisch nach einer Waffe, fanden aber nur Kleidungsstücke und eine alte Decke. Als der massige Körper von Joris den Eingang zur Hütte verdunkelte, erstickten alle ihre Schreie, und ihre riesige Furcht versetzte sie in einen Zustand, der nicht weit von einer Ohnmacht entfernt war.
Im schwärzesten aller Momente, als ihr Leib gegen ihren Willen auf die Entehrung reagierte und sich an den Schänder preßte, hörte sie zum erstenmal die Worte aus dem bärtigen Mund über ihr: *»Rote Anne, meine Liebe!«*

Am nächsten Morgen erhob sich Joris wortlos und sattelte das gestohlene Pferd. Danach kehrte er zur Hütte zurück und bückte sich unbekümmert hinein.
»Kommt«, brummte er nur.
Tiphaine hockte auf den Knien und beobachtete ihn, während ihre Finger damit beschäftigt waren, die zerrissene Kleidung und das zerzauste Haar in Ordnung zu bringen. Unter tief hängenden Lidern, die Erschöpfung, Scham und Elend verbargen, warf sie ihm einen fragenden Blick zu und stellte halb erleichtert fest, daß sie nun nicht dem Vergnügen von Joris' Stellvertretern dienen sollte. Halb betäubt stand sie auf und trat hinaus in die frühe Morgenluft. Der Räuberhauptmann schulterte den Köcher, den er am Abend abgelegt hatte, zog einen Pfeil heraus und zeichnete damit einige Striche in den Sand.
»Reitet erst hierhin und dann dorthin«, erklärte er. »Auf dem Pferd findet Ihr Nahrung und eine Wasserflasche. Und hier ist Eure Börse mit dem Ring und dem Geld. Sie fiel aus der Kapuze des Mönchs, als sie ihn vor sieben Stunden beerdigt haben.«
Tiphaines Finger zuckten vor der Berührung mit seiner Hand zurück. Der goldene Ring fiel zu Boden. Joris warf einen kurzen Blick auf die Arbeit – ein Dolch, der sich zwischen zwei Sternen bog, Intarsien in einem großen Karneol – und verzog dann angewidert den Mund, als der dicke, torfbeschmierte Arm des Mädchens hinabfuhr und den Ring aufhob.
»Steigt auf und trollt Euch«, erklärte er. »Ihr solltet Ververon in spätestens zwei Stunden erreicht haben.«
Ohne Hilfe mühte sie sich auf den Sattel. Joris führte das Roß am Zügel über einen Trampelpfad bis zum Ausgang der Schlucht. Dort blieb er vor einer Kiefer stehen und ließ die Zügel mit einer Geste des Abschieds ohne Wiedersehen los. Als Tiphaine zwei Dutzend Meter weit geritten war, drehte sie sich um und warf dem Räuber einen giftigen Blick zu.
»Möge Gott Euch so verfluchen, wie ich das tue!« rief sie. »Und Eure Höllendirne soll Euch so übel mitspielen, wie Ihr mir übel mitgespielt habt!«

Dann stieß sie dem Pferd die Füße in die Flanken und ritt so rasch wie möglich davon. Joris blieb noch stehen, bis das Krachen der Zweige und Donnern der Hufe vom Rauschen des Morgenwinds und dem Gezwitscher der Vögel übertönt wurden.

»Pah!« machte er dann nur und kehrte zum Lager zurück. Unterwegs betastete er die Ausbeulungen unter seinem Wams: Amulette aus Eisen gegen den bösen Blick, aus Silber gegen Krämpfe und das Gliederreißen, aus Magnetstein gegen Gift und aus Türkis gegen Waffenstahl. »Soviel zur Dankbarkeit von dieser Dame! Doch dem Fluch dieses dummen Hühnchens wohnt kein Gift inne, genauso wenig wie aus ihren Gebeten Segen strömt. Zumindest hat das naive Ding damit seinem Mädchenzorn Genüge getan. Ach Anne, ich will plündern und morden und schänden, bis niemand mehr zwischen Belsaunt und dem Meer es wagt, deinen Namen in den Schmutz zu ziehen!«

Als er in die Schlucht hinabstieg, bemerkte er die beiden Posten der letzten Nachtwache, die hinter einem kleinen Feuer standen. Sie hatten natürlich mitbekommen, wie er seine Gefangene in die Freiheit entlassen hatte. Kurz zog ein Grinsen über Joris' Mund, denn er wußte, daß keiner aus seiner Bande es wagen würde, irgendeine seiner Handlungen oder Beschlüsse in Frage zu stellen.

Dennoch war ihm im Moment nicht ganz wohl zumute. Es verdroß ihn doch etwas, die Rolle des Retters nicht bis zu Ende gespielt zu haben. Erbarmen oder Mitleid für seine Opfer waren ihm fremd. Im Gegenteil, er gab seinen Bettgenossinnen die Schuld daran, in ihm Leidenschaften zu erwecken, an denen ein stolzer Mann wie er nicht unbefriedigt vorübergehen konnte. Tiphaine hatte ihre Freilassung allein dem Umstand zu verdanken, daß sie sich wie eine Wildkatze gewehrt hatte. Doch nach ihrer Beschimpfung verdankte sie nur dem einen Umstand ihr Leben, daß er seinen Bogen an der Hütte stehengelassen hatte. Er nahm seinen Verdruß nicht auf die leichte Schulter. Dieses kurze Gleiten aus der gewohnten Selbstbeherrschung war nicht die Art des Joris vom Felsen.

II

Der Turm von Ath

Der Sohn von Joris und Tiphaine kam an einem stürmischen Märztag zur Welt, als schwere Regenschauer die Fliesenpflaster überschwemmten und die Kamine im Turm von Ath in Rauchwolken hüllten. Als der Säugling Tiphaine zum erstenmal an die Brust gelegt wurde, flüsterte die alte Amme der jungen Mutter ein heiteres Wort ins Ohr.

»Dieser lebhafte kleine Kerl ist ein wunderbares Gegenstück zum Nachwuchs der Herrin.«

Tiphaine lächelte matt zur Antwort. Die junge Burgfrau von Ath, die zweite Gattin ihres Onkels, war nämlich erst vor ein paar Tagen dem Wochenbett entstiegen. Und vom ersten Tag Tiphaines im Turm an hatte die etwas ältere Burgfrau sie gegen den ziemlich verwirrten Burgherrn und seinen lümmelhaften Sohn in Schutz genommen.

»Aber Aveline besitzt doch alles, ich hingegen habe nichts außer diesem kleinen Kerl von einem schuftigen Vater«, sagte sie sich als Entschuldigung für ihre Mittellosigkeit. In den folgenden Monaten untersuchte sie ihren Sohn sorgfältig und ängstlich nach blonden Haaren oder sonst einem Anzeichen vom Räuberhauptmann.

Doch bald war sie beruhigt, denn Gilles (wie sie ihn nannte) entwickelte sich zu einem dicklichen Jungen mit dunklen Haaren und braunen Augen, ganz ein von Ath. Und Gilles war unbeweglich und halsstarrig, ganz wie man das von der Frucht einer Vergewaltigung zu erwarten hatte. Er hatte in der Nacht Alpträume, und manchmal bekam er furchtbare Wutanfälle. Wenn Tiphaine ihn dann berührte, wurde er starr wie ein Eisbrocken. Einige Male biß er seine Mutter in die Brust, so als wisse er sehr gut um die Scham, die er vor einigen Monaten in seiner Mutter ausgelöst hatte. Im neuen Heim war diese Scham vergangen, noch bevor Gilles auf die Welt kam, denn niemand zog das Wort der Burgfrau in Zweifel. Doch draußen war alles ganz anders. Und in mancher Nacht, wenn der Kleine endlich eingeschlafen war, lag Tiphaine noch lange wach und machte sich Sorgen um die Zukunft; nicht um die des Säuglings, sondern um ihre eigene.

»Was soll ich tun, sobald der kleine Kerl erst einmal von der Brust entwöhnt ist?« fragte sie sich dann. »Aveline kann mich nicht ewig beschützen. Ihre Hand hat meinen Verwandten mehr Ehre als Gold eingebracht. Und die würden mich am liebsten sofort verheiraten oder hinter die Mauern eines Klosters verbannen. Was für eine wunderbare Nonne würde ich abgeben, die von einem Ausgestoßenen entehrt wurde, weil er eine Hexe nicht in seinen Besitz bekommen kann! Ich war eine Närrin, die ganze Geschichte zu erzählen. Und ich war eine noch größere Närrin, auch noch den Namen von Joris zu erwähnen. Dank meines törichten Vetters und seines Plappermauls bewirft man mich nun auf allen Märkten in Basse Honoy mit stinkendem Fisch. O ja, ich bin weiß Gott nicht häßlich, aber welcher hübsche Edle wird mich nur mit einem Blick bedenken, wo diese Memme von Joris fröhlich in seinem Wald haust und ihn auslacht? Ach, Herr Jesus, schick doch Joris vom Fels den Aussatz oder das Fleckfieber!«

An diesem Punkt angekommen setzte sich Tiphaine aufrecht hin und sandte wie einen Pfeil ihren Haß hinaus in die Welt, damit er den Schurken in seinem Lager am Bach aufspüren möge. Sie stellte sich dann vor, wie der Haß einer Fledermaus ähnlich den Räuberhauptmann auf all seinen Beutezügen begleitete und nur auf die günstigste Gelegenheit wartete, hinabzufahren und Joris blind zu machen, wenn ein Pfeil nach ihm suchte oder ein Gegner mit dem Schwert nach ihm hieb.

Und an den dunklen Herbsttagen – wenn rund um den Turm von Ath die Pappeln im Wind ganze Salven von braunen Blättern verschossen, so daß schon der ganze Wassergraben damit bedeckt war, während die Tücher der Windmühle ganze Ladungen von ihnen abfingen und sie in kleineren Portionen wieder in die Luft warfen – machte Tiphaine kleine Wachsfiguren, die sie mit kleinen Stoffstückchen aus den alten Kleidern bedeckte, die Joris ihr vom Leib gerissen hatte. Und obwohl sie keinen magischen Spruch kannte, um den Ritus wirksam zu machen, stach sie doch immer wieder mit Nadeln auf die Wachsfiguren ein oder hielt sie zum Schmelzen über ein Feuer. Der kleine Kerl saß dann dabei, sah zu und babbelte etwas Fröhliches; und einige Male streckte er auch eine rosafarbene, dickliche Hand aus, so als wollte er bei diesem törichten Spiel Hilfe leisten.

»Ha, kleiner Racker, du bist der Sohn deiner Mutter!« sagte die grüblerische Tiphaine dann. Sie nahm Gilles in die Arme, schloß die kleine Faust um eine Stricknadel und stieß sie langsam in das Wachs.

»Möge mich die Schande treffen, kleiner Vatermörder«, murmelte sie, erschrocken und beglückt zugleich über den ersten Stoß ihres Sohnes. »Der Herr möge mein Zeuge sein, daß *mich* die Schande treffen soll. Ich habe schon viel zu viel ertragen müssen, da kommt es darauf auch nicht mehr an. Dem braven Prior von Ath würden sicher die Augen aus dem Kopf fallen, wenn er mitbekäme, was für heidnische Praktiken hier ganz in seiner Nachbarschaft gepflegt werden. Der Scheiterhaufen wäre mir sicher, aber das wäre jetzt auch nicht mehr schlimm ... Was, Gilles, das würde dir einen weiteren, einen noch dunkleren Stempel aufdrücken? Was, das freut dich auch noch? Du müßtest kein Leben in bitterer Armut führen. Aveline wird für dich sorgen, damit ihr kleiner Juhel einen Spielkameraden hat. Davon abgesehen ist ein Mann wie eine Waffe, und für Schwerter findet sich überall Bedarf ... Doch was soll ich nur anfangen, sobald du entwöhnt bist?«

Die Wachsfigur zerrann, und die Flammen zuckten fröhlich aus dem Schlafzimmerkamin. Der Säugling krähte, und der Wind pfiff schrill durch den Kamin, aber nirgends war eine Antwort auf Tiphaines Frage.

Dennoch mußte sie nicht mehr allzu lange darauf warten. Schon am nächsten Tag bekam sie das erste Wort davon zu hören. Tiphaine ritt nur in Begleitung des einzigen Pagen ihres Onkels am Waldrand entlang und gelangte in die Nähe der Torföfen, wo die Leibeigenen aus dem Holz ihres Herrn Teer kochten. Während die junge Mutter den harzigen Geruch schmeckte, ertönte aus den Bäumen ein meckerndes Gelächter.

»Das ist ja die Dame, die Bastarde als Herrscher über uns großziehen will!«

Tiphaine zog die Zügel. Hinter ihr lief der Page Briot rot an und wendete sein Pferd, um auf die Leibeigenen zuzustürmen. Einige von ihnen wichen zurück und duckten sich beim Anblick der erhobenen Peitsche. Doch eine alte Frau mit einer hochgezogenen Kapuze blieb frech stehen. Sie war es, die den Schimpf ausgestoßen hatte.

»Nur zu, junger Herr!« höhnte sie in einer fremdartigen Betonung der Worte. »Eure Herrin wird Euren Mut zu würdigen wissen ... Diesmal bei Tageslicht, was? Nein, eifert nicht dem Ruhm der Barberghe nach. Schon früh genug werdet Ihr so tapfer sein wie der Fürst!«

Briot ließ die Hand sinken und wandte sein helles, ratloses Gesicht Tiphaine zu. Die Kapuze sank ein Stück, und die Züge der Alten wurden sichtbar. Tiphaine lief ein Schauder über den Rücken. Die Oberlippe war gespalten, zeigte ein gezacktes V und darunter bloßes rotes Zahnfleisch bis hinauf zur Nasenscheidewand.

»Laßt es gut sein, Briot«, befahl Tiphaine rasch, weil ihr übel geworden war, und die beiden ritten weiter. Hinter ihnen Gelächter und Schmährufe.

»Das war die verrückte Yvonne«, murmelte der verwirrte Page.

Sie sah ihn an und erkannte, daß er sie bewunderte und gleichzeitig um sie besorgt war. Und er wirkte beschämt, weil er die Alte nicht zum Schweigen gebracht hatte.

»Ich bin froh, daß Ihr sie verschont habt«, erklärte Tiphaine. »Doch wer ist sie, ein Weib mit dem Zeichen einer verurteilten Dirne und mit der Zunge eines Dämons?«

Briots Miene heiterte sich etwas auf, als er zu der Herrin aufschloß.

»Sie folgte ihrem Herrn über einen Monat lang und verlangte von ihm Gerechtigkeit dafür, daß durch die Hände einiger Soldaten von Barberghe ihr Gemahl ums Leben gekommen sei. Der listige Graf jedoch – Ihr habt sicher schon von seinem Geiz gehört – wollte weder etwas bezahlen noch der Alten zuhören. Also drang sie bis in seine Halle vor und mahnte ihn dort, oder sie lauerte ihm am Tor seiner Burg auf, um ihn an die Schuld zu erinnern. Und wie eine Närrin zog sie ihm sogar nach, als er mit seinem Gefolge nach Ger ritt. Und da wurde es de Barberghe zuviel, und er ließ ihr die Behandlung zukommen, die gewöhnlich einer Hure zuteil wird, die den Kriegern lästig fällt.«

»Was für eine gemeine Auffassung von Gerechtigkeit! Was hat die Alte denn nun in diese Gegend verschlagen?«

»Das weiß ich nicht. Vielleicht weil Barberghe im Streit mit de Saulte liegt, will sie sich hier holen, was sie glaubt, das ihr zusteht.«

»Die Männer müssen immerzu kämpfen«, dachte Tiphaine. »Armer Onkel Blaise. Er war völlig entrückt, als er uns Gottes Geschöpfe nannte ... Und dieser Barberghe, der Fuchs, wie sie ihn nennen, worin unterscheidet er sich eigentlich von den Ausgestoßenen und Vogelfreien ... außer daß die Alte eine von seinen Leibeigenen war? Es stimmte tatsächlich, überall empörte sich das niedere Volk ... Aber *ich* werde mich nicht tatenlos von den Bauern verspotten lassen. Ich werde Aveline davon erzählen. Diese alte Vettel Yvonne darf nicht straflos im Gebiet meines Herrn Unruhe stiften. Wir haben auch ohne sie schon genug Ärger mit den Bauersleuten.«

Auch der Herr von Ath beteiligte sich am Arbeitseinsatz, von dem der Räuber Gandulf am Feuer gesprochen hatte; er zog freie Bauern zu bestimmten Zeiten zum Frondienst heran. Diese mußten dann ihre Höfe verlassen und eine Woche lang auf dem Land des Herrn arbeiten. Und in der letzten Zeit warfen immer mehr Leute immer öfter finstere Blicke von Kate, Ackerfurche oder Wassergraben auf die fünf Spitzen des Turms von Ath.

»Himmel Herrgott noch mal!« schimpfte der Turmherr, als an diesem Abend der Aufseher einen der Küchenjungen am Ohr vor ihn zerrte. »Du lachst über das, was alte Bettelweiber im Wald plappern? Warte, dir werde ich es besorgen. Eine Gerte soll deinem Hinterteil Freude lehren. Und von heute an kannst du dir woanders eine Bleibe suchen. Aufseher, gebt ihm ein Dutzend Hiebe, aber rasch.«

So mußten für dieses Mal die Schmerzensschreie eines Küchenjungen als Linderung für die verwundete Würde des Hauses Ath herhalten. Als Tiphaine das nächstemal ausritt, besuchte sie auch die Müllersfrau und schenkte ihr ein Goldstück für ihren verstoßenen Sohn und eines für sie selbst. Die nächsten Wochen im Leben der jungen Mutter verliefen ähnlich. Ständig schwankte sie zwischen Wut und Selbstzweifeln. Jedes Wort kränkte sie, während sie sich nach jeder großzügigen Tat eine Närrin schalt.

Den ganzen November über verwüsteten die de Saultes und die Barberghes sich gegenseitig ihre Güter und Lehen. Links und rechts vom Fluß Nordenne brannten Feuer, schlugen Schwerter und stöhnten Menschen. Doch als der Herbst in den Winter überging, stürmte Lorin de Campscapel, der Schlächtergraf von Alanol, aus seiner Felsenburg und fiel dem Herzogtum von Saulte in die Flanke. Mit solch mächtiger Unterstützung war es für den Fuchs von Barberghe nicht mehr schwierig, seinen Gegner in die Knie zu zwingen. Doch die Ernten der letzten vier Jahre und die Hoffnungen auf die Ernte der folgenden Jahre waren nur noch Asche und Verrottung auf den Winterfeldern.

Und dann erhob der Fuchs von Barberghe in blinder Gier seine erste Tallage* über das Land, das er seinem Gegner entrissen hatte. Drei seiner Steuereintreiber, die einen schwachsinnigen Jungen, der ihnen ein unflätiges Wort entgegenrief, auf der Brücke von Roray niedergeritten hatten, wurden am nächsten Tag als gefrorene menschliche Pfähle im Fluß gefunden. Sie waren mit dem Kopf nach unten durch das dünne Eis gestoßen worden. Barberghe

* Eine der ersten Steuern, die vor allem von Städten zu entrichten war (A. d. Ü.)

selbst rüstete sich, um einen solchen Frevel hart zu bestrafen. Er ritt mit einem Trupp Soldaten aus und konnte nur knapp dem Tod entkommen. Der Grobschmied des betreffenden Dorfes führte den plötzlichen Aufruhr an. Binnen drei Tagen strömten dreißigtausend Bauern zusammen. Innerhalb einer Woche wurden elf kleinere Burgen erobert, und als der Winter seinen Höhepunkt erreichte, hatte sich der Aufstand durch ganz Honoy und Nordanay ausgebreitet.

In Nordanay hielten nur wenige Orte dem gewaltigen Ansturm von Schwertern und Sensen stand. Doch in Honoy konnten sich die Städte behaupten. Einige hielten zu den Fürsten, weil sie sich davon einige Sonderrechte erhofften. Andere Orte jedoch schlossen sich den Bauern an und marschierten mit ihnen gegen die Burgen. Und dann gab es da noch Städte, die ihre Zugbrücken hoch- und die Wehrgänge besetzt hielten und Steine in die Burggräben warfen und mit langen Stangen darin herumrührten, damit sie nicht zufrieren konnten. Zu dieser letzten Gruppe zählten auch Tostain und Hastain, und deren besondere Vorsicht wurde vom Herzog de Saulte in einem Doppelreim verspottet, der den großen Bauernaufstand und die darauffolgende furchtbare Vergeltung überdauern sollte.

Hastain liegt am Fluß, und Tostain wird von Hügeln verschönt.
Doch beide schließen das Tor und zittern,
wenn Kampfeslärm ertönt.

Diese Zeilen dichtete der Herzog, als die Leute von Tostain ihm den Beistand verweigerten. Einige Tage später wurde eine Streitmacht der Bauern ähnlich abschlägig verwiesen. Die hartgesottenen Bauern wandten Tostain also den Rücken zu, banden sich Latten unter die Füße, durchquerten so die Schneeverwehungen im Waldland, in denen jedes Pferd bis zum Bauch eingesunken wäre, und erreichten so noch vor der Morgendämmerung den Turm von Ath.

Es war Frühstückszeit, und Tiphaine saß in ihrer Kammer und sah Gilles dabei zu, wie er seine ersten Zähne an einem schweren Goldring erprobte, der früher ihrem Vater gehört hatte. Sie hatte dem Kleinen einen elfenbeinernen Armreif gegeben, der mit Silber beschlagen war, aber der Junge schien den Geschmack und das Glitzern von Gold zu bevorzugen. Und plötzlich mußte Tiphaine lachen – sie belustigte sich und war gleichzeitig froh darüber, daß er solches Gefallen an einem Gegenstand fand, der ihm nicht gehörte –, und sie zog den Daumenring über den Armreif, damit er ihn nicht verschlucken konnte. Beides band sie ihm mit einer Seidenschnur um den Hals.

Draußen vor dem Fenster rollten und glitten Schneeklumpen vom schiefen Dach und krachten mit dumpfem Knall auf die hölzernen Anbauschuppen im kleinen Burghof. Irgendwo weiter unten sang eine Küchenmagd. Pferde schnaubten und stampften in den dunklen Stallungen, wo die Knechte sie im Laternenlicht versorgten. Einmal ertönte ein scharfer Ruf des Aufsehers, dem das gehorsame Fegen von Besen folgte. Die Brunnenkette rasselte, Messer wurden an Schleifsteinen geschärft, das hungrige Gähnen eines Wächters, der gerade abgelöst worden war . . . Tiphaine nahm das alles nur am Rande wahr, denn in den ruhigen Wintertagen hatte sie das alles schon viel zu oft gehört.

»Kleiner Racker, wir sind in der Gunst gestiegen«, erklärte sie und zog den schwarzen Samtschutz vom Spiegel aus poliertem Stahl. »Vetter Leu wußte wohl vor Langeweile nichts anderes mehr mit sich anzufangen und hat uns eine Partie Schach angeboten. Ich habe sogar den Eindruck, bei diesem Wetter taut er inwendig auf. Es könnte natürlich auch daran liegen, daß wir ihm eine Satteltasche hübsch bestickt haben, in die er nun seinen schönen neuen Helm verstauen kann . . . Bei meiner Seele, schon wieder ein graues Haar! Wie viele mögen noch folgen, bevor du deine erste Hose anziehen kannst? Ach, mein Kleiner, warum sind unsere Nasen so flach . . . doch auf unsere Hände können wir stolz sein, sie sind anmutiger als die von Tante Aveline . . . Deine Hände sind wie Rosenknospen, kleiner Mann . . . aber nur ein Herzog, oder sagen wir, ein Prinz dürfte es sich erlauben, soviel zu sabbeln, wie du das tust...

Nun wird es aber Zeit, ins Solarium* zu gehen und uns ans Spinnrad zu setzen. So, wo ist meine Haarzange? Ah ja, das sieht schon bedeutend besser aus. Wenn wir brav sind, spielt uns Tante Aveline etwas auf der Laute vor... Ach, hör dir das an, kleiner Mann, die Soldaten zanken sich schon wieder. Aber wer will es ihnen verdenken. Schon seit einer Woche oder länger sind sie hier eingesperrt. Wenn sich nur nicht der Onkel darüber immer so aufregen würde...

Nanu, wer kommt denn dort herbeigerannt? Briot, was plagt Euch? Und was ist das da unten für ein furchtbares Geschrei?«

Das Gesicht des Pagen war kalkweiß. Er lehnte sich erschöpft gegen die Tür, hatte Mühe, ein viel zu großes Schwert zu halten, und mühte sich, die Sprache wiederzufinden.

»Die Aufständischen... die verdammten Aufständischen«, schluchzte er unvermittelt. »Sind durch die Seitentür eingedrungen... irgendwer muß sie ihnen aufgesperrt haben... Kommt, eilt Euch, wenn Euch Euer Leben lieb ist...«

Rasch riß Tiphaine Gilles aus der Wiege. Gräßliche Schreie und Kampflärm drangen immer wieder an ihr Ohr, als sie mit Briot floh. Doch im Grunde rannten sie nur ziellos fort. Zweimal wichen sie rasch zurück, als sie fast mitten ins Getümmel geraten wären. Tiphaines Brust schmerzte, und sie bekam kaum noch Luft, als sie endlich ins Halbdunkel der kleinen Burgkapelle gerieten. »Bleibt hier!« zischte der Page. »Irgendwer hält sie an der Tür zum Solarium auf. Noch sind wir nicht verloren.«

Damit verschwand er wieder. Tiphaine legte den wimmernden Kleinen neben dem Altar auf den Boden und eilte bestürzt zum Fenster, das zum Burghof hinausführte.

Dort unten hatte Vetter Leu im Winkel zwischen dem Stall und der Kurtine** ein wilderes Spiel als Schach gefunden.

* Die oberste Kammer eines mittelalterlichen Gebäudes (A. d. Ü.)

** Teil des Burgwalls (A. d. Ü.)

Umzingelt von rasenden Bauern wehrte er sich, bis er von ihnen buchstäblich in Stücke gehauen wurde. Und als sie entdeckte, wie das bluttriefende Haupt ihres Onkels, des Herrn von Ath, stolz auf einer Pike vom ehemaligen Küchenjungen hochgehalten wurde, wurden Tiphaine die Knie weich, und sie schleppte sich ächzend zum Altar. Kaum daß es ihr bewußt wurde, wischte sie alle Kerzen und das Kruzifix von der Platte. Das Tabernakel jedoch zog sie an sich und beraubte es des Weihrauchfasses, der Monstranz, des Hostientellers und des Meßkelchs. Das Ganze band sie im Altartuch zusammen, taumelte damit zur Tür und schleuderte die ganze Last in den Gang hinaus. Ein Leuchter an der gegenüberliegenden Wand fiel ihr ins Auge, und sie packte ihn, wie sie damals im Forst von Honoy das Beil gepackt hatte.
Nicht allzu weit von ihr entfernt, jedoch ohne daß sie es sehen konnte, tobte ein Kampf auf einer engen Treppe. Als Tiphaine unschlüssig innehielt und sich am Knauf der Kapellentür festhielt, erstarb das Getöse in einem letzten Todesschrei und dem Stampfen weitereilender Füße. Stille senkte sich über den Turm von Ath; eine Stille so furchtbar wie die Schlachtrufe bei einem Sturmangriff. Tiphaine fuhr ängstlich herum und biß sich in die Hand, um nicht schreien zu müssen.
»Gütiger Herr Jesus«, jammerte sie, »was kommt jetzt?«
Als nächstes erschien der Page. Er zog sich auf Händen und Knien um eine Ecke. Als die junge Mutter auf ihn zueilte, gaben seine Gliedmaßen nach. Als sie neben ihm kniete, verdrehte er den Kopf, um sie ansehen zu können.
»Alle sind tot, alle bis auf mich«, hauchte und stöhnte er. »Die Bauern sind weitergezogen, um die Priorei einzunehmen. Flieht, sobald die Gelegenheit günstig ist . . . Mit mir geht es zu Ende . . . Nehmt meinen Dolch . . . oh, mein Gott!«
Sein gebrochener Blick fuhr durch sie hindurch. Tiphaine erhob sich wie betäubt. Vom anderen Ende des Gangs ertönte ein heiseres Kichern.
»Sieh da, der letzte Gruß unter Liebenden! *Das ist die Dame, die Bastarde als Herrscher über uns großziehen will!*«

Seite an Seite standen dort die verrückte Yvonne und ein grobschlächtiger Leibeigener, der eine schwere Axt trug. Der Bursche warf einen Blick auf das Meßsilber, aber die Bettlerin schien nach etwas anderem Ausschau zu halten. Tiphaines Herz verwandelte sich zu Stein, und als die beiden sich in Bewegung setzten, marschierte sie zu allem entschlossen auf sie zu.
»Nun zeig, daß du ein Mann bist«, drängte Yvonne, als sie kurz vor der jungen Mutter stehenblieb. »Mache noch ein oder zwei Dutzend im Angesicht des gefallenen Liebesengels dort nieder ... Ich denke, was ich suche, finde ich in der Kapelle ... Aah, verdammtes Biest!«
Der Leuchter landete so sicher in seinem Ziel, als wenn der geschickte Vogelfreie Herbrand ihn geworfen hätte. Yvonne bekam ihn mitten ins Gesicht, und damit war das zu Ende gebracht, was der Scharfrichter des Grafen Barberghe einst begonnen hatte. Die Bettlerin drehte sich um ihre eigene Achse und kam schwer mit dem Schädel auf der Kalksteinwand neben der Tür auf. Tiphaines letzter Blick auf der Erde galt dem Erfolg ihrer Arbeit. Dann grub sich die schwere Axt des Bauern tief in ihren Schädel.
Gesättigt in seiner Mordlust und ohne auf Briot zu achten, der ihn mit gebrochenen Augen anstarrte, sammelte der Bursche das Meßsilber ein und machte sich auf dem Weg zurück, auf dem er gekommen war. Einige Zeit verging ... der Page kam noch einmal zu sich. Mit letzter Kraft und einem *Ave Maria* auf den Lippen zerrte er sich bäuchlings vorwärts. Endlich sank sein Gesicht zwischen Tiphaines Brüste, die immer noch rund und warm waren. Und dann wich auch das letzte Leben aus ihm.

Die ersten, die danach diesen Korridor des Todes betraten, waren der dunkle Müller von Ath und seine hagere Frau. Zitternd und sich unentwegt bekreuzigend – denn sie hatten keinerlei Anteil am Aufstand, weder auf der einen noch auf der anderen Seite – waren sie in den Turm geschlichen, um nachzusehen, ob sich etwas Brauchbares finden ließe. Als sie die Kapelle erreichten, fuhren sie erschrocken zurück, denn vom Altar kamen leise Geräusche.

»Grundgütiger Gott!« rief die Müllerin. »Ein Kind . . . es lebt noch und ist offenbar unverletzt . . .«
»Es ist der kleine Bastard«, murmelte ihr Mann. »Sieh nur, der Ring an seinem Hals ist aus Gold. Hm, das beste wäre wohl . . .«
»Nicholas, du bist ein Narr. Denk doch einmal nach. Was meinst du denn, wie lange dieser Aufruhr noch anhält? Nur so lange, bis das Wetter wieder besser geworden ist. Und dann? Ganze Armeen werden hier aufmarschieren und Hunderte von Galgenbäumen errichten. Doch wenn wir uns schön aus allem herausgehalten und sogar noch den Erben und einzigen Nachkommen des Hauses Ath gerettet haben . . .«
»Aber ich sage dir doch, es ist der Bankert. Du hast selbst den kleinen Herrn Juhel gesehen . . . besser gesagt das, was von ihm übriggeblieben ist.«
Die Müllerin legte einen knochigen Finger auf ihre Lippen und zwinkerte ihrem Gatten beziehungsreich zu. Der Mann starrte erst blöde, dann grinste er und nickte.
»Falls jemand sein Gewimmer in der Mühle hören sollte«, flüsterte die Frau, »sagen wir einfach, das sei unser kleiner Dodart. Gott sei Dank, daß unser Dodart so ein ruhiger Säugling ist.«
»Ja, und wenn sie doch einmal beide gleichzeitig brüllen sollten, müssen wir den Erben von Ath eben in den Brotkasten stecken. Wickle ihn in den Umhang und spute dich, bevor die Aufrührer mit den armen Mönchen fertig sind. Und wenn du schon den lieben Gott preist, dann preise ihn auch dafür, daß Aufrührer genausogut Brot brauchen wie hohe Herren. Andernfalls hätte man uns nämlich längst schon umgebracht. Ich sag dir was, Frau, ich werde den ganzen kalten Winter hindurch schwitzen bis zu dem Tag, an dem wir den Kleinen weitergeben können.«
»Laß dir nicht zu bange werden, Nicholas. Ich sorge schon dafür, daß unser aller Köpfe auf dem Rumpf bleiben.«
So verbrachte der kleine Gilles-Juhel die letzten sechs Wochen dieses furchtbaren Winters in der Wiege neben Dodart in der Mühle bei den Feldern des ausgeplünderten Turms zu Ath. Nach dieser Zeit war der Säugling nicht mehr Gilles, denn alles kam so , wie

die Müllerin es vorhergesagt hatte. Der strenge Prior von Saint Eloy über Hardonek erschien mit einer starken Abteilung Soldaten und erfuhr vom Schicksal seines guten Freundes, des Priors von Ath. Nachdem man alle Gebeine von Edlen und Beamten beerdigt hatte, die man in der Priorei fand, und nachdem man alle Leibeigenen aufgeknüpft hatte, die in den Wäldern aufgegriffen werden konnten, lieh der Prior dem liebedienerischen Müller und seiner kräftigen Frau sein Ohr. Er beschlagnahmte – auf deren ausdrückliches Bitten hin – deren Pferd und die Hälfte ihrer Vorräte; später bezahlte er sie heimlich in gutem Gold dafür. Und kein neugieriges Auge entdeckte vom Waldrand, wie ein kleines Bündel in den Sattelbogen vom Roß des Hauskaplans des Priors gelegt wurde.
Auf diese Weise gelangte das Kind, das später jedermann für Juhel hielt, vom zerstörten Ath nach Hardonek an der Küste des Nordmeers.

»Schon wieder mit dem Pflug bei der Arbeit, Freund«, sagte der hellhaarige Hausierer, während er sich auf seinen eisenbeschlagenen Wanderstab stützte und den Blick über den Weg fahren ließ, der sich am Unterholz neben der Mühle entlangwand.
»Ja«, grunzte der Müller. »Sie haben uns eben soviel übriggelassen, um wieder mit dem Pflügen zu beginnen.«
»Dann ist dies hier also Barberghe-Land?« fragte der zweite Hausierer und warf einen Seitenblick über das Ackerland auf den Turm, auf dessen Spitze ein Banner mit roten und schwarzen Vierteln flatterte.
»Nein, der Fuchs – der Graf – hat zur Zeit nur die Aufsicht über dieses Land. Er hat einen Spitzbuben von einem Ritter als Vogt über den Turm bestellt. Er behauptet, der Erbe des Hauses sei dem Gemetzel entkommen. Ich hingegen weiß nichts darüber. Doch eines will ich Euch raten, Wanderer: Falls Ihr in Eurem Gepäck etwas mitführen solltet, das aus der Burg oder dem Konvent stammt, dann laßt Euch lieber nicht in der Nähe des Turmtores blicken. Einer von Eurer Art hängt dort schon, und die Krähen

kommen, auf ihm eine Rast einzulegen und ihn mit ihren spitzen Schnäbeln zu liebkosen. Dieser verwünschte Ritter de Medrincourt kennt kein Erbarmen.«
»Sagtet Ihr de Medrincourt?« fragte der größere von beiden nach und rieb sich nachdenklich mit dem Daumen über das glatte Kinn. »Hm ... ich danke Euch für die Warnung, Bruder. Wir wollen hier nicht allzu lange verweilen. Ich wünsche Euch Gottes Segen, Ackersmann.«
Der Bauer grunzte nur und hob den Treibstock für seinen Ochsen wie jemand, der wußte, was man von solchen Wünschen von Hausierern zu halten hatte. Der große Wanderer machte sich rasch mit seinem kleinen Kameraden davon.
»War er es, der Euch für vogelfrei erklären ließ?« fragte der Kleine, als sie ein Stück Wegs hinter sich gebracht hatten, und ruckte mit dem Kopf in Richtung des Turms von Ath.
»Wie? Nein, das war sein Vater. Doch es ist nicht ausgeschlossen, daß sich dort jemand an mich erinnert, auch wenn ich mir den Bart abrasiert habe. Wie dem auch sei, ich will mir doch einmal kurz das stolze Banner über dem Tor ansehen.«
»Gott sei Dank«, murmelte Gandulf wenig später, »die Zugbrücke ist hoch.«
Joris kicherte und sah den Mitwanderer an.
»Nie zuvor habe ich jemanden gesehen, der soviel Angst vor der Gefahr hatte, obwohl sie noch gar nicht eingetreten war«, lachte er. »Andererseits ist das der Grund, warum ich Euch auf Kundschaft durch dieses Land mitgenommen habe, und nicht Madoc. Aha, ein Dolch, der sich zwischen zwei Sternen windet ... ja, ganz genauso war es.«
»War wie was?«
»Erinnert Ihr Euch noch an den Mönch und das rundliche Täubchen, die wir auf der Straße vom Jahrmarkt in Olencourt vor Gaston de Volsberghe beschützt haben?«
»Ja, jetzt wo Ihr es sagt, dieser salbadernde Tölpel. Ich hatte die beiden schon längst vergessen.«
»Ich nicht«, sagte Joris. »Dies hier ist nämlich das Ziel ihrer Reise

gewesen. Nun kommt rasch weiter. Der Wächter wird schon neugierig.«
Doch mit der Erinnerung an die beiden fiel Joris auch der Fluch des Mädchens wieder ein. Nicht etwa, weil ihm tatsächlich daraufhin ein Mißgeschick zugestoßen war, sondern weil Tiphaine die einzige von allen war, die ihn verwünscht hatten, die Anne geschmäht und als gemeine Hexe hingestellt hatte, ohne gleich darauf den Tod oder Pein zu erleiden.
»Dann hat eben auch einmal eine Frau das letzte Wort gehabt«, sagte er sich, »wollen sie ja sowieso immer. Nun, wie dem auch sei, sie ist tot und ihr Bankert auch. So hat es mir zumindest der geflohene Leibeigene von Ath vor einem Monat erzählt.«
Daß aus jener Nacht ein Kind erwachsen war, bedeutete Joris nichts. Tiere erkannten instinktiv seine guten Seiten, aber Kinder hatten nur Angst vor ihm. Außerdem war Tiphaine nicht die erste gewesen, die ihn zum Vater gemacht hatte.
»Was ist das denn schon wieder?« sagte er laut, als er vom Ruf eines Schweinehirten aus seinen Tagträumen gerissen wurde. »Was will denn diese Vogelscheuche von Leuten wie uns?«
Der Hirte schob ein paar magere graue Schweine beiseite und hüpfte auf die beiden Wanderer zu. Bevor er zu sprechen begann, warf er einen ängstlichen Blick über die Schulter.
»Ich wünsche einen guten Morgen, meine Herren«, sagte er weinerlich. »Kauft Ihr auch, oder verkauft Ihr nur?«
»Nun ja, wenn die Ware von einigem Wert ist«, antwortete Joris.
»Und natürlich ehrlich erworben wurde«, fügte Gandulf hinzu und zwinkerte beziehungsreich.
»Ah, Ihr seid Hausierer, wie die Armen sie sich in diesen Tagen wünschen«, krächzte der Leibeigene. »Nein, ich habe das Gut nicht in der Hütte, sondern hinten im Wald versteckt. Dort ist ein Spiegel aus poliertem Stahl zusammen mit einer Samthülle; und dort sind weiterhin eine Haarzange aus Silber, Damenschuhe aus weichestem Leder und einige andere Dinge. Doch ich will dafür gutes Silber als Bezahlung. Und Ihr müßt mir schwören, mich

nicht übers Ohr hauen zu wollen.« »Zu klein für Anne«, dachte Joris, als er die Schuhe in der Hand hielt. »Sie ist schließlich kein geziertes Burgfräulein, nein, wirklich nicht.«
»Ein wenig beschlagen«, gab der Leibeigene zu und kicherte rauh. »Aber alles ehrlich erworben, da gibt es kein Vertun. Mir lief der Schweiß die Stirn herunter, als ich diese Güter erwarb, das kann ich Euch schwören.«
»Ich nehme den Spiegel«, sagte Joris laut.
Und auf dem polierten Stahl sah er, wie das Sonnenlicht dieses kühlen Märznachmittages über die Wipfel schlich und das Banner auf dem Turm von Ath golden bestrahlte.

III

Herodias in Hastain

Ta-ratt, ta-ratt, ta-rattatatt – ta-ratt, ta-ratt, ta-rattatatt ...
Die Kesselpauke fügte dem Summen des Marktgeschwätzes und dem Brüllen des Viehs ihre eigene Melodie hinzu. Mitten auf dem windigen Platz verhieß ein hoher, mit rot und gelb gestreiftem Tuch bespannter Stand Heiterkeit und Frohsinn; zumindest für die Bürger, die genügend Münzen hatten, sich die Darbietungen anzusehen. Denn das Land hatte sich noch nicht wieder erholt, und so mancher konnte sich nur das Nötigste leisten. Mochten Joris und Gandulf auch noch so hartgesotten sein, sie reihten sich mit einer seit Tagen nicht mehr gespürten Erleichterung in die Schlange ein, um die Marktgebühren zu entrichten.
»Was hat denn das Trommeln zu bedeuten?« fragte ein Mann vor ihnen den nächsten.
»Ein Puppenspiel wird angekündigt«, lautete die Antwort. »›Herodes und Johannes der Täufer‹. Besser heute als an St. Michaelis*. Guelf Reinager, der verdrehte Apotheker, führt es auf. Man sagt, er sei aus Dunsberghe geflohen, weil man ihn dort der Grabschändung verdächtigte.«
»Wo stammt ein Mann mit einem solchen Namen denn her?«
»Sein Vater war ein Ostmann, und seine Mutter kam aus Dunsberghe. Es heißt, er sei ein guter Ringer gewesen. Und auch das Messer könne er mit tödlicher Sicherheit führen. Die Weiber haben sich früher in Scharen vor seinem Haus versammelt, um Salben und Tränke zu erwerben, und was weiß ich sonst noch. Doch heute hat er sich dem Darstellerleben verschrieben und braut keine Tränke und dreht keine Pillen mehr; höchstens heimlich. Der

* 29. September (A. d. Ü.)

Marktwächter wollte es erst nicht erlauben, auf einem gewöhnlichen Markt ein solches Schauspiel zu bieten. Doch Guelf bettelte und flehte lange genug und verwies auf die Härte des vergangenen Winters, nach der er etwas zu essen verdienen müsse und den Bürgern eine kleine erbauliche Freude guttun würde.«
»Da hat er nicht unrecht. Letzte Weihnacht war die Zuschauerschaft für ein Puppenspiel sehr klein. Zu viele haben selbst wie Puppen herumgehampelt.«
»Jawohl, beim immergrünen Tann. Doch wenn ich die Felle so betrachte, von denen wir schon am Tor gesprochen haben . . . «
Gandulf stieß Joris leicht in die Rippen und deutete mit einer knappen Kinnbewegung auf eine Seitenstraße, wo unter einem sich zwischen den Wolken ausbreitenden blauen Himmel regennasses Kopfsteinpflaster das Sonnenlicht widerspiegelte. Mitten auf der Straße stand ein altes Weib und hielt sich eine Hand hinters Ohr, um das Trommelschlagen hören zu können. Plötzlich, als sie sich allein und unbeobachtet wähnte, fing sie an zu gackern und riß ihre zerfetzten Röcke hoch. Dürre Schienbeine und ausgelatschte Holzschuhe führten das Zerrbild einer Gigue auf. Joris feuerte sie durch begeisterte Zurufe an, und von einem Moment auf den anderen hielt die Alte inne. Die Vettel zeigte ihre zahnlosen Gaumen und hob tadelnd den Zeigefinger. Dann hüpfte sie in eine Nebengasse und war verschwunden.
»Die Alte muß zu ihrer Zeit eine fröhliche Tänzerin gewesen sein«, sagte Gandulf voller Anerkennung. Doch Joris hatte seine Aufmerksamkeit längst dem Antlitz einer Jüngeren zugewandt, das halb verborgen neben der Lade eines Fensters im ersten Stock eines Hauses nicht weit von ihnen erschienen war. Die Frau starrte mit grimmiger Freude auf den Stand mit dem Puppenspiel. Joris kicherte leise über sie.
»Arme Klatschbase«, dachte er. »Den ganzen Markttag über hat sie nichts anderes zu tun, als aufmerksam Gesprächsstoff für den Tratsch einer ganzen Woche aufzulesen. Beim Blute des Papstes, sie rackert sich ordentlich für ihr einziges Vergnügen ab! Doch was rede ich, ich bin ja auch nicht zum reinen Vergnügen hier . . .«

Zehn Minuten später waren Gandulf und er beinahe die einzigen, die sich vor der Puppenbühne eingefunden hatten. Die Mittagsstunde war herangerückt, und alle Überredungskunst von Guelf konnte nicht mit dem Bier und den Pasteten in den Gasthöfen von Hastain wettstreiten. Doch der Schausteller ließ sich nicht beirren und schlug tapfer die Trommel weiter und ließ die Rassel ertönen, die mit festem roten Leder bezogen und mit kleinen Glöckchen behängt war. Beim Anblick von Guelfs Leib und den festen Muskeln, die das Harlekinkostüm kaum verbergen konnte, reckte Joris unwillkürlich die eigenen Schultern.

Kinn und Kopf des Guelf waren mit blauschwarzen Haaren bedeckt. Er hatte ausgeprägte Gesichtszüge und braune, gebieterische Augen, die zu eng zusammenstanden, um ihn anziehend aussehen zu lassen. Er trommelte und rasselte, als wollte er sich vor einem tausendköpfigen Publikum Gehör verschaffen. Und über ihm, in der rot umrandeten Öffnung der Puppenbühne, bewegte die Miniatur-Salome bereits ihre Hüften, den rot bemalten Schmollmund und die dicken Brüste. Aus dem Zelt ertönten einige monotone, sanfte Gongschläge, bis Guelf einen wahren Wasserfall von Worten aussprudelte.

»Herbeigeströmt, edle Damen und Herren, nur herbeigeströmt. Hier könnt ihr erfahren, wie es dazu kam, daß der heilige Johannes der Täufer sein Haupt verlor, was wir euch gleich genaustens und zur Erbauung vor Augen führen wollen. Danach werdet ihr Zeuge, wie ein nubischer Sklave auftritt, wie ein Held auf einem edlen Roß aus purem Gold herbeigeritten kommt und wie ein Trompetenstoß ertönt, der jeden einzelnen Wurm im Bauch des Königs Herodes aufschreckt.

Wir haben dieses Stück bereits vor Seiner Majestät dem König in Hautarroy aufgeführt, vor seiner Eminenz, dem Grafkardinal in Estragon, vor den edlen Herzögen von Saulte, Camors, Ahun, Baraine und Volsberghe und überall in deren Reichen. Und auch jenseits des Königreiches sind wir gezogen und haben das Stück vor dem Erzherzog Adalbert in seiner gewaltigen Burg in Harenheim aufgeführt. Hier an meinem Finger seht ihr einen Ring mit

einem Opal, der in allen Farben des Regenbogens schimmert. Den hat mir der Erzherzog höchstpersönlich zugeworfen; denn er war in tiefe Trübsinnigkeit verfallen, die sogar sein Leben zu bedrohen begann. Seit drei Monaten hatte er kein einziges Mal mehr gelacht, bis er meiner Puppen ansichtig wurde und das Mysterienspiel der großen Flut erlebte. Das riß ihn von seinem Thron. Er schluckte einmal kräftig auf, und danach lachte er, bis ihm die Tränen die Wangen herabliefen. Er wollte unbedingt, daß ich in seine Dienste trete, doch ich gab ihm folgende Antwort: ›Weithin gerühmter und mächtiger Prinz, dessen Schwert die moskowitischen Heiden zur großen Genugtuung und Begeisterung aller Christenmenschen zerschmettert hat, ich wurde in Basse Honoy geboren und muß dorthin zurückkehren. Denn gerade in diesen Tagen ist die Rebellion der schwarzherzigen und undankbaren Bauern in ihrem verräterischen Blut erstickt worden, und so sind die Straßen wieder frei und sicher für ehrliche Wanderer und unschuldige Puppen. Bitte bedrängt mich nicht und erspart mir gnädigst eine offene Ablehnung eines so unerwarteten und großzügigen Angebots!‹ Nach diesen Worten spendete mir der Erzherzog lange Beifall, und die Erzherzogin selbst warf mir mit ihrer zarten Hand eine Börse voller Gold zu, von dem ich einen großen Teil dafür ausgab, Herodes mit einer neuen Krone und Salome mit neuem Schmuck auszustatten; Geschmeide von erlesener Pracht, wie ihr in wenigen Augenblicken selbst sehen könnt ...«
»Was für ein Windbeutel«, dachte Gandulf, »aber auf den Ring kann er sich etwas einbilden.«
Joris sagte nichts, sondern betrachtete statt dessen den glatten Horngriff des wunderbaren Dolches an der Seite des Schaustellers. Er hob den Blick gerade rechtzeitig, um zu sehen, wie Herodias neben Salome auf die Bühne schwebte. Der Sermon des Ausrufers erstarb. In die Stille stießen die ersten Worte von Salome.
»In meinen Adern brennt ein gewaltiges Feuer. Herrin, ich glaube, ich könnte ewig tanzen.«
»Was für eine Narretei, Tochter. Sei lieber stille und hör zu. Kennst du diesen Johannes von den Eselshäuten, diesen anmuti-

gen verwirrten Propheten, der Menschen ins Wasser des Jordan taucht?«
Salome stand still und lauschte. Auch Joris hörte genau zu. Alle Farbe war aus seinem Gesicht gewichen, und trotz der warmen Mittagssonne fröstelte ihn. Herodias besaß eine Stimme, die selbst der tote Bruder Eugenius beeindruckend reich und rein gefunden hätte. Für Joris war es ausgeschlossen, daß es auf dieser Erde eine zweite Stimme wie diese geben sollte.
»Was fehlt Euch?« flüsterte Gandulf besorgt.
»Nichts«, antwortete Joris. »Legt Euren Tragsack ab und besorgt Wein und Pasteten. Nun macht schon!«
Gandulf eilte davon. Als er zurückkehrte, war das Puppenspiel abgebrochen worden. Joris war der einzige Zuschauer, und Guelf Reinager sah es für sich und sein Ensemble als unter seiner Würde an, zur Belustigung eines einsamen, faulen Hausierers zu spielen.
Vier Gestalten tauchten am hinteren Ende des rotgelben Zeltes auf: eine dicke Vettel, ein mager und krank aussehendes Mädchen, ein bärtiger Zwerg mit krummem Rücken – und als letztes eine vornehm daherschreitende Frau mit einem grauen Kapuzenumhang. Hemd, Hose und Schuhe waren von der gleichen Farbe.
Gandulf beobachtete, wie Joris blind durch umgestürzte Waren stolperte. Die graugekleidete Frau hatte beeindruckend schwingende Hüften und legte dem Ausrufer eine sehr weibliche Hand auf den Arm.
»Stopft mich mit Steinen voll und bratet mich über offenem Feuer«, schoß es Gandulf durch den Kopf, »wenn dieses rosige Gesicht nicht das von der Roten Anne ist! Was nun?«
Er griff den Flaschenhals fester und trat neben seinen Hauptmann. Er kam gerade rechtzeitig, um die ersten Worte dieser einmaligen Stimme zu hören.
»Haltet ein, Guelf«, befahl Anne. »Dieser Mann gehört zu meinen Freunden . . . zumindest kam er mir vor zwei Jahren in großer Not zu Hilfe. Doch ich weiß seinen Namen leider nicht.«
Zum erstenmal sahen Joris und Anne sich direkt in die Augen. Ihre jeweiligen Gefährten sahen von einem Gesicht zum anderen

und wurden sich bewußt, daß dies keine alltägliche Wiederbegegnung war.
»Sagt mir«, begann Joris, »sagt mir, da Ihr mich kennt, ob auch alle diese Menschen am Zelt Eure Freunde sind.«
»Gute und verläßliche Freunde«, sagte Anne. »Doch wer seid Ihr?«
»Das sollt Ihr sogleich erfahren, wenn Ihr Eure Freunde bittet, ein Stück fortzutreten.«
Anne dachte nach. Unter den kastanienroten Brauen blickten stiefmütterchenblaue Augen. Sie standen weit auseinander und vereinten sich zu einem offenen, direkten Blick. Joris wäre fast in diesen Augen aufgegangen, doch irgendwo in ihm war noch ein Quentchen Kraft übrig, die ihn aufrecht hielt. Er konnte sogar noch soviel denken, um festzustellen, daß es Annes Schönheit nicht den geringsten Abbruch tat, wenn das wunderbare rote Haar wie jetzt unter einer Haube versteckt war.
»So ein geheimes Geheimnis?« lächelte sie. »Was wäre, wenn ich dem Marktwächter einen Wink geben würde?«
»Das würde ihn sicher freuen, aber nicht so sehr wie ein anderer Hinweis.«
»Und was für einer?«
»Daß *Ihr* hier zugegen seid.«
Anne grinste jungenhaft und zeigte kräftige weiße Zähne. Sie hatte die Hände hinter dem Rücken verschränkt, und die Füße standen weit auseinander. Joris wurde plötzlich bewußt, welcher unerhörte Zauber hinter ihrer Schönheit war. Halb als guter Kamerad und halb als Mutter gab sie sich jetzt. Und damit war sie sicher spielend in der Lage, den Wahnsinn des Schlächters einzulullen und seine wilden Reiter zu beherrschen. Damit konnte sie alle Grausamkeit zunichte machen und das Beste aus allen Menschen herausholen, wenn sie es nur wollte.
»Es hat wohl wenig Sinn, sich mit dem Schandpfahl oder dem Galgenbaum anzufreunden, bevor das Geheimnis gelüftet wurde«, erklärte Anne leise. »Hat es Zeit bis zum Einbruch der Nacht?«
»Aber gewiß doch.«

»Dann kommt zum ›Wappen des Leoparden‹, sobald es zum Complinum läutet*. Fragt dort nach der Nichte von Guelf Reinager.«

»Nichte?« wiederholte Joris ungläubig, doch sein Blick wich keinen Moment von dem bezaubernden, rosigen Gesicht vor ihm. So bemerkte nur Gandulf beim Schausteller das Zucken der zusammengebissenen Lippen.

»Ja, Nichte, was dagegen?« erwiderte die Puppenspielerin spöttisch. »Hier kennt man mich nur so und nicht anders. Wollt Ihr zu der Abendstunde kommen?«

»Bei Gott, das will ich. Habt tausend Dank, edle Anne.«

»Eine für meine Ohren wenig schmeichlerische Anrufung. Doch was sind schon Worte gegen ein Geheimnis, das so wichtig sein muß. Seht nur, die Leute strömen wieder aus den Gasthäusern, um sich bei Herodes und Herodias zu amüsieren. Lebt einstweilen wohl und hütet Euch davor, die Kappe abzuziehen.«

»Ihr werdet am Abend willkommen sein«, knurrte Guelf. »Doch bis dahin ...«

Anne schlüpfte ins Zelt zurück. Joris und Guelf sahen sich beide fest an. Jeder verwandelte seine Züge in eine Maske. Der Schausteller senkte als erster die Lider, doch Joris hatte den Eindruck, als sei nicht allein er dafür verantwortlich.

»Viel Erfolg für Herodes und Johannes, Freund«, verabschiedete er sich. »Gandulf, kommt, wir gehen uns etwas zu essen suchen.«

Als die beiden gemächlich abzogen, vergrößerte Joris die Verwirrung seines Gefährten.

»Kommt mit zum Brunnen«, sagte er munter. »Heute nachmittag gibt es keinen Wein für Joris.«

Hinter ihnen wurde Guelfs Stimme plötzlich von einem Trommelwirbel übertönt.

Ta-ratta-tatatt, ta-ratt, ta-ratt ...

* Die letzte kanonische Gebetsstunde (A. d. Ü.)

Während der Nachmittagsstunden verhökerte Joris seine Waren wie im Traum. Manchmal war seine Stimme so leise, daß sich nur die Lippen zu bewegen schienen und weder Gandulf noch einer der Umstehenden etwas vernehmen konnte. In solchen Augenblicken redete der Räuberhauptmann von den Runen, die er vor zwei Jahren auf demselben Marktplatz erstanden hatte. Runen, die sein Herz gefangenhielten und nun durch seinen Kopf marschierten.
Von Geburt war Joris Leibeigener gewesen, doch hatte ihn unterschiedlichstes Blut davor bewahrt, in ergebenes Sichselbstversagen zu verfallen. Bis zu seinem achtzehnten Lebensjahr hatte Joris in einer Försterhütte gelebt, die etwa eine Meile von der großen Burg Montcarneau entfernt stand. Die Feste bewachte das flache und fruchtbare Land im Wald von Nordanay. Dort wuchs er mit Schlägen, Tritten und Verwünschungen auf bis zu dem Tag, an dem ihn der Mann seiner Mutter mit einem Dreschflegel über die Lichtung jagte. Der junge Bursche rannte um eine Biegung und dort mit dem Kinn in den silbernen Steigbügel eines Edlen, dessen Pferd gemächlich auf dem Sand zwischen Erika und Kiefern lief. Als der wutschnaubende Leibeigene dort ankam, fand er dort den Jungen und den Edlen vor, wie sie gegenseitig ihre ähnlichen Züge betrachteten, die gleiche Hakennase, die gleichen schweren Lider, die gleichen wasserblauen Augen . . .
»Wessen Sohn bist du?« wollte der Bruder des Grafen von Montcarneau schließlich wissen.
»Der Sohn von Morgain von der Furt, hoher Herr.«
»Und wie alt bist du?«
»Zwölf Jahre, Herr.«
»Was? Sollten schon dreizehn Jahre seitdem vergangen sein? Sag mir, auf welche Fertigkeiten du dich verstehst.«
»Ich kann Holz schlagen, Torf stechen und Farnkraut abschneiden. Ich sammle den Kot vom Taubenschlag des Priesters ein. Ich treibe das Vieh zum Wasser und die Schweine zum Trog. Ich verscheuche die Vögel von den Äckern. Letzten Winter habe ich mit einer Steinschleuder eine Wölfin niedergestreckt. Sie war nur betäubt, und da habe ich sie mit einem Beil erschlagen.«

»Genug, Briareus* der hundert Hände. Warum jagt er dich?«
»Weil er mich verhauen will. Jeden Morgen verpaßt er mir eine Abreibung. Und wenn er vom Gutsverwalter Hiebe bekommen hat, prügelt er mich abends noch einmal durch. Heute aber habe ich ihm meine dicke Suppe ins Gesicht geschleudert.«
»Sein Kinn gibt beredte Kunde davon. Warum hast du das getan?«
»Weil er meine Mutter immerzu Hexe nennt.«
»Hm, zu ihrer Zeit konnte sie durchaus verzaubern. Komm zu mir, Suppengesicht.« Der Leibeigene trat unsicher vor.
»Höre meine Worte: In Zukunft prügelst du diesen Knaben nicht mehr öfter als einmal im Monat. Er wird das auf einem Kerbholz notieren. Schneide ihm aus Eibenholz einen Bogen von etwa vier Fuß Länge. Und damit schickst du ihn morgen auf den Schießplatz. Sobald er fünfzehn Jahre zählt, führst du ihn wieder zu mir. Zu der Zeit müßte er eigentlich in der Lage sein, dich durchzuprügeln. Damit hast du ausreichend Anlaß, dich ihm gegenüber zu mäßigen. Junge, gib deiner Mutter diese Münze und sage ihr, im Lauf der Jahre können wir vielleicht noch etwas Gescheites aus dir machen.«
Im Lauf der Jahre entwickelte sich Joris zu einem ausgezeichneten Bogenschützen. Er verstand sich meisterlich und fast schon unheimlich auf den Umgang mit Hund und Pferd. Und als Jäger war er klug, flink und gewandt. Unter seiner Führung gingen ältere Kirchenmänner und hochgeborene junge Männer, die Gäste und die Pagen von Montcarneau auf die Jagd. Einer dieser Waidwerker, ein Abt, brachte ihm das Lesen und Schreiben bei. Und ein herzoglicher Barbier trimmte seinen Bart und brachte ihn in Form. Als Joris einundzwanzig war, starb der Bruder des Grafen. Der Graf verlor seinen besten Jäger beim Würfelspiel an den strengen Ritter von Medrincourt und gab ihm noch die verwitwete Leibeigene Morgain als Dreingabe, damit Joris sich auch in Zukunft um seine Mutter kümmern konnte.

* Ein hundertäugiger Riese aus der griechischen Mythologie (A. d. Ü.)

So gelangte Joris nach Basse Honoy und fand dort eine fleißigere Beamtenschaft und eine verdrießliche Zucht in allen Fragen des Vergnügens, vornehmlich des Weins und der Hurerei, vor. Nachdem er seine volle Körpergröße erreicht hatte und dann seine Kraft zur höchsten Form steigerte, dabei aber niemals vergaß, daß er hier nur als niederer Diener galt, entwickelte er sich bald zu einem gefürchteten Schläger. Wenn er einen Freien mit dem Ellenbogen aus dem Weg oder gar in den Rinnstein stoßen konnte, stärkte das seinen Stolz enorm. Und jede Spelunke in Medrincourt füllte sich sofort, wenn die Nachricht die Runde machte, daß Joris wieder einen unglücklichen Fremden mit knapp verfehlenden Messerwürfen in Todesangst trieb.
Eine Schwachstelle gab es jedoch bei diesem Unbesiegbaren, und das war die Liebe zu seiner Mutter. Seit sie von ihrer Furt weggeschickt worden war, fand sie nur wenig Freude unter den fremden Menschen. Auch vermißte sie die Geräusche des Wehrs, die für sie zu einem festen Bestandteil der Waldmelodie rund um die Hütte gehörte, in der Joris das Licht der Welt erblickt hatte. Joris selbst verspürte nie Heimweh und bemühte sich, die Mutter mit kleinen Geschenken fröhlicher zu stimmen. Als der Ritter ihn eines Tages auf den Sommerjahrmarkt nach Hastain schickte, um dort Spornsporen und Jagdkleidung zu erstehen, lungerte Joris etwas verloren zwischen den Ständen herum, deren Auslage dazu angetan war, die Bürgerinnen zu versuchen.
Dort sah er zum erstenmal die Rote Anne. Ihr Gesicht war vom Feilbieten gerötet, und ihr zusammengeknotetes Haar hob sich blendend vom sonnenverbrannten Kalkstein des Marktplatzes ab. Zu dieser Zeit war Joris bereits zweiundzwanzig, während sie siebzehn Jahre zählte. Über dem orangefarben flammenden Seidengewand richteten die blauen Augen zum erstenmal in Joris' Herz eine Verheerung an.
»Es tut mir leid«, erklärte Anne, »aber ich habe nicht viel anzubieten für einen artigen jungen Mann, der seiner Mutter etwas Hübsches schenken möchte. Solche Kunden wie Ihr kommen nur selten an die Stände, was ich eigentlich bedauerlich finde. Seht diesen

Stoff hier in Grau und in Hellbraun. Das würde Eurer Mutter sicher gut anstehen.«
Ihre ruhige Art und lächelnde Freundlichkeit erstickte seinen ersten Impuls und vereitelte auch gleich noch den zweiten, ihr Interesse durch weiteres Reden über seine Mutter zu erwecken. Erst nach einer Weile überwand er seine Verkrampfung, und er beugte sich vor, um den Stoff dort zu betasten, wo Annes Finger ihn erwärmt hatten. Und er murmelte etwas vor sich hin, bevor ihm bewußt wurde, was er da eigentlich sagte.
»Nein, sie hat genug zu essen und ein Dach über dem Kopf, aber ihr Herz ist krank. Sie schämt sich ihrer harten Aussprache und ist doch zu alt, sie noch zu ändern. So wandert sie oft allein im Wald umher und spricht zu den Vögeln und kleinen Tieren. Manchmal folgen ihr die kleinen Kerle bis an die Tür unseres Hauses. Einmal kam sogar ein Wiesel ...«
Annes Blick wanderte zum Wappen derer von Medrincourt – eine Raute in Silber und Schwarz –, das in Schildform auf dem grünen Gewand des Jägers aufgenäht war. Dann sah sie wieder auf, und Joris hielt mitten im Satz inne, als hätte er ihn mit einem Beil gekappt. Er warf einen Blick nach links und nach rechts und beugte sich dann über die Theke. Seine Stimme wurde heiser vor Ärger auf die Welt und Zorn über sich selbst.
»Vier Kronen für den grauen Stoff? Nehmt viereinhalb Kronen und vergeßt damit, was ich gesagt habe.«
Auch Anne sah sich rasch nach beiden Seiten um. Niemand war nahe genug, um sie belauschen zu können. Dann sah sie ihm geradewegs in die Augen, und Joris' Herz begann zu beben. Hier standen sich nicht Mann und Frau gegenüber, sondern zwei starke Geister. »Narr!« schimpfte sie sanft, aber bestimmt. »Ich tratsche doch nicht herum.«
Joris zwang sich zu seiner gewohnten äußeren Härte zurück und starrte sie einen Moment lang ohne zu blinzeln an.
»Bei Gott«, brummte er, »ich glaube wirklich, daß das nicht Eure Art ist. Aber ich gehöre zu denen, die nur das glauben, was sie überprüfen können. Ich bitte Euch um Vergebung.«

»Macht doch nichts«, antwortete das Mädchen, »doch sagt Eurer Mutter, daß sie auf sich und Euch achtgeben soll.«
Als Joris den Seidenstoff in Empfang genommen hatte, sah sie ihn freundlich an, doch das Necken, das zu beider Art im Umgang mit dem anderen Geschlecht gehörte, erstarb ihm auf den Lippen. Er setzte sich den spitz zulaufenden Jägerhut auf und war wieder stolz auf die silberne Medaille und die lange Fasanenfeder an dem Stück. Als er fortging, wünschte er sich eigentümlicherweise, daß die Hälfte der Vergnügungen seines jungen Lebens nie stattgefunden hätte.
In jener Nacht verspottete er sich und Anne und versuchte, das unbekannte starke Gefühl in ihm in Wein zu ertränken. Der Kauf der Sporen brachte ihn zum ersten Becher. Weitere folgten rasch, und Joris wurde zunehmend grimmiger und trauriger. Er nahm sich fest vor, sich in Zukunft nicht mehr von irgendwelchem roten Haar auf der Welt auch nur im mindesten beeindrucken zu lassen. Stockbetrunken schlief er bis zum Mittag in einem Stall. Als es ihn dann wieder auf den Jahrmarkt trieb, waren die Rote Anne und ihr Stand nicht mehr da. Keiner von denen, die er fragte, warum das rothaarige Mädchen schon nach dem ersten Tag eines dreitägigen Jahrmarkts abgezogen war, konnte ihm etwas darüber sagen – vielleicht wollten sie ihm aber auch nichts sagen. Andererseits hatte Joris wenig Lust, zu lange nachzubohren. Von Anne fand er nicht die geringste Spur, während das Bedürfnis, sie wiederzusehen, ihn immer stärker plagte. Zum erstenmal in seinem Leben erfuhr er, wie schmerzhaft und lähmend eine Enttäuschung sein konnte, die sich nicht durch Stahl oder Muskeln beheben ließ. Alles, was er über sie erfuhr, war dies: Die Rote Anne zog mit ihren Seidenstoffen über die größeren Märkte von Basse Honoy.
Während Joris auf das Kopfsteinpflaster starrte, auf dem Anne gestanden hatte, zupfte ihn jemand leicht am Ärmel, und er hörte neben sich eine freundliche Anrede. Er drehte sich um und erkannte Ingolard, den einbeinigen Spielmann, dessen silberne Stimme und schlohweißes Haar fester Bestandteil von allen Festlichkeiten in Hastain waren. Ingolard saß auf den Stufen des

Marktkreuzes, und sein ganzes verrunzeltes Gesicht lächelte leise. Er hob einen schmutzigen Zeigefinger von einer offenen Rolle auf seinen Knien und streckte ihn wie zur Anklage nach dem blonden Haar von Joris aus.
»Fremder, Ihr tragt wirklich Gold auf dem Haupt«, sagte er freundlich. »Doch diese Runen hier handeln von Gold und Rot. Ja, von Gold und Rot und Schwarz.«
»Was wollt Ihr?« fuhr der Jäger ihn an und bückte sich, um den Burschen zu packen und durchzuschütteln. »Was ist das für ein Narrengerede?«
»Nein, keine Narrenrede und auch keine Täuschung«, wehrte Ingolard empört ab. »Vielmehr ist dies die wahrhaftige Prophezeiung des Untergangs, und dieser wird herbeigeführt von jemandem, der hierin eine Rolle spielt.«
Joris verzog das Gesicht, las dann aber doch die Papierrolle. Und mitten in der Lektüre wirbelte er herum und suchte die Gesichter der Umstehenden ab. Seine harten Augen vergrößerten sich, und die freie Hand fuhr an den Dolchgriff; denn er glaubte, ganz in seiner Nähe das Lachen der Roten Anne gehört zu haben. Verwirrt und mit finsterer Miene wandte er sich wieder dem Text zu, und seine Lippen bewegten sich zum Rhythmus der Zweizeiler, die in verblichener roter Tinte niedergeschrieben waren.

Schwarz und Gold
Von Rot gewollt

Gold und Rot
Finden sich in Not

Doch werden sie getrennt
Bis viele Jahre verrennt

Rot macht schlimme Sachen
Das bringt Schwarz zum Lachen

Schwarz und Rot
Zusammen im Liebesboot

Gold leidet große Pein
Schwarz stellt allen ein Bein

Rot läuft rasch davon
Ehe untergeht seine Sonn

Schwarz geht von der Welt
Und Gold nun endlich erhält
Rot, das alles, was für ihn zählt

Dreimal las Joris die Runen von Anfang bis Ende durch. Dann sah er hinab in das helle, überzeugte und ruhige Gesicht des Spielmanns.

»Woher habt Ihr diesen Text?« wollte er wissen.

»Von einem Alten, der mich auch in den alten Schriften unterwies. Er war hin und her gerissen zwischen Ohnmachtsanfällen und Visionen des zweiten Gesichts. Einmal war ein Anfall so schwer, daß er daran verschied. Doch er erzählte mir alles, was diese Runen angeht, daß nämlich großer Ruhm in Basse Honoy auf helles Rot und helles Gold wartete. Und ich habe in meinem ganzen Leben noch nie so helles Goldhaar gesehen wie bei Euch. Euren Namen kenne ich nicht, Fremder, doch ich schätze, Ihr seid einer der Menschen, für die die Welt gemacht wurde.«

Die Worte klangen so geheimnisvoll und schrill, daß es Joris doch sehr mulmig wurde. Er, der keinen Mann fürchtete und für Gott und den Teufel gleichermaßen nur ein Schulterzucken oder eine Grimasse übrig hatte, spürte, wie seine Selbstsicherheit zu Gewißheit erblühte. Vertrauen in ein Schwert, Vertrauen in Joris, der als Leibeigener keine solche Waffe tragen durfte.

Der Ritter de Medrincourt duldete auch bei einem Lieblingsdiener keine Verspätung, und so eilte Joris am Nachmittag mit langen Schritten zurück. Die Runen trug er im Herzen, und das Blut eines großen Hauses sang in seinen Ohren vom Glück des Niederen im dunklen Spiel des Lebens. Was, wenn der Text verschlüsselt war, und was hatte es mit der Verkündung von Rivalität und Trennung auf sich? Joris spürte tief in seinem Innern, daß eine Schicksalsmacht, die jenseits von Gott und Satan lag, wie Priester und Hexenmeister sie kannten, sein Leben mit dem von Anne verknüpfte und ihn für ein Leben in Macht und Ruhm vorgesehen hatte.

Und von dieser ersten Ahnung der Vorherbestimmung leitete Joris in seinem Herzen ein Bild von Annes Stimme, Gestalt und Art ab, das von nun an sein Geheimnis in der Plackerei und den Turbulenzen seines Lebens wurde. Das neue Leben kam rasch zu ihm, und Annes guter Rat erwies sich als nicht unbegründet. Seine Mutter Morgain wurde von den Nachbarn geschmäht und verspottet, weil sie so fremd war und so sonderbar sprach. Sie reagierte auf diesen Hohn bald mit gemurmelten Verwünschungen. Schließlich erzählte man sich überall im Dorf von ihren Gesprächen mit Vögeln und Tieren im Wald. Als dann eine Viehpest ausbrach, versammelten sich der Priester und die aufgebrachte Menge vor ihrer Tür. Man lockte Joris in eine Falle, band ihn und bewachte ihn, während man an seiner Mutter die Hexenproben durchführte. Der Ritter und die Soldaten hatten Mitleid mit Joris. Sie versetzten seinen Wein mit einem starken Schlafmittel, so daß er besinnungslos auf dem Boden lag in der Stunde, in der seine Mutter hingerichtet wurde.

Eine Woche lang blieb der Jäger bei seinesgleichen und ließ sich äußerlich nichts anmerken, während seine Miene unbewegt blieb. Dann traf er durch Zufall oder Vorherbestimmung auf den dicken Subprior, der seine Mutter zum Tod durch die Garotte verurteilt hatte. Wut bestimmte den Gebrauch seines Beils. Dem Kirchenmann blieb nur noch die Zeit, die ersten Worte des *Paternoster* zu sprechen, und seit der Zeit konnte Joris lateinische Worte nicht mehr ertragen. Lange Zeit über kam ihm auch kein Latein mehr zu Ohren. Nach dieser Tat blieb ihm nur noch die Flucht hinaus aufs Land, bevor die Hunde, die er selbst versorgt hatte, auf ihn gehetzt werden konnten.

Für vogelfrei erklärt und exkommuniziert versteckte er sich im Hochland und im wilden Wald von Honoy. Er begegnete nur Hunger und Schwäche, dem Schweiß des Gehetzten und dem Haß von jedermann, der seiner ansichtig wurde. Und die Rote Anne suchte ihn in seinen Träumen heim. In den ersten sechs Monaten seiner Einsamkeit fand er neun Meilen südlich von Pont-de-Foy eine Schlucht, von deren höchster Stelle aus man zwanzig Meilen weit über das Moor- und Waldland sehen konnte. Die Schlucht bestand aus Kalkstein und enthielt Höhlen und fließendes Wasser. In dieser Gegend war es niemals windstill, und der Rauch von einem Feuer am Schluchtboden löste sich auf oder wurde zerblasen, ehe er jemandem auffallen konnte. Aus dieser natürlichen Festung machte Joris ein Bollwerk. Einzeln oder in kleinen Gruppen stießen andere Männer zu ihm. Und bald scharte sich um ihn eine Bande von Vogelfreien und in den Ruin Getriebenen. Und nicht allzu lange dauerte es, bis man sich überall erzählte, im nördlichen Neustrien gebe es viele Steine, aber nur einen Fels.

Ritter und Kaufleute und mehr als nur ein Kirchenmann gelangte in die Schlucht, um dort seine Zeit abzusitzen, bis das Lösegeld eingetroffen war. Manche warteten vergeblich und wurden erbarmungslos von einem hohen Felsen hinuntergestoßen. Sümpfe und Erdspalten machten die Gegend kaum passierbar, und die Adligen, die allesamt eifersüchtig aufeinander waren, unternahmen nie eine gemeinsame Anstrengung, dieses Brigantennest zu finden und auszuräuchern. Das niedere Volk floh aus dem Herrschaftsgebiet von Joris oder schlich sich davon, was seinen Stolz außerordentlich befriedigte. Da er nie im Umkreis von mehreren Meilen um sein Lager einen Raub oder Überfall beging, ahnten die Reisenden zwischen Belsaunt und Dunsberghe nie in ihren kühnsten Träumen, wie nahe sie dem Räubernest kamen. Gefangene betraten oder verließen das Lager mit verbundenen Augen. Nur die zum Tode Verurteilten durften einen Moment lang auf die bedrohlichen Höhlen und Felsen schauen, während ihnen die Kleider von den gefesselten oder durchschnittenen Gliedern gezerrt wurden.

Joris behandelte die Welt so, wie sie ihn behandelt hatte. Am Ende des ersten Jahres seines Ausgestoßenenlebens rasierte er sich den Bart ab und brachte das Leben von sich und dreien seiner Kameraden in Gefahr, indem er nach Basse Honoy ging, um dort die sommerlichen Jahrmärkte zu besuchen.

Das Schicksal belohnte sein Wagnis auf seine eigene grausame Art. In Santloy, südlich von Hastain, erhielt er Kunde von Anne. Man habe sie wegen Hexerei festgenommen, hieß es. So sah Joris seine Herzensliebe ein zweites Mal, doch diesmal eingesperrt in einem Kreis von Spießen, die auf den Befehl des Priors von Dor hörten. Dies war der Abend, an den sich auch der sanftmütige Bruder Eugenius erinnert hatte. Joris war nur leicht bewaffnet, und ein gewaltsamer Befreiungsversuch wäre hirnverbrannt gewesen. Doch dann sah er nur für einen kurzen Moment ihre halb entblößte, tropfnasse Gestalt, und dieser Anblick löschte alle anderen Gedanken in seinem Kopf aus. Er brüllte und stürmte auf die grinsenden Soldaten los, die Anne betatschten und zum Spaß derb stießen. Und es war ihm egal, wenn er allein dieses wahnwitzige Unternehmen durchführen mußte. Aber siehe da, seinem Beispiel folgten mindestens ein halbes Hundert Männer. Und inmitten dieses wütenden Straßenkampfes stand die Rote Anne und sah und erkannte Joris. Mit wachen Augen, aber völlig ohne Angst, und vom Sonnenlicht wunderbar bestrahlt, befand sie sich inmitten der fliegenden Fäuste und des sausenden Stahls und lächelte Joris an. Doch diese Nettigkeit brachte ihm nichts ein. Durch das Brüllen und Fechten drang der tiefe Wirbel von vielen Pferdehufen. Ein Dutzend gepanzerter Pferde brach ohne Rücksicht in die Masse der ringenden Leiber. Joris, der gerade stach und fluchte, kam diese unerwartete Attacke wie ein Erdbeben vor. Zusammen mit anderen ging er zu Boden, und ein stampfendes Hufeisen schlug wenige Zoll von seinem Gesicht entfernt Funken aus dem Kopfsteinpflaster. Schon war Joris wieder hoch und bekam einen Zügel zu fassen. Nur am Rande sah er den zum Sprung bereiten weißen Löwen auf schwarzem Grund. Deutlicher schon prägten sich ihm die wilden, dunklen Augen hinter dem Schlitz im Visier des Reiters ein. Ein Hieb fuhr herab und schlitzte Joris den Unterarm auf. Eine Lanze verfehlte seine Brust nur knapp. Ein Sterbender prallte schwer wie ein Sack Mehl gegen ihn. Wieder flog er zu Boden, und der Leichnam auf seinem Bauch schützte ihn vor den donnernden Hufen. Als er sich keuchend zu befreien versuchte, sah er noch einmal die Rote Anne. Blutend und verdreckt hielt sie sich an einem glänzenden Bärlatsch* fest, und ihre bloßen Beine hingen in der Luft. Aus dem zerfetzten Gewand hoben sich weiß von silbernem Stahl und dunklem Reiterumhang die nackte Schulter und Seite ab. Der Anführer des Rettungstrupps hatte sein Pferd gewendet, das Schwert in die Schildhand genommen und mit der freien Hand die junge Frau gepackt und hochgerissen. Ihr Gesicht war gerötet, und sie machte einen erleichterten Eindruck. Ihre Augen funkelten gar wie Sterne. Gebückt, atemlos und seltsam klein und zerbrechlich wirkend inmitten der hohen Pferde und gepanzerten Reiter wurde sie wie ein Blitz aus der Sicht von Joris getragen. Ein fröhliches Schreien ertönte, Wasser platschte wild, und schon war Anne in Sicherheit und fort mit Lorin de Campscapel. Zurück blieben Tote, Verwundete und eine gaffende Menge am Ufer.

Joris preßte sich eine Hand an die klaffende Armwunde und stolperte und ächzte eine gute Meile am Rande des Flusses entlang. Als er dann stehenblieb, war Gandulf schon zur Stelle, um ihm die Wunde zu verbinden. Joris biß die Zähne aufeinander, vor Schmerz und vor Enttäuschung. – *Schwarz und Gold, Von Rot gewollt.* – Wenn *Rot* Anne war und *Gold* Joris, dann mußte *Schwarz* Lorin de Campscapel sein. Die Prophezeiung der Runen begann sich bereits zu erfüllen. Joris hatte Gerüchte von Annes Hexerei gehört, und das hatte ihm gar nicht gefallen. – *Rot macht schlimme Sachen, Das bringt Schwarz zum Lachen.* – Das klang schon schlimm genug in Joris' Ohren, aber *Schwarz und Rot, Zusammen im Liebesboot* klang geradezu widerwärtig. Joris konnte sich nur damit beruhigen, daß *Schwarz* der Schlächtergraf war;

* Der Fußteil einer Ritterrüstung (A. d. Ü.)

und nicht etwa der Satan, mit dem die Hexen sich zu treffen pflegten. Wenn *Schwarz* schon für einige Zeit *Rot* haben sollte, dann war es doch besser, wenn jener ein Erdenmensch war. Doch die Eifersucht ließ sich nicht unterdrücken und nagte während der ganzen Rückreise zum Fels unentwegt an seinen Eingeweiden.
Die nächsten Wochen führte er seine Raub- und Beutezüge mit einem Ingrimm, daß selbst seine Männer vor ihm erschraken. Höfe brannten unter dem mitternächtlichen Himmel, Waldarbeiter starben auf den Schwellen ihrer Hütten, Reisende sanken von vielen Pfeilen getroffen zu Boden, noch bevor sie das Kreuzzeichen machen konnten. Im Winterschnee sprangen die Bauern bei jedem Blöken ihres Viehs aus den Betten, und wenn sie an den Stallwänden nur ein Scharren und Schnüffeln hörten, waren sie froh und sagten sich: »Ach, es sind nur Wölfe.«
Gandulf und ein oder zwei andere aus der Bande ahnten, was den ungewohnten Blutdurst ihres Hauptmanns hervorgerufen hatte. Doch die anderen machten sich keine Gedanken über die geheimen Beweggründe von Joris, bis eines Tages einer von ihnen aufstand und Anne eine hündische Dirne schimpfte. Und selbst ein Kerl wie der Schlächter habe Mühe, sie unter Kontrolle zu halten.
»Ursin, haltet die Klappe!« fuhr Joris ihn an. Dann rief er durch das Lager, daß ein jeder seine Arbeit ruhen lassen und sich auf dem Fels versammeln solle. Als alle vor ihm standen, sprach er ohne äußerliche Anzeichen von Erregung zu ihnen, setzte aber eine grimmige Miene auf, mit der er jeden von ihnen nacheinander ansah.
»Unser Freund Ursin hier«, verkündete er, »sorgt heute für die Zerstreuung. Ihr alle paßt jetzt gut auf. Mache ich die Gesetze ohne Grund?«
»Nein, niemals«, riefen sie zur Antwort und fragten sich, was nun folgen mochte.
»So hört denn das neue Gesetz, das ich heute aufstelle. Außer wenn jemand mir diesbezügliche Nachrichten überbringt, soll niemals jemand laut den Namen der Roten Anne aussprechen, die beim Schlächtergrafen lebt. Wenn einer sich über einen anderen

zu beklagen hat, so sollen die beiden das untereinander ausmachen. Doch unser Ursin hat den ganzen Unrat seines Geistes über Anne geschüttet und soll daher entweder gleich vom Felsen gestoßen werden oder mit mir auf Leben und Tod kämpfen. Ursin, wofür entscheidet Ihr Euch?«

Der Räuber sah zu seinen Freunden und stellte fest, daß sie alle lieber den Zweikampf sehen würden. Kühn bewaffnete er sich und verwünschte dabei Joris und Anne mit Worten, die die Beschimpfung von vorhin bei weitem übertrafen. Mit dem Schwert in der Rechten und einem kleinen Rundschild in der Linken traten sich Anführer und Gefolgsmann gegenüber. Sie umkreisten und täuschten einander auf dem Stück Grasland von dreißig Fuß Länge und zwanzig Fuß Breite, das sich direkt am Rand des Abgrunds befand.

Gemurmel kam auf, als die breiten Klingen die ersten Hiebe austauschten. Joris ganz in Braun und Ursin in Jägergrün, so bewegten sie sich wie lebende Felsen unter dem stahlblauen Himmel und versuchten, den anderen in eine Position zu bringen, in der der rote Ball der untergehenden Sonne ihn blendete. Ursin war der Stämmigere von beiden und begann als erster zu schwitzen. Doch es gelang ihm, den Hauptmann am Oberschenkel zu verwunden, bevor er strauchelte. Eine Weile lang kämpfte er kniend weiter, und sein rotes Gesicht hatte sich grau gefärbt. Blut sprudelte aus seiner Schulter, und Blut rann ihm von den Wangen. Als ihm das Schwert aus der Hand geschlagen wurde, schleuderte er den Rundschild auf Joris und sprang hinterher, um den Kampf mit Ringen fortzusetzen. Joris duckte sich und lachte und stach neckisch mit der Klingenspitze nach dem Gegner. Dann griff er an und hieb mit der flachen Klinge nach Ursin, bis er den Wehrlosen an den Rand des Abgrunds getrieben hatte, wo er ihn mit einem Fußtritt hinüber beförderte.

»Wollt ihr nun meinem neuen Gesetz Folge leisten?« brüllte er, als er sich wieder der Bande zugewandt hatte.

»Ja, Hauptmann«, riefen die Räuber wie aus einer Kehle. »Ja, denn Ihr habt es im gerechten Kampf mit Ursins Blut besiegelt.«

Joris schob strahlend das Schwert in die Scheide. Der Quergriff küßte die Eisenplatten an seinem Gürtel mit einem leisen Klingeln. Er warf über die Schulter einen Blick auf das Hochland von Honoy und bot der Roten Anne seine letzte Tat wie eine Spezerei an.

»*Ich* will mich an die Runen halten«, sagte er sich. »Denn ich *bin* einer von den Menschen, Anne, für die die Welt gemacht wurde.«

Von da an brauchte Anne von den Ausgestoßenen keinen Schimpf und keine Schande mehr zu befürchten. Doch Joris bekam nun häufiger Anfälle von tiefstem Selbstzweifel, in denen er sich für verhext hielt. Er schmerzte sich selbst, indem er sich sagte, daß Anne sich den dunklen Mächten verschworen habe, daß sie doppelt gebunden sei, an den Herrn von Alanol und an den der Unterwelt. Und nie gelang es ihm, sich davon zu befreien, daß ihr Antlitz seinem Leben erst einen Sinn gab. Einige Male suchte er Linderung von sich selbst in den Armen anderer Frauen. Die hübsche Tiphaine de Ath war nur eine von vielen gewesen, denen er durch die Vergewaltigung und die anschließende Gleichgültigkeit und Unnahbarkeit doppelte Schmähung zufügte. Aber obwohl Joris hin und wieder zum Sklaven seiner Lust wurde, konnte keine außer der Roten Anne je sein Herz gefangennehmen.

Er pflegte seine Härte und zwang sich dazu, das Land des Schlächtergrafen nicht mit seinen Beutezügen zu behelligen. Er hörte hin und wieder Geschichten von Annes sonderbarer Herrschaft über Alanol. Von Zeit zu Zeit legte er sich ins Gras und wartete lange Stunden, ob sie nicht zur Jagd ausritt und an ihm vorbeikam. Mittlerweile machte ihm die ihr nachgesagte Hexerei immer weniger aus. Und Lorin de Campscapel wollte ihm nicht als ein Mann erscheinen, der bereitwillig seine Geliebte mit dem Teufel teilte. Andererseits tauchten immerzu neue Gerüchte über Annes nächtliche Unternehmungen auf. Einige behaupteten gar, sie würde des Nachts vom höchsten Turm der Burg fliegen, und am nächsten Morgen stünde sie dann vor dem Tor und riefe den Wächtern zu, sie sollten für sie die Zugbrücke herablassen. Dann gab es wieder

Zeiten, in denen sich Joris mit den Vorstellungen marterte, wie sie allein durch die wilden Hügel streifte oder gar mit ihren nichtmenschlichen Gespielen an einem übel beleumdeten Ort Hexenrat hielt und sich danach den widerwärtigsten Vergnügungen hingab. Aber er machte es sich zur Gewohnheit, den Wachtürmen des Schlächters nie zu nahe zu kommen. Der Graf wurde im Frühjahr stets vom Wahnsinn befallen, und sein Bruder, der Rote Jehan, war das ganze Jahr über von Sinnen. Die wilden Reiter von Campscapel zählten mehrere hundert, ihre Hunde hatten schon Menschenfleisch gekostet, und ihr Wahlspruch hing wie ein kaltes Leichentuch über dem Moorland: *Sieh Campscapel, sieh den Tod!*

Die Vorsicht des Räuberhauptmanns erwies sich als gerechtfertigt, als der Schlächter sich mit Barberghe gegen den Herzog von Saulte verbündete. Als der große Bauernaufstand über die Normandie fegte, blieb der Räuber mit seiner Bande auf dem Fels. Als er sich erneut in den Norden wagte, mußte er feststellen, daß es nicht mehr viel zu rauben gab. Leibeigene, die früher schon bei der bloßen Erwähnung seines Namens die Flucht ergriffen hatten, wandten sich nun gegen ihn und wehrten sich mannhaft. Als der Aufstand seinen Höhepunkt erreichte, saß Joris mit seiner dezimierten Bande wieder im Lager, und man begnügte sich mit dem, was man noch an Vorräten hatte oder was auf allerlei Umwegen zu ihnen gelangte. Ein paar der Vogelfreien forderten, Joris solle sich in einer Burg niederlassen, da in diesen Zeiten Festen leicht zu erobern seien. Doch Joris sah ähnlich wie die Müllerin in Ath weiter, sah das baldige Ende des Aufstands voraus und ließ sich auch von den verlockendsten Prophezeiungen der Runen nicht verleiten. Als der Großkonnetabel zum Strafgericht in Nordanay einmarschierte und ein großes Gemetzel unter den Bauern anrichtete, rasierte sich Joris wieder den Bart ab. Anstatt sich als zerlumpter Bettler durch die Straßen zu treiben, verkleidete er sich zusammen mit dem jungen Gandulf als Hausierer und bot zwischen den Resten von Unterdrückung, Aufruhr und Strafe in Basse Honoy seine Waren feil.

So kam es, daß er zum Turm von Ath gelangte und dort einen Spiegel erstand. So kam es, daß er an einem windigen Tag den Markt von Hastain besuchte, dort Guelf Reinagers Trommel hörte und wieder in die wunderbaren Augen sah, die ihn trotz der Zuversicht, die er in die Runen gesetzt hatte, verspotteten und niederschmetterten.

Der Märzwind erstarb beim Sonnenuntergang. Zur Stunde des Komplinums schwebte ein voller Mond über den Häuserdächern von Hastain und bestrahlte silbern die Nordostecke des Marktplatzes. Joris und Gandulf traten leise aus dem Schatten, schlichen am leeren Stand der Puppenspieler vorbei und blieben unter dem eisernen Tavernenschild stehen. An Markttagen hatten alle rechtschaffenen Bürger die Erlaubnis, auch zu später Stunde noch auf der Straße zu sein. Die Nachtwächter sahen daher gar nicht auf, als die beiden vorbeikamen. Gandulf lief bei der Vorstellung ein Schaudern über den Rücken, wie die Soldaten wohl reagieren würden, wenn jemand in diesem Moment laut ihrer beider Namen rufen würde.
Auch Joris hatte eine Gänsehaut, doch seine Angst lag jenseits des Fassungsvermögens seines Kameraden, und er selbst konnte sie ebenfalls kaum verstehen.
»Was singen die denn da?« fragte Gandulf, als sie das fröhliche Getöse hinter den verschlossenen Läden vernahmen.
»Den Spottvers des Herzogs von Saulte«, antwortete Joris, nachdem er eine Weile gelauscht hatte. »Allerdings scheint man den Text etwas umgearbeitet zu haben.«
Und wirklich, die Verse waren verändert und durch neue Zeilen erweitert worden. Der Herzog hätte sicher geschmunzelt, wenn er die neue Fassung gehört hätte.

> Hastain liegt am Fluß, und Tostain wird von Hügeln verschönt
> Starke Herzen ergeben sich, wenn Kampflärm laut ertönt.
> Doch lange Gesichter bei den Rittern

Unter Sensenschlägen die Rösser schlittern
Schwerter fallen und noch mehr Schilde splittern
Tödlich und reichlich der Pfeile Gruß
Doch Hügel und Tostain wie aus einem Guß
Tostain hält die Hügel und Hastain den Fluß.

»Gott stehe uns bei!« flüsterte Gandulf. »Diese Städter, von keinerlei Selbstzweifel geplagt. De Saulte könnte beide Orte binnen eines Monats aushungern.«

Joris hatte schon an das schwere Tor des Gasthofes geschlagen und redete auf den Mann ein, der ein kleines Seitentürchen geöffnet hatte. Gerüche von Pferden im Stall, von einem Dunghaufen und von feuchtem Stein, von brennenden Fackeln und Torfstücken im Kaminfeuer, von Wein und Käse und gebratenem Fleisch drangen an die Nasen der Neuankömmlinge. Schankkellner drängten sich durch die Menge, Lieder und Gelächter wurden angestimmt, ausgetretene Stufen knarrten. Endlich Kerzenschein, der golden das Gesicht von Guelf Reinager beleuchtete. Und schließlich auf der Schwelle zu der Kammer, die mehr als nur sein Ziel war.

»Die Rote Anne erwartet Euch«, erklärte der Schausteller. »Was Euren Kameraden angeht, so kann ich ihm wenig Vorschriften machen, aber wenn er vielleicht sein Glück bei einem Würfelspiel versuchen möchte . . . «

»Das will ich gern«, murmelte Gandulf. Als er sich an Guelfs wackligem Tisch niedergelassen hatte, ließ er eine Hand zum Gürtel sinken.

»Keine Angst«, spottete der Schausteller, »hier braucht Ihr nicht darauf zu achten, den Dolch stets griffbereit zu haben. *Ihre* Freunde sind auch meine Freunde, bis zum Eintreffen des Gegenteils.«

Also war auch Guelf Reinager unter ihren Bann geraten. Die Kammertür stand offen. Joris stieß sich mit einer Hand an ihr ab und trat in das Halbdunkel des Feuerscheins vom Kamin. Hinter seinem Rücken mühte er sich mit ungeschickten Fingern, die Tür zu verschließen.

»Ich bin allein, doch verriegelt sie nur, wenn Euch danach wohler ist«, rief die, um deretwillen er hierhergekommen war. »Schon mancher hat durch solche Unachtsamkeit sein Leben verloren, das ist schon wahr, jedoch nie durch meine Hand.«

Die Hand des Räubers fuhr vom Riegel, als sei sie gestochen worden. Die Rote Anne beobachtete ihn. Sie saß am Kopfende des Bettes an der Wand, das aus nicht mehr als einer Planke auf einem dreibeinigen Gestell bestand, auf die man einen Haufen Decken geworfen hatte. Darauf lagen Annes Umhang, Tasche und Dolch. Sporen glitzerten neben den Pfosten, und nicht weit davon stand ein Paar hüfthoher Stiefel. An den Wänden hingen einige verrottete Teppiche, und die Einrichtung beschränkte sich bis auf das Bett auf eine ramponierte Truhe, zwei dreibeinige Schemel und einige irdene Töpfe in der Ecke neben dem Feuerholz. Das Mondlicht beschien unheimlich das verdrehte Weidengeflecht vor dem Fenster und verteilte sich grau über die Lumpen, die Joris am Leib trug. Nur das Feuer zeigte Rot und Gold einander. Joris zog sich den Mantel aus.

»Seid gegrüßt«, flüsterte er und verbeugte sich, was er schon seit vielen Jahren nicht mehr getan hatte.

»Setzt Euch, Freund«, befahl Anne. »Nein, dorthin. Also, wer seid Ihr?« Joris beugte seine langen Glieder auf den Schemel, der neben dem Ofenstein am Bett stand, und verschränkte die kalten Hände vor den knochigen Knien.

»Joris vom Fels«, antwortete er und beobachtete sie dabei genau.

Die Rote Anne ließ sich nichts anmerken, aber ihre rosige Miene zeigte sich interessiert. Über den hohen Wangenknochen und unter der ruhigen Stirn und dem geteilten roten Haarschopf nahm ihr Blick Maß an diesem übel beleumdeten Gast. Endlich zuckten die Mundwinkel kurz. Der Feuerschein beleuchtete in jeder ihrer Wangen ein Grübchen.

»Der arme Wirt!« erklärte sie in gespieltem Entsetzen. »Der Wolf und die Hexe unter seinem Dach, und er weiß nichts davon.«

Joris' Augenwinkel legten sich in Falten, aber seine leise Stimme klang hart, und er schob das goldene Kinn vor.

»Also ist die Rote Anne eine Hexe. Ihr selbst habt es gesagt.«
»Selbstverständlich bin ich eine Hexe. Wollt Ihr Euch nun bekreuzigen?«
»Weder Kreuz noch kalten Stahl, weder Eberesche, noch Reliquie noch Medaille.«
»Warum nicht, mutiger Joris?«
»Nichts kann eine Hexe mehr mit mir anstellen, was Ihr als Frau nicht schon bei mir bewirkt habt.«
»Eine gerade Antwort auf eine gerade Frage. Doch seid Euch nicht zu sicher über meine geheimen Künste.«
»Haben Eure Künste Euch denn nie etwas von Joris erzählt?«
»Warum sollte ich Antworten auf Fragen suchen, die mich nicht beschäftigen? Doch, etwas hörte ich von Euch. Eure Mutter wurde wegen Hexerei hingerichtet, und der dicke Subprior wurde mit dreizehn Messerstichen im Leib gefunden.«
»Auf Ehre und Gewissen, ich habe sie nicht gezählt.«
»Andere haben das aber getan. Und einige, die noch Zweifel an der Hexerei Eurer Mutter hatten, wurden dadurch vom Gegenteil überzeugt.«
»Ihr wollt damit sagen, daß eine Hexenversammlung sich aus dreizehn Hexen zusammensetzt?«
»Ja. Danach hat man Euch für vogelfrei erklärt. Und ich weiß außerdem von Euch, daß Ihr dem Grafen Lorin Vieh stehlt.«
»Hin und wieder mal zwei oder drei Tiere. Er läßt sein Vieh zu gut bewachen. Aber Ihr wißt, daß es nicht das Vieh ist, das ich ihm mißgönne.«
»Was mißgönnt Ihr ihm denn?«
»Euch. Eure Liebe und Gesellschaft zu ihm.«
»Joris, ich fürchte, Ihr habt den Verstand verloren.«
»Dann hat der Wahnsinn etwas Ehrenhaftes. Wenn Ihr nur meinen Namen aussprecht, durchfährt es mich durch Mark und Bein. Die Gedanken an Euch brennen in mir seit dem Tag, an dem ich an Eurem Stand das graue Tuch kaufte. Einige Male habe ich Euch seitdem gesehen, und manchmal sehe ich Euch in meinen Gedanken wie damals vor mir, wenn ich im Wein meinen Ärger darüber

ersäuft habe, daß es einer Frau gelungen ist, mein ganzes Leben durcheinanderzubringen. Andere Male sehe ich Euch wie damals in Santloy vor mir, als die Hexenproben Euch bedrohten und nur noch Stahl Euch retten konnte. An anderen Tagen sitze ich da und denke darüber nach, wie Ihr Macht über den Schlächter gewinnen konntet, warum der brüllende und gemeingefährliche Irrsinnige, der sein Bruder ist, sich aus Furcht vor Euch in seinem Turm versteckt, warum die wilden Reiter von Campscapel Eure ergebensten Diener sind und warum Ihr mit dem Volk tun könnt, was Euch gefällt. Manches Mal habe ich mir Euch als elementares Wesen vorgestellt, gemacht aus Erde, Feuer und Wasser. Oder ich hielt Euch für eine Frau aus der Rasse der alten Götter, ähnlich dem großen, nackten und weißen Standbild, das sie bei den Hügeln von Dor ausgegraben haben und das auf Befehl des Priors hin zerschmettert und in den Fluß geworfen wurde. Ich weiß nicht, wie der Schlächter es erträgt, wenn Ihr zum Satan unterwegs seid. Und ich weiß auch nicht, wie Ihr Eure Liebe auf zwei so unterschiedliche Liebhaber aufteilen könnt. Doch wisset, ich würde auf jeden von ihnen mit der Waffe losgehen, ja, auch auf alle beide, wenn Ihr das wünschtet. Vielleicht vermögt Ihr es, den Teufel im Satan zu lähmen, so wie Ihr das bei Lorin und auch bei mir vermögt. Anne, Ihr wurdet zum Herrschen, zum Beherrschen geboren, und dies nicht durch ein Schreckensregiment, sondern durch Eure natürlichen Begabungen. Ihr bedeutet mir mehr als meine Mutter, und wenn ich ein Mann des Gebets und der Kirche wäre, würdet Ihr mir mehr bedeuten als die Jungfrau Maria.«

»Eine merkwürdige Rede von einem Wolf«, antwortete die verzaubernde Stimme. Aufmerksam, aber unbewegt hockte die Rote Anne auf dem Bett. Nun hob sie das Kinn ein wenig an und schüttelte dabei die roten Zöpfe, die ihr bis auf die Schultern hinabhingen. Der Feuerschein schmeichelte ihren blauen Augen und vergoldete ihren runden Hals.

»Nein, daran ist nichts Merkwürdiges«, sagte Joris schweratmend und beugte sich vor. »Ich bin kein phantasierender Ritter, der mit einem Tüchlein oder einer Rose aus der Hand der Teuren vollauf zufrieden ist. Ich liebe Euch, wie ein Mann eine Frau lieben sollte, oder wie ein Teufel seine Anhängerin lieben sollte – ich weiß nicht, was Ihr lieber hören möchtet. Als wir uns zum erstenmal begegnet sind, stand ich unter einem Bann, sowohl von Euch als auch unter dem der Leibeigenschaft. Doch heute bin ich frei wie die Luft. Ich gebiete über viele erfahrene Klingen und beherrsche die Hügel und die Straßen fester als jeder Graf oder Baron. Wenn Ihr des Schlächters müde werden solltet, oder der Schlächter Euch nicht mehr will, dann kommt zu mir in den Wald. Euch soll es dort an keiner Bequemlichkeit mangeln, und mein Schwert ist ein ausreichender Schutz.«

»Ich bezweifle nicht, daß Ihr Gold und andere wertvolle Güter bei Eurem Fels angehäuft habt, wo immer der auch stehen mag. Wie viele Weiber hausen denn dort bei Euch?«

»Keine einzige. Ich habe rast- und herzlos den unterschiedlichsten Frauen nachgestellt oder sie mir genommen, aber niemals dort. Ihr wäret die einzige Königin des Felsens.«

»Von der verstoßenen Geliebten eines Grafen zur Dirne eines Ausgestoßenen? Joris, Ihr versteht nicht viel von Frauen. Und Ihr kennt auch meinen Lorin nicht. Eure Worte beweisen Eure ganze Ahnungslosigkeit.«

»Und dennoch bin ich davon überzeugt, daß Ihr am Ende doch zu mir kommen werdet.«

»Ihr seid wirklich merkwürdig. Warum sollte ich das tun?«

»Weil es so geschrieben steht.«

»Was? Wo denn?«

»Einmal in Runen. Nun *hier*.«

Joris schlug sich an die Brust. Anne preßte die Zähne aufeinander, und ihre Miene wurde streng. Sie schob die Füße über den Bettrand auf den Boden und setzte sich aufrecht hin. Sie stützte sich mit den Händen auf dem Lager ab, und ihre Brüste zeichneten sich unter dem taubengrauen Gewand ab. Und ihre weit auseinander stehenden Augen konzentrierten sich auf ihn.

»Erzählt mir von Euren Runen«, befahl sie.

»Nein, erst wenn die Prophezeiung sich erfüllt hat.«

»Ihr seid mehr als merkwürdig, und noch sonderbarer ist Euer Werben.«

»Nicht sonderbarer als Euer dunkler ... als Euer anderer Umgang. Sagt, vermag ein Sterblicher Euch noch in Erstaunen zu versetzen? Euch, der Ihr die Riten der Hexen kennt und der wahre Herrscher auf der Burg von Alanol seid?«

»Offenbar ja. Doch wenn ich wirklich einmal zu Eurem Felsen kommen sollte, wie könnte ich ihn dann finden?«

»Wieviel ist Eure Hexenkunst wert, wenn Ihr nicht einmal einen Felsen oder die Prophezeiung von Runen entdecken könnt?«

Anne verzog das Gesicht zu einem leisen Lächeln, und die Strenge wich aus ihrer Miene. Nach einem Moment fing sie sogar an zu kichern. Diese entwaffnende Heiterkeit trieb Joris auf seinen Schemel zurück, damit er nicht die Selbstbeherrschung verlieren und mit einem Schlag alles wieder zunichte machen würde. Ihm war bewußt, daß Anne sich über ihn und seine Runen lustig machte. Und offensichtlich sah sie in der Prophezeiung wenig Bedrohliches für ihren Geliebten und ihr Leben auf der festen Burg über Alanol.

»Joris, ich mag Euch«, sagte sie mit leisem Singsang in der Stimme. »So haltet Eure Runen und Euren Fels bereit. Vielleicht komme ich zu beiden, wenn Ihr es gerade am wenigsten erwartet.«

»Beides wird für Euch bereit sein, wenn Ihr Euch in meinen Schutz begebt. Wir könnten glücklich und zufrieden in den Mooren leben. Und es müßte nicht immer bei den Mooren bleiben.«

»Es bedarf schon einer gewaltigen Unruhe, ehe Ihr *Euren* Frieden mit der Kirche und den Fürsten machen könnt.«

»Ich gedeihe am ehesten bei gewaltigen Unruhen. Doch hört meine Worte, Rote Anne: Wenn Ihr mich sucht, werdet Ihr mich auch finden – solange ich lebe. Kennt Ihr Imbert, den Fellhändler, der auf der anderen Seite des Marktplatzes wohnt?«

»Nur vom Ansehen, aber sein Gesicht ist mir nicht unbekannt.«

»Er kennt mich, weiß aber nicht meinen wirklichen Namen. Geht zu ihm, wenn der Moment gekommen ist, zieht ihn zur Seite und fragt ihn, wie viele Kreuze an diesem Morgen im Kartenspiel sind.

Wenn er ›Dreizehn‹ antwortet, wird er Euch auch den Namen eines bald folgenden Tages sagen. An jenem Tag ist dann einer meiner Männer bei ihm. Nur meine engsten Vertrauten verkehren mit Imbert. Und jeder von diesen wird Euch sicher und ohne Aufmerksamkeit zu erregen zum Fels führen.«
»Bei allem, was recht ist, ein wahrer Rattenschwanz von Vorsichtsmaßnahmen.«
»Ich bin noch nicht fertig damit. Versucht nicht, diesen Führer in einen Hinterhalt der Reiter von Campscapel zu locken. Schon der bloße Versuch wird Euch eine schwere Enttäuschung bescheren.«
»Und wenn ich ihn verhexe?« fragte sie, doch ohne spöttisches Grinsen.
»Dieses Wagnis muß ich eben eingehen«, lächelte Joris. »Ehe ich es vergesse: Wenn Imbert ›Vierzehn‹ antwortet, ist einer meiner Männer gerade bei ihm. Soll ich alles noch einmal wiederholen? Nein, dann ist es gut. Schlagt Euch auf meine Seite, und ich werde Euch mein volles Vertrauen schenken. Sicher haben schon viele Männer vor Euch gekniet, um nur ein einziges Wort der Hoffnung von Euren Lippen zu hören. Ich aber stehe aufrecht vor Euch, denn ich glaube fest an mein günstiges Schicksal.«
Und er stand auf, erhob sich zu voller Größe und griff in seine Tasche. Doch in Gedanken verfluchte er sein Herz, weil es zu werbenden und liebreizenden Worten drängte, und er verwünschte seine Hände, weil die am liebsten gewaltsam genommen hätten. Er war der Ansicht, daß sie, nicht er, diese eigentümliche Begegnung beenden sollte. Doch Annes schiefer Blick drückte eher Neugier als Freundlichkeit aus.
Dann trat so etwas wie Überraschung in ihre Miene, als Joris halb den Stahlspiegel aus der Tasche gezogen hatte. Er hielt ihn vor ihr hin, und der Feuerschein und das durchbrochene Mondlicht spiegelten sich in ihm wider.
»Betrachtet in diesem Stück Eure Schönheit«, brummte er. »Und wisset, er ist gekauft, nicht gestohlen.«
»Erst harte Worte, dann ein Geheimnis und nun ein Geschenk«,

murmelte die Rote Anne, als sie den Spiegel in die Hand nahm. »Ist es Geschicklichkeit oder liegt es in der Natur eines Wolfskopfes, auf diese Weise Aufmerksamkeit erringen zu wollen? Man sagt, bei Euren räuberischen Zügen würdet Ihr rasch wie ein Blitz zuschlagen und ebenso geschwind wie ein Hagelsturm wieder verschwunden sein. Doch wenn man es recht betrachtet, habt Ihr von den Montcarneau mehr als nur die Statur und das goldene Haar . . . habt Dank für dieses Geschenk, Joris . . .«

»Harte Worte für die Gefährtin eines Herrschers, ein Geheimnis für jemanden, der sich bestens mit Geheimnissen auskennt, und ein Geschenk für die Frau, deren Gesellschaft ich ersehne wie ein Priester das Paradies. So lebt denn einstweilen wohl, da Ihr nun meine innersten Gedanken kennt. Liebt Euren Lorin, solange Euch das gefällt, tummelt Euch mit dem Satan, wenn Euch der Sinn danach steht, und vergeßt nie, daß ich in den Hügeln auf Euch warte.«

»Und wie lange wollt Ihr warten?«

»Solange es eben sein muß. Wie lange hat es gedauert, die alte Stadt einzunehmen?«

»Meint Ihr Troja? Das waren zehn Jahre.«

»Dann will ich zehn Jahre warten«, erklärte Joris.

Und er wartete zehn Jahre.

IV

Die Geduld des Joris vom Felsen

Während der zehn Jahre des zweiten Wartens sah Joris Anne insgesamt vier Male. Auch wenn er sich selbst rühmte, einer von den Männern zu sein, für die die Welt gemacht war, so waren es doch andere, die in festen Burgen saßen, während er in den Hügeln hockte. Seine Bande wuchs mit seiner Berüchtigtheit, und schließlich wurde auf seinen Kopf eine Belohnung von fünfhundert Goldnobeln ausgesetzt. Doch während die Zeit verging und seine Hoffnungen immer übertriebener wurden, gab es oft genug kaum noch etwas, was sein Leben von dem rattenhaften Dasein seiner Kameraden unterschied. Seine Vorstellungskraft fand am ehesten Ausfluß in der Leitung der Räuberbande und der Planung von Überfällen; aber sie hielt ihn auch von dummen Handlungen ab und bewölkte nur gelegentlich die Stunden seiner Erfolge mit Traurigkeit. Der Wein, der einst einmal die Rote Anne aus seinen Gedanken verdrängt hatte, bewirkte heute, daß ihr Bild vor seinem geistigen Auge auftauchte. Andere Frauen duldete er nicht am Fels. Zum einen scherten sie ihn wenig, und zum anderen wußte er nur zu gut, wieviel Streit ihre bloße Anwesenheit bei den Männern auslösen würde. Abgesehen von gelegentlichen Raubzügen fand er die größte Zerstreuung bei der Jagd und bei kruden Spielen. Und niemand konnte an seiner Miene oder an seinem Verhalten die Momente ablesen, in denen die Runen in sein Bewußtsein drängten und ihn mit ihrer verführerischen Verlockung reizten.

Zum erstenmal sah er Anne in Alanol, auf dem Markt am Hang direkt unter dem hohen Fels, auf dem die Burg des Schlächters stand. Statt sich den Bart zu scheren, hatte er ihn wild wachsen lassen und dann zusammen mit dem Haarschopf gefärbt. Er hatte sich für ein dunkles Braun entschieden, das ihm ein völlig verändertes Aussehen verlieh. Nur in der Begleitung von Madoc trieb er zwei Dutzend gestohlener Schafe in die Ställe am Straßenrand. Dort stützte er sich auf den eisenbeschlagenen Krummstab und wartete darauf, mit Kauflustigen zu feilschen.

Eine Weile hörte er einem Viehtreiber aus Hastain zu, der den alten König René mit vielen Verwünschungen bedachte. Anscheinend plante der Herrscher, eine Burg neben Hastain zu errichten, um ein oder zwei Augen auf die Stadt zu halten.

»Natürlich besitzt er jedes Recht dazu«, knurrte der Viehtreiber. »Der Wald rings herum ist königlicher Forst und reicht bis zum Burggraben der Stadt. Ein Jagdschlößchen stand dort, wo nun die Burg erbaut wird. Das haben wir in Hastain dem verdammten Bauernaufstand zu verdanken. Außerdem hat der alte König seinen kleinen Neffen Thorismund zu unserem Herzog ernannt. Das war natürlich geschickt, denn der kleine Thorismund ist gerade erst acht Jahre alt, und so kann er einen Seneschall bestimmen, der gleichzeitig die führenden Herren von Honoy im Auge behalten wird.«

»Ja«, stimmte Joris überzeugt zu. »Nun, was der eine gewinnt, verliert der andere. Alanol hat dem Bauernaufstand *dies* zu verdanken.«

Er ließ mit zusammengekniffenen Augen den Blick über den Marktplatz schweifen. Der Schlächter hatte der Stadt eine Charta geschenkt – unter anderem war darin das Recht verbrieft, Märkte abzuhalten –, weil die zu ihm und nicht zu den Bauern gehalten hatte.

»Ja«, brummte der Viehtreiber, »trotz seines Rufs ist der Schlächter ein ebenso gerechter Herrscher wie unser teurer Herr, der König. Doch man erzählt sich, eine wunderbare Dame habe ihn zu dieser Tat bewegt... He! Bei allem was recht ist, da kommt sie ja!«

Joris fuhr unwillkürlich herum. Am Tor wurden Kappen und Hüte gezogen. Die Menge wich respektvoll beiseite und bildete eine Gasse, die auch am Stall des falschen Schafhirten vorbeiführte.

Und durch diese Gasse schritt die Rote Anne. Nur eine alte Dienerin begleitete sie, und sie schlenderte an den Ständen der Seidenhändler am Anfang des Marktplatzes vorbei.
Hier bedurfte es keiner Puppenspielerbühne, sagte sich Joris und war sich gleichzeitig der Gefahr bewußt, in der er an diesem Ort schwebte. Madoc zupfte am Ärmel seines Hauptmanns, aber Joris stand unbewegt da, senkte nur ein wenig sein sonnenverbranntes Gesicht und faßte mit den großen roten Händen den Hirtenstab fester. Komme was da wolle, sagte er sich, wenn er sie nur wiedersehen konnte – und gesehen werden konnte, wenn ihr Blick in diese Richtung fiel. Alle Vorsicht und alle Erfahrung seines langen Räuberlebens erlagen diesem übermächtigen inneren Drang.
Heute trug Anne einen hohen Kopfputz, der vorn mit grünem Samt besetzt war. Sie trug ein ärmelloses Gewand aus blutrotem Stoff mit reichlichem Ausschnitt, und an ihrem Hals hing an einer goldenen Kette ein Amethyst in der Form eines Antoniuskreuzes. Ein kleiner Pomander*, mit Cloisonné-Arbeiten** verziert, war an ihren Unterarm gebunden. Und der Gürtel, die Schuhe, die Börse und die Dolchscheide waren aus feinstem Leder, das man rot gefärbt und mit gelben Garnstichen verschönert hatte. Ihre kastanienroten Brauen, künstlich ausgedünnt und verlängert, hatten sich zum Schutz vor der Sonne zusammengezogen. Doch die blauen Augen blickten munter umher. Wo sie hinkam, starrten die Männer ihr nach, hoben grüßend die Kopfbedeckungen und seufzten, wenn sie weitergegangen war. Doch auch die tuschelnden Frauen sahen Anne nicht unfreundlich an, denn sie wußten, daß diese Dame die Wildheit des Grafen zu zügeln vermochte. Sie war nur in die Stadt gekommen, um dort das Geld ihres Herrn unter die Leute zu bringen, und sie gab keiner einzigen Ehefrau auch nur den Hauch eines Grundes zur Eifersucht.

* Ein Beutel, der mit aromatischen Gewürzen gefüllt ist (A. d. Ü.)
** Mit goldenen Fäden durchwirkter Stoff (A. d. Ü.)

»Bei meiner Seele, die ist aber schön«, sagte ein Mann, und »Am Hofe des Königs findet sich keine, die sich mit ihr vergleichen ließe« ein anderer. Doch die meisten Anwesenden schwiegen. Joris hörte, wie die unverwechselbare reiche Stimme den einen oder anderen grüßte. Madoc atmete tief durch und wartete angespannt. Die Blicke von Joris und Anne trafen sich. Ihr roter Mund verzog sich zur winzigsten Andeutung eines Schmollens. Sie warf einen Blick auf die eingepferchten Schafe hinter der reglosen Gestalt des Hirten und sah an ihm vorbei, als er zum Gruß sein gefärbtes Haupt entblößte.

»Zumindest erinnert sie sich an mich und tut nicht so, als würde sie mich nicht kennen«, dachte er.

Der Spitzhut zog vorüber und war bald nicht mehr zu entdecken. Hinter ihr schloß sich die Menge wieder, und schon erhob sich das Geschrei und Getöse eines Marktes von neuem. Plötzlich brannte Zorn darüber in der Brust von Joris, daß er sich verkleidet heranschleichen mußte, um einen Blick auf sie werfen zu können. Sein Blick fuhr hinauf zu dem gewaltigen Felsmassiv, auf dem sich die Burg erhob, wanderte zu der Schlucht, über der die Zugbrücke lag, und erkannte dort endlich die Wälle und Gebäude, die er am liebsten, wenn er nur gekonnt hätte, wie die Mauern von Jericho zum Einsturz brächte. Doch auch wenn es ihm an der Glaubensfestigkeit eines Josua mangelte, als der mit den Posaunen siebenmal im Kreis gegen die Sonne um die Stadt gezogen war, so besaß er doch den einfachen, aber einmaligen Glauben an Joris vom Fels.

Einige Minuten später erstarrte er, denn ein anderer als Madoc zupfte ihn am Ärmel und sprach ihn an. Er drehte sich langsam um und erkannte den bärtigen, krummbuckligen Zwerg, der damals auf dem Markt in Hastain in Guelf Reinagers Puppenspielertruppe gewesen war.

»Folgt mir«, krächzte der kleine Mann und glitt erstaunlich behende davon.

Joris raunte dem erstaunten Madoc etwas zu und folgte dann wie zufällig dem Zwerg, bis er sich vor der schmutzigbraunen Tür eines Gerbers wiederfand. Er kratzte sich an der breiten Brust und

ließ eine Hand zwischen Mantel und Hemd gleiten. Als er dann den breiten Dolch aus der Scheide gelöst und den Griff in die Achselhöhle geschoben hatte, trat er in das Halbdunkel, das nach Schaffellen und fettiger Wolle roch.
»Tretet hindurch«, rief eine Stimme hinter einem Fellstapel. Joris sah sich rasch um und warf auch einen prüfenden Blick auf den Boden. Dann durchquerte er den Raum und trat in die rauchige Küche dahinter.
Dort wartete die Rote Anne an einem Steinofen. Ihre gelassene Stimme fuhr durch die Dämpfe von einem leicht kochenden Suppentopf. Nur der Zwerg und die alte Dienerin waren noch hier.
»Was habt Ihr in Alanol zu schaffen?« wollte sie wissen, als Joris die Tür hinter sich zuwarf und den langen Hirtenstab auf den Boden stellte.
»Ich wollte einen Blick auf Euch werfen und Eure Stimme hören«, antwortete er. »Ich hätte allerdings nie gehofft, Euch auch sprechen zu dürfen. Die Reise hat sich mehr als gelohnt.«
»Sagt mir jetzt, was in den Runen steht.«
»Nein.«
»Ihr wollt mir hier widerstehen?«
»Natürlich. Wenn Ihr mich vernichten wollt, so ist hier der geeignete Ort dazu. Nicht daß ich mich widerstandslos festnehmen lassen würde; Ihr hättet das Vergnügen, einem Blutbad beizuwohnen. Es gibt schlimmere Waffen als Hirtenstab und Suppentopf. Und wenn mich die Runen ebenso wie Euch täuschen sollten, wäre dies für mich ein belustigendes Ende. Aber auch ein schönes, denn ich würde Euch noch einmal küssen, bevor es mit mir aus wäre.«
Anne betrachtete ihn schweigend und roch dabei unmerklich an ihrem hübschen Pomander. Joris begriff, daß sein Leben an einem dünnen Haar hing. Wenn sie ihn fortschickte, hieß das, sie spottete immer noch über seine Runen und die Bedeutung, die sie für ihn hatten. Unter der Freude über dieses unverhoffte Wiedersehen sammelte sich schwarzer Zorn; vermengte sich mit dem bitteren Beigeschmack der Niederlage.
Doch Anne ließ nur das Säckchen herabhängen, so daß Joris einen

Hauch von Spezereien empfing, der sich angenehm von den Gerüchen in der Gerberküche abhob. Dann hielt er den Atem an, weil die junge Frau sich einen Schritt auf ihn zubewegte; einen zweiten Schritt und noch einen, bis sie kaum eine Elle weit von ihm entfernt war. Sie sah mit festem Blick in seine steinerne Miene.

»Geht in Frieden«, sagte sie bestimmt. »Geht bald und kehrt nie wieder nach Alanol zurück. Versprecht Ihr mir, diesen Ort nie wieder zu betreten?«

»Nein. Ich will gehen, aber Ihr seid mir zu teuer, als daß ich ein solches Versprechen ablegen könnte.«

»Dann beeilt Euch. Damit wäre Santloy bezahlt. Doch sollte ich Euch noch einmal in Alanol erblicken, dann seid gewiß, daß Eure letzte Stunde geschlagen hat. Ihr und Eure Runen beunruhigen mich nicht im mindesten. Ich weiß Mut bei den Feinden meines Herrn zu würdigen, aber glaubt ja nicht, ich ließe mir leicht einen Strich durch die Rechnung machen.«

»Das habe ich nie geglaubt«, antwortete Joris. »Darf ich zum Abschied Eure Hand küssen, Anne?«

Einen Augenblick lang, als sie die Hand hob und die langen, glatten Finger anwinkelte, spürte Joris, wie alle Wölfischkeit von ihm abfiel. Sein leichter Handkuß war wie der eines schüchternen Knaben, und als er sich wieder aufrichtete, waren seine Augen jungenhaft und anziehend.

»Das bezahlt alles«, erklärte er. »Alles, bis . . . bis . . .«

»Bis zehn Jahre vorüber sind? Zwei von ihnen sind bereits vergangen. Behaltet Euer starkes Herz, denn das werdet Ihr brauchen. Und nun fort mit Euch, Ihr Wahnsinniger!«

Joris drehte sich um und eilte hinaus. Binnen einer Stunde waren er und Madoc mit den unverkauften Schafen aus der Stadt gezogen, während die Rote Anne in der Burg über Alanol ihre große Laute stimmte.

Das zweite Mal sah er sie im Moorland westlich vom Berg Domdonoy. Allein, denn seine Kameraden waren weit vor ihm, schlenderte Joris durch den hohen Farn an einem Bach, der den Nordrand des Waldes durchzog. Voraus gestattete eine Lücke im großen Fels einen Blick auf fernere Himmel. Und dort, wo sie am blauesten waren, mußten sich die Türme vom Heim der Roten Anne erheben. Joris kaute auf einem langen Grashalm herum und starrte in die Lücke. Der Herbst war ihm schon immer besser bekommen als der Frühling. Wenn er genau hinsah, glaubte er, zwischen den gelben Eichenblättern die Burg des Schlächters durchschimmern zu sehen. Joris kannte das Selbstmitleid nicht. Viel eher sah er sich als eine Art Schicksalsmacht, die durch das Land wanderte und Schläge austeilte. Er hatte sich seit damals nie wieder nach Alanol begeben, aber die Umstände hatten seine Aufmerksamkeit wieder auf das Marschland des Schlächters gelenkt.

König René hatte kürzlich seinen einzigen rechtmäßigen Sohn verloren, so daß sein kleiner Neffe Thorismund nun der Thronfolger war. Zu den Ländereien des verstorbenen Prinzen gehörte auch das Gebiet von Montenair, dessen Hauptburg die Straße von Belsaunt zum Nordmeer bewachte. René, der den Ländern im Norden noch nie so recht getraut hatte, hatte den Grafen Fulk von Olencourt zum Kastellan von Montenair eingesetzt. Dies war Joris nicht gleichgültig, denn Fulk war kein eitler, angeberischer Tölpel von einem Fürsten. Sein eigenes Land grenzte an das, das ihm vom König übergeben worden war, und seine vergrößerte Macht bedeutete für die Bande am Fels eine empfindliche Beschneidung ihrer Unternehmungen im weiten Umkreis um den Forst von Honoy.

»Gepriesen sei der Wahnsinn derer von Campscapel«, sagte sich Joris. »Ein normaler, beherrschter Graf von Alanol könnte sich mit anderen verbinden und mich ein für allemal südlich des Varne verbannen. ›*Gold leidet große Pein, Schwarz stellt allen ein Bein.*‹ – Ich wünschte, ich könnte den Schlächter mit dem verdammten Kastellan über Kreuz bringen. Doch Lorin wird auch ohne mein Zutun allen anderen ein Bein stellen. ›*Rot läuft rasch davon, Ehe untergeht ihre Sonn.*‹ Geduld, Joris, nur Geduld, und dann ... *Ohoh!*«

Alle Grübeleien waren wie fortgeweht. Der Vogelfreie hob auf-

merksam den Kopf. Aus der Ferne ertönte leise und sanft ein Jagdhorn und hallte von den Felswänden der Schlucht wider. Durchs Tal und darüber hinaus fuhr adlergleich der Blick von Joris. Dann erhob er sich vorsichtig, als er den sich bewegenden Punkt auf einem mit Heidekraut bewachsenen Hang ausgemacht hatte.
»Sie kommen direkt hierher«, sagte er vor sich hin und nahm lachend seinen Bogen auf.
Er lief in die sonnenbestrahlte Senke hinunter, erreichte das Ufer eines Baches und blieb dort lauschend einen Augenblick lang stehen. Gedämpft und verzerrt vom Rauschen des Wassers ließ sich erneut das Horn vernehmen. Und darin mischte sich etwas anderes, das Gebell von einer ganzen Hundemeute.
Joris hielt den Bogen über den Kopf und sprang in das von braunen Blättern bedeckte Wasser. Etliche wilde Minuten lang kämpfte er sich flußaufwärts, wurde mal bis zur Taille von Wasser umspült und war dann wieder nur bis zu den Knöcheln im Naß. Er bewegte sich auf Steinen voran und fluchte des öfteren, wenn er von ihren glatten Oberflächen abrutschte. Dann bekam er einen Ast von einer mächtigen Eiche zu fassen, der die gesamte Breite des Baches überspannte, und zog sich stöhnend daran hoch. Als er einigermaßen Halt gefunden hatte, schob er sich den Bogen über den Rücken und kletterte dann weiter.
Kurz darauf war er schon zwanzig Fuß hoch und saß auf einer kräftigen Astgabel, wo ihn dichtes Laubwerk vor allen Blättern verbarg. Zweige und Blätter hatten sich bei seinem Aufstieg gelöst. Sie fielen oder segelten nach unten und verschwanden im Wasser. Danach nur noch das Tropfen seiner nassen Kleidung. Rinnsale, die über die grüngraue Rinde flossen oder das Moos zwischen den Wurzeln benetzten.
Der nächste Windstoß war angefüllt mit rasch herankommendem Geklapper, aber Joris blieb noch ausreichend Zeit, seinen Bogen zwischen die Äste zu plazieren und sich selbst in eine Position zu bringen, in der er bequem und still dahocken konnte. Dann donnerten die Hufe am jenseitigen Ufer entlang. Große runde Augen und ein altweißes Geweih, eine schwarze Nase und eine rosaweiße

Flanke rasten durch eine Lücke im Laubwerk und waren schon verschwunden.
Ohne Laut, bis auf das leisere Pfotentrommeln, erschienen knapp hundert Meter zurück gelbe, schwarze und gescheckte Hunde. Ein Brennen im Herzen und Eis auf dem Rückgrat vermittelten Joris kurz das Gefühl der Leidensverwandtschaft mit dem fliehenden Wild. Dann war er wieder der alte, denn ein Hornstoß kündete das Erscheinen von Reitern an. Dumpferes Trommeln, kurze Befehle und Halali-Rufe. Der Vogelfreie wurde so unbeweglich wie der Baum, auf dem er hockte. Nur die Finger verschränkten sich um das Holz des sechs Fuß langen Bogens neben ihm. Und zum zweiten und letzten Mal warf er einen Blick auf den Schlächter von Alanol . . .
Hoch aufgerichtet im Sattel auf einem stampfenden, kastanienroten Hengst, eine blutrote Kappe auf dem Kopf, die der Wind schon halb herabgeweht hatte, mit den vernarbten gelben Zügen, die unter Massen von kohlenschwarzen Haupt- und Barthaaren halb verborgen lagen, ritt Lorin de Campscapel an der Spitze seiner Truppe vorüber. Das Blitzen der dunklen Augen und die zusammengepreßten, bleichen Lippen verrieten, welcher Geist hinter dieser Stirn steckte. Der Ruf, den der Schlächter sich in den Frankenkriegen und durch die Tyrannei in seinem eigenen Land erworben hatte, schien den Grafen in den Augen seines halb erstarrten Betrachters wie ein Nebel zu umgeben.
Noch viel sonderbarer aber wirkte die Reiterin, die ihm folgte. Soviel Zorn in den rosigen Zügen, die unbedeckten flammendroten Zöpfe und die starke Hand am Zügel, die einst sanft von einem Vogelfreien geküßt worden war. Joris hatte schon früher von den sagenhaften Walküren gehört. In diesem kurzen Moment, da er sie sah, kam ihm Anne wie eine solche germanische Reiterin vor, die die gefallenen Helden nach Walhall bringen. Doch Anne war noch furchterregender. Wie eine Furie schien sie Chaos und Tod durch das Tal zu tragen. Ein solches Wesen wagte er zu lieben. Erschüttert von dieser Begegnung bekam er nur noch am Rande mit, wie viele aus dem Haushalt des Grafen den beiden Reitern

folgten. Er klammerte sich an seinen Platz und fluchte in Gedanken.
Als der Zug vorüber war, spürte Joris Schweiß auf seiner Stirn. Demut strömte in seine Gedanken und vertrieb allen Stolz.
Weit fort im Hochland kam es zum Höhepunkt der Jagd, der Räuberhauptmann aber blieb auf seinem Hochsitz. Einen Sturmritt in solch waghalsiger Geschwindigkeit hätte er mit seiner Mannschaft nicht durchführen können. Die Hälfte seiner Bande hätte sich dabei das Genick gebrochen. Doch die, die mit Lorin und der Roten Anne ritten, schienen aus einem anderen Holz geschnitzt zu sein.
Kein Hufgetrappel störte mehr die Stille. Die Vögel begannen wieder zu zwitschern, und der Bach sang ungestört unter den wispernden Eichen.
Joris gewann seine gewohnte Ruhe wieder und stieg zum Boden hinab. Dort eilte er so rasch wie möglich fort von diesem Ort.
»Hunde eilen schnell«, sagte er sich, »doch Pfeile eilen schneller. Wenn ich das nächste Mal in diese Gegend gelange, werde ich mit Sicherheit nicht allein sein. ›Rot läuft rasch davon, Ehe untergeht ihre Sonn'.‹ Diese Rune hat heute einen eigentümlichen Klang, wo Gold mit eingeklemmtem Schwanz davonläuft, während Rot wie der Wirbelwind reitet. Doch ›Schwarz und Gold, Von Rot gewollt‹ – *Gewollt*, bei allen Glocken der Hölle!«

Bei der dritten Begegnung lag Joris im Stechginsterunterholz auf einem dunklen Hügel neben einem kleinen Bergsee. Er beobachtete die Rote Anne und ihre Begleitung, wie sie eine halbe Meile vor ihm vorüberzogen. Diesmal hatten sie keine Hunde, und zwei der sechs Reiter trugen Falknerei-Schutzkleidung. Eine recht junge Frau war an Annes Seite. Ein schlankes, eher mageres Persönchen, ganz in Grau gekleidet auf einem Schimmel, der so hoch war wie die Pferde der Erwachsenen.
»Das muß die Hexe Lys sein«, überlegte Joris. »Eine, die sich ganz der schwarzen Kunst verschrieben hat und Anne sehr ergeben ist. Ich wüßte zu gern den Farnsamenzauber, mit dem man sich unsichtbar machen kann. Doch wenn ich auf diese Weise meiner

Liebsten einen ganzen Tag lang folgte, würden mich die Eifersucht und der Zorn sicher um den Verstand bringen.«
Er dachte an seine mächtige Stimme... Ein Ruf aus dem Nichts, wenn der Schlächter gerade seine Hände auf Annes Körper legte. Sein Ruf könnte ihn verraten und dann höhnischem Gelächter und glühenden Eisen in der Burg von Campscapel ausliefern. Ohnmächtige Wut brannte in seiner Brust. Zwanzig seiner Männer lagen hinter ihm im Gras verborgen, warteten auf den Befehl zum Angriff und wußten jeder, daß das Auftauchen der Frau mit dem roten Haar dort unten alle Pläne ihres Anführers über den Haufen geworfen hatte. Vergeblich bemühte sich Joris, die Wurzel seiner Liebe aus seinem Kopf zu reißen, die alle anderen Lebenspflanzen in ihm zu ersticken drohte und auf nichts weiter gedieh als einer dünnen Runenschicht. Doch diese sonderbare Blume saß tiefer in ihm, als er gedacht hatte, und je mehr er an ihren Blüten riß und rupfte, desto deutlicher wurde ihm bewußt, daß für jede abgetrennte anderswo drei neue entstehen würden – binnen einer Stunde, eines Tages oder einer Woche, um ihn mit ihrem Duft einerseits glücklich und andererseits verzweifelt zu machen.
Dennoch trampelte er für eine Weile auf ihnen herum. Und diesmal war der Zauber von Annes Antlitz ohne Wirkung. Düster schwor sich Joris, sich die erste halbwegs hübsche Frau zu packen, die ihm über den Weg lief.
»Wenn ich bei Anne endlich so könnte, wie ich wollte«, sagte er sich mürrisch, »würde ich rasch herausfinden, daß sie von den Schultern bis zu den Knien ganz genauso aussieht wie alle anderen Weiber auch. Erzverderber, nimm diesen Wahnsinn von mir und fliege davon... Diesmal will ich sie ziehen lassen, doch bei der nächsten Begegnung soll es ihr nicht mehr vergönnt sein, mich aus der Fassung zu bringen. Bislang war Joris immer Anne zu Gefallen. Beim nächsten Mal wird es anders herum sein, und mögen Himmel und Hölle sich vereinen, sie zu verteidigen.«
In dieser Nacht überfiel er ein kleines Dorf auf dem Land des Schlächters und hinterließ sein Siegel mit Feuerzungen über den einkrachenden Hütten. Doch nun, da sein Zorn erreicht zu haben

schien, was er wollte, fiel er wie ein Tuch von Joris ab. Mit nicht mehr als einem höhnischen Grinsen im Mundwinkel sah der Hauptmann zu, wie seine Männer die Vorräte und das sonstige geplünderte Gut aufluden.
Gut eine Woche später, als er in sein Winterquartier unter dem Fels zurückkehrte, kamen Madoc und Herbrand zu ihm, die in seiner Abwesenheit die Bande geführt hatten.
»Wir haben einen Neuen«, sagte Madoc leise. »Einen gewissen Rufin, einen Halsabschneider von einigem Ruf aus Ververon. Er hat wohl eine Kehle zuviel aufgeschlitzt. Es hat Zeter und Mordio gegeben, er floh über den Varne und lief mir im Wald halb verhungert in die Arme. Er behauptet, ein Bankert von Jehan de Campscapel zu sein, und so, wie er aussieht und spricht, ist das wohl nicht gelogen.«
»Führt ihn vor mich«, befahl Joris. Und kurz darauf stand ein grinsender roher Bursche vor ihm. Er hatte helles Haar und trat ohne große Scheu auf den berüchtigten Räuber zu.
»Zu Euren Diensten, Herr Hauptmann«, strahlte der Neue. »Ich möchte Euer Schwert berühren, Euch darauf die Treue schwören und in die Bande aufgenommen werden.«
»Ihr müßtet auf jeden Fall hierbleiben«, erklärte Joris kalt. »Gebt mir Euren Dolch. In einem Monat, wenn Ihr Euch bewährt haben solltet, erhaltet Ihr ihn zurück.«
Rufin starrte ihn an und begriff langsam, daß sein forsches Auftreten hier etwas fehl am Platz gewesen war. Und er erkannte, daß der Hauptmann hier so etwas wie eine Rangfolge eingerichtet hatte, in der alle nur in der Gefahr gleich waren.
»Ist das hier so die Regel?« fragte er lahm, zog aber den Dolch und hielt ihn an der Spitze in der Hand.
»Nein«, antwortete Joris, ohne den festen Blick auch nur für einen Moment von ihm zu wenden.
»So nehmt ihn denn«, antwortete der lachende Neue und reichte dem Hauptmann den silbernen Griff. »Vielleicht war es gar nicht so dumm von Euch, einmal eine Ausnahme zu machen.«
»So? Und Warum?« fragte Joris kühl.

»Nun, ein Wolfskopf bleibt immer ein Wolfskopf, aber ein halber Löwe braucht einige Zeit zur völligen Verwandlung.«
Joris gestattete sich ein Lächeln, als er den Dolch ergriff und dem Neuen die Schwertspitze hinhielt; denn das Wappen derer von Montcarneau trug auf gevierteltem oder rotem Untergrund vier einander gegenüberstehende Wolfsköpfe, und das derer von Campscapel zeigte einen zum Sprung erhobenen Löwen auf schwarzem Untergrund. Der Räuberhauptmann hielt zu sehr auf seine halbadlige Herkunft, als daß er diesem Bauernburschen nicht auch etwas Stolz gegönnt hätte. Doch als Rufin die Klinge berührte und seinem Besitzer Treue schwor, ließ Joris wie durch Zufall den Dolch fallen und sah gelassen auf die Waffe hinab.
Rufins Grinsen wurde breiter, als er sich bückte und das Messer aufhob. Er steckte es geschickt in den Gürtel des Anführers, bevor er einen Schritt zurücktrat.
»Ich denke, wir werden miteinander auskommen«, sagte Joris und beschloß, diese etwas zu voreilige Vertraulichkeit des Neuen zu übersehen. Doch in Gedanken fügte er hinzu: »Du bist ein toter Mann, Rufin, wenn wir auch nur einen Augenblick nicht miteinander auskommen sollten.«

Zur vierten Begegnung kam es an einem Ort, an dem sowohl die Rote Anne als auch Joris gut bekannt waren. Der lange schwelende Streit zwischen dem Schlächter von Alanol und dem zänkischen Grafen von Saint-Aunay war offen ausgebrochen. Bei einer solchen Fehde wußte Joris rasch, seinen Vorteil wahrzunehmen. Er überfiel abwechselnd die Dörfer und Liegenschaften der hohen Herren mit dem Kriegsruf des jeweils anderen. Und er vergaß es natürlich auch nicht, bei Saint-Aunay mit schwarzen und bei Campscapel mit weißen Umhängen aufzutauchen. Dann brach der Winter herein, ließ die Bäche anschwellen und machte das Moorland unpassierbar. Beim ersten Frühlingsanzeichen umrundete Joris den Berg Dondunor und stürzte sich mit seiner gesamten Streitmacht auf einen Neubeginn des kleinen Moorkrieges.

An diesem Tag dröhnte und hämmerte ein erbarmungsloser Ostwind durch die Ulmen von Capel Conan. Hin und wieder fielen Wolkenschatten dunkelgrau über das Ackerland, doch die meiste Zeit bestrahlte die Sonne die Hütten, Schuppen und Scheunen zwischen den Steinhäusern, in denen die Leibeigenen des Schlächters aus gelbem Lehm Ziegel brannten. Der Fluß Conan Beck war vom Regenwasser stark angefüllt.
Joris drehte sich auf dem schmalen Weg um, der das Dorf mit Alanol verband, und musterte seine viermal zwanzig Mann starke Truppe, die sich zwischen Ebereschen, Fichten und Unterholz verborgen hielt.
»Wir brauchen Vieh und Werkzeuge und andere Geräte«, erklärte er ihnen und mußte seine Stimme gegen den lauter werdenden Wind erheben. »Stoßt zu, wenn ihr müßt, und legt Feuer, bevor ihr abzieht, aber vergeßt nicht, daß diese Bauern uns lebend mehr nutzen als tot. Herbrand sichert die Straße. Gandulf umgeht mit seiner Truppe das Dorf und fällt ein, sobald ich die Kirche erreicht habe. Das Vieh treibt ihr durch das Dorf, zum anderen Ende hinaus. Madoc wartet dort, um die Tiere in Empfang zu nehmen und sie den Hügel zur Linken hinaufzutreiben. Und ich will kein Weibsvolk aus dem Dorf mitnehmen. Wen es zu sehr juckt, der sollte sich daher beeilen oder aber auf eine andere Gelegenheit warten.«
Ein grimmiges Lachen ertönte aus der Mannschaft. Als Gandulf mit seiner Truppe nach rechts verschwunden war, sah Joris sich kurz um und führte dann den Hauptangriff den Hügel hinunter.
Diese Unternehmung erfüllte ihn nach der stumpfsinnigen Tatenlosigkeit des Winters mit neuer Begeisterung. Dies war sein Leben, das rechte Leben für einen Mann, für den die Welt gemacht war. Gehirn, Nerven und Muskeln waren in höchste Bereitschaft versetzt, konzentrierten sich ganz auf sein Schwert. Zur Rechten wie zur Linken fühlte er, wie seine Männer sich aus den Verstekken lösten; so wie Schwingen, die aus seinen Schultern wuchsen. Als sie aus dem Wald kamen, lachte er laut und brüllte sein berüch-

tigtes *Haro!* Ungeordnet wurde der Schlachtruf von den Gefolgsmännern aufgenommen.

Verwirrung und Entsetzen beherrschten augenblicklich Capel Conan. Furchtbare Schreckens- oder Alarmrufe ertönten von Werkstätten und Öfen, von Ställen und von Äckern. Lorin de Campscapel verlangte von seinen Leibeigenen nichts außer unablässiger Arbeit und überreichem Kindersegen. Seit dem großen Bauernaufstand hatte er darauf Wert gelegt, daß seine Untertanen weder Waffen besaßen noch lernen konnten, wie man damit umzugehen hatte. Dennoch griffen nun einige zu Spaten und Sense und warteten mit grauen Gesichtern darauf, ihr Leben so teuer wie möglich zu verkaufen. Die anderen aber rannten, stolperten und hüpften in alle Richtungen davon. Einige rissen ihre Kinder hoch, andere fielen übereinander, wieder andere versteckten oder kauerten sich hinter Ecken, um dort zu weinen, zu jammern oder zu beten, bis der tödliche Stahl treffen würde.

Doch kein einziger Hieb oder Stich war ausgeteilt, als Joris plötzlich stehenblieb. Auf halbem Weg zur Kirche hielt er auf der Straße inne, riß das Schwert in die Höhe und brüllte:

»Halt!« Fluchend, stampfend und ineinanderrennend gehorchten die Waldräuber und starrten den Anführer so verwirrt an, wie der auf die Reiter blickte, die wild um die Straßenbiegung, hinter der sich Madoc mit seinem Trupp verbarg, herum auf Joris und seine Mannen zugaloppierten.

Es waren nur drei Reiter – an der Spitze die Rote Anne. Auf einem rassigen Grauschimmel, mit kleinen Silberglöckchen am Zügel, mit hohen Schaftstiefeln unter dem grünen Rock und einem roten, vom Wind aufgebauschten Reitumhang und mit einem Falken auf dem Arm, dessen Kopf unter einer Haube steckte. Ihre Begleiter trugen finstere Mienen, die zu allem entschlossen schienen. Doch Anne selbst lächelte, als sie zwei Dutzend Schritte vor der ersten Reihe der Angreifer ihr Roß zügelte.

»Holla, Joris!« rief sie. »Laßt uns erst verhandeln!« Damit wandte sie sich an die beiden Begleiter: »Zurück! Zieht Euch ein Stück zurück!«

»Aber gern«, antwortete Joris unbewegt, und er ließ sein Schwert nach hinten schwingen, um seine Bande im Zaum zu halten.
Dann trat er allein vor und zog sich mit der Linken die Kappe vom Kopf. Barhäuptig und mit unbewegter Miene schritt er auf Annes silberne Steigbügel zu. Innerlich frohlockte er darüber, daß sie ihn bei einem Überfall angetroffen hatte.
»Haben Euch die Runen das für heute geweissagt?« fragte die stolze Reiterin und wirkte in keiner Weise von seiner Streitmacht beeindruckt. Und bevor er antworten konnte, fügte sie hinzu: »Mit Eurer richtigen Bartfarbe gefallt Ihr mir besser.«
»Fein«, sagte Joris und sah ihr gerade ins Gesicht. »Ihr habt Euch zu lange über mich lustig gemacht, Rote Anne. Auf meine Runen kann ich mich verlassen, denn heute nacht seid Ihr mein.«
Etwas blitzte in den blauen Augen auf, die seinem Blick ebenso fest begegneten. Doch Joris konnte nicht erkennen, was das zu bedeuten hatte.
»Dann soll es so sein – doch nur unter einer Bedingung«, antwortete Anne und sah über ihn hinweg zu den kampfbereiten Räubern.
»Dann soll es so sein, doch ohne Bedingungen«, erklärte Joris. »Wir sind hier schließlich nicht in Alanol. Was für einen Handel wollt Ihr denn vorschlagen?«
»Diesen Handel: Laßt Capel Conan in Frieden, dann komme ich mit euch und schenke Euch die Freuden, die Ihr begehrt.«
»Bei den Glocken der Hölle, was bleibt Euch anderes übrig, als mit mir zu kommen?«
Seine Worte und sein Blick waren hart, doch dahinter geriet sein Blut in Wallung. Anne lächelte hier und dort einen der Angreifer an. Stille senkte sich über die Straße und verbreitete sich durch das ganze Dorf. Nur die Saatkrähen, die vom Getöse des Angriffs geflohen waren, kehrten schimpfend zu ihren Ulmen zurück. Und damit deren Lärm nicht die Wirkung ihrer Antwort beeinträchtigen konnte, beugte sich die Geliebte des Schlächters ein Stück aus ihrem Sattel.
»Da wir schon über Troja reden«, sagte sie, »es bedurfte mehr als

nur Geduld, diese Feste zu Fall zu bringen. Was würdet Ihr tun, wenn ich mich dem versprechen würde, der mir das abgetrennte Haupt seines Hauptmanns zu Füßen legt?«

Joris wandte den Blick nicht von ihr, wurde aber bleich vor Zorn.

»Verkündet diesen Vorschlag ruhig«, knurrte er, als sie wieder aufrecht im Sattel saß. »Verkündet es sofort, und ich trenne *Euch* noch beim Reden das Haupt vom Rumpf. Davon einmal abgesehen dürft Ihr Euch nicht dem Irrtum hingeben, irgendeiner aus meiner Bande könnte mich besiegen.«

»O natürlich doch, mit jedem einzelnen würdet Ihr leicht fertig. Aber nicht mit sieben oder siebzehn gleichzeitig. Und wenn Ihr Euch fragt, wie es mir ergehen wird, nun, ich habe Schlimmeres durchgemacht. Und wenn es doch härter würde, nun, dann kann es Euch ja gleich sein, denn Ihr liegt ohnehin in Eurem Blut und bekommt von allem nichts mehr mit.«

»Seid Ihr Euch da so sicher?« krächzte Joris.

»Wir beide, Ihr und ich, sind uns immer sehr sicher«, antwortete die Rote Anne, und Joris sah, wie ihr Blick kurz nach hinten zu den Hügeln fuhr, die vor Alanol lagen.

Ein innerer Eishauch erstickte seinen Zorn und seine Erregung.

»Was bedeutet Euch Capel Conan schon?« wollte er wissen. Aber er gab ihr erst gar keine Gelegenheit zu einer Entgegnung, sondern fuhr gleich fort: »Ist ja auch gleich, Ihr könnt das Dorf nicht mehr retten. Sagt euren Begleitern, sie sollen die Waffen ablegen und vom Pferd steigen, sonst lasse ich sie mit Pfeilen spicken.«

»*Wen es juckt, der sollte sich beeilen oder aber auf eine andere Gelegenheit warten!*« rief ein Bursche aus den hinteren Reihen, aber Joris achtete nicht auf den Spott und das anschließende Gelächter, denn Anne hatte die Zügel sinken lassen und zupfte ihr Jagdgewand auf. Während sie ihm fest in die Augen sah, teilte sie das grüne Tuch und fing an, das blau schimmernde Kettenhemd darunter zu lösen. Hinter dem Anführer erstarben Spott und Kichern und machten unzüchtigen Lauten Platz. Joris wurde sich schmerzhaft bewußt, daß Anne mehr Einsatz wagte als er.

»Haltet ein, Wildkatze!« knurrte er, als ein Stück Metall herabsank und das weiße Unterzeug sichtbar wurde. »Habt Ihr denn gar kein ...«
»Schamgefühl«, hatte er sagen wollen, und Scham war das Leiden, das ihn gerade am stärksten plagte. Doch statt den Satz zu beenden, packte er das Pferd an der Trense und zog es herum. Annes Knie stieß an seine Schulter. Die Reiterin kicherte tief und nahm die Zügel wieder auf.
»Ganz ehrlich, werter Räuberhauptmann«, höhnte sie leise, »habt Ihr nur in der Dunkelheit Mut? Ich wollte Eurem Schwert nur etwas von der Arbeit abnehmen. Manchmal reite ich gerüstet durch die Hügel. Seht nur, wie ungeduldig Eure Männer werden. Ihr dürft sie nicht enttäuschen, Joris. Was wird aus all Eurem Ruhm, wenn Ihr Eurem Gegner nicht den Garaus macht? Oder wollt Ihr mich etwa gefangenhalten, solange Eure Galgenvögel Capel Conan verwüsten? In der Tat, werter Herr, Ihr unterscheidet Euch nur wenig von denen, die unruhig hinter Euch warten.«
»Ich bin also nicht besser als sie?« sagte Joris und warf einen Blick nach vorn und zurück, bevor er ein Grinsen aufsetzte; denn die Eitelkeit rückte zur Verstärkung seiner Verletztheit heran. »Also bin ich nicht besser. Nun, wartet es ab. Reitet mit Euren Burschen außer Reichweite der Bögen und seht zu, was dann geschieht.«
»Und falls wir es vorziehen zu fliehen?«
»Ich schätze, Ihr bleibt und seht zu.«
»Bei meiner Seele, Ihr habt recht ... Doch was, wenn wir danach fliehen sollten?«
»Dann zieht ab und lebt wohl ... Vergeßt Eure Bedingungen und Zugeständnisse. Capel Conan soll verschont werden. Zumindest bleiben die unbehelligt, die hier leben. Und nun geht, geht zum Teufel!«
Er ließ die Trense los und trat zurück. Die Rote Anne streckte die kleine Reitgerte aus, die sie am Handgelenk trug, und klopfte ihm damit leicht auf die Schulter.
»Empfangt diesen Ritterschlag, edler Joris«, scherzte sie unge-

rührt. »Dieses Mal will ich nicht warten, um die Runen zu hören. Mögen sie prophezeien, was sie wollen, ich schere mich nicht darum. Lebt wohl und geht Eurem Tun nach, aber säumt damit nicht zu lange.«

Ein Ruf und Pferdegetrappel, und schon war sie fort. Die beiden Begleiter schlossen zu ihr auf, und Joris sah sich, als er sich umdrehte, mit zwei Dutzend gespannter Bögen konfrontiert.

»He, Hauptmann, wann können wir endlich die Pfeile abschießen?«

»Bei den Gebeinen des Herrn, drei gute Pferde sind uns durch die Lappen gegangen, gar nicht erst zu reden von... nun, von, ähem...«

»Auf, auf, bevor es zu spät ist!«

»Was, zum Teufel, plagt ihn denn?«

»Ich denke, der Teufel selbst plagt ihn. Er ist verhext, oder schlimmer noch, er...«

»Aber nur ein Narr könnte...«

»Runter mit den Bögen und schweigt!« brüllte ihnen Joris ins Gesicht. »Madoc, eilt über die Felder und bringt Gandulf und seine Truppe hierher, und laßt euch dabei möglichst nicht sehen. Der Rest von euch kehrt auf dem Weg zurück, den wir gekommen sind, und seht euch dabei sorgfältig nach allen Seiten um. Heute will ich einmal den Schlußmann machen. Keine Plünderung von Capel Conan. Und nun ab – *Haro!*«

Träge drehten sich die Briganten um, packten wütend ihre Waffen und warfen verstohlene grimmige oder fragende Blicke nach ihrem Anführer. Joris hatte die Hände auf dem Schwertgriff verschränkt und sah den Männern gelassen zu. Manch einer hätte sich ihm wahrscheinlich jetzt gern entgegengestellt und um die Führerschaft gekämpft. Aber selbst der Tapferste unter ihnen erinnerte sich an Ursins Todesschrei am Fels, und keinen von ihnen gelüstete danach, der erste, zweite oder auch dritte zu sein, der seine Klinge mit Joris kreuzte. Auch hatten sie alle die Rote Anne erlebt. Und der Umstand, daß Joris seinen Vertrauten fortgeschickt hatte, brachte einige von ihnen zum Nachdenken. Grum-

melnd zwar, aber gehorsam, mit unterdrückten Flüchen auf den Lippen zogen sie ab. Joris schritt als letzter hinterher. Einmal drehte er sich um und sah, daß die drei Reiter am anderen Ende des Dorfes angehalten hatten.
Die Rote Anne winkte.
Eine halbe Stunde später ließ er weit draußen am Rand des Heidelandes Rast einlegen und rief die drei Männer zu sich, die die finstersten Blicke geworfen und sich am meisten darüber geärgert hatten, auf Kampf und Beute verzichten zu müssen.
»Kommt mit und seht selbst«, erklärte er ihnen und zeigte schließlich auf die Straße, die sich zwischen den Hügeln wand.
Sie sahen auf die Stelle, auf die der Anführer gezeigt hatte, und ihre Mienen veränderten sich augenblicklich. Einige hundert Meter entfernt ritten unter ihnen dreimal zwanzig Reiter nach Osten auf Capel Conan zu. Reiter in Rüstung und mit schwerer Bewaffnung: die furchtlosen und berüchtigten Reiter von Campscapel.
»Bei meinem Bart!« sagte einer der Männer, zeigte seine Zahnlücken und lachte. »Warum habt Ihr uns kein Wort davon gesagt, Joris? Wir glaubten, Ihr hättet einen Sonnenstich bekommen. Doch dabei habt Ihr durchaus recht gehandelt.«
Joris machte auf dem Absatz kehrt und gab keine Antwort. Er war sich noch mehr als seine Männer bewußt, wie wenig sie sich den Verzicht auf die Beute in Capel Conan leisten konnten. Aber sein wacher Verstand, der sowohl die Hexerei als auch die Kraft der Priester verachtete, hatte rechtzeitig erkannt, daß etwas nicht stimmte, als die Rote Anne kurz den Blick auf die Hügel gewandt und dann zum Schluß die doppeldeutige Bemerkung fallengelassen hatte.
»Von heute an werde ich in Capel Conan einen sonderbaren Ruf genießen«, sagte er sich schließlich.
Und er führte seine enttäuschte Bande statt dessen auf das Land des Grafen von Saint-Aunay und brannte dort zwei Höfe nieder.

Eines Tages waren auch die zehn Jahre vorüber. Im letzten Jahr wuchs Joris' Bande auf über hundert Mann an. Er drang bei seinen Überfällen immer weiter nach Süden vor und kehrte nur gelegentlich nach Nordanay zurück, um dort seinen Vorteil aus dem andauernden Streit zwischen Saint-Aunay und Campscapel zu ziehen. Joris wirkte um keinen Tag gealtert seit damals, als er Gaston de Volsberghe verächtlich gemacht und um seiner einzigen Liebe willen einen Mord zugelassen und eine Jungfrau geschändet hatte. Natürlich zeigte sich erstes Grau in seinem Bart, aber seine Körperkräfte waren, auch wenn das kaum möglich schien, noch größer geworden. Immer noch übertraf er den besten Bogenschützen an Zielgenauigkeit und überholte den flinkesten Läufer. Bei den Beutezügen schien ein besonderer Zauber sein Leben zu schützen, und alle in der Bande glaubten an sein Glück und sein Geschick. Herbrand war nicht lange nach dem denkwürdigen Tag in Capel Conan bei einem Handgemenge im Wald ums Leben gekommen, doch Gandulf und Madoc waren immer noch seine Vertrauten und Stellvertreter. Zu ihnen hatte sich Rufin gesellt, der schon vor langem gemäß Joris' Ankündigung seinen Dolch zurückerhalten hatte.

Rufin hatte sich als mutig und verläßlich erwiesen. Und er war es, der zwischen den Felsen lauerte und mitverfolgte, wie der Graf von Saint-Aunay den Roten Jehan von Campscapel unter der Schulter des Berges Dondunor in eine Falle lockte.

»Heute abend wird man über Alanol einige Wunden zu lecken haben«, kicherte Rufin, nachdem er Bericht erstattet hatte, und nahm noch einen Schluck Bier. »Und mein ehrwürdiger Vater ist unter denen, die das meiste Blut verloren haben. Sein Visier wurde so flachgeklopft, daß es aussah wie ein leerer Weinschlauch. Fast zwei Dutzend schwarze Reiter sind zu Boden gegangen. Sie hatten nur wenig Gelegenheit zur Beichte, da könnt Ihr Euch drauf verlassen. Es heißt, der Schlächter hüte das Krankenlager. Und da muß wohl was dran sein, denn er hätte einen solchen Ritt niemals gewagt.«

Joris grunzte zufrieden, sagte aber kein Wort. Wenig später stand er allein auf dem Fels. Es war die Stunde des Sonnenuntergangs, und die ersten Feuer glühten aus dem kleinen Kalksteintal. An einem von ihnen spielte ein Mann auf einer kleinen Rohrflöte. Die leise Musik drang in Bruchstücken bis ans Ohr des Hauptmanns, während er dort mißmutig hockte und brütend in den ruhigen Himmel und auf die vielfarbigen Hügel starrte. Als er zwölf gewesen war, hatte er auch auf einer solchen Flöte gespielt, durch die Bäume hindurch auf die Türme von Montcarneau gespäht und sich gefragt, wie es wohl sein müßte, auf einer Burg zu leben. Nun war er fünfunddreißig und fragte sich das immer noch. Denn der von einem Wassergraben umgebene, kaum bessere Meierhof von Medrincourt, dessen Halle, Küche und Ställe er einmal recht gut gekannt hatte, ließ sich natürlich mit den großen Burgen von Montenair und Olencourt, von Hastain, Guarenal und Ger nicht vergleichen. Selbst der Schlächter hockte über Alanol auf einer Burg . . . Joris' Gedanken krochen schwer über schmerzverdunkelte Pfade. Und die Runen, die ihm einmal soviel Gewißheit verliehen hatten, klapperten nun nur noch träge in seinem Kopf, konnten sich kaum gegen die fröhliche Weise vom Flötenspieler unter dem blutgetränkten Fels durchsetzen.

Joris kannte, wie schon früher berichtet, kein Selbstmitleid, doch er wußte um verborgene Talente in ihm, die das Räuberleben verschwendet hatte. Würde man ihm einen Grenzturm geben und Ländereien unter seinen Besitz stellen, die er zu beschützen hätte, so würde er schon bald seinem Banner alle Ehre machen. Manchmal stellte er sich in Gedanken sein Banner vor: der silberne Querstab, der sich von links oben nach rechts unten* über die roten und gelben Viertel mit den einander ansehenden Wolfsköpfen zog.

»Ein Grenzposten wäre das Beste für mich«, sinnierte er, und dabei zuckten seine festen Lippen. »Ich zweifle nicht daran, daß es mir einigen Verdruß bescheren würde, wieder einen Herrn über mir zu haben. Doch nur ein größerer Krieg könnte mir heute noch

* In der Heraldik das Zeichen dafür, daß der Träger dieses Wappens ein unehelicher Sohn des Hauses ist (A. d. Ü.)

dazu verhelfen. Und ein solcher ist nicht in Sicht, wenn man einmal von den kleinlichen Zänkereien der Grafen um irgendwelche Dörfer und Flecken absieht. Gebt mir einen Krieg, einen richtigen Krieg, in dem Männer sich wirklich beweisen können. Dann würde ich mich einem Herrn zur Verfügung stellen, ihm meine hundert Kämpfer anbieten und dafür Straferlaß, Amnestie und Lehen verlangen. Und Annes im Spott erteilter Ritterschlag könnte dann Wirklichkeit werden. Natürlich hätte da auch noch die Kirche ein Wörtchen mitzusprechen. Oh, ich würde niederknien, bis mir alle Knochen im Leib schmerzen, und das Geleiere über mich ergehen lassen, das sie verhängen würden. Falls jemand von diesen Ratten dort unten im Tal ein Verbrechen begangen haben sollte, für das es keine Absolution gibt, so mag er hier in den Hügeln bleiben. Sie würden sich ohne Schwierigkeit in diesem, meinem zwölfjährigen Heim zurechtfinden.«

Nach einer Weile rührte er sich zum erstenmal wieder und rief laut: »*Schwarz geht von der Welt, Und Gold nun endlich erhält – Rot, die alles, was für ihn zählt*. Beim Blute des Papstes, ich habe diesen Satz schon tausendmal zitiert und nie erlebt, daß Gold einmal etwas gegeben wurde. Immer noch besser, man ist ein Vogelfreier statt eines Hexenkünstlers, um den Segen des Bischofs zu erhalten. *Und Gold nun endlich erhält – Rot, die alles, was für ihn zählt.*«

Noch lange Minuten hockte er da im Angesicht der vielfarbigen Hügel und des roten Himmels und gab sich seinen Gedanken hin. Endlich gähnte er, streckte seine kräftigen Glieder und erhob sich, um in sein Lager hinabzusteigen.

»Es ist schon lange her, seit mir die Runen zum letztenmal Appetit aufs Abendbrot verschafft haben«, lächelte er leise.

Saint-Aunay war im Vorteil und nutzte den aus. Im Juni wäre es seinen Reitern fast gelungen, die Rote Anne in Capel Conan gefangenzunehmen. Doch die Bauern wehrten sich wie erprobte Soldaten, und in ihrer Mitte kämpfte die, um deretwillen sich dort alles drehte. Der Schlächter erfuhr rechtzeitig genug von dem

Hinterhalt, um sich vom Krankenbett zu erheben und seiner Geliebten zu Hilfe zu eilen. Als Joris von dieser Schlacht hörte, änderte er seine Pläne für den Sommer. Wenn der Graf von Campscapel wieder auf den Beinen und tätig war, wäre es für Joris und seine Bande wohl günstiger, den Südrand des Forsts von Honoy heimzusuchen.

Der Sommer ging in den Herbst über, und der Schlächter brachte wiederum Saint-Aunay in Bedrängnis. Joris schickte Gandulf allein in den Norden, befürchtete aber bald, daß seinem Getreuen etwas zugestoßen sein mußte. Denn ein trockener Oktober verging, und ein trüber November kam. Die Wälder füllten sich mit Nebel und Dunkel, und kein Gandulf zeigte sich. Endlich legte Joris seine alte Hausierer-Verkleidung wieder an und zog auf den Straßen nach Hautarroy von einer Taverne in die andere. An einem Nachmittag voller Nieselregen, als er an der Tür zum Gästehaus einer Abtei die Zügel vom Pferd eines Kaufmanns hielt, hörte er zum erstenmal von den grausigen Vorfällen, die den ganzen Norden erschütterten.

Der Schlächter hatte seinen alten Feind gefangennehmen können, als der gerade zur Jagd ausgeritten war. Nicht nur der Graf von Saint-Aunay, sondern auch seine Gattin und der halbe Haushalt gerieten in die Hand von Lorin de Campscapel. Sie hatten die Gräfin an die Spitze gesetzt, ihr Speerspitzen an den Rücken gehalten und waren dann lachend über die heruntergelassene Zugbrücke der Burg von Saint-Aunay geritten, um dort ein furchtbares Blutbad anzurichten. Die Feste war nur noch eine Ruine gewesen, als die wilden Reiter von Campscapel weitergezogen waren. Das war alles, was der Kaufmann darüber wußte. Und kaum hatte er das erzählt, staunte er nicht schlecht, denn der schwerfällige Hausierer ließ die Zügel los und eilte mit ungeahnter Geschwindigkeit davon, ohne einen einzigen Blick zurückzuwerfen.

Joris versteckte seine Gütertasche und begab sich auf schnellstem Weg in sein Lager. Zwei Tage lang hetzte er über das Land, als sei ein Rudel Wölfe hinter ihm her. Saint-Aunay war ein verdrießlicher Nachbar gewesen, aber seine Gräfin entstammte dem Hause

Olencourt. Es gab also einiges zu tun, bevor der Kastellan Fulk mit einer Streitmacht vor Alanol zog.

»Ist Gandulf schon zurückgekehrt?« herrschte er den Wachtposten an, als er am Morgen des dritten Tages seine Lager erreichte.

»Noch nicht, Hauptmann.«

»Hat Madoc in den letzten sechs Tagen Nachrichten vom Norden erhalten?«

»Ja, das hat er. Die de Saultes und de Olencourts sammeln ihre Truppen entlang der Grenze zum Land des Schlächters ... Wißt Ihr, daß der Graf von Saint-Aunay gefangengenommen wurde?«

»Ja. Weiter, was noch?«

»Nichts mehr, von dem ich wüßte.«

So hockte Joris in seinem Lager und verwünschte das Wetter. Und mittendrin in den schlimmsten Flüchen erschien Gandulf am anderen Ende der Schlucht. Er war ein erfahrener Waldläufer, verstand sich aufs Spurenlesen und bewegte sich wie ein Raubtier.

»Ja, es ist so, wie Ihr und Madoc es gehört haben«, krächzte Gandulf, nachdem er sich am Feuer des Anführers niedergelassen und dessen Bericht gehört hatte. »Doch Ihr kennt nicht einmal die halbe Geschichte. Man zerrte Saint-Aunay, seine Gattin und zwei Dutzend weiterer Männer und Frauen in die Burg über Alanol und hat sie dort blutig zu Tode gefoltert ... Und jetzt kommt das Verwunderlichste. Ich habe mich zwei Tage lang in Montenair herumgetrieben, um eine Bestätigung zu erhalten oder einen Sinn hinter dem Vorfall zu erkennen. Aber keiner wußte mehr als ich. Den Menschen standen nur die Münder offen, und einigen wären fast die Augen aus dem Kopf gefallen, aber niemand wußte eine Erklärung dafür. Der junge Graf von Montcarneau eilte zum Kastellan, und dann sah ich, wie er bald darauf wieder weiterritt zum Verweser in Ger. Doch nun zu dem eigentümlichen Vorfall. Aus Alanol kam diese Kunde: Am Morgen nach der Folterung hat man den Schlächter tot aufgefunden ...«

»Tot? Der Schlächter tot?«

»Ja, er lag tot vor dem angeketteten und erschlagenen Saint-Aunay. Und neben ihm lag der alte Leibdiener des Schlächters, ebenfalls tot. Niemand hat eine Erklärung dafür, wer diese beiden erschlagen haben könnte. Die Rote Anne schwört, es sei der Rote Jehan gewesen. Der wiederum beschuldigt die Geliebte des Schlächters. Und beide streiten natürlich für sich jede Beteiligung an der Tat rundweg ab. Manche erzählen sich, der Satan höchstpersönlich sei erschienen und habe den Schlächter umgebracht, vielleicht weil er eifersüchtig auf das Treiben in der Burg war. Unter den Reitern von Campscapel sind die Meinungen geteilt, doch die meisten stehen zur Roten Anne. Ein Gutteil der Bürger in Alanol sprechen offen darüber, daß sie sie als neue Gräfin sehen möchten. Andere Leute aus der Stadt reisen täglich zu de Saulte oder zum Kastellan und verlangen von ihnen, sie möchten im Namen des Königs kommen und die Angelegenheit auf ihre Weise beenden . . .«

»Sie wollen die Rote Anne und Jehan gleichermaßen baumeln sehen?« fragte Joris.

»Ja«, bestätigte Gandulf, und seine rotumrandeten Lider zuckten. Aus diesem einen Wort hörte Joris das Getöse und die Bedrohung von tausend unterdrückten Bürgersleuten heraus.

»Der Teufel soll diesen Nebel holen«, grummelte er in seinen goldenen Bart; denn Rufin war mit zwei Dutzend Männern zum Beutemachen nach Westen gezogen. Der Hauptmann aber brauchte alle seine Männer und klares Wetter für einen Rettungsversuch. Schwarz hatte allen ein Bein gestellt, und Schwarz war von der Welt gegangen. Nun mußte in der allgemeinen Verwirrung der rechte Platz für Gold gefunden werden.

»Schichtet die Feuer auf«, befahl er. »Heute nacht wollen wir Spiele veranstalten und feiern.«

Mit Spielen und Feiern wollte der Anführer seine Ungeduld im Zaum halten. Der Nebel stand einem Bogenschützen- oder Fels-Kletterwettbewerb natürlich im Wege, aber man veranstaltete Ringkämpfe und Tauziehen und eine grobe Veranstaltung, in der zwei sitzende Männer mit den Fußsohlen aneinandergebunden wurden und so lange mit langen Stäben aufeinander einschlagen

mußten, bis einer von ihnen die Besinnung verlor. Auch Schwerttänze zum Ächzen und Quietschen von Dudelsäcken waren dabei. Und als der Nebel ordentlich mit dem Rauch der Feuer geschwängert war, bewegten sich die Schatten der Tänzer zum eigenen Tanz, zuckten durch den goldenen Dämmerschein wie Geister aus den Schlammlöchern unterhalb des Felsens.
Joris saß vor seiner Höhle, trank in tiefen Zügen und verfluchte fröhlich mal diesen Heiligen und mal jenen und wünschte sie allesamt in die Hölle. Nach dem Mahl wurden rauhe Lieder gesungen. Joris selbst trug das ›Lied von Fastingal‹ vor, zu dem er mit einem Kriegshammer auf Fußfesseln den Takt schlug.

Da hängt er nun hoch am Galgenbaum
Der so gern im Schatten tat schleichen
Steif und starr in des Abends Stunde
Aus und vorbei ist's mit seinen Streichen.

Körper und Glieder, Herz und Verstand
Auch Witz und Geschick nun wolln vergehen
Und alle Krähen im Dorf rufen sich zu
Um Fastingal, ja, um den ist's geschehen.

Hübsch und groß war Fastingal
Keck und frei er zog, mal hier mal dort
Er schnitt deinen Beutel und hört dich fluchen
Verdammt, das gute Silber ist fort!

Er schmäht den Priester, all Mensch und Tier
Auch Wasser und Donner, Wald und Hecke
Er besprang aufm Amboß die hübsche Maid
Mit dem toten Schmied darunter als Decke.

Beim Pflücken einer schönen Rose
Zerriß er sich Hose in Küsters Garten
Und gegeben hätt er sein Leben
Für 'ne Pastete, bevor die Krust konnt harten.

Doch jetzt baumelt er am Galgenbaum
Dem lange das Glück nie wollt weichen
Und Nase und Augen sind Schmaus für die Krähen
Und aus und vorbei ist's mit seinen Streichen.

Das Klirren des Hammers ging in dröhnendem Beifall unter. Joris war bei seinen Männern selten in aufgeräumter Stimmung, und so nahmen sie die Gelegenheit gern wahr, ein paar Spottrufe zum besten zu geben.

»Nein, aber wirklich«, empörte sich Madoc, grinste aber schelmisch. »Dabei konnte einem ganz schön mulmig werden.«

Joris leerte seinen Weinschlauch und warf ihn dann Madoc an den Kopf.

»Macht Euch keine Gedanken, alter Freund«, rief er lachend. »Ihr und ich sterben im Kampf oder nie. Der letzte Schluck dieses Zaubertranks hat mir das gerade geweissagt.«

»Niemals sterben?« mischte sich Osmund ein, eines der ältesten Bandenmitglieder. Seine kleinen Schweinsäuglein blickten stumpf über der roten Knollennase. »Was meint Ihr damit, Joris, niemals zu sterben?«

»Genau das, was ich sage, Mann, eben niemals ins Gras beißen«, brüllte Joris. »Statt dessen trocknen wir immer weiter aus, bis wir so leicht sind, daß wir wie Asche durch die Luft fliegen. Madoc, jetzt seid Ihr an der Reihe. Singt uns Euer *Dies Irae!*«

Aber Madoc grinste nur und sang statt dessen ›Huons Jagd‹, und viermal zwanzig Vogelfreie sangen donnernd den Kehrreim mit.

›Nein‹, sagte das Fräulein, ›und nochmals NEIN
Ich sage Euch, was ich hab' geschaut
Des Werwolfs Augen sind von blutigem Rot
Doch Huons Augen sind grün, bis er ergraut.‹

Als irgendwann nach Mitternacht die Feuer niederbrannten und Stille sich über das kleine Tal senkte, kam ein frischer Wind aus Südwesten auf und blies die Reste des Nebels fort, während er wie

eine verwunschene Seele durch den dichten Wald heulte. Im Morgengrauen riß der erste Novembersturm die letzten Blätter von den Bäumen und schleuderte einen eisigen Regenschauer nach dem anderen gegen die graue Flanke des Felsens. Irgendwann am Vormittag stolperte Rufin mit seinem völlig durchnäßten Trupp ins Lager zurück. Joris erkannte, daß bis zum Frühling kein Fürst und auch keine Koalition von Fürsten den Roten Jehan von Campscapel ernsthaft bedrohen konnten.
Als nach gut einem Monat zum erstenmal wieder Windstille eintrat, suchte Joris ein Dutzend Männer aus und marschierte mit ihnen am Ufer des Varne entlang. Seine gewohnte Übergangsstelle – eine vergessene Furt nahe Pont-de-Foy – war nicht zu passieren, und mehr als die Hälfte seiner Kameraden konnte nicht schwimmen. Die Brücke selbst war mit Baumstämmen verbarrikadiert worden. Mißmutig wirkende Soldaten liefen überall im Dorf herum. Vor dem Haus des Priesters flatterte ein Banner, das die roten und gelben Streifen des mächtigen Hauses Saulte zeigte – und darauf der Halbmond als Zeichen eines jüngeren Sohnes.
»Dort hockt Ihr fest, werter Ritter«, sagte Joris, als er das Wappen erkannte. »Aber bei allen Feuern der Hölle, ich stecke auch fest. Die nächsten Monate werden sich die Rote Anne und der wahnsinnige Jehan gegenseitig das Leben schwermachen, ohne daß sie befürchten müßten, von einer dritten Partei dabei gestört zu werden.«
Doch die Gefahr, in der Anne durch die Nähe von Jehan steckte, bekümmerte Joris nur selten. Er spürte, daß sie ein ebenbürtiger Gegner für das Ungeheuer war. Und hatte sich Jehan nicht lange Jahre aus Furcht vor ihren Hexenkünsten in seinem Turm verkrochen? Es hieß, Jehan habe nur vor einem Angst, einem wilden Tier. Und dabei kannte niemand ein wilderes Tier als Jehan selbst, wenn der Wahn besonders schlimm von ihm Besitz ergriffen hatte.
Eingedenk der Runen, deren Prophezeiung nun kurz vor der Erfüllung stand, trieb es Joris in diesem strengen Winter nicht allzu wild. Seine Verehrung für Anne war frei von jedem Mitleid. Eine

stolze Frau wie die Rote Anne zu bemitleiden erschien ihm undenkbar. Für Joris selbst bestand das Leben ohnehin nur aus Angelegenheiten für Fäuste, Magen und Lenden. Nicht ohne Wohlgefallen betrachtete er den Tod des Schlächters; denn sein Ableben brachte sie ihm näher. Davon abgesehen (so sagte er sich immer wieder), war sie eine Frau, und als solche brauchte sie einen Mann. Ob Hexenmeisterin, Göttin oder Fürstin, sie alle konnten das Verlangen ihrer Leiber nicht unterdrücken. Anne mochte zum Herrschen geboren sein, wie er ihr einmal erklärt hatte. Aber für Joris war es unmöglich, daß eine Frau allein herrschte.

»Es ist ein Mann«, sagte Gandulf und beugte sich zum Schutz gegen den bitteren Wind weiter vor, der durch die eisengrauen Wälder fuhr und den weißen Hügel vor ihnen hinunterfuhr.
»Ja, eher ein Mann als ein Baumstumpf«, brummte Rufin und packte Gandulfs langen Wehrstab und seinen eigenen, kürzeren Speer. Mit der Spitze seiner Waffe brach er den festgebackenen Schnee von den Klötzen, die er sich unter seine Holzschuhe genagelt hatte.
»Er hat sich bewegt, also muß es ein Mensch sein.«
»Ach, laß ihn doch dort liegen. Nach dem Sonnenuntergang wird von ihm sowieso nicht mehr viel übrig sein.«
»Wieviel Erbarmen doch in Euch steckt«, knurrte Joris, als er hinter die beiden trat. »Nun legt eure Lasten ab und kommt mit.«
Ein ausgestreckter brauner Hirsch blieb zurück. Seine schwarzen Hufe waren paarweise über einem Speer zusammengebunden. Die rosafarbene Zunge hing ihm aus dem Maul. Verwirrung und Schmach waren festgefroren im Blick des nach oben verdrehten Auges. Dahinter kam eine kleine Prozession von ziehenden Räubern und mit Wild beladenen Schlitten zum Stehen. Joris und seine beiden Leutnante stampften durch den hohen Schnee und hinterließen auf dem jungfräulichen Schnee des Hangs eine tiefe Furche.
Der Wind biß ihnen in die fellbedeckten Glieder und riß dem gestürzten Wanderer die Kapuze vom blauweißen Gesicht. Als die

drei ihn erreichten und sich über ihn beugten, quoll unverständliches Krächzen über die steifen Lippen des Mannes. Joris hockte sich neben ihn, griff sich an den Gürtel und stoppte das Murmeln des Mannes mit der Öffnung einer entkorkten Flasche.

»Wer seid Ihr, und wo kommt Ihr her?« wollte der Hauptmann wissen.

»Ich heiße Flar . . . bin Schmied in Alanol . . . seit drei Tagen auf der Flucht . . . habe einem Reiter von Campscapel mit einem Dachziegel den Schädel eingeschlagen . . . Helft mir oder tötet mich auf der Stelle . . . wer auch immer Ihr sein mögt . . . Ich verhungere . . . meine Füße sind schwarz gefroren . . . und ich habe alle Gebete gesprochen, die ich kenne . . .«

»Wir könnten noch einen Schmied gut gebrauchen«, murmelte Gandulf.

»Besonders einen Schmied aus Alanol«, fügte Rufin grinsend hinzu.

Joris richtete sich wieder auf und brüllte seinen Männern oben etwas zu. Der erste Schlitten wurde von seiner Last – Rotwild, Hasen und Kaninchen – befreit und eilte über die Furche im Schnee heran.

»Wir bringen Euch in unser Spital am Fels«, lachte Rufin.

»Ja«, antwortete Joris, »und lassen Euch dort von einem Sohn des Jehan de Campscapel gesundpflegen.«

Der Blick von Flar dem Schmied war stumpf und dumm, aber beim Klang des berüchtigten Namens und angesichts der Ähnlichkeit bei Rufin begann es in ihm zu arbeiten. Und später, als er auf dem blutbeschmierten Schlitten fortgeschafft wurde, redete er leise, aber deutlich zu Joris, der neben ihm herschritt.

Der Graf Jehan war der uneingeschränkte Herr auf Alanol, und wenn er sich im trunkenen Rausch befand, waren weder Leben noch Titel, weder Jungfräulichkeit noch Habe vor ihm sicher. Nach einem besonders grausamen Erlaß des Grafen war es in der Stadt zu bewaffnetem Widerstand gekommen. Das Ergebnis davon waren Plünderung und Brandschatzung eines ganzen Stadtviertels.

»Das Leben dort ist die reine Hölle, seit die Rote Anne geflohen ist«, erklärte Flar schließlich, woraufhin Joris natürlich sofort nachfragte.
»Geflohen? Die Rote Anne? Wann ist sie geflohen?« bellte Joris und beugte sich über den Mann.
»Vor knapp zwei Monaten ist sie geflohen. Ende November muß das wohl gewesen sein. Mit ihr sind ein junges Fräulein namens Lys und ein Page, dessen Name ich nicht weiß, davongelaufen.«
»Warum ist sie geflohen?«
»Es muß wohl auf der Burg zu irgendwelchen Handgreiflichkeiten gekommen sein. Jehan war so betrunken, daß er seine alte Furcht vor ihren Hexenkünsten vergessen hat.«
»Seid Ihr sicher, daß die Rote Anne entkommen ist und nicht vom Grafen erschlagen wurde?«
»Doch, da bin ich mir sehr sicher. Der Rote Jehan hätte ihren Kopf auf einen Speer gesteckt, vielleicht sogar ihren ganzen Körper, und ihn allen vorgeführt, damit sie seine Macht bewundern könnten. Ach, wenn Gott einmal einen Blitz übrig hat, so möge Er ihn auf diese verwünschte Burg schleudern.«
Joris lachte und schlug sich gegen den Schwertgriff. Sein Blick schweifte über die weiße Ödnis, wo die nackten Bäume sich vor den Hochlandausläufern von Honoy zurückzogen. *Rot läuft rasch davon, eh untergeht ihre Sonn.* Die Wucht dieser Neuigkeit, der Ärger über seine eigene Ahnungslosigkeit und die plötzliche Leere in dem Stück Land seines Herzens, das ganz allein Anne gehörte – das alles konnte nicht das frohlockende Klingeln der Runen in seinen Gedanken zum Schweigen bringen.
Wieder und wieder dröhnten die letzten Worte von Flar durch das Getümmel seiner Gefühle. Und als Joris schließlich einen nicht unfreundlichen Blick auf den Mann auf dem Schlitten warf, erzählte er ihm aus dem reichen Schatz seiner Erfahrungen als Waldräuber.
»Für Jehan sind keine Blitze mehr übrig. Gott verschwendet zu viele davon auf den Eisensteinbuckel zwischen dem Kalkstein und dem Kies nordwestlich von Dondonoy. Das ist kein Ort für Prie-

ster, sonst würden wir wohl andauernd Geschichten darüber hören, warum der Buckel verdammt ist. Nicht ausgeschlossen, daß irgendein umherwandernder Apostel sich einmal den Zeh daran gestoßen hat.«
Flar grinste zur Antwort und hatte schon die in höchster Verzweiflung ausgestoßenen Gebete von vorhin vergessen. Die Liebe zu Gott und dem Himmel verging bald im zähen kleinen Schmied. Als seine Füße wieder verheilt waren, übertrug er alle seine Verehrung auf Joris vom Fels.

Also war die Rote Anne in den Stürmen des wilden Herbstes untergetaucht, und Joris hörte bis zum Hochsommer nichts mehr von ihr. Da ihr irdischer Geliebter längst unter der Erde lag, war es nicht auszuschließen, daß sie um so heftiger mit dem satanischen Buhlen beschäftigt war. Der Räuberhauptmann dachte viel und lange über die alten Geschichten vom Königreich der Elfen nach. Und einmal geriet er darüber so in Zorn, daß er einen ellenlangen Pfeil auf einen der runden, kleinen Hügel schoß, die sich in Gruppen auf dem östlichen Hochland erhoben und allgemein als die Behausungen der Zwerge angesehen wurden. Der Pfeil versank bis zu den Federn im torfigen Erdreich. Joris trat dort hin und stieß das Pfeilende mit einem einzigen Fußtritt hinein.
»Der Schlächter ist aus dem Weg geräumt«, sinnierte er. »Vielleicht hat ihn der Erzverderber höchstpersönlich geholt. Aber muß ich nun mit dem Satan um meine Liebe in Wettstreit treten? Dann wünsche ich, daß mein Pfeil irgendeinen Kobold in die Seite getroffen hat, damit er heulend zu seinem dunklen Herren eilen und ihm von Joris vom Fels berichten kann.«
Doch der kleine Hügel schwieg unter seinem schweren Schuh. Nur der Frühlingswind rauschte durch das Heidekraut. Ein Kiebitz schimpfte, während er zwischen den brütenden Augen von Joris und der dicken Wolke, die sich wie ein Helm über die fernen Hänge des Dondonoy legte, herumgewirbelt wurde.
Einen verzweifelten Augenblick lang sah der Räuberhauptmann seine große Liebe als groteske und widersinnige Narretei, der es an

aller ehrlichen Beziehung zu einem Leben voll Tapferkeit und Aufregung mangelte. Doch rasch überflutete der Glaube an die Runen seine Gedanken. Die Ereignisse fügten sich in die Rangfolge der Prophezeiung ein, marschierten zur geordneten Musik des Schicksals, und zu jeder vergangenen Begegnung mit der Roten Anne ertönte ein lauter Beckenschlag.

»Zehn Jahre oder noch ein wenig länger des Wartens – jetzt schlägt meine Stunde«, sagte er sich entschlossen. »Ich habe so lange gewartet, daß ich mich nun nicht länger gedulden mag. Wie dem auch sei, das schillernde Schicksal wird mir am Ende zu meinem Recht verhelfen.«

In den dunkelsten Stunden seiner Zerknirschung fand er immer noch Gelegenheit zu lächeln, wenn er Nachrichten vom Unglück anderer erhielt. In Hautarroy war die Königin des alten René gestorben, und hinter den Kulissen formierten sich bereits die Parteien, die zum einen zu Thorismund von Hastain, dem rechtmäßigen Thronfolger, und zum anderen zu Conrad, dem unehelichen Sohn des Königs, hielten. Diese beiden Jünglinge waren sehr gute Freunde. Doch alte Fehden und Rivalitäten sammelten sich entlang der Scheidelinie der neuen Spaltung. Saulte und der Kastellan stützten den jungen Thorismund. Doch die Machenschaften ihrer Gegner am Hof zwangen diese beiden Herren, ihre Truppen an den Grenzen von Campscapel untätig lagern zu lassen. Und damit war Joris wieder in der Lage, Überfälle in Nordanay durchzuführen, während der Rote Jehan unbehelligt sein Schreckensregiment aufrechterhalten konnte. Der Mai kam und ging vorüber. In der großen Burg von Ger lag der Verweser der Küstenmarsch an einem Schlagfluß danieder, während ein unerfahrener Jüngling, ein elender Neffe des soundsovielten Grades, unglücklich den Thron seines Onkels besetzte. Seit ein oder zwei Wochen trieben sich die dunklen Schiffe der Ostmänner vor der Nordküste herum. Und eines Tages sammelten sie sich zu einem großen Überfall auf die Küstenstädte und -dörfer von Nordanay.

Dieser Tag wurde im ganzen Norden von Neustrien als ›Raouls Tag‹ berühmt, und man feierte noch lange danach alljährlich seine

Wiederkehr. Am Morgen dieses Tages nämlich führte der Vicomte Raoul (jener unerfahrene Jüngling auf dem Thron von Ger) seine Reiter durch die aufkommende Flut zu dem Ort, den die Ostmänner gerade überfielen. Die Soldaten vernichteten fünf Schiffe der Seeräuber und ließen kein Besatzungsmitglied am Leben. Und damit nicht genug, ritten sie nach dieser Tat gleich weiter über das Moorland nach Süden, um den verzweifelten Bürgern von Alanol die versprochene Hilfe zu bringen. Durch einen Geheimgang führte Raoul seine Männer ins Herz der Burg von Campscapel und gab vom höchsten Turm ein Zeichen, woraufhin sich die wehrfähigen Bürger zum Aufstand erhoben. In einer furchtbaren mitternächtlichen Schlacht kamen der Rote Jehan und vier Fünftel seiner berüchtigten wilden Reiter zu ihrem verdienten Ende.

»Gott hatte wohl doch noch einen Blitz übrig, und was für einen«, erklärte der ergriffene Schmied Flar seinem nachdenklichen Hauptmann, als er von diesem Sieg hörte.

»Wünscht Ihr, nun nach Alanol zurückzukehren?« wollte Joris von ihm wissen.

Der kleine Schmied schüttelte den Kopf.

»Alles, was dort mein Leben ausmachte, ist zerstört«, murmelte er, »aber es ist schön zu hören, daß der Rote Jehan nun in der Hölle schmort und die Bürger die Wehrgänge der verfluchten Burg besetzt halten. Der kleine Vicomte muß wohl einen zu festen Hieb auf den Kopf bekommen haben, wenn er die Feste den Bürgern in die Hand gegeben hat. Auch erzählt man sich, daß er die Frauen beschützt habe und es weder zu Plünderungen noch Schändungen gekommen sei.«

Weitere leise Worte kamen dem Schmied über die Lippen, doch Joris versank so tief in seine Grübeleien, daß er sie nicht mehr hörte. Flars Worte waren gar nicht so weit von denen seines Hauptmanns entfernt. Er sprach von den Hexen und ihrem Geheimgang, und er fragte sich, woher Raoul davon Kenntnis erhalten haben mochte. »Begebt Euch an Euren Amboß, Flar«, brummte Joris schließlich und warf einen Gürtel auf den Boden seiner Höhle. »Repariert mir rasch den Verschluß. Morgen fallen wir ins

Land des toten Jehan ein. Stadtbürger verstehen sich nur schlecht auf den Schutz von Ländereien.«

Auf dem Kamm eines steilen Höhenzugs erschien eine Traube von schwarzen Umhängen – kaum fünfhundert Meter vom Zug der beutebeladenen Räuberbande entfernt. Joris bemerkte sie aus dem Augenwinkel, bevor sie sich rasch wieder zurückzogen. Es mußten gewöhnliche Soldaten sein, die von einem der ihren angeführt wurden. Nur einen Augenblick später stand nur noch einer von ihnen aufrecht, während die Stahlkappen und Rundschilde der anderen hier und da zwischen Farnen und Stechginster aufblitzten.

Vor Joris befand sich ein Kundschafter der Räuber, und auf dem Höhenzug stand eine nur leicht gerüstete Gestalt, die zu ihnen hinabsah. Der Kundschafter blickte zurück, bemerkte, daß Joris stehengeblieben war, beobachtete, wie seine Kameraden ihre Lasten ablegten, und starrte hinauf zu dem Mann im schwarzen Umhang ... und dann verlor er den Kopf. Der Langbogen kam hoch, ein Pfeil flog hinauf und kam zitternd im Rundschild zur Ruhe. Joris hörte keinen Befehl, aber irgendein Zeichen mußte erfolgt sein, denn der Kundschafter brach wie ein nasser Sack zusammen und blieb mit sieben Pfeilen in Hals und Leib reglos liegen.

»Narr!« zischte Joris und fuhr rasch herum, um »Haltet ein!« zu brüllen. Denn schon hatte einer seiner Bogenschützen einen Wutschrei ausgestoßen und einen Pfeil abgeschossen, der fünfzig Schritte vor dem Mann auf dem Kamm in den Boden fuhr. Dieser hob nun seine leere Schwerthand. Ein schwacher Ruf fuhr über das Moorland.

»Ich wünsche eine Verhandlung, wer auch immer ihr sein mögt. Wir wollen nicht die Klingen mit euch kreuzen!«

»Dann wollen wir verhandeln!« rief der Räuberhauptmann zurück. »Kommt allein herunter zu mir. Ich bin Joris vom Fels.«

Schweigend gingen die beiden Anführer aufeinander zu. Die Züge des Fremden waren fleischig und geierartig. Seine harten grauen Augen und die grausame Mundpartie, dazu der verschmutzte wei-

ße, zum Sprung bereite Löwe auf dem schwarzen Umhang zauberten das offene, aber gefährliche Lächeln auf die Lippen von Joris.
»Ich bin Adelgar, zuletzt Fähnleinführer unter dem Grafen von Alanol«, erklärte der Fremde Joris, als die beiden vor dem Leichnam des Kundschafters stehenblieben.
»Und Ihr führt jetzt die letzten unberittenen Reiter von Campscapel?«
»Ja.«
»Wie viele seid ihr?«
Adelgar sah an Joris vorbei auf die fünfmal zwanzig Waldräuber.
»Siebenundzwanzig«, antwortete er, als er dem Ausgestoßenen wieder ins Gesicht sah. »Siebenundzwanzig wohlbewaffnete Männer, davon die Hälfte Veteranen aus den Frankenkriegen.«
Jeder der beiden wußte, was er vom anderen zu halten hatte. Die schwarzen Umhänge waren sicher genauso wie vor langem Joris für vogelfrei erklärt worden. Es blieb ihnen daher nichts anderes übrig, als sich entweder den Räubern anzuschließen oder in einem großen Gemetzel wahrscheinlich den kürzeren zu ziehen. Die erste Möglichkeit barg einige Risiken, aber die zweite würde keiner Seite größere Vorteile bringen. Joris mußte damit rechnen, die Hälfte seiner Gefolgschaft zu verlieren, ehe die erprobten Soldaten am Boden lagen.
»Sucht Ihr ein neues Kommando?« fragte Adelgar barsch.
»Ich nicht, Herr Wachtmeister*«, lautete die ebenso kurz angebundene Antwort. »Aber ich bin gerne bereit, siebenundzwanzig erprobte Kämpfer in meiner Truppe aufzunehmen.«
Adelgar nickte grimmig und gab sich den Anschein, als würde er darüber nachdenken.
»Euer Ruhm spricht für Euch«, erklärte er kurz darauf. »Ein lebendiger Wolfskopf ist besser als ein ganzes Rudel toter Fürsten. Ich will mich mit Eurem besten Schwertkämpfer um die Ehre messen, Euer erster Leutnant zu werden.«

* Hauptmannsrang bei der Reiterei (A. d. Ü.)

»Ich bin mein bester Schwertkämpfer.«

»Dann will ich gegen den Zweitbesten antreten oder gegen jeden, den Ihr auswählt.«

»Das war wohl gesprochen. Ruft Eure Männer zusammen, und ich will meine um mich scharen. Wir wollen einander den Rücken zukehren, und auf mein Zeichen hin soll jeder den Pfeil von der Sehne nehmen oder das Schwert in die Scheide stecken. Unser gegenseitiges Vertrauen soll das unserer Gefolgschaft beflügeln.«

Ein sonderbarer Anblick, wie da auf dem windigen Kamm zwei Truppen zueinander kamen. Schließlich standen sich uniformierte Schwarze und buntscheckige Burschen gegenüber und starrten einander verwundert an. Nur ein Waldräuber schien den Waffenstillstand abzulehnen. Es war der, der den zweiten Pfeil abgeschossen hatte. Nun trat er vor seinen Hauptmann und zeigte auf den Toten am Boden.

»Handelt miteinander aus, was Ihr wollt!« rief er. »Doch vergeßt dabei nicht die Sühne für meinen Bruder!«

Adelgar trat neben Joris, und rings um die beiden wurden lange Hälse gemacht.

»Euer Bruder war ein Tölpel, genauso wie Ihr einer seid, da Ihr ohne meinen Befehl einen Pfeil abgeschossen habt«, antwortete der Hauptmann rauh. »Holt Euch von Adelgar, was Ihr von ihm an Sühne erhaltet.«

Fünf Minuten später legte Adelgar den toten Klagesteller neben seinen gefallenen Bruder, und Joris freute sich darüber, seine Streitmacht um ein Viertelhundert Männer verstärkt zu sehen.

»Ihr mögt eure schwarzen Umhänge tragen, bis sie zerfallen«, erklärte er den Neuen, »aber trennt die silbernen Löwen ab, bevor der nächste Morgen gekommen ist. Und der erste von euch, der sein Maul aufreißt und sagt ›Unter Lorin oder Jehan haben wir das aber so oder so gemacht‹, ist zu einem Spießrutenlauf durch das ganze Tal eingeladen. Das gleiche soll jeden aus meiner alten Bande befallen, der einem von euch gegenüber irgendeine alte Feindschaft wieder aufleben läßt. Von nun an seid ihr alle meine Män-

ner, und unsere Feinde sind rings um uns herum, aber nicht mitten unter uns. Adelgar führt die Männer, die ich ihm zuteile, keinen mehr und keinen weniger. Flar, habt Ihr mich verstanden?«
Der kleine Schmied stand etwas abseits und warf den Wappen des Hauses Campscapel finstere Blicke zu. Und obwohl er in diesem Augenblick errötete und scheel grinste, war er der einzige Ausgestoßene, der den Mut aufbrachte, sich der neuen Vereinigung zu entziehen. Denn in einer der nächsten Nächte schlich er sich aus dem Lager und wurde nie wieder am Fels oder im Hügelland gesehen.
Da seine Bande nun weit stärker war als je zuvor, wünschte sich Joris wieder einen Krieg herbei. Seine erste Unternehmung bestand daher in der leichten Aufgabe, streunendes Vieh einzufangen oder es gleich dutzendweise von wehrlosen Höfen im Angesicht der leeren Wachtürme des toten Schlächters zu stehlen, manchmal auch unter den Mauern von Alanol. Die Räuber versteckten viele Hörner und Häute in den sandigen Höhlen unter dem Dondunor, bevor es nach Herbst roch und die Bande zu weiteren Überfällen in den Süden zog. Joris unterteilte seine Streitmacht in fünf Abteilungen, von denen nur die drei mittleren mit Beutemachen beschäftigt waren. Madoc führte die Vorhut, während Joris mit der Nachhut zog. Zwischen ihnen zogen die drei Abteilungen mit Pferden und Vieh unter dem jeweiligen Befehl von Adelgar, Rufin und Gandulf. Jeder der drei haßte die anderen und wachte eifersüchtig darüber, mehr Erfolg beim Einfall ins Land jenseits des Varne zu haben und sich vom fähigen Kastellan nicht erwischen zu lassen.

V

Diana im Wald

An einem Septembertag pflückte Joris in einem verlassenen Steinbruch wilde Erdbeeren. Während er sie aß, spähte er durch Dornen und Kreuzkraut auf einen sich nähernden Reitertrupp.
»Irgendein Kirchenmann zieht sich in den wohlverdienten Ruhestand zurück«, murmelte er dem alten Osmund an seiner Seite zu. Vier Soldaten bildeten die Spitze, dann kam ein fetter kirchlicher Würdenträger, gefolgt von zwei Mönchen, einem Bannerträger und einem Dutzend beladener Packpferde, die von bewaffneten Dienern geführt wurden. Den Schluß bildeten wiederum vier berittene Soldaten.
»Wessen Banner ist das?« fragte Joris, und die Männer, die sich im Unterholz verborgen hatten, gaben die Frage weiter. »Der heilige Mann muß ein Märtyrer sein«, sagte er leise. »Er hält sich abwechselnd das Herz, die Leber und die Nieren und betrachtet sie ohne wirkliche Zuneigung. Wahrscheinlich sind sie für seinen Geschmack etwas zu unersättlich, was?«
»Saint-Eloy-über-Hardonek«, erhielt Joris endlich Auskunft von einem Mann auf seiner anderen Seite.
»Ein reiches Haus und bekannt für seine Großzügigkeit«, erklärte Joris und zog an der Schnur seines Jagdhorns, um das Mundstück anzusetzen.
Er blies nur einen Ton, und schon stürmten seine zwei Dutzend Räuber aus dem Unterholz auf die überraschten Reisenden zu. Der fette Kirchenmann schien Mut zu haben. Er zügelte sein Pferd, hielt sein Kruzifix hoch in die Luft und schleuderte den Angreifern eine grobe Verdammung entgegen. Doch ein Pfeil, der auf ihn gezielt war, traf sein Roß in den Hals, und einen Moment später lag der Mann ächzend am Wegesrand. Überall herrschte Verwirrung.

Osmund entriß dem verwundeten Träger das Banner und warf es dem ersten Packpferd auf den Rücken. Drei Soldaten wurden von ihren Pferden geholt. Die Hälfte der Diener war schreiend davongelaufen, aber der Rest verteidigte sich tapfer. Zwei oder drei Minuten erhielten die Räuber so viel zurück, wie sie austeilten. Einer der Mönche, ein noch recht junger Bursche, hatte einen schweren Wehrstab, dessen unteres Ende in einer Scheide am Steigbügel steckte. Er riß die Waffe heraus und schützte damit den Kirchenmann und die älteren Mönche an seiner Seite. Doch endlich hieb Joris den Stab mittendurch und steckte dann lachend das Schwert wieder ein, während der junge Mann ihn fuchsteufelswild anstarrte.

»Beim nächsten Mal führt Ihr besser eine Streitaxt mit, junger Gottesmann!« spottete der Anführer. »Bei den Gebeinen des Goliath von Gath, Ihr habt auf die falsche Berufung gehört!«

»Erschlagt mich, Ihr Höllenhund«, entgegnete der junge Mönch grimmig, »aber verschont den alten Subprior, denn er hat nie in seinem Leben einer Kreatur etwas zuleide getan.«

»Nein, ich werde niemanden erschlagen, dafür gefallen mir junge Männer mit Beherztheit viel zu gut. Behaltet das Pferd, damit der alte Mann drauf sitzen kann. Sein Leibesumfang kündet davon, daß er für so manche Sünde nicht mehr anfällig ist. Im Fegefeuer mögt ihr mir beide dafür danken, euch von der beschwerlichen Mühe des Gleichgewichthaltens befreit zu haben . . . *Kein Latein, Bruder!*«

Die letzten gebrüllten Worte galten dem alten Mönch, der, vor Furcht ganz blaß und verwirrt, Anstalten machte, seinen Feind zu segnen, bevor der ihn erschlagen konnte. Er streckte eine zitternde Hand nach Joris aus und konnte weder die Schutzversicherung des Vogelfreien noch den Fehler begreifen, den er nun schon wieder gemacht hatte.

»Gott, hör mich an und vergib diesem Mann seine Sünden und führe ihn endlich auf den Weg der Gnade!« rief er mit heller Stimme und starrte mit dunklen, schwärmerischen Augen in das grinsende Antlitz des Räuberhauptmanns.

»Dankt dem Herrn dafür, daß Er gerade noch rechtzeitig die neustrische Sprache auf Eure Zunge zauberte«, brummte der Ausgestoßene. »Doch was mich angeht, so ist meine Haut mit vieler Sünden Öl eingerieben, so daß solch wäßrige Segnung an ihr abperlt. Gehabt euch alle wohl und eine angenehme Reise . . . und erzählt eurem Heiligen, daß Joris vom Fels ihm zu großem Dank verpflichtet ist.«

Wenige Minuten nach dem Angriff zogen die Räuber wieder von der Straße – sie führten die Lasttiere und drei gute Reitpferde mit sich –, während fünf von ihnen erschlagen neben den Toten von Saint Eloy zurückblieben. Ein Brigant hatte den mit einem Kragen von schwarzer Lammwolle besetzten Umhang des Subpriors an sich gerissen, während andere mit neuen Waffen ausgestattet waren, die sie den Toten abgenommen hatten. Und der rotnasige Osmund hielt voller belustigtem Stolz das eroberte Banner. Joris hingegen ließ die kleinen Truhen nicht aus den Augen, die auf dem schnaufenden Maultier schlingerten, während es sich über den roten Boden und zwischen den Kiefern im Forst von Honoy mühte.

An diesem Abend konnte Joris seine Hände bis zu den Ellenbogen im Gold versenken. Zehn Münzen gingen an jeden Mann, der an dem Überfall beteiligt gewesen war. Aber er verbot jedem einzelnen von ihnen Würfel- und sonstige Wettspiele, bis sie den Fels erreicht hatten. Denn Glücksspiele brachten Betrug und Streit. Dem folgten die Messer, und das hieß wieder einige Tote mehr, wo doch jetzt alle Augen und Muskeln gebraucht wurden. Gegen Mitternacht schob Joris sich eine der Truhen unter den Umhang und machte einen kleinen Spaziergang. Unter den Wurzeln einer alten Eiche vergrub er heimlich das Kästchen und markierte die Stelle mit hastigen Ritzen in die Rinde von zwei benachbarten Stämmen. Nur dem alten Osmund fiel auf, daß eine der Truhen verschwunden war. Er blinzelte nur, sagte aber kein Wort darüber. Denn Osmund gehörte zu den treuen Männern, deren Führer auf sie gestützt Ruhm erringen.

Joris lag in dieser Nacht noch lange wach. Seine Gedanken kreisten um die Gunst des Schicksals, die ihm reiche Beute, neue Waffen und mehr Männer beschert hatte.

»Sechsmal zwanzig Schwerter, und reichlich Unruhe im Süden«, überlegte er. »Und da der König den Bastard hochhält, muß der rechtmäßige Prinz sehen, wo er bleibt . . .«
Im Sommer hatte der alte König wieder geheiratet und sich die Gräfin von Burias zur Frau genommen, die ihm schon vor neunzehn Jahren einen Sohn geboren hatte. Und während der königlichen Trauung hatte der junge Conrad unter dem roten Baldachin gestanden – sichtbares Zeichen seiner formellen Legitimation. Einige Winkelzüge waren nötig gewesen, ihn abseits der gültigen Erbfolgeregelung zu proklamieren, doch noch am selben Nachmittag war Conrad zum Herzog von Burias gemacht worden und hatte dazu reichlich Ländereien im Westen und Süden von Hautarroy erhalten. Und darüber hatte sogar der Räuberhauptmann Joris in seinem Hügelversteck lachen müssen.
»Sechsmal zwanzig Schwerter für den höchsten Bieter, sei es nun Thorismund oder Conrad – oder meinetwegen auch dieser kleine Fürst von Ger . . . obwohl ich bezweifle, daß wir beide auf längere Dauer das gleiche unter Spaß verstehen würden. Aber wie dem auch sei, ich stehe bereit. Ein langes Leben dem Subprior von Saint-Eloy-über-Hardonek. Zu gern würde ich seine Geschichte hören, die er dort dem Prior erzählt. Ich wette, ich habe ihm den wildesten und verwunderlichsten Tag seines Lebens beschert. ›Ja, ehrwürdiger Vater in Gott, die friedliebende Seele erwirbt göttlichere Errettung aus Gefahr als der, der tagtäglich an Gefahren gewöhnt ist – wie dieser vermaledeite Räuber Joris vom Fels.‹«
Das Gold in den Kästchen brachte ihm das Gold in den Runen wieder in Erinnerung. Joris öffnete die Augen und blickte zu den Sternen hinauf.
»*Und Gold nun endlich erhält – Rot, die alles, was für ihn zählt*«, murmelte er vor sich hin. »Dieser verängstigte alte Tonsurkopf auf der Straße . . . Aber bei den Glocken der Hölle, sollte ich endlich am Ziel sein?«
Ob nun so oder so, der nächste Tag wurde einer der eigentümlichsten, wenn nicht gar wildesten seines an Aufregungen nicht eben armen Lebens.

Es war still unter den breiten Buchenwipfeln, dort am Ufer des glitzernden Waldbaches. Joris saß schon seit einer Stunde im grünen Schatten. Eichhörnchen, Forellen und Wasseramseln gingen rund um ihn herum ihrem geschäftigen Treiben nach. Sein geübtes Auge sagte ihm, daß sie im Angesicht der ersten gelben Ränder an den Blättern und dem bernsteinfarbenen Moos auf den umgekippten Steinen ihre Wintervorbereitungen trafen. Dabei regten seine Glieder sich kaum, und das adlerartige Gesicht war so starr, als wäre es aus den Sandsteinfelsen über dem murmelnden Wasser gemeißelt worden.

Er döste und versank immer tiefer in seinen Tagträumen, als er plötzlich aufschreckte, weil er sich sicher war, ein Geräusch gehört zu haben, das nicht in diese Umgebung paßte. Ein elfenhaftes Flötentschirpen zwischen den Erlen. Ein erschrockener Fasan floh aus dem Stechginster. Dann wieder Stille. Endlich halblaute Stimmen und das leise Stampfen näherkommender Hufe.

»Dreiste Landstreicher«, schimpfte der Ausgestoßene in Gedanken. »Entweder Landstreicher oder sehr einfältige Wanderer, wenn sie sich so weit von der Straße fortbewegen. Vielleicht aber auch Spielleute, die nach Norden zu den Herbstjahrmärkten wollen. Das Gold des Subpriors verführt mich zu Milde und Gnade. Mögen die Schnecken im Pfad des Wolfs kriechen. Davon abgesehen möchte ich wetten, daß sie nichts bei sich haben, was auch nur einen zweiten Blick lohnt; einmal abgesehen von einer Flöte, einer Handtrommel und einem einzigen Goldstück, mit dem sie bis St. Michael durchkommen wollen.«

Dann erschien ein grüngekleideter Jüngling, der ein Packpferd an der Leine führte. Ihm folgten in kurzen grünen Röcken ein mageres Mädchen und eine große Frau. Alle drei hatten die Kapuzen ihrer Umhänge hochgezogen und trugen kniehohe Stiefel. Alle waren mit Bogen und Köcher ausgerüstet, und der Junge trug darüber hinaus noch ein Schwert. Das Mädchen hielt die Flöte an den Mund. Ihre schlanken Finger hielten auf den Löchern inne, als sie als erste den Räuber entdeckte.

Die Flöte glitt in eine kleine Tasche an ihrem Gürtel, und sie griff

dem Lasttier in die Zügel, um es zum Stehen zu bringen. Der Jüngling hatte sofort den Bogen in der Hand und legte einen Pfeil auf die Sehne. Doch die große Frau blieb nur stehen und schützte mit einer Hand die Augen vor dem Sonnenlicht des Morgens. Die Kapuze fiel nach hinten, und wie eine Flamme tauchte ihr rotes Haar zwischen den grauen Buchenstämmen und dem braunen Halbdunkel auf der Lichtung auf.
Joris saß noch immer so still da wie die Wurzeln an seiner Seite, doch einen Augenblick lang waren ihm wie nach schwerem Weingenuß die Sinne vernebelt. Über Moos und Buchenwurzeln trat die Rote Anne katzenartig und allein auf ihn zu. Sie war dünner, sonnenverbrannter und ernster, als er sie in Erinnerung hatte. Ihr Kopf war leicht nach vorn gebeugt, und die wachen Augen sahen unruhig in alle Richtungen.
Joris erhob sich behende und stieß den Absatz zwischen zwei Wurzeln, um sich daran zu hindern, sofort auf Anne zuzueilen. Dies war die Stunde, auf die er so lange gewartet hatte. Und das lange Warten sollte ihm dabei dienlich sein, seine Selbstkontrolle zu behalten. Er riß mit großem Schwung die Kappe vom Kopf und blieb mit erhobenem Haupt und einer Hand am Dolchgriff stehen. Das Sonnenlicht verzierte seinen grauen Kittel mit tanzenden goldenen Scheiben. »Seid mir wieder einmal gegrüßt«, brummte er, und sein Herz hüpfte, denn Annes Blick traf ihn und musterte ihn. Doch in ihren Augen war eine stumpfe Abgeschlossenheit, die ihm fremd war. Alle seine Sinne suchten an ihr nach Anzeichen von Ermüdung, Erschöpfung und Enttäuschung von dem, was ihr seit ihrer letzten Begegnung in Capel Conan zugestoßen war.
»Gruß auch an Euch, Joris«, antwortete sie mit einem plötzlichen leichten Zug von Freundlichkeit, die seine Suche in den Grundfesten erschütterte. »Auf allen meinen Wegen gibt es wohl nur eine Konstante: die Begegnung mit Euch. Ich hätte wahrscheinlich Euch und Euren Runen doch mehr Beachtung schenken sollen.«
»Wohin seid Ihr unterwegs?«
»Überall – und nirgendwohin – außer, daß wir am Vorabend des Novembers zu den Singenden Steinen wollen.«

»Aha, diesem Treueschwur fühlt Ihr Euch also immer noch verpflichtet ... Und wer sind Eure beiden Begleiter?«
»Ivo und Lys«, erklärte Anne. »Sie haben mir in Lorins Burg gedient. Wir haben uns Eures Beispiels erinnert und uns mit Waren bepackt, um als Hausierer nach Hautarroy und wieder zurück zu ziehen. Mein Gesicht ist auf der anderen Seite des Varne zu bekannt, aber wir besitzen hier und da Freunde ... und wir haben einige Vorräte für den Winter angelegt. Es sei denn, Ihr beabsichtigt, uns auszurauben.«
»Freunde dort und *hier*«, verbesserte Joris. »Bleibt oder zieht weiter, ganz wie es Euch beliebt. Ein Trupp von meinen Männern steht nicht weit von hier, und dort gibt es Feuer, Nahrung und ein Dach über dem Kopf – ohne Gefahr oder Zwang.«
Die Rote Anne betrachtete ihn ruhig und zuckte so gleichgültig mit den Achseln, daß er allen Mut verlor. »Habt Dank, Joris«, flüsterte sie, drehte den Kopf nach hinten und rief ihre Gefährten.
»Ivo, Lys, kommt her. Begrüßt den Mann, der uns diese Nacht bei sich aufnimmt, Joris vom Fels.«
Lys war mager, hatte eine ungesund bleiche Haut und blickte aus gleichgültigen Augen. Ihr Haar war blaßbraun und stumpf, aber ihr schmaler Mund war angenehm geschwungen und mündete in einem zierlichen Kinn. Auch Ivo war dürr wie eine Bohnenstange, aber er überragte das Mädchen um Haupteslänge. Seine Augen blickten feindselig. Lange Wimpern ragten über den dunkelblauen Augäpfeln empor. Nur auf der Nase und auf den Wangenknochen schimmerten rosafarbene Flächen aus den Sommersprossen, die sein ganzes Gesicht bedeckten. Sie antworteten gleichgültig auf seinen etwas barschen Gruß, und Joris bekam zum zweitenmal einen leichten Schrecken, als er in beiden jungen Mienen einen dunklen Ausdruck entdeckte, der dem von Anne sehr ähnelte.
Einen Moment kam er sich so vor wie ein Hund vor drei ruhigen und furchtlosen Katzen. Dann sah er wieder zu Anne und zeigte auf den Bach.
»Meine Männer müssen eine neue Hütte für die Nacht errichten.«

»Joris, trinkt Ihr denn keinen Wein?«

»Nicht jetzt. Der Wein war zu lange mein Gefährte, wenn Ihr nicht da wart.«

Nur Anne konnte die leisen Worte verstehen. Joris hockte neben ihr und sah im schwachen Dämmerschein, wie sie leise lächelte. Sie und die anderen hatten den ganzen Nachmittag geschlafen. Anne und Lys hatte man eine grobe Hütte zugewiesen, während sich Ivo im schon arg abgenutzten Zelt von Joris hingelegt hatte. Ein Mahl am Feuer hatte die Grimmigkeit aus ihren geröteten Gesichtern vertrieben. Lys schien zwar immer noch zu brüten, aber Ivo sprach viel mit dem alten Osmund. Der Rest der Bande hatte sich ein Stück weit entfernt um ein anderes Feuer geschart. Joris und die Gruppe um Anne lagerten auf einem Grasstück über dem düsteren Bach. Am anderen Ufer zog sich ein mit Heidekraut bewachsener Hang hoch, der von einigen Fichten gekrönt wurde, die gezackte schwarze Schatten im vergehenden Rosa und dunklen Gold eines klaren Abends warfen. Der Himmel war oben bereits dunkelblau genug, um die ersten funkelnden Sterne zu zeigen. Im Osten waren die Höhenzüge von Wolken bedeckt, und darüber schimmerte bereits golden der aufgehende Mond. Die Luft war zwar noch nicht kühl, trug aber bereits die Feuchte des Herbstes in sich. Der schwere Erikaduft rang mit dem Geruch verbrennender Holzscheite und dem Aroma bratender Moorhühner und Wildstücke. Über dem Lager kam eine leichte Brise auf. Die Rauchsäulen der beiden Feuerstellen waren zunächst steil nach oben gestiegen, aber jetzt wurden sie zerstreut und nach Osten abgetrieben. Die Musik der Nacht hatte eingesetzt, und irgendwo riefen sich zwei Eulen etwas zu.

Anne verlor ihren Ernst, je öfter ihr Weinbecher gefüllt wurde. Joris war halb im Zustand der Verzückung, aber ein Rest seines Verstands blieb wachsam. Der Griff oder die leichte Bewegung ihrer Finger, wenn sie ein Messer nahm, den Becher oder einen fleischigen Knochen, die Bewegung ihres warmen, rosigen Halses, die Posen ihrer runden Arme unter den eng sitzenden Ärmeln, wie sie

lächelte, wie sie den Kopf schief legte – all das schien geisterhafte Spinnfäden durch seinen ganzen Körper zu verweben. Der Widerschein des Feuers auf ihrem roten Haar durchstieß allen Schmerz über das lange Warten und vergebliche Bemühungen und schuf in ihm den einen Wunsch, daß es noch tausend solcher Waldabende im Dämmerschein geben möge.
Von der ersten Begegnung am Mittag bis zu ihrer Frage, warum sein Becher nur Wasser enthalte, hatte Anne noch kein Wort mit Joris allein gesprochen. Er warf einen raschen Blick über ihre Schulter und entdeckte, daß der junge Ivo ihm über das Feuer giftigste Blicke zuwarf. Er lehnte sich näher an Anne und fragte gelassen: »Was plagt eigentlich Euren Pagen?«
»Ivo? Er ist furchtbar eifersüchtig auf jeden, der auch nur ein Wort an mich richtet. Aber er ist noch so jung, ein treuer Page, der sich selbst vergessen würde, wenn man das von ihm verlangte.«
»Das habe ich mir gedacht. Schon sehr lange hat mich kein Mann mehr so wütend angestarrt. Kann er denn wenigstens schön singen?«
»He, Ivo, wo ist deine kleine Harfe? Such sie und sing uns etwas vor.«
Schweigend griff der Page in die Satteltasche aus Drillich, die hinter ihm lag. Bald darauf stimmte er sein Instrument und zupfte traurig und leicht über die fester gespannten Saiten.
»Was würde Euch gefallen, Herrin?« fragte er mit einem Blick, in dem sich Zorn und Bewunderung die Waage hielten.
»Ein hübsches Lied«, antwortete Anne mit einer sonderbar tiefen und harten Stimme.
Ivo hob den Kopf, starrte auf den Mond und begann mit klarer, heller Stimme ein Triolett.

Einen Elfling traf ich im Santloy-Wald
Wo Ebereschen blühen am Ufer vom Fluß
Als Abendsonn' über den Hügeln ein Spalt
Traf ich den Elfling im Santloy-Wald
Doch Freude und Lachen an ihm waren kalt

Die Augen so rot, die Ohren schwarz wie Ruß
Beim Elfling, den ich traf im Santloy-Wald
Wo Ebereschen blühen am Ufer am Fluß.

»Das reicht jetzt!« rief Anne, als er zur zweiten Strophe ansetzte. Joris bemerkte ein kurzes Aufblitzen von Belustigung in den blassen Augen von Lys, während ihr Blick von Anne zu Ivo und wieder zurück wanderte.

»Sing uns eins von Herluins Liedern«, befahl Anne, woraufhin Lys den Blick senkte und ins Feuer starrte.

»Wer ist denn Herluin?« wollte Joris wissen, den es verdroß, außerhalb der Geheimnisse zu stehen, die diese beiden jungen Leute mit seiner Geliebten verbanden.

»Er war zusammen mit Ivo mein Page«, antwortete Anne traurig. »Lys erinnert sich am besten von uns an ihn«, fügte sie kurz hinzu.

»Ich entsinne mich seiner wirklich sehr gut«, erklärte das Mädchen mit kalter, heller Stimme. »Er floh in der Nacht, als der Herr Jehan meinen Herrn, seinen Bruder, erschlug. Armer Herluin. Er wäre besser ein Mönch geworden. Ich schätze, mittlerweile hat er Unterschlupf und Auskommen in einem Kloster gefunden. Er hatte eine zu empfindsame Seele für diese rauhe Welt.«

»Du hast dich nicht immer über ihn lustig gemacht«, stichelte Ivo. Joris erkannte, daß der Junge und das Mädchen in einen Kleinkrieg verwickelt waren, in dem sie sich ständig gegenseitig mit Erinnerungen plagten.

»Wer, ich?« antwortete Lys, als hätte der Page etwas völlig Hirnverbranntes behauptet; doch sie konnte den Ärger in ihrer Stimme nicht ganz unterdrücken. »Nein, nein, das war ganz anders. Er hat mich einmal geküßt, besser gesagt viermal, als er mich im Zeichen des Kreuzes segnen wollte. Doch eines muß man ihm lassen, er hat hübsche Lieder gesungen.«

»Hier ist eines seiner hübschesten«, erklärte Ivo und beobachtete sie unentwegt beim Singen.

Gut zwanzig Krieger unter seiner Befehle Schall
Denn Stärke darf buhlen, wenn umsonst die Gebete
Er lächelte, als über dem gepanzerten Wall
Sein Banner wieder im Winde wehte
Er dachte, als die Zügel er drehte
An ein Lied von ihr aus der alten Provence
Eine Ballade in einer fremden Rede
»*Plus faict douceur que violenz.*«

Als die Sonne sank über Tod und Stoß
Hielt er auf dem Sattel ihr Gesicht
Rief sie die Mutter Gottes an atemlos
Und stach, doch er macht den Stoß zunicht'
Und küßt sie, bis die Blässe verwischt
Doch stummer Zorn war ihr ›Response‹
Der Wind des Abends flüstert dicht
»*Plus faict douceur que violenz.*«

Im Thron vor hellem Feuerschein
Einsam hat er so lange gewacht
Dann erlöst er sich von Seelenpein
Und läßt sie frei vor Ende der Nacht
Doch sie entschwindet mit Eiles Macht
Er sieht, wie sie sich umdreht ein einz'ges Mal
Und hört wie laut der Wind lacht:
»*Plus faict douceur que violenz!*« durchs Tal.

Herrin, Ihr selbst sollt die Geschichte beenden
Log der alte Sänger von der Provence
Als nach langen Jahren er beschloß, dies Wort zu senden
»*Plus faict douceur que violenz.*«

»Heute abend kann man sich wirklich kaum ein passenderes Lied vorstellen«, giftete Lys, als Ivo die Harfe absetzte.
»Es hat hier die gleiche Kraft wie damals in der Burg von Campscapel«, entgegnete Ivo.

»Und war an beiden Orten nicht ganz fehl am Platze«, murmelte Anne so leise, daß selbst Joris sie kaum verstehen konnte.
Und dann veränderte sich von einem Augenblick auf den anderen die ganze Welt. Annes Rechte, die bislang auf ihrem Schoß gelegen hatte, schlich sich auf die Linke von Joris, ohne daß einer der anderen davon etwas mitbekommen hätte. Joris' Finger schlossen sich so fest um ihre Hand, als gelte es sie vor einem Absturz zu bewahren. Das Blut rauschte ihm in den Ohren, und alles, was an Jungenhaftigkeit in ihm übrig war, erwachte mit einem Schlag zum Leben. Er hörte kaum Annes Stimme, als sie Ivo und Lys bat, zusammen ein Lied vorzutragen. Flötentöne und Harfenklänge vereinigten sich über dem Feuer. Anne lehnte sich ihm zu und flüsterte so leise, daß es unter der Musik nur schwach zu hören war.
»Joris, hegt Ihr immer noch die gleichen Gefühle für mich wie früher?«
»Ja.«
»Und wenn ich Euch meine Liebe schenke, werdet Ihr es dann klaglos zulassen, wenn ich Euch von Zeit zu Zeit verlasse?«
»Ja, wenn das nicht zu oft vorkommt.«
»Sagt mir, gibt es hier in der Nähe einen Teich oder einen Weiher, in dem man baden kann? Ich habe keinen geeigneten entdeckt, als ich mir vor ein paar Stunden das Gesicht benetzte.«
»Nein, hier am Bach findet sich nichts dergleichen«, wisperte Joris. »Doch hinter dem Hang liegt zwischen Lärchen und Eichen ein Weiher, zu dem das Rotwild zum Trinken kommt. Ihr könnt ihn gar nicht verfehlen, müßt nur immer geradeaus gehen. Er liegt zwischen hohem Gras verborgen, doch an seinem Ufer ist Sand. Soll . . . soll ich ihn Euch zeigen?«
»Nein, den finde ich schon allein. Gebt mir eine Viertelstunde, dann mögt Ihr kommen, wann es Euch beliebt.«
»*Wenn es mir beliebt.*«
»Nun, laßt das Feuer niederbrennen und wartet, bis Eure Kameraden genug getrunken haben. Und ich muß ein Tuch finden. Ich bin noch lange keine Wilde geworden, obwohl ich in Eurer Miene erkannt habe, daß ich mich verändert haben muß.«

»Nein, in meinem Herzen seid Ihr dieselbe geblieben.«
»Oh, habt Ihr Euch ein unveränderliches Abbild von Anne im Herzen geschaffen?«
»Nein, nicht so.«
Harfe und Flöte schwiegen. Osmund, dem der Wein den grauen Bart verklebt hatte, stammelte rührselig Beifall, doch der grimmige Ausdruck auf der Miene von Joris brachte ihn rasch zum Schweigen. Anne zog ihre Hand zurück und hob sie in die Luft.
»Ivo, bring mir die Harfe«, befahl sie. Als sie das Instrument entgegennahm, sah sie dem Jüngling ins verdrossene Gesicht.
»Welches Lied würde dir gefallen, Ivo?« fragte sie und lächelte nett.
»Das, was Euch gefällt, Herrin«, antwortete der Junge glatt.
»Du hast gesprochen wie ein edler Ritter. Lys, worauf hättest du denn Lust?«
»*Brisingamen*, Herrin!« kam die prompte Antwort.
»*Brisingamen?* Das ist doch eher etwas für Nonnen. Aber du sollst deinen Willen haben, auch wenn das Lied ermüdend ist.«
Joris lehnte sich zurück und war schon vom ersten fremdartigen Ton an wie verzaubert. Der Text war ohne Reim, und das Lied hatte eine eigentümliche Melodie, wie er sie nie zuvor gehört hatte.

Zwischen zeitlosen Wurzeln von Ygdrasil
Wo sieben Mal Metall in heißen Bahnen zischt
Vom Dämmerschein und Morgentau an ihren hellen Ambossen
Schuften die vier schwarzen Zwerge
In Rauch und Schweiß, mit Wut und Können und List
Tief, tief unten im Königreich von Stein
Bis sie geschaffen den Brisingamen.

Brisingamen, die Halskette der Götter würdig
Ein Band von brennenden und wohlklingenden Edelsteinen
Gepreßt aus geraubten Regenbogen und Sonnenstrahlen

Vom Schaum des Mondes auf Mitternachtssee
Und Eis vom geborstenen Helm des Frostkönigs.

Über die Felder zur windigen Abendstunde
Über das murmelnde Gras am Rande der Welt
Über den weichen Klee mit seinen sanften Küssen
Über den rauchenden Spalt der Erde
Schweben die weißen Füße der Freia.

Freia, die goldene Tochter von Niord und Skade
Ruhig mit dem Wissen um Asgards Untergang
Schreitet tief ins Königreich von Stein
Und kauft dort den Brisingamen.

Über die Felder im Nebel des windlosen Morgens
Über das schweigende Gras am Rand der Welt
Über die Tautränen vom traurigen Klee
Laufen die harten Füße von Freia.

Viermal gewunden um ihre goldenen Schultern
Verbergend die Erdmale auf ihrem leuchtenden Hals
Trägt Freia mit eifersüchtiger Habgier
Das Band von brennenden, wohlklingenden Edelsteinen
Ein vierfach gebundener Kranz aus frostigen Feuers Zorn
Und die Wucht des furchtbaren weißen Lichts
Zerschmettert die ächzenden Tore von Asgard.

Als Freias Augen, stolz und blitzend
Strahlender als alles auf Erden
Glühen im Angesicht ihrer Götterfamilie
Verdorren die Brauen von Vater Odin
Stillt Hoenir der Harfen Klang
Zerbeißt Tyr das Heft seines Schwertes
Läßt Thor den schweren Hammer fallen
Und ringsum erbebt die Erde vom Knall

Endwind heult durch die Götterhalle
Und verkündet den Ragnarok, den Untergang.

Vage erkannte Joris die Namen und Sagen der alten nordischen Götter wieder, und so störte kein Unverständnis seinen Genuß ihres Vortrags. Doch eigentlich waren die Worte des Liedes gar nicht wichtig, viel wirkungsvoller war die eigenwillige Betonung von Annes wunderbarer Stimme.

Einmal wandte Joris den Blick von ihrem feuerroten Haupt. Im Halbdunkel zwischen den beiden Feuern hingen die ergriffenen Gesichter seiner Männer, die stehend oder hockend alle Tätigkeiten eingestellt hatten und nur noch lauschten. Kein Geräusch von Atem, Stahl oder Leder störte die hörbare, tranceartige Stimmung, die sich über das Tal gesenkt hatte. Selbst das Plätschern und Murmeln des Baches wirkte gedämpft, und auch die Eulen hatten ihr nächtliches Geschrei eingestellt. Der Mund des alten Osmund stand offen, und seine fetten Wangen waren wie vor Schmerz zusammengezogen. Ivos starrer Blick zeigte Anbetung und Selbstquälerei. Und Lys, die hinter dem Jüngling stand, hatte alle Verschlossenheit abgelegt. Wenn sie sich dieses Lied wirklich aus reiner Boshaftigkeit gewünscht hatte, so war das Böse auf sie zurückgefallen, denn langsam quollen ihr Tränen aus den Augenwinkeln.

»Das Königreich der Elfen und Feen«, dachte Joris, »befindet sich dort, wo Anne sich jeweils aufhält. Anna, Anna, Diana – Diana, Königin des Elfenreiches . . . Niemand vermag seine Stimme zu erheben, wenn sie ihr Lied beendet hat. Dies ist das Hochzeitslied für Joris vom Fels.«

Eine halbe Stunde später saß er in seinem Zelt, das aus Stecken und Ästen errichtet, mit teerbestrichenem Filz bespannt, mit Fellstreifen zusammengebunden und mit Steinen beschwert war. Ein Stern blitzte durch einen kleinen Riß. Joris zog sich am Bart, ächzte und biß sich in eine Hand, um das plötzliche Zittern seiner Glieder zu unterdrücken. Von allen Dingen des Lebens hatte er immer angenommen, für das kommende Ereignis am ehesten bereit zu

sein. Doch erst, nachdem er zum drittenmal an die Zeltklappe gegriffen hatte, konnte er sich erheben und in die Stille der Nacht hinaustreten.
Ein scharfes Klirren von Metall auf Stein sagte ihm, daß die Lagerwache sich am zweiten Feuer befinden mußte. Am anderen Ende des Tals röhrte verhalten ein Hirsch. Als Joris auf den mit Lärchen bestandenen, steilen Hang zumarschierte, glitt der Mond gemächlich hinter einer blassen Wolke hervor. Nach drei Schritten hielt ihn ein Geräusch von der ein Dutzend Schritte entfernten zweiten Hütte für die Neuankömmlinge zurück. Der junge Ivo lag nicht weit vom Eingang, war aber nicht zu sehen. Dann wußte Joris, was für ein Geräusch das gewesen war. Der Page lag in der Hütte und heulte. Lys war bei ihm, und Mitleid und Ungeduld färbten den Klang ihrer gedämpften Stimme.
»Warum bleibst du auch hier, wenn du dich in diesem Lager nur selbst quälst?« fuhr sie ihn an. »Hast du denn nicht genug gelernt, um allein zurechtzukommen? Nun hör aber mal, du weißt selbst gut genug, was du alles kannst. Oder willst du so lange am Feuer hocken bleiben, bis aus dir ein Salamander geworden ist?«
Die würgende, tränenerstickte Antwort war nicht zu verstehen. Joris verzog unwillig den Mund und lief geräuschlos den Hügel hinauf.
Auf dem Kamm blies eine Brise schläfrig durch die Nadelbäume. Goldenes Mondlicht tanzte auf den glatten Stämmen und dem geräuschschluckenden Teppich von abgefallenen Nadeln. Die Düfte des Herbstes drangen dem Räuberhauptmann in die Nase, und milchige Nebelwolken kennzeichneten die Lage der Bodensenken. Im Osten wurde der blauschwarze Himmel von den Klippen über dem Forst von Honoy begrenzt.
Joris atmete tief ein. Die Nachtluft kam ihm wie Triumphmusik vor, und die Hand, die eben noch gezittert hatte, ruhte nun fest und sicher auf dem Schwertgriff. Unten zeigte sich ein goldenes Leuchten, das von Eichenästen wie von Koboldarmen festgehalten wurde. Joris schritt weit aus, marschierte kräftig, erwar-

tungsvoll und gottgleich hinunter. Seine Schritte trieben die Nadeln auseinander und legten das Gras darunter frei. Die Eichenstämme schienen zurückzuweichen, um ihm ungehinderten Durchgang zu gewähren. Sein Blick verwirrte sich angesichts des Widerscheins von Mondlicht auf dem Weiher. Der Name der Roten Anne hämmerte wie von tausend Ambossen in seinem Kopf, begleitet von lange vergessenen, kindlichen Schmeichelworten, wie seine Mutter sie gern benutzt hatte, bis er groß und alt genug geworden war, um vor ihr davonrennen zu können.
Endlich erblickte er die Hexe. Den matten Schimmer ihrer Schultern, die selbstbewußte Bewegung ihrer weißen Arme, als sie rund um ihren Kopf die Zöpfe ihres roten Haars löste, das es in seiner Pracht mit allem silbernen Mondschein aufnehmen konnte.
»Hola, Joris«, rief sie leise mit Singsangstimme und drehte sich langsam zu ihm um, so daß er den mit Schattenstreifen von Blättern und Ästen überzogenen, hellgoldenen Leib erkennen konnte.
»Joris«, sagte sie wieder, und er stolperte auf sie zu. »Joris, nimm mich und laß mich für eine Weile alles vergessen.«
»Was vergessen?« murmelte er und schwieg; denn in ihm lebten nur noch die Augen, das Herz und der Atem.
»Alles, was vorher gewesen ist«, antwortete sie nicht mehr ganz so zart. Und die Schatten glitten davon, veränderten sich oder flohen, als sie einen Schritt näherkam und bis zu den Knöcheln im Herbstgras versunken neben dem Haufen ihrer Kleider stehenblieb.
»Ist es dir nicht kalt?« fragte Joris. Beim Anblick ihres Kopfschüttelns und des Wogens ihres langen Haares kniete er auf einem Bein vor ihr nieder und sprach.
»Habe ich nicht einmal gesagt, du entstammst den alten Göttern? Wo sind deine Hunde, um mich zu zerreißen, Diana vom Weiher?«
Die Rote Anne lächelte nur, beugte sich zu ihm herab und küßte seine Stirn und seine Lippen. Dann richtete sie sich wieder gerade auf, schob den Bauch etwas vor und preßte sein bärtiges Gesicht gegen ihren kühlen Leib. Er geriet ins Keuchen, kam bald wieder

auf die Füße und hob Anne hoch. Er hielt sie so fest, daß sie lächelnd stöhnte, während er sie unter die Bäume trug.

»Ob ich nun von den alten Göttern abstamme oder nicht«, flüsterte sie nach einer Weile, »so bin ich doch immer noch eine Frau, bin ich vor allem eine Frau. Joris, goldbärtiger Joris, werde ich demnächst auch in den Fluß geworfen* wie meine Schwester aus Marmor, die sie aus einem Hügel bei Dor ausgegraben haben?«

»Vielleicht in den Fluß des Schlafes«, hauchte ihr Joris ins Ohr. »Doch du hast mich *Gold*bart genannt. Also höre zu guter Letzt doch meine Runen.«

Und so hörte Anne schließlich die Prophezeiung der Runen. Als er sie verkündet und seine eigene Deutung hinzugefügt hatte, kicherte sie und umarmte ihn fester.

»Hältst du denn nichts von ihnen?« fragte Joris überrascht.

»Doch, schon ... nur habe ich diese Runen früher schon einmal gehört.«

»Wo denn?«

»In Hastain, als ich noch ein Kind war.«

»Und wie wurden sie gedeutet?«

»Es gab nur eine Deutung, und die stimmte mit dem überein, was Ingolard dir gesagt hat. Sie künden einen Untergang an, der von einem ausgelöst wird, der in ihm eine wichtige Rolle spielt. Glaubst du denn, *du* seist derjenige?«

»Vielleicht. Wenn ein Krieg ausbricht und ich für mich und meine Strauchdiebe Straferlaß erwirken kann.«

»Bin ich dann nur ein Meilenstein auf dem Weg eines großen Herrn zu seinem Erfolg?« spottete Anne leise. »Die Hexe, die am Weiher bezwungen wurde ... nichts weiter als eine Etappe, bis mein Gebieter ein vornehmer Herr geworden ist?«

»Du!« ertönte ein furchtbares Liebesschnurren. »Du bist ... du bist die Frau, die miterleben soll, wozu ihr Mann fähig ist.«

»Große Dinge müssen das wohl sein, wenn alle deine Heldentaten nur auf das eine Ziel ausgerichtet sind. Also sollen wir beide, du

* Anspielung auf eine Hexenprobe (A. d. Ü.)

und ich, von nun an gemeinsam in luftige Höhen hinaufsteigen? Ach, Joris, es ist lange her, daß ich in einer Nacht so glücklich war wie heute.«
»Du bist es, die meinen Runen die Erfüllung bringt.«
Anne schwieg. Dann kicherte sie kurz und seufzte danach.
»Nein, nicht ich«, erklärte sie. »Rot ist zufrieden mit dem neuerworbenen Gold. Doch deine Runen haben nichts von drei Bäumen auf einem Hügel und einem großen Schatten daneben gesagt.«
»Was für Bäume sollten das denn sein? Und was hat es mit dem Schatten auf sich?«
»Das weiß ich selbst nicht. Denkst du denn, eine Hexe würde nicht danach streben, ihre eigene Zukunft zu erfahren? Doch nur ein anderer kann sie lesen, nie aber man selbst. Und alle, die ich bislang dazu gebracht habe, in meine Zukunft zu sehen, haben von diesem Schatten gesprochen. Einige wenige haben gesehen, daß ich in diesem Schatten ganz glücklich wäre, doch die meisten hatten vor seinem Anblick so große Angst, daß sie sich weigerten, weiter vorzustoßen. Erinnerst du dich an den Zwerg, der in Hastain bei unserer Puppenspielertruppe war? Der Kleine, der dich in Alanol zu mir führte?«
»Ja, was ist mit ihm?«
»Er kam bei dem Versuch ums Leben, für mich hinter den Schatten zu sehen. Er bat mich darum, ihm meine ganze Kraft zu geben, damit er den Nebel durchdringen könnte. Und so stärkte ich ihn, doch er starb daran.«
Joris schwieg und genoß das Gedeihen seiner Liebe. Die Fleischeslust wurde stetig stärker und ging nun offen den Verstand an, der sich über ihn und seine Gefühle lustig machte.
»Ich habe dir das Vergessen nicht geben können«, brummelte er. Die Enttäuschung darüber nährte die alte Neugierde in ihm, die sich nun heftig zu regen begann.
»Wo du schon von deinen besonderen Künsten sprichst«, sagte er, »sag mir doch, woher du an jenem Tag in Capel Conan wußtest, daß die Reiter von Campscapel auf dem Weg dorthin waren?«
»Eine Brieftaube kam zu einem meiner Falkner geflogen.«

»Ha! Geheimgänge und Brieftauben ...«
»Ich glaube, ich weiß, was du sagen willst. Du denkst, meine Magie setzt sich im wesentlichen aus Geschicklichkeit und Taschenspielertricks zusammen? Nein, Joris, es steht mehr dahinter.«
»Und ... und du willst am Vorabend des Novembers fort?«
»Ja. Zu den Singenden Steinen, um dort den Teufel zu treffen.«
»Hm. Manchmal habe ich mich gefragt, ob der *Schwarz* in meinen Runen unbedingt Graf Lorin sein muß.«
»Bitte sprich nie wieder von Lorin. Wir haben uns geliebt, er mich und ich ihn. Am Tag, an dem er starb, hatte ich unsere Liebe betrogen. Nein, ich habe keinen Anteil an seinem Tod. Aus Mitleid habe ich mich einem anderen hingegeben, und für einige Zeit habe ich Abstand von allem Treiben in jener Nacht gehalten; vielmehr habe ich mich aus allem herausgehalten und mich in meine Gemächer zurückgezogen. Vielleicht hätte ich Lorin andernfalls retten können. Also rühre bitte nicht mehr an dieser Erinnerung. Doch da auch du mich lange und aufrichtig geliebt hast, will ich dir dies erzählen: Ich bin die Herrin meines Hexenrates und trete dem Teufel als Gleichberechtigter gegenüber. Ich küsse ihn auf die Schulter und auch auf andere Stellen, aber nicht allzu oft. Du magst die Hexen für eine Bande von hündischen, unrettbaren Huren halten. Und unter diesen Frauen sind etliche, auf die diese Beschreibung zutreffen würde. Aber es gibt auch andere. Unser Teufel erhielt nur wenig von mir für all das, was ich von ihm gelernt habe. So wenig ... aber auch Gold. Ja, die Teufel brauchen Gold, und ich kenne keinen, der es selbst machen könnte.«
»Aber beim Sabbat, bei den Riten ... gibst du da nicht all das, was ich an Wunderbarem heute genießen durfte?«
»Beim Höhepunkt des Tanzes kommt auch der Augenblick, wo dies ansteht, wo dies das ist, was alle tun wollen und müssen. Es gehört zu dem Ritual, das vor langer, langer Zeit entstanden und festgelegt worden ist. Merkwürdige Kräfte steigen aus dem Boden, während unser Tanz wilder und intensiver wird ... die Kräf-

te der Erde, der Nacht und des Feuers. Ich tanze dieses Ritual nicht sehr oft. Und wenn ich tanze, gebe ich mich hin, weil der Ritus das erfordert, nicht aber aus Fleischesbegierde.«

»Aber ganz sicher genießt Er dich... dich vor allen anderen.«

»Unser Teufel kommt bei der Weiblichkeit nicht zu kurz, Joris. Ich bin nur eine von den Frauen, bin nur Teil des Rituals zu Seinen Ehren.«

»Aber... Anne, du sprichst immer von *Eurem* Teufel... wie viele Teufel gibt es denn... und haben sie alle den gleichen Rang?«

»O, es gibt so viele, und jeder hat seinen Hexenrat. Doch unser Teufel ist der Großmeister der Hexenräte von ganz Nordanay. Und er hat mir sehr geheimnisvolle Dinge beigebracht. Außerdem hat er mir das eine versprochen, das mir am meisten fehlt. Leider fehlt es mir immer noch, so daß ich nicht weiß, ob es mir durch natürliche Ursachen oder durch Böswilligkeit versagt bleibt.«

»Was ist denn dieses eine?«

»Ein Kind.«

Joris war wie betäubt und brachte kein Wort hervor. Seine Hände, die unter dem Umhang Annes warmes Fleisch bestrichen und geknetet hatten, wurden starr.

»Aber Lo... Lorin de Campscapel...« stotterte er endlich und brach sofort verärgert wieder ab, weil er den Namen ausgesprochen hatte.

»Ach, Lorin hat nie ein Kind gezeugt«, murmelte Anne. »Ich habe so lange daran gewirkt und gearbeitet, diesen Fluch von ihm zu nehmen. Und gerade aus diesem Grunde hat er es mir gestattet, zu gehen, wohin ich wollte, denn er wußte, ich war nur auf der Suche nach einer Möglichkeit, ihm endlich einen Sohn schenken zu können. Doch leider bin ich selbst unfruchtbar, Joris. Ja, mittlerweile weiß ich es gewiß. Ich habe Alraunewurzeln gegessen und eine ganze Legion von Zaubermitteln ausprobiert. Und das war auch der Grund, warum ich dich in Capel Conan von Gewalttaten abgehalten habe. Niemand darf einem Kind ein Leid zufügen, solange ich es verhindern kann. Und keine Hexe in meinem Rat wagt es, diesem Wunsch von mir offen gegenüberzutreten; genauso wenig wie bei vielen anderen Dingen. Bei den Singenden Steinen kommt also kein Säuglingsfett zum Einsatz, kein Blut von Kleinkindern und was es in dieser Hinsicht sonst noch geben mag. Vertreibe dir solche Vorstellungen also aus dem Kopf, Joris. Und nun zum letztenmal: Lorin ist tot, und die anderen haben für mich nie gezählt. Jetzt bist du hier, und du lebst. Mach mich zur Herzogin, wenn es dir beliebt, doch wenn du mir wirklich einen großen Wunsch erfüllen willst, dann mach mich zur Mutter, wilder Joris vom Fels!«

»Ich wünsche einen schönen Tag, Freund Adelgar«, rief Anne, als sie zum erstenmal die Kalksteinschlucht betrat. Der ehemalige Reiter von Campscapel fuhr zusammen und grüßte militärisch zurück. Sein fettes Adlergesicht lief bei dieser Begegnung rot an. Anne erkannte zwei Dutzend weitere Männer aus der Burg über Alanol wieder. Ivo nickte diesem und jenem unter ihnen freundlich zu. Sogar Lys lächelte leise, als einige der Männer vor ihr die Stahlkappe berührten. Nur Joris war für einen Augenblick verwirrt und glaubte, mit einem Fuß in einen Sumpf getreten zu sein. Dann ärgerte es ihn, daß diese Männer tagtäglich die Rote Anne gesehen hatten, während er voll Herzeleid um das Land ihres Geliebten herumgeschlichen war.
Doch dann vertrieb er diese Aufwallung mit einem Achselzucken und traf alle Vorbereitungen, seiner Liebe in ihrem neuen Heim unter dem Fels einen herzlichen Empfang zu bereiten. Von nun an sollten ihre und seine Wünsche und Taten eins sein, wenn er das nur bewerkstelligen konnte. Doch an einem Morgen einige Wochen später mußte er feststellen, daß seine Zweifel nicht ohne Grundlage gewesen waren.
Er schlief immer noch auf dem Streu in seiner Höhle, obwohl die Mittagsstunde schon nahe war. Er war die ganze letzte Oktobernacht unterwegs gewesen und erst bei Sonnenaufgang wieder im Lager gewesen. Draußen vor dem niedrigen Eingang summte Anne leise vor sich hin, während sie ihrer beider Hemden auf Büschen und Felsen zum Trocknen ausbreitete. Weißer Rauch stieg

dünn vom Feuer des Hauptmanns. Im ganzen Tal brannten Öfen und Herde, und ein Stück weit vom Lager entfernt, jenseits der angepflockten Hügelponies, spielten zwei Dutzend Männer ein Ballspiel auf dem Stück Sand- und Torffläche am Fuß des großen Felsens. Nicht weit von ihnen lagen die kleinen Erdhügel, unter denen die Gebeine derjenigen vergraben waren, für die kein Lösegeld eingetroffen war. Und der Ball der Männer bestand aus einem Totenschädel, über den unbearbeitete Kuhhaut gespannt und mit Hanffasern zusammengebunden war. Manche von den Spielern schimpften lauthals, daß der eine oder andere Geist der Toten zugunsten der gegnerischen Mannschaft eingegriffen habe. Aber selbst die hartgesottensten unter ihnen mieden die Erdhügel, vor allem, wenn es dunkel war. Doch jetzt hatten sich die Nebel verflüchtigt, und freundlicher Herbstsonnenschein bestrahlte diesen unheimlichen Ort im Hügelland.
Die warme Sonne erweckte auch den Unternehmungsgeist einer Viper, und sie kroch auf das nächste Feuer zu, bis ihre stumpfe Schnauze gegen ein Stück heißer Asche stieß. Die Schlange zischte zornig, und ihr glänzender Leib drehte sich, um in die Geborgenheit der dunklen Höhle zu fliehen.
Anne sah die Viper, stieß einen tiefen, unverständlichen Ruf aus und packte den Knüppel, mit dem sie zuvor die Wäsche gemangelt hatte. Joris wachte bei diesem Schrei auf und hörte den schweren Schlag auf den Schlangenschädel. Stimmen und Schritte kamen rasch näher, und Joris war mit einem Satz auf den Beinen. Als er in das Tageslicht stürmte, sah er den toten Leib der Viper und Anne, die sich darüberbeugte.
Nicht weit von Anne hatten sich mehr als ein Dutzend Personen eingefunden. Lys mit einem Pfeil auf ihrem halb gespannten Bogen, Ivo mit einem Messer in der Hand, Rufin, Adelgar und einige andere, die ein Beil, ein Schwert oder eine Glefe* hielten.
Joris blieb stehen und sah sich um. Die Rote Anne hatte nur einmal geschrien, und schon waren diese ihr zu Hilfe geeilt. Von

* Vorläuferin der Hellebarde (A. d. Ü.)

allen, die dort versammelt waren, konnte der Räuberhauptmann nur Rufin als wirklichen Getreuen ansehen. Aber der war als einziger unbewaffnet gekommen. Außerdem grinste er jetzt schon zur Seite nach Lys, die ihm den Kopf verdreht hatte.
Anne drehte sich um, sah die Versammlung und lachte. Dann zeigte sie ihren Freunden die tote Schlange. Die Waffen sanken zu Boden, und plötzlich war die Luft ringsum von Gelächter und Rufen erfüllt. Auch Joris stimmte in das Gelächter ein. Dann schritt er auf seine Erretterin zu und küßte sie vor allen anderen.
Als sie schließlich wieder allein waren, wurde Joris sehr nachdenklich. Anne war jetzt knapp einen Monat bei ihm, und nur die abgestumpftesten Kerle in seiner Gefolgschaft waren nicht ihrem Zauber auf die eine oder andere Art erlegen. Anne hatte Wunden verbunden und Glieder eingerenkt und hatte sich damit eine Schar von Getreuen geschaffen, die bis an ihr Ende ihre Diener sein würden. Drei von diesen Bewunderern hatten etliche Stunden im Sonnenschein gesessen und ihr aus Knochen zwölf Kegel und aus Holz kleine Kugeln geschnitzt. Es kam regelmäßig zu einem großen Gerenne, um ihren Pfeil wiederzubringen, wenn sie auf eine der groben Zielscheiben geschossen hatte. Und ihre erste Woche am Fels war noch nicht ganz abgelaufen, da kannte sie schon mehr als die Hälfte der Männer beim Namen. Ihr Erscheinen hatte die Macht von Joris verfestigt. Doch all sein Stolz auf eine solche Geliebte konnte die innere Stimme nicht zum Schweigen bringen, die ihn ständig daran erinnerte, daß Annes Wort ausreichen könnte, seine Macht ernsthaft zu gefährden. Nun hielt sie plötzlich in ihrer Arbeit inne und sah ihn an, als könnte sie seine Gedanken lesen.
»Joris, du bist mißmutig«, sagte sie, als sie sich neben ihn hinkniete. »Wahrscheinlich hattest du nicht genug Schlaf. Geh also wieder in die Höhle und leg dich hin.«
»Papperlapapp, ich bin ausgeruht genug«, antwortete er barsch, obwohl ihre Nähe und ihre freundliche Stimme ihn rasch besänftigten. »Aber was hätte ich getan, wenn die Viper noch eine Woche gewartet hätte?«

Der Tag der Allerheiligen am ersten November rückte näher, und dann würde Anne fortgehen. Die Erinnerung an die ihr gewährte uneingeschränkte Bewegungsfreiheit brachte eine ungewohnte Scheu in die rosigen Züge der Hexe.

»Diesmal will ich bei dir bleiben«, versprach sie und fügte nach einem Moment des Schweigens hinzu: »Es sei denn, du würdest mich aus dem Lager prügeln, weil deine Kameraden das bewundern, was allein dir gehört.«

Joris ergriff ihre Hand und hätte sie fast zerdrückt.

»Vielen Dank, Schlangenungeheuer«, brummte er dem toten Leib im Staub zu.

»Mutter Eva wird nicht gerade erfreut darüber sein, wenn du ihrem Feind dankst«, spottete Anne und entzog ihre Hand der seinen, um sie zu reiben.

»Mutter Eva und ihre Töchter bedeuten mir wenig«, erklärte Joris. »Denn du bist eine Tochter der Lilith*, wenn es denn je eine gegeben hat. Ah ja, deine Lys gehört auch noch dazu.«

»Deinem Rufin ist sie ja mächtig zu Kopf gestiegen. Vielleicht hält er sie auch für eine Tochter Liliths, obwohl er ihr das natürlich nie sagen würde. Sag ihm, daß er auf der Hut sein und nicht blindlings um sie werben soll, damit er sich nicht zu viele Beulen und Wunden holt. Lys ist ein gefährliches Biest, wenn sie zuviel grübelt. Unglücklicherweise hat sie sich diesen eigenartigen Jüngling Herluin in den Kopf gesetzt, der damals aus der Burg von Campscapel geflohen ist. Seit damals ist sie die Keuschheit selbst, läßt keinen Mann mehr an sich heran ... Als wir das letzte Mal zu den Singenden Steinen gezogen sind, hat sie eine der Hexen erstochen, die sie deswegen verhöhnte.«

Die Vorstellung, daß Rufin eine Abfuhr erhalten würde, erschreckte Joris nicht sonderlich, denn dieser Prahlhans war ihm schon mehr als einmal übel aufgefallen. Doch andererseits konnte aus solch einer Ablehnung leicht ein Streit unter den Bandenmit-

* Der Sage nach die erste Frau Adams, die sich ihm gleichberechtigt fühlte, verstoßen wurde und später die Stammutter der Dämonen und Ungeheuer wurde. (A. d. Ü.)

gliedern erwachsen. Der Winter im Lager war oft eine Zeit voller Spannungen. Verdrossen vom Nebel, vom Graupelregen, vom vielen Schnee und von der Kälte war die Geduld vieler Räuber bald auf dem Nullpunkt, und dann saß ihnen der Dolch besonders locker.

»Ich will versuchen, Rufins Feuer für eine Weile zu löschen«, versprach der Hauptmann. »Ich möchte ihn nicht verlieren, jetzt noch nicht, und deine kleine Schwester in Lilith auch nicht.«

»Meine kleine Schwester in Lilith ... Pah! Ivo sollte sich um sie kümmern, er wäre der Geeignetste«, erklärte Anne mit der plötzlichen Kälte, die manchmal ihre Schönheit verdüsterte. »Zwei gebrochene Herzen, die würden doch zueinander passen. Es gibt Zeiten, da wünschte ich ...«

»Was wünschst du dir dann?«

Doch die Rote Anne schüttelte nur den Kopf und verlor kein Wort mehr darüber.

Ob nun ein Paar von gebrochenen Herzen oder nicht, Ivo und Lys erwuchsen während der kalten Jahreszeit zu einem Problem. Wie Katzen fauchten sie sich immer häufiger an; doch anders als diese Tiere wurden sie auf ein hartes Wort von Anne hin sofort wieder friedlich. Aber wenn sie sich gerade nicht zankten, spürte Joris, wie ihr gemeinsamer, mühsam im Zaum gehaltener Haß auf ihn stärker geworden war. Er hatte sich so lange Gedanken über das Verhalten seiner Männer Anne gegenüber gemacht, daß er jetzt keine Lust mehr dazu verspürte, auch noch über diese beiden jungen Leute zu grübeln, deren Vorstellungen er nicht erkennen konnte. Nur ihre gemeinsame Verehrung der Roten Anne hielt ihn davon ab, dem Jungen und dem Mädchen eine besondere Behandlung zukommen zu lassen.

Mochte ihn in Gedanken auch noch so viel plagen, die meiste Zeit lebte Joris in Heiterkeit und Zufriedenheit, wie er sie schon sehr, sehr lange nicht mehr verspürt hatte. Das zarte, goldene Band seiner Liebe, das so lange und bedrohliche Jahre standgehalten hatte, verwebte sich nun zu einem leuchtenden Teppich seiner Zukunft. Die Rote Anne war mit ihm zusammen in den schneebedeckten

Hügeln, kniete neben ihm am erlegten Hirsch, folgte ihm auf dem Fuß durch eisige Moorbäche und fing das Sternenlicht in ihrem gelösten Haar ein, wenn sie ihn mit kunstvollen, wilden Liebkosungen halb um den Verstand brachte. Woher sie diese Liebeskunst kannte, wollte er lieber nicht wissen. Er bezog daraus so viel wilde Freude, daß alle anderen Gedanken dagegen nichtig und gering waren.

Bei den Spielen und Wettkämpfen, die die sonnigeren Tage ausfüllten, bewies Anne eine Geschicklichkeit, die Joris begeisterte. Als sie oberhalb der Schlucht einen Schneemann errichtet hatten, schoß sie aus zweihundertundfünfzig Metern Entfernung vier Pfeile in Folge in den weißen Körper. Nur Joris selbst und ein Dutzend seiner Männer konnten da zumindest mithalten. Wenn sie große Schneebälle zum Klippenrand rollten, um sie auf die Männer fallen zu lassen, die unten vorbeirannten und ihnen ausweichen mußten – wenn sie auf den Lastschlitten die steilen Hänge mit gefrorenem Schnee hinuntersausten – wenn sie mit flachen Steinen Eisschießen spielten – wenn sie auf groben Skibrettern über das dunkle Eis von einsamen Waldseen eilten . . . die Rote Anne, die einst wie eine Gräfin geherrscht hatte, machte bei allem freudig und völlig sorglos mit. Manchmal sang sie nach dem Abendessen der ganzen versammelten Truppe Lieder vor. Doch öfter spielte sie in der Höhle des Hauptmanns vor ihm und ein paar Getreuen und sang mit eigentümlicher Stimme vor dem eintönigen Begleitsummen von Ivo und Lys. Andere Male führte sie Joris zu seiner Zerstreuung einige Zauberkunststücke vor. Sie ließ eine Puppe laufen oder zeigte Tricks mit Messern, Münzen und Tüchern. Und so war der Winter schon halb vergangen, ehe sich Joris überhaupt der kalten Jahreszeit bewußt wurde.

In einer Nacht aber, Weihnachten war nicht mehr weit, trank Joris mehr, als er vorgehabt hatte, und überwand die Schranken zu seiner alten Neugier.

»Sag mir *meine* Zukunft voraus«, erklärte er, »wenn du schon deine nicht erkennen kannst. Unserer beider weiteres Schicksal muß miteinander verwoben sein. Und meine Runen reichen nur bis zu dem Moment, in dem du zu mir gekommen bist. Rufin, wirf noch Holz aufs Feuer. Gandulf, hol einen neuen Weinschlauch. Was hältst du davon, Anne?«

Die Hexe setzte ihr Trinkhorn ab und sah ihn gelassen an. Unter diesem Blick wurde Joris unbehaglich zumute, und er erkannte, daß dies das erste Mal war, da er ihre Hexenkraft vor anderen herausforderte.

»Bist du dir auch wirklich sicher, daß du das willst?« fragte sie ihn ruhig.

Joris schwieg einen langen Moment. Dann sprach er mit rauherer Stimme, um seine Unsicherheit zu verbergen.

»Ja, das bin ich«, antwortete er. »Aber ich will keine von den Weissagungen, wie man sie auf Jahrmärkten erhält.«

»Was du willst, läßt sich nicht so leicht bewerkstelligen«, erklärte die Hexe dunkel. »Doch ich will tun, was ich kann. Lys?«

Aber die junge Frau schüttelte heftig den Kopf, und es kam Joris so vor, als würden ihre Wangen im Licht von Scheiten und Fackeln noch blasser.

»Ivo, wie steht es mit dir?«

Der Jüngling nickte, errötete und starrte dann ins Feuer.

»Aber ...« begann Lys, hielt jedoch sofort inne, als Anne sie mit einem scharfen Blick bedachte.

»Halte dein feiges Mundwerk«, fuhr sie das Mädchen an. »Wir können es nur versuchen. Ich frage dich daher noch einmal, Joris, willst du es wirklich?«

Joris sah in ihr Gesicht und in die ihrer Getreuen. Wieder kam er sich vor wie ein Hund, der sich plötzlich drei Katzen gegenübersieht, die sich durch seine Anwesenheit nicht im geringsten stören lassen. Plötzlich wurde ihm unheimlich zumute, und er fragte sich, ob er solche Mächte lieber nicht versuchen sollte. Als er das Interesse seiner Leutnante entdeckte, grinste er unglücklich. Adelgar war nicht hier, aber Gandulf, Madoc und Rufin hockten um das Feuer und warteten gespannt auf das, was sich nun ereignen würde.

»Ja«, erklärte Joris nun mit etwas gepreßter Stimme. Die Rote Anne zuckte zur Antwort nur mit den Achseln.

Sie nahm eine Eisenstange in die Hand und schob damit die glühenden Scheite und Torfstücke zu einem Haufen zusammen. Der Widerschein auf Kalksteinvorsprüngen blitzte im Halbdunkel auf; rot geränderte Augen leuchteten durch den beißenden Rauch aus bronzefarbenen Mienen. Auf eine Geste von Anne hin erhob sich Ivo, und sein Schatten tanzte und schwankte, während er um das Feuer herum ging und sich mit dem Rücken zum Glühen vor die Hexe hockte. Erwartungsvolle Stille senkte sich über die Höhle, und von der Dunkelheit draußen trieb das gedämpfte Murmeln des Baches und leiser Gesang von den Mannschaftsunterkünften heran.

»Ich brauche eine Kerze«, sagte Anne zu Joris. »Und alle Fackeln sollen gelöscht werden. Lys, willst du wenigstens die Kerze halten?«

»Ganz wie Ihr wünscht«, erklärte die junge Hexe, und ihr Gesicht war wie eine Maske, als sie sich hinter ihrer Herrin niederließ. Joris reichte ihr die entzündete Kerze und faltete die Arme vor den Knien zusammen. Als alles bereit zu sein schien, sah Joris die Züge von Anne und Ivo im Profil. Die rote Hexe und der abgemagerte Jüngling saßen im Schneidersitz da, aber sich nicht ganz gegenüber. Das linke Knie von Ivo ruhte auf dem rechten seiner Herrin. Lys hingegen hockte auf den Fersen hinter Annes linker Schulter und hielt die Flamme so, daß sie ihre Herrin nicht blendete, aber das Gesicht des Jünglings zur Gänze ausleuchtete.

»Joris, deine Schwertscheide mit der Waffe«, befahl Anne. »Leg es neben mich, ja, so. Nun soll jeder schweigen und sich nicht bewegen, ganz gleich, was geschehen mag. Ein einziges Wort oder nur ein Hüsteln kann alles zunichte machen. Ivo, bist du so weit?«

ä»Ja, Herrin«, krächzte der Jüngling.

»Dann sieh mich für einen Augenblick an.«

Ivo zitterte und blickte sie an. Anne fuhr sich mit einer Hand an

die Schulter, löste die Bänder ihres Gewands und entblößte ein großes Stück Haut.
»Nimm meine Rechte in deine Hand und beobachte die Flamme«, trug sie Ivo auf. »Die Linke aber lege auf meine nackte Schulter ... und hör endlich auf zu zittern, verwünschter Dummkopf. Entleere deine Seele von aller Traurigkeit und deine Gedanken von allem, was sie gerade bewegt. Und sperre alle Begierde aus deinen Lenden und aus deinem Herzen. Was fühlt deine Linke jetzt?«
»Eure Haut«, antwortete der Jüngling monoton.
»Vergiß, wer ich bin. Vergiß, daß du Ivo bist. Vergiß alle Freude, die du mit mir hattest, die Scham und die Tränen, die ich über dich brachte, die ersten Stunden in der Burg von Campscapel und die letzten Stunden im Wald. Vergiß die Zeit, den Ort, die Umstände ...«
Joris rutschte hin und her und schluckte schwer, doch niemand schien darauf zu achten. Mit einemmal war er wieder nüchtern, denn er begriff, daß er nicht mehr der Herr in seiner Höhle war. Und er hatte schwer an dem zu kauen, was er da eben erfahren hatte. Ivo, diese übellaunige kleine Ratte hatte also tatsächlich ... Er war so unvorbereitet davon getroffen worden, daß ihm jetzt nichts anderes zu tun übrigblieb, als vor seinen Getreuen vorzugeben, er habe das gewußt.
Dann sah Joris das Gesicht des Jünglings, eine unnatürlich weiße Miene im Schimmer der Kerze. Die Augen Ivos waren stark vergrößert, und sein Mund zuckte, als hätte er einen furchtbaren Krampf. Anne strich mit dem freien Arm einige Male durch die Luft.
»Was fühlen deine Hände jetzt?« murmelte sie nach einigen Minuten des Schweigens.
»Nichts.« Ein kaum wahrnehmbares Flüstern.
Annes untere Gesichtshälfte wurde von Ivo verdeckt, aber Joris entdeckte, wie ein Schweißtropfen auf der dreieckigen Stirn zwischen dem gescheitelten roten Haar herabrann.
»Sie sieht aus wie ein gefallener Engel«, sagte er sich. »Ich habe sie von Kopf bis Fuß kennengelernt und weiß doch nicht einmal ein

Zehntel von ihren innersten Gedanken. Und ich bin nur einer in einem langen Zug blinder Gefolgsleute ... Nein, bei den Glocken der Hölle, sie hat es schließlich selbst gesagt. Sie hat Lorin geliebt, und jetzt liebt sie mich. Und alle anderen haben ihr nichts bedeutet, Ivo eingeschlossen. Und es ist mein Kind, das sie bald unter ihrem Herzen tragen wird.«

Einmal in jedem Monat, seit sie zu ihm gekommen war, trat Anne mit verdrossener Miene vor ihn. Und Joris, der sie wirklich liebte, litt in diesen Momenten mit ihr; andererseits würde ein Anzeichen für ein Kind ihn bald genug nicht mehr interessieren, höchstens lästig fallen. Und nun vergoß Anne ihre Kraft auf ein Tun, das ihn einschüchterte. Ob gefallener Engel oder nicht, hier und jetzt war sie für ihn eine gefährliche Fremde.

»Was fühlst du jetzt?« fragte sie ein drittes Mal. Ivos Antwort klang fester, war aber immer noch tonlos und gekeucht, so als habe er Atemnot.

»Etwas strömt in die Linke hinein und zur Rechten hinaus.«

»Gut, und was kannst du erkennen?«

»Nichts. Ein schwarzes Nichts, das wirbelt und dabei stetig langsamer wird ... Jetzt ist es zum Stillstand gekommen und noch undurchdringlicher geworden.«

»Ist denn nirgends ein Licht in dem Dunkel?«

»Nein ... Doch ... Ein Stern, ganz unten, der grünlich blau strahlt. Er wächst. Jetzt ist er kein Stern mehr, sondern ein leuchtender Nebel. Er füllt die ganze Schwärze aus.«

»Such in dem Nebel nach dieser Höhle«, sagte Anne und hob die Linke, um Ivo mit dem ausgestreckten Daumen zwischen den Augen zu berühren.

»Sieh!« murmelte sie grimmig. Und dann:

»Was kannst du nun erkennen?«

»Ich sehe die Höhle ... und die, die in ihr sind ... und meinen Körper, doch der wirkt wie der einer Puppe. Rings herum sind alle Köpfe bis auf den von Euch und mir voller unsteter Vorstellungen, die wie Gräser in einem Fluß mal hierhin und mal dahin strömen. Manche Gedanken erscheinen mir deutlich, andere wie ein Schemen. Euer Kopf ist von einem scharfen orangeroten Glühen eingehüllt. Manchmal verblaßt es etwas, doch dann verstärkt Ihr es wieder durch reine Willensanstrengung. Ein einzelner Gedanke fährt aus diesem Glühen, saust wie eine Sternschnuppe durch die Höhle und spinnt hinter sich ein Netz aus Licht.«

»Sehr gut. Was denkt Lys?«

»Daß diese Anstrengung Ivos Körper vernichten wird. Ihr sollt ihn bald wieder freilassen, denn Ivo liebt Euch sehr, und Liebe verwischt die Vision.«

»Und was denkt Joris?«

»Die Gedanken des Hauptmanns zogen sich hastig zurück, als er erfuhr, daß sie hier ausgebreitet werden sollen. Der in die Tiefe eilende Gedankenwirbel sagt, daß bis auf Gandulf und Madoc alle hier seine Feinde sind. Nun hält der Wirbel sich an den Runen fest, die ihn so weit geleitet haben. Und Joris ist voller Ungeduld, was seine Zukunft angeht.«

»Aha. Und wie steht es mit Gandulf?«

»Gandulf verwünscht die Hexerei. Seine Gedanken liegen unter einem Nebel von Scham, denn seit Ihr mit diesem Ritual begonnen habt, hat er schon dreimal heimlich das Kreuzzeichen gemacht.«

»Madoc?«

»Madoc bedauert Ivo und hält Euch für einen Sukkubus*, der die Frucht von einem . . .«

»Rufin?«

»Rufins Gedanken hüpfen und drehen sich wie ein Wiesel in einer Falle. Doch er konzentriert sich auf die Vorstellung, wie angenehm es sein müßte, Lys in den Hals zu beißen. Aber er hat große Angst. Und er verflucht eine Laus unter seiner linken Achselhöhle.«

»So so«, sagte Anne und packte das Schwert an ihrer Seite. Sie zog den Griff unter ihre Hand, die die von Ivo hielt.

»Wem gehört dieses Schwert?« fragte sie rasch.

»Joris vom Fels.«

* Teufel in Weibsgestalt, der Männer verführt (A. d. Ü.)

»Ziehe deine Sicht von der Gegenwart zurück. Was wird in einem Jahr von jetzt an geschehen und geschehen sein?«
Das Medium schwieg zunächst. Joris entdeckte, daß die Augen des Jungen nun unnatürlich nach innen schielten. Endlich bewegten sich die grauen Lippen wieder.
»Viele Dinge ... es rumort mächtig im Königreich ... das Leben des Königs ist bedroht ... durch eine Krankheit ... die hohen Herren sind alle zusammengekommen ... und ein Name fällt wieder und wieder ...«
»Welcher Name?«
»Joris vom Fels.«
Der Räuberhauptmann fuhr zusammen. Alles in ihm bebte von aufkommendem Triumph.
»Wie wird es Joris ergehen?«
»Das ganze Reich wartet auf sein Wort. Er hat große Macht über das ganze Moorland. Nur Ihr könntet ihn noch aufhalten, aber gerade Ihr wollt ihm keinen Schaden zufügen. Doch dort, wo Ihr mit ihm hinzieht, ist es sehr dunkel.«
Lys nickte langsam hinter der Kerzenflamme, so daß die Schatten kurz entflohen und dann wieder auf ihre Wangen und ihr Kinn zurückkehrten. Die blassen Augen der jungen Hexe glitzerten eigentümlich. Sie schien als einzige außerhalb der allgemeinen Ergriffenheit zu stehen.
»Kannst du sehen, was sich hinter der Dunkelheit befindet?«
»Ja ... Ja, Joris lacht am Ende einer gewaltigen Schlacht aus Leibeskräften. Tausende liegen erschlagen auf der Ebene, und die königliche Standarte wurde erobert ... Ja, und dann folgen Joris über zehntausend Männer ... Jetzt ist alles verweht und verloren ... ich kann nicht mehr erkennen, nur einen Jungen im Hügelland, den Sohn von Joris vom Fels.«
Der Hauptmann keuchte und murmelte einen Fluch. Die Rote Anne zog die Schultern ein Stück zusammen und starrte das Medium mit flammenden Augen an.
»Was ist mit mir?« zischte sie. »Bin ich noch an der Seite von Joris? Ist es *mein* Sohn?«

»Das vermag ich nicht zu erkennen. Ich bin gefangen und geblendet durch das Wohlwollen, das Ihr mir einst erwiesen habt ... Oh ... oh, großer Schmerz bedroht uns, und ich sehe, wie Ihr in den Schatten eintretet. Ein gewaltiger, furchtbarer Schatten, wie ihn die Welt noch nicht gesehen hat. Euer Haar ist fort, ich kann es nicht mehr sehen. Über dem Schatten stehen drei Bäume. Ganz ruhig erheben sie sich aus den Felsen in einen klaren Himmel. Nein, es sind keine Bäume, sondern ... Ich kann nicht hinsehen ... Erlöst mich, oder um mich ist es geschehen!«

»Bewege ich mich hinter diesem Schatten?« wollte Anne noch wissen.

»Ja ... jetzt erkenne ich Euch wieder ... völlig erschöpft und leer ... aber glücklich.«

»Laßt ihn frei«, drängte Lys leise. »Er kann einfach nicht mehr!«

»Ivo«, fuhr Anne fort, ohne auf die Kerzenhalterin zu achten, »was kannst du über dich selbst erkennen?«

»Nichts. Ich sehe gar nichts, nur vollkommene Schwärze.«

»Und was siehst du von Lys?«

»Wieder nur Schwärze. Nein, eher Nacht, mit Sternenlicht und der Gischt von rauher See. Aber ... aber Lys ist nicht unglücklich ... sie ... es ist wieder fort, ich kann nichts mehr sehen.«

»Und ... und ... «

Annes Stimme klang heiser. Sie verlor etwas von ihrer Kraft, preßte aber immer noch weiter voran.

»Ivo, lenke deine Sicht zurück auf den Tag, an dem der Graf Lorin erschlagen wurde. Wie wurde die Tat begangen?«

Das Gesicht des Jünglings war aufs äußerste verzerrt, und sein Körper sank stetig weiter in sich zusammen, doch noch immer bildeten sich röchelnd Wortfetzen in seiner Kehle. Anne beugte sich vor, um ihn besser verstehen zu können, aber Lys knurrte hinter ihr und blies die Kerze aus.

Ivo brach an Annes Arm zusammen. Sie warf sich den Jungen

etwas grob über die Schulter, wandte sich nach hinten zu Lys und schlug dem Mädchen mit der geballten Faust ins Gesicht.
»Schlampe!« schrie sie wütend. »Wie habe ich deine ewigen Einmischungen nur so lange ertragen können?«
Lys rieb sich mit einer Hand über die anschwellende Wange und zeigte mit der anderen ruhig auf den Schaum vor Ivos Mund.
»Dann tötet uns doch beide«, spottete die junge Hexe. »Macht immer so weiter, bis Ihr Euren ganzen Hexenrat erledigt habt. Wenn Joris hier zwei Freunde hat, so habe ich nur einen, und der liegt im Sterben.«
Anne wandte sich wieder Ivo zu, nahm ihn sanft wie einen Säugling in die Arme, rief ihn leise beim Namen und rieb seinen ausgemergelten Körper vom Bauch bis zum Hals. Endlich regte sich der Jüngling zaghaft und erbrach Speichel. Anne zog ein Handtuch aus ihrem Busen und wischte den Schaum fort. Er schlug die Augen auf und war wieder Ivo. Als er entdeckte, wie er gehalten wurde, fielen ihm die Lider herab, und er drückte das Gesicht an Annes Schulter. Joris sprang bei diesem Anblick auf und sprach.
»Rufin, aufgepaßt«, knurrte er. »Wenn auch nur ein Wort von diesem nächtlichen Vorfall über den Kreis von uns sieben hinausdringt, kommt es am ehesten von Euch, sei es nun durch zu reichlichen Weingenuß, durch Achtlosigkeit oder aufgrund von Böswilligkeit. Wenn ich nur ein Tuscheln oder ein anderes verräterisches Zeichen bemerken sollte, verschnüre ich Euch wie ein Paket und rolle Euch über den Rand des Felsens. Wenn Ihr mich verstanden habt, dann sprecht es laut und deutlich aus.«
»Ich habe Euch verstanden, Hauptmann«, erklärte der Leutnant ungerührt. »Aber ich kann mich nur schwer zurückhalten, wenn ich sehe, wie dem Fräulein ein Unrecht angetan wird. Es will mir nämlich so vorkommen, als habe sie ein sehr grausames Unterfangen beendet.«
Lys schoß ihrem Verehrer einen giftigen Blick zu und gab ihm eine unverschämte Antwort auf seine Nettigkeit und Ritterlichkeit.

»Rotäugiges Waldschwein, ich lasse mich lieber für meine Herrin in Stücke reißen, als auch nur eine Minute in Eurer Gesellschaft verbringen zu müssen.«

»Lys zieht sich nun zurück«, erklärte Anne, die immer noch auf dem Höhlenboden hockte. »Joris, schick deine Männer fort, und wehe, einer von ihnen wagt es, Lys zu nahe zu kommen. Ivo, laß dich von dem Mädchen bringen. Lys, gib ihm einen Magenbitter, Bittersüß und etwas von unserem besonderen Beruhigungsmittel. Und, mein liebes Kind, es war falsch von mir, dich zu schlagen, und du warst völlig im Recht, mein Tun abzubrechen. Bis morgen, Lys.«

Die Rote Anne drehte sich um und ließ sich auf den Umhang fallen, wo sie das Gesicht auf die verschränkten Arme legte. Lys erhob sich, beugte sich über die Herrin und küßte deren flammendrotes Haupt. Joris sah zu, wie sich die Höhle leerte, bis er und Anne allein waren. Er zog die bestrichene Drillichflappe zu. Dann wandte er sich an die auf dem Bauch liegende, erschöpfte Gestalt neben dem Feuer.

»Bist du zufrieden?« ertönte ihre tiefe Stimme mit einer Spur von Verdruß in der Ermattung.

»Ja«, sagte Joris. »Auch wenn ich dadurch erfahren habe, wie sehr dich das Mitleid bei Ivo übermannt hatte. Doch ich habe sehr viel von dir verlangt und will dich von nun an nie mehr darum bitten. Eines Tages allerdings möchte ich gern sehen, wie du die Hexenversammlung bei den Singenden Steinen leitest. Und zu einem anderen Zeitpunkt, sei es hier oder in einer stolzen Burg, möchte ich gern sehen, wie du unseren Sohn stillst.«

Anne gab ein leises Geräusch von sich, das wie eine Mischung aus Lachen und Seufzen klang. Nach einer Weile erhob sich Joris wieder und öffnete die Eingangsflappe, um die rauchgeschwängerte Luft abziehen zu lassen. Dann legte er einige Decken über seine Geliebte, setzte sich neben sie hin und lauschte ihrem ruhigen Atem, während sie ausgestreckt und ein wenig wehrlos dalag und schlief. Einmal berührte er sanft eine dicke Strähne ihres Haars. Ein anderes Mal lachte er laut, als er sich der Vorstellung der wunderbaren Zukunft hingab, wie sie ihm zu einem Gutteil geoffenbart worden war. Endlich schloß er den Eingang, schob den Riegel vor und wickelte sich in eine Decke, bevor er sich neben Anne legte. Bald kamen die Träume von Macht, Ruhm und großer Schlacht, und dann stand ein fremder Knirps vor ihm in den Hügeln und erklärte: »Ich bin der Sohn von Diana vom Weiher und Joris vom Fels.«

VI

Saint-Eloy-über-Hardonek

»Bringt mir das Zedernholz-Kästlein mit der Goldschlägerhaut«, sagte Bruder Leo. Er schloß kurz die müden Augen und lehnte sich auf dem Steinsitz zurück, der mit Kissen ausgelegt war, weil der Mönch schon alt war und vom Rheumatismus geplagt wurde.
Juhel sprang auf, um dem Befehl Folge zu leisten, denn Bruder Leo hatte ihn zusehen lassen, wie er das große V ausmalte und mit Blattgold verzierte; eine Aufgabe, die drei Monate angedauert hatte. Juhel hatte gelernt, die Farben in den kleinen Töpfen zu mischen und umzurühren, und er war dafür verantwortlich gewesen, Wasser herbeizuschaffen und die Pinsel auszuwaschen. Weil es so ein schönes und erhabenes Werk war, war der Junge auch bereit gewesen, den muffigen Geruch von Bruder Leo und vor allem seiner Gewänder zu ertragen. Nach einer Weile beugten sich der alte weiße und der junge schwarze Kopf wieder über das Schreibpergament.
Dort war zwischen roten und grünen Ranken Michal* zu erkennen, wie sie von ihrem Fenster aus dem herumhüpfenden David zulächelte. Seine Harfe stand nun zum Ausmalen an. Juhel spürte begeisterte Spannung in seinem Leib und Trockenheit in der Kehle, während er verfolgte, wie unter den blauädrigen, verrunzelten Händen, die nur dann nicht zitterten, wenn sie solcherart beschäftigt waren, der Zauber eines Abbildes wuchs. Doch heute zitterten die Finger des Bruders Leo selbst bei dieser Beschäftigung, so daß der Alte bald gezwungen war, das kleine Spatmesser beiseite zu legen. Tränen rannen durch die Furchen seiner faltigen Wangen, denn er wollte nicht sterben, bevor dieses wunderbare V vollendet

* Tochter König Sauls, die später David heiratete (A. d. Ü.)

war. Juhel hätte es vor Mitleid fast das Herz zerrissen, und er ärgerte sich gleichzeitig über etwas, das er nicht erfassen konnte. Er beugte sich über den riechenden Schulterpelz und wagte es, sich leise zu räuspern.
»Bruder, laßt mich es doch einmal versuchen. Ich werde das Bild auch ganz bestimmt nicht kaputtmachen.«
Der Alte sah ihn mit unverhohlener Feindschaft an. Doch als er das braune, pausbäckige Gesicht mit den großen dunklen Augen und den zitternden Kindermund erblickte, verging aller Zorn in ihm. Er lächelte und schüttelte den Kopf.
»Nein, mein Junge«, sagte er sanft. »Wie alt bist du? Elf, nicht wahr, und damit bist du noch lange nicht alt genug. Doch Sankt Eloy hat dein gutgemeintes Angebot gehört, und auch die undankbare Antwort in meinem Herzen. *Vana gloria.* Meine eigene Arbeit beschämt mich. Paß auf, ich zeichne dir die Umrisse eines kleinen Schreins von unserem guten Hausheiligen, und den darfst du dann nach eigenem Belieben ausmalen. Dies soll dann auch deine Gabe für den Tag der Unschuldigen Kinder* sein.«
Juhel verstand nur die zweite Hälfte dieser kleinen Ansprache, aber sein Gesicht begann nach diesem Versprechen zu glühen. Das leise Summen des herbstlichen Seewinds, das dämmerdunkle Aufragen der Türme von Saint Eloy, der blasse Schein des Mondes am Osthimmel . . . dies alles prägte sich als Hintergrund dieses Augenblicks in seinen Kopf und erfüllte ihn mit dem Frieden der alten Gebäude, in denen die Liebe zu Hause ist.
Eine halbe Stunde später echote er den Seufzer von Bruder Leo beim lauten Läuten zum Komplet**, die den Mönch zu seinen Pflichten und den Jungen zu Abendbrot und Bett riefen. Juhel eilte über den Westgang des prächtigen Klosters, blieb kurz vor dem Waschraum stehen, um einen Blick auf seine Hände und Fingernägel zu werfen, und entschied, daß sie den gestrengen Augen von Bruder Adrian am Eingang zum Refektorium standhalten wür-

* 28. Dezember (A. d. Ü.)
** Die letzte kanonische Gebetsstunde (A. d. Ü.)

den. Er hatte sich gerade umgedreht, als er vom furchtbaren Geschrei des Folquin de Forne im Gang zusammenfuhr.
»Juhel! He, Juhel!« rief der blonde und bleichgesichtige Folquin, während er auf den Jungen zustürmte. »Hast du es schon gehört? Der Subprior ist zurückgekehrt! Hamo wurde erschlagen und mit ihm fünf weitere Männer. Das große Banner, alles Geld und alle Pferde wurden geraubt! Sie wurden im Wald von der Bande von Joris vom Fels überfallen!«
Schon bei den ersten Worten von Folquin ging eine Verwandlung in Juhel vor sich. Begeisterung und knabenhafte Aufrichtigkeit vergingen, aus dem kleinen Engel wurde ein Kobold, und seine Stimme täuschte Erstaunen und Unwissenheit vor.
»Wer ist denn Joris vom Fels?« fragte er, als die beiden gemeinsam zum Refektorium schritten. Juhel liebte es, die Begeisterung von Folquin ins Wanken zu bringen. Sein Gegenüber schnaubte, und der Eifer in ihm hatte einen schweren Stand gegen die aufkommende Verärgerung.
»Joris vom Fels? Wieso? Also, das ist ein gewaltiger Mordbube und Waldräuber, der zu jedem Abendbrot zwei Juhels verschlingt. Wußtest du das etwa nicht?«
»Habe ich jemals etwas gewußt, bevor du es mir erklärt hast?« gab der Junge mit treuem Augenaufschlag zurück.
»Du bist ein ausgemachter Einfaltspinsel«, schimpfte Folquin und ließ Juhel stehen.
Der Junge grinste und folgte ihm. Er wußte, daß er die Neuigkeiten noch rechtzeitig genug am Abendbrottisch zu hören bekommen würde. Denn schweigen mußte man nur beim Mittagsmahl und bei der Kollation*, die die Knaben gemeinsam mit den Älteren einnahmen. Wäre Juhel vor einem Monat Folquin auf solche Weise begegnet, hätte er dafür Prügel bezogen. Seine schelmischen oder treuherzigen Blicke hatten den Jüngling mehr als einmal gefuchst, und oft genug hatte Juhel sein Heil in der Flucht suchen müssen, nur um sich am Ende doch im Griff des Älteren zu win-

* Gestatteter leichter Imbiß an Fastentagen (A. d. Ü.)

den. Doch eines Tages hatte Folquin erkannt, daß die Zänkereien des Knaben im Grunde nur Ausdruck seiner Liebe zu ihm und zum Leben waren. Von diesem Augenblick an hatte er das Züchtigen von Juhel eingestellt, und für die nächste Zeit waren die beiden einander aus dem Weg gegangen, weil sie nicht wußten, wie sie sich begegnen sollten. Nun käbbelten sich die beiden nur noch mit Worten, aber Folquin wußte noch immer nicht so recht, wie sehr ihn der Jüngere liebte. Daher blieb Juhel bei seiner Methode der Irritation, damit Folquin nicht eines Tages die ganze Wahrheit erkennen und dann wiederum nicht wissen würde, wie er sich dem Freund gegenüber verhalten sollte.
An diesem Abend gab es neben dem Roggenbrot, dem Pökelfleisch (oder Zwiebelsuppe) eine Sonderzuteilung von Rosinen, die der Prior gestattete, weil der arme Subprior mit dem Leben davongekommen war. Und dreißig Knabenstimmen schwollen zu einem lauten Summen an, während sie über den Überfall, den Kampf und den Wagemut von Bruder Matthias mit seinem Wehrstab redeten, diskutierten und Vermutungen anstellten.
»Es ist eine Schande, daß Bruder Matthias kein Schwert tragen darf«, rief Folquin. »Damit hätte er Joris den Garaus gemacht. Aber was vermag man schon mit einem Wehrstab gegen ein gutes Schwert auszurichten? Und was für Feiglinge doch bei uns als Diener beschäftigt sind, wenn sie schon bei der kleinsten Gefahr davonrennen. Ich hoffe nur, unser Herr, der Prior, läßt sie ordentlich auspeitschen. Wenn sie alle gemeinsam dem Feind gegenübergetreten wären, hätten sie die Räuber mit Leichtigkeit in die Flucht schlagen können.«
»Sie hätten besser Folquin mitgenommen«, warf Juhel undeutlich ein, da er gerade den Mund voller Brot hatte, und fügte dann deutlicher hinzu, während er sich an den Salzstreuer aus Zinn wandte: »Folquin mit einem Schwert, nicht wahr? Was hätten zwanzig wilde Gesellen aus dem Wald schon gegen einen Folquin mit einem Schwert ausrichten können?«
»Schlag ihm später den Schädel ein, Folquin«, rief jemand von einem anderen Tisch.

Die wütend blitzenden, blauen Augen von Folquin ließen Juhel innerlich triumphieren.
»Pah!« machte Folquin. »Dieser Bengel hätte zu denen gehört, die schon beim ersten Rascheln im Unterholz schreiend davongelaufen wären.«
Juhel nickte augenscheinlich beschämt, während er im Herzen frohlockte. Ein paar Momente später machte er eine unpassende Bemerkung, die das Gespräch und Getratsche am Tisch ins Stokken brachte.
»Wenn wir schon Rosinen bekommen, weil der Subprior gerettet wurde«, erklärte er mit gespieltem Ernst, »sollten wir auf der anderen Seite auf das Brot verzichten, weil Hamo und die anderen den Tod gefunden haben.«
»Juhel, du *Tor!*« brach es aus Folquin hervor.
Der Knabe sagte an diesem Abend bei Tisch nichts mehr, aber vor dem Zubettgehen betete er zum Herrn Jesus und zur Gebenedeiten Jungfrau sowohl für die Seelen der Erschlagenen als auch für Bruder Matthias, der so mutig gewesen war, und für die Männer, die vor den Räubern geflohen waren, denn jetzt mußten sie sich schrecklich beschämt und unglücklich fühlen. Danach sprach er seine üblichen Gebete an Jesus und Maria, daß sie Bruder Leo bei seiner beschwerlichen Arbeit am V helfen mögen. Und wie stets betete er nicht zum Gottvater, denn vor Ihm hatte der Junge eine ungeheure Ehrfurcht. Und was den Heiligen Geist anging, so erschien der dem Knaben nicht als strahlende Taube des Friedens, sondern als maskierter Schrecken ohne Gesicht.

Beide Hörner der Klippe, die den Hafen von Hardonek schützten, waren von einem Kloster gekrönt: Saint Eloy im Osten und Sankt Remigius im Westen. Dahinter erstreckten sich die grauen Kaimauern und Steinhäuser wie ein Saum an der kleinen Bucht entlang. Einige hundert Fuß unter den Klöstern fuhren die hellen, braunen Segel der Fischerboote hinaus oder kamen herein. Hier und da waren auch die größeren Segel einer Kogge oder Galeere zu entdecken, die mit Wein, Bauholz, Zwiebeln oder Bausteinen beladen waren. Juhel konnte sich nicht erinnern, wann jemals die Glocken von Saint Eloy über das grüne Wasser keinen Widerhall in denen von Sankt Remigius gefunden hatten, mal schwach und mal laut und deutlich, je nachdem wie stark der Wind blies. Manchmal konnte man den Eindruck gewinnen, sie würden gleichzeitig schlagen, und ganz selten hörte es sich tatsächlich so an, als wären die Glocken von Sankt Remigius die ersten gewesen. Er genoß diesen ewigen Wettstreit und fühlte sich hier wohl. Nur an Allerheiligen und am Tag der Unschuldigen Kinder sah er in Gedanken wieder die dunklen Zeiten vor seiner Ankunft an die Küste.

Matt erinnerte er sich an den Herrn von Ath und an seine Gemahlin Aveline, die seine Eltern gewesen waren. Er wußte, daß er sie eines Tages wiedersehen würde, zusammen mit seinem Halbbruder Leu und der Base Tiphaine. Das würde in jener schrecklichen Stunde geschehen, von der er in der Totenmesse sang:

Tuba mirum spargens sonum
Per sepulcra regionum
Coget omnes ante thronum

Dann verwirrte ihn der Gedanke daran, was er ihnen bei dieser Begegnung sagen sollte. Nur die Jungfrau Maria verschenkte ihre Liebe ohne Gegenleistung. Bei Juhel wurde die gewohnte Zurückhaltung gelegentlich von einer unersättlichen Gier nach Zuneigung durchstoßen. Diese Gier beschämte ihn. Einmal hatte er es bewerkstelligt, während einer Lateinstunde fünf Minuten lang ein Stück von Bruder Odos Robe festzuhalten. Es überraschte ihn nicht, vom Mönch dafür ein paar derbe und gezielte Knüffe zu erhalten. Juhel heulte, wie das von ihm erwartet wurde, aber tief im Innern jubelte er. Denn das Gesicht des jungen Bruders Odo hatte kurz aufgeleuchtet, bevor es sich verhärtete und er zu den Schlägen ausholte. Juhel wußte genau, daß nicht viel gefehlt hätte, und der Mönch hätte ihn aus einer inneren Regung heraus lieber umarmt statt geschlagen. Dann war da noch Folquin, ein strahlen-

der Jüngling voller Geist, ein geborener Führer und ein geschickter Peiniger. Aber Juhel war es gelungen, seinen Panzer zu überwinden. Was jedoch den Rest seiner Schulkameraden anging, so zeigten die wenig Interesse für seine Fragen und Gedanken.
Von denen seines Alters und seiner Statur ließ sich Juhel nichts gefallen. Er schrie oft beim Zweikampf und teilte in der Regel mehr aus, als er einsteckte. Und so ließ man ihn meistenteils in Ruhe. Burschikose Kameradschaft war ihm fremd, und er war selten wirklich glücklich, außer in Gesellschaft von einem oder zwei Mönchen in den Kreuzgängen, in der Bibliothek oder im Garten. Das Lesen machte ihm großen Spaß, und er fütterte ebenso gern die Goldfische im Springbrunnenteich des Kräutergartens. Aber das Schönste von allem war das Singen im Chor. Letzteres hatte aber noch einen weiteren angenehmen Nebeneffekt, ersparte es ihm doch einige unsägliche Stunden bei Spielen, für die er weder Begabung noch Vermögen besaß. Andererseits war er ein guter Schwimmer, stellte sich beim Felsenklettern recht geschickt an und hatte eine sichere Hand beim Bogenschießen. Denn bei solchen Betätigungen mußte er nicht mit anderen zusammenarbeiten, und niemand brauchte dabei seine Mitwirkung.
Bis er zwölf wurde, sah so das tägliche Klosterleben von Juhel aus.
Um halb sechs im Sommer und um halb sieben im Winter marschierte Bruder Adrian durch den langen Schlafsaal der Knaben und läutete mit einer Handglocke, die so schrill klang, daß auch der letzte Langschläfer davon aus seinen Träumen gerissen wurde. Dem folgte das Ankleiden, das Waschen im Steintrog, die Balgerei um die drei großen Leinentücher, deren zunehmende Nässe ein frühzeitiges Einfinden im Waschraum empfahl. Dann der schweigende Gang in Zweierreihen in die halbdunkle Kirche zur Prima* und zur Messe für die Gebenedeite Jungfrau und manchmal auch zur Messe für alle. Danach Frühstück mit Bruder Adrian, denn die anderen Mönche aßen nichts bis zur Mittagsstunde.

* Die erste, dritte, sechste bzw. neunte kanonische Stunde (A. d. Ü.)

Wenn im Konvent eine Versammlung einberufen wurde, spielten die Knaben draußen. Die Tertiaglocke* rief sie zum Unterricht im Nordgang des Klosters. An Festtagen wurde die Morgenarbeit – oder, wenn die Knaben frei bekommen hatten, das Spiel – ausgesetzt, und alle fanden sich zum Hochamt ein. Andernfalls saßen sie still bis zur Sexta*, dem Mittagsdienst, und speisten dann zusammen mit den Mönchen. Während letztere danach dem ›Meridian‹ frönten, wie sie das Mittagsschläfchen nannten, durften Juhel und seine Kameraden zwei Stunden lang treiben, was sie wollten – natürlich innerhalb gewisser Grenzen. Zur Nona* endete dann ihr Getolle und Geschrei. Kein Geräusch von draußen durfte dann den langsamen Zug der Mönche stören. Jetzt wurden die Knaben beruhigt und zum Waschen geschickt, um danach ein leichtes Abendbrot zu sich zu nehmen. Sie durften später noch etwas lesen oder leise im Kloster spielen. Die zwölf auserwählten Stimmen übten den Chorgesang, und einmal in der Woche begaben sich alle in den Dampf und Dunst des Baderaums. Gegen Sonnenuntergang ging es in Zweierreihen zur Vesper. Danach die Hausaufgaben und Übungen für den Unterricht am nächsten Tag. Und wenn die Erzieher glaubten, die Knaben hätten für heute genug gelernt, gestatteten sie ihnen noch etwas Zeit zum Spielen. Und endlich, zur Stunde des Komplets, standen das richtige Abendbrot, das Nachtgebet und das Zubettgehen an.
Für Juhel bedeutete das Zubettgehen keinesfalls sofortigen Schlaf. Manchmal weckte er den halben Schlafsaal mit einem furchtbaren Angstschrei – wenn wilde Ungeheuer ihn im Traum durch einen unheimlichen Wald gejagt hatten. Andere Male hatte er einen Wachalptraum – wenn er sich unsäglich allein vorkam, wenn die blaugrauen Fenster sich zurückzogen und er selbst auch schrumpfte, bis er sich nicht größer als sein eigener Fingernagel vorkam. Das Schreien kam ihm dann sinnlos vor, denn bei seiner Größe würde er kaum hörbarer sein als eine singende Mücke. In stürmischen Nächten drangen die Böen bis in sein Blut und erregten ihn. Er warf sich in ihrem Rhythmus hin und her und lauschte oft stundenlang den Stimmen im Gefecht zwischen Wind und See.

Und wenn die Dunkelheit sich mit Dämonen anfüllte und so voller Schrecken war, daß er es kaum noch ertragen konnte, entdeckte er zu seiner großen Erleichterung das Licht, das durch die Ritzen drang. Und er hörte die angenehmen Orgelklänge und den Nokturnengesang der Mönche*: die Antwort des Erzengels Michael und der himmlischen Heerscharen an alle Mächte der Finsternis und des Bösen. Mehr als einmal fiel Juhel in den zehn Minuten bis zum Einsetzen des Matutingesangs** in erschöpften Schlaf. Und mehr als ein Mönch sang besser und mit mehr Inbrunst in dem Wissen, daß ein kleiner Junge zuhörte und darüber seine Alpdrükke verlor.

Niemand machte Juhel je einen Vorwurf wegen seiner Nachtmahre. Unter den Knaben fanden sich einige, die der große Bauernaufstand zu Waisen gemacht hatte. Doch alle hatten den einen oder anderen Verwandten, der sie von Zeit zu Zeit besuchte und ihnen Kleidung, Spielzeug oder Zuckerwerk zukommen ließ; niemand von den Knaben war der einzige Überlebende eines Blutbades wie damals im Turm von Ath. Trübsal am Tag war hingegen eine andere Sache. Die Einsamkeit, die ihn vielleicht zur Besinnung hätte bringen können, war im Klosteralltag der Knaben nicht vorgesehen, es sei denn, wenn sie zur Strafe eingesperrt wurden. Juhel hatte einen ordentlichen Anteil an Strafe abzusitzen bei Wasser und Brot, und gelegentlich konnte er auch seine Bekanntschaft mit der Birkenrute des stellvertretenden Subpriors erneuern. Doch insgesamt gesehen war der Knabe mit seinem Leben hier zufrieden und lachte genauso oft wie die, die vom Schicksal gnädiger bedacht worden waren. Und nach dem siebten Jahr wurde er rundlicher, stämmiger und kräftiger.

Dunkel erinnerte er sich daran, unter der Vormundschaft des Grafen von Barberghe zu stehen; jenes gierigen Fürsten, dessen Unersättlichkeit den Ausbruch des großen Bauernaufstands hervorgerufen hatte. Verschwommen kam Juhel manchmal der Turm und

* Die Nachtgebete (A. d. Ü.)
** Mitternachtsgebet oder -gesang (A. d. Ü.)

das dazugehörige Land, das er eines Tages übernehmen würde, in den Sinn. Doch darüber hinaus bedeutete ihm die Außenwelt wenig, auch wenn sie so nahe rückte wie bei dem Überfall auf den Subprior. Und irgendwann nach Ostern hatte Juhel aus dem Fenster gestarrt und sechs Schiffe der Ostmänner entdeckt, die sich ein Stück weit vom Hafeneingang entfernt sammelten. Doch dann hatten sie gewendet und waren nach Westen gefahren, um dort Beute an Orten machen zu können, die wesentlich schwächer verteidigt wurden. Und wenig später hatte er begeistert in den allgemeinen Jubel eingestimmt, der von den Klippen ertönte, wo Mönche, Laienbrüder und Soldaten mit Schleudern und Bögen und an Töpfen mit siedendem Pech standen und knieten, um den Hafen gegen die Seeräuber zu schützen. Und an jenem Tag hatte es etwas später gleich noch einmal Anlaß zur Freude gegeben, als die Kunde das Kloster erreichte, daß bei Karmeriet der junge Vicomte Raoul von Ger fünf weitere Ostmännerschiffe bekämpft und zerstört hatte. Und vierundzwanzig Stunden später war die Nachricht eingetroffen, daß auch der Rote Jehan von Campscapel sein verdientes Ende gefunden hatte. In Juhels Gedanken stand Raoul nun gleichberechtigt neben den Helden Roland und Olivier und Amadis und Artus. Doch dies waren Ausnahmen, denn die meiste Zeit über zog der Junge es vor, die Welt draußen und den Umstand, daß er der Herr von Ath war, zu vergessen. Und erst recht wollte er nicht daran denken, daß er eines Tages dieses geliebte Kloster, sein Heim, verlassen mußte, um in den Haushalt derer von Barberghe einzutreten und dort erst als Page und dann als Knappe zu dienen, damit auch ihm eines Tages der Ritterschlag gegeben werden konnte.

Einige seiner Schulkameraden hatten sich bereits für ein Verbleiben im Kloster entschieden. Juhel bedauerte diese Knaben, denn sie wurden in immer stärkerem Maße von den eisernen Einschränkungen des Mönchslebens eingebunden, deren Regeln der gestrenge Prior aufgestellt hatte. Neben Juhel gehörten Folquin de Forne und ein Dutzend weiterer Knaben zu denjenigen, die als Waisen unter der Vormundschaft eines Fürsten standen und später das Erbe von Ländereien und Grundbesitz antreten würden. Einige Male standen sie beisammen und unterhielten sich über die verschlagenen Bauersleute, über die sie eines Tages herrschen würden.

»Gegen mich wird sich kein einziger Bauernlümmel erheben«, verkündete Folquin bei einer solchen Gelegenheit.

Er lehnte an der Klostermauer, und sein von der Sonne beschienenes Antlitz war das schönste auf der ganzen Fläche von Rasen, Klippen und Klosterwänden. Juhel sah von seinem Spiel auf, dessen Felder tief in den Kiesweg eingeritzt waren.

»Was wirst du denn machen, wenn sie es doch versuchen sollten?« fragte Hugolin, einer von Folquins Bewunderern.

»Sie niederreiten, wie das auch schon mein Vater gemacht hat. Oder ich würde meinen Bogenschützen befehlen, sie mit Pfeilen zu spicken. Es wäre töricht, ein gutes Pferd an ihre Sensen zu verlieren. Eine Bande von Faulenzern, das sind sie, nichts weiter als elendes Gesindel. – Was gibt es denn da zu grinsen, Juhel?«

»Ich denke nur gerade darüber nach, wie du die kostbare Zeit deiner Bogenschützen vergeuden willst, weil sie hernach die Pfeile wieder aus den Bauern herausziehen müssen. Wäre es nicht wirtschaftlicher, die Untertanen einfach auszuhungern? Dann könnten deine Bogenschützen das Getreide ernten, und du könntest es hinter ihnen ganz bequem einsammeln.«

»Nichtsnutz!« rief Folquin. »Wie würdest du's denn angehen?«

»Ich würde danach trachten, daß sie auf meiner Seite stehen«, erklärte Juhel.

»Hoho! Hör dir mal einer den kleinen Bauernfreund an! Du scheinst deine Schollenfreunde ja wirklich gut zu kennen! Willst ihnen wohl alle möglichen Vergünstigungen zukommen lassen und ihnen noch ein Liedchen singen, damit die Arbeit leichter von der Hand geht, was? Nein, mein Freund, Bauern wollen getreten werden, sonst spuren sie nicht, und ich werde es ihnen an Ansporn nicht mangeln lassen!«

»Du könntest gleich damit beginnen und Juhel in den Hintern treten«, witzelte Hugolin.

»Diesen Dreikäsehoch!« schnaubte Folquin, traf Juhels Blick und sah rasch zur Seite.
»Komm du doch und tritt mich in den Hintern, Hugolin«, lud Juhel ihn freundlich ein. »Komm nur, du mutiger Löwe, und paß auf, was dann geschieht.«
Aber Hugolin zog es vor, die Sache mit einem finsteren Blick auf sich beruhen zu lassen, denn er wußte nur zu gut, wie es ihm sonst ergehen würde.

Folquin war es, der Juhel die Nachricht brachte, daß der Graf von Barberghe zu Besuch gekommen sei und nun beim Prior weile.
»Er will dich sehen«, sagte Folquin. »Bruder Adrian hat mich zu dir geschickt. Du sollst dich gründlich waschen und dann sofort zum Empfangsraum des Priors eilen.«
»Oh!« machte Juhel nur. Er hockte in einem Heuschober und sah nun langsam auf in das Gesicht seines Freundes. Folquin war sehr aufgeregt und wohl auch ein wenig neidisch, daß die große Welt ihre Hand zuerst nach dem Jungen ausstreckte und nicht nach ihm...
Jetzt vor den Augen von Folquin in Panik zu verfallen, war natürlich ausgeschlossen. Juhel drückte das Unbehagen in die hinterste Ecke seines Herzens und erhob sich mit aller Gelassenheit, die er aufbieten konnte. Wenn es denn das letzte Mal sein sollte, so wollte er in aller Ruhe an den vertrauten Wirtschaftsgebäuden vorbeischreiten. Und zumindest hatte er ja Freund Folquin an seiner Seite. Das Vieh muhte auf den Feldern, die Hühner gluckten im Schatten der Scheunen, und die Apfelbäume blühten im Obstgarten. Voraus lag der Hang des Klippenrandes, auf dem sich die graue Masse des Klosters erhob. Im Osten und im Westen die See – blaßgrün und zerklüftet umrahmt von den steilen, düsteren Klippengesichtern oder den sonnenbeschienenen Sandstränden.
»Willst du etwa nicht mit dem Grafen fortgehen?« fragte Folquin verblüfft.
»Nein«, antwortete Juhel, »denn... er ist es doch... den man den Fuchs nennt.«

Folquin nickte und gab sich mit dem Ruf des Grafen als Grund für den Widerwillen des Freundes zufrieden.
»Dir wird es bei ihm schon nicht schlecht ergehen«, bemerkte er und fügte dann seufzend hinzu: »Ich wünschte, ich könnte auch fort.«
»Mit mir zusammen?« keuchte der ungläubige Juhel und starrte ihn an.
»Ich würde mit jedem gehen«, sagte Folquin gedankenverloren. »Ich halte es an diesem Ort kaum noch aus. Außerdem bin ich schon dreizehn Jahre alt!«
Dann bemerkte er, daß der Junge errötet und irgendwie verletzt war. Ein verkniffenes Lächeln erschien auf Folquins Mund. Als Juhel gegangen war, eilte er die Stufen zum Schlafsaal der Knaben hinauf.

»Du bist also Juhel von Ath«, raunzte der stämmige Graf de Barberghe mit den feingeschnittenen Zügen, als der Junge vor ihm stand.
»Jawohl, mein Herr Graf.«
»Der liebenswürdige Prior hat mir mitgeteilt, daß du die Anlagen eines großen Mannes in dir hättest. Es wird demnach an der Zeit für dich, dich im Sattel und am Hofe zu bewähren. Ja, ich entdeckte den Ath in deinem Gesicht. Sei nach dem Essen zur Abreise fertig – und sieh mich an, wenn ich mit dir rede.«
»Komm gleich noch zu mir«, befahl der Prior. Und so erhielt der Knabe endlich den goldenen Siegelring zurück, den seine Base Tiphaine ihm vor zwölf Jahren um den Hals gehangen hatte.
Juhel betrachtete das Wappen – einen Dolch, der sich zwischen zwei Sternen wand. Bevor er niederkniete, um den Segen des Priors zu empfangen, steckte er sich den Ring an den Daumen.
»Dieses Stück gehört mir und nur mir«, sagte er sich. »Neben meinen paar Kleidern ist es das einzige, was ich mit mir nehmen kann.«
Als die Knaben aus dem Refektorium strömten, eilte Folquin gleich zu Juhel, zog ihn geschickt beiseite und griff sich gleichzei-

tig unter das Gewand, bis er endlich ein flaches, in Leder gebundenes und mit einer stumpfen Silberschnalle verschlossenes Büchlein hervorzog.
»Dein ... dein Balladenbuch«, stammelte der Junge, als er das weiche und angenehm nach Leder riechende Werk in der Hand hielt.
»Behalte es«, sagte Folquin hastig. »Du hast es immer mehr gemocht als ich.«
Juhel schluckte. Goldener Sonnenschein bestrahlte diesen Augenblick und verging mit dem Aufblitzen von Folquins hellem Haar hinter dem Kiesweg zum Klostergarten. Juhel drückte die Hand seines Freundes kurz und hart, dann verschwand er rasch und verbarg das Geschenk dort, wo auch Folquin es getragen hatte. Er fragte sich, ob sie sich je wiedersehen würden.
»Er wird als Page an den Hof des Grafen von Montcarneau gehen«, sagte sich Juhel. »Nun, Barberghe und Montcarneau sind gute Freunde. Es wäre also nicht ausgeschlossen ...«
Dann fand er sich plötzlich verschüchtert zwischen den Umhängen der Barberghes wieder. Kurz darauf hockte er auf einem geduldigen Wallach, der neben den stampfenden Kriegsrössern ruhiger blieb als sein Reiter. Einen Augenblick lang wünschte sich Juhel, er könnte noch sehen, wie Bruder Leo sein V fertigstellte. Dann richtete er sich gerade auf, biß die Zähne zusammen und winkte fröhlich Bruder Adrian zu, der am Außentor stand.
Der Reitertrupp geriet in Bewegung. Unerwartet tauchte vor Juhel knatternd das große Banner auf; es war so riesig, daß es manchmal die Hälfte seiner vertrauten Klosterwelt verdeckte. Und tatsächlich verbarg das rotschwarze Tuch viele der Freuden und Annehmlichkeiten seines hiesigen Lebens für die langen Tage, die die Zukunft für ihn bereithielt.
Einmal drehte Juhel sich im Sattel herum und warf einen letzten Abschiedsblick auf die Klostertürme. Dann strauchelte der Wallach kurz und hätte den Jungen fast abgeworfen. Die Krieger hinter ihm lachten laut über die Angst des Knaben.
Das Balladenbuch rutschte unter dem Gewand nach unten, und

Juhel konnte sich nicht dagegen wehren, daß damit auch seine Stimmung merklich absank. Doch irgendwo tief in ihm versprach eine Stimme, daß es auch jenseits der grauen Mauern des Klosters Saint-Eloy-über-Hardonek noch einige schöne und angenehme Dinge gab.

VII

Gramberge und die Singenden Steine

Am selben Tag, an dem Juhel hinaus in die Welt ritt, zog Joris aus seinem Winterquartier, um die Häute und Hornvorräte einzusammeln, die er im vergangenen Sommer in den sandigen Höhlen unter dem Berg Dondunor versteckt hatte. Der Winter war streng gewesen. Bis Ostern war es nicht mehr weit, aber immer noch bedeckte der Schnee die oberen Hügelregionen. Gandulf blieb mit zwanzig ausgesuchten Männern am Fels zurück. Somit folgten Joris und der Roten Anne gut hundert Waldräuber und vierzig Packpferde durch die geheime Furt bei Pont-de-Foy.

Sie überquerten den Fluß im Morgengrauen, als der Fluß wie trüber Stahl durch die im Nebel liegenden Wälder strömte, die von nahem braun und in der Ferne blaugrau waren. Als Joris einen Blick zur Seite auf die ungetrübte Miene seiner Geliebten warf, spürte er in sich eine Woge des Triumphgefühls aufsteigen, daß er bei seiner ersten Unternehmung im neuen Jahr in solcher Begleitung war.

»Werden Lys und du«, flüsterte er seiner Geliebten zu, »auf Pferden über das Wasser, über das fließende Wasser reiten?«*

»Ja, genau das werden wir«, erklärte Anne und legte eine zarte Hand auf seinen Schwertgriff. »Doch sobald wir auf der anderen Seite sind, Joris, wollen wir wie normale Menschen behandelt werden.«

»Du bist immer noch fest entschlossen, zu den Singenden Steinen aufzubrechen? Und wirst du dorthin auch reiten?«

»Nein, diesmal gehen wir zu Fuß. Willst du nicht am Sabbat an Karfreitag teilnehmen? Wenn wir jedoch an diesem Tag unseren

* Fließendes Wasser stößt Hexen ab (A. d. Ü.)

Rat abhalten, darf kein Fremder zugegen sein. Doch danach bist du herzlich eingeladen.«

»Wenn du möchtest... Und was ist mit meinen Männern?«

»Höchstens zwei dürfen mitkommen. Und sie müssen zu denen gehören, zu denen du vollkommenes Vertrauen hast. Ich möchte nicht, daß nachher einer von ihnen den Mund nicht halten kann. Vielleicht Madoc, Adelgar oder der alte Osmund...«

»Madoc muß als mein Stellvertreter am Dondunor bleiben. Und Adelgar bleibt am besten auch dort, zur Unterstützung von Madoc. Ich würde gern Osmund, Rufin und Romarec mitbringen, es sei denn...«

»Rufin?« entfuhr es der Roten Anne, und sie drehte sich auf dem Sattel herum und sah mit unerwartet grausamer Miene zu Lys.

»Uns erwartet ein fröhlicher Sabbat«, erklärte sie dem Mädchen. »Joris und Rufin wollen mit uns tanzen. Na, schlägt da dein Herz nicht höher?«

Ivo grinste. Lys hob das bleiche Antlitz, und ihre blassen Augen blitzten kurz auf, bevor sie die gewohnte Miene der Gleichgültigkeit aufsetzte.

»Das wird bestimmt lustig«, erklärte sie wie selbstverständlich. Joris fragte sich kurz, warum Anne darauf angespielt hatte, daß Lys nur Abscheu für Rufin empfand und ihn sich, wo immer es ging, vom Leibe hielt. Bei der allgemeinen Ausgelassenheit des Hexensabbats würde es dem blonden Waldräuber nicht schwerfallen, mit dem Mädchen anzustellen, was ihm beliebte. Wollte Anne Lys weh tun, oder hatte sie erkannt, daß das Verhältnis zwischen Rufin und dem Mädchen sich verbessert hatte? Joris hielt es nicht für schlimm, wenn die beiden dort aufeinandertreffen würden. Er mochte Lys nicht, verspürte sogar Widerwillen vor ihr. Aber wenn sie Rufin das Messer in den Leib rammen würde, wäre das eben das Pech des Räubers. Was ihren privaten Liebeskummer anging, so bedeutete er Joris, für den die Welt gemacht war, weniger als nichts. Doch in jener Nacht im Wald und am folgenden Morgen, als Anne sich für zwei Tage von ihm verabschiedete, bemerkte Joris eine Veränderung an Lys. Sie wirkte lebendiger und strahlte mehr Frische aus als je zuvor. Das Mädchen sang, machte Scherze und ging Rufin nicht mehr bei jeder Gelegenheit aus dem Weg. Joris war mit seiner Verwunderung nicht allein, denn er hörte, wie Ivo sie einmal ansprach.

»Was ist denn in dich gefahren, Lys?« fragte er, als sie alles zusammenpackten, um das Lager zu verlassen. »Du bist so heiter, wie ich das schon lange nicht mehr an dir gesehen habe.«

Lys legte nur den Kopf schief und spitzte die Lippen um die Flöte.

Tira-tira-lu, spielte sie und lächelte Ivo zu, während der weiter dort hockte und sein Schwert säuberte.

»Es ist der Frühling«, erklärte sie sanft, und ein leises Lächeln war in ihrer hohen Stimme. »Das Frühjahr, wenn die Lämmer herumhüpfen und die Knospen sich zu Blüten öffnen. Der Lenz, in dem die jungen Burschen ihre Herzen und die Maiden ihre Köpfe verlieren. Der Frühling, in dem alle Welt sich küßt. Sogar Judas Ischariot hat im Frühjahr geküßt.«

Ivo lachte, aber Joris bekam es bei Lys mit der Angst zu tun, denn sie wirkte auf ihn so wie ein zum Zustechen erhobener Dolch. Als Anne mit ihren zwei Begleitern nach Nordwesten verschwand, brach Joris das Lager ab und zog mit den beladenen Pferden auf geradem Weg nach Westen. Er wollte zehn Meilen vor den Singenden Steinen das neue Lager aufschlagen und sich am Nachmittag des Gründonnerstags davonschleichen. Doch schon am Mittag des Gründonnerstags sah er die Rote Anne wieder.

Zu Fuß und ganz in Grün gewandet hatte sie ihn verlassen. In weichem, schwarzen Leder und auf einem dampfenden Roß kehrte sie zurück. Pferd und Reiterin tauchten so plötzlich auf dem Kamm eines nahe gelegenen Hangs auf, daß die dort rastenden Männer aufsprangen, brüllten und zu ihren Waffen griffen. Joris, der gerade die zu einem Großteil angeschimmelten Häute inspizierte, war wie erstarrt. Dies war die Walküre, die einst neben Lorin de Campscapel zur Jagd geritten war.

»Komm mit mir, Joris«, rief sie von weitem und wirkte in ihrem bebenden Zorn wie eine unvergleichliche Göttin. »Nimm alle deine Männer mit und greif Gramberge an. Hol Lys aus dem Haus des Priesters und vergiß die Edelsteine nicht, die sie mir gestohlen hat. Die Hälfte davon gehört dir!«

»Gramberge? Lys? Edelsteine?« entfuhr es dem Hauptmann.

»Ja, ja und ja. Letzte Nacht ist das Miststück von den Singenden Steinen geflohen und ließ meine leere Börse zurück. Wir haben sie über das Heideland gejagt. In der Frühe konnten wir sie am Rand des Moorgebietes stellen, doch sie entschlüpfte in das Haus des Priesters von Gramberge. Die Edelsteine sind der Rest des großen Schatzes von Campscapel. Ich nahm sie an mich, als wir aus der Burg flohen. Nun an, den Kirchendiener haben wir getötet und auch zwei weitere Männer. Doch an den kleinen Priester sind wir nicht herangekommen, und er wehrt sich hartnäckig. Ich habe ihm eine Frist gesetzt, innerhalb der er meine kleine Schwester in Lilith ausliefern solle, und habe ihm angedroht, im Falle seiner Weigerung würdest du spätestens am Mittag erscheinen und den Ort verwüsten. Drei Bauern sind nach Ger ausgebrochen, um Hilfe zu holen. Wir haben sie alle drei mit Pfeilen erledigt. Den Rest der Dörfler habe ich in die Kirche geschickt und ihnen versprochen, daß sie dort drinnen in Sicherheit wären. Ivo und vier weitere vom Hexenrat sind mit Bögen bewaffnet. Sie haben rings um den Ort Aufstellung genommen. – Das hier ist das Pferd des Kirchendieners. Willst du nun endlich kommen?«

Zwei Dutzend Räuber hatten schon Annes ersten Ruf gehört. Zweimal zwanzig Männer gesellten sich dazu und hörten Annes längere Erklärung. Joris hatte sich noch immer nicht ganz aus seiner Starre gelöst. Er trat nur einen Schritt zur Seite, als das zitternde Roß den Kopf senkte und sein Speichel ihm auf die guten Stiefel tropfte.

Er sollte also Anne bei ihrer privaten Rache helfen. Er sollte ihr die Edelsteine zurückbeschaffen, deren Existenz sie vor ihm geheimgehalten hatte. Er sollte für sie sein Schwert schwingen, als wäre er nichts weiter als ihr Diener; und dann nicht zu vergessen, wie sie hier vor seinen Männern mit ihm umsprang. Vier gewichtige

Gründe für Joris, die kalten Widerwillen in ihm hervorriefen. Bevor er etwas sagen konnte, meldete sich Rufin zu Wort.

»Gramberge ist knapp drei Meilen von Ger entfernt«, erklärte der Räuber mürrisch. »Und dort hockt dieser gewaltige Kriegsmann von einem Grafen . . . «

Denn mittlerweile war der Vicomte Raoul seinem verschiedenen Onkel nachgefolgt, und für Räuber und anderes zwielichtiges Volk war im Herrschaftsgebiet des neuen Grafen nicht gut Kirschen essen. Anne hieb mit der geballten Faust auf den Sattelknauf ein, und ihr Oberkörper, der in dieser sonderbaren Aufmachung fremdartig und männlich wirkte, versteifte sich unter dem frischen Wind.

»Laß Rufin bei den Häuten zurück!« rief sie, »wenn er soviel Angst hat.«

»Ich komme mit euch, Herrin!« schrie Adelgar und stellte sich neben Annes Steigbügel.

»Ich auch . . . Und ich . . . Und ich!« fielen andere Stimmen ein.

»Für mich zählt nur das Wort von Joris«, brummte Madoc ruhig, aber entschieden.

»Erkläre mir noch eine Sache«, sagte der Hauptmann so, als wäre er hier mit Anne allein. »Warum bist du nicht mit deinen Leuten in das Haus des Priesters eingedrungen und hast die kleine Höllenkatze mit Gewalt herausgeholt?«

Nun war er wieder der Anführer. Zum erstenmal, seit er sie kannte, trat so etwas wie Mangel an Selbstvertrauen in Annes Blick.

»Jeder, wie er kann, und jeder an seinem Platz«, antwortete sie mürrisch, und Joris begriff, daß es ihr bei gewalttätigen Auseinandersetzungen ganz einfach am nötigen Mut mangelte. Mit einemmal war sie wieder eine Frau, war wieder seine Frau, die sich an ihn wandte, damit er ihr Recht erkämpfen möge. Nur noch ein Rest von seinem Ärger schwang im Lachen mit, als er sich herumdrehte.

»Nehmt den Pferden die Lasten wieder ab!« brüllte er wie Donner. »Legt sie hier zu Haufen zusammen. Heute abend werden wir mehr Beute zu transportieren haben. Ich bin Joris, kein Ostmann

und auch kein Campscapel. Dies ist der Tag, an dem ich den neuen Grafen von Ger tüchtig in den Schwanz kneife!«
Beifallsrufe kamen zuhauf von den Räubern. Schon zehn Minuten später strömte der Zug der Vogelfreien rasch nach Norden. Die, die zu Fuß laufen mußten, hielten sich am Gürtel oder an der Schwertscheide der Männer auf den ungesattelten Pferden fest. Joris kannte sich in diesem Landstrich nicht aus, aber Anne fand sich hier bestens zurecht. Mal auf dem Rücken ihres Gauls, mal das Tier am Zügel führend leitete sie das menschliche Wolfsrudel zu dem Ort, an dem das beendet werden sollte, was auf der Hexenversammlung vorgefallen war.
Joris und Anne sprachen während dieses dreistündigen Marsches kaum ein Wort miteinander. Einmal drehte sie sich zu ihm um und lächelte, als sie sah, wie er durch das Farnkraut stapfte.
»Zürne mir bitte nicht wegen der Edelsteine«, sagte sie. »Ich habe sie für den Notfall aufbewahrt, falls du einmal meiner müde werden solltest. Eigentlich geht es mir jetzt schon gar nicht mehr so sehr um das Geschmeide; viel wichtiger ist mir das Blut von diesem räuberischen Miststück.«
»Du warst aber auch vor ihrer Flucht oft recht barsch und zänkisch zu ihr«, murmelte Joris in seinen Bart.
»Aber selbstverständlich. Wenn es nach ihr gegangen wäre, hätte ich mich dafür schämen müssen, mich so zu entwürdigen und mich mit dir einzulassen.« »Nun hat sie es dir heimgezahlt, was?« lachte der Räuberhauptmann.

Der Seewind legte eine dünne Salzkruste auf die Lippen der Waldräuber, während sie die Pferde durch das Gestrüpp zur Leeseite des nördlichsten Hanges im Moorland von Nordanay zogen. Nur die Rote Anne blieb im Sattel und lenkte ihr Roß am Rand des achthundert Fuß hohen Hangs durch Geröll, Erika und Unterholz. Klar und deutlich war Gramberge unter dem grauen Mittagshimmel zu erkennen. Etwas flatterte auf dem Dach des viereckigen Kirchturms, der sich abseits von der Kirche erhob. Aber sonst regte sich nichts in dem kleinen Dorf.

»Die Leibeigenen haben ihren ganzen Besitz vor den Altar geschleppt«, sagte Anne, »aber ich wette, sie haben die Schafe und das Korn des neuen Grafen draußen gelassen.«
»Heute will ich diesen tapferen kleinen Grafen tüchtig in den Schwanz kneifen«, erklärte Joris noch einmal und warf einen Blick auf die Türme von Ger, die sich am Horizont über dem stahlfarbenen Meer und über dem mit Stechginster bestreuten Weideland erhoben, hinter dem sich der Klippenrand, die Stadt und das befestigte Kap verbargen. »Hier sind ein paar Leute, die gern seine Unterschrift unter der Hinrichtungsverfügung mit meinem Namen sehen würden. Madoc, ist alles bereit?«
»Alles klar und bereit«, antwortete der Leutnant, und auf seinen scharfgeschnittenen Zügen erschien ein boshaftes Lächeln.
»Hört mich, Männer!« rief Joris, als er sich seiner Bande zuwandte. »Wer Lys zuerst zu fassen bekommt, übergibt sie an die Rote Anne oder an mich. Danach gehört sie Rufin und niemand anderem. Und nun zügelt ein jeder seinen Übermut und bleibt brav hinter mir; es sei denn, ich befehle etwas anderes. Der Kirche und denen, die sich darin verborgen haben, wird nichts angetan. Mit allem anderen könnt ihr verfahren, wie es euch beliebt. Nach Gramberge – *Haro!*«
»*Haro!*« ertönte das hundertfache Echo, und schon ergoß sich die Räuberarmee die Hügel hinunter.
»Da stehen Pferde im Garten des Priesters«, keuchte Anne, während sie Mühe hatte, das Pferd auf der unebenen Fläche zu führen. »Die waren noch nicht da, als ich zu dir losgeritten bin.«
»Vielleicht Gäste für Lys' schönste Stunde«, rief Joris, den das Kampffieber bereits gepackt hatte. »Na, wer kommt denn da auf uns zugerannt?«
Als die lachende, lärmende Bande über den Hang ausschwärmte, hüpfte unten eine Gestalt im Unterholz herum, die ähnlich gekleidet war wie Anne.
»Das ist Ivo. Er scheint uns etwas mitteilen zu wollen«, erklärte Anne. Joris war mehr als verblüfft, als er die hufartigen Schuhe des Jünglings, den am Gürtel angehefteten Schwanz mit dem bu-

schigen Ende und, am merkwürdigsten von allem, die helmartige Kappe erblickte, die an einem Band um seine Schulter hing. Ein Hut aus schwarzem Leder, der an den Seiten mit Fell beklebt und vorne mit der getrockneten und augenlosen Maske eines großen Bullenbeißers versehen war.

Ivo war vom Klettern und Rennen stark gerötet, und grimmige Freude trat in seinen Blick, als er die bewaffnete Lawine entdeckte. »Sie haben sich im Kirchturm verschanzt«, keuchte er. »Und Lys ist bei ihnen. Vor kaum einer Viertelstunde sind hier vier Reiter aus Richtung Guarenal erschienen – zwei Personen von Stand und zwei Knappen. Eine rote Dame war auch noch dabei. Sie haben kurz beim Haus des Priesters angehalten, haben den Kirchenmann und Lys mit in den Turm genommen und erwarten dort unseren Angriff. Nur die beiden Knappen sind nach Ger geritten. Rioc und Blanche haben ihnen hinter dem Hügel dort drüben aufgelauert.«

»Habt Ihr gesehen, wie sie vom Pferd gestürzt sind?« wollte Joris sofort wissen, blieb aber stehen, um den Jüngling zu hören.

»Ja, alle beide.«

»Und ihre Pferde?«

»Die haben wir eingefangen und versteckt«, antwortete Ivo und grinste den Hauptmann an. »Seitdem haben wir niemanden mehr bemerkt, der auszubrechen versuchte. Die Bauern haben sich in der Kirche verbarrikadiert. Irgendwer hat eine Stunde oder länger die Glocken geläutet, aber die Hügel und die Windrichtung ließen es kaum zu, daß es in Ger gehört werden konnte. Wenn aber doch jemand von dort kommen sollte, wird Rioc uns rechtzeitig warnen.«

Mit einer weiten Handbewegung setzte sich Joris wieder in Bewegung, und seine Männer folgten ihm. Der Wald hallte wider von Flüchen, stampfenden Schritten, Klappern und Klirren von Stahl und zotigen Scherzen.

Anne sprang wieder in den Sattel, als der Wald in Weideland überging. Als erste erreichte sie die Kirche, zügelte dort den Gaul, stemmte ihm die Füße in die Seiten und rief den verängstigten

Gesichtern hinter den Fenstern etwas zu. Joris stampfte durch den nahe gelegenen Obstgarten und schwang das Schwert, um ihren Worten Nachdruck zu verleihen. Unter der schwarzen Stahlkappe und dem hellen, geflochtenen Haar leuchteten harte und unternehmungslustige Augen aus ihrem glühenden Gesicht.

»Bei allen Dämonen der Hölle, Mann«, rief sie Joris zu, »in diesem Kirchturm wartet dein Schicksal. Der Graf von Ger steckt dort drin mit Reine, der Enkelin des alten Guarenal, und Enguerrand du Véranger, seinem Marschleutnant. Schleppe diese in Fesseln zu deinem Lager, und ganz Nordanay wird vor dir auf dem Bauch kriechen. Nur Lys sollst du mir überlassen, das ist alles, was ich an Dank von dir verlange.«

»Du sollst schon nicht zu kurz kommen«, versprach der Hauptmann, während er mit verkniffenen Augen den Turm betrachtete und der verlängerte Arm seiner Macht über die halb gepflügten Äcker eilte.

Das Gebäude war gut fünfunddreißig Fuß hoch und schon auf den ersten Blick als ausgezeichnete Verteidigungsanlage auszumachen. Um das Dach zog sich eine feste Brüstung, es gab nur eine einzige, schmale und mit Eisen beschlagene Tür, und die Fenster waren bloße Schießscharten, durch die niemand hineinkriechen konnte. Nachdem er alles studiert hatte, lachte Joris trocken und wandte sich seinen Stellvertretern zu.

»Herbei mit den Äxten!« rief er. »Dieses Fleisch ist zarter roh als gebraten! Rufin, einen Rammbock und Leitern! Madoc, die Schlageisen, um den Mörtel herauszubrechen und Steigstifte hineinzutreiben. Bogenschützen, deckt die Fensterschlitze ein, und ich will keinen Kopf auf dem Dach sehen! Äxte, zugleich!«

Die Männer liefen auseinander, um seinen Befehlen nachzukommen. Osmund führte die Truppe mit den Äxten an. Als sie sich der Tür näherten, schrie ein Mann auf und hüpfte zum großen Gelächter seiner Kameraden auf einem Bein. Ein langer Pfeil war aus dem Schlitz über der Tür gefahren und hatte den Fuß des Mannes an den Boden genagelt.

Rings um den Turm liefen und wirkten die Ausgestoßenen. Einige standen auf den Schultern anderer, um Speere durch die Schießscharten zu werfen, doch diese waren mit Holz verbarrikadiert. Die Dachziegel auf der Brüstung wurden von unsichtbaren Händen gelöst und fielen auf die Belagerer herab. Dumpf krachten die ersten Axthiebe an die Tür. Endlich kam Rufin mit seinem Trupp und schleppte einen schweren Holzstamm heran, der die Arbeit der Äxte beschleunigen sollte. Spitzhacken fuhren in den Mörtel, und ein Stück zurück standen die Bogenschützen und gaben acht, daß ihre Pfeile nicht über den Turm flogen und die Räuber auf der anderen Seite in Gefahr brachten. Die Verteidiger verfügten auch über einen Bogenschützen, und der verstand sein Handwerk. Drei Männer lagen tödlich getroffen am Boden, bevor die Tür unter dem siebten Stoß des Rammbocks nachgab und die Angreifer ein Jubelgeheul von sich gaben.

Der schwere Stamm polterte zu Boden, und die Rammer sprangen behende zur Seite, damit die Bogenschützen in das Halbdunkel hineinschießen konnten. Kolben und Spitzen funkelten hinter der Öffnung. Eine nicht mehr brauchbare Egge hing an Seilen über der Tür. Die Axtmänner stürmten wieder vor, um ihre Arbeit zu beenden. Spieße schoben die Egge hoch und weiter hinein. Endlich stürmte der erste Räuber in den Turm und brach schon im nächsten Augenblick mit gespaltenem Schädel zusammen, wodurch er den Eingang von neuem versperrte. Ein Dutzend Männer drängte heran, um den Platz des Gefallenen einzunehmen, doch die geschützten Schwertkämpfer im Innern hielten eine furchtbare Bluternte unter ihnen. Die Ausgestoßenen behinderten einander, hüpften hoch oder schoben von hinten nach. Ein zweiter Toter kam auf dem ersten zu liegen. Ein dritter fiel nach hinten und wurde von den brüllenden Männern niedergetrampelt.

»Bei den Glocken der Hölle!« brüllte Joris. »Wollt ihr euch denn von zwei verrückten Laffen bis in alle Ewigkeit aufhalten lassen? Zieht euch zurück, damit die Bogenschützen noch einmal eingreifen können, und bringt mir ein Dutzend Rundschilde!«

»Laffen!« knurrte der alte Osmund und verband sich einen blutenden Arm, als er sich dem Hauptmann zuwandte. »Das sind zwei ganz besondere Laffen! Sie kämpfen wie die Dämonen der Hölle!« Osmund schüttelte sich und wedelte mit den Armen durch die Luft. Über der kräftigen Nase blickten seine Schweinsaugen erstaunt drein. Er knurrte immer noch, als er zu schwanken begann und endlich auf sein Gesicht fiel. Zwischen seinen Schulterblättern ragte ein langer Pfeil heraus, der aus dem Fensterschlitz über der Tür gekommen sein mußte.

Joris lachte ärgerlich und sprang aus der Reichweite des unbekannten Bogenschützen. Madoc fiel ihm auf, der bereits die Rundschilde an Spießen befestigte, um mit einem solchen Gerät die Verteidiger vom Eingang zu verdrängen. Und Adelgar war damit beschäftigt, drei Leitern aneinanderzubinden. Die Rote Anne saß noch immer neben der Kirche auf ihrem Pferd, beobachtete die Angriffsvorbereitungen ihres Geliebten und achtete darauf, daß sich niemand an den Bauern und ihren Familien vergriff.

Madocs mit Spießen gespickte Brustwehr drang vor, eine von vier Männern getragene Mauer aus Holz, Fellen und Stahl. Von einigen Pfeilen aus dem Turm getroffen stieß das Gerät gegen die Reste der Tür. Ein kräftiger Stoß, ein mehrstimmiges Gebrüll, und schon war die Schilderwand im Turm. Die Spieße drehten sich, suchten nach Gegnern, und dann waren auch die vier Träger im Innern des Gebäudes. Madoc war dicht hinter ihnen und streckte beide Arme nach den Türpfosten aus, um die Nachfolgenden aufzuhalten, die sich nur gegenseitig behindert hätten.

Adelgars Leitergebilde wurde an der Westseite angelegt. Der ehemalige Reiter von Campscapel stürmte als erster hinauf und schrie etwas, das im allgemeinen Getümmel nicht verstanden werden konnte. Hurtig wie ein Blitz tauchte zwischen den Dachzinnen ein Schwert auf. Joris sah Blut und Hirn auf dem Habichtsgesicht Adelgars, als der wie eine gefällte Eiche nach hinten kippte. Anscheinend wurde bei der heutigen Unternehmung mehr als nur ein Problem gelöst.

Der zweite, der dritte und auch der vierte Mann auf der Leiter erlitten kein besseres Schicksal als Adelgar. Ein Dutzend Bogenschützen stellte sich in Position, um den unheimlichen Schwert-

kämpfer auf dem Dach auszuschalten. Doch er tauchte immer wieder rechtzeitig weg, kämpfte in anderen Momenten wie ein Berserker und schien sich kaum um die Pfeile zu kümmern, wenn er Räuber um Räuber erschlug.
Madoc war nun im Turm, und andere folgten ihm, aber Joris entging nicht, daß sie immer noch unten kämpften. Vielleicht gab es im Innern eine weitere Tür, die die Verteidiger gegen die Angreifer halten konnten. Vielleicht aber auch eine Wendeltreppe, auf der die Brustwehr nicht mehr eingesetzt werden konnte. Die ganze Angelegenheit wurde allmählich zur Posse, und Joris überlegte, auf welche Weise er seiner Bande am überzeugendsten und gründlichsten zeigen konnte, wie man einen befestigten Turm einzunehmen hatte. Dann lachte er wieder grimmig, denn der Verteidiger auf dem Dach hatte einem Fallenden die Glefe entreißen können, dabei aber sein eigenes Schwert verloren. Und die Vogelfreien machten sich gerade daran, eine zweite Leiter anzubringen.
»Nicht neben die erste, ihr Narren!« schrie Joris und rannte los. Aber schon standen vier Mann auf den Sprossen, und das Getöse war zu groß, als daß sie die Worte ihres Hauptmanns verstanden hätten. Ein schriller Frauenschrei übertönte kurz den Schlachtlärm. Joris, der den Sieg schon in greifbarer Nähe sah, blieb verdutzt stehen, als er mitbekam, wie die Glefe die oberste Sprosse der zweiten Leiter vom Mauerwerk schob. Der oberste Mann griff nach der Spitze der Waffe, aber die Leiter war schon aus dem Gleichgewicht geraten. Kreischend und sich verzweifelt festhaltend beschrieben die vier einen schaurigen Viertelbogen und krachten schwer mitten zwischen ihre Kameraden ins Gras.
»Hoch mit dem Ding!« brüllte der Hauptmann und zeigte auf einen Mann auf der ersten Leiter, der mit dem Verteidiger auf dem Dach rang. Doch als er die am Boden Liegenden mit den zerschmetterten Knochen erreichte, fiel eine Hand schwer auf seine Schulter, und als er herumfuhr, sah er in das gräßlich verzerrte Gesicht von Rufin.
»Seht! Seht dort!« kreischte der Mann und gestikulierte wild. »Seht nur dort, Ihr Schwanzkneifer!«

Und schon war Rufin auf und davon. Joris wirbelte herum und starrte in die angegebene Richtung. Die Grashügel nach Ger hin waren Reihe um Reihe von schwerbewaffneten Reitern bedeckt, die kurze dottergelbe Umhänge trugen und gerade ausschwärmten, um von allen Seiten in Gramberge einzudringen.
Die starke Stimme der Roten Anne drang an sein Ohr: »Hierher, Joris, noch ist Zeit genug!« Inmitten des Rennens seiner verschreckten Bandenmitglieder bekam Joris den Sattel an der Flanke des grauen Rosses zu fassen und konnte einen Fuß in den Steigbügel stellen. Anne riß am Zügel, und zusammen eilten sie fort. Joris schwang mit der freien Hand sein Schwert, und vor, hinter und neben ihm flohen die Reste seiner einst stolzen Streitmacht. Und vom Dorf ertönte unheilvoll der vielstimmige, racheerfüllte Kriegsschrei: *»Ger!«*
»Direkt den Hang hinauf, auch wenn die Mähre unter uns zusammenbricht!« preßte Joris zwischen den Zähnen hervor. Durch den fetten Lehmboden der gepflügten Äcker, der an den Hufen klebenblieb, kämpfte sich das Roß und erreichte endlich das Unterholz. Von einem Moment auf den anderen befanden sie sich im Halbdunkel des Waldes. Die Welt schrumpfte zu einem steilen Hügel zusammen, wo Dornenbüsche die Kleider des Hauptmanns zerrissen, wo er immer wieder schmerzhaft gegen Äste stieß, wo Schlamm und Dreck unter seinem freien Fuß aufspritzten und wo die schwitzende Schulter des Pferds an seiner Seite scheuerte. Er war gezwungen, das Schwert wieder in die Scheide zu schieben und den Bogen vom Rücken zu nehmen, um sich mit ihm wie mit einem Wanderstab fortzubewegen und abzustützen. Köcher, Scheide und Jagdhorn rutschten und schlugen hin und her und behinderten ihn zusätzlich auf dieser verzweifelten, unwürdigen Flucht. Von Zeit zu Zeit war er gezwungen, gegen Annes Oberschenkel zu prallen, während hinter ihm die Verfolger wüteten. Wenn die Soldaten von Ger auch diese beiden erwischen würden, müßte Annes Schönheit auf einem brennenden Stapel vergehen und würde Joris' Hals an einem Stück Hanf anschwellen.

»Du steigst besser ab«, sagte der Hauptmann etwa eine Stunde später. »Sonst bricht das Tier noch tot unter dir zusammen und wirft dich im hohen Bogen durch die Luft. Wir können von Glück sagen, daß sie die Jagd auf uns nicht auch über das Moorland fortgesetzt haben.«

Anne schien wie aus einem Traum zu erwachen, schwang sich aus dem Sattel und trampelte über das durchnäßte Heidekraut, um die Steifheit aus ihren Gliedern zu vertreiben. Dann sah sie ihren Geliebten sonderbar an, denn Joris wirkte unpassend heiter.

»Ivo hat in der Stunde der Weissagung erklärt, nur ich könnte dir den Untergang bringen«, erinnerte sie ihn. »Nur ich, die ich doch die letzte bin, die dir etwas Böses wollte. Bei allen Dämonen, Joris, diesmal hätte ich dich fast in den Tod getrieben. Es wird an der Zeit, daß du dir neue Runen zulegst ... oder aber dich schleunigst von mir trennst!«

Joris betrachtete sie von der Seite. Es war eigenartig zu erleben, wie verloren und trotzig Anne in der Stunde der Niederlage war.

»Für diesen Schnitzer muß ich mich nicht bei dir bedanken«, erklärte er, »sondern bei diesem kleinen Teufelchen Ivo. Ich schätze, diesen Lumpen sehen wir so bald nicht wieder. Hoffentlich haben sie ihn zu fassen gekriegt und knüpfen ihn auf. Um Adelgar ist es nicht so schlimm. Daß Osmund auch gefallen ist, ärgert mich allerdings. Und nur der Satan mag wissen, wie viele Getreue noch ums Leben gekommen sind. Wenn wir den Felsen dort hinten erreicht haben, halte ich an und mustere die Reste meiner Truppe. Aber eines weiß ich ganz genau und sage es hier und jetzt: Mit diesem kleinen Wiesel von Graf bin ich noch lange nicht fertig.«

»Es scheint so, als schneide man sich immer ins eigene Fleisch, wenn man seinen Weg kreuzt. Ich für meinen Teil bin noch lange nicht mit dem kleinen verräterischen Miststück Lys fertig.«

»Du wirst einige Mühe haben, in der Burg von Ger an sie heranzukommen.«

»Einige Mühe, ja. Aber es gibt da einige Hexensprüche, mit denen man die Seele einer so dreckigen kleinen Hure erreichen kann.

Allerdings wird sie meine Sprüche erkennen. Und sie wird schon darauf warten. Das ist für den Anfang recht günstig. Ich wünsche dem Grafen viel Freude mit seiner geretteten Verehrerin.«
»Warum hast du deine beiden Getreuen auch so geplagt, daß sie anscheinend nur auf eine Gelegenheit gewartet haben, sich gegen dich zu wenden und dir eins auszuwischen?«
»Weil ihre Liebe zu mir sklavisch war. Weil sie zu meinem Leben auf Alanol gehörten und mich ständig daran erinnert haben. Weil ich für meine Güte gerühmt war und dennoch den Gehörnten umarmt habe. Weil ich ihnen die Hexenkunst beigebracht habe und sie Christus weniger fürchteten als ich.«
Auf diese eigentümliche Selbstanklage wußte Joris lange keine Antwort.
»Und dennoch trachtest du danach, dich an Lys zu rächen?« fragte er schließlich.
»Ja, denn sie weiß zuviel von mir, um sich einfach so aus dem Staub machen zu können. Komm heute abend mit zu den Singenden Steinen, wie du es ursprünglich vorgehabt hast.«
»Hm, das kommt drauf an.«
»Auf was?«
»Unter anderem auf Rufin. Beobachte ihn gleich genau.«
Kaum hatte er ausgesprochen, da hatte er schon sein Jagdhorn in der Hand und blies laut den Ruf zum Sammeln. Die stolpernden Männer vor ihnen blieben ruckartig stehen. Die Saumseligen hinter ihnen beschleunigten ihre Schritte. Madoc ritt auf einem Pony als Nachhut und führte dreißig ebenso Berittene in die Senke, in der sich Joris befand.
Einundsechzig Räuber fanden sich hier ein. Am Morgen waren es einhundertundsieben gewesen. Madoc verzog das Gesicht, als er die Köpfe der geschrumpften Bande gezählt hatte. Dann trat er rasch an die Seite von Joris. Nur Rufin spuckte aus und stellte sich vor den Hauptmann hin.
»Auf ein Wort, Joris vom Felsen, ein Wort vor allen, die es ruhig hören sollen«, wütete Rufin, und alle gewohnte Lustigkeit war von ihm gewichen. »Ich schuldige Euch an, entweder den Verstand

verloren zu haben oder verhext gewesen zu sein, als Ihr uns nach Gramberge geführt habt. Versprecht uns hier und jetzt, von nun an nur noch ehrliche Plünderung und Räuberei zu betreiben. Versprecht uns weiterhin, in Zukunft die Finger von Zauberei und Hexenkunst zu lassen. Andernfalls müßt Ihr mich auf der Stelle von Eurem Dienst entbinden . . . und die Männer ebenso, die mit mir kommen wollen. Und wir haben auch keine Lust mehr, die Büttel für die Rote Anne zu spielen, zu deren bloßem Sprachrohr Ihr verkommen seid. Was ging Euch das kleine Fräulein an, daß für Euch auf einmal nichts wichtiger war, als sie zu fangen?«
»Vor uns steht ein galanter, aber verwirrter Liebhaber«, höhnte Joris und war froh, auf diese Weise etwas von seinem Zorn ablassen zu können. »Rufin wollte mit zu den Singenden Steinen, aber Rufins Herzblatt wollte nichts von ihm wissen. In Zukunft die Finger weg von allen Arten der verdammungswürdigen Hexerei, schreit Rufin. Nun hört mir gut zu, Ihr Trottel: Selbst wenn von meiner Bande nicht mehr übrigbliebe als nur Ihr und ich, so würde ich Euch dennoch nicht aus meinen Diensten entlassen. Glaubt Ihr denn, ich sähe seelenruhig zu, wie in den Hügeln eine Kopie meiner selbst Raubzüge und anderes unternimmt?«
»Keinesfalls eine Kopie«, schimpfte Rufin, riß mit einer einzigen raschen Bewegung den Dolch aus dem Gürtel und warf ihn auf die Brust des Hauptmanns. Joris duckte sich, doch nicht schnell genug, denn die Klinge versenkte sich in seinen linken Oberarm. Joris riß das Messer heraus und ließ es achtlos zu Boden fallen. Ein Dutzend Schwertspitzen waren sofort an Rufins Kehle und Brust, doch der Hauptmann verscheuchte sie mit einer Handbewegung und zog seine eigene Waffe.
»Macht Euch darauf gefaßt, macht Euch, bei Gott, darauf gefaßt, bald Eurem Schöpfer gegenüberzutreten« sagte er rauh. »Nun tretet alle zurück und bildet einen Kreis um uns. Rufin, zieht blank und verteidigt Euch! *Nehmt das, törichter Affe!*«
Stahl krachte, küßte sich und sang. Rufin war ein erfahrener Schwertkämpfer. Nach dem ersten grimmigen Schlagabtausch ließ er sich Zeit, damit Joris durch den Blutverlust der Messerwun-

de bald an Kräften verlieren würde. Doch der Hauptmann griff ungestüm weiter an. Vor und zurück sprangen die beiden und hatten Mühe, im einsetzenden Nieselregen nicht auf dem nassen Boden auszugleiten. Rufin verzog als erster schmerzhaft das Gesicht, doch dann schnitt er die Spitze vom goldenen Bart und traf Joris unter dem Knie, bevor ein Hieb ihn in der linken Achselhöhle erwischte und ihn zum Stöhnen brachte. Er nahm das Schwert rasch in die andere Hand und durchstieß an der rechten Schulter das Wams seines Hauptmanns. Doch die Waffe blieb in dem harten Leder hängen, und das brachte Rufin zu seinem Ende. Joris' Schwertspitze fuhr dem Rebellen in die offene Seite. Rufin grunzte und taumelte zurück. Er riß die Klinge endlich aus dem Leder und holte zu einem letzten Schlag aus, der den goldenen Kopf seines Gegners jedoch um ein gutes Stück verfehlte. Dann lag er auf der Seite am Boden, während sein rotes Blut das Heidekraut tränkte. Für einen Augenblick hielten seine Augen der lachenden Miene über ihm stand. Dann trübten sie sich. Rufin flüsterte seine letzten Worte. »Heil und Segen Eurer Hexe«, verstand Joris, »ich weiß, sie wird Euch bald ins Verderben stürzen.«
Dann fiel sein Kopf auf den ausgestreckten Arm. Seine Augen schlossen sich und öffneten sich dann wieder mit gebrochenem Blick.
Joris stand da und starrte auf seinen ehemaligen Gefährten. Dessen letzte Worte riefen eine schon lange vergessene Begegnung in ihm wach . . . an eine junge Frau, die ihm einen Fluch entgegengeschleudert hatte, während sie auf einem Pferd durch den Wald geflohen war. Einen langen Moment lag dieser Fluch wie ein schwerer Stein auf Joris' Geist. Dann sah er auf und bemerkte die ruhige Anne und die abwartenden Mienen seiner Männer; ja, jetzt wieder *seine* Männer, jeder einzelne, wie er dort stand, mochte bis zum Kampf auch der eine oder andere gezweifelt haben.
»Wir marschieren weiter«, verkündete er, strich sein Schwert über den Boden und steckte die gereinigte Klinge in die Scheide. Als er sich umdrehte, stieß sein Fuß gegen den Dolch, den er einst Rufin abgenommen hatte, um ihn ihm nach einer gewissen Frist

wieder auszuhändigen. Joris zog sein eigenes Messer, ließ es fallen und steckte dafür das des Rebellen in die Scheide. Es erschien ihm als gutes Omen, das zurückgegebene Stück wieder in seinem Besitz zu wissen.
»Laß mich deine Wunden verbinden«, sagte Anne und hatte bereits ein Tuch in der Hand. Nach einer Weile befanden sich alle auf dem Marsch; alle bis auf Rufin.
Ein Rabe flog aus dem Nichts heran und wirkte im Dämmerschein des Frühlings wie ein Riese. Die Männer bedeckten abergläubisch ihre Augen und machten, daß sie weiterkamen. Madoc pfiff schrill ein Lied, und das erschöpfte Roß des Kirchendieners schrie, als sei es zu Tode erschrocken.
»Bei Goliaths Gebeinen«, sagte Joris zu Anne an seiner Seite, »es kommt mir so vor, als hätte ich alles Unglück bei dem toten Rufin zurückgelassen.«
»Wer weiß«, antwortete sie gedankenverloren. Als er sie betrachtete, erkannte er, daß der Tag für sie gerade erst begonnen hatte.

Kurz vor Mitternacht ließ Anne Joris in einer Höhle dreihundert Ellen von den Singenden Steinen entfernt zurück. Zusammen hatten sie sich aus dem Lager geschlichen und Madoc als Anführer bei den erschöpften Männern zurückgelassen. Zwei Stunden lang hatte Anne mit unheimlicher Bestimmtheit ihren Geliebten durch Wind, Regen und Sternenschein geführt. Kaum schien ihr Fuß in einen Teich zu geraten, da wandte sie sich nach links oder nach rechts. Sie wählte zielsicher einen Weg durch eine Felsengruppe, die jeder andere für unbegehbar gehalten hätte. Sie schritt sicher und fest über rabenschwarzen Torfboden oder den grauen Sandboden voller Stechginster.
»Bei meinem Schwert, du kennst dich aber aus«, raunte Joris, während er hinter ihr herlief. »Ich wette, du kommst selbst dort voran, wo auch der Teufel nicht mehr laufen kann. Du findest selbst zwischen Eiche und Rinde einen Weg.«
Die Wörter waren ihm schon über die Lippen gekommen, als er bemerkte, wie grotesk und falsch sie klingen mußten. Er lachte

gedämpft, um ihnen die Wirkung zu nehmen oder sich seines Irrtums schuldig zu bekennen, ganz wie es Anne belieben mochte. Doch seine Geliebte reagierte darauf kühl und sachlich.
»Wo immer das Fleisch einen Weg findet, ist der Teufel schon gewesen«, erklärte sie. »Ja, selbst im Paradies. Deshalb beten wir ja auch in der Schwarzen Messe um ...«
Sie hielt inne und machte mit Zunge und Zähnen ein häßliches kleines Geräusch. Joris wußte nicht, was er davon halten sollte. Bis zum letzten widerstand er der Unbehaglichkeit, die ihn von seiner seltsam dominierenden Gefährtin trennte, die ihm jetzt so fremd war, obwohl sie sich doch einander in hundert Nächten so nahe gewesen waren. Doch als jetzt die Spitzen der aufrecht stehenden Dolmen gezackte Schatten in den Nachthimmel warfen, griff Joris sich unwillkürlich an den Schwertgriff und blickte finster auf Annes dunkelgraues Gesicht.
»Hörst du das Singen?« fragte sie und blieb an einer kleinen Böschung stehen, wo Büsche die Felsen umschmiegten und kleine, trockene Höhlen im Gähnen erstarrt zu sein schienen.
»Ja«, antwortete Joris rauh. »Deine Bühne ist schon gefüllt.«
Aus dem Rascheln des Heidekrauts und dem leisen Pfeifen des wogenden Weißdorns stiegen langgezogene, befremdende Weisen in den Himmel, die der Mitternachtswind zusammen mit Trommelschlägen, Pfiffen und Summen verzerrt aus den Singenden Steinen riß.
»Nun muß ich gehen«, erklärte Anne und klang so, als müsse sie ein Lachen unterdrücken. »Warte hier, bis du das Lied der Anrufung vernimmst. Danach magst du, wenn dir der Sinn danach steht, näher herankriechen und zusehen. Bist du dir sicher, daß ich dich nicht doch in den Kreis einführen soll?«
»Ja, da bin ich mir ganz sicher. Dies ist kein Spiel für mich und meine Art.«
»Dann bis später – und bei allem, was du siehst, darfst du nie vergessen, daß du mein Joris bist und bleibst; und daß ich immer deine Anne bin.«
Sie küßten sich heftig in der Dunkelheit. Dann war sie fort. Joris

suchte sich eine steinige Höhle, von der er die Dolmen dreihundert Meter vor ihm gut im Auge behalten konnte. Bevor Anne den Steinring erreicht hatte, flammten Lichter darin auf. Joris und seine Geliebte hatten sich auf einem sehr abseitigen Weg dem Ort genähert und unterwegs keine der Gestalten getroffen, die plötzlich im erwachten Schein herumsprangen.

Von einem Moment auf den anderen waren die Singenden Steine ein Wirrwarr aus Schwarz und Orangerot, in dem Fackeln wie Kometen zogen, Funken stoben und Qualm die Dunkelheit verdichtete. Dazwischen wie wahnwitzig hüpfende Schatten, aber auch auf den Flächen der Trilithene. Der uralte Kreis füllte sich mit Begrüßungen und Gelächter, und beide verschmolzen zu einem nie gehörten Singsang. Ein uneinheitliches Willkommensgeschrei machte Joris klar, daß die Gemeinde Anne gesehen hatte. Sofort verebbte der Stimmenwirrwarr, und die Fackeln wanderten, bis sie sich in Position gebracht hatten. Einige schob man in Löcher und Spalten der Steinblöcke, andere wurden in der Hand behalten. Nieselregen legte sich über das tintenschwarze Land. Durch diesen Schleier erkannte der heimliche Beobachter, wie die Versammlung sich im Innenring versammelte und dort ruhig stehenblieb.

»Bei den Glocken der Hölle!« fluchte er. »Ich warte hier doch nicht wie ein dummer ergebener Diener.«

Nach diesem Fluch mußte er grinsen. Und als er sich die Kapuze tiefer ins Gesicht zog, hörte er schon im Wind die glockenhelle Stimme von Anne. Als er gut ein Dutzend Schritte zurückgelegt hatte, begann die Versammlung zu singen. Joris wurde nur höchst selten von einer Gänsehaut geplagt, aber das Anschwellen dieses düsteren Gesangs ging ihm durch Mark und Bein. Er atmete schwerer und benutzte den Bogen als Stab, während er sich mit immer langsameren Schritten auf das helle und laute Spektakel zubewegte.

Er hatte sich geweigert, von Anne ihren Freunden vorgestellt zu werden, und erklärt, in Nordanay gäbe es zu viele, die glaubten, mit ihm noch eine Rechnung offenzuhaben, und er wollte daher nicht riskieren, einer der Hexen oder ihren Meßdienern den Rükken zuzukehren. Anne hatte darüber nur gelacht und gefragt, ob man sich in der christlichen Kirche denn gegenseitig mit Messern bedrohen würde. Der tiefere Sinn von Annes Antwort hatte in ihm nur den Entschluß verstärkt, seinen Geist von allem freizuhalten, was sich in der Nacht abspielen oder ereignen würde. Als er sich nun der Ostseite des Steinkreises näherte und deutlicher erkennen konnte, was hier stattfand, war er mehr als froh über seine Weigerung. Uralte Hoffnung, uraltes Leid und uralte Größe, etwas so alt und real wie die Steine, strömte durch den Fackelschein und schwang in den Meßgesängen mit.

»Pah!« flüsterte er dem Wind zu. »Bei den meisten hier handelt es sich um solche Weiber, wie das Volk sich Hexen vorstellt: hündische, von Fleischeslust gepeinigte Dirnen, die sich hier aus ihren Verstecken trauen und sich einem Ritual unterziehen, das ihnen Linderung in den Armen der Wesen der Nacht verspricht. Doch was ist das? Jemand scheint von ihrem Gesang angelockt zu werden...«

Joris blieb mitten in der Bewegung stehen. Zu beiden Seiten der breiten, niedrigen Stufe vor dem massiven Steinaltar sprangen blauweiße Flammen in die Luft. Davor verblaßte der wärmere Fackelschein. Selbst der mächtige Wind konnte den Flammen nicht viel anhaben und wirbelte nur dicken Schwefeldampf in die Nacht hinaus. Zwischen den Flammen stand Anne, und ihre stolze Miene wirkte wie in Silber gebadet. Vor ihr hatte sich die Menge auf die Knie geworfen.

Der neue, furchtbare Schein hob sich mächtig aus dem Nieselregen hervor. Doch keiner der Anbeter vor dem Altar konnte Joris entdecken, der sich nur dreißig Ellen von ihnen entfernt im Schatten eines umgestürzten Megalithen befand. Er kroch in einen Weißdornbusch und sah zu, wie die Rote Anne die Hände hob und sich einen Tierschädel über den Kopf zog – ähnlich dem, der gestern mittag an Ivos Rücken gehangen hatte. Doch der Jüngling hatte die Maske eines Hundes getragen, wohingegen Anne sich einen gehörnten Kuhschädel überstülpte. Nach dieser Verwandlung steigerte sich der Gesang zu einem schrillen Höhepunkt und setzte dann abrupt aus. Der Wind spielte nun wieder allein sein Lied zwischen den Singenden Steinen, um schon einen Augenblick später von einem neuen, rascheren Chorgesang übertönt zu werden. Joris konnte den Blick nicht von der kuhköpfigen Gestalt wenden, die nun den Takt mit einem fremdartigen, mit Messing beschlagenen Stab schlug. Unmerklich zuerst, doch dann immer deutlicher bemerkte Joris, daß er die Worte des Liedes verstand, das ihm zuvor wie Kauderwelsch vorgekommen war. Dies mußte das Lied der Anrufung sein. Der sich beschleunigende Viervierteltakt brachte seinen Pulsschlag zum Galopp.

Heil! Heil! Großer Yaan!
Großer Yaan! Großer Yaan!
Hört uns und bindet uns! Befreit uns und bindet uns!
Erhebt und beschwert uns! Beherrscht und lehrt uns!
Nehmt uns endlich gefangen! Tötet uns, laßt uns erlangen!
Ob verschonen oder erschlagen! Helft uns, es wagen!
Denn nur Euer Tun, Yaan – Kann uns leiten nun, Yaan!
Unser Brot und Wein, Yaan – Laßt nur Ihr gedeih'n, Yaan!
Laßt uns herein – Laßt Fleisch und Bein
Wirbeln rund um den heil'gen Stein!
Glieder heben und hüpfen, hüpfen und Glieder heben
So lange bis der Fels wird beben!
Bis vom Himmel fallen die Sterne!
Bis Büsche erheben sich in die Ferne!
Bis höllische Freude wird zur Flut!
Bis die Erde überzieht Eurer Anbeter Glut!
Ha, ha, ha, Yaan! Ha, ha, ha, Yaan!
Heil! Heil! Großer Yaan!
Ya-aa-aa-aan! Ya-aa-aa-aan!
Ya-aa-aa-aan! Ya-aa-aa-aan!
YA-AA-AA-AAN! YA-AA-AA-AAN!

Die letzte Zeile wurde endlos wiederholt. Joris fiel bald auf, daß die Stimmen das Lied der Anrufung wie einen Kanon sangen, so daß bald die eine und bald die andere Silbe alles andere übertönte, und so schien die Weise kein Ende nehmen zu wollen. Der Hauptmann unterdrückte ein höhnisches Grinsen. Die Versammlung bestand in ihrer übergroßen Mehrheit aus Frauen – Bürgerinnen und Bäuerinnen gleichberechtigt nebeneinander, soweit er das erkennen konnte –, und er fühlte sich stark an eine Zusammenkunft von liebeskranken Katzen erinnert. Doch schon im nächsten Moment verging alle Belustigung in ihm. Zuviel Wildheit ging von diesem Meßgesang aus, und plötzlich fluchte Joris, denn der Chor bewirkte etwas, das sein Blut in Wallung brachte und gleichzeitig seine Glieder lähmte. Die Töne schienen auszuströmen, hallten von der Wolkenbank am Himmel wider, wurden von den schwarzen Hügelketten ringsum zurückgeworfen, brachten die Höhlen hinter ihm zum Klingen und ließen den Boden erbeben, auf dem er stand. Jeder Regenguß in sein Gesicht wirkte als Verstärkung des Gesangs, und um seine vor Furcht eiskalte Stirn schien sich ein Eisenring zusammenzuziehen.
Unvermittelt setzte wieder Stille ein, und Joris war von seinen Fesseln befreit. Die Rote Anne drehte sich halb zum Altar um, und die Versammlung der Gesichter verschwand, als alle die Arme hoben und das Haupt, mit oder ohne Kapuze, senkten. Anscheinend durfte bis auf die Herrin niemand einen Blick auf das werfen, was nun kam; niemand bis auf Anne und Joris, der zitternd, aber neugierig durch das letzte Dämmerlicht spähte.
Die Herrin sang allein, ein volltönendes, furchtbares Gebet.
»*Pater noster qui erat in coelis . . .*«*
Joris ließ den Bogen fallen und preßte die Hände an die Ohren. Die Anrufung eines Teufels war schon schlimm genug, aber diese Verspottung des ›Vaterunser‹ . . .
Die kuhhäuptige Herrin des Hexenrats streckte den linken Arm

* Verdrehung des Vaterunser: Da Satan aus dem Himmel verstoßen wurde, *war* er im Himmel (A. d. Ü.)

zum Altar aus. Ein großes Wesen trat aus dem Schatten eines Megalithen, schwang sich ohne Mühe auf die Altarplatte und hockte sich dort mit gekreuzten Beinen hin.
Das Wesen trug einen Hirschschädel mit gewaltigem Geweih. Der schwarze Dämon hob einen Huf und segnete so die Menge, die jetzt die Köpfe hob und begeistert schrie. Der Name Yaan aus so vielen Mündern klang wie schriller Trotz, wie eine irdische Herausforderung an den Himmel, der die Tyrannei des Adels guthieß und vom Volk Geduld, Gehorsam und Plackerei verlangte. Da dieser Teufel von Hausfrauen und Bauerntöchtern willkommen geheißen wurde, lag es wohl kaum in seiner Absicht, auch Joris vom Fels zum Zittern zu bringen. Dennoch trocknete dem Hauptmann der Mund aus, und die Hand, die nach dem Langbogen am Boden griff, war bei weitem nicht so ruhig wie vor einigen Stunden, als sie Rufin den tödlichen Stoß versetzt hatte.
Der Dämon erhob seine tief klingende Stimme und sank langsam zurück, bis sein Schwanz hinter dem Altar herabhing. Von einem Moment auf den anderen geriet alles, bis auf Anne und Yaan, in Bewegung. Die Herrin beugte sich lediglich vor, küßte den Schwarzen auf die Schulter und hockte sich demütig neben ihn auf die Steinplatte. Ein verkleideter Anhänger hüpfte mit einer Fackel hinter die beiden und blieb dort stehen, um den zweiten Teil der Hexenversammlung zu beleuchten. Stolpern, Kreischen, Kichern, Schieben – die Männer und Frauen hüpften um die Flammen – auf einen Mann kamen zwei bis drei Frauen –, und Joris konnte ein leises Lachen nicht unterdrücken, als ihm bewußt wurde, wie ihn die Umgebung der Roten Anne mit Ekel erfüllte.
Doch ein Mann, für den die Welt gemacht wurde, nimmt das Leben so, wie er es vorfindet. Allerdings konnte Joris eine wachsende Ungeduld nicht verhehlen, daß dieser furchtbare Ritus bald sein Ende finden möge. Alles Beeindruckende der Versammlung war vergangen. Nur Yaan und Anne zeigten Würde, nicht aber dieser hündische Wirrwarr von Leibern.
Der Hauptmann hockte sich auf einen Stein und war in dieser Kälte dankbar um den Mantel, den Anne bei ihm zurückgelassen hat-

te. Eine Weile bekam er kaum mit, was sich weiter tat. Yaan sprach zu diesem und jenem im Gewimmel und verteilte Lob und Tadel und Scherzworte, was jedesmal mit großem Beifall von der Menge aufgenommen wurde. Neulinge wurden nach vorn geführt, um den Initiationsriten unterzogen zu werden. Joris versperrte wieder Ohren und Augen, denn er hatte kein Verlangen danach, der bei einem Hexensabbat üblichen Schändung von Kruzifix und Hostie beizuwohnen. Natürlich hatte er nach dem racheerfüllten Totschlag bei Medrincourt in Basse Honoy (als er den getroffen hatte, auf dessen Urteil hin seine Mutter als Hexe hingerichtet worden war) gelegentlich einen weiteren Priester erschlagen. Aber er führte seinen Streit mit der Kirche, nicht jedoch mit dem Gott im Himmel. Als ein blutendes Mädchen vorgeführt wurde und mit piepsiger Stimme ihre Antworten gab, mußte Joris gähnen. Endlich trat die Rote Anne auf, und das brachte den Hauptmann wieder auf die Beine.

Die Herrin schob ihre Tiermaske wie ein Visier hoch. Sie ließ ihrem Zorn über die verräterische Lys freien Lauf, und die Menge pflichtete ihr lautstark bei. Doch in den Ohren von Joris klang die Zustimmung eher wie Schmeichelei und Sensationsgier. Er erkannte Rioc und Blanche unter den Anwesenden. Sie und ein weiterer hatten die Pferde des Grafen von Ger und seiner Begleitung aus dem Priestergarten in Gramberge gestohlen und waren als erste geflohen, da sie wohl befürchteten, die Räuber würden ihnen die Rösser wegnehmen, sobald sie Alarm schlugen. Also gehörten auch diese und Ivo zu den Verrätern. Doch Anne verlor kein Wort darüber, und all ihre Wut richtete sich allein auf Lys.

»Lys hat sie betrogen, Ivo hat mich betrogen«, sagte er sich grimmig. Erregung kam in ihm hoch, konnte aber die Erschöpfung darunter nicht verdecken. »Anne benutzt mich nur«, murmelte er. »Sie ist nicht nur aus Erde, Feuer und Luft gemacht, sondern auch aus Eisen ... Oh, was hält sie denn dort in den Händen? Ein Hahn ... als Opfertier?«

Ein schrilles Krähen ertönte, dem entfesselter Beifall folgte. Die menschlichen Stimmen verstummten, und mit ihnen setzte

auch – wie ein überirdisches Zeichen – der Regen aus. Nur der frische Wind blieb, ein einsames, zitterndes Murmeln rund um die Steine.
Anne trat mit weiten Schritten über die gerötete Stufe, zwischen den blauweißen Flammen hindurch und vor die Füße des schweigenden Yaan. Mit unvermittelter Wucht ertönte wieder ihre Stimme, klang heiser vor Anstrengung, und rief sonderbar klingende Dämonennamen: *»Aamon, Trimasel, Marbas, Agares ... Sargatanas, Sidragrosam, Agaliarept ...*
Schüttelt sie mit den Winden und dem brüllenden Donner ... Verbrennt sie mit dem Hauch der grimmigsten Flammen ... Laßt sie im Moder der giftigen Marschdämpfe umherirren ... Laßt sie am Schlamm von Wasser ersticken, in dem die Würmer ihre Brutstätten haben ... Laßt die Kobolde und Gnomen sie an allen Gestaden der Welt plagen und heimsuchen ...«
Joris bekam hier wenigstens einen Teil seines Wunsches erfüllt: Er sah die Rote Anne als Herrin, wenn auch nur in der Versammlung bei den Singenden Steinen. Die furchtbaren Bannflüche erschütterten ihn, und er fragte sich einmal, warum sie die Elemente und die Naturgeister beschwor, wo doch ein Wesen, das sicher über mehr Macht verfügte, direkt hinter ihr saß. Doch kaum war ihm dieser Gedanke gekommen, da regte sich Yaan schon und griff nach einer Stange – nein, einem Speer –, der neben dem Altar in den Boden gestoßen war.
Der Teufel erhob sich aus seiner hockenden Stellung und zeigte dabei das beeindruckende Spiel seiner Muskeln. Seine behaarte schwarze Gestalt ragte hoch über die Versammlung hinaus und warf einen grausigen Schatten auf die Megalithen hinter ihm. Er schüttelte den Speer, stampfte mit einem Huf auf und brüllte den Namen von Lys in den Nachthimmel.
Joris spürte, wie ihm der Schweiß über die Schläfen rann. Gräßliches Geheul breitete sich durch die Reihen der Anbeter aus, und Anne fuhr erschrocken an den Altar zurück.
Allein im Angesicht der Satanserscheinung und ohne auch nur einen Blick auf die zu verschwenden, die mit offenen Mündern

rings um sie herum knieten, stand plötzlich die hehre Gestalt von Lys in offener Verhöhnung des rauchigen Lichts und des Zorns zwischen den Singenden Steinen da.
Wie vom Blitz getroffen – ihm fiel nicht einmal mehr ein Fluch ein – kroch Joris bis an den Rand des Schattens und konnte den Blick nicht von der ganz in Weiß gekleideten Gestalt wenden. Das Mädchen hatte sich wie eine Büßerin gewandet und trug am Leib nichts weiter als ein dünnes, weißes Kleid aus einem zarten Material, das naß an ihrer Haut klebte. Die Feuchtigkeit hatte ihr ungebundenes Haar zu Strähnen und widerspenstigen Locken verklebt. In ihren blassen Augen funkelte die alte Häme, als sie mit festem Blick die Rote Anne ansah.
Die Herrin der Hexenversammlung lachte so laut, daß alle anderen verstummten. Über und hinter ihr verschränkte Yaan die Arme vor der Brust und dem Speer, dessen breite Spitze an seiner Schulter funkelte. Jedes einzelne Stück seiner rituellen Ausstaffierung glänzte und glitzerte im Licht der blauweißen Flammen. Lys' Blick wanderte von Anne zum Teufel und wieder zurück. Yaan stieß einen heiseren Freudenschrei aus.
»Verräterin!« donnerte er. »Du hast wohl daran getan, hier zu erscheinen! Dein leibliches Ende geht nun rasch vonstatten – du hast dir eine lange Zeit des Leidens erspart. Dabei hast du Schutz unter dem Wappen meiner Feinde gesucht. Hast du denn wirklich gehofft, du könntest mir entkommen?«
Nun trat Anne einen unsicheren Schritt vor, und ihre goldene Stimme durchschnitt den Gesang des Windes.
»Warum zeigst du hier dein Übelkeit erregendes Rattengesicht?« schrie sie. »Wer hat dich gebeten, hier noch einmal aufzutauchen, dreckige, diebische und verräterische Dirne?«
»*Niemand hat mich gebeten, hier zu erscheinen*«, ertönte mit seltsam schriller Stimme die Antwort von den bleichen Lippen. »*Ich stehe jenseits von dir und deiner Macht, bin nie wieder unter deiner Gewalt. Laß ab von deinem Blutvergießen und von deinen perversen Riten, denn sie sind unnütz und hohl. Ich bin nicht so verdammt, wie ich geglaubt habe; genauso wenig wie du, Rote*

Anne. Kein Mensch ist verdammt, es sei denn, sie gehören zu denen, die ihre Seele damit besudeln, sich die Schwächeren in ihrer Umgebung zu Sklaven zu machen und deren Seele zu verderben. Nur solche Menschen treiben hernach allein umher, und ihre Seelen zerplatzen wie faulige Wasserblasen und sind in der Nacht des Nichts verloren. Doch die, die ihre Seelen von solchem Unsinn fernhalten, ernten Belohnungen, die jenseits von Paradies, Fegefeuer und Hölle stehen! . . .«

»Die ihre Seelen von solchem Unsinn fernhalten?« äffte Yaan sie nach. »Hast du denn deine Seele davon ferngehalten, stinkender eingepökelter Hering? Hast du nicht einen Pakt geschlossen, der deinen Geist bewegt, sobald all diese verräterischen Knochen gebrochen sind?«

»*Halte ein, Narr*«, entgegnete die Elfenstimme. »Deine *Pakte, deine Drohungen, deine Visionen und dein Hirschkopf sind nicht mehr als Spinnweben im Sturmwind des Untergangs, der dich überkommen wird. Wenn es dir soviel bedeutet, die Knochen von Lys zu zerbrechen, dann fische sie bei Ebbe auf den Sandbänken bei Hardonek auf. Im Morgengrauen dürften sie die Höhe von Capdelest erreicht haben.*«

Yaan grunzte, riß den Speer hoch und warf ihn auf die Gestalt von Lys. Sie zuckte weder zusammen noch machte sie Anstalten, der Waffe auszuweichen. Die Speerspitze fuhr tief in den Torfboden ein, und der Schaft zitterte noch einige Male. Ein verängstigtes Ächzen kam von der Menge. Joris spürte, wie ihm die Knie zitterten. Das Wesen, das so aussah wie Lys, hatte nicht einmal mit der Wimper gezuckt. Ihr grünliches Antlitz blickte immer noch ganz ruhig auf die wütende Miene der Herrin, die Lys einst so sehr verehrt hatte.

»Will denn kein Ort dich haben?« schrie Anne. »Bist du dazu verdammt, zwischen den Sternen umherzutreiben? Gut, wenn ich dir schon nichts antun kann, so sollst du auch mich nicht kleinkriegen. Wenn ich im Nachtwind eine wimmernde Stimme nach ›Herluin‹ rufen höre, so weiß ich, daß du es bist, neblige Hündin, daß du den Nächten ohne Liebe in der Burg über Alanol nachweinst.«

»Rote Anne, großer Kummer wohnt in dir, den du auch mit Zornesausbrüchen nicht vor mir verbergen kannst. Aber ich will dich warnen, laß dich nicht mit Herluin ein. Von Zeit zu Zeit ist ihm und denen, die mit ihm sind, eine besondere Macht verliehen – auf daß die Hoffnung nie von der Erde verschwinden möge. Denn wenn die Hoffnung fort ist, gibt es auch keine Freude mehr. Wie sollen die Menschen tanzen ohne Hoffnung?«

»Du, du ... dessen einzige Freude ... Über welche Mächte verfügt denn dein Herluin?«

»Nun, unser lieber, kleiner Herluin, der dir so hübsche Lieder vorgesungen hat und errötet ist, wenn wir mit unseren Händen seinen Körper gepflegt haben, dieser liebe, kleine Herluin ist heute der Graf von Ger. Ich will dir nun offenbaren, was Ivo dir nicht sagen konnte, als du ihn durch den Schleier stoßen wolltest: Es war unser lieber, kleiner Herluin, der Lorin de Campscapel in der Nacht erschlagen hat, die unser altes Leben beendete. Ich hatte ihm einen Zaubertrank gegeben, der ihn in mein Bett führen sollte, doch statt dessen hat er bei ihm einen mörderischen Blutrausch bewirkt. Ich mag zu Lebzeiten nicht seine Geliebte oder Gemahlin geworden sein, doch wenn ich abwarte und die Augen offenhalte, mag ich vielleicht das Kind seiner Liebe werden. Und nun lebt wohl, ihr alle!«

Die kühle, helle Stimme erstarb im Wind um die Singenden Steine. Braunes Haar und bleiche Lippen, blasse Augen und hauchdünnes Kleid waren schon im nächsten Augenblick verschwunden.

Joris entdeckte, daß er im tropfnassen Farn kniete, der bis an den äußeren Rand des Steinrings heranreichte. Nichts war mehr so wie vorher. Der Hexenritus wirkte nur noch wie eine Farce angesichts der uneingeladenen Geistererscheinung und ihrer furchtbaren Botschaft.Doch so leicht gab Yaan nicht auf.

Der Teufel lachte dröhnend und sprang mit einem Satz von der Altarplatte. Der Räuberhauptmann duckte sich rasch und eilte in den Schatten des Weißdornbusches, bevor er sich wieder umdrehte, um zu sehen, was weiter geschah. Die ganze Versammlung war

wieder in Bewegung, und plötzlich erwachte dumpfer Trommelschlag. Ein Rhythmus, der Joris sonderbar vertraut vorkam.
Ta-ratt, ta-ratt, ta-ratta-ta-tatt, ta-ratt, ta-ratt, ta-ratta-ta-tatt.
»Hastain«, erinnerte sich der Räuber. »Die Puppenspieler. Das alte Weib, das sich unbeobachtet wähnte und allein tanzte. Die Frau am Fenster, die gierig alles in sich aufsog, weil sich in ihrem ereignislosen Leben sonst nichts tat. Auch hier wird mit Taschenspielertricks und Gaukeleien gearbeitet . . . aber es steckt mehr dahinter. Oh, nun tanzen sie . . .«
Zwischen dem äußeren und dem inneren Steinring gruppierten sich Männer und Frauen zu einem Kreis. Sie wandten die Gesichter nach außen, hielten sich an den Händen und hüpften gegen den Lauf der Sonne zum Trommelschlag. Eine Flöte bereicherte das Stampfen, Rufen und Lachen um eine Melodie. Eine Hornpfeife und Dudelsäcke gesellten sich dazu. Yaan tanzte im Innenkreis und wedelte mit einer kleinen Peitsche durch die Luft. Anne jedoch hockte allein auf dem Altar und hatte sich nur die Kuhmaske wieder über das Gesicht gezogen.
Die Anbeter waren zu zahlreich für einen Kreis. Bald hatte sich im ersten ein zweiter Tanzring gebildet. Vier tierköpfige Mitglieder des Hexenrats spielten dazu auf, machten die schrille, rauhe Musik. Andere rannten schreiend mal hierhin und mal dorthin, um die Tanzenden anzuspornen. Einer mit einem Hundekopf und von der Statur her Ivo sehr ähnlich brach aus dem schwankenden, hüpfenden Kreis und hüpfte und sprang ganz allein wie ein Ziegenbock über das Heidekraut. Ein anderer hockte sich auf einen gestürzten Megalithen und fuhr immer wieder auf, um eine der vorbeitanzenden Frauen an den Haaren oder den Kleidern zu reißen.
Und gerade dies war mehr als alles andere das, was Joris hier zu sehen erwartet hatte. Während der Tanz auf seinen Höhepunkt zusteuerte, stellte der Räuber fest, daß er wahnwitziger war als die Beschwörung und fremdartiger als die geisterhafte Erscheinung. Seine Glieder begannen zu zucken. Er fluchte und umklammerte

den Bogen . . . und er mußte entdecken, daß die Finger losgelöst voneinander den Takt zur Weise schlugen. Sein Kopf ruckte auf den Schultern hin und her, die Zähne schlugen zu jedem Trommelwirbel aufeinander, und seine Atmung paßte sich dem Rhythmus der Schreie an. Und immer noch hockte die Herrin wie versteinert auf dem Altar.
»Wovon mag Anne träumen?« fragte er sich und verschluckte sich fast vor Schreck. Denn seine Gedankenfrage war im Takt der Musik gestellt, und sie setzte sich in immer neuen Wiederholungen fort. *»Wo-von mag Anne träumen – Wo-von mag Anne träumen – wo-von mag . . .«*
Rascher und schneller wurde die Musik und mit ihr das Stampfen der tanzenden Füße. Stimmen erstarben aus Atemmangel. Eine junge Frau stolperte und sauste wie von Sinnen gebückt gegen einen der Megalithen. Doch die, die neben ihr im Kreis gewesen waren, schlossen nur zueinander auf, und niemand kümmerte sich um das Mädchen, das ohnmächtig und blutend dalag. Joris, der heftig gegen seinen rebellischen Körper zu kämpfen hatte – alles in ihm drängte danach, sich in den Tanzkreis einzureihen –, erinnerte sich an die letzten Worte, die Anne vor einigen Stunden zu ihm gesprochen hatte. Es kam ihm so vor, als sei das vor einer halben Ewigkeit gewesen. Und dann fing er an, sich über diese Roheit zu ärgern, die sich so sehr von seinen Taten unterschied. Joris, der sonst im verborgenen hockte und auf der Straße nach hohen Herren Ausschau hielt, hockte nun in seinen Hügeln und beobachtete verblüfft, was sich in seinem eigenen Land tat. Einen Augenblick lang hielt er sich an der Vorstellung auf, eine solche Versammlung mit einem Hagelschauer von Pfeilen aus dem Halbdunkel für immer zu beenden.
Ruhiger und entrückter bewegten sich jetzt die beiden Tanzringe. Ringsherum krabbelten die, die herausgefallen waren. Einige von ihnen erbrachen sich, andere hatten Schaum vor dem Mund, und wieder andere saßen ganz starr im Zustand tranceähnlicher Erschöpfung da. Doch mindestens dreimal zwanzig Tänzer drehten sich weiter verzückt im Kreis. Zwei hundeköpfige Teufelsanbeter

tauchten neben den blauweißen Flammen auf und hoben lederne Wassereimer.
Yaan brüllte Unverständliches von seinem Standort im Mittelpunkt der sich drehenden menschlichen Räder. Die blauweißen Flammen verlöschten zischend und mit Gestank. Fackeln fielen zu Boden und wurden ausgetreten oder am Stein ausgestoßen. Unter einem Funkenwirbel löste sich die Tanzformation in einer chaotischen Masse auf. Die Musik erstarb in einem grauenhaften Chor von Schreien. Die Dunkelheit eroberte die Singenden Steine zurück und überschwemmte die Versammlung.
Das letzte, was Joris sah, war die kuhhäuptige Gestalt von Anne, die immer noch reglos auf der Altarplatte hockte. Wie rasend wälzten sich Zweier- und Dreierpaare auf dem zerstampften Gras. Als die letzte Musik verhallt war und nur das Pfeifen des Windes übrigblieb, den wollüstigen Tumult zu untermalen, schnürten dem Räuberhauptmann Entsetzen und Ekel die Kehle zu. Totschlag und Vergewaltigung kannte er, begriff sie als Vorrecht der Männer, für die die Welt gemacht war. Aber dieses abstoßende Vermischen von falschen Meßgesängen, ungezügeltem Tanz, Anbetung von Verderbtem, Geistererscheinung, entfesseltem Haß und tierischer Unzucht war selbst für einen Joris vom Fels zuviel.
Wenn Annes Vorstellungen und geheimen Träume um solche viehischen Dinge konzentriert waren, glaubte Joris, er habe das Recht, dafür kein Verständnis mehr aufbringen zu müssen. Wenn sie sich aufgrund ihrer Unfruchtbarkeit in eine Art Wahn hineingesteigert hatte, konnte er ihr jetzt nicht mehr helfen. Und wenn sie ihn im Morgengrauen brauchte, mußte sie sich schon ins Lager bemühen.
»Es ist wider die Natur«, knurrte er, drehte sich um und floh in die Nacht hinein.

VIII

Beredung in Belsaunt

Achtzehn lange Monate lang lernte Juhel im Haushalt des Grafen von Barberghe die Regeln des Lebens. Zuerst teilte er seine Arbeit mit einem halben Dutzend anderer Knaben. Dann wurde er der dritte Page des Vicomte Robin, eines stumpfen und gehässigen Jünglings, dessen Geist irgendwo zwischen dem Geiz seines Vaters und der Prunksucht der Mutter nicht mehr weitergewußt hatte und einfach stehengeblieben war. Juhel diente ihm, so gut es ihm möglich war, und erhielt dafür zum Lohn gelegentlich Fußtritte, häufiger Maulschellen und noch öfter üble Beschimpfungen. Es fiel ihm nicht leicht, nach außen die fröhliche Miene aufzusetzen, die vom adligen Nachwuchs beim Dienst an ihren Herren erwartet wurde.

»Möge der Herr Euch heute erleuchten«, murmelte Juhel jeden Morgen verzweifelt, wenn er die Kleider des Robin Barberghe an die Bettstatt des Robin Barberghe trug. Und dies waren die einzigen Worte, die er in der Nähe des Vicomte sprach. Ansonsten schwieg er, wenn er nicht direkt angesprochen wurde. Seine wahren Gefühle für Robin Barberghe lagen irgendwo auf der Mitte seiner Haßskala, auf der alle die rangierten, mit denen er sonst noch zu tun hatte.

Er haßte seinen Vormund, den ›Fuchs‹, den Grafen von Barberghe, auch wenn er niedergeschmettert eingesehen hatte, daß der nur am Anfang endloser feudaler Kontakte stand, die ihn noch erwarteten. Er haßte die hagere Gräfin wegen ihrer Art, sich vor allem in die Dinge einzumischen, die sie nichts angingen, wegen ihrer nervtötenden Stimme, mit der sie unentwegt nörgelte, und wegen des durch nichts gerechtfertigten Stolzes, den sie in ihren Sohn, Juhels unmittelbaren Herrn, setzte. Er haßte die meisten Frauen und Weiber am Hof, vor allem die, die durch die Gänge schlichen, um sich dem Vicomte ins Bett zu legen. Manchmal waren sie immer noch dort, wenn er am Morgen Robin weckte. Juhel hatte bereits eine ganze Sammlung von kleinen Erinnerungen an solche Begegnungen, und viele davon erschreckten oder bedrückten ihn. Er haßte die Aufseher und Verwalter, die mit Vorliebe ihn zu einer Arbeit in ihrem jeweiligen Bereich heranzogen und in ihrer Vorstellungswelt keinen Begriff davon zu haben schienen, daß auch ein junger Page hin und wieder eine Verschnaufpause brauchte. Nur den Priester und den Chorleiter haßte Juhel nicht, die beiden liebte er sogar. Aber in Gesellschaft der anderen Pagen hielt er es für klüger, so zu tun, als sei es albern und vertane Zeit, Bücher zu lesen oder Musik zu hören – obwohl er doch insgeheim viele Stunden mit solchem Treiben verbrachte.

Doch an unangreifbar oberster Stelle seiner Haßskala standen Gavin und Guy, seine beiden Mitpagen bei Robin, die ihn um Haupteslänge überragten und ihn plagten und piesackten, wo immer sie nur konnten.

Der großspurige Gavin hatte besonderes Vergnügen daran, Juhel so viele Schmerzen zu bereiten, bis ihm die Tränen aus den Augen schossen, und bei diesem Werk bewies er außerordentliche Phantasie und Beharrlichkeit. Guy hingegen hielt es mehr mit der Hinterlist und verlegte sich auf Schikanen. Immer wieder gelang es ihm, Juhel ein Bein zu stellen, ihn zu zwicken oder in eine peinliche Situation zu bringen, wenn dies gerade besonders unpassend war. Der Kaplan bewahrte Juhels Ring und Balladenbuch auf. Was der Knabe sonst noch an Besitz hatte, und das war wenig genug, blieb meistens der Gnade der beiden Pagen vorbehalten; denn er schlief mit ihnen in einer Kammer und war auch am Tag die meiste Zeit nicht weit von ihnen. So erlernte Juhel einige weitere Künste: etwa im Winter nackt auf dem Steinboden zu tanzen; oder in einem Bett zu schlafen, auf das Guy reichlich Brotkrumen gestreut hatte; oder ins Bett zu steigen und neben und unter sich eine Herde Küchenschaben krabbeln zu spüren; oder unter dem Laken spitze Eiszapfen vorzufinden; oder eine halbe Stunde lang in der Halle mit einer Hose aufwarten zu müssen, die nur von einem dünnen Faden zusammengehalten wurde; oder bei halb offenstehenden Türen stets besonders vorsichtig zu sein, denn wenn er sie aufstieß, fielen schwere Stiefel oder gefüllte Wassereimer auf ihn. Wenn die Streiche von Gavin und Guy ihn bei den Herren in eine unangenehme Lage brachten, machte es Juhel bald nichts mehr aus, ohne Zögern die Namen der wahren Übeltäter zu nennen. Damit gewann er natürlich nicht gerade das besondere Wohlwollen seiner Plagegeister. Sie gaben ihm den Beinamen ›Petzer‹ und fühlten sich fortan im Recht bei ihrem Tun.

»Wenn ich sie nicht verraten würde«, sagte sich Juhel, »würden sie mich dennoch weiter quälen. Und so besteht immerhin die Möglichkeit, daß sie für ihre Streiche Schläge erhalten.«

Er betete um Mißgeschicke, Krankheiten und Schicksalsschläge für die beiden Pagen, war aber nicht allzu überrascht mitzuerleben, wie Gavin und Guy gediehen und von eiserner Gesundheit waren. Denn wenn die Fügung es schon bewirkt hatte, daß er ausgerechnet mit dem Hause Barberghe verwandt sein mußte, konnte man sie wohl für nichts verantwortlich machen und auch nichts von ihr erwarten. Und kleinere Unglücke wie die beiden mußten daher in Kauf genommen werden. Im achtzehnten Monat seiner Pagenzeit war aus Juhel ein Lügner von einiger Könnerschaft geworden, der es vorzüglich verstand, seine Enttäuschungen, Schmerzen oder Irritationen unter der Maske von Unberührtheit, Ernsthaftigkeit, Gehorsamkeit oder Heiterkeit zu verbergen. Er ritt und lief, schwamm und rang nicht besser und nicht schlechter als andere Knaben seines Alters. Einigen Trost erhielt er von ein paar geheimen und lange gehegten Wunschträumen.

In einem davon lebte er wieder mit Folquin im Kloster bei Hardonek. Schon ein Mondstrahl oder ein milder Ton im Gesang des Windes konnten ihn von der bedrückenden Burg von Barberghe in die graue Abtei am Nordmeer versetzen. In einem weiteren Tagtraum lebte er in einer stillen Burg, deren Ausstattung und Farben sich mit seinen Stimmungen und mit den Jahreszeiten wandelten. In voller und blitzender Rüstung lief er über große Hügel bis vor

sein freundliches Tor oder verließ es, um über halbdunkle Moore zu laufen und durch die wohlgeordneten Reihen eines Kiefernwaldes zu spazieren. Des Morgens erschlug er seine feigen Feinde, des Nachmittags ritt er zur Jagd aus, und des Abends malte er wundervolle Buchdekorationen. Bei Tisch erhielt er stets das beste Bratenstück, und zu seiner großen Zufriedenheit trug nicht unmaßgeblich bei, daß es in seinem ganzen Reich und weit darüber hinaus nicht ein einziges weibliches Wesen gab.
Der Turm von Ath kam in seinen Wunschträumen nie vor. Dessen Wirklichkeit war ebenso unangenehm wie alle andere Realität; und dieses Gefühl wurde verstärkt, als Gavin ihm erzählte, welche Schande Joris vom Fels seiner Familie angetan habe.
»Solange du dich dafür nicht an Joris gerächt hast«, erklärte Gavin mit teuflischem Grinsen, »wird dir niemals jemand den Ritterschlag geben.«
Doch Juhel war von dem Vorhergesagten noch viel zu entsetzt, um die letzten Worte mitzubekommen. Selbst Guy war überrascht, wieviel Schrecken sich auf der Miene des dritten Pagen zeigte.
»Du konntest doch nichts dafür«, versuchte Guy ihn – zu seiner eigenen Verblüffung – zu trösten. »Außerdem ist es nicht sehr ehrenvoll, einen Vogelfreien zu erschlagen.«
»Natürlich war der Bankert dein Vetter«, fügte Gavin hinzu. »Doch was heißt das schon, immerhin war ja sogar der Herzog von Burias nur ein unehelicher Sohn, bevor der König seine Mutter ehelichte.«
Von da an plagte eine neue und viel dunklere Verzweiflung Juhel, wenn er an seine Herkunft dachte. Er fragte sich, ob der Geist der entehrten Tiphaine zusammen mit dem Geist des ermordeten Säuglings so lange im dunklen Turm herumspuken müßte, bis sie von ihrem einzigen noch lebenden Blutsverwandten gerächt wäre. Und da erschienen die vor ihm stehenden Jahre als Knappe in einem neuen, angenehmeren Licht. Auf lange Sicht hin konnte er den furchtbaren Turm von Ath einstweilen vergessen.
Bis dahin stellten Gavin und Guy sein Hauptproblem dar. Und als die beiden eines Tages endlich einmal in Streit gerieten, war dieser

Umstand für Juhel wichtiger als die Aussicht, zusammen mit ihnen im Gefolge des Grafen von Barberghe zu einem Sommerbesuch des königlichen Hofes in Hautarroy zu reisen. Zu Juhels großer Genugtuung hätte Gavin Guy fast erwürgt, auch wenn der dafür zwei Zähne verlor und ein blaues Auge einstecken mußte. Und Juhel konnte sein Glück kaum noch fassen, als die beiden Pagen dafür vom Kammerherrn des Grafen tüchtig durchgeprügelt wurden.

»Verwünschter Kerl!« jammerte Guy am Morgen der Abreise. »Mindestens vier Tage Ritt stehen mir bevor, der ich steifer bin als Lots Weib, das zur Salzsäure erstarrte, und wunder als ein Pestkranker. Mein Herr Vicomte wird zu Abend gebratenen Kapaun mit Sirup zu sich nehmen, wenn er einen Wirt findet, der sich der Mühe unterzieht, ihm die dicke Brühe anzurühren... und dann muß ich gegen Mitternacht aufspringen, weil er vor lauter Galledrücken schreit und stöhnt. Und in Hautarroy finden wir überhaupt keinen Schlaf mehr, keiner von uns. Im letzten Jahr habe ich dort von achtundvierzig Stunden gerade drei schlafen können – eine davon in einer muffigen Ecke in einem Spielzimmer.«

Juhel, der im letzten Jahr in Barberghe zurückgeblieben war, erkannte nun, daß etwas Mitgefühl durchaus von Nutzen sein und ihm Informationen verschaffen konnte, ohne dabei wieder neuen Torturen und Gemeinheiten ausgesetzt zu sein. Er half Guy freiwillig beim Verpacken von Robin Barberghes Gewändern, und als schließlich die Trompeten den Ausritt des Grafen verkündeten, ritten die beiden Pagen Seite an Seite nicht weit hinter der Spitze des langen Zuges. Gavin war irgendwo in der Mitte. Er war der Begleitmannschaft der blitzenden Rüstung des Grafen zugeteilt worden, die auf eigenen Packpferden befördert wurde. Zum erstenmal verspürte Juhel, von Guy wie ein Gleichberechtigter behandelt zu werden.

Es war August, und lange Wolkenschatten trieben über das reifende Korn. Klöster, Landhäuser und Meierhöfe wechselten sich mit Wäldern, Feldern und Seen ab – die Landschaft der Ebene von

Nordanay. Hier und dort erhob sich ein neues Gebäude. An manchen Stellen flüsterten schwarze Ruinen Erinnerungen an den großen Bauernaufstand. Von der hochgewölbten Brücke von Roray warf Juhel einen nachdenklichen Blick auf das murmelnde braune Wasser. An dieser Stelle hatten vor dreizehn Jahren die Unruhen ihren Anfang genommen.

»Einen Groschen für die Gedanken unseres Grafen«, sagte Juhel leise.

»Pah, als wenn der sich große Gedanken machen würde«, bemerkte Guy und hielt den Blick auf den Federbusch und den Helm vor ihm gerichtet. »Dort auf der linken Straßenseite hatte er seine Galgenbäume errichtet. Es heißt, es sollen zweiundsiebzig gewesen sein, und an manchen hingen sogar zwei Bauern. Das war seine einzige und ganze Antwort auf das Aufbegehren der Leibeigenen.«

»Ich schätze, er hat es sogar genossen«, flüsterte Juhel.

Guy verzog das Gesicht.

»Höchstwahrscheinlich«, murmelte der braungebrannte Knabe. »Wenn ich ausgewachsen bin, will ich kämpfen; aber wie ein Mann kämpfen und nicht gegen dreckige Leibeigene antreten. Ich hätte bestimmt keinen Gefallen daran gehabt.«

»Ich auch nicht. Aber möglicherweise Gavin.«

Juhel hatte damit den ersten Probeschuß gewagt. Äußerlich ganz unschuldig wartete er im Innern doch ungeduldig darauf, ob sein Gefährte den Köder schlucken würde.

»Ja, dieser verdammte Kerl, das hätte ihm sicher Spaß gemacht. Er ist erst zufrieden, wenn er jemandem Schmerzen zufügen kann. Gestern hat er alles stehen und liegen gelassen, um in den Stall zu rennen, wo zwei Pferdeknechte sich in die Wolle gekriegt haben. Wenn er nicht zwei Hunde gegeneinander aufhetzen kann oder eine Ratte zum langsamen Ersäufen findet, fängt er eben Fliegen aus der Luft und wirft sie in Spinnennetze . . . Ich wünschte, eine Hexe würde ihn in einen Hasen verwandeln. Dann möchte ich zu gern miterleben, wie er kreischend und jammernd vor unseren Hunden flieht!«

»Ich habe ein kleines Gedicht über ihn gemacht«, gestand Juhel in leichtköpfiger Sorglosigkeit.
»Was hast du? Los, sag es sofort auf!«
»Nur wenn du mir versprichst, es ihm nicht weiterzuerzählen.«
»Klar doch! Fang schon an!«
»Also, es lautet so:

Hört nur Gavin, unseren Helden
Und denkt an Donner und Verheerung
Wenn Armeen aufeinander hauen
An Panik und Reichtumsvermehrung
An Leichenberge und verzückte Frauen
An Drachen in ihrem Blut und Feuer geschürt
Entsetzen und Furcht bei euch allen gerührt
Und viele bei diesem Namen verwiesen
Auf Gavin, den ›scheinenden Riesen‹.

Doch, Herren, zur Angst besteht kein Grund
Er wird euch weder schaden noch nützen
Und, Damen, legt nicht die Hand auf den Mund
Ihr braucht Eure Tugend nicht zu schützen
Folgt ruhig und heiter seiner Spur
Lauscht seinem Prahlen, seiner Stimme Klang
Und erlebt beim Hüpfen eines Frosches nur
Seinen riechenden, hosevollen Watschelgang
Dann nennt ihr Gavin gern den ›schleimenden Miesen‹.«

Guy war erst beeindruckt und brach dann in Gelächter aus. Noch eine ganze Weile später prägte er sich das Gedicht mit lautlosen Lippenbewegungen ein. Und während der ganzen Reise nach Hautarroy waren er und Juhel wie Freunde.
Die erste Nacht verbrachten sie in einer Abtei. Als sie am nächsten Tag in die Nähe des Flusses Varne gelangten, drehte der Graf vor der Herberge ›Zur Eintracht‹ nach Osten ab, statt weiter nach Süden zu reiten und bei Angmer die Furt zu überqueren. Vor der

großen Burg von Olencourt spornte er sein Gefolge zur Eile an, denn man konnte ihn und den gestrengen Kastellan nicht gerade als Busenfreunde bezeichnen. Am Nachmittag des zweiten Tages bekam Juhel zum erstenmal eine große Stadt zu sehen: den wunderbaren Ort Belsaunt, errichtet und ummauert mit roten und grauen Steinen. In der Mitte erhoben sich der rote Bischofspalast und alles überragend die Kathedrale von Sankt Austreberte, der Schutzpatronin der Stadt.

Bei diesem Anblick verwandelte sich der zynische Page in ein wundergläubiges, ergriffenes Kind zurück. Juhel konnte gar nicht glauben, auf wie wenig Raum die Bürgerfamilien über ihren Läden lebten. Schmucke Töchter lachten ihm ins gedankenverlorene Gesicht. Ein ausgelassenes, blondes Frauenzimmer beugte sich weit aus einem Fenster im ersten Stock und warf ihm eine Rose zu. Verwirrt fing er die Blume auf und schleuderte sie höchst ungalant zur Besitzerin zurück. Die Rose flog nur wenige Zoll am Antlitz des Mädchens vorbei. Dann blitzte das Sonnenlicht auf dem blausilbernen Schild des Gasthofes ›Zu den vier Schwertern‹ auf. Nun mußte Juhel Guy die Zügel seines Reittiers zuwerfen und über das Kopfsteinpflaster eilen, um die vergoldete Trense vom Roß des Robin Barberghe zu halten.

Trotz seiner mannigfaltigen Pflichten fand Juhel immer noch Zeit, sich die Wappen der hohen Herren anzusehen: der goldene und blaue Greif des Großkonnetabels Volsberghe, die rotgelben Wolfsköpfe von Montcarneau, die silbernen Lilien von Olencourt, der schwarze Bulle von Ahun. Der Page selbst trug die adrette schwarze und rote Kleidung seines Hauses, und auf seiner Brust prangten die drei Zackenornamente von Barberghe. Die Krähenfeder auf seinem roten Hut machte die Ausstattung komplett.

»Ich bin überzeugt, daß von nun an alles besser wird«, sagte er sich.

Das Abendessen wurde nicht im Gasthof, sondern im düsteren Haus des Herzogs von Ahun eingenommen. Dort sah Juhel den Edlen Gaston de Volsberghe, der endlich von seinem Dienst unter der Fahne des Kaisers zurückgekehrt war, und um sein Banner hing wie eine Wolke ein Schwarm von wahren und erfundenen Erlebnissen. Zusammen mit den anderen Pagen aß Juhel seine Portion an Kalbfleisch, Hammelfleisch und Gänsebraten, an Weizenbrot und Pynnonade, eine Mischung aus Mandeln und Ananas, die dem Knaben besonders mundete.

In einer Ecke der großen Halle setzte er sich auf eine Bank und dankte den Heiligen Christopher und Nikolaus mit auf dem Bauch gefalteten Händen dafür, wenigstens einmal dem harten Käse aus dem Haushalt der knausrigen Gräfin von Barberghe entronnen zu sein. Er hätte jetzt gern ein Schwätzchen mit Guy gehalten, doch der betrank sich mit den Pagen von Volsberghe. Juhel ging zu ihnen und entdeckte zu seinem unbeschreiblichen Entsetzen, wie Guy dort weinumnebelt seinen Arm um die Schulter von Gavin gelegt hatte.

Gavins vorquellende Augen überblickten die lärmende Schar und entdeckten endlich Juhel. Sein hageres Rattengesicht drehte sich aufmerksam zu der dauergrinsenden Miene von Guy um.

Etwas drehte sich in Juhels Magen um – vielleicht die Pynnonade –, als er erkannte, daß er verraten worden war. Gavin nickte langsam und stand erstaunlich behende auf.

Juhel glitt hinaus und gelangte in einen Küchenflur. Fast blindlings floh er durch das Halbdunkel, ohne genau zu wissen, wohin er sich eigentlich wenden sollte. Und nicht lange darauf war er irgendwo in den Tiefen des großen Gasthauses des Edlen Ahun verloren.

»Kleines Ungeheuer, ich prügel dich windelweich!« rief Gavin ins Halbdunkel hinein. Juhel hörte seine schweren Schritte auf dem Fliesenboden.

Gerüche nach feuchtem Stein, Lampions in den Ecken, runde Fenster mit Blick auf verschiedene Innenhöfe mit Gras- oder Kopfsteinpflasterböden. Einmal eine Reihe von Pappeln, die sich fedrig vor der dunkelblauen Abenddämmerung abhoben. Dann ein stiller kleiner Garten wie aus einer längst vergangenen Zeit, in dem sich blauschwarze und graue Schatten ein Stelldichein gaben . . .

Stufen, Stufen und noch mehr Stufen – Juhel hatte völlig die Orientierung verloren. Ein langer Gang mit mattem Lichtschein aus verschiedenen Türritzen. Murmeln von vielen Stimmen, das kurz aussetzte, um dann um so stärker zurückzukehren. Endlich eine halboffene Tür. Ein verzweifelter Stoß dagegen. Vorsichtiges Eintreten in eine Kammer. Ein sonderbarer Geruch nach Bienenwachs . . .

Juhel kauerte auf einem dunklen Holzboden vor einer durchlöcherten Trennwand. Über ihm eine gelbe, gewölbte Decke. Daran hing ein großer Kronleuchter, der ein angenehm mildes Licht verbreitete. Seine Anbringung konnte der Knabe jedoch nicht ausmachen. Sonderbar verzerrte Schatten bewegten sich im Halbdunkel. Juhel erkannte mit einiger Mühe, daß er sich auf dem Gang der Spielleute über irgendeiner Halle befand. Dann hallten auf dem Gang tiefe Stimmen wider.

»Hamo, Ihr haltet diese Tür geschlossen und haltet davor Wache, solange ich Euch benötige. Niemand darf hinein, nicht einmal meine Herzogin. Merkt Euch das.«

»Jawohl, Euer Durchlaucht.«

Das Scharren von einem gezogenen Schwert. Juhel hielt vor Schreck den Atem an, als in der Türöffnung ein Gesicht erschien. Aber der Herzog von Ahun hatte sich als Schutz gegen die Kälte der Nacht die Kapuze hochgezogen. Ein Blick nach rechts und links auf die zugedeckten Harfen und Violen, auf die Notenpulte und Hocker reichten ihm aus. Den zusammengekauerten Jungen dazwischen hatte er nicht entdeckt.

Das Gesicht verschwand. Die Tür flog krachend zu. Hamo lehnte sich hustend dagegen. Als sein Herr verschwunden war, summte er leise vor sich hin. Juhel hockte da, und dreifacher Schrecken lähmte ihn. Einmal natürlich seine unangenehme momentane Lage, dann Robin Barberghe, der ihn sicher schon vermißte, und schließlich Gavin, dem er über kurz oder lang über den Weg laufen würde. Eine Tür öffnete sich quietschend, aber diesmal eine unter ihm zur Halle. Die gewaltige Stimme von Gaston de Volsberghe dröhnte in seinen Ohren.

»Bei allem, was recht ist, meine Herren, ich fürchtete schon, nach meiner Heimkehr müßte ich Rost und Fett ansetzen. Doch nun scheint ja doch alles ganz anders zu kommen.«
Gelächter folgte seinen Worten. Dann Füßescharren und Stühlerücken. Etwa ein Dutzend Männer kam dort zusammen und nahm an einem großen Tisch Platz. Durch die kleinen Löcher in der Trennwand erblickte Juhel Samt und Seide, einen perlenbesetzten Schwertgriff, eine Hand mit vielen glitzernden Ringen. Er wagte es nicht, noch weiter vorzukriechen, um sein Auge an eine Ritze zu pressen. Schon jetzt knarrten die Dielen bei der leisesten Bewegung, und er mußte sich mit aller Kraft zum Stillhalten zwingen.
»Sitzt Ihr alle gut, meine Herren?« sagte der Herzog von Ahun. »Ich habe vor jeden Eingang einen Wächter postiert. Wir können also für eine Weile frei und offen reden.«
Letztes Stühlerücken und dann erwartungsvolles Schweigen. Jemand erhob die Stimme und klang Gaston im Tonfall sehr ähnlich, doch auch müder und heiserer. Juhel mußte nicht lange raten, dies war Gastons Vater, der alte Herzog von Volsberghe, gleichzeitig der Großkonnetabel des Reiches.
»Zuerst, edle Herren, die Mitteilung, daß unser Hahn das Spielfeld betreten hat.«
»Ich wußte es doch«, krähte ein jüngerer Mann mit einer so lustigen Hahnimitation, daß alle in Gelächter ausbrachen.
»Der Herzog von Camors«, dachte Juhel, »schwer angetrunken wie immer. Doch die anderen machten einen unerwartet nüchternen Eindruck.«
Worte und Sätze, zuerst rasch ausgestoßen, wurden bald besser verständlich, je mehr sich die Sprecher für ihr Lieblingsthema erwärmten.
»Ihm soll keine andere Möglichkeit offenstehen, Herr Herzog.«
»Das Unangenehme ist nur, daß alle Festen im Norden erst nach einer langwierigen Belagerung einzunehmen sind.«
»Ja, leider, Barberghe, gerade Zeit steht uns am wenigsten zur Verfügung.«

»Und bei Montenair weiß ohnehin niemand Genaueres.«
»Außerdem ist da noch Marckmont am Rand des Moorlandes.«
»Niemand vermag auch nur zu vermuten, was im Kopf des Raoul von Ger vor sich geht.«
»Doch, Träumereien ... Aber er ist verdammt flink mit seinem Schwert.«
Als letzter hatte Juhels Herr gesprochen. Also gehörten die Barberghes, der gerissene Graf und sein stumpfsinniger Sohn, auch zu dieser Versammlung, deren Sinn und Zweck Juhel noch nicht herausgefunden hatte. Allmählich bildete sich vor dem geistigen Auge des Knaben ein Abbild der Szene unter ihm in der Halle. Da war zunächst Gaston, der erläuterte, ermunterte und die Antwort auf mögliche Einwände gleich vorwegnahm. Dann saß dort der Großkonnetabel, der Gaston durch gelegentliche Ergänzungen unterstützte. Camors, der nur vor sich hinrülpste, ansonsten aber der Überzeugung war, daß alles dem Besten diente. Der Graf von Barberghe, der grübelte, widersprach und abwog. Ein anderer, der Blut gerochen hatte, im Augenblick aber von einem überreichlichen Abendmahl wie gelähmt war. Schließlich Ahun, der die meiste Zeit über schwieg. Und endlich einige weitere edle Herren, die ihre Meinung mit kurzem Grunzen oder tiefem Brummen bekundeten.
Juhels Mutmaßungen stützten sich nur auf die Satzfetzen, die bis an sein Ohr drangen. Erst nach einer Weile formte sich daraus ein Bild, und als er dies vor Augen hatte, waren seine drei Schrecken vergessen; denn er war hier Zeuge, wie eine Verschwörung geplant wurde.
Endlich riß er Mund und Augen auf, und alles an ihm schauderte. ›Unser Hahn‹ war niemand geringerer als Conrad von Burias. Wenn der alte König René das Zeitliche segnen würde, sollte der eigentliche Thronfolger, sein Neffe Thorismund, ausgebootet werden ... Und um die Gesundheit des Königs stand es nicht zum Besten.
»Warum eigentlich nicht dem Prinzen den Hals brechen?« wollte jemand aus der Runde wissen.

»Weil er zu eng mit dem Frankenhaus verwandt ist. Das würde dann auch einen Anspruch geltend machen«, erklärte Gaston. »Möchtet Ihr etwa, daß fränkische Heere hier einfallen, während unser Land in zwei Lager gespalten ist? Nein, wir müssen Thorismund in unsere Gewalt bekommen und ihn ›überreden‹. Darüber hinaus müssen wir auch Belsaunt in unsere Hand bringen, denn Belsaunt ist der Schlüssel zum Norden.«

»Ja, das verstehe ich. Und mein lieber Graf von Ger ist ja auch gleichzeitig der Baron von Marckmont...«

»Ja, er hält die Küstenstraße und das Marschland und trennt damit meinen edlen Herrn Vater vom Grafen von Barberghe und mich vom innig geliebten Belsaunt.«

»Mein edler Herr, mein durchlauchtiger Herr, mein hoher Herr!« grinste Juhel im Halbdunkel, als seine angeborene Respektlosigkeit zurückgekehrt war. »Aber bitte, werter Herr, darf es noch ein wenig durchlauchtigste Edelheit mehr sein? – Gaston scheint es wohl mit dem Plan unter den Nägeln zu brennen, sonst würde er sich nicht soviel Zeit nehmen, auf alle Einwände einzugehen, ohne dabei die Beherrschung zu verlieren. Dabei ist ihr Vorhaben eine große Niedertracht, und das Belauschen zwingt mich dazu, zum Rebellen und Verräter zu werden.«

Juhel krümmte sich bei der plötzlich auftauchenden Vorstellung, daß sein Leben zu den vielen Tausenden anderer gehörte, die von diesen vornehmen Herren bedenkenlos aufs Spiel gesetzt wurden. Etliche tausend Menschen lebten überall: in Belsaunt, in Honoy, in Neustrien, in den Reichen und Fürstentümern der gesamten Christenheit, unter dem gesamten Himmelszelt, das sich von einem Ende zum anderen über das Erdenrund spannte. Und sie unterschieden sich nur durch ihre Sitten und Gebräuche. Kriegführen und Gier nach Macht waren die Sitten und Gebräuche der hohen Herren. In diesem Moment offenbarte sich das Leben Juhel als heimtückisches, unerträgliches und verworrenes Gebilde. Wenn es dort unten zu einer Abstimmung kommen würde, genügten das Wort des schwer angetrunkenen Camors oder des verschlagenen Barberghe, große Ströme von Blut und Tränen hervor-

zurufen. Und dennoch – in Saint-Eloy-über-Hardonek war es ihm so beigebracht worden – wußte er, daß alles gemäß dem Ratschluß des Herrn im Himmel ablief.
Es war einfach zu schwierig für Juhel, dessen junges Herz immer noch nach Zeichen der Milde am düsteren Horizont kommender Gewalttätigkeiten suchte. Er fühlte sich elend und hockte wie gelähmt da. Nur mit einem Ohr verfolgte er noch die Beredung, bis sie von Gaston de Volsberghe mit einem Faustschlag auf den Tisch beendet wurde.
»Dann will ich dieses Ungeheuer von Ger erledigen, bei dessen Namensnennung ihr offensichtlich Hummeln im Hintern habt. Ansonsten widmet sich ein jeder der ihm zugewiesenen Aufgabe. Und kein Wort darüber zu euren Damen; denn ihr wißt ja, wenn man einer eine Andeutung macht, weiß es kurz darauf das ganze Land.« Im nun folgenden Gelächter schwang die Entschlossenheit zu kommenden Taten mit. Stühle wurden zurückgeschoben. Camors rülpste vernehmlich. Stimmen wurden leiser und vergingen. Schritte und Bewegung an der Tür, die sich draußen fortsetzten. Auf dem Gang rief jemand Hamo, der diensteifrig antwortete und rasch forteilte.
Juhel konnte sich noch eine ganze Weile nicht bewegen. Dann stöhnte er und verzog das Gesicht, als ob tausend Nadeln auf seine Haut einstachen. Weitere Zeit verging, bevor er sich erheben konnte. Endlich glitt er hinaus in den Gang und trottete unglücklich los in der Hoffnung, den Weg wiederzufinden, der ihn hierhergeführt hatte.
Gänge, Ecken, Stufen und staubige Wandteppiche, die ihm über das Gesicht strichen. Einmal das Quieken einer Ratte, die hurtig in einen vom Mond beschienenen Eingang flüchtete. Dann ein Säulengang, der an ein Kloster erinnerte, aber hier waren die Säulen nicht mit einer niedrigen Mauer verbunden. Statt dessen konnte man ungehindert hinaustreten auf Kieswege, die in einen Garten führten, wo geisterhafte Rosenblüten aus den schwarzen Spinnweben ihrer Büsche starrten und Beete ihre blassen Reihen von Dotterblumen und Tulpen aufmarschieren ließen.

Der Blumenduft brachte den Knaben zum Stehen. Er sog die Luft tief ein und fühlte sich wieder unglücklich. Es war zu traurig, daß so etwas Schönes zwischen zwei großen Ungemachen erscheinen mußte. Noch halb ergriffen vom eben Belauschten machte er sich schon Gedanken darüber, was er vor dem Vicomte Robin als Entschuldigung vorbringen konnte; denn Gavin würde es rundheraus abstreiten, Juhel zu nahe gekommen zu sein, geschweige denn, ihn aus der Halle gejagt zu haben.
Später wünschte er sich, er hätte den Moment zwischen den duftenden Blumen etwas länger und eindringlicher genossen. Als er sich den Stufen näherte, die zur großen Halle führten, kam einer der Knappen der Barberghe heraus und starrte den Knaben hochnäsig an. »Was treibst du denn hier?« verlangte er zu wissen. Das Mondlicht zeigte seine bierfleckige Kleidung und ein immer noch pausbäckiges Gesicht.
»Ich habe mich verlaufen«, antwortete Juhel wahrheitsgemäß.
»Dann komm jetzt mit mir. Der edle Vicomte benötigt einen Pagen, da bist du gerade recht.«
»Wo ist denn mein Herr?«
»Bei den Bärengruben. Man veranstaltet dort ein mitternächtliches Spielchen.«
Nach einiger Zeit mußte sich Juhel am Gürtel des Knappen festhalten, weil die Galerie rund um die Grube so überfüllt war. Er zwängte sich durch das Gedränge, über dem eine sonderbare Schlacht zwischen schweren Parfüms und beißendem Tiergestank tobte. Einmal wurde er gegen den pelzbesetzten Umhang einer schlanken und hübschen Dame gestoßen. Umständlich stotterte er eine Entschuldigung, aber die Frau sah nur zu ihm herab und lächelte. Ihr Kinn berührte fast seine Nase. Ihr ovales Antlitz wirkte im roten Schein der Fackeln einfach unvergleichlich. Sie hatte grüne Augen, eine blasse Haut und Haar, das unter dem Rand des braungelben Kopfputzes wie Bronze schimmerte. Juhel erkannte sie als das Fräulein Yolande de Volsberghe wieder, die Tochter des Großkonnetabels und die Schwester vom Edlen Gaston – und, wie manche tuschelten, die Geliebte des Prinzen Thorismund.

»Der Tag wird kommen, an dem eine Maid für eine solche Annäherung keine Entschuldigung erwartet«, lächelte Yolande den Knaben weiterhin an. Ihre weiche, parfümierte Hand kam hoch und strich Juhel sanft unter das Kinn. Der Knabe errötete so stark, daß er fürchtete, verbrennen zu müssen, und machte sich rasch davon. Als er später schweigend neben den seidenbehosten Beinen von Robin Barberghe an der Balustrade stand, fragte er sich, ob die vielen Geschichten wahr sein mochten, die man sich über sie erzählte.
Es kam ihm sonderbar vor, daß die Erinnerung an solch wunderbare Züge, die er ja nur für ein oder zwei Sekunden geschaut hatte, allen Lärm aus der Bärengrube und alles Geschrei von den Rängen vollkommen auslöschen konnte. Erst als unten Blut spritzte, holte die Wirklichkeit den Knaben wieder ein. Doch schon ein paar Momente später fragte er sich, ob das Fräulein Yolande tatsächlich so unvergleichlich schön war, wie er sie in seinen Gedanken sah, und er konzentrierte sich mit roten Wangen und beschleunigter Atmung auf das grimmige Treiben auf dem blutfleckigen braunen Sand unter ihm.
Kurz nach Mitternacht war der Vicomte Robin zu betrunken, um in seine Herberge zurückkehren zu können. Das Gefolge war seinem Vater schon in die Herberge gefolgt, und so blieb nur Juhel als Diener übrig. Robin wurde in ein Bett neben den Herzog von Camors getragen. Juhel bekam in der gleichen Kammer einen Strohsack zugewiesen. Er war eigentlich ganz zufrieden, denn die Nacht war mild, der Page des Herzogs gar nicht so unangenehm und der schwere Jagdhund des hohen Herren weniger grimmig, als es auf den ersten Blick den Anschein hatte. Die Müdigkeit übermannte rasch Juhels Furcht um kommende Vergeltung. Das herzogliche Schnarchen tat ein übriges, und erst das morgendliche Schnaufen des großen Hundes weckte ihn auf.
Doch dann kehrte alles zurück. Sonnenlicht und Vogelgezwitscher konnten ihn nicht vor einem schlechten Gefühl in der Magengegend bewahren. Wie ein ertappter Übeltäter schlich er hinter dem Vicomte auf den Hof des Gasthofs ›Zu den Vier Schwertern‹. Miß-

trauisch hielt er nach Gavin und Guy Ausschau und fragte sich, wieviel Zeit ihm noch blieb.

Der Moment kam noch vor dem Frühstück. Robin begab sich ins Schlafgemach seines Vaters, und Juhel holte aus seiner Satteltasche ein sauberes Hemd. Dabei fiel ihm auf, daß das geliebte Balladenbuch verschwunden war. Er stieß einen wütenden Schrei aus.

Wenig später befand er sich schon in einem kleinen Garten, der sich hinter dem großen Hof befand. Er rang dort mit dem überlegenen Guy, während Gavin das Balladenbuch aus einer Bauchtasche zog.

»Laßt mich in Frieden, ihr Ungeheuer!« kreischte Juhel. »Gebt mir mein Buch zurück und laßt mich endlich in Ruhe!«

»Paß auf, Guy, er hat eine Hand freibekommen.«

»Verdammt, der kleine Teufel tritt. Du möchtest uns wohl gern in den Hintern treten, was?«

»Ja! Ich würde euch tottreten, wenn ich nur die Gelegenheit dazu hätte! – Nein, ich habe es nicht so gemeint. Gavin, bitte, *bitte*, gib mir das Buch zurück. Schmeiß es nicht weg!«

»Du hast ein Gedicht über mich gemacht, stinkendes Ferkel. Jetzt sieh mal zu, was mit deinem Büchlein passiert!«

Der schmale braune Lederband flog hoch und landete auf den Ziegeln einer Dachrinne.

»Na, sieh mal an, nun können die Tauben deine Balladen lesen. Und das war erst der Anfang. Du schreibst mir das Gedicht nieder, und dann zwinge ich dich, es vor meinen Augen aufzuessen. Dann kommst du zu spät zum Frühstück, aber als Ersatz habe ich mir etwas ganz Besonderes für dich ausgedacht ...«

Guy ließ den Knaben los, und die beiden Peiniger liefen lachend davon. Juhel stand weiß und bebend da. Endlich starrte er hinauf zum Büchlein und biß sich in den Knöchel. Ein Gasthausdiener kam auf den Hof. Der Knabe wandte sich sofort an ihn.

»Wollt Ihr mir bitte das Buch herunterholen?« fragte er und zeigte hinauf zur Dachrinne. »Ich gebe Euch dafür einen Gulden und drei Pfennige – mehr habe ich leider nicht.«

»Ich falle auf Eure dummen Streiche nicht herein, junger Herr«, erklärte der Diener und machte sich davon, ohne einen Blick auf das Buch zu werfen.
Juhel schlug sich mit einer Faust in die Hand und dachte nach. Zwei dicke Tränen bahnten sich ihren Weg über seine verdreckten Wangen. Er sah ein leeres Wasserfaß, kippte es an der Mauer um und stieg hinauf. Er stellte sich auf die Zehenspitzen und machte den Arm so lang wie möglich, um an die bleierne Rinne zu gelangen.
»Wenn Ihr ausrutscht, brecht Ihr Euch den Hals«, ließ sich eine Stimme vernehmen. Juhel verrenkte den Hals, trat noch weiter an den Rand, spürte, wie sein Fuß am Moosbewuchs an den Dauben abglitt ... Halb fallend, halb springend landete er auf dem Boden. Er blieb liegen und wagte es nicht, aufzusehen oder um Hilfe zu bitten.
Statt dessen hockte er dort, weinte leise vor sich hin, war bar jeder Hoffnung und rieb sich den schmerzenden Hintern. Doch als ein junger Mann neben ihm auftauchte und sich über ihn bückte, sprang er halb auf, und auf seiner Miene stand eher Trotz als Schmerz zu lesen.
»Habt Ihr Euch sehr weh getan?« fragte die Stimme von eben. »Nein? Oder pflegt Ihr Euch häufiger solche Pein zuzufügen, und es macht Euch daher nichts mehr aus? Wartet, da kommt jemand.«
Der junge Mann war mittelgroß und trug nur das Lederunterzeug, das als Unterlage für eine Rüstung diente. Sein unbedecktes Haar war dick und von hellbrauner Farbe. Sein Gesicht hatte Adlerzüge und einen bräunlich elfenbeinernen Teint, und seine Züge waren herb und gleichzeitig weich geschnitten. Sein breiter, blasser Mund hielt zwischen den wie gemeißelt wirkenden Winkeln ein freundliches Lächeln. Die grüngrauen Augen mit den Bernsteinflecken hatten etwas von einer Fee an sich. Juhel verzog angesichts soviel Freundlichkeit unsicher das Gesicht, und der Fremde richtete sich wieder auf. »Ich sorge dafür, daß Ihr das Buch zurückerhaltet«, versprach der Mann. Dann rief er: »He da, Kerl!«

Der träge Diener war wieder auf den Hof getreten und schlurfte nun auf sie zu.
»Hol er eine Leiter.«
»Verzeiht, Euer Hochwohlgeboren, aber der Wirt hat mir aufgetragen, den Grafen von Barberghe zu suchen ... Mehr noch ist mir befohlen worden ...«
»Ich bin der Graf von Ger. Hol er endlich die Leiter.«
»Oh ... oh, Vergebung, hoher Herr, ich konnte wirklich nicht ahnen ...«
»Er und seine Ahnung sind von zwillinghafter Einfalt. *Wo bleibt die Leiter?*«
Bewegung kam in den Diener, und er flog wie ein Armbrustbolzen in eine Scheune. Der junge Graf schmunzelte und sah wieder zu Juhel. Der Knabe hatte sich nun erhoben. Das dunkle, unordentliche Haar umrahmte ein schmutziges Gesicht, das vor Dankbarkeit und ungläubiger Ergriffenheit glühte.
»Herr ... ich ... edler Graf, ich ...«
»Macht Euch keine Gedanken, junger Herr. Ich selbst habe einmal ein geliebtes Balladenbuch verloren. Nun kommt, richtet Euch auf. Ich verlange keine Verbeugungen.«
»Es ... ich ... Ich konnte es nicht ertragen, das Büchlein zu verlieren, Herr. Ich will zu Gott beten, daß Er Euch vor allen Gefahren bewahren möge ... nur ...«
»Nur was?«
Als Juhel sich aufgerichtet hatte, reichte sein Kopf dem Grafen bis an die Schulter. Er starrte seinen Wohltäter mit einer Mischung aus Verwirrung und Eifer an.
»Nun, Herr, Ihr sagtet eben, Ihr wärt der ...«
»Ja, genau das habe ich getan.«
»Und Ihr wart es, der die Ostmänner vernichtet und die gewaltige Burg von Campscapel eingenommen hat.«
»Nun, über hundert brave Männer waren an meiner Seite. Doch was nützt einem schon die Eroberung von Campscapel, wenn man nicht einmal eine Leiter haben kann, sobald man eine braucht.«
»Edler Graf ...«

Doch Juhels heisere Stimme wurde unterbrochen, als Gavin auf den Hof stürmte und gehässig rief:
»Juhel, du Tölpel, der Aufseher sucht schon eine ganze Weile nach dir. O Mann, ich möchte nicht in deiner Haut stecken, wenn er dich erwischt!«
Die schmucklose Lederkleidung des Grafen machte auf Gavin beim ersten Anblick ebensowenig Eindruck wie auf den Diener von vorhin. Erst als er am Ohr gezogen wurde, ahnte er, daß der junge Mann etwas mit Juhels Verspätung zu tun haben mußte.
»Aua! Laßt los!« kreischte er. »Was mischt Ihr Euch ein, zum Henker!«
»Schweig stille, Einfaltspinsel!« brabbelte Juhel und war schokkiert. »Dieser Edle ist der Graf von Ger!«
»Pack dich«, brummte der Graf und verpaßte dem fassungslosen Gavin eine Ohrfeige. »Meine besten Empfehlungen an den Edlen Barberghe, und richte ihm aus, daß sein Page mit mir kommen wird.«
Endlich erschien der Anfang einer Leiter im Scheuneneingang. Juhel schnaubte und sah dem Grafen gerade ins Gesicht.
»Von nun an wird Gavin überall damit prahlen, daß er vom berühmten Eroberer von Campscapel eine Ohrfeige empfangen hat.«
»Ich scheine tatsächlich einigen Ruhm angesammelt zu haben«, lächelte der Graf. »Doch nun sagt mir Euren Namen.«
»Juhel de Ath, hoher Herr.«
»Und wie alt seid Ihr?«
»Vierzehn, Herr.«
»Und die größeren Pagen piesacken Euch?«
»Nicht . . . nicht so sehr oft, hoher Herr.«
»Dann sagt mir das Gedicht auf, das Ihr über diesen Gavin gemacht habt.«
»Wie Ihr wünscht, Herr:

Hört nur Gavin, unseren Helden
Und denkt an Donner und Verheerung . . .«

Der Graf schmunzelte, als er die Spottverse vernommen hatte, und Juhel fühlte sich wie in einen Traum versetzt. Die unbeschreiblich schöne Yolande de Volsberghe rutschte in seinem Herzen auf den zweiten Platz ab. Vor ihm stand ein Mann, der verehrungswürdiger war als alle schönen Fräuleins des Reiches zusammen. Endlich erhielt er sein Balladenbuch zurück, packte es eifrig und steckte es gleich unter das Wams. Dann ergriff er die Hand des Grafen und küßte sie heftig.

»Gemach, junger Herr«, sagte der junge Mann. »Ich schätze, Gavin ist der ärgste von allen, was?«

»Ach, Herr, er hält uns bis lange nach Mitternacht mit seinen Geschichten wach. Er glaubt wirklich, daß die Hälfte aller Damen ganz verrückt nach ihm sind oder vor ihm dahinschmelzen. Es war nicht nett von mir, mich über seinen Watschelgang lustig zu machen, aber ...«

»Jeder kämpft mit seinen Waffen, nicht wahr? Könnt Ihr reiten? Und versteht Ihr Euch darauf, einem Ritter in seine Rüstung zu helfen?«

»Ja, Herr.«

»Könnt Ihr bei Tisch aufwarten? Könnt Ihr still stehen und bei Bedarf auch die Zunge im Zaum halten?«

»Ja, Herr.«

»Und schwimmen, Wappen lesen, die Laute spielen, mit dem Wehrstab umgehen und Euch mit einem Tuch schneuzen?«

»J-ja, Herr.«

»Gut, dann folgt mir.«

Juhel war blaß geworden und zitterte vor Erregung, doch als er hinter dem Grafen in die Kammer trat, die für die hohen Herren reserviert war, lief er vor Stolz rot an. Wann immer es seine Pflichten bei Tisch erlaubten, richtete er seine dunklen Augen auf den Kriegshelden. Die sonderbaren Blicke von Guy und Gavin störten Juhel nicht im geringsten, denn als Raoul von Ger an der Tafel Platz nahm, erklärte er Barberghe neben ihm: »Habt Nachsicht mit Eurem Pagen, Herr. Er und ich haben unsere Zeit mit dem Austausch von artigen Höflichkeiten vertan.«

»Der Knabe gehört zu Robin«, antwortete Barberghe nach einem Blick auf Juhel. »Doch es freut mich natürlich, von seinen guten Manieren zu hören.«

»Mich freut es auch«, beeilte sich der Vicomte hinzuzufügen. Er und sein Vater hatten wohl beschlossen, dem Grafen von Ger mit großer Höflichkeit zu begegnen, um ihn nicht mißtrauisch werden zu lassen. Gegen Ende des Mahles unterhielten sie sich über Pferde, und Robin fand eine ganze Reihe von bewundernden und freundlichen Worten für Raouls schweren Apfelschimmel.

»Das ist Noureddin«, erklärte Ger, »der Bruder von meinem Safadin. Er ist sechzehn Spannen hoch; ein Fünfjähriger, wie er wohl kaum besser zum Schlachtroß ausgebildet sein könnte. Hört, Robin, ich schlage Euch einen Handel vor: Nehmt Noureddin als Geschenk und leiht mir dafür Euren eulengesichtigen Pagen bis zu dem Tag, an dem er achtzehn geworden ist. Seid gewiß, dann einen wohlerzogenen Knappen vorzufinden.«

Juhel verlor wieder alle Farbe aus dem Gesicht, zitterte und konnte seinen Ohren kaum trauen. Dennoch bemerkte er, wie der alte Fuchs seinen Sohn heimlich in die Rippen stieß.

»Nun, warum eigentlich nicht, Raoul«, antwortete der Vicomte. »Ich bin Euch zu Dank verpflichtet, denn der Handel ist wirklich großzügig von Eurer Seite. Juhel, kommt her. Der edle Graf von Ger hat Euch vor einer gehörigen Tracht Prügel bewahrt, aber ich wage die Vermutung, daß er es sehr wohl versteht, jungen Burschen, die der Hafer sticht, das Fell zu gerben. Dient ihm so ehrlich und eifrig, wie Ihr nur vermögt, und haltet ihn stets in Ehren, denn er hat Euch eine große Gnade erwiesen. Raoul, ich übergebe Euch hiermit Juhel de Ath. Juhel, verbeugt Euch vor Eurem neuen Herrn.«

Juhel machte eine Verbeugung, die sich für einen Vierzehnjährigen wahrlich sehen lassen konnte. Und hinter dem Rücken von zwei Grafen und einem Vicomte streckte er Gavin und Guy genüßlich die Zunge heraus und schob unter dem Wams das Balladenbuch hoch, so daß eine Ecke davon im Halsausschnitt erschien.

Sein Barberghe-Gewand! Eine halbe Stunde nach dem Frühstück hatte sich Juhel entkleidet und trampelte und tanzte auf den Kleidern mit dem Wappen seines ehemaligen Herrn herum. Piers du Véranger, der bei ihm war, lächelte und legte dem Knaben seine eigene beste Ausstattung hin, damit er sich die überstreifen konnte. Juhel und Piers waren die Pagen desselben Herrn. Piers war noch etwas dunkler als Juhel, ein wortkarger, freundlicher und selbstzufriedener Jüngling. Juhel suchte in seinen Augen nach Anzeichen von Eifersucht auf den neuen Kameraden und war etwas überrascht, dort nichts dergleichen zu entdecken.

»Was ist denn das?« fragte er und zeigte auf das seidene Wappenschild auf der linken Brust vom gelben Gewand des Pagen. Es zeigte den Gierfalken mit den ausgebreiteten Schwingen – das Wappentier derer von Ger –, aber zusätzlich befand sich darauf ein goldener Schwan auf blauem Grund.

»Das ist das Wappen von Marckmont«, antwortete der Jüngling. »Marckmont ist die Baronie unseres Herrn Grafen. Dort steht eine kleine Burg, die er mehr liebt als die große Feste von Ger. Auf Ger gibt es vier Pagen, aber auf Marckmont bin ich der einzige ... im Augenblick noch ... und ich allein trage das Wappen von Marckmont auf meinen Gewändern. Und nur ich habe meinen Herrn auf dieser Reise begleitet. Was guckst du denn so blöde?«

»Marckmont«, sagte Juhel bedächtig. »*Marckmont am Rande des Marschlandes ...*«

»Ja, ganz genau. Es gibt dort einen langen Damm. Aber was meintest du denn damit?«

»Nichts«, sagte Juhel rasch. »Es war nur ein Satz von etwas, das ich letzte Nacht gehört habe. Ich hoffe nur, der Graf macht mich zu einem Pagen von Marckmont.«

»Beeil dich lieber«, riet Piers und fragte nach einer kurzen Pause: »Bist du froh, von den Barberghes wegzukommen?«

»Froh?« wiederholte Juhel und stieß zischend die Luft aus, während er sich mit der geliehenen schwarzen Hose abmühte. »Ich hasse sie alle, wie sie da sind. Unser Herr, der Graf von Ger, hingegen will mir wie ein ... erscheint mir wie ein ...«

Er hielt rasch inne, weil er fürchtete, sich lächerlich zu machen.
»Erscheint dir wie?«
Juhel nahm allen Mut zusammen.
»Wie der beste und vornehmste Herr und Ritter in der ganzen Christenheit«, erklärte er und errötete bis unter die Haarspitzen.
»Na klar, das ist er«, erklärte Piers halb überrascht, aber auch heiter wie immer. Und so wagte es Juhel, eine weitere Frage zu stellen, die ihm am Herzen lag.
»Die Diener und Aufseher«, begann er etwas verworren. »Ich meine, greifen sie oft . . . ach was, erhältst du oft Prügel?«
Piers starrte ihn nur mit großen Augen an.
»Steck dir hinten das Hemd in die Hose«, brummte er, »und binde die Barberghe-Sachen zu einem Bündel zusammen. Warum sollte ich Hiebe oder Schläge bekommen?«
»Nun, bei den Barberghes gab es reichlich davon«, sagte Juhel leise und war verwirrt über den Unterschied zwischen dem einen Leben und dem anderen.
»Ja, bei den Barberghes«, brummte Piers, so als drücke schon der Fürstenname alle Übel der Welt aus. »Nun komm mit mir. Draußen wartet ein Knecht, um deine Sachen zum edlen Vicomte zu bringen.«
»Verwünscht sollt ihr sein, ihr Kleider«, schimpfte Juhel, als das Bündel davongetragen wurde. Dann strich er zärtlich über das Marckmont-Wappen auf seiner Brust und wirbelte mit einem Finger die Kopfbedeckung herum, die er von Piers erhalten hatte: eine schwarze und gelbe Kappe mit einer langen Fasanenfeder, die von einem bronzenen Metallstück festgehalten wurde, auf das ein Gierfalke geprägt war.
»Achte gut darauf«, riet Piers und zeigte auf das Bronzestück. »Es ist ein Geschenk von Meister Nino Chiostra. Er hat es mit eigenen Händen angefertigt.«
»Wer ist denn dieser Chiostra?« fragte Juhel neugierig. »Ein italienischer Kupferschmied?«

»Er ist der Aufseher unseres Herrn. Sie haben einst zusammen in Belsaunt gelebt. Das ist lange her. Unser Graf war damals noch nicht einmal Vicomte. Ja, Meister Nino ist Tuscier und betätigt sich als Perlenbearbeiter. Es ist mehr als beeindruckend, ihm bei der Arbeit zuzusehen. Außerdem versteht er es sehr gut, mit dem Schwert umzugehen. Darüber hinaus . . .«
Die beiden Knaben näherten sich einer Tür am Ende eines langen Ganges. Die Tür stand offen, und aus der Kammer ertönten Lautenklänge und eine angenehme Tenorstimme.

Freut Euch auf sechs hübsche und adrette Damen
Carim-cara, cara-carim
Jede wirkt in ihrem eigenen Zauberrahmen
Und jede gibt der Liebe einen anderen Namen
Carim, cara, carissima.

»Dies nun«, flüsterte Piers, als er an die offene Tür klopfte, »ist Meister Nino Chiostra.«
»Kommt herein, wer immer es ist!« rief eine andere, dröhnendere Stimme, und Juhel fuhr davon zusammen, bevor er Piers in die Kammer folgte.
»Bei allen Flüchen der Hölle!« sagte die zweite Stimme wesentlich gedämpfter. »Der Morgen ist noch nicht zur Hälfte herum, ich habe erst die Hälfte eines kleinen Fläschchens getrunken, und schon sehe ich unseren Piers doppelt!«
Der Sprecher saß in leichter Rüstung auf einem Rollbett. Er war nur von durchschnittlicher Größe, aber breitschultriger als jeder, den Juhel bisher gesehen hatte. Sein Haar war von heller Strohfarbe, und an seinem rosigen Gesicht fiel vor allem das wuchtige Kinn auf. Der kleine, dünnlippige Mund stand in eigenartigem Gegensatz zu den lachenden blauen Augen. Juhels Blick fuhr über die breite Schulter zu dem gewaltigen Bihander, der hinter dem Bett in einer Ecke stand.
»Meister Nino, Hauptmann John und Meister Hubriton«, sprach Piers die Herren ohne übertriebene Ehrfurcht an, »unser Herr, der

Graf, hat mich gebeten, Euch seinen neuen Pagen vorzustellen: Juhel de Ath.«

»Zu Euren Diensten, meine Herren«, murmelte Juhel mit einer ehrerbietigen Verbeugung, die nur ein winziges Stück weniger gelungen ausfiel als vorhin vor Raoul von Ger. Schüchtern erhob er sich wieder und blickte in die honigfarbenen Augen des hübschen Aufsehers und in die schwarzen Augen des hageren Schreibers.

Auch Meister Nino Chiostra trug eine leichte Reitrüstung. Sein violetter Samtumhang lag neben seinem Ellenbogen auf dem Tisch. Eine Perle glänzte auf einem seiner Finger und fuhr auf den Saiten der großen Laute auf und ab. Unter den schwarzen Locken lachte ein sehr braunes Gesicht.

»Woher kommt Ihr, Juhel?« fragte er freundlich. Und während der Knabe ihm Auskunft gab, betrachtete er Juhel von Kopf bis Fuß.

»Dient meinem Herrn gut«, erklärte er schließlich, »dann werden wir alle hier Eure Freunde. Wir pflegen hier nicht die barberghesche Schule der Erziehung, wo eine Maulschelle für gewöhnlich sechsmal widerhallt und dann beim Küchenjungen landet. Nehmt Euch Piers als Vorbild, dann wird schon nichts schiefgehen. Und nun fort mit Euch, ihr beiden kleinen Teufel. Während Ihr dem edlen Grafen in die Rüstung helft, suchen wir ein weiteres Pferd.«

»Einen geraden Rücken und kräftige Waden«, brummte der blonde Hauptmann John. »Ich denke, den können wir gebrauchen.«

Als die beiden Knaben hinauseilten, hörten sie auf dem Gang die nächste Strophe von Ninos Lied.

Gar großes Leid mich will nun lange schon schinden
Carim-cara, cara-carim
Wenn denn die da, an die ich mich will binden
Endlich da, muß sechsfacher Zauber sich in ihr finden
Carim, cara, carissima.

»Wer war denn der Kriegsmann?« wollte Juhel wissen, während sie zum Grafen eilten.
»Hauptmann John Doust, ein Engländer. Er war es, der Jehan de Campscapel das Haupt vom Rumpf trennte. Ich schätze, kein Mann in ganz Neustrien – und hätte er auch die beste Rüstung an – würde es wagen, gegen John Doust und seinen furchtbaren Bihander anzutreten. Es ist immer sehr spaßig, wenn John und unser Herr zusammen sind. Und Nino macht es nur noch lustiger. Sogar Meister Hubriton, der fast immer mürrisch oder wortkarg ist, lacht dann mit. Doch nun genug davon.«
Im Fieber unterdrückter Verehrung half Juhel Piers dabei, die Platten und anderen Rüstungsteile an Raoul von Ger zu binden.
»Mit zwei von Euch geht es wirklich flotter von der Hand«, lobte der junge Graf gedankenverloren. Dann wandte er den Blick von der belebten Straße jenseits des Fensters und sah die beiden Knabenköpfe an, die rings um ihn herum auf und nieder fuhren.
»Juhel, Ihr kennt Euch in großen Städten nicht aus«, begann er. »Merkt Euch dieses: Seid zu jedem Bürger genauso höflich und freundlich wie zu einem Priester oder Edlen. Die Lebensart der Städter ist nicht besser oder schlechter als meine oder Eure – sie ist halt nur anders. Dort hinten, in der Straße der Ambosse, habe ich während eines Aufenthaltes große Artigkeit und Hilfsbereitschaft erfahren. Seitdem möchte ich, daß alle Bürger in den gelben Umhängen ihre Freunde sehen. Hast du das verstanden?«
»Ja, Herr.«
»Ihr seid ein guter Junge. Ihr stellt Euch bei der Rüstung nicht ungeschickt an, aber Ihr arbeitet mit heißen Handflächen. Seht Piers an, er macht alles nur mit den Fingern, und so müßt Ihr es auch anstellen. Piers, Ihr nehmt heute meinen Schild. Juhel trägt den Helm und den Umhang. Nun kommt mit.«
Wie sehr unterschied sich dieser Dienst und dieser Aufbruch doch von allem, was Juhel bisher erlebt hatte. Der ganze Innenhof der ›Vier Schwerter‹ leuchtete von gelben Umhängen. Auch Männer in anderen Farben waren hier zu sehen; darunter auch solche mit roten und schwarzen Zackenornamenten. Sie bildeten ein teils be-

wunderndes, teils abfälliges und teils gleichgültiges Spalier. Für Juhel waren diese Leute nicht der Mühe eines Blickes wert.
Heute saß Graf Raoul auf seinem eisengrauen Hengst Safadin. Juhel spürte den Drang, dem Apfelschimmel Noureddin eine Erklärung und Entschuldigung ins aufgerichtete Ohr zu flüstern, weil er von seinem etwas berühmteren Bruder getrennt worden war, um einen armen kleinen Pagen glücklich zu machen.
Juhel war felsenfest davon überzeugt, daß ihm nun glückliche Tage bevorstanden. Er glaubte, endlich die Menschen gefunden zu haben, die gut und freundlich waren, ohne darum als Narren oder Weichlinge angesehen zu werden. In einer Welt von Grobianen, Klotzköpfen und Feiglingen hatte er früher zynisch über die guten Eigenschaften gelacht, zu denen man ihn erziehen wollte. Inmitten der schwarzen Gierfalken erschienen ihm diese Eigenschaften nun in einem neuen, einem vornehmen und strahlenden Licht. Dienen und Gehorchen, so hießen seine vornehmsten Pflichten – doch zuvor wollte er wissen, ob der, dem er dienen und gehorchen sollte, es auch wert war.
Die Trompeten des Grafen erschallten. Juhel zog am Zügel des Wallachs, den man ihm zur Verfügung gestellt hatte. Auf und hinaus durch die warme Sommerluft, über die schattigen Straßen von Belsaunt. Gavin und Guy hatten sich die Kappen vom Kopf gezogen und standen voller Ehrfurcht am Tor des Gasthofs. Juhel, der sich die Kappe fest über die Locken gezogen hatte, ließ sich dazu herab, den beiden beim Ausritt einen zweifelhaften Blick zuzuwerfen.

IX

Die Spitzen von Hautarroy

Die Nacht in einer sehr alten Stadt. Der Mond tauchte wie eine silberne Glitzerscheibe hinter einer rasch vorbeiziehenden, halb durchsichtigen Wolke hervor. Die Türen geöffnet zur bischöflichen Terrasse mit stumpf glänzenden Steinplatten und Sträucher in Steinkübeln. Jenseits dieser Anlage die geheimnisvolle Schwärze von geraden Baumreihen, aus denen kurz eine Nachtigall sang und dann schwieg. Rund um jede Tür und jedes Fenster die zierlichen Schatten von Rankenrosen, die in den wechselnden Strahlen des Mondlichts einen Tanz aufführten.

Juhel hockte mit angezogenen Knien auf einer Fensterbank im düsteren Vorraum und lauschte verträumt dem Lied des Windes und zog genießerisch das Parfüm der Blumen und der Nacht ein, was er bei den Barberghes nie gewagt hatte. Nun war er schon die dritte Nacht in einem neuen Haushalt, und noch niemand hatte auch nur Miene gemacht, ihm einen Fußtritt zu versetzen. Den ganzen Nachmittag über, seit ihrer Ankunft in der Hauptstadt, hatte Piers für den Grafen Botengänge erledigen müssen. Nun lag er im Gasthof ›Zum Brennenden Dornbusch‹ in seinem Bett, und Juhel hatte Raoul von Ger bei seinem Antrittsbesuch beim alten Prälaten allein begleitet.

Der müde alte kirchliche und der junge weltliche Würdenträger hockten nun zusammen in der Kammer hinter der Tür mit dem schweren Purpurvorhang. Auf der zweiten Fensterbank im Vorraum döste ein Page aus dem Haushalt des Erzbischofs, und Juhel war ganz sich selbst überlassen.

Morgen sollten seine neuen Kleider fertig werden. Und sie trugen den Schwan auf der Brust, denn Juhel war zum zweiten Pagen von Marckmont bestimmt worden. Morgen würde er den Prinzen

beim Bogenschießen sehen können. Und morgen würden auch die Herren in Hautarroy eintreffen, die in Belsaunt die geheime Unterredung abgehalten hatten. Oh, er mußte ja dem Grafen noch berichten, was er auf der Musikantengalerie belauscht hatte. So vieles hatte seitdem seine Gedanken auf Trab gehalten.
Außerdem standen die Chancen nicht schlecht, morgen auch das Fräulein Yolande de Volsberghe wiederzusehen. Bei der Vorstellung verzog er das Gesicht. Selbst hier, in Hautarroy, mußte man schon in den Palast des Erzbischofs, um endlich Ruhe vor den Weibern zu finden. Im Gasthof hatten die Mägde und Bedienerinnen in allen Ecken und Winkeln gekichert und gequiekt, hatten sich wie zufällig, aber plump den Soldaten in den Weg geworfen, um dann schrill zu fluchen, wenn letztere sie in den Hintern kniffen. Zu Juhels großem Leidwesen hatte sich die fette Wirtsfrau über die Lippen geleckt und ihm mit ihren triefenden Augen zugekniept. Juhel war nichts Besseres eingefallen, als so zu tun, wie wenn er nichts gesehen hätte. Und obwohl das Fräulein Yolande so unvergleichlich anmutig war, daß es ihm im Herzen weh tat, sie zu berühren, und noch mehr schmerzte, nur an sie zu denken, gehörte Juhel doch zu denen, deren Blut bei der Erwartung fleischlicher Begierden nicht zwangsläufig in Wallung geriet.
»Die großen Herren scheinen kaum etwas lieber zu tun, als möglichst weit von ihren Gemahlinnen fortzureisen«, hatte er am Nachmittag Piers zugeraunt, als sie einen geschminkten und eher rüstigen als jugendlichen Edlen dabei beobachtet hatten, wie er in den Steigbügeln stand, um mit charmanten Worten auf eine grinsende Bürgerin in einem Fenster über ihm einzureden.
»Hm«, brummte Piers. »Warte nur ab, bis unser Herr wieder in Ger ist.«
Juhel brachte kein Wort mehr über die Lippen, denn zu tief war ihm der Schrecken in die Glieder gefahren. Er bewunderte den edlen Grafen so sehr, daß er darüber gar nicht auf die Idee gekommen war, daß zu Hause eine Gräfin auf ihn warten könnte. Unglücklich sank er bei der Vorstellung in sich zusammen, nun auch noch Respekt für ein Wesen von der Art aufbringen zu müssen,

wie er es bislang nur als lästig und häßlich und arglistig kennengelernt hatte.
Aber Ger war weit fort, und so kam ihm dieser neue Ärger als etwas in so weiter Zukunft vor, daß er sich vorerst keine größeren Gedanken darüber zu machen brauchte. So gab er sich jetzt in dem schattigen Vorraum seinen Tagträumen von Schlachtenruhm, der Jagd und dem Ausmalen von Buchstaben hin. Bald sang er leise die frechen kleinen Verse von Meister Nino Chiostra vor sich hin, die so recht zu seiner Stimmung von wehenden Bannern und stampfenden Hufen passen wollten.

Sollen mein Herz und mein Geist in Liebe versinken
Carim-cara, cara-carim
Müßte zuerst ihr Haar wie das von Olivia blinken
Doch sie dürft' nicht haben Olivias krummen Nasenzinken
Carim, cara, carissima.

Als Zweites, sie brauchte, ich muß es gestehen
Carim-cara, cara-carim
Von Constanza die Augen, die so lieblich sehen
Aber, bitte, nicht Constanzas Ohren, die so abstehen
Carim, cara, carissima.

Als Drittes, ich schwöre bei des Meeres Klippen
Carim-cara, cara-carim
Müßten es von Elena sein die runden, vollen Lippen
Doch Schimpf und Schande über Elenas dürre Rippen
Carim, cara, carissima.

Wenn man überhaupt über Weiber singen wollte, dann nur auf solche Weise, schmunzelte Juhel. Irgend etwas stimmte nie an ihnen, irgendwas machten sie immer falsch, was wohl in ihrer Natur lag. Und die zu verändern, war selbst den Göttern zu mühselig ... Doch da kam der Graf, begleitet vom Beichtvater des Erzbischofs.

Juhel sprang sofort auf, schüttelte den anderen Pagen wach und stellte sich dann mit dem Schwertgurt, dem Umhang und dem Hut mit der Feder in den Armen bereit. An Raouls Kopf vorbei konnte er einen kurzen Blick auf die schwarzen und orangefarbenen Wandteppiche, die schweren, bronzenen Kandelaber und die hohe blaue Decke mit den goldenen Verzierungen werfen. Die großen Augen, die Adlernase und der wohlgeschnittene Mund des Grafen brachten das Herz des Knaben zum Läuten, auch wenn in diesem Augenblick die Glocken der großen Kathedrale zur vollen Stunde schlugen.

»Mitternacht«, sagte Raoul. Als er gegürtet und ummantelt war, führte sie der Kaplan zu einem Seitentor im Straßenwall des Palastes. Der wachhabende Offizier grüßte, und die Soldaten reihten sich mit ihren Spießen in Habachtstellung auf. Juhel warf sich in perfekter Nachahmung seines Herrn den eigenen Umhang über die Schultern.

Draußen schien der Mond hell, und Wind rauschte. Am Rand einer kohlpechrabenschwarzen Gasse glänzte Wasser. Am anderen Ufer waren dunkel die Türme von Sanctalbastre auszumachen, und jenseits von diesen erhob sich der Fels von Ingard, der von der gewaltigen Königsburg gekrönt wurde.

»Herr Graf«, sagte der Kaplan, »soll ich Euch ein paar Fackelträger aus dem Haus mitgeben, damit sie Euch heimleuchten können?«

»Seid bedankt, Vater, aber es geht sicher ohne. Ich muß ja nur um St. Andreas herum und stehe schon vor dem ›Brennenden Dornbusch‹. Der Mond scheint, und wir kommen gut voran.«

Kurz darauf trottete Juhel seinem Herrn hinterher, während der mit langen Schritten den offenen Platz vor der Westfront der Kathedrale überquerte. Aus einer Straße zu ihrer Linken ertönten Stimmen und flackerten Fackeln. Juhel warf einen Blick dorthin und entdeckte zwei Reihen von versperrten Häusern, an denen auch die Läden geschlossen waren. Nur am Ende stand ein großes Tor offen, und der beleuchtete Innenhof dahinter war mit vielen Männern angefüllt. Zu zweien oder zu dreien verschwanden diese

im Gewirr der Gassen. Es war die Nacht zum Sonntag, und die Gäste des Grafkardinals verließen dessen Haus Hotel de Estragon.
Raoul bog ab und strebte auf die nordwestliche Ecke von Sankt Andreas zu. Beim raschen Folgen suchte und fand Juhel das Abbild des Heiligen direkt über dem Portal. Der große Türbogen, die Könige und Bischöfe in ihren Nischen, die Stufen, auf denen tagtäglich die Bettler hockten, die schlanken Türme im Westen, in denen die Tauben nisteten – all dies stand im Wechsel des Mondlichts mal scharf herausgeschnitten in Silbergrau da oder verging konturlos zu einer einzigen Masse aus schwarzem Stein. Hinter dem beeindruckenden Bauwerk der Kathedrale eilten graue Wolkenberge über den Himmel. Die Platanen und Kastanienbäume, die zwei Seiten des großen Platzes flankierten, zischten und rauschten und waren in ständiger Bewegung vor der grüblerischen Stille der Paläste und Fürstenhäuser dahinter.
Die Stadthäuser der hohen Herren standen dort in unglaubhafter Eintracht nebeneinander: die Hotels der de Lestembourg, der du Fors, der de Boqueron und am Ende, den Ausläufern der Kathedrale schon sehr nahe, das Hotel de Hastain, in dem der junge Thorismund wohnte, der Thronfolger des alten und kranken Königs.
Raoul und Juhel kamen am Fuß des Nordwestturms vorbei. Der Blick des Knaben wanderte langsam die festen Mauern des Nordschiffs hinauf. Das Dach war in dieser Nacht schon nicht mehr auszumachen. Nur die Kriechblumen, Krabben und anderen Verzierungen der Turmspitzen an der Fassade waren noch zu erkennen.
»Wie ein gewaltiges Schiff, das vor Anker liegt«, dachte Juhel. »Nur ist dieses Gefährt sicherer, freundlicher, gesegneter und friedlicher.«
Er ließ den Blick über den windigen Vorplatz wandern, um den Kontrast der windgeschüttelten Wipfel in sich aufzunehmen. Plötzlich stockte dem Knaben der Atem. Er streckte den Arm aus und zog den davoneilenden Grafen am Umhang.
»Herr!« flüsterte er dringlich. »Herr! Wir werden verfolgt!«

Der Graf fuhr herum.
»Wo? Von wem?«
»Dort zwischen den Bäumen. Zwei Männer. Sie stehen nun still. Eins, zwei, drei Bäume links vom Türmchen mit dem glänzenden Wetterhahn.«
»Bei Nacht treibt sich hier einiges zwielichtige Gesindel herum, das es auf die Börsen der Mitbürger abgesehen hat«, bemerkte Raoul. »Seht selbst, dort brennen überall Fackeln. Wahrscheinlich sind die beiden Nachtwächter oder Stadtbüttel auf der Suche nach Dieben.«
»Die beiden Männer dort haben *keine* Fackeln«, sagte Juhel und wünschte sich, er hätte einen Dolch dabei.
»Nun kommt schon, Hasenfuß, wir brauchen kaum noch fünf Minuten bis zum Gasthof.«
Der Graf klang belustigt, beschleunigte aber seine Schritte. Vor ihnen erhob sich ein dunkler Torbogen, der unter dem Schulgebäude des Chorleiters hindurch zu der offenen Fläche hinter der Altarnische der Kathedrale führte. Von diesem finsteren Gang ging eine noch düsterere Gasse ab, die an der Flanke des Hotel de Hastain vorbei auf dieselbe offene Fläche führte. Kurz vor dem gähnenden Toreingang blieb Raoul stehen. Der Tunnel breitete sich vor ihm aus. An seinem Ende standen Holzpfosten, damit nicht jedermann hier hindurcheilen konnte. Jenseits der Pfosten Kopfsteinpflaster bedeckt von den Schatten der Mauern und der Bäume. Dahinter Mondlicht, dann ein Rinnstein und endlich eine fensterlose Hauswand. Als der Graf den ersten Schritt hinein machte, ertönte der Ruf einer Eule, der dreimal aus den Bäumen beantwortet wurde. Juhel keuchte. Aus der Seitengasse kam ein leises Krachen. Der verwirrte Graf zog sein Schwert und marschierte leise durch den Tunnel zum Eingang der Gasse. Zitternd und bebend folgte ihm der Page.
Nur Finsternis und Stille schienen in der kleinen Straße zu sein. Leise rauschte der Wind. Raouls Linke fuhr zurück und fand eine heiße Faust. Der Graf trat in die Gasse und zog den furchtsamen Pagen hinter sich her.

Kurz darauf hatte die Dunkelheit sie verschluckt. Ein tiefes *Twang* ertönte links von ihnen, und etwas fuhr hinter ihnen in Holz. Juhel warf einen Blick über die Schulter und entdeckte einen schwingenden Fensterladen am Gebäude jenseits der Gasse. Dann wurde er hochgerissen, an einer niedrigen Wand entlanggezogen und endlich in den Schatten hinter einem Vorsprung der Altarnische geworfen.
Raoul kniete sich hin und spähte um den Stein herum. Ein Mann mit einem Schwert in der Hand stürmte aus der Seitengasse und brüllte etwas Unverständliches zum offenen Fensterladen hinauf.
»Hinter dem Mauervorsprung!« erhielt er zur Antwort.
Der Mann wirbelte herum. Dann war Klirren von Stahl zu hören, und der Fremde blieb stehen.
»Allmächtiger!« rief er und rannte wie ein Hase über den kleinen Hof, um im Labyrinth der Gassen hinter dem Hotel de Hastain zu verschwinden.
Das Fenster in der dunklen Wand von der Bleibe des Prinzen wurde krachend geschlossen. Ein zweiter Bewaffneter, dem ein Knabe eifrig folgte, tauchte jetzt im Tunnel auf und sah sich wütend nach allen Seiten um.
»Kommt heraus!« brüllte der Mann. »Wo seid ihr, Feiglinge, die ihr es nicht wagt, eure verschlagenen Mienen zu zeigen! Wartet es nur ab, ich finde euch ja doch!«
»Geht in Deckung!« rief der Graf. »Direkt über Euch hat soeben jemand geschossen!«
Raoul war aus seinem Versteck getreten und zeigte mit der Schwertspitze auf das geschlossene Fenster.
»Wer zum Teufel seid Ihr?« wollte der andere wütend wissen und trat mit gezückter Klinge auf ihn zu. »Aber das ist ja Raoul de Ger! Was um alles in der Welt macht Ihr denn hier?«
Juhel erkannte in dem Mann den Edlen Brian de Saulte, den Bruder des großen Herzogs und engen Freund von Prinz Thorismund.
»So ganz genau weiß ich das selber nicht«, gestand Raoul. »Um

der Güte des Herrn willen, kommt hinter den Mauervorsprung hier – der Knabe auch. Also, was geht hier vor? Was macht Ihr denn um diese Zeit hier?«

»Ich kam gerade vom Grafkardinal und sah zwei Burschen, die vor mir herschlichen. Sie waren wohl hinter Euch her. Einer von ihnen schrie wie eine Eule, und dann tauchten sie hier irgendwo unter. Ich eilte ihnen sofort nach. Der eine fuhr flink wie ein Wiesel herum, aber ich hatte schon blankgezogen. Davon abgesehen trage ich ein Kettenhemd. Der Bursche schleicht jedenfalls keinem mehr hinterher. Wie war es denn bei Euch?«

Der Graf von Ger berichtete, und währenddessen starrten sich Juhel und der andere Page erregt und furchtsam zugleich an.

»Aber wir stehen hier doch vor dem Hotel de Hastain«, murmelte Brian, und seine Stirn legte sich in tiefe Falten.

»Ja, das weiß ich auch. War das ein Bolzen von einer Armbrust?«

»War es was ... aber ja, natürlich. Er steckt in dem Pfosten da drüben. Horcht, da kommt die Wache.«

Lichter tauchten hier und da in Fenstern auf, aber das Hotel de Hastain blieb ein stummer, dunkler Klotz. Fackeln erschienen um eine Biegung. Lampions und Laternen beschienen stählerne Harnische und Lanzen und Glefen. Jemand stolperte und fluchte.

»Zur Hölle mit ihm«, rief jemand. »Conrad, paßt auf, wo Ihr hintretet. Verdammt, das muß eine Leiche sein.«

Im nächsten Augenblick war der Tunneleingang hell erleuchtet. Der Bolzen funkelte in der Brusthöhe eines Mannes in einem Pfosten. In Begleitung einer Gruppe von Edlen stand ein atemberaubend schöner junger Mann mit flammendrotem Haar und einem smaragdgrünen Umhang. Er glotzte Raoul und Brian de Saulte an und bemerkte dann einen salutierenden Hauptmann der Wache.

»Was ist hier vorgefallen?« verlangte er zu erfahren.

Brian verbeugte sich tief und zeigte auf den Armbrustbolzen. De Ger verbeugte sich ebenfalls und sah dann seinen königlichen Vetter geradeheraus an.

»Edler Herr Prinz, ich schätze, ich habe mich vor einem Bolzen in Sicherheit gebracht, der eigentlich für den Edlen Brian bestimmt war. Der kam nämlich hinter mir und erschlug einen von denen, die hier herumschlichen und uns beschossen.«

»Von wo kam denn dieser Bolzen?«

»Von jenem Fenster dort.«

Thorismund drehte sich herum, und in seiner durchlauchtigsten Begleitung begann jemand zu kichern.

»Unwahrscheinlich«, bemerkte der Prinz nur.

»Edler Prinz, ich habe es selbst gesehen und gehört.«

»Wißt Ihr überhaupt, was Ihr da sagt? Dies ist *mein* Haus.«

»Herr, ich weiß, was ich sage, und ich weiß auch, daß dies Euer Haus ist. Doch seht Euch den Winkel an, in dem der Bolzen ins Holz gefahren ist. Er bestätigt meine Worte. Er hat mich um eine Elle und meinen armen Pagen hier um wenige Zoll verfehlt.«

»Page? Ach ja. Grünschnabel, erzähl du mir, was sich hier zugetragen hat.«

Juhel, der schon mehr als genug erschrocken war über den respektvollen Tonfall seines Herrn, schluckte nun erst recht, trat unsicher vor und stammelte eine Antwort. Thorismund lauschte ihm ruhig, und im flackernden Licht hinter dem Prinzen entdeckte Juhel nun das dunkle, unberührte Gesicht von Conrad, dem Herzog von Burias.

»Bringt die Leiche her«, befahl Thorismund, als Juhel zu einem Ende gelangt war. »Nun halte doch mal einer eine Laterne hoch. Montdor, ist dies jemand aus *meinem* Gefolge?«

Der Kammerherr trat an den Toten und beugte sich über ihn.

»Ich habe den Mann noch nie gesehen«, erklärte er kurz darauf. »Auf meinen Eid, hoher Herr, dieser Bursche gehörte nicht zu Eurem Haushalt.«

»Wie dem auch sei...« machte sich Brian de Saulte heiser bemerkbar. Doch schon ging der junge Prinz auf ihn zu und faßte ihn an der Hand.

»Montdor«, befahl er, »wahrt meine Ehre und die Eure. Ins Haus mit Euch und ergreift diesen Armbrustschützen! Conrad, Ihr und

ich sorgen später dafür, Brian de Saulte sicher nach Hause zu geleiten. Hauptmann, schafft mir dieses Aas aus den Augen. Sobald ein weiterer Mann ergriffen wurde, soll der sofort vor mich geführt werden.«
»Einen Augenblick noch, Thorismund«, sagte Conrad von Burias. »Gestattet Ihr mir, den edlen Grafen von Ger zu befragen, wie er darauf kommt, daß dieser heimtückische Bolzen nicht ihm, sondern dem Edlen Brian gegolten hat?«
Raoul schenkte Conrad sein liebenswürdigstes Lächeln.
»Ihr habt es gehört, Graf, wie kommt Ihr darauf?« wollte nun auch der Prinz wissen und hielt nun nicht nur Brian, sondern auch Conrad am Arm.
»Seid bedankt für die höfliche Frage, edler Herzog«, antwortete Raoul. »Es verhält sich folgendermaßen: Niemand konnte wissen, wann und in wie starker Begleitung ich aus dem Haus des edlen Erzbischofs kommen würde. Doch viele können erfahren haben, daß Brian nur in Begleitung eines Pagen gegen Mitternacht hier vorbeikommen mußte.«
»Dank für diese Antwort«, erklärte der Herzog. »Ich darf noch hinzufügen, daß der Herr im Himmel dafür gepriesen sein möge, daß der Bolzen euch beide verfehlte.«
»Darauf ein Amen!« rief der Prinz. »Nun darf ich euch alle in mein Haus einladen, damit wir zusammen darauf warten, was Montdor entdeckt.«
Der Graf von Ger verbeugte sich und bat um die Erlaubnis, entlassen zu werden. Thorismund sah ihn unwirsch an, machte aber keine Einwände. Juhel wurde sich plötzlich des Umstandes bewußt, daß niemand hier dem Prinzen gegenüber soviel Respekt entgegenbrachte, wie er das beim Herzog von Burias, beim Grafen von Ger oder bei Brian de Saulte tat. Außerdem hätte der Knabe zu gern erfahren, wie es nun weiterging. Doch leider verabschiedete sich sein Herr schon mit ausgesuchter Höflichkeit vom Prinzen und seiner Begleitung und eilte mit großen Schritten davon.
Einige Minuten später kniete Juhel vor seinem Herrn, zog ihm

gerade die vornehmen, dunkelbraunen Hüftstiefel aus und rang mit sich, was dem Grafen durch ein nervöses Ächzen auffiel.
»Was plagt Euch?« wollte Raoul wissen.
»Herr . . . Herr, in Belsaunt, vor vier Nächten . . . da habe ich eine geheime Beredung belauscht . . .«
Der Graf beugte sich vor, lauschte, saß reglos auf seinem Bett und strich nur mit einer Hand dem Jungen durch die Locken. Ein- oder zweimal unterbrach er ihn, um eine Frage zu stellen, aber ansonsten schwieg er, bis der Page ausgeredet hatte. Dann bog er das junge Haupt Juhels zurück und sah ihm ernst in die Augen. Mit der anderen Hand griff er nach einem Kruzifix, das in seiner offenen Reisetruhe obenauf lag.
»Habt Ihr zu irgend jemand anderem darüber gesprochen?« fragte er den Knaben.
»Nein, Herr, zu keinem.«
»Dann nehmt dieses Kreuz und schwört darauf, daß Ihr zu niemandem auch nur ein Wort über die Nacht in Belsaunt verlieren werdet, bis ich Euch um das Gegenteil bitte.«
Juhel leistete den Schwur und war froh über die Hand auf seinem Haar und stolz darüber, ein so wichtiger Geheimnisträger zu sein; denn dafür hielt er sich nun. Doch auf die nächste Frage des Grafen war er nicht vorbereitet.
»Wenn Ihr an meiner Stelle wärt, Juhel, was würdet Ihr dann unternehmen?«
»Ich würde vor Seine Majestät den König treten und dort Anklage gegen die Verschwörer führen«, entfuhr es dem Knaben.
»Ich fürchte, so einfach geht das nicht«, lächelte der Graf milde. »Das Wort eines kleinen Pagen, so ehrlich der auch sein mag, hat nicht allzu viel Gewicht. Und der Mund eines kleinen Pagen, mag er auch noch so aufrichtig sein, kann in Hautarroy allzu leicht für immer gestopft werden. Eure Geschichte ist zweifelsfrei Euer Verdienst, doch wundert Euch nicht, wenn Ihr nie wieder etwas von ihr hört.«

Die Mittagssonne brannte auf den großen Turnierplatz am Ufer des Flusses nieder. Träge hingen ungezählte Banner an ihren quergestreiften Pfosten. Farbe glitzerte auf den hellen Paradeschilden neben dem Eingang von jedem vornehmen Seidenpavillon. Meister Nino Chiostra betrachtete kritisch, aber zufrieden seine Arbeit. Er selbst hatte den goldenen Untergrund und den schwarzen Gierfalken auf dem Schild von Raoul de Ger angebracht. Juhels Hand klebte am schwarz gefärbten gelben Leder von Safadins Zügel. Jenseits vom Roßkopf* des Pferdes und der ovalen, zertrampelten Grasfläche waren die mit rotem Tuch behangenen Absperrungen und darüber die farbenfroh gemusterten Sonnendächer zu erkennen – und zwischen ihnen ein rosafarbenes oder graues Gewimmel von erwartungsvollen Gesichtern. Irgendwo dort in der Nähe stand der grimmige Graf de Lestembourg und ließ sich von seinem Pagen den Schwertgurt umbinden, genauso wie Piers das jetzt gerade beim Grafen Raoul tat.
Juhel war so aufgeregt, daß ihm das Herz zu zerspringen drohte. Mit der freien, zitternden Hand vertrieb er unablässig die Fliegen von Safadins zuckenden Nüstern. Die Zähne des Tiers mahlten auf dem silbernen Gebiß. Die großen Hufe wurden der Reihe nach angehoben und stampften dann auf den Boden, wobei stets eine kleine Staubwolke entstand. Die leuchtende Stahlplatte, die Safadins Brust schützte, spiegelte Juhels Gesicht wider, allerdings mit dicker Knollennase, fliehender Stirn und verkümmertem Kinn – und er glaubte erschrocken, einen häßlichen Juden vor sich zu haben.
Endlich erschien der Graf, eine in Gelb gekleidete Stahlgestalt von ungeahnter Mächtigkeit. Der gekrümmte Schild hing an seiner linken Schulter, und von der zinnenumrandeten Krone seines großen Helms erhob sich ein schwarzer Falke mit ausgebreiteten Schwingen. Erstauntes und erwartungsvolles Gemurmel summte bei diesem Anblick von den Rängen. Hier und da erscholl sogar ein Hochruf von einem Nordmann.

* Der Gesichtsschutz der Pferderüstung (A. d. Ü.)

Trompeten bliesen laut und lange. Dem folgte das brüllende Ausrufen der Herolde. Piers hielt den silbernen Steigbügel. Raoul bewegte sich steif und saß endlich im Sattel. Als er den Schild in der Hand hielt, ließ Juhel die Zügel los und trat einen Schritt zurück. Der Graf streckte den rechten Arm aus und empfing in der mit einem stählernen Handschuh bewehrten Hand den Schaft einer Lanze aus Weißbuchenholz. Ein Knappe trat vor und stellte die Waffe aufrecht. Die dreizackige Lanzenspitze blitzte im Sonnenlicht.

Safadin schnaubte und stampfte ungeduldig. Nach einem Dutzend Schritten befand er sich in der Startposition. Raoul von Ger beugte sich leicht vor und legte die Lanze ein. Zweihundert Meter weiter spiegelte der drachenbesetzte Helm des Grafen von Lestembourg die Strahlen der Mittagssonne wider.

Erneut brüllten die Trompeten. Die goldenen Sporen von de Ger blitzten auf, und schon setzte sich der massige Hengst in stampfende Bewegung.

Juhel ballte die Fäuste und streckte den Hals, soweit es eben ging. Er stöhnte leise, ohne sich dessen zunächst bewußt zu werden; doch dann preßte er rasch die Lippen aufeinander. All sein Mut und all seine Wünsche sausten der mächtigen Lawine aus Fleisch, Blut, Knochen, Seide und Stahl hinterher.

Wie ein Unwetter stürmte de Lestembourgs Wappen – blaue und schwarze Rauten unter einem goldenen Drachen –, galoppierte, jagte und stürmte auf der anderen Seite der Barriere heran.

Acht rasende Hufe trommelten in wildem Wirbel auf den ersten Zusammenprall zu. Beide Lanzenschäfte krachten und zitterten beim Zusammenstoß, und ein Schwarm von Splittern flog durch die Luft. Juhel keuchte erleichtert, und Piers stieß lange angehaltenen Atem aus. Beide Reiter hielten ihre geborstenen Waffen hoch, drehten die Pferde herum und setzten zu einem neuen Galopp an.

Der Beifall von den Rängen war mäßig. Drei Stunden Gestech*

* Der Kampf zweier Reiter mit Lanzen (A. d. Ü.)

hatten die Begeisterung des Publikums für ritterliche Begegnungen entschieden gedämpft. Nur wenn ein Reiter aus dem Sattel geworfen wurde, belebte sich die Zuschauerschaft. Der erste furchtbare Moment lag nun hinter Juhel, und der zweite und dritte trockneten ihm die Kehle aus, obwohl dafür kein Anlaß bestand. Denn Raoul und sein Gegner brachen mit stumpfer Gleichförmigkeit bei allen drei Treffen lediglich ihre Lanzen. Nicht einmal geriet ein Fuß aus einem Steigbügel. Nichts, was sich in der Ruhmesrolle festzuhalten lohnte.

Der Knabe hielt Safadins Zügel schon wieder in der Hand, ehe er so recht wußte, was eigentlich geschehen war. Piers eilte in den Pavillon seines Herrn, um ihm Wein zu reichen. Ein Stallknecht führte das Roß fort. Ein weiteres Reiterpaar erschien auf dem Turniergelände.

»Bald kommt das Gestampfe«, dachte Juhel. Denn ab der zweiten Stunde nach Mittag sollte anstelle des Stechens der große Kampf treten, in dem zwei Parteien auf dem Turniergelände gegeneinander antraten. Thorismund von Hastain und Gaston de Volsberghe sollten die beiden Gruppen anführen, die sich aus jeweils dreißig Fürsten und Rittern zusammensetzten. Juhel oblag es dann, zwischen den Außen- und den Innenabsperrungen herumzuspringen und den Farben seines Herren so nahe wie möglich zu bleiben. Der Kampf sollte *à plaisance*, also rein zum Vergnügen mit stumpfen Lanzen und Schwertern ausgetragen werden, was auf den ausdrücklichen Wunsch von König René geschah. Doch so, wie es nun aussah, würde es einiges böses Blut geben. Als die Barriere des Gestechs entfernt wurde, richtete sich auch der gelangweilteste Zuschauer wieder auf, um nur ja nichts von dem zu verpassen, was nun an Verletzungen erfolgen würde.

Die Aufteilung der Gruppen kümmerte sich nicht genau um die feindlichen Parteien bei Hofe. Der junge Prinz und der Sohn des Großkonnetabels zogen Zettel mit den Namen ihrer Mitstreiter aus einem Helm. Thorismund bekam Conrad von Burias, Robin

Barberghe und den Herzog von Camors. Gaston hingegen zog den Herzog von Saulte und dessen Bruder Brian, dazu noch zwei Edle, die sich bei Hofe neutral verhielten – die jungen Grafen von Montcarneau und Ger. Jeder Ritter paradierte mit einem Seidentuch auf dem gepanzerten rechten Oberarm umher. Thorismunds Partei trug Rot, die von Gaston Weiß.

Juhel, der erst vor kurzem die Unterwelt der Intrigen kennengelernt hatte, grinste nun angesichts der Paarung von Freund und Feind. Er wünschte sich, er könnte von einem Tribünenplatz den ganzen Kampf verfolgen; und gleich darauf schämte er sich eines so eitlen Wunsches und sandte ein rasches Gebet um Vergebung in den klaren, blauen Himmel. Und er betete um Schutz und Erfolg für seinen Herrn. Abgesehen von den besonderen Gefahren für Raoul von Ger – er war schmächtiger als die meisten Ritter, die hier antraten – freute sich Juhel jetzt, als die schweren Kesselpauken geschlagen wurden, die Trompeten geblasen wurden, die Marschälle brüllten und die beiden Parteien sich einander gegenüber in Formation brachten.

Die Gesichter der Streitenden waren natürlich nicht zu erkennen. Nur eine gute Kenntnis der Wappen konnte dem interessierten Zuschauer dabei helfen festzustellen, wer gerade zu Boden gegangen war und wer einen Sieg errungen hatte. Dabei prägten sich einige Wappen ganz von selber ein: das goldene Fallgitter von Thorismund, der goldene Greif von Gaston, der rote Keiler von Burias und natürlich die Zackenornamente von Barberghe und der Gierfalke von Ger. Juhel war sehr stolz auf seine Kenntnisse in der Heraldik, und bis das Zeichen zum Beginn des Gestampfes gegeben wurde, hatte er schon ein Drittel der Kombattanten an ihren Wappen erkannt.

Der Großkonnetabel, der alte Herzog von Volsberghe, verbeugte sich vor dem König René und trat dann an das Geländer der königlichen Tribüne. Steif hob er einen schweren, weißen Stab. Schweigen fuhr wie ein gewaltiger Flügel durch die Reihen der Zuschauer. Laut krachte der Stab auf das Geländer. Ein Konzert von Hufestampfen und dem Klirren eingelegter Lanzen erfolgte und wurde

dann von den althergebrachten Kriegsschreien *Gules* und *Argent** übertönt.
Schneller werdendes Stampfen, das Getöse des ersten Aufeinanderprallens, und im Zentrum des Platzes wirbelte ein Farbgewitter aus Schilden, Umhängen und blitzendem Stahl. Ritter, die vom Pferd stürzten oder den Helm verloren, galten als besiegt. Schon beim ersten Treffen der Lanzen ereilte ein Dutzend Männer dieses Schicksal. Knappen und Pagen huschten heran, um ihren Herren Hilfe zu leisten. Mit einigem Geschick wichen sie den rücksichtslosen Hufen und Pferdeleibern aus. Lanzen barsten oder wurden fallen gelassen, Schwerter wurden gezogen und über den Köpfen gewirbelt. *Argent* drängte die Flanken von *Gules* wie bei einem Halbbogen zurück, überschätzte dabei wohl die eigene Stärke und zerbrach schließlich in drei Teile.
Im nächsten Augenblick wurde der Kampf von kleinen Gruppen ausgetragen. Rot und Weiß vermischten sich – dazwischen reiterlose Pferde, die hierhin und dorthin stampften. Juhel verlor den Gierfalken aus den Augen, fand ihn wieder und verlor ihn ein weiteres Mal. Schon rannte er über das staubige Gras, wartete gar nicht erst auf Piers, hörte das Brüllen von den Rängen nicht und hatte auch keine Augen für den Pagen in den Farben des Prinzen, der ächzend und schluchzend vorbeistolperte und sich die Hände an den Oberschenkel preßte . . .
In den Heldenbüchern las sich das immer so einfach. Da konnte man in aller Ruhe mitverfolgen, welcher Ritter gerade welchen Gegner aus dem Sattel hob. Doch hier ereigneten sich gewaltige Heldentaten, ohne daß man in dem Gewimmel auf sie aufmerksam wurde.
Dort, das war Gaston de Volsberghe. Er hieb gerade de Camors vom Pferd. Conrad von Burias brachte dem blonden de Saulte den Helm vom Kopf. De Lestembourg zersplitterte den Schild des Prinzen und flog dann in hohem Bogen über den Hals seines stolpernden Rosses. Dahinter der Graf von Ger. Sein prächtiger Um-

* Heraldische Namen für Rot und Weiß (A. d. Ü.)

hang hing in Fetzen herunter. Er versetzte seinem königlichen Vetter drei Schwerthiebe und zerhieb damit die neustrische Krone auf dessen Helm. Robin de Barberghe drängte sich mannhaft dazwischen, aber – unvergleichlicher Triumph – Raoul schleuderte Robin über den Sattelbogen von Thorismund. Oh, bei allen Teufeln, der Kastellan von Montenair kam bedrohlich nahe...

Der grimmige Kastellan war kein einfacher Gegner. Sein Ziel war eindeutig Gaston de Volsberghe. Er hob seinen Schild und warf mit einem einzigen Schwerthieb einen Ritter aus dem Süden vom Pferd. Ein weiterer Hieb, und der Graf von Ger war aus dem Kampf heraus. Juhel kreischte und sprang erschrocken in die Luft, als er sah, wie sein Herr zusammenbrach. Safadin spürte keinen Zügel mehr und stellte sich auf die Hinterbeine. Der Graf war nicht mehr auszumachen. Die Rüstung, die beim Kampf schützte, konnte beim Sturz und beim Liegen eher hindern als nützen...

Lob sei Gott in der Höhe, ein gelber Knappe rannte schon mitten in das Gestampfe hinein, und dem folgten ein zweiter, ein dritter und ein vierter.

Mordlust und Streitsucht wogten in Juhel auf. Er zwängte sich zwischen zwei Reiter, die beide Rot trugen, und warf sich an Safadins Kopf. Seine jungen Beine flogen durch die Luft, als das Roß sich wütend zur Seite wendete. Stampfend kamen die eisernen Hufe nieder, und Juhel prellte sich schmerzhaft die Rippen, als er gegen den Schulterschutz des Hengstes geworfen wurde. Dann schien Safadin ihn zu erkennen, vielleicht sah er auch nur die Hausfarben des Knaben, und schon einen Moment später zog er den Pagen hinter sich her.

Juhel bemühte sich nach Kräften, es so aussehen zu lassen, als würde er das Streitroß führen. Zu seiner großen Erleichterung rannte ein Stallknecht auf ihn zu und nahm ihm Safadin ab. Fünf Minuten später stand er bestürzt am Eingang zum gelben Pavillon.

Raoul von Ger, eine starre Stahlgestalt, hockte bewegungsunfähig auf einem schweren Holzsessel. Als Juhel in das warme Halbdunkel trat, löste Piers gerade den Helm vom Kopf des Herrn. Der

Graf war blaß, aber er blinzelte und lächelte. Ein schwerer Stein fiel Juhel vom Herzen.
»Keine gebrochenen Knochen«, murmelte Raoul. »Doch ich bin froh, für heute einen Grund für mein Fernbleiben vom Turnier gefunden zu haben. Fulk schwingt einen gewaltigen Schwertarm.«
»Nie zuvor sah ich, wie solche Hiebe verteilt und eingesteckt wurden«, schimpfte Nino Chiostra, während er sich mit einer Zange daranmachte, die verbeulten Stahlplatten auseinanderzubiegen. »Piers, Juhel, rasch, bereitet dem Grafen ein Bad!«
»Trinkt davon«, brummte John Doust und reichte Raoul einen Becher mit Estragonwein. »Beim Schwerte des Erzengels Michael, es hat mir große Freude bereitet, als ich sah, wie Ihr den Prinzen in Bedrängnis brachtet und dabei noch Robin Barberghe aus dem Sattel gehoben habt.«
»Robin war mein zweites Opfer«, erklärte Raoul, und die Röte kehrte in sein Gesicht zurück. »Ich habe also mein Scherflein beigelegt. Sollen sie sich jetzt meinetwegen bis zur Besinnungslosigkeit verprügeln. Wenn ein halbes Dutzend oder mehr von ihnen dabei draufgehen sollte, wäre das nicht unbedingt ein Schaden für das Reich.«
»Welche Herrschaften meint Ihr denn?« fragte der kniende Nino und grinste seinen Freund und Herrn an.
»Führt mich nicht in Versuchung«, lachte der Graf, stöhnte aber mittendrin auf, als der Knappe, der Nino zur Hand ging, ihm die Panzerplatte vom verschrammten Oberschenkel zog.
Juhel, der geschäftig zwischen Messingkannen und Dampf hantierte, wurde von einer Woge der übersteigerten eigenen Wichtigkeit überspült. *Er* hatte seinem Herrn die große Verschwörung aufgedeckt. Er war der Gefolgsmann des Grafen, aber nicht des Königs, und in seinen Augen war sein Herr ohnehin viel wichtiger und konnte gar nicht falsch entscheiden.
Stumm, erhaben und mit einem Handtuch bewaffnet geleitete er den Grafen in das Badezelt hinter dem Pavillon und bemerkte kaum, daß das Lärmen am Kampfplatz verstummt war. Aber es

mußten noch zwanzig Minuten vergehen, bis Nino Chiostra den Vorhang aufstieß und eine Miene zeigte, die von wichtigen Neuigkeiten kündete.

»Ein Klotzkopf von einem Knappen aus dem Haushalt von Conrad hat Öl ins Feuer gegossen«, erklärte der Tuscier und trat näher, um sich am Rand der großen Wanne niederzulassen. »Das erste, was ich davon mitbekommen habe, war Prinz Thorismund ohne Helm. Er ritt vor die Loge des Königs, fuchtelte mit seinem Schwert durch die Luft und schimpfte wie ein Rohrspatz. Der König gab dem Großkonnetabel ein Zeichen, der hob den weißen Stab, die Trompeten bliesen wie zum Jüngsten Gericht, und das Hämmern, Hauen und Stechen erstarb. Conrad ritt gemächlich heran, und dort auf seinem Schild war auf himmelblauem Grund ein aufrecht sitzender silberner Löwe abgebildet!«

»Und kein linker Querstab?« entfuhr es Raoul ungläubig und zog inmitten der auf dem Wasser schwimmenden Kräuter die Knie an.

»Nicht der leiseste Hauch davon.«

»Potzblitz! Fahrt fort!«

Einen aufrecht sitzenden Löwen auf himmelblauem Grund durften nur der König und der Thronfolger tragen, also René und Thorismund, wobei letzterer einen sogenannten Torunierkragen zum Zeichen seiner Anwartschaft auf den Thron tragen mußte.

»Nun, ich war nicht nahe genug dran, um alles verstehen zu können, aber es sah ganz so aus, als zürne der König Conrad. Und dort und in dieser Minute war das heutige Turnier beendet. Der Prinz hockte da mit einem Gesicht wie sieben Tage Regenwetter. Alle konnten das sehen. Als der König den Herolden auftrug, den anstößigen Schild von Conrad zu holen, begann die Hälfte der Ritter auf dem Kampfgelände zu knurren. Auch aus der Zuschauermenge ertönten Zischen und andere Mißfallenskundgebungen. Einer rief sogar ›Conrad ist mehr wert als der andere‹. Die Soldaten eilten heran, um sich den Schreier zu greifen, aber seine Freunde stellten sich vor ihn, und er konnte zwischen ihren Beinen entfliehen.

Nun erhob sich der König und befahl Conrad, um Vergebung zu bitten; zuerst bei seiner Majestät, dann bei dessen Neffen. Ohne eine Miene zu verziehen, kam Conrad der Aufforderung nach und verbeugte sich zunächst in die eine, dann in die andere Richtung. Sein Kammerherr trat vor die Loge des Königs und gab eine Erklärung darüber ab, wie es zu dem peinlichen Vorfall hatte kommen können. Das Wappen auf dem Schild sei noch in Arbeit gewesen, erklärte dieser, und schon so gut wie fertig, bis eben auf den alles entscheidenden Querstab – als wenn jemand die Silberfarbe für den Löwen an der Stelle verschwenden würde, wo später ohnehin der Querstab hinkommt! Anscheinend verlor Herzog Conrad heute beim Gestampf drei Schilde, die alle sein Wappen, den Keilerkopf, trugen. Und im allgemeinen Wirrwarr hat dann ein übereifriger Knappe sich im Pavillon seines Herrn den erstbesten Schild gegriffen – eben das besagte, anstößige Stück – und es rasch seinem Herrn auf dem Turnierplatz gebracht.«
»Hat der König die Entschuldigung und die Erklärung akzeptiert?«
»Ja. Thorismund auch. Der Prinz stieg sogar von seinem Pferd und marschierte mit ausgestreckter Hand auf Conrad zu.«
»Ja, hin und wieder kann Thorismund sehr großmütig sein.«
»Aber Conrad verbeugte sich nur vor dem Prinzen und verschränkte die Hände hinter dem Rücken. Thorismund wurde vor Zorn kalkweiß im Gesicht. Er machte auf dem Absatz kehrt und marschierte zu seinem Pferd zurück. Mitten hinein in die nun folgende Stille begann jemand zu klatschen. Manche sagen, es sei die Herzogin von Camors gewesen. Gaston de Volsberghe sprang aus seinem Sattel und eilte zu Conrad, um den Zügel seines Pferds zu halten. Alain de Montcarneau stieg ebenfalls ab, hob Conrads Schwert auf und brachte es ihm. Thorismund verließ die Stätte. Die de Saultes und die de Olencourts wendeten ihre Rösser und folgten dem Prinzen; doch es waren kaum mehr als ein Dutzend, die Thorismund die Treue hielten. Weitaus mehr blieben bei Conrad. Das war es dann. Über das Geschnatter und Geschrei auf den Rängen brauche ich nicht viel zu berichten, das könnt Ihr Euch selbst gut genug vorstellen. Doch nun ...«

»Was nun?«
»Nun seid Ihr der Anführer der Gruppe, die sich noch nicht für eine Seite entschieden hat oder ihre Vorliebe nach außen nicht zeigen will.«
»Ja, Ihr habt recht. Alain hat sich offen für Conrad entschieden. Ich bin nicht eben glücklich über meine Position. Juhel, ein Handtuch. Piers, ich will die graue Tunika tragen und dazu den silbernen Gürtel mit der Opalverzierung. Nino, was haltet Ihr denn von diesem königlichen Schild?«
Der junge Aufseher schlug die Beine übereinander und zog sich nachdenklich an der geraden, braunen Nase.
»Nun ja«, begann er nach einer Weile, »ich denke, daß diese heißblütigen, sturköpfigen Helden, wie zum Beispiel der edle Herzog von Burias, ihre Machtgier nicht mehr lange im Zaum halten können oder wollen. Ich schätze, er hat den besagten Schild in seinem Gepäck mitgeführt, ohne jemals einen Gedanken an den linken Querstab zu vergeuden. So wie Ihr bis vor gar nicht langer Zeit den ritterlichen Idealen Glauben geschenkt habt; so wie Camors nichts so sehr schätzt wie einen Weinschlauch, wie Barberghe eine gefüllte Schatulle und wie Thorismund eine dralle Maid . . . und – Gott steh mir bei – ich den Glitzerschein eines wohlgeschnittenen Edelsteins . . . genauso gab und gibt es für Conrad nichts Schöneres, als endlich den königlichen Schild tragen zu dürfen; der arme Tropf.«
»Bei meiner Seele, Nino, ich denke, Ihr habt recht mit Eurer Einschätzung. Der Überfall vor zehn Tagen neben der Altarnische der Kathedrale – das war eindeutig ein Versuch, den Prinzen mit dem Hause de Saulte zu entzweien. Er ist allerdings fehlgeschlagen, auch wenn der heimtückische Armbrustschütze nirgends gefunden werden konnte. Und heute, nach der gezielten Herausforderung, hat Conrad zwar die Muskeln spielen lassen, steht dafür aber in der Ungunst des Königs.«
»Was ihm kaum mehrere schlaflose Nächte bereiten wird, wenn das halbe Königreich auf seiner Seite steht.«
»Auch das ist richtig. Ach, Nino, ich wünschte, ich wäre kein

Hochwohlgeborener. Ein grimmiges Spiel mit allerlei Winkelzügen erwartet uns. Wir müssen lügen, betrügen und vielleicht sogar bald die erschlagen, mit denen wir zusammen gejagt, gesungen und gefeiert haben. Ich würde lieber neue Lieder schreiben und wette, Ihr würdet Euch mit größerer Begeisterung der Bearbeitung von Perlen widmen. Lang lebe König René, sage ich, denn wenn er nicht mehr ist, fahren sich hier alle gegenseitig an die Kehle.«

»Amen«, sagte Nino leise.

Juhel verstand die Welt nicht mehr. Statt Empörung nur leichter Spott über Conrads gierigen Griff nach der Krone. Wollten die beiden denn tatsächlich lieber den Müßiggang pflegen, statt in voller Rüstung Ehre und Thron zu retten?

Plötzlich grinste der Tuscier.

»Bei den zehntausend fliegenden Teufeln!« rief er. »Eure Feinde mögen sich vor Euch in acht nehmen, Raoul von Ger. Der Mann ist der furchtbarste Kämpfer, der nur die Waffe hebt, um ein Ende zu bereiten und dann nachhause zurückzukehren.«

»Stimmt«, brummte John Doust, als er sein blondes Haupt und das rosige Gesicht durch den Vorhang schob. »Es stimmt schon, was ich und der Volksmund sagen: ›Vertraue in Gott und gib den Bogenschützen gute Pferde.‹ Wenn man vorhat, mit einem Heer aus Bürgersleuten und Bauernvolk den Sieg zu erringen, muß man Vertraute in ihre Reihen schicken, die auf die Schar der Feinde zeigen und rufen: ›Seht nur diese Mißgeburten der Hölle dort! Sie sind es, die uns daran hindern, endlich nach Hause zurückzukehren!‹«

»Und was, wenn ein listiger Hauptmann es vorzieht, auf dem Schlachtfeld der Intrigen zu verweilen?« fragte Nino grinsend.

John Doust tat so, als würde er nachdenken.

»Dann gilt wieder die Devise vom Gottvertrauen und den berittenen Bogenschützen«, erklärte er. »Doch ich lasse mich von dir nicht auf die Leimruten deiner Haarspaltereien locken. Die einzige richtige Seite ist die, auf der ich stehe. Sind wir nun für Thorismund oder für Conrad?«

Der Graf erhob sich in der Wanne und warf ein nasses Handtuch nach seinem Hauptmann.
»Haltet ein, ich bin die Verschwiegenheit selbst«, brummte der Engländer und wischte sich das Wasser aus dem Gesicht. »Ganz sicher ist ein Badezelt nicht der geeignete Ort für solche Vertraulichkeiten. Seht nur Juhel, der hat die Ohren so gespitzt, daß sie lang wie die von einem Kaninchen geworden sind. Und Piers tritt vor Ungeduld von einem Bein auf das andere.«
»Mit vierzehn ist man schnell damit zugange, sich für eine Seite zu entscheiden«, erklärte der Tuscier.
John sah den Freund zweifelnd an.
»Und bei welterfahrenen Männern von zweiundzwanzig ist es genau umgekehrt«, stöhnte der Engländer. »Raoul schweigt so stille, daß man eine Stecknadel fallen hören könnte. Sollen Thorismund oder Conrad die nächsten Schritte tun. Bei den Feuern der Hölle, mir tun sie beide leid. Und was uns angeht, so wollen wir doch für einen dauerhaften Frieden eintreten, zumindest für einen langen nach der Auseinandersetzung zwischen den beiden Streithähnen.«
»Das konnte nur von dir kommen, unverbesserlicher Kriegshund!« rief Nino. »Du würdest so lange um Frieden kämpfen, bis im ganzen Reich keiner mehr am Leben wäre!«
»Ja«, sagte Raoul, »vielleicht würden wir dann endlich Frieden bekommen.«

Morgen in Hautarroy. Tauben gurrten, und ein einsamer Pfau schrie. Vor offenen Fenstern und Türen ein Stück gepflegten Rasens, unterbrochen von den rosafarbenen Geländersäulen des Balkons und wie mit Zuckerguß mit Tau überzogen, der im frühen Sonnenlicht funkelte. Am Ende des Grüns ein Zedernwäldchen. In einer Ecke das Spritzen eines Springbrunnens, in der anderen die geordneten Reihen von Levkojen und Lilien.
Dies war ein Garten im Palast des alten Erzbischofs, in den nun der Graf von Ger als Gast eingezogen war. Das Turnier war seit einer Woche vorüber. Der König hatte sich bereits mit seinem unehe-

lichen Sohn Conrad ausgesöhnt, und Thorismund hatte schmollend die Hauptstadt mit Ziel Hastain verlassen, um sich dort in seine eigene Burg zurückzuziehen. Er war zutiefst beleidigt darüber, daß Conrad wieder in der Gunst des Königs stand; andererseits hatten ihm seine Verbündeten dringend geraten, sich einstweilen in den Schutz seiner Feste zu begeben. Und Raoul von Ger hatte seine Entscheidung längst getroffen, tat aber nach außen hin weiter so, als würde er sich noch nicht festlegen können.

Der alte Prälat verstand nicht viel von Politik. Die Boten von Thorismund und Conrad konnten nahezu ungehindert im Palast ein und aus gehen, um Raoul von Ger um eine Unterredung zu bitten. Juhel hatte sich längst daran gewöhnt, die Herren einzeln aufzurufen und anzukündigen, die nebeneinander in der Vorhalle saßen und sich argwöhnisch beäugten. Heute morgen jedoch stolzierte er mit gewichtiger Miene die Stufen hinauf, um einen Gast anzukündigen.

»Was ist denn mit Euch, Juhel?« fragte der Graf, als er sich in seinem reich verschnitzten Sessel am sonnigen Fenster umdrehte und den Knaben sah.

»Herr, unten wartet ein fränkischer Händler. Meister Dietrich Halbern. Und er will Euch seinen Korb mit Lederwaren vorführen.«

»Halbern? Ach ja, Herzog Conrad hat ihn erwähnt. Führt ihn zu mir, Juhel.«

»Ist das alles, Herr?«

»Nein, wartet. Gleich kommt der Edle Gaston de Volsberghe zu Besuch. Sobald der Händler verschwunden ist und ich mich im Gespräch mit Gaston befinde, kommt Ihr herbei und meldet, daß ein Knappe des Herzogs von Saulte an der Seitentür wartet. Meldet nur das, nicht mehr und nicht weniger. Und vergeßt nicht: an der Seitentür. Jetzt will ich diesen Lederkaufmann sehen.«

Dietrich Halbern war ein großer Mann, doch er ging etwas gebeugt und stützte sich auf einen mit Eisen beschlagenen Stab, der an der Spitze mit einem brüllenden Löwen aus getriebenem Kupfer verziert war. Sein langes Gewand war aus teurem grünen Tuch und trotz der Jahreszeit mit Pelz besetzt. Seine kleine Fellkappe war mit roter Seide gefüttert und trug an der Seite eine bleierne Plakette mit dem Abbild des Heiligen Christopherus, des Schutzpatrons der Reisenden. Sein hellbraunes Gesicht mit den Adlerzügen war sauber rasiert, und das dunkle Haar fiel ihm in dicken Locken bis auf die zurückgezogene Kapuze. Wenn auch Dietrich Halberns äußere Erscheinung etwas im Widerspruch zu seinen guten Umgangsformen stand, so bewies seine Stimme, daß er mit allen Arten von Kunden zu handeln verstand. Er sprach langsam und höflich und betonte die Worte in der mehr unartikulierten Weise der Franken.

An Waren bot er Dolchscheiden und Börsen, Gürtel und dazugehörige Taschen und Beutel aus geprägtem und gefärbtem Leder feil. Moschusgeruch ging von den einzelnen Stücken aus. Juhel stand pflichtbewußt an der Tür und genoß im stillen den angenehmen Duft, bis der Graf ihn fortschickte.

Zehn Minuten später war er schon wieder da und brachte würdevoll Gaston de Volsberghe mit. Der berühmte Kriegsheld hatte kastanienbraunes Haar, in dem schon erstes Grau zu entdecken war. Seine nußfarbenen Augen blickten offen, die dicken Lippen über dem schweren Kinn lächelten freundlich, und seine mächtige Gestalt überragte sogar die von Dietrich Halbern; doch das konnte auch an der gebeugten Haltung des Händlers liegen.

»Hallo, Herr Gaston!« rief der Graf und erhob sich, um dem Gast die Hand zu reichen. »Ihr seid mir stets willkommen. Ich bitte Euch, nehmt Platz. Und ich muß um Eure Nachsicht ersuchen, während ich ein Stück oder zwei aus Meister Halberns reichem Angebot aussuche.«

»Mir ist es nicht so dringend«, erklärte de Volsberghe nur und ließ seinen großen Körper auf einer Fensterbank nieder. Wieder stellte sich Juhel neben die Tür, während der Händler nach bester Kaufmannsart seine Waren anpries.

»Edelster und vornehmster Graf, dies ist beste austrische Ware. Ich habe nie bessere gesehen, außer vielleicht am Hof des Kaisers. Und der Kaiser selbst, möge Gott ihm ein langes Leben schenken, ist mit einer solchen Scheide am Gürtel zur Jagd ausgeritten. Seht nur, sie ist sehr fein zusammengenäht, doch an der Spitze befindet sich ein Bleigewicht, damit Ihr nicht mitten im Ritt nach dem Dolch greift und feststellt, daß er herausgefallen und irgendwo verloren ist. Seht her, dies ist mein Dolch, und den stecke ich so in die Scheide. Ach, gleitet er nicht so mühelos hinein, wie ein Priester nach einem Bocksbeutel greift? Und jetzt ziehe ich ihn wieder heraus ... Seht Ihr, wie rasch und glatt das geht? Dazu vielleicht eine passende Gürteltasche? Sie liegt gut in der Hand, ist leicht zu öffnen und dabei doch sicher. Seht selbst, die Bänder sind mit Eisendraht verstärkt. Keinem Dieb wird es gelingen, ihn im Schutz der Menge abzuschneiden. Nein, selbst dann nicht, wenn er ein Rasiermesser nehmen würde ...«

Raoul hörte kaum hin, während der Kaufmann weiterhin die Vorzüge seiner Waren anpries. Der Graf nahm das eine oder andere Stück in die Hand, prüfte und betastete es und kaufte zum Schluß einen Gürtel mit dazugehörigem Beutel und eine feine Satteltasche, die mit vergoldeten Rosen verziert war. Gaston de Volsberghe schien immer noch beeindruckt vom äußerlichen Gegensatz zwischen den beiden Männern. Dort der eher schmächtige Graf, da der Hüne von einem Händler. Dann begann er, den Kaufmann aufmerksam zu betrachten. Und als Dietrich Halbern endlich die Klappen an seinem Korb schloß, sprach Gaston ihn an.

»Händler, wo habe ich Euch schon einmal gesehen?«

Die hellen Augen blitzten kurz, dann senkte der Franke wieder demütig die Lider. Er hielt den Korbriemen mit einer Hand, verbeugte sich und breitete den anderen Arm dabei aus, bevor er damit nach seiner Kappe und seinem Stab griff.

»Herr, das kann an vielen Orten geschehen sein. Harenheim, Harksenburg, Brelstein, Bartsch ... in jedem neuen Jahr, das der Herr mir schenkt, ziehe ich durch diese Städte. Und darüber hinaus komme ich viel herum und sehe dabei viele vornehme Wappen. Manchmal bis hinunter in die Lombardei, dann wieder ostwärts bis nach Innsbruck, und auch schon einmal nach Avignon. Vielleicht habt Ihr mich am Hof des Kaisers gesehen?«

Gaston gab zunächst keine Antwort. Es kam ihm absurd vor, daß ein Hochwohlgeborener sich an einen Händler erinnerte, der sich aber nicht an ihn. Raoul beobachtete die beiden einen Augenblick lang mit halb verborgener Belustigung und gab dann Juhel das Zeichen, den Franken hinauszuführen.

»Der Teufel soll mich holen, Ger!« schimpfte Gaston, als die Tür sich hinter dem Pagen geschlossen hatte. De Volsberghe war sichtlich verwirrt. Juhel warf einen Seitenblick auf das Gesicht des Kaufmanns und entdeckte neben den schweren Lidern tiefe Lachfältchen. Meister Dietrich Halbern schien sich einen kleinen Spaß gemacht zu haben. Dann bemerkte er den Pagen und schenkte ihm ein Lächeln.

»Einen schönen Tag wünsche ich Euch, Dreikäsehoch«, dröhnte er, und in seiner Stimme war kaum noch ein Akzent zu hören. Dann ging er nach draußen und war bald in der Menge verschwunden. Juhel hatte ihn, seine duftigen Waren und den Stab mit dem Löwenkopf bald vergessen, erwarteten ihn doch wichtigere Aufgaben. Er mußte in einigen Minuten schließlich zu seinem Herrn und ihm eine Botschaft ausrichten.

Der Graf und der Edle Gaston befanden sich nicht mehr in der Kammer, als Juhel kurz darauf zurückkehrte. Er schaute durch ein Fenster und entdeckte das Paar im Garten, wie die beiden auf dem Rasen auf und ab spazierten. Ein geschickt gewählter Ort. Niemand konnte sich dort anschleichen, ohne von ihnen bemerkt zu werden. Ger reichte Volsberghe kaum bis an die Schulter. Er hatte die Daumen in den Gürtel geschoben; für den Pagen ein deutliches Zeichen, daß sein Herr tief in Gedanken war.

Der Knabe eilte gemessenen Schritts die Stufen hinunter und trat hinaus ins Sonnenlicht. Als er an den Fenstern von den Unterkünften des Grafen und seines Gefolges vorbeikam, hörte er Nino Chiostra, der wieder sein Lied über die sechs Fräuleins sang.

Und kommen wir zu der Sache wunderbarem Kern
Carim-cara, cara-carim
Von Lukrezia die Haut, die ist mein heller Stern

Doch auf ihr schrilles Mäkeln verzichten wir gern
Carim, cara, carissima

Juhel runzelte die Stirn. Kern, Stern, gern. Er glaubte mittlerweile
das Schema von Ninos Spottlied zu kennen. Der Meister wählte
die ersten Mädchennamen, die ihm in den Sinn kamen. Dabei fan-
den auch Gestalten aus klassischen Sagen Eingang. Ihm war schon
vor einiger Zeit der Verdacht gekommen, daß diese Fräuleins nicht
alle dem Tuscier begegnet waren. Und so hübsch er das Lied auch
fand, er ärgerte sich etwas über die Art des Meisters, es mit der
Wahrheit nicht ganz so genau zu nehmen.

Die beiden Männer blieben stehen und warteten, bis Juhel sie er-
reicht hatte. Es fiel dem Knaben nicht leicht, im Bewußtsein seiner
Wichtigkeit das Kinn hochzuhalten und dabei den fragenden Blik-
ken zweier so bedeutender Männer zu begegnen; auch wenn der
eine von ihnen sein heißgeliebter Herr war.

Juhel streckte die Arme nach hinten aus und verbeugte sich. Der
starre Blick von Gaston de Volsberghe machte ihm nun doch ein
wenig Angst.

»Herr . . . Edler Herr, ein Knappe des Herzogs von Saulte wartet
am Seiteneingang.«

»Er soll dem edlen Herzog mein Bedauern ausdrücken«, erklärte
der Graf bestimmt, »aber ich kann heute leider nicht mit ihm aus-
reiten.«

»Bei allen Teufeln!« entfuhr es Gaston, und er trat einen Schritt
vor, bis er wie ein Turm vor dem Knaben stand. »Ger, wie heißt
dieser Page?«

»Juhel von Ath«, lautete die ruhige Antwort. Raouls Blick ließ de
Volsberghes Miene nicht los, während Gaston nur den Knaben
ansah.

»Bursche, hattet Ihr je eine Schwester mit dem Namen – Pest und
Hölle über mich, wie lautete er doch gleich – hattet Ihr je eine
Schwester mit dem Namen Tiphaine?«

»Nein, Herr, keine Schwester, aber eine Base gleichen Namens«,
stammelte Juhel und lief rot an.

»Da hol mich doch der Satan«, rief Gaston. »Ger, man hat uns eben schön an der Nase herumgeführt – mich noch mehr als Euch. Dieser Dietrich Halbern war kein fränkischer Kaufmann. Die Züge dieses Knaben haben meine Erinnerung gelöst. Unser werter Händler war in Wahrheit Joris vom Fels!«
Der Graf und der Page starrten de Volsberghe gleichermaßen verdutzt an. Juhel wurde vor Überraschung und aufkeimendem Zorn übel, aber er ballte die Fäuste und hielt sich mit aller Kraft gerade, um einen neuen Auftrag zu erhalten.
»Juhel, eilt sofort zum Offizier der erzbischöflichen Torwache und erkundigt Euch dort, ob jemand gesehen hat, wohin sich der fränkische Kaufmann wandte. Ihr, Gaston, eilt augenblicklich zum fränkischen Gesandten. Ich begebe mich zum Profos von Hautarroy, damit die Tore geschlossen werden und die ganze Stadt abgesucht wird.«
»Wohl gesprochen, Ger«, brummte de Volsberghe. »Und was die andere Angelegenheit angeht, so denke ich, daß wir zu einer Übereinkunft gekommen sind.«
»Ja, über dieses Thema gibt es nichts mehr zu bereden«, erklärte Raoul. Und Juhel hörte nichts mehr von ihrem Gespräch, denn er rannte schon davon, so rasch ihn seine Beine trugen.
Die wenigen fränkischen Kaufleute in der Stadt, die zugaben, Dietrich Halbern zu kennen, schworen bei ihrem Leben, daß der braune Augen und rote Haare hätte. Kein Offizier und kein Soldat an den Toren hatte gesehen, wie der falsche Dietrich die Stadt verlassen hatte. Und am ganzen Ort konnte niemand aufgegriffen werden, der seinem Aussehen entsprach.

X

Der Triumph des Joris vom Felsen

»Aber wie ist es dir gelungen, in die Stadt hinein und auch wieder heraus zu kommen?« wollte die Rote Anne wissen.

»Ich bin als Dietrich Halbern aufgetreten«, erklärte Joris. »Wir haben diesen Kaufmann im Wald angetroffen und ihn zusammen mit seinen drei Gesellen erschlagen. Aus seinen Dokumenten und Begleitschreiben entnahm ich, daß er zum erstenmal nach Hautarroy unterwegs war. Tja, was dann? Seine Kleider haben mir gepaßt, und niemand hat den Riß unter der linken Achselhöhle bemerkt. Gandulf hat sich als mein Geselle verkleidet. Ich kann dir versichern, Anne, ich hatte ein wirklich unangenehmes Kribbeln zwischen den Schulterblättern, während ich über die überfüllten Straßen lief. Andererseits war es ein Spaß, wie man ihn nur selten erlebt. Auch wenn ich keine Ahnung habe, wie ein Lederwarenhändler seinen geschäftlichen Feldzug anlegt, so hatte ich doch Glück. Ich kam mit einem Edlen aus dem Haushalt des Herzogs von Burias zusammen, und der führte mich dort ein. Conrad hat einen Gürtel gekauft. Das war zwei Tage vor dem großen Ärger beim Turnier.«

»Und wie bist du wieder aus der Stadt gekommen?«

»Wir haben einen Fuhrknecht bestochen, der mit seinem Wagen hinaus wollte. Ich verbarg mich unter einem Haufen Felle. – Bah! War das ein elender Gestank. Gandulf ist nebenher geritten. Er wurde ja nicht gesucht, und niemand hatte sich sein Gesicht eingeprägt.«

»Aber wie konnte Gaston de Volsberghe sich an eine Begegnung erinnern, die schon so viele Jahre zurückliegt? Wie gut, daß du dir vorher das Haar gefärbt hast.«

»Ich schätze, dieser edle Herr hat noch nicht allzu oft eine Niederlage erlebt. Deshalb kann er sich an jeden einzelnen Fall erinnern. Vor allem an den, bei dem es um seine Maid und sein Pferd ging...«

Joris erzählte Anne die ganze Geschichte von Tiphaine de Ath – und er erwähnte auch den Fluch, den sie bei ihrer Flucht ausgestoßen hatte.

Der Räuberhauptmann und seine Geliebte saßen auf dem Wiesenstück am Rand des Felsens. Anne lauschte ihm schweigend und sah müßig in den ruhigen herbstlichen Sonnenuntergang hinaus. Sie selbst war in diesem Moment einem Herbstgeist nicht unähnlich. Ihr flammendes rotes Haar, das rosige Gesicht und die Männerkleider, die sie trug, braunes Überzeug unter einem verschlissenen roten Umhang. An ihr waren alle Farben des Moorlandes vereint: vom Heidekraut, vom Farn, von gefallenem Laub... sogar das Graugrün eines abgelegenen Waldsees fand an ihr seine Entsprechung in der Stahlschnalle ihres Umhangs und am Griff ihres Dolches.

Seit jener Nacht vor achtzehn Monaten, als Joris voller Panik von den Singenden Steinen geflohen war, hatte sich die Partnerschaft der beiden nicht verändert. Die Rote Anne erwähnte nie das Wegrennen ihres Geliebten. Als Joris einmal einem seiner Männer eine laute Antwort auf dessen freche diesbezügliche Bemerkung gab, verblüffte sie den Hauptmann mit ihrem Schweigen. Außerdem ging sie nur noch selten zum Hexensabbat und zog es vor, stundenlang durch die Hügel zu wandern.

»Ich muß glauben, daß eure Riten sonderbare Mächte erwecken«, hatte er einmal gesagt, »doch ich weigere mich einzugestehen, daß ihr mehr als niedere Geister beschwören könnt. Deine furchtbarste Waffe in diesem Spiel ist deine Stimme, die zusätzlich verstärkt wird durch deine Schönheit und das, was du unter den Kleidern aufzuweisen hast. Erst dann kommt deine sichere Hand beim Bogenschießen. Und ganz am Schluß stehen die Zaubermittel, die Zaubersprüche und die Zaubertänze. Ist dem nicht so?«

»Wahrscheinlich hast du recht«, antwortete Anne ernst. Dann breitete sie einladend die Arme aus. »Fürchtest du dich nie vor

Rufins letzten Worten, als er dir zurief, ich würde dich bald schon in den Untergang treiben?«
»Davor habe ich keine Angst«, erklärte Joris heiter. »Eine sterbende Ratte beißt so lange um sich, bis sie steif wird. Wer würde nicht seinen Gegner verfluchen, wenn er damit den tödlichen Hieb zurückhalten oder zumindest dem anderen auch noch Schaden zufügen könnte? Zumindest hat der Niedergang bis heute auf sich warten lassen, oder etwa nicht?«
Heute nun hörte Anne die Geschichte von Tiphaine. Ihr Blick wurde finster und nachdenklich, so daß Joris innehielt und sie fragend ansah.
»Auch sie hat dich mit mir verwünscht«, sagte sie wie in Trance, drehte sich dann zu ihm um und lächelte.
»Willst du versuchen, dich mit den Mächten der Finsternis einzulassen?« fragte sie. »Willst du das in dem Bewußtsein, daß ich an allem schuld bin, wenn du doch noch scheitern solltest? Ich, der ich doch nichts mehr möchte, als dich glücklich zu machen? Heute würde ich die Mächte der Hexenversammlung für dich betrügen. Denn ich bin es müde, eine Hexe zu sein. Sollten sich diese Mächte jedoch als zu stark für dich – für uns – erweisen, dann hätte ich dir tatsächlich den Untergang gebracht. Sag an, mir ist es ernst damit, willst du tatsächlich ein furchtbares Wagnis eingehen, bei dem dich ein entsetzlicher Tod und vielleicht ein Dasein nach dem Tod erwarten könnte, das schlimmer ist als alles, was der Geist sich vorstellen kann?«
Joris hockte nachdenklich auf seinem Umhang und nahm einen Sauerampferstengel zwischen seine kräftigen weißen Zähne.
»Wovon sprichst du eigentlich?« fragte er und befürchtete halb, zum Opfer eines Scherzes zu werden.
»Also gut: Wußtest du, daß Prinz Thorismund sich in Hastain aufhält? Nun, das hat seinen Grund, denn an Allerheiligen will er zu den Singenden Steinen kommen.«
»Bei meinem Bart! Wieso? Was will er dort? Und wie kommt er dorthin?«
»Die Jagd ist ihm wohl zu langweilig geworden; außerdem paßt

ihm das neue, zwangsweise nüchternere Leben wohl nicht so recht. Zumindest habe ich die Mitteilung erhalten, daß er zum Hexensabbat kommen will. Heimlich und wahrscheinlich verkleidet, aber er will kommen, sich die Tänze und Riten ansehen und möglicherweise etwas Neues, Aufregendes kennenlernen.«

»Und wie viele Männer kommen mit ihm?«

»Das weiß ich nicht, doch ich denke, es werden nicht sehr viele sein. Eine solche Veranstaltung würde möglicherweise auch treueste Gefolgsmänner abschrecken.«

»Jetzt möchte ich aber wirklich mehr von deinem Verrat hören, Anne.«

»Was wirst du tun, nachdem du dies erfahren hast?«

»Das kannst du dir doch denken. Und dieser Yaan, der Speere auf Geister wirft, soll mich nicht davon abschrecken. Oder meinst du, er hätte die Macht dazu?«

Die Rote Anne gab keine Antwort.

»Das weiß ich nicht«, sagte sie nach einer Weile leise. »Ich habe nie eine Entweihung der Riten erlebt – bis auf das eine Mal, wo Lys eine Frau erstochen hat, die sich über sie lustig machte. Yaan ist damals nicht eingeschritten, aber ich hatte ihn darum gebeten.«

Joris hielt das Ende des entzweigebissenen Stengels in den Fingern. Plötzlich lachte er laut.

»Dafür bekomme ich einen Schrein in der Kathedrale von Sankt Andreas in Hautarroy«, prustete er. »Und eine Inschrift auf Stein: ›Sankt Joris, der den jungen Prinzen vor dem Satan errettete.‹ Ich schätze, der Überfall wird nicht ohne Blessuren vonstatten gehen. Im Gestampf bei dem Turnier hat der Prinz wie ein Berserker um sich geschlagen. – Hm, er sitzt also auf seiner Burg in Hastain und schmollt. Man erzählt sich, es wurme ihn, daß Conrad nicht nur beim König, sondern auch bei Yolande de Volsberghe, der Schwester von Gaston, höher in der Gunst stehe.«

»Hast du sie je gesehen?«

»Was? Ja. Eine hübsche Maid, doch für meinen Geschmack ist zu wenig an ihr dran. Sie hat mir sogar ins Gesicht gesehen, aber ich schwöre dir bei meinem Schwert, mein Puls raste schneller, als ich ihrem Bruder gegenüberstand.«

Nun schmunzelte Anne.

»Weißt du was«, lächelte sie, »du bist schon ein genauso hoffnungslos treuer Ehemann wie der kleine Raoul von Ger.«

»Mag sein. Seine Gemahlin wäre aus dem Zittern nicht mehr herausgekommen, hätte sie erfahren, wie viele ihm dort im Palast des Erzbischofs an die Kehle fahren wollten.«

»Lys hat dich davor gewarnt, Ger auf die leichte Schulter zu nehmen. Ich denke, sie hatte recht. An deiner Stelle würde ich nur, wenn es unumgänglich ist, mein Glück gegen das von Raoul versuchen. Einmal hat er dir schon einen empfindlichen Nasenstüber versetzt.«

»Ja, das hat er tatsächlich«, gestand Joris. »Ich wünschte, ich hätte damals in Gramberge Gelegenheit gehabt, ihm den Leib aufzuspießen und seine Herzensdame meinen Männern zum Vergnügen zu überlassen. Doch ich denke, meine Stunde der Rache wird über kurz oder lang kommen ... ›Mach mich zur Herzogin‹, hast du einmal gesagt. Ivo ...«

Er hielt inne, und Anne lächelte. Dies war das erstemal, daß Joris zugab, Ivos Prophezeiung im Gedächtnis behalten zu haben.

»Ivo hat nur gesagt«, erinnerte ihn die Rote Anne, »daß ich dein Untergang sein könnte. Sein Wort paßt verblüffend gut zu dem, was Lys, Tiphaine und Rufin dir an den Kopf geworfen haben. Ich muß dich also noch einmal fragen: Macht es dir wirklich nichts aus, mit jemandem das Brot zu brechen und zu schlafen, der eine so große Gefahr für dich darstellt?«

Joris packte sie mit einer starken Hand am Nacken und ließ ihren Kopf sanft hin und her wackeln.

»Komm mit, dann wirst du es schon sehen«, knurrte er. »Herodias, Diana, Hexe, komm mit.«

Gut eine Woche vor Allerheiligen ritt die Rote Anne nach Norden. Sie sollte an einem festgelegten Zeitpunkt im Moorland zwischen den Singenden Steinen und dem Berg Dondonoy Joris und seine Truppe treffen.
Der Räuberhauptmann sah ihr mit einem frostigen Lächeln nach, als sie das Lager am Fels verließ. Und er drehte sich rasch wieder um, weil er sich noch um einiges für diese Spätherbstunternehmung zu kümmern hatte.
»Wer weiß, vielleicht wird dies das letzte Abenteuer von Joris vom Fels«, sagte er sich. »Prinzlein, ich schätze, Ihr begebt Euch in Kürze auf eine Reise, die aufregender endet als alles, was Ihr erwartet habt.«
Die Bande von Joris war wieder auf achtzig Köpfe angewachsen. Zu dieser Unternehmung nahm er sie alle mit und überquerte den Varne an der geheimen Furt nahe Pont-de-Foy. Drei volle Tage Marsch standen ihm und seiner Truppe bevor, um zum vereinbarten Treffpunkt zu gelangen.
Dort, im Herzen des öden und düsteren Moorlandes, kehrte seine Liebe zu ihm zurück, doch anders, als er das vermutet hätte. Sie stolperte in früher Morgenstunde zu Fuß durch den nassen Farn, während von den Geröllhängen hinter dem Zwischenlager der Ausgestoßenen die schrillen Schreie der Moorhühner widerhallten und damit das Murmeln des Baches in der Schlucht dahinter noch unheimlicher klingen ließen. Joris lief Anne entgegen und bemerkte sofort, daß ihr irgend etwas widerfahren sein mußte, an dem sie noch zu schlucken hatte. Ihr Blick begegnete dem seinen, doch dann starrte sie durch ihn hindurch auf etwas, das sie fürchtete, von dem sie aber die Augen nicht abwenden konnte.
»Was ist denn geschehen?« wollte Joris gleich wissen. »Hat Thorismund es sich anders überlegt? Und wo ist dein Pony?«
»Thorismund?« wiederholte sie, und es kam dem Hauptmann so vor, als würde sie den Namen zum erstenmal hören. »Was, ach nein. Der kommt, und alles kann so ablaufen, wie du es geplant hast.«
»Bei den Glocken der Hölle, was plagt dich dann?«

»Ivo«, sagte sie so jämmerlich, daß es Joris befremdete. Dann ging ein Ruck durch ihre Gestalt, und sie wischte sich mit einer schmutzigen Hand eine Locke aus der Stirn.
»Ich brauche etwas zu essen«, erklärte sie kurz angebunden. »Danach will ich dir alles erzählen. Aber zuerst etwas zu essen, bitte.«
Nachdem sie wie ein Wolf eine rasch zusammengestellte Mahlzeit verschlungen und mehr getrunken hatte, als es ihre Gewohnheit war, schickte Joris Gandulf und Madoc mit einer schroffen Kopfbewegung fort. Dann saß er allein mit seiner Geliebten in einer windgeschützten Felsspalte. Anne nahm die Sehne ihres geraden Bogens zwischen die Finger und spielte damit, während sie mit rauher Stimme zu erzählen begann.
»Ich habe Ivo bei einer Köhlerfamilie entdeckt. Er trug noch die schwarzen Kleider, hatte aber die verräterischen Stücke entfernt. Ivo sah mich an wie immer, so als sei überhaupt nichts geschehen. Mit seinem verliebten Blick starrte er mich an, als sei ich vom Himmel gefallen. Und seit ich mich mit Luzifer verbunden habe, bin ich mindestens ebenso tief gestürzt wie Er . . .
Ivo flehte mich an, wieder mit mir herumziehen zu dürfen. Bei allen Dämonen, wie hat er gebettelt und geweint! Ich habe ihm geantwortet, Joris würde ihm den Hals dafür umdrehen, daß er uns in Gramberge mit falschen Nachrichten hinters Licht geführt habe. Dann wollte Ivo unbedingt, daß wir uns an Allerheiligen bei den Singenden Steinen wiedersehen sollten. Ich erklärte ihm, diese Hexenversammlung würde wahrscheinlich unerwartet abrupt ihr Ende finden. Daraufhin leistete er tausend Schwüre und Eide, daß er mich vor jeder Gefahr beschützen wollte, die mir drohen könnte. Ich versicherte ihm, daß mir keine Gefahr drohen würde, und da lachte er wie eine verdammte Seele und schrie, daß er dich nicht fürchten würde, wenn nur ich zu ihm hielte. Und dann brach er von einem Moment auf den anderen in Tränen aus. Er stand auf und lief mir nach wie ein Hündchen.
In jener Nacht schlief er in meinen Armen. Nein, Joris, und nochmals nein, nicht so, wie du denken magst. Er schlief bei mir wie ein

Sohn bei seiner Mutter. Und irgendwie war er in jenen Stunden zwischen zwei Dämmerungen auch mein Sohn. Sein langes Leiden hatte ihn gereinigt, nicht die kleinste Zote kam mehr über seine Lippen. Ivo kam mir so unbegreiflich und lieb vor wie Herluin, der einst sein Freund war und heute der Graf von Ger ist. Was ist nur an mir, daß Knaben mir ihr ganzes Vertrauen schenken und mich wie eine Göttin verehren?

Nun, Ivo erzählte in jener Nacht in der Heide viel: vom Tod im Leben, von Visionen von alten, erbarmungslosen Göttern, von Christus, der seiner Ansicht nach noch gnadenloser wäre als sie alle zusammen. Er redete von den Sternen, vom Flug der Vögel, vom Lied des Windes, von blühenden Bäumen und vom Halsring ›Brisingamen‹, der Zwietracht unter die Götter brachte. Ich erzählte ihm von Lys und ihrem Ende; und wie sie uns bei der Versammlung erschienen ist. Er lachte, als er hörte, was sie dort gesagt hatte. Aber sein Lachen klang schrill und schrecklich. Dann wollte er mich unbedingt in ein Geheimnis einweihen. Er hatte in seinem Herzen während der langen Zeit, die er allein im Wald und in den Hügeln verbracht hatte, an einer wunderlichen Theorie gebastelt. Er erklärte also, Christus und Gottvater lägen im Krieg miteinander. Gottvater habe zwar Seinen Sohn erschaffen, doch sei Er danach alt geworden und habe es schließlich mit der Angst vor Christus zu tun bekommen. Sowohl die Kirche als auch die Hexenversammlung stünden Gottvater näher als Christus. Und Judas Ischariot sei in Wahrheit der treueste Verbündete von Gottvater gewesen. Ich habe kaum die Hälfte von dem verstanden, was er sich da zusammenspann ...

Am nächsten Morgen trafen wir Blanche und Sabelle vom Hexenrat und hörten, was sie über Thorismund zu berichten hatten. Blanche ist Serviermagd in einer Taverne in Hastain. Sie übernimmt es daher, den Prinzen zu unserer Versammlung zu führen. Thorismund kommt nur in Begleitung von Guy de Saulte, dem jüngeren Bruder des Herzogs.«

Joris grunzte erfreut, sagte aber kein Wort, und so fuhr Anne fort.

»Danach sind Ivo und ich... Ich erkenne, daß du dich darüber wunderst, warum ich mich überhaupt mit ihm eingelassen habe, wo er uns doch in Gramberge so schändlich verraten hat. Ach, weißt du, mein Ärger hält nie lange an, auch wenn ich mir manchmal wünsche, er wäre etwas andauernder. Und dann mußt du auch noch wissen, daß ich schon zuviel Braves und Schändliches gesehen habe, um Menschen für irgend etwas verdammen zu können, ganz gleich, was sie anstellen. Davon ganz abgesehen muß jeder, der von diesem Leben abtritt, Freunde und Kameraden hintergehen, und sei es auch nur damit, daß er so endgültig aus ihrer Mitte gerissen wurde. Wer bin ich also, daß ich Ivo verdammen könnte? Ich, der ich sogar bereit bin, meine Hexenversammlung zu hintergehen?«

»Es hat nichts Teuflisches an sich, den Teufel zu betrügen«, bemerkte Joris. Dann lachte er und knüpfte an ihre letzten Worte an. »Wer außer dir und mir und meiner Bande und denen, die beim Überfall ums Leben gekommen sind, könnte Ivo für seine Hinterlist verdammen? Joris ist böse, daran kann kein Zweifel bestehen. Und Yaan ist gar das Fleisch gewordene Böse. Und unser Prinz hockt auf einer glorreichen Vorrichtung, die mit Tyrannei, Gier und Hochmut errichtet ist und an bösem Tun Joris und Yaan bei weitem übertrifft. So sag mir also, Anne, wo ist überhaupt noch etwas Gutes zu finden?«

»Keine Ahnung. Zumindest bin ich mir nicht sicher, wo sich das Gute verborgen hat. Doch, ich habe es vor zwei Tagen gesehen, und davon will ich dir nun berichten. Ivo und ich wanderten, weil es so ein schöner Tag war, am Ufer des Nordenne entlang, obwohl wir doch besser durch die Hügel geschlichen wären. Viel Volk begegnete uns – Bauersleute und Waldarbeiter –, und so manch einer darunter hat mich wiedererkannt. Weit fort hörten wir die Jagdgesellschaft des Priors von Dor. Als wir irgendwann am Nachmittag das Heideland erreichten, rief uns ein Mann von einer Hügelspitze an. Als wir zu ihm hinsahen, entdeckten wir, daß er ein Rudel Hunde an der Leine führte und seinen Kameraden auf der anderen Seite mit dem Horn zuwinkte. Da nahmen wir natürlich die Beine in die Hand. Als etwa ein Dutzend Männer an seine Seite getreten waren, ließ er die Hunde von der Leine. Zehn oder mehr Tiere stürzten sich in den Stechginster, so als sei dort ihre Beute zu finden.«

Anne ruderte mit den Händen, aber Joris richtete seine ganze Aufmerksamkeit weiterhin auf ihr Gesicht.

»Doch das war wohl nur eine Finte, denn bald schon waren die schweren Biester auf unserer Fährte. Ich ritt, und Ivo lief neben dem Pony her, wobei er sich den Bogen von der Schulter zerrte. Ich Närrin hatte natürlich keinen Bogen bei mir. Joris, du hast mir doch erzählt, daß dich schon zweimal Männer mit Hunden gejagt haben?«

»Ja, aber das ist schon Jahre her. Nun fahre fort.«

»Dann weißt du auch – oder kannst es zumindest erahnen –, wie einen in solchen Augenblicken die Angst im Würgegriff hält. Irgendwer mußte dem Prior wohl gesteckt haben, daß ich, die ich ihm einst entflohen bin, ganz in der Nähe sei. Plötzlich tauchte auch eine Rotte Reiter auf einem Hügelkamm auf, während wir gerade den nächsten hinuntereilten. Von da an ging es hinauf und hinunter und quer durch stille Schluchten. Wer hätte schon ahnen können, daß der Prior gerade an diesem Tag beschlossen hatte, auf der Ostseite des Flusses zu jagen? Einmal liefen wir durch eine trockene Tiefe und schienen tatsächlich an Vorsprung zu gewinnen. Doch dann verloren wir wertvolle Zeit, als wir über einen reißenden Fluß mußten. Die Hunde kamen rasch immer näher . . . Ach, Ivo!

Jenseits des wütenden Wasserlaufs befand sich eine Felsplatte. An deren Rand mußten wir entlang, um dahinter durch eine Spalte ins Hochmoor zu gelangen. Das Pony schien so voller Furcht zu sein, daß es gar nicht bemerkte, was ich ihm alles zumutete. Doch Ivo war wie aus Eisen. Als wir ins Wasser sprangen, rief er etwas, das ich zwar hörte, aber nicht verstand. Wir zogen das Tier hinter uns her, und erst am anderen Ufer stieg ich wieder auf. Die Bluthunde bellten auf dem Hügel auf der anderen Seite, und das kleine Pferd machte einen Riesensatz. Ivo schrie mir erneut etwas zu.

›Eilt fort, ich komme bald nach!‹ Das waren seine Worte. Ehe ich mich versah, war ich schon um eine Biegung herum, und erst als ich die nächste Kehre hinter mich gebracht hatte, wagte ich den ersten Blick zurück. Aber von dort, wo ich Ivo vermutete, hörte ich nur wütendes Kläffen. Dann trieb ein toter Hund im Fluß vorbei. Ein Pfeil ragte aus seiner Kehle . . .
Mir wurde klar, daß Ivo gar nicht vorgehabt hatte, mir nachzufolgen, sondern sich am Ufer postiert hatte, um die Hunde aufzuhalten. Und . . . Ach, Ivo!«
Bis zu dieser Stunde hatte Joris noch nie Tränen bei Anne gesehen. Die Muskeln in ihren Zügen blieben verhärtet. Doch glänzende Tropfen suchten sich ihren Weg die Wangen hinunter und vernebelten den Schmerz in Annes Augen.
»Ich hatte Angst«, murmelte sie. »Mehr Angst als je zuvor in meinem Leben. Als ich das Pony antrieb, sagte ich mir: ›Wenn du jetzt zurückkehrst, ist Ivo ganz umsonst gestorben.‹ Also floh ich weiter und brachte es einfach nicht über mich, noch einmal nach hinten zu blicken.
Doch als ich auf einem mit Heidekraut bewachsenen Hügel stand, entdeckte ich am Ufer drei Hunde mit Pfeilen im Leib. Einer von ihnen zuckte noch. Ein vierter wagte sich ins Wasser. Und dann sah ich einen, der Ivos Ufer erreicht hatte und auf den Jüngling zuschlich. Ein sechster Hund lag heulend da. Ivo hatte ihm wohl mit einem Stein den Schädel zerschmettert. Er hatte also schon fast ein halbes Dutzend von ihnen erledigt. Ich wartete noch einen Moment, bis ich Ivo ausmachte. Besser gesagt ein Getümmel aus dem Jungen und vier Hunden. Er wehrte sich tapfer mit dem Schwert, und überall spritzte Blut. Ich fragte mich, ob er vorhatte, die Hunde nur zu verwunden, statt sie zu töten, weil er sich dachte, daß er sie doch nicht alle umbringen könnte . . .
In diesem Moment stieß ich einen Schrei aus, der sich wie der eines gepeinigten Esels anhörte. Ich schlug auf das Pony ein und ritt und ritt bis zum Einbruch der Nacht. Kein Hund kam mir nahe, und ich sagte mir, daß der Haupttrupp der Jagdgesellschaft in einer anderen Richtung unterwegs war. Auf dem ganzen Ritt habe ich weder

Wanderer noch Reiter gesehen. Plötzlich brach das Pony unter mir zusammen, und im nächsten Moment kam ich schwer am Boden auf und verschrammte mir den ganzen Leib. Bald war ich wieder auf den Beinen und entdeckte Blut an der Fessel des Tieres. Ivo hatte das Pony wohl mit einer Pfeilspitze gestochen, damit ich endlich fortkäme. Und in jenem Augenblick fiel mir wieder ein, was Ivo gerufen hatte. Dies waren seine Worte: ›Ich komme nie mehr, um dich zu behelligen, geliebte Anne!‹ Damit meinte er wohl, daß er mich mehr liebte als Lys, die mir ja als Gespenst erschienen war. Und ich glaube fest daran, daß er die Wahrheit gesprochen hat . . .
Am nächsten Tag zog ich zu Fuß weiter. Der Prior von Dor hatte zehn wertvolle Bluthunde verloren, du aber nur eins von deinen Ponies. Die Knochen des armen Ivo liegen wohl über das ganze Moorland verstreut. Und jetzt bin ich wieder hier. Bei allen Mächten der Finsternis, ich weiß nicht, wer bei diesem Spiel gewonnen hat.«
»Sicher ich«, erklärte Joris. »Und auch du, sobald du dich etwas ausgeruht hast. Gern will ich Ivo nun im nachhinein verzeihen. Das war eine wahrhaft ritterliche Tat von ihm, wie er deine Flucht gedeckt hat. Nun faß dich wieder, Anne, große Tage stehen bevor.«
Sie legte ihm eine Hand auf den Arm, und er erkannte an ihren Augen, daß sie sich immer noch nicht beruhigt hatte.
»Du verstehst gar nichts«, rief sie. »Ich stehe nun als Feigling da. Ich, der ich noch nie feige gehandelt habe!«
»Pah! Was für eine Narretei! Ich bin schon zwei Dutzend Male davongelaufen, hab mich versteckt und tüchtig geschwitzt. Aber danach habe ich immer wieder gelacht. Pest und Hölle, Anne, der Junge hat das freiwillig getan. Wer läßt sich schon von einer Hundemeute in Stücke reißen, ohne einen guten Grund dafür zu haben?«
»Ivo«, sagte Anne ganz leise und schloß die Augen. Ohne sie wieder zu öffnen, erklärte sie: »Er hat sich für mich geopfert. Und diese Tat war größer als jede, von der ich bis heute gehört habe.«

»Nun ja«, machte sich Joris bemerkbar, »auf meinem rechten Arm ist auch eine Narbe.«

»Nein, Joris, das kannst du nicht gleichsetzen. Du hast an jenem Tag sehr tapfer gefochten, das ist wahr, aber du hast dir dafür einen irdischen Lohn erhofft, oder etwa nicht?«

Der Räuberhauptmann machte eine unwillige Geste und bereute, daß ihm kein besseres Beispiel eingefallen war. Annes Lider flogen hoch, und immer noch reihten sich Tränen wie Perlen zwischen den Wimpern auf. Aber sie lächelte wieder, wenn auch müde.

»Du Mann, für den die Welt gemacht wurde«, flüsterte sie. »Du weißt überhaupt nicht, was Feigheit bedeutet, denn das, was du darunter verstehst, ist in Wahrheit die Vorsicht oder Umsicht eines langjährigen Waldräubers. Du kennst nicht den bitteren Nebel hinter dem Reich der widerstreitenden Götter.«

»Nein, den kenne ich nicht«, erklärte Joris. »Aber Herbrand und Osmund und so mancher andere gute Mann aus meiner Bande hat sein Leben gelassen, hat im Grunde für mich sein Leben gelassen. Und keiner von ihnen erscheint mir bei Tag oder im Traum. Und wenn ich über diese Burschen nachdenke, will es mir so vorkommen, als wären sie zu nicht viel anderem zu gebrauchen gewesen. Sieh, Anne, wir beide, du und ich, wurden dazu geboren zu führen und zu genießen. Was nutzt es einem Omelett, über zerbrochene Eier zu klagen?«

»Ja«, sagte Anne mehr zu sich selbst. »So etwas Ähnliches habe ich an anderer Stelle schon einmal gehört.«

»Nimm meinen Umhang«, erklärte Joris bestimmt, »und leg dich neben das Feuer. Schlaf dich richtig aus. Wir können es uns nicht erlauben, daß du zwei Tage vor der Hexenversammlung in tiefe Melancholie versinkst.«

Anne gehorchte still, und Joris hockte nachdenklich neben ihr; so wie er das früher schon einmal in seiner Höhle beim Fels getan hatte. Über ihren Köpfen sang der Moorwind. Gelegentlich streckte er einen böigen Arm aus, um die weißen Rauchsäulen der Feuer zu zerreißen. Felsen, Erika und Farn beherrschten den milden späten Oktobernachmittag.

»Morgen gibt es Regen«, brummte Joris und vertrieb sich die Zeit bis zum Abendbrot damit, die Stiefel neu mit Fett einzureiben. Einmal hielt er inne, als Anne sich unruhig bewegte. Er beugte sich über sie und betrachtete ihr Gesicht. Anne hatte die Augen geschlossen. Sie kicherte leise, und ihre Lippen zuckten kurz zu einem gemurmelten Wort.
»Ivo!«
»Alles hat sein Gutes«, dachte Joris grimmig, »sogar die Bluthunde des Priors von Dor.«

Der nächste Tag war sonnig, fast schwül. Am frühen Abend verschreckte ein einzelner, ferner Donnerschlag die Bande und ließ sie beim Zotenreißen und Würfeln innehalten. Die Männer standen auf oder sahen sich um, als ob ihnen erst jetzt die Ungewöhnlichkeit ihrer Unternehmung bewußt geworden wäre. Joris hatte sie in einer langen Reihe an einer sandigen Felsklippe südwestlich von den Singenden Steinen Aufstellung nehmen lassen. Eine Meile hinter ihnen waren die Lastpferde bei einem Weiher an Weißdornbüsche angebunden. Dort war das Land am ödesten. Höhenzug reihte sich an Höhenzug bis zum unter einer Wolkenkrone verborgenen Berg Dondunor empor, und über allem breitete sich wie ein Teppich das düster rote Heidekraut aus. Joris entdeckte im grünlichen, vergehenden Tageslicht nur die nächsten Gesichter. Er vermerkte erleichtert, daß kein zweiter Donnerschlag folgte und ein frischer, kühler Wind vom Meer über sein Gesicht strich.
Nieselregen setzte ein. Den Schatten der Räuberreihe haftete nun etwas Koboldhaftes an. Die Männer hatten sich unter ihre Umhänge verkrochen und aßen aus fettigen Brotbeuteln und tranken ranzigen Wein aus eingebeulten Flaschen. Hier und da schob ein Langbogen ein Stück des Umhangs hoch. Ein Mann rief einen kurzen Scherz. Gandulf eilte an der Felsklippe entlang, um ihn mit einem Fluch schweigen zu heißen. Nur Joris und Madoc waren nahe genug heran, um die Singenden Steine sehen zu können. Sie hatten sich zwischen Felsen und Sträuchern verkrochen, um sich nicht am Horizont abzubilden.

Die Rote Anne kam ganz in Schwarz von den Höhlen auf sie zu. Sie hatte eine Tasche am Gürtel befestigt und trug den Kuhkopf unter einem Arm. Über einer Schulter hing der Tierschwanz. Ihr ritueller Messingstab glitzerte im letzten Tageslicht. Sie bewegte sich geschmeidig wie eine Katze, und Madoc fuhr zusammen, als er sie so unerwartet neben sich bemerkte. Gandulf gesellte sich zu ihnen. Während der Wind auffrischte, hörten die vier die ersten leisen Entzückenslaute vom Steinring.

Madoc zitterte in seiner Tunika über dem Lederpanzer, und Gandulf rieb sich nervös mit den Fingern über seinen angerosteten Stahlharnisch. Anne hatte die Arme vor der Brust verschränkt. Der Tierkopf schwang an ihrer Schulter, und der schlangenförmige Stab hing unbeachtet am schwarzen Gürtel. Joris sah verstohlen nach ihr und betrachtete ihr Profil vor den blaß rosafarbenen Wolkenbänken im Westen. Eine verzauberte Stimmung nahm ihn in Besitz, und er vergaß Ort und Stunde. Die Prinzen der Erde und der Hölle würden bald im Schatten des Joris stehen. Er wollte die Singenden Steine nicht umzingeln, damit nicht ein Zuspätkommer aus Versehen über einen seiner Männer stolperte und Alarm geben konnte. Gandulf und Madoc sollten die Flügel führen, während sie auf die Versammlung zukrochen. Joris blieb im Zentrum und würde das Signal zum Angriff geben.

»Ich gehe jetzt«, sagte Anne leise.

»Warum denn jetzt schon?« wollte Joris wissen. »Wir müssen doch noch Stunden warten.«

»Ich muß allein zu den Steinen«, antwortete sie. »Ich will mich von meinen Gefährten verabschieden und zu einer Art Frieden mit ihnen kommen. Zwanzig Jahre lang waren sie schließlich meine Freunde.«

»Dann geh«, sagte Joris, »nur . . .«

Die Rote Anne drehte sich im Dämmerschein zu ihm um und zupfte ihn am Bart, der noch immer Farbspuren von seiner Verkleidung als Dietrich Halbern trug.

»Nein, Mann«, flüsterte sie, »hab heute nacht keinen Zweifel an mir. Hier in meiner Tasche trage ich Betonien, Mutterwurz und

Eisenkraut, eine Bronzeglocke und ein Stück Pergament. Ich muß einige Formeln aufsagen, um die Macht von Yaan einzuschränken. Auch wenn du nicht an sie glaubst, so will ich doch sichergehen. Sorge du vor allem dafür, daß deine Männer bei der Stange bleiben. Wenn einer von ihnen es zu sehr mit der Angst zu tun bekommt, mag es vielleicht helfen, mich zu sehen und meine Stimme zu hören. Wenn das Lied der Anrufung vorüber ist, werde ich mit dem Messingstab auf den Prinzen zeigen ... Küß mich, Joris.« Der Räuberhauptmann nahm sie in die Arme und küßte den erhobenen Mund.

»Wenn es zum Kampf kommen sollte«, murmelte er, »möchte ich es irgendwie vermeiden, deine Freunde mit Pfeilen niederzumähen. Kannst du sie nicht warnen oder sie in eine Ecke lotsen, wo sie außerhalb der Gefahr sind?«

Anne atmete scharf ein und versteifte sich in seinem Griff.

»Wenn es zum Kampf kommt«, erklärte sie leise, »erschlägst du am besten jeden, der sich dir in den Weg stellt. Doch vergiß nicht, ich habe keine Ahnung, wie Yaan reagiert. Ich habe dich gewarnt, daß er über teuflische Kräfte verfügt. Er besitzt unter anderem furchtbare Pulver, die er in die Flammen wirft. Darauf mußt du vorbereitet sein. Und was den Rest angeht, so warten wir es am besten ab. Nun lebe wohl.«

»Du auch. Bis Mitternacht.«

Sie schien noch etwas anderes sagen zu wollen, aber ihre Stimme verlor sich im rauschenden Wind. Anne marschierte den Hügel hinunter und wurde schon kurz darauf von der Dunkelheit und den Megalithen verschluckt.

Nach einer halben Stunde flackerte ein Licht zwischen den umgestürzten Steinen im inneren Ring auf. Ein stechender Geruch von verbrannten Kräutern stieß in die Nasen der heimlichen Beobachter. Und plötzlich hörten die Ausgestoßenen damit auf, sich zu kratzen, zu murmeln oder sich in bequemere Lagen zu bringen; denn ein jeder hörte das Läuten der hellen Glocke und die auf wunderbare Weise vermischten Stimmen von Erde und Luft.

Die Rote Anne sang allein zwischen den Singenden Steinen.

Der Himmel war um Mitternacht klar und der abnehmende Mond gerade erst aufgegangen. Joris wartete ab, bis die weißblauen Feuer entflammten und das sonderbare Lied angestimmt wurde, bevor er sich auf der Felsklippe aufrichtete und den Männern das Zeichen zum Aufbruch gab. Mit Bögen und Spießen in den Händen krochen und krabbelten die Männer in Sichelformation durch das Heidekraut den Hang hinunter. In dieser Nacht bewirkte der eigenartige Gesang bei Joris kein Gefühl der Verkrampfung mehr. Statt dessen schwoll die grimmige Vorfreude des gewohnten und geübten Kämpfers in ihm an. Er suchte sich die Stelle im Innenring, wo er auf den Plan treten wollte. Die Teufelsanbeter hatten nun die Köpfe gesenkt und warteten im blauen Licht auf das Erscheinen ihres Herrn und Meisters.

Rascheln, Schaben, Grunzen und Schnaufen wurden vom Lärm der Versammlung übertönt. Kletten hefteten sich an Joris' Mantel. Dornen rissen ihm die Haut an den Armen auf und schlugen ihm ins Gesicht. Ein Mann hinter ihm fluchte vor Überraschung. Joris hielt kurz an, um ihn zischend zum Schweigen zu bringen. Dieses Geräusch erschreckte ihn selbst, denn im Steinring war gerade völliges Schweigen eingekehrt.

Yaan erschien und sprang auf die Altarplatte zwischen den beiden blauweißen Feuern. In der einen Hand hielt er ein Schwert, mit der anderen reckte er ein Horn in die Luft. Das Geheul der Begeisterung seiner Anhänger brachte Joris zwölf Schritte näher heran. Die Rote Anne kam mit großen Schritten zum Altar und zeigte mit dem Schlangenstab auf zwei vermummte Gestalten, die etwas abseits von der knienden Menge standen.

»Fremdlinge, was führte euch hierher?« rief Anne sehr laut und harsch. Nicht weit von den beiden sprang eine Frau auf und stellte sich vor Anne. »Herrin, so ist es nicht recht!« rief sie. »Gäste der Versammlung werden nicht befragt. Meine ... meine Freunde führen nichts Böses im Schilde. Laßt sie den Riten beiwohnen und am Sabbat teilnehmen.«

»Ja, laßt sie beiwohnen und teilnehmen!« riefen einige der Anbeter. »Herrin, was ist in dieser Nacht mit Euch?«

Anne schob das Vorderteil ihrer Kuhmaske wie ein Visier hoch und machte eine grimmige Miene. Aus ihrer Kehle drang ein unglückliches, kreischendes Lachen. Sie hob den Messingstab wie ein Schwert und stieß ihn in den Boden.

»Gläubige, schützt euch!« schrie sie, machte auf dem Absatz kehrt und rannte zwischen zwei Steinen hindurch, bis sie von den Schatten verschluckt war.

Scharf und wild ertönte das Horn von Joris. Die Anbeter spritzten auseinander, als die Räuber angriffen. Madoc war mit zehn Männern zwischen den Steinen. Der Prinz und sein Gefährte lösten sich aus ihrer Starre, wandten sich zur Flucht und liefen Madoc und seinem Trupp direkt in die Arme. Einen Moment später war jeder der beiden der Mittelpunkt eines keilenden und tretenden Getümmels. Joris hatte gerade noch Zeit, einen Blick darauf zu werfen, bevor er herumwirbelte und mit gezückter Klinge auf Yaan zwischen den Flammen zuging. Oder besser gesagt, auf die Altarplatte zu, auf der Yaan bis gerade noch gestanden hatte.

»Bei Gott, der Teufel ist abgehauen!« brüllte er in Rage. Dann entdeckte er inmitten der Flucht der kreischenden Hexen und der Verfolgung der lachenden Räuber die schwarze Gestalt des Yaan. Ein hüpfendes Wesen, halb Mensch und halb Hirsch, das eine offene Eisenschachtel in eines der blauweißen Feuer schleuderte, um dann mit einem einzigen Sprung zu verschwinden, so als sei es von der Erde verschluckt worden.

Ein Zischen ertönte, dem ein roter Funkenregen folgte. Die Eisenschachtel war nicht mehr auszumachen, statt dessen schienen die Erde und die Megalithen ringsum in Flammen zu stehen. Eine grelle, orangefarbene Explosion erfolgte, der ein ohrenbetäubender Donnerschlag den Höhepunkt brachte. Joris ließ sich wie ein Baumstamm fallen. Er hörte, wie seine rauhen Gesellen blökend zusammenbrachen, stolperten und davonrannten. Geblendet und wie betäubt und mit dem Gestank seines eigenen verbrannten Bartes in der Nase kam der Hauptmann langsam wieder hoch. Das einzige, was für ihn jetzt noch zählte, war das schwarze Wesen, das mit einem blanken Schwert auf ihn zukam.

Joris fuhr zurück, blinzelte und hielt seine Schwertspitze auf den Teufel gerichtet. Gut die Hälfte der Fackeln war durch die Explosion aus der Halterung geflogen und erloschen. Die blauweiße Flamme war ebenfalls nicht mehr. Aber es herrschte noch genug Licht, um zu erkennen, daß Yaan gerade seinen Hirschkopf abgenommen hatte. Unter dem widernatürlichen Geweih befand sich ein menschliches Gesicht. – Das von Guelf Reinager, jetzt vom Wahn verzerrt. Guelf Reinager, Apotheker, Schausteller und jetzt auch noch Herr der Hexenversammlungen in Nordanay.
»Holla!« krächzte Joris und spannte die Muskeln seines Schwertarms an. Wie ein wirbelnder Speer kam der erste Stoß des perversen Priesters heran. Und die Härte seiner Muskeln und die Festigkeit seines Kettenhemdes schützten den Hauptmann mehr als seine Erfahrung im Umgang mit der Klinge. Doch das vertraute Geräusch von Eisen auf Eisen verwehte allen Nebel zwischen seiner Kämpfernatur und seinem Zorn.
Das Paar hatte den ganzen Innenring für sich. Die beiden stampften, täuschten und hieben, bis Pfeile durch die Luft sirrten und Guelfs Lederrüstung trafen. Gandulf und seine Truppe waren offensichtlich bei der Explosion nicht allzu weit fortgerannt. Ein Teufel, der mit Joris Schwertschläge austauschte, konnte nicht gleichzeitig weiteren Feuerzauber am Altar bewirken. Doch die langen Pfeile prallten entweder ab oder hingen vom Leder herunter. Also trug der Hohepriester ein Kettenhemd unter dem Lederzeug. Er riß einen der Pfeile heraus und stach damit nach dem Gesicht von Joris. Die Spitze fuhr dem Hauptmann in die Wange, und plötzlich schmeckte Joris Blut auf der Zunge. Der Räuber stieß im selben Augenblick seine Schwertspitze in den ledernen Halskragen seines Gegners und sah, wie dessen Mund sich vor Schmerz und Wut seitlich verzerrte.
Doch dann wurde sein eigenes Kettenhemd an drei Stellen durchhauen. Er konnte sich in eine Position bringen, in der er das Licht der letzten brennenden Fackel im Innenring zu seinem Vorteil zu nutzen vermochte, doch Guelf wußte, wo und wie die gestürzten Megalithen lagen, und war damit dem Hauptmann voraus. Zwar

strömten nun die Räuber wieder zusammen, aber auch unter den Teufelsanbetern waren nicht nur Feiglinge zu finden. Ein Dudelsack flog durch die Luft und traf Joris schwer am Knie. Er taumelte und stolperte nach vorn. Yaans blitzendes Schwert traf ihn schwer am Rücken, aber sein verzweifelter Stoß mit dem Schwert nach oben vollbrachte mehr.

Mit ausgebreiteten Armen fiel stöhnend die schwarze Gestalt von Guelf Reinager auf ihn. Er fuhr Joris mit bloßen Händen an die Kehle, während der Hauptmann sich bemühte, sein Messer zu erreichen. Er spürte, wie er keine Luft mehr bekam und ihm schwarz vor Augen zu werden drohte. Dann bekam er den blutenden Halsschutz zu fassen und riß ihn ab. Er packte die eiserne Hand an seiner Kehle und gurgelte, als seine Linke an den Boden genagelt wurde. Endlich hatte er das Messer und stieß es wie ein ausgestrecktes Schwert heimtückisch nach oben.

Der Druck an seinem Hals verging. Guelfs schweres Haupt fiel auf die würgende Hand am aufgeschlitzten Mund des Räubers. Yaans Dolch hatte die Linke des Hauptmanns gefunden, aber das Messer von Joris war Guelf durch das Auge ins wahnsinnige Gehirn gefahren.

»Ich schätze, dieser Teufel ist tot«, keuchte der Räuber, zog sich unter dem schweren Körper hervor und befreite seine Hand. Erst jetzt wurde ihm bewußt, daß auch andere kämpften. Und plötzlich fiel ihm sein eigentliches Ziel wieder ein.

»Sind sie in unserem Gewahrsam?« rief er und rappelte sich auf, um dann beim Aufheben seines Schwertes beinahe die Besinnung zu verlieren.

»Ja«, rief Gandulf und tauchte neben ihm auf. »Das heißt, der Prinz ist gefesselt und wird bewacht. Guy de Saulte befindet sich dort drüben. Es ist ihm gelungen, sich zu befreien. Dabei hat er drei unserer Männer niedergemacht. Bei allem, was recht ist, Joris, Ihr seid ja selbst ganz in Stücke geschlagen.«

Trotz der Einwände seines Leutnants rannte Joris gleich zu der Stelle, an der Guy mit dem Rücken vor einem Megalithen stand. Er wurde von lachenden und pöbelnden Vogelfreien umringt, die

ihn mit ihren Spießen traktierten und rechtzeitig vor den furchtbaren Hieben seines Schwertes wegduckten.
»Haltet ein, Ihr Affen!« rief Joris. »Seid uns lieber dankbar dafür, Eure Seele vor dem Höllenfeuer bewahrt zu haben!«
»Für Saulte... für Saulte!« brabbelte der erschöpfte Jüngling. Seine Miene war ein furchtbarer Anblick. »Ich nehme die Verdammnis in Kauf, um Euch zu erledigen, stinkender Dreckskerl! Für Saulte!«
»Dann eben statt für die Hölle für Saulte«, scherzte Joris, durchtrennte das Schwert des Jünglings kurz vor dem Heft und spaltete seinen Schädel bis hinab zu den Augenbrauen.
»Sonst noch jemand?« fragte er laut und schüttelte seine bluttriefende Klinge.
»Alle sind abgehauen«, berichtete Madoc. »Alle, bis auf sechs, die ein zielsicherer Pfeil daran hinderte.« Der Leutnant grinste, auch wenn ihm wie einem erschöpften Hund die Zunge aus dem Mund hing. »Der Prinz ist brav liegengeblieben, nachdem wir ihn gefesselt und geknebelt haben.«
Joris sah sich im schwachen Lichtschein um. Die verbliebene blauweiße Flamme flackerte und ging immer wieder halb aus, da niemand mehr da war, sie zu hüten. Vereinzelte Fackeln brannten blakend vor den hohen Steinen. Hier und da lagen in verkrümmter Haltung die Toten. Und über ihm summte der Wind sein gespenstisches Lied durch den Ring.
»Wo ist die Rote Anne?« fragte er barsch, als man ihn zu dem grimmig dreinblickenden, gefesselten Bündel von Prinz Thorismund geführt hatte.
»Hier, Joris«, antwortete Anne und erschien hinter ihm zwischen zwei Megalithen.
Er fuhr herum und sah, daß sie ihr Hexengewand abgelegt und gegen die braunen Waldgewänder des vergangenen Tages ausgetauscht hatte. Ihre Miene war unbewegt und wie gemeißelt. Ein Hauch von Tragik lag darüber. Sie beugte sich über den toten Teufel und sah ihm lange ins Gesicht. Dann hob sie den Langbogen und machte damit eine Ehrenabschiedsgeste.

»Jetzt wollen wir zu den Pferden«, erklärte sie. »Doch zuerst muß ich mich wohl um dein Gesicht und deine Linke kümmern. Ist jemand von deinen Männern bei der Explosion verletzt worden?«

»Drei haben es nicht überlebt«, erklärte Gandulf sachlich und nannte ihre Namen. »Ich konnte gerade noch hinter einen Stein springen, sonst wäre ich der vierte geworden. Mit den Hexenversammlungen ist es nun wohl vorbei, wofür Ihr, Hauptmann, und Eure Geliebte die Verantwortung tragt. Ich muß gestehen, daß es mir nicht sonderlich leid tut. Aber ob Marktschreier oder nicht, dieser Guelf Reinager hatte etwas ganz Besonderes an sich und wußte, wie er Menschen für sich gewinnen kann.«

»Madoc, blast zum Sammeln«, befahl Joris mit schwerer Zunge. »Pest und Hölle, in meinen Ohren klingelt es immer noch wie am Ostersonntag. Gandulf, Ihr bewacht den Prinzen. Anne, verbinde mir gleich die Hand. Ich blute wie eine abgestochene Sau. Was ist los, warum schwanken die Lichter wie im Sturm?«

»Holla, Hauptmann!« rief der Räuber, der ihm am nächsten stand, als er sah, wie der Hüne zusammenbrach. Joris spürte, wie er aufgefangen und festgehalten wurde. Eine grimmige Woge von Schwärze legte sich über seine Sinne. Zum erstenmal in seinem Leben wurde er ohnmächtig.

Der Horizont im Osten war schon grau, als sie den Hauptmann auf ein Pferd setzten. Den Prinzen band man auf ein anderes Tier, das Gandulf am Zügel führte. Die Rote Anne ritt neben ihrem Geliebten, und Madoc führte den ganzen Zug an.

Als die Singenden Steine nicht mehr zu sehen waren, ging die Sonne in all ihrer Pracht auf. Aber ihre Strahlen konnten nichts eindrucksvoller bescheinen als das rote Haar von Thorismund und von Anne. Der Hauptmann blickte von einem Kopf auf den anderen und lächelte leise bei der Vorstellung, daß der Volksmund glaubte, von solcher Haarfarbe ginge Unglück aus.

»Hier und heute«, sang sein Herz, »beginnt der Triumph des Joris vom Felsen!«

Über Heidekraut, durch Felsschluchten mit Dornenbüschen, vorbei an Farnstauden und hellgrünen Weihern zog die mitgenommene, aber ruhmbewußte Truppe, und in ihrer Mitte der gebundene Prinz. Sein flammender Haarschopf war jetzt in Unordnung und stumpf, und sein schönes Antlitz lag unter Schmutz und einer Miene der Erschöpfung verborgen. Einmal kippte Thorismund zur Seite und wäre beinahe vom Pferd gestürzt. Sie nahmen ihm den Knebel ab und flößten ihm sauren Wein ein. Er blinzelte, hustete und verzog das Gesicht, sprach aber kein Wort. Seine klaren blauen Augen blickten ruhig und aufmerksam umher. Joris betrachtete ihn kurz und gab einen Befehl.
»Laßt den Knebel weg, aber verbindet dem Edlen die Augen.«
Thorismund leckte sich über die aufgesprungenen Lippen, und sein Blick wanderte von Joris zur Roten Anne und wieder zurück auf den Hauptmann.
»Bei allem, was recht ist, ich habe von euch beiden schon gehört«, sagte er heiser. »Doch ich hätte mir nie vorstellen können, auf solche Weise eure Bekanntschaft zu machen. Hat Conrad euch viel geboten?«
»Er mag viel bieten, wenn er von Eurer Not erfährt«, antwortete Joris und begegnete dem starrenden Blick Seiner Hoheit mit Gelassenheit und Kälte. »Bis dahin mögen Eure Gnaden diese unziemliche Vorsichtsmaßnahme entschuldigen.«
Thorismunds Augen verschwanden unter einem schmutzigen Schal. Als Gandulf das Tuch verknotete, zuckte der Mund des Prinzen, und er machte eine schmerzliche Miene.
»Es war eine große Torheit, Guy de Saulte zu erschlagen«, erklärte er dabei, und alle hörten, wie er knirschend die Zähne zusammenbiß.
»Eure Torheiten mögen in Hautarroy Gesetz sein, hier mache ich meine eigenen, wie es mir beliebt«, gab Joris barsch zurück. Er gab das Zeichen zum Aufbruch und nahm mit seiner verbundenen Hand den Strick auf, der als Zügel diente.
Thorismunds Wangen und Kinn nahmen unter dem Dreck eine rosige Färbung an, aber er sprach den ganzen Morgen lang kein

einziges Wort mehr. Gegen Mittag war die Sonne hinter Wolkenbergen verschwunden, und im rauhen Wind zwischen den Hügeln konnte niemand mit verbundenen Augen mehr ausmachen, wo er sich eigentlich befand oder wohin die Reise ging. Als die Räuber eine Rast einlegten, um sich zu stärken, durfte der Gefangene daran teilnehmen, und man nahm ihm die Augenbinde und die Handfesseln ab. Joris fing langsam an, sich wegen Anne, die nun schon so lange schwieg, unbehaglich zu fühlen.
»Was geht in deinem hübschen Kopf vor sich?« fuhr er sie brummig an. »Plagt dich ein neuer Kummer, an dem ich nicht teilhaben kann?«
»Vielleicht drückt die Herzoginnenkrone schon, noch bevor ich sie aufgesetzt habe«, antwortete Anne und spießte mit der Messerspitze ein Stück kalten Hammelbratens auf.
Joris lachte unvermittelt, und Thorismunds mitgenommenes Gesicht spannte sich an, als er sie beobachtete und sich dann an den Hauptmann wandte.
»Wie hoch ist Euer Preis?« begann er ohne lange Vorrede.
Joris nahm den Weinschlauch und einen Becher und füllte ein. Über das Gefäß hinweg sah er den Prinzen kalt an, bevor er antwortete.
»Was immer Herzog Conrad für Euch zu zahlen bereit ist. Und noch etwas mehr.«
Thorismund senkte die Lider und nickte, so als sei er damit einverstanden.
»Habt Ihr eine Feder und Papier?« fragte er kurz danach.
»Nicht hier, aber in meinem Hauptlager. Und sowohl die Rote Anne als auch ich können die Worte unserer Sprache lesen, mit denen Euer Gnaden schreiben wird. Doch im Augenblick sehe ich noch keine Gelegenheit für einen Brief.«
»Ihr müßt den König davon überzeugen, daß ich in Eurer Gewalt bin.«
»Der Herzog von Saulte reicht völlig aus. Das Gewand seines Guy wird ihn schon überzeugen.«
»Ihr . . . Ihr habt Guy beerdigt?«

»Nein, wir haben ihn nackt liegen lassen, damit die Krähen auch etwas davon haben«, antwortete Joris rauh. »Genauso hättet Ihr, hätte er oder jeder andere von Rang es mit mir auch getan, nicht wahr? Wenn der Herzog zu den Singenden Steinen reitet, wird er die Leichen nicht voneinander unterscheiden können. Zwei von meinen Bandenmitgliedern, die gefallen sind, hatten ebenso flachsfarbenes Haar wie die de Saultes.«

Der Prinz bekreuzigte sich rasch. Seine Lippen bewegten sich, als würde er ein leises Gebet sprechen.

»Wagt es nicht, Latein zu sprechen!« fuhr Joris ihn an. »Sonst bekommt Ihr eins aufs Maul und werdet wieder geknebelt.«

»Ist es in Eurer Nähe verboten, Latein zu sprechen?« wollte der Gefangene wissen.

»Ja, außer es wäre ein Bischof, der die Exkommunikation von mir aufhebt.«

»Oho!« rief Thorismund, und zum erstenmal entdeckte Joris Belustigung in seinen Augen. »Nun, sagen wir, ich könnte ja die erste Rate meines Lösegeldes damit aufbringen, daß ich Euch zum Ritter schlage. Nur fehlen mir leider mein Schwert und meine Sporen ...«

»Die habe ich in meinem Gepäck«, versicherte ihm der Hauptmann. »Wie ich hörte, erteilen die kastilischen Könige maurischen Edlen den Ritterschlag, obwohl die doch durch Geburt, Glauben und Aufzucht ganz gewiß keine Mitglieder der Christengemeinde sind und niemals die heiligen Sakramente empfangen haben.«

»Eins zu null für Euch«, lächelte der Prinz. »Doch sehen wir es einmal so: Ihr habt eine Hexenversammlung gesprengt, und das müßte der Heiligen Kirche doch ein Wohlgefallen sein. Ich denke, Ihr solltet mir gestatten, auch ein Schreiben an Seine Eminenz, den Erzbischof, aufzusetzen.«

»Solange ich die Briefe lesen kann, mögt Ihr an so viele Personen schreiben, wie es Euch beliebt«, erklärte Joris humorlos. »Doch nun wird es an der Zeit, wieder aufzubrechen. Gandulf, das Roß für den edlen Prinzen.«

Sie verbrachten die Nacht im Forst von Honoy. Drei Männer lösten sich bei der Wache neben dem zitternden Prinzen ab. Thorismund beklagte sich nie, obwohl er am nächsten Morgen sehr blaß und durchgefroren war. Er nahm einen Brocken Brot zu sich und trank Wasser von einem Bach. Dann erhob er sich würdevoll, um sich die Augen wieder verbinden zu lassen, warf aber noch einen raschen Blick auf die Bäume und das Laub.
»Haben die Bäume heute eine andere Ausstrahlung gewonnen?« fragte ihn Anne unvermittelt.
Es waren die ersten Worte, die die beiden miteinander wechselten. Thorismund drehte sich zu ihr um und betrachtete sie nüchtern.
»Ja«, antwortete er. »Wie seid Ihr darauf gekommen?«
»Ich wurde einmal festgenommen und sollte als Hexe verbrannt werden. Damals sah ich auch auf die Bäume, die für mich wie Freunde sind. Ich mußte feststellen, daß sie sich verändert hatten und so gleichgültig wirkten, obwohl ich doch immer geglaubt hatte, sie würden für mich so empfinden wie ich für sie.«
»Was, sogar die Bäume erliegen Eurer Anmut?« murmelte der Prinz ritterlich und vertrieb damit das grimmige Lächeln aus Annes schönen Zügen. »Dann war es schändlicher Verrat an Euch. Sie waren zu Euch grausamer, als sie jetzt zu mir sind. Denn Ihr habt unter ihnen geherrscht, während ich nur zwischen ihnen auf die Jagd ging.«
»Sie leben ihr eigenes Leben«, erklärte Anne düster. »Alle, die ein eigenes Leben führen, müssen wohl zwangsläufig Verrat an anderen begehen.«
»Beim heiligen Kreuz, ich denke, Ihr habt recht«, sagte Thorismund, während Gandulf ihm den Schal vor die Augen band. »Doch erwähnt solche Häresie mit keiner Silbe, wenn Ihr einmal vor Gericht stehen solltet. Denn Verrat findet man in der vielfältigsten Form, ohne dafür auch noch eine so ehrliche Entschuldigung finden zu müssen.«
»Ich habe einmal das Fräulein Yolande de Volsberghe gesehen«, sagte Joris, weil er glaubte, es sei nun höchste Zeit, sich einzumi-

schen. »Ihr habt mehr als nur ein Juwel verloren, hoher Herr, als sie Euch verließ und ihr Herz Herzog Conrad schenkte.«

»Da wir schon über alte Lieben reden«, gab der Prinz barsch zurück, »ich habe einmal Lorin de Campscapel gesehen. Da habt Ihr ein Juwel verloren, Fräulein Anne, als Raoul von Ger ihn erschlug.«

Joris lachte grimmig und wickelte sich fester in seinen Umhang ein.

»Das Wort eines Prinzen ist sehr teuer«, rief er. »Euer Gnaden, die letzte Bemerkung hat den Wert Eures edlen Körpers um tausend Goldstücke erhöht.«

»So spricht nur ein ungehobelter Klotz«, entgegnete Thorismund ruhig.

»Gandulf«, lachte Joris, »Euren vogelfreien Fuß in den prinzlichen Hintern.«

Der Leutnant lachte und kam der Aufforderung gerne nach. Thorismund, dessen Hände am Rücken gefesselt waren, taumelte unter dem Tritt und fuhr unglücklich auf die Seite. Er preßte die vollen Lippen so fest zusammen, daß sie nur noch dünne weiße Striche waren, aber er gab keinen Laut von sich.

»Meinen Fuß lasse ich mir einbalsamieren«, rief Gandulf den grinsenden Umstehenden zu. »Denn heute habe ich mit ihm zum erstenmal meinen Fuß aufs Reich gesetzt. Er hat sogar Geschichte gemacht, durfte er doch für kurze Zeit als Thron für Seine Gnaden dienen.«

Die Rote Anne stand nur dabei und verzog keine Miene.

Den ganzen Tag über zog die Truppe durch den Wald und näherte sich auf Zickzackkurs der Furt bei Pont-de-Foy. Bei Einbruch der Dämmerung hatten sie sie erreicht. Da die Ebene bei der Brücke von hier aus nicht zu sehen war, ließ Joris dem Prinzen wieder die Augenbinde abnehmen.

»Seht nur, ein Fluß, edler Herr«, erklärte der Hauptmann. »Wir wollen ihn vor Mondaufgang überqueren. Dazu binden wir Euch die Hände los. Aber hinter Euch wird ein Mann gehen, der einen besonders spitzen Speer auf Euch richtet.«

Thorismund gab keine Antwort und wartete mit den anderen darauf, daß das letzte Licht über den Lichtungen am Ufer verging. Trotz aller Schrammen, trotz Erschöpfung und Dreckflecken wirkte er immer noch außerordentlich gutaussehend. Selbst die zerlumpten und zerrissenen Forstarbeiterkleider, in die man ihn gesteckt hatte, konnten seiner Schönheit kaum Abbruch tun. Er wirkte inmitten der Räuber wie ein kostbares Glasgefäß zwischen irdener Ware.

»Und dieser Jüngling soll die Hälfte der hohen Herren von Neustrien zum Hahnrei gemacht haben?« dachte Joris. »Für mich sieht er dafür viel zu weibisch aus.«

Der alte Stolz im Räuberhauptmann war mittlerweile zu einem lauten Frohlocken angeschwollen. Er sog die kühle Nachtluft im Novemberwald ein, stieß seinen Fuß fest in das weiche Moos, summte leise vor sich hin und schenkte dem Gefangenen neben ihm und selbst der Roten Anne hinter ihm nicht die geringste Beachtung. Als der Prinz sich nach einiger Zeit zu Wort meldete, sprach er zu Anne. Und seine Augen waren auf die funkelnden Sterne im schwarzen Himmelsdach gerichtet.

»Fräulein Anne«, begann er artig, »wie nennt man das Sternengebilde dort im Nordosten, zwischen dem Großen Bären und dem Stier?«

»Das dort,« antwortete Anne, »das ist der Wagenlenker.«

»Der, der Elias in den Himmel hat auffahren lassen?«

»Das weiß ich nicht.«

»Dann sind da noch der Drache, der Kleine Bär, die Leia, der Schwan und der Pegasus. Ich würde etwas für ein fliegendes Pferd geben . . .«

Sein schmeichelnder Ton ärgerte Joris sehr, aber es war Anne, die dem Prinzen einen Dämpfer versetzte, als sie nach Osten schaute.

»Und dort ist der Schütze aufgegangen, der ein waches Auge auf alle hält, die fortrennen wollen.«

»Wie wahr«, seufzte Thorismund und ließ es damit bei diesem Versuch bewenden.

Als er an der Reihe war, sein stämmiges Pferd in das kalte murmelnde Wasser zu treiben, sah sich der Prinz verstohlen, aber gründlich um. Zu seinen Seiten ritten zwei Räuber, und die angekündigte Speerspitze schwankte nur einen Fuß weit von seinem Rückgrat entfernt. Dann zitterte und schauderte der Gefangene, denn eisiges Wasser ergoß sich über den Rand seiner hohen Stiefel und fügte der Kette seiner Unbilden bis zum Ende der Reise eine weitere hinzu. Vor und hinter ihm waren Flüche und Stöhnen zu hören. Eine tropfnasse und erschöpfte Gesellschaft betrat zwischen Weiden und Erlen das andere Ufer. Langsam mischte sich zwischen all die Sternbilder der Schein des aufgehenden Mondes. Die Männer stampften und schimpften leise, während sie darauf warteten, daß der Mond genügend Licht geben würde, um den Marsch fortsetzen zu können. Endlich tauchte das erste goldene Horn über den Kiefern in der Ferne auf, und Madoc marschierte los, um wieder die Spitze des Zuges zu übernehmen.
Schon am Morgen des folgenden Tages sahen sie den Felsen, der dunkelblau über einem Meer aus Nebeln schwamm. Die Südseite des Scheins färbte sich plötzlich goldrot, und über die Bleiche der Schlucht zogen sich bräunliche und bernsteinfarbene Tönungen. Doch Thorismund hockte nur vornübergebeugt auf seinem Pferd. Die Augen waren ihm nicht verbunden, aber er war viel zu ermattet, um noch Blicke auf das Ende dieser Reise werfen zu können. Die Räuber mußten ihn vom Pferd heben und seinen Körper in die Höhle neben die des Hauptmanns tragen. Dort blieb er rücklings auf einem Haufen Säcke liegen. Jemand deckte ihn mit seinem Umhang zu, und ein großer, schielender Waldräuber namens Romarec wurde zu seiner Bewachung eingeteilt, während die anderen sich damit beschäftigten, Feuer zu entzünden, Essen zu kochen und Wein zu erwärmen.
Am Nachmittag legte man sein Lager mit getrocknetem Heidekraut aus und machte ein kleines Feuer an. Der Prinz aß nichts, trank aber reichlich Wasser. Dann erschütterte ihn ein heftiger Hustenanfall. Bei Einbruch der Dämmerung erwachte Anne – sie hatte den ganzen Tag geschlafen – und begab sich zu dem Gefange-

nen. Nachdem sie ihn eine Weile beobachtet hatte, ging sie mit vorwurfsvoller Miene zu Joris.

»Dein edler Fang brabbelt nur noch sinnloses Zeugs«, erklärte sie ihm. »Er hat ein furchtbares Fieber bekommen. Gib mir deine Bettdecke aus Wolfsfell und komm mit, ihn dir anzusehen.«

Joris, der sich inzwischen wieder gestärkt fühlte, brummte etwas Unwirsches und folgte Anne. Im Halbdunkel der kleinen Höhle erinnerte ihn Thorismund mehr denn je an eine Puppe. Doch als der Hauptmann sich über ihn beugte, entdeckte er kleine Schweißperlen auf seiner Stirn und an seinem Hals. Die weiten blauen Augen starrten leer ins Feuer. Einige Male fuhr eine dünne Hand an die Lende oder ans Brustbein, so als wollte sie dort einen aufkeimenden Schmerz stillen. Ein neuerlicher schrecklicher Hustenanfall verzerrte die Schönheit, nach der sich so viele Damen im Reich verzehrten. Rotgefärbter Speichel troff über sein Kinn bis hinunter auf die grobe Decke.

»Überlaß ihn mir«, sagte Anne leise. »Deine Gesellen sollen ein Dreigestell und einen Topf hierherbringen. Und ich brauche meine Satteltaschen und die kleine Kiste mit den Pudern und Ölen.«

Bevor Joris sich auf den Weg machte, kniete er sich neben den Prinzen hin und nahm den großen Smaragdring an sich, der an einem seiner schweißfeuchten Finger steckte.

»Dies muß halt für eine Unterschrift herhalten«, brummte er. »Nimm dir für seine Pflege alles, was du brauchst. Mir ist mit einer Leiche als Verhandlungsobjekt wenig gedient. Zwei Männer sollen draußen die ganze Nacht hindurch Wache halten. Und Gandulf bringt dir Laternen, Wein und Wasser.«

Und so kam es, daß Joris diese Nacht allein verbrachte. Er betrachtete den Ring im Fackelschein und wog die Worte ab, die Madoc als Botschaft zum Herzog von Saulte bringen sollte. Zwischendurch lobte er sich auch in Gedanken für sein Glück, eine so erfahrene Kräuterfrau wie Anne in seinem Lager zu haben. Ob nun tot oder lebendig, dieser vornehme Jüngling würde ihm auf jeden Fall von Nutzen sein. Doch wenn der Ruhm des Joris vom

Felsen zur vollen Größe erblühen sollte, brauchte er von dem Prinzen eine Unterschrift.

So zog Madoc mit einem wölfischen Grinsen auf den Lippen über die Ebene von Basse Honoy. Er fühlte sich recht sicher und war für alle Fälle mit einem Bündel geschickter Lügen versorgt. Schon in der Nacht kehrte er wieder zurück und traf Joris in den Hügeln nahe Ververon. Der Hauptmann hatte es vorgezogen, wieder über den Fluß zu ziehen, um bei den anstehenden Verhandlungen möglichst weit von seinem Fels entfernt zu sein. Madoc kam in Begleitung von Brian de Saulte, dem Bruder des Herzogs und des jungen Mannes, den Joris bei den Singenden Steinen erschlagen hatte. Als der Mond am Himmel stand, kamen sie in einer Senke zusammen: der Edle in leichter Reitrüstung und mit deutlichen Kenntnissen in der Verhandlungsführung – der Räuber in seiner Jägerkluft und auf der Hut, sein übergroßes Triumphgefühl durch ein höhnisches Grinsen zu verraten.
»Der Prinz liegt mit Fieber darnieder«, begann Joris. »Euer Bruder, der edle Guy, wurde von dem angeblichen Teufel erschlagen, wie mein Bote hier Euch zweifelsohne schon mitgeteilt hat. Wir kamen leider zu spät, um diesen Mord noch verhindern zu können, denn er gab sein Leben für den Prinzen. Wir versorgen Seine Gnaden gut, und er erholt sich rasch.«
Brian de Saulte sagte nichts dazu und saß so still auf seinem Pferd, daß das Mondlicht auf seinem einfachen Helm festgefroren schien.
»Da ich weder Eure noch meine Zeit verschwenden will«, fuhr Joris nach einer Anstandspause fort, »teile ich Euch sogleich meine Forderungen mit: Erstens die Aufhebung der Exkommunikation für mich und alle, die mit mir waren, als der Prinz gerettet wurde. Zweitens soll der Prior von Dor diesen Beschluß persönlich verkünden, uns die Absolution erteilen und meine Ehe schließen. Drittens soll das Urteil aufgehoben werden, das uns zu Vogelfreien erklärt hat; auch hier wieder bin ich mit meiner ganzen Truppe gemeint. Viertens verlange ich das volle Pardon des Königs ver-

bunden mit einer Generalamnestie für alle Klagen, die aufgrund der Lebensart, die mir aufgezwungen wurde, gegen mich und meine Truppe erhoben worden sind. Fünftens will ich vom Prinzen höchstselbst zum Ritter geschlagen werden, bevor er mein Logis verläßt. Sechstens meine Stellung als Hauptmann eines freien Fähnleins; diese Ernennung muß vom Großkonnetabel und von den drei Verwesern der Marschen unterzeichnet und besiegelt werden. Siebtens eine eigene Burg, die mir als Lehen verliehen wird, aber weder vom Herzog von Volsberghe noch vom Grafen von Ger. Und achtens dreitausend Goldnobeln in meine Hand, bevor der Prinz meinen Gewahrsam verläßt . . .
Dies sind meine Forderungen. Sie wurden von einem Schreiber in meinem Gefolge auf dieser Haut festgehalten. Wollt Ihr sie Eurem Bruder, dem Herzog von Saulte, vorlegen?«
»Ja«, antwortete Brian und streckte seine behandschuhte Rechte aus, um die Haut in Empfang zu nehmen. »Falls auf diese Forderungen eingegangen werden sollte, welche Sicherheit haben wir von Eurer Seite, die Person des Prinzen unbeschadet an Leib und Seele zurückzuerhalten?«
»Sobald der Bann aufgehoben ist, leiste ich jeden Eid, den Ihr verlangt. Ich schwöre auf das Kreuz, auf die Sakramente oder auf eine Reliquie, die der Prior mitbringt.«
»Ich werde Euch in zehn Tagen an dieser Stelle wiedertreffen«, erklärte de Saulte, während er die Forderungen in einer Tasche verpackte. »Bis dahin gehabt Euch wohl, und möge Gott Euch so behandeln, wie Ihr das mit dem Prinzen tut.«
Damit war die erste Verhandlung beendet, und der einzige Diener in der Begleitung des Edlen Brian führte das Pferd fort, auf dem Madoc hergeritten war. Joris und sein Leutnant kehrten in den Wald zurück.
»Hoffentlich hält sich das Wetter«, dachte der Hauptmann. Laut sagt er dann: »Das war ja verblüffend einfach.«
»Sicher«, antwortete Madoc. »Der alte König ist ja auch wieder sehr krank.«
»Oho!« machte Joris und war zufrieden über diese Neuigkeit.

»Falls unser goldenes Ei ausgebrütet sein sollte, bevor es uns verläßt, treibt das nur die Preise weiter hoch, mein lieber Madoc. Doch nun berichtet, wie es Euch ergangen ist.«
Während der Leutnant leise erzählte, erinnerte sich Joris an Ivos Prophezeiung: ›Großer Aufruhr im Reich . . . der König todsterbenskrank . . . die hohen Herren im Rat beisammen . . . ein Name auf allen Lippen . . . wessen Name? Der von Joris vom Fels . . . Das ganze Reich wartet nur auf sein Wort . . .‹
In dieser Nacht fühlte sich Joris wohl wie nie zuvor. Der angenehme Geruch der Bäume, das Aufblitzen der Mondsichel zwischen den Wipfeln – all dies bedeutete ihm sehr viel. Und dann tauchte eine Frage in ihm auf: Würde der Ruhm, der ja nun auf direktem Wege zu ihm war, manchmal bitter schmecken, würde er genauso wohltuend sein wie diese schwarze und silberne Pracht inmitten der Buchen des Forsts von Honoy?

In den folgenden sechs Tagen und Nächten ließ die Rote Anne ihren Patienten so gut wie nie allein. Wenn sie überhaupt schlief, dann wohl am ehesten in der Höhle des Gefangenen. Nur sie berührte das hilflose Wesen, das der Thronfolger des Reiches war.
Am Mittag des sechsten Tages ging Joris zu ihr, um sich nach dem Zustand des Prinzen zu erkundigen. Doch als er ihre Züge sah, war Thorismund plötzlich zweitrangig geworden.
»Beim Barte des Riesen«, schimpfte er, »hast du dir etwa die Krankheit von ihm ausgeborgt?«
Anne schob sich die losen Strähnen aus dem Gesicht und lächelte ihren Geliebten an.
»Nein«, erklärte sie bestimmt. »Der Prinz befindet sich auf dem Wege der Besserung, und ich fühle mich nur etwas ausgelaugt. Wolltest du mir denn nicht etwas erzählen?«
»Doch. Gandulf ist von Pont-de-Foy zurück. Gaston de Volsberghe ist dort zusammen mit Vater und Sohn Barberghe. Sie wollen mich sprechen. Also werde ich heute nacht zu ihnen gehen. Das Schachern beginnt. Saulte und die Partei des Prinzen sind zu einem Entschluß gelangt, lassen jedoch nichts davon nach außen

dringen. Gandulf hat allerdings im Gasthof ›Zur Eintracht‹ einiges aufgeschnappt.«

»Nimm dich vor den hohen Herren in acht«, warnte Anne. »Vielleicht sind sie auf den Einfall gekommen, dich gefangenzunehmen oder gar zu erschlagen und Ivo für tot zu erklären.«

»*Ivo!*« stieß Joris hervor, und Zorn und Überraschung hielten sich bei ihm die Waage. »Mädchen, hast du jetzt endgültig den Verstand verloren?«

»Schon möglich, daß ich nicht mehr weit davon entfernt bin«, gab die Frau zu, und eine starke Röte überzog ihr ausgemergeltes Antlitz. »Ich wollte eigentlich sagen, daß sie Thorismund für tot erklären. Doch ich muß dich nicht in die Hexenkunst einweihen. Alles, was ich jetzt brauche, sind einige Stunden Schlaf, damit meine Zunge nicht weiter Schabernack mit mir treibt.«

»Das hört sich alles gar nicht gut an«, brummte der Hauptmann. »Wäre es nicht allmählich an der Zeit, daß der arme Junge dort eine weniger erschöpfte und hingebungsvolle Pflegerin erhielte?«

»Kann sein«, lautete die leise Antwort. »Mach dir bitte nicht so viele Gedanken und paß vor allem darauf auf, daß deine Grübeleien sich nicht verselbständigen. Ach, Joris, zum letztenmal bin ich vom Prior von Dor so angeschaut worden.«

Trotz der Röte in ihrem Gesicht blickten Annes Augen belustigt. Joris aber kam es so vor, als würde der Blick nicht unbedingt ihm gelten, sondern eher durch ihn hindurch fahren. Von dem Teufel, den Joris enttarnt und erschlagen hatte, hatte Anne sich gelöst, doch hinter ihrer jetzigen Miene hockte ein anderer Dämon, der ihm sehr zu schaffen machte.

»Du hast wirklich Größe bewiesen«, erklärte Anne sanft. »Hätten Gandulf oder Madoc dein Faustpfand so gut versorgen können wie ich? Oder dieser Tölpel von Romarec? Oder irgendein anderer aus deiner Truppe? Du weißt gut genug, daß sie eher deinen besten Wein leergetrunken und dir ein Bündel aus Haut und Knochen überlassen hätten, ohne einen Gedanken daran zu verschwenden, ob es dir noch etwas nützen könnte. Auch das, was jetzt dort liegt, ist nicht viel mehr als ein Häufchen Elend. Aber dieses wenige verdankst du immerhin mir.«

»Wie bald kann er wieder auf einem Pferd sitzen?« verlangte Joris barsch zu wissen, da er wie üblich nicht zugeben wollte, daß Anne recht hatte.

»Das dauert mindestens noch eine Woche«, antwortete Anne. Sie erhob sich und stolperte in die Höhle des Hauptmanns.

Joris blieb noch eine Weile stehen und trat dann an den Eingang zum Quartier des Gefangenen. Er schob die Vorhänge beiseite, die zwischen zwei in den Sandboden gestoßenen Stecken hingen, und äugte hinein auf die rothaarige Gestalt unter der Wolfsdecke.

Thorismund schien zu schlafen. Er hatte den Kopf zur Seite gelegt, und das einzige, was sich an ihm rührte, war der Pulsschlag an seinem dünnen Hals. Doch dann regte er sich und blickte mit einem hohlwangigen, grauen und von rotgoldenem Flaum entstellten Gesicht fragend zum Eingang. Seine Augen, blau wie die von Anne, konnten vor körperlicher Schwäche nur stieren. Joris hatte schon einige Male nach ihm gesehen, hatte auch den Höhepunkt des Fiebers mitbekommen, und erkannte nun, daß das Schlimmste überstanden war.

Einen Augenblick lang starrten die beiden sich an. Dann senkten sich die geschwollenen Lider, und Joris ließ den Vorhang los und marschierte fort.

»Was für eine Kaulquappe von zukünftigem Herrscher«, murmelte er vor sich hin. »Sobald ich Anne zur Herrscherin an meiner Seite gemacht habe, will ich dafür sorgen, daß diese beiden sich nicht mehr zu Gesicht bekommen. Falls er wirklich auf dem Thron Platz nimmt. Doch das hängt ganz von seinem verehrten Vetter, dem Herzog Conrad, ab.«

»Nimm dich vor den hohen Herren in acht«, hatte Anne gewarnt. Doch Joris gab wenig auf solche Ratschläge, stammten sie nun von seiner Geliebten oder von irgend jemand anderem. Zwanzig ausgesuchte Männer aus seiner Bande waren mit gespannten Bögen im Dickicht verborgen; dafür hatte er gesorgt, denn er wußte selbst gut genug, wie er sich zu schützen hatte. Die Sonne ging gerade unter, als er nicht weit von Pont-de-Foy auf die drei Verschwörer zutrat. Die Barberghes betrachteten ihn mit unverhohlener Neugier. Der Edle Gaston lächelte nur und nahm mit einem raschen Blick den dunkelgefärbten Bart, die nassen Stiefel und den Köcher in sich auf. Joris hatte sich vor kurzer Zeit ins Wasser gestellt, um den Anschein zu erwecken, er habe den Fluß durchquert.

»So sehen wir uns wieder, werter Dietrich Halbern«, grüßte ihn der große Volsberghe. »Heute habt Ihr wohl mehr als nur Lederwaren feilzubieten. Sind die Preise erschwinglich?«

»Erschwinglich für mich«, antwortete Joris kühl. »Was wäre Euch das Liebste: Soll ich Euren Mann festhalten oder Euch übergeben, wollt Ihr ihn tot oder lebendig?«

»Er möge uns übergeben werden«, erklärte Gaston, »und zwar sehr lebendig. Doch dann möchten wir auch, daß Ihr weiterhin behauptet, er befinde sich in Eurer Hand, nachdem Ihr ihn uns übergeben habt. Wie lange Ihr das behaupten sollt, wird zu einem späteren Zeitpunkt entschieden.«

»Damit würde sich mein Lohn auf einen Zeitpunkt verlegen, an dem ich nichts mehr in der Hand habe.«

»Ganz und gar nicht. Der Grafkardinal wird sich um die Exkommunikation kümmern, mein Herr und Vater, der Großkonnetabel, erledigt die Angelegenheit Eurer Gesetzlosigkeit. Ihr sollt Pardonurkunden von Kirche und Staat erhalten und dazu fünftausend Goldnobeln, noch bevor der Gefangene Euren Gewahrsam verlassen hat. Dazu ein Lehenspatent ...«

»Wie?« unterbrach ihn Joris sofort.

»Ich bitte um Vergebung, wenn ich mich etwas umständlich ausgedrückt haben sollte. Das Patent ist bereits unterzeichnet und besiegelt und tritt im Augenblick der Krönung von Conrad von Burias in Kraft. Er bietet Euch darin die Baronie von Thierne in Basse Honoy an und gewährt Euch umfassendes Pardon für alle vergangenen Verstöße gegen den Frieden des Reiches – seines Reiches. Darin eingeschlossen«, Gastons dicke Lippen verzogen sich zu einem hintergründigen Grinsen, »ist der Diebstahl eines guten Pferdes vom Sohn des Großkonnetabels, was etwa sechzehn Jahre zurückliegt.«

Joris nickte, ohne das Lächeln zu erwidern, und betrachte die drei vornehmen Herren. Der Fuchs von Barberghe hob die Augenbrauen, so als könnte er das Zögern des Vogelfreien nicht begreifen. Vicomte Robin befingerte nervös seine Reitgerte und verzog sein anmutiges Gesicht zu einem Grinsen, das jedoch seine Erregung nicht ganz verbergen konnte. Gaston de Volsberghe hatte die Arme vor der Brust verschränkt und stand so ruhig da wie der Wald ringsherum, über den sich die Dunkelheit senkte.

»Euer Angebot ist akzeptabel, meine Herren«, erklärte Joris schließlich. »Fügt noch ein paar goldener Sporen hinzu, verbunden mit dem Recht, sie öffentlich tragen zu dürfen, und ich denke, damit wäre unser Handel perfekt. Doch alles, was die Unbeschadetheit meiner Person angeht, gilt natürlich auch für mein Gefolge, Männer wie Frauen. Außerdem benötigen wir Vieh und Korn.«

»Das geht in Ordnung«, sagte Gaston freundlich. »Was die Sporen und den Ritterschlag angeht, so ist das selbstverständlich; ich vergaß eben wohl, es zu erwähnen. Seid versichert, daß der gute König René es nicht mehr allzu lange machen wird.«

Sie besprachen nun Zeit und Ort der Übergabe. Endlich gestattete sich Joris ein Lächeln. Er spürte, daß das Eiserne seines Willens wie ein Magnet Gold und Ehren anzog.

»Lebt wohl bis zu unserem nächsten Treffen«, rief Gaston, als sie auseinandergingen. »Und wisset, daß Euer wahrer Platz immer in unserer Mitte war, denn Ihr habt das Aussehen und das Blut derer von Montcarneau.«

Bei Sonnenaufgang warf Joris sich neben der müden Anne auf sein Lager, nahm sie in die Arme und erzählte ihr alles, was sich am vergangenen Abend getan hatte.

»Wen von beiden willst du denn hintergehen?« fragte sie und hielt ihn glücklich fest.

»Das weiß ich jetzt noch nicht«, murmelte er. »Das wichtigste ist doch wohl, daß für uns beide alles gut wird. Die Baronie von Thierne ... Meine Runen ... Anne ...«

Anne gab sich ihm voller Leidenschaft hin. Später, als Joris an ihrer Brust eingeschlafen war, starrte sie nachdenklich in den Morgen hinaus.

»Conrad hat gewonnen«, erklärte Joris, nachdem er sich entschieden hatte. »Mästet unseren Prinzen für die Reise. An Sankt Andreas* will ich ihn übergeben und die Früchte meiner Macht einfahren.«

»So wie er sich im Augenblick erholt, wird er bis dahin reisefertig sein«, erklärte Anne. »Aber laß den schielenden Romarec nicht mehr so oft Wache bei ihm halten. Er ist dem armen Kranken äußerst unangenehm.«

»Der Teufel soll deine Mütterlichkeit holen«, lachte Joris, ohne böse zu sein.

»Hätte ich mich nicht inzwischen anders entschieden, würde ich Romarec natürlich sofort abziehen. Doch ich habe den Verdacht, daß du inzwischen unseres edlen Prinzen auch etwas müder geworden bist. Woran könnte das liegen? Ist die Farbe seines Haares deiner zu ähnlich?«

»Je weiter seine Genesung voranschreitet, desto mehr offenbart sich sein wahres Wesen, und das ist mir zu launisch. Nein, Joris, zürne ihm nicht. – Was mag nur aus ihm werden, sobald er nicht mehr bei uns ist?«

»Das soll uns nun wirklich nicht scheren. Und aufgrund dessen, was du gerade gesagt hast, soll Romarec die ganze Nacht über Wache halten. Von wegen, daß ihm dessen Nase nicht paßt! Wäre ja noch schöner, wenn der edle Prinz mit seinen wunderlichen Grillen das ganze Leben hier durcheinanderbringen würde! Nein, bei den Glocken der Hölle, ich hätte große Lust, ihm für seine Launen einen Dämpfer zu verpassen, vielleicht ihm die Knie brechen oder etwas in der Art. Solange sein Kopf und seine Hände heil sind,

* 30. November (A. d. Ü.)

wird der Herzog von Burias es zufrieden sein. Nein, ich halte es nicht mehr aus, hier wie eine Schnecke zu hocken. Gandulf sollte eigentlich das Vieh in Empfang nehmen, das Gaston uns schickt. Besser ich gehe statt seiner, sonst widerfährt dem eitlen Prinzen wirklich noch ein Ungemach.«

Die Rote Anne zuckte die Achseln und lächelte. Dann griff sie nach ihrer Laute und sang mit dunkler Stimme ein Lied, während ihr Blick dem Regen nachsah, der vor dem Höhleneingang niederging.

Als Merlin ihn zum See geführt
Ihn zu küren mit Excaliburs Besitz
Hat Pendragon sich schon halb gerührt
Als Merlin ihn zum See geführt
Mit Excaliburs Besitz ihn gekürt
Und siehe da, der Stahl schimmernd wie Blitz
Als Merlin ihn zum See geführt
Ihn zu küren mit Excaliburs Besitz!

Doch wenig dachte Arthur dann
An Gwendolan und Guinevere
Er hörte das Lärmen von tausend Mann
Und wenig dachte Arthur dann
An Guinevere oder Gwendolan
Kam's Hexenschiff über den See daher
Doch wenig dachte Arthur dann
An Gwendolan oder Guinevere!

Joris saß da und stützte das Kinn auf die Hände. Seine Augen waren hart und mehr als zur Hälfte unter den schweren Lidern verborgen. »›Er hörte das Lärmen von tausend Mann‹«, sang Anne leise weiter, obwohl das Lied doch schon beendet war. ›Tausende Erschlagene die Wiesen belaubt . . . das königliche Banner fort und geraubt . . . Joris lacht am Ende der großen Schlacht . . . Wohl Zehntausend nun folgen seiner Pracht . . .‹«

»Eine hübsche Prophezeiung«, sagte Joris, denn er wußte, daß sie die Weissagung von Ivo in das Lied verwoben hatte. »Doch nichts davon hat mit unserem Erfolg oder der Baronie von Thierne zu tun. Die Verheißungen meiner Runen waren schon stellenweise recht unverständlich. Womöglich hat der Zwang, unbedingt einen Reim zu finden, ihre Aussage verzerrt, vielleicht sogar gelegentlich ins Gegenteil verkehrt. Und wo wir gerade dabei sind, so war Ivos offener Geist wie ein Spiegel für dich. Aber ein Zerrspiegel, entstellt durch seine übergroße Liebe für dich, was ja auch schon Lys angemerkt hat.«

»Zu guter Letzt sprichst du seinen Namen nicht wie einen Fluch aus«, sagte Anne leise, während sie der Laute sonderbare Töne entlockte. »Wenn ... sobald die Kirche uns die Absolution erteilt hat, Joris, will ich für seine Seele Messen lesen lassen.«

»Himmeldonnerwetter!« explodierte der Hauptmann. »Wie weit willst du eigentlich noch gehen? Bist du vielleicht schon jenseits von dem Nebel, den man dir verkündet hat? Oder im bitteren Nebel der Leere, die hinter den widerstreitenden Göttern liegt?«

»Nein«, sagte Anne düster. »Doch wenn, sobald wir wieder in den Schoß der Kirche aufgenommen sind, sollte wenigstens einer von uns die christlichen Tugenden pflegen.«

Joris lachte kurz und hart und spuckte aus. Wie so viele Männer vor und nach ihm wurde auch er jetzt mit der Tatsache konfrontiert, daß Frauen dazu neigten, alles viel zu wörtlich zu nehmen. Für ihn bedeutete die Aufhebung der Exkommunikation nicht viel mehr als ein Zugeständnis für den gesellschaftlichen Aufstieg, aber keineswegs eine Herzensangelegenheit; dafür hatte er schon viel zu lange abseits von Kirche, Christus und Teufel gelebt.

»Stürz dich nicht zu sehr in die Sache«, riet er Anne. »Du stößt noch früh genug auf die absonderlichsten Auslegungen der christlichen Tugenden, ganz besonders in den Kreisen, in denen wir bald verkehren werden. – Und stell dir einmal vor, dein Ivo hätte recht gehabt. Was wäre, wenn Judas Ischariot tatsächlich der treueste Verbündete von Gottvater war?«

Anne schwieg. Als sie antwortete, klang sie sehr grimmig.

»Ivos Häresie geht sehr weit«, erklärte sie. »Und wenn ich ganz ehrlich sein soll, erscheint es mir auch sehr schwierig, durch die Kirche zu Christus zu gelangen. – Aber warum ist dir gerade jetzt eingefallen, was Ivo über Judas Ischariot gesagt hat?«
Die Lachfältchen auf Joris' Wangen vertieften sich.
»Weil es heißt, daß rotes Haar Unglück bringt«, schmunzelte er. »Und Judas Ischariot hatte rotes Haar.«
Die Rote Anne grinste und warf ihren Umhang nach ihm.

Gebrüll im Wald. Schwarze Köpfe mit Hörnern wurden durch den stürmischen Sonnenuntergang getrieben. Schreiende und lachende Männer auf Pferden, die mit den stumpfen Speerenden die aufgebrachte Herde durch das Hügelland zum Fels trieben. Jedes westliche Tal füllte sich mit rotem Sonnenlicht und dem Tosen des wilden Winds. Weißdornbüsche schwankten wie von Sinnen unter der schiefergrauen, zerfasernden Wolkenbank. Heidekraut und Farnhalme verzogen sich vor der anstürmenden Rinderschar, und Weiher spiegelten eine wilde Farborgie von Gelb, Braun, Rosa und Stahlgrau wider.
Es kam Joris so vor, als würde das Moorland Hochrufe über seinen Ruhm ausstoßen. Er ritt vorneweg vor dem Getöse, ließ den Blick über das Land voraus schweifen und gestattete sich von Zeit zu Zeit ein nicht länger zu unterdrückendes Kichern ...
»Wollt Ihr das Vieh zwischen Pont-de-Foy und Ververon entgegennehmen?« hatte Gaston bei der Verhandlung gefragt. Aber Joris hatte den Kopf geschüttelt.
»Übergebt es mir östlich von Mamion«, hatte er erklärt. »Ich treibe die Tiere selbst über den Varne.«
Da Mamion südlich vom Fels lag, bestand überhaupt keine Notwendigkeit, den Fluß zu überqueren. Als Joris jetzt an einem sanften Hang vorbeiritt, betrachtete er seinen Schatten – ein blaugrauer Zentaur –, wie der über das Heidekraut rauschte. Und endlich sang er sein Lieblingslied und übertönte den Wind mit der schrecklichen Geschichte von Fastingal.
Das Leben, das er bislang geführt hatte, hatte ihn abgehärtet, doch

wenn er allein mit sich selbst war – wenn die Gier nach Macht und Herrschaft nachließ, die sein Blut, das Gemisch von Adligem und Leibeigenem, in ihm hervorrief –, wurde sein Herz wieder jung, war er wieder ein Knabe, der eine wunderbare Welt entdecken wollte. Eine lange Weile war er eins mit den Hügeln, dem Wind und dem Sonnenuntergang. Das Lied, das er sang, schien keine Worte und keine Bedeutung mehr zu haben; war nur noch ein Frohlocken, das sich mit dem brennenden Himmel im Westen vermischte und gleichzeitig vom Schweißgeruch des Pferdes zwischen seinen Schenkeln Stärkung erfuhr.

»Bei Gott, ich lebe – und wie!« rief er, als das Lied zu Ende war.

Im Zustand äußerster Zufriedenheit ritt er in das westliche Ende der Schlucht ein, die zu seinem Hauptlager führte.

Feuer brannten, und Rauch stieg grauweiß in die Dämmerung, aber die Männer starrten ihren Hauptmann nur an, und keiner kam wie sonst auf ihn zugelaufen. Das Trampeln und Brüllen der Rinder riß die Dohlen aus ihren Winternestern in den Felsspalten. Und dieser Lärm aus Vogelkreischen und Viehschreien begleitete Joris bis vor seine Höhle.

Dort stand Madoc in voller Rüstung neben einem Feuer. Sein Gesicht wirkte trotz der Wetterbräune bleich.

»Wo ist Anne?« fragte der Hauptmann als erstes.

»Fort«, sagte Madoc mit zusammengepreßten Zähnen. »Und den Prinzen hat sie mitgenommen.«

»Ihn mitgenommen . . . Wer hatte denn Wache?«

»Romarec. Der ist gleich mit abgehauen. Ich an seiner Stelle hätte kaum anders gehandelt.«

Joris starrte den Leutnant fassungslos an und glitt aus dem Sattel. Die Ränder seiner Nasenlöcher waren weiß vor Zorn. Er griff mit einer Hand ans Schwert und ballte die andere zur Faust.

»Wann . . . wann . . .« krächzte er.

»In der Nacht vor der letzten«, antwortete Madoc. »Romarec hat den Wächter am Talausgang erstochen. Der Narr war wahrscheinlich eingeschlafen. Und es war nicht schwer, rasch von hier fortzukommen, wenn man vorher in irgendeinem Versteck Pferde abgestellt hatte. Und in der letzten Zeit haben wir so viele Reittiere, daß sie nicht mehr nachgezählt werden. Ich habe mit zwanzig Männern gestern den ganzen Tag lang die Gegend durchkämmt, aber wir haben nichts entdeckt.«

Joris zitterte und rannte plötzlich in seine Höhle. Seine ausgestreckten Hände bekamen im Halbdunkel etwas zu fassen – das Tuch, in dem Anne ihre Laute einwickelte. Es hing an einem Nagel von einem Pfosten. Seine starken Finger packten den Hals des Instruments, betasteten den samtenen Stoff und die Saiten, wirbelten die Laute dann durch die Luft und schmetterten sie endlich gegen die Wand. Andere Gegenstände folgten in rascher Folge. Dann schlug sich Joris beide Fäuste an die Stirn und stieß einen entsetzlichen, langgezogenen Wutschrei aus, bevor er der Länge nach auf seine Decken fiel. Er biß und knurrte, fluchte und heulte – all sein Ruhm war vergangen wie das letzte Glühen eines Sonnenuntergangs.

»Du Höllenhexe!« ächzte er. Und dem folgten üble Beschimpfungen von Anne und Ivo, von Rufin und Tiphaine.

Einmal lachte er schrecklich. Das war in dem Moment, in dem er einen Weinschlauch fand. Ein anderes Mal hielt er mit dem Fluchen inne und atmete tief ein.

»Judas Ischariot hatte rotes Haar!« brüllte er dann die Wände an.

XI

Der Dammweg von Marckmont

»Hier kommt man sich vor wie am Rand der Welt«, sagte Juhel, während er aus dem Fenster auf die Stelle starrte, wo sich das Land über den letzten Hütten des kleinen Dorfes in langgezogene Untiefen und braune Marschen teilte. Und über allem zogen ungerührt niedrige Wolken.

»Das helle Wasser dort hinten ist der See von Cremalvay«, erklärte Piers, der neben ihm stand. »An einem klaren Tag, wenn es nicht zu dunkel ist, kann man manchmal sogar das andere Ufer erkennen. Sobald die Falkensaison beginnt, bekommen wir besonders viel zu tun. Das heißt, falls wir dann überhaupt noch hier sind.«

Vier Türme, breit und etwa vierzig Fuß hoch, miteinander verbunden durch feste Mauern, das war schon die ganze Burg von Marckmont. Die beiden Knaben standen auf einem kleinen Hügel am Ende des steinernen Dammweges, der die Straße nach Norden trug. Diese Baronie bestand in der Tat zu zwei Dritteln aus Wasser, und der Rest war das traurigste Stück Tiefland im ganzen Reich.

»Falls wir dann überhaupt noch hier sind«, wiederholte Juhel leise, und seine Gedanken reisten zurück durch Herbst, Winter und Frühling zu ständigen Unruhen, zu den Reisen und zu den Stürmen über den Klippen von Ger am Nordmeer. Auf der Feste dort war Juhel auch zu einer neuen Sicht der Weiblichkeit gelangt. Die Gräfin Reine konnte ganz schön streng sein, aber ihre natürliche Bräune und Schönheit, verbunden mit ihrem herzlichen Humor, erschienen dem Knaben bald als etwas Fremdes, aber Bewundernswertes. Von Ger hatte er eine Narbe an der Hand zurückbehalten, allerdings auch einige sehr schöne Erinnerungen – an summenden Meerwind, ans Donnern der Brandung, an blasses Sonnenlicht auf dem braunen, mit Binsen bestreuten Boden im Wintergarten.

In der hübschen, bemalten Wiege neben dem Ofen hatte ein Säugling gelegen, der Vicomte Lothair, hatte selbstzufrieden vor sich hin gegurrt und dabei endlos mit seinen winzigen, hilflosen Händen die Unbegrenztheit der Gesten vorgeführt. Dann ein Heulen auf dem Flur, rasches Tappen von schweren Hunden, und herein stürmte ein tollwütiger, sabbernder Jagdhund. Er prallte gegen die halbgeöffnete Tür und trabte in den Raum, in dem sich außer dem Vicomte nur Juhel befand. Über einer Sessellehne hing der neue, scharlachrote Umhang des Grafen. Als das schwere Tier sich zum Sprung zusammenzog, eilte Juhel vor das Baby und riß es mitsamt Decken und allem aus der Wiege. Sein Schreien stand in sonderbarem Gegensatz zum bösartigen Knurren des Hundes. Der Knabe stolperte zurück und zur Seite und stürzte, als der Hund ihn ansprang, in die Asche. Doch die roten Augen und mörderischen Zahnreihen verschwanden unter scharlachrotem Samt. Ein halb ersticktes Schnappen riß dem Knaben ein Stück aus der Daumenkuppe. Er stieß einen schrillen Schrei aus – und einen zweiten, als die Schwertklinge von Meister Nino Chiostro nur einen Fuß weit von seinem Gesicht entfernt niedersauste.
Der Samt hatte das Gift der Tollwut aufgesaugt, und die Daumenwunde verheilte rasch und sauber. Aber Juhel vergaß nie das Brennen und den Geruch des heißen Weins, den finsteren Blick von John Doust, als der sich über seine Hand beugte, und den festen Arm von Gräfin Reine um seine zitternden Schultern, als sie sagte: »Juhel, tapferer Juhel, möge Gott Euch belohnen, denn wir können diese Schuld nie wieder gutmachen.«
Außerdem war da noch das anmutige Antlitz des Fräuleins Dionysia de Saint-Aunay, dem Mündel des Grafen, die die dampfende Schüssel für Hauptmann John hielt. Am wunderbarsten aber waren die Augen von Raoul de Ger, deren Blick immer wieder vom schreienden Bündel in seinen Armen zum treuen Pagen fuhr.
All das lag sechs Monate zurück und hatte sich zwischen der Flucht des Prinzen Thorismund und dem ersten Schneefall begeben. Mittlerweile lag der Hochsommer über dem Land, und immer noch hielt der alte König René an seinem Leben fest und rieb die

Nerven der hohen Herren, die sich gegen Verschwörungen wehren mußten oder selbst Verschwörungen planten, bis zum Zerreißen auf. Graf Raoul hatte zwei Drittel der Soldaten nach Marckmont beordert. Die kleine Burg konnte nur einen Teil von ihnen aufnehmen, die übrigen wurden nahe der Windmühle in Holzhütten untergebracht. Juhel war erst vor kurzem hier angekommen, war mit Nino Chiostra über Hastain, Olencourt und Belsaunt nach Marckmont gelangt. Fröhlich und vergnügt trug er sein Gepäck in die kleine Kammer, die er von nun an mit Piers teilen sollte.
»Ganz ehrlich, ich bin sehr froh, wieder hier zu sein«, erklärte er seinem Freund. »Und ich schätze, Meister Nino ist es auch.«
Denn aus der nächsten Kammer ertönte fröhliches Planschen und das altbekannte Lied des Tusciers über die Damenwelt.

Seht nur Francesca, ihre schlanke Gestalt
Carim-cara, cara-carim
So fein, so rund, da macht mein Herz halt
Doch weh, wie sie die Spinnenfinger krallt
Carim, cara, carissima.

An Giovanna, der Guten, ich lange noch büße
Carim-cara, cara-carim
Unvergeßlich ihre Augen, voll Anmut und Süße
Aber selbst Satan fürchtet die Größe ihrer Füße
Carim, cara, carissima.

Doch nun habe ich genug geprobt, studiert und gemessen
Carim-cara, cara-carim
Sollt einst Cupidos Pfeilgift mich wieder fressen
Habe ich ja doch, weh und ach, alles wieder vergessen
Carim, cara, carissima
Carim, cara, carissima.

Piers warf dem Freund einen bezeichnenden Blick zu, und Juhel zuckte die Achseln.
»Man trifft ihn fast immer nur heiter und voller Späße an«, sagte Juhel, »aber einmal habe ich ihn nachts im Bett weinen gehört.«
Piers nickte schwer. Das kleine Fräulein Dionysia war die Erbin der Grafschaft Saint-Aunay, ein begehrtes Lehen in ganz Nordanay. Ihr Vater war jener unglückliche Graf gewesen, den vor drei Jahren Lorin de Campscapel gefangengenommen und grausam gequält hatte, bis Raoul, damals noch Herluin, ihm den Gnadenstoß gab. Sechzehn Jahre war Dionysia jetzt alt, trug langes blondes Haar und war ein atemberaubender Anblick. Sie konnte sich wahrhaftig nicht über einen Mangel an Bewerbern beklagen, und die kamen aus dem ganzen Land. Doch so sehr Raoul von Ger seinen Aufseher schätzte und ihn wie einen Gleichen behandelte, so war der Meister Nino doch nicht mehr als ein landloser Fremder, der uneheliche Sohn eines Adligen, der zwar gut mit dem Schwert umzugehen verstand, in der Hauptsache aber der Arbeit des Perlenschnitzens nachging. Dionysia mochte ihn sehr. Sie lachte und scherzte mit ihm, und einmal schimpfte sie ihn auch wegen seines frechen Lieds über die sechs Damen gehörig aus. Aber sie begriff nie, wieviel Schmerz und Enttäuschung im Herzen des Sängers wohnten, wenn er solche Verse schmiedete.
»Sei mir gegrüßt, tuscischer Wurzelsepp!« dröhnte nun John Dousts Stimme aus der Nebenkammer.
»Schön, dich zu sehen, alter Brummbär aus dem nebligen England!« entgegnete Nino.
»Du kommst nach Marckmont und sprichst von Nebel in anderen Ländern? Du mußt sehr lange fort gewesen sein. Beim Barte des Erzengels Michael, junger Freund, so deutlich wie heute habe ich deine Rippen noch nie zählen können. Ich empfehle eine reichhaltige Behandlung mit gebratenem Fischreiher, verziert mit Malvenblüten und gefüllt mit ausgenommenen Aalköpfen.«
»*Per Bacco!* Das Wasser drohte schon kalt zu werden, aber beim Anblick deiner purpurroten Nase entzündet es sich wieder von neuem. Heute abend werde ich dir beim Schach eine verheerende

Niederlage bereiten. Morgen ist immer noch Zeit genug, deine langweiligen Erlebnisse während meiner Abwesenheit zu hören.«

»Was gibt es Neues vom König?«

»In Belsaunt heißt es, er liege im Sterben. Aber das hören wir ja jetzt nun schon seit Jahren.«

»Und wie steht es in Ger?«

»Alles in schönster Ordnung dort. Der edle Vicomte hat schon sechs Zähne und krabbelt auf allen vieren.«

»Er wird bestimmt einmal ein großer Schwertkämpfer, der kleine Racker. Das ist mir immer ein besonderes Vergnügen, die Söhne von Friedensbewahrern zu lehren und üben. Hätte ich fünfhundert solcher Söhne, könnte ich den muselmanischen Sultan in Stücke hauen und alle Städte von Cathay* einnehmen.«

»Hört, hört«, spottete Nino. »Der arme kleine Lothair wird dann sicher Moskau erobern, und ich werde der oberste Steuereinnehmer. Ich erhalte Unmengen von Bernstein und beklebe die ganze Decke damit. Und vom Rest mache ich einen riesigen Klotz, den ich mit einem Beil behaue und schnitze. Oder Lothair wird Indien plündern, und ich verziere alle eure Schwerter mit durchbohrten Perlen.«

»Würde vielleicht ein bißchen umständlich, wenn man sich den Schwertgurt zubinden will.«

»Nein, in jenen Tagen besteht kein Bedarf mehr an Schwertgurten. Dein Friede wird sich über die ganze Erde erstrecken, weil du ja alle Länder erobert hast.«

»Gütiger Sankt Georg, bewahre mich vor dem Tag, an dem keine Schwertgurte mehr gebraucht werden.«

»Da hast du aus deiner Sicht natürlich wie immer recht. Doch andererseits hält einen der Umgang mit dem Schwert erfolgreich davon ab, den Mond anzuheulen, oder an nichts anderem mehr Gefallen zu finden als Wein, Wurst und Schlaf. Aber der Keiler wird nur durch Umsicht erlegt. Ich habe in meinem Gepäck einen

* Alter Name für China (A. d. Ü.)

Klumpen Bergkristall, den der Gott Vulkan selbst herausgeschwitzt hat, damals in seiner göttlichen Schmiede. Der tut es auch, damit geht es genauso gut... bei allen zehntausend Flugdämonen, kann denn nicht einmal jemand die Nägel in dieser Wanne plattklopfen? – Oh, ich habe mich geirrt. Es ist ein Kieselstein, den ich wohl in meinem Stiefel bis hierher habe mitreisen lassen. – Stell dir vor, John Doust, wir sind so schnell geritten, daß die Kieselsteine bis in Bauchhöhe aufgewirbelt wurden, einmal sogar bis über die Baumwipfel. Beim Namen des Unaussprechlichen, warum bekomme ich denn hier kein Handtuch. Rasch herbei damit, sonst gehe ich elendig zugrunde!«

Piers eilte sofort zu ihm. Juhel blieb noch einen Augenblick am offenen Fenster stehen und genoß die Sommerluft über dem Marschland.

»Es gibt auf der ganzen Welt nichts Schöneres als die Küste«, seufzte er, »aber hier ist es auch ganz schön.«

Und so blieb es in den nächsten Wochen, in denen Piers Juhel beibrachte, wie man sich auf Stelzen über das Sand- und Moorland bewegt. Manchmal stakten sie in einem Kahn und hielten gelegentlich an, um Bogen und Pfeil in die Hand zu nehmen und einen Wasservogel vom Himmel zu holen. Wilde Schwäne zogen Furchen über die Seen oder flogen in königlicher Formation über den Himmel. Einmal hörten sie ein merkwürdiges Getöse und entdeckten einen jungen Schwan, wie er Entenjunge umbrachte. Sein orangefarbener Schnabel stach fest nach ihnen, und die Füße zertrampelten sie, während die Mutter zum gleichgültigen Himmel schrie. Sie flog in engen Kreisen über das Schilfrohr oder fuhr mit breiter Brust und wild schlagenden Flügeln durch das Wasser.

Piers vertrieb den Schwan, während Juhel das letzte Entlein rettete. Ein bedauernswertes braungraues Flaumknäuel, das in Todesangst zeterte, zuckte und schnappte.

»Hier, Ente«, sagte Juhel sanft und setzte das kleine Wesen auf ein Stück schwimmendes Gras. Als Mutter und Kind davongeeilt

waren, fiel sein Blick auf die drei leblosen Leiber im Kahn, die sie am Nachmittag mit Pfeilen geschossen hatten.
»Warum dürfen wir sie töten, während wir es einem Schwan verwehren?« sagte er halblaut. »Könnte da nicht genauso gut ein Wassergeist vor uns auftauchen und uns unter Wasser drücken, bis wir ertrunken wären? Der Schwan hat die Entlein natürlich nur aus Übermut umgebracht, aber was tun wir denn anderes?«
Er streckte sich im Boot lang aus und überließ Piers das Staken. Fetzen von blauem Himmel vergrößerten sich zwischen Wolkenbänken, und das stahlgraue Wasser antwortete darauf mit unzähligen Schattenspielen in Blau, Grün und strahlendem Grau. Riedgras und halb unter Wasser stehende Weiden, darüber leicht raschelnde Pappeln und dazwischen das Rauschen des Windes. Gespenstisch dunkle Aale schlängelten sich durch das braune Wasser unter seiner Nase, und das leise Brummen von unzähligen Insekten steigerte sich am Ufer zu einem lauten Summen.
»Ich will nichts und niemanden töten«, sagte Juhel zu sich selbst. »Kein Tier und keinen Menschen, außer vielleicht Joris vom Fels.«
Als sie das Ufer erreichten und das Boot vertäuten, stiegen die beiden Knaben aus und machten sich durch die sengende Hitze auf den Heimweg. Das Dorf war menschenleer, denn die Bauern waren zum Heueinholen auf den Feldern, und John Doust war mit den Soldaten zum Dammweg marschiert, um sie bei den Hügeln im Norden in zwei Parteien gegeneinander antreten zu lassen. Doch an der Tür einer Hütte saß ein kräftiges Bauernmädchen und schälte Erbsen. Die Pagen gingen an ihr vorüber, und Juhel bemerkte, daß sie sehr schöne blaue Augen, sehr lange Wimpern und ein sonnenverbranntes Gesicht hatte. Der Knabe war für sein Alter recht groß und für einen jungen Mann gutaussehend. Er spürte, wie der Blick der blauen Augen auf ihn fiel, und fragte sich – übrigens nicht zum erstenmal –, was ein solches Wesen wohl denken mochte, wenn es da wie eine Katze im Sonnenlicht hockte. Natürlich hatte die Maid liederliche Gedanken. Die Frauen von Marckmont, die jungen wie die nicht mehr ganz so jungen, putz-

ten sich in diesen Tagen besonders heraus, wo so viele Soldaten durch die Straßen zogen. Aber warum sollte diese Bauerstochter dann die Aufmerksamkeit eines jungen Pagen erringen wollen? Konnte es sein, daß er ihr gefiel? Oder hatte sie statt seiner die Heustapel hinter ihm betrachtet, die langen Wimpern erhoben, um nach der Milchgeiß zu sehen, die sie jeden Morgen melkte? Eine Stimme in ihm beharrte darauf, daß er nicht das Ziel ihrer Betrachtung gewesen war; eine andere schimpfte sie eine lüsterne Närrin.

Eine Woche später traf Juhel sie wieder, als er unweit des Dorfes Olvay Eichenzweige einsammelte. Frech stellte sie sich ihm in den Weg und wartete dort mit bloßen Armen und über den festen, braunen Knien zusammengebundenem Rock. Die Zeit schien stillzustehen, es gab weder Vergangenheit noch Zukunft. Juhel spürte, daß er fortan als Feigling gelten würde, wenn er sie jetzt nicht küßte oder wenigstens in den Hintern kniff. Sie tat wie alle Weiber natürlich so, als wäre ihr seine Umarmung unangenehm, aber plötzlich waren ihre Lippen unter den seinen. Seine Hände, die zuerst vorsichtig gegriffen hatten, packten nun fest und stürmisch zu. Die Hände und Füße dieses braunen, erstaunlich biegsamen Geschöpfes mochten mit Hornhaut überzogen und von Erde verschmutzt sein, doch Gott sei Dank gab es da noch einige andere Partien, die unter seinen Fingern ihre ganze Pracht entfalteten. Die Maid kannte weder Romantik noch Feinheit, und die Art, wie sie halb niedersank und halb ihn zog, wies auf einige Erfahrung hin. Sie kicherte in einem fort, und Juhel gab sich zunächst alle Mühe, doch im Endeffekt konnte er sich nicht überwinden.

Seine Fleischeslust kam ihm mit einemmal faul, verderbt und vom Teufel geschickt vor. Kaum daß ein Wort zwischen ihnen gefallen war, erhob er sich plötzlich, schämte sich seiner und ekelte sich ihrer und sah seine Gedanken von einer Woge des empörten Zorns überspült, deren Schwärze ihm Angst machte. Eine Hand fuhr an den Dolch, die andere griff in die Gürteltasche. Schließlich erschien es ihm ratsamer, die ganze Angelegenheit auf eine

Ebene zu stellen, die ihn von allen Verpflichtungen befreite, ohne daß er auch noch seine Hände beschmutzte.
Eine Münze flog ihr vor die Füße. Die Maid griff hastig danach und hielt das Silberstück grinsend zwischen ihren weißen Zähnen. Mit einem Laut, der irgendwo zwischen einem Stöhnen und einer Verwünschung lag, machte Juhel auf dem Absatz kehrt und eilte auf unsicheren Beinen davon. Er fühlte sich völlig ausgelaugt und fast krank. Dabei spürte er den dumpfen Protest in seinem Herzen – alle Welt sprach doch nahezu unentwegt davon, wieviel Freude aus solchen Umarmungen erwachsen würde, wie konnte sich da die Realität als etwas so Hohles, so Mieses entpuppen?
»Ihr Heiligen, vergebt mir!« ächzte er, »ich weiß nicht einmal ihren Namen. Und vergebt auch ihr . . . auch wenn sie mehr ein Tier ist als ein Mensch. Was meine Sünde leider siebenmal größer macht!«
Alles schien mit einemmal verändert, obwohl doch alles so aussah wie immer: die Banner von Ger und Marckmont, die von den fernen Türmen hingen, das Quietschen und Schreien der Kinder auf den Feldern, der Wald, die Sümpfe, die Wolken . . . Diese offenkundige Gleichheit bestürzte Juhel, und er erkannte, daß nur er selbst es war, der sich verändert hatte. Als er wieder in der Burg war, überraschte es ihn doch gehörig, daß niemand ihm seine schwere Verfehlung von der Stirn ablesen konnte, oder daß Piers so ruhig und fest neben ihm schlief, während er vor Reue und Vorwürfen die ganze Nacht hindurch kein Auge zumachte.
Als erstes ging er am nächsten Morgen zur Beichte und saß allein mit Vater Paul im kühlen Halbdunkel der Kapelle, der gleichzeitig der Dorfpriester und der Burgkaplan war. Eine Kerze brannte auf dem Altar, eine zweite an der Tür. Im weißen Nebel vor den hohen Fenstern gurrten Tauben, und es kam dem Knaben so vor, als empörten sie sich über die Gewaltigkeit seiner Sünden.
»Mein Sohn, ich erkenne deutlich, wie sehr du deine Verfehlungen bereust«, erklärte der Priester sanft. »Doch darfst du auch nicht deine Sünden so überbewerten, daß sie etwas Einzigartiges werden und nur noch deinen Stolz nähren. Das eine ist schon so schlimm,

daß man kein weiteres hinzufügen darf. Nun befindest du dich in dieser Gefahr: Du hast deine körperliche Unschuld verloren, als nächstes magst du von den Gelüsten des Auges und der Gedanken gepeinigt werden. Sollte es so weit mit dir kommen, dann suche kaltes Wasser auf. Falls du nicht baden kannst, so stecke wenigstens den Kopf bis zum Hals ins Naß. Und dabei sagst du in Gedanken das *Ave Maria* und das *Pater noster* auf und stellst dir die Fäulnis und den Gestank auch des verlockendsten Fleisches in der Stunde des Todes vor . . .«

Es verwirrte den Knaben, daß der alte Priester so leichtfertig über Juhels gestrige Untat hinwegging. Was, wenn er bei nächster Gelegenheit auch noch Mordgelüste entwickelte? Er kam zu der schaurigen Überzeugung, daß er von nun an verdammt sei. Ein Gelüst löste das nächste aus, bis sie allesamt zu einem gräßlichen Ganzen verbunden waren.

»Ist es dies, was man die Eitelkeit nennt?« fragte er sich, als er wieder allein war. »Soll ich so abstumpfen, daß ich meine Schrekken vergesse, daß ich in einem Monat oder zwei die Maid wieder aufsuche, oder eine andere, um mich im stillen Wald an ihr zu vergehen? Ich hätte nie geglaubt, daß ein so wunderbarer Ort wie Marckmont solche Gefahren bereithält!«

Ob nun Vorhof zur Hölle oder nicht, Marckmont rückte in dieser Stunde in den Mittelpunkt der Aufmerksamkeit des ganzen Reiches. Denn früh an diesem Morgen war König René in Hautarroy verschieden.

Die Sonne war an diesem selben Tag noch nicht aufgegangen, da kamen drei Reiter in vollem Galopp über die Straße von Olvay geritten. Das erste Läuten der Sturmglocke trieb Raoul bereits auf den Wehrgang seiner Burg. Juhel eilte hinterher und lehnte neben seinem Herrn an der Brüstung. Er erkannte vor dem Tor das rotschwarze Wappen des Hauses Barberghe, und sein Pulsschlag beschleunigte sich.

»Wer ist dort?« rief der Graf hinunter.

»Der Ritter de Medrincourt, Herr. Ich habe vom Edlen Grafen de Barberghe einen eigenen Turm erhalten.«

Soldaten drängten sich an der Zugbrücke. De Medrincourt verschwendete keine Zeit mit dem Austauschen von Artigkeiten.
»Der Herr dieser Burg soll sich bereitmachen!« rief der Ritter. »Seine Freunde teilen ihm dies mit: *Hinab mit dem Fallgatter!*«
Damit drehte er sein Pferd herum und ritt über die Straße davon. Die Hufe klapperten auf dem Kopfsteinpflaster, und schon eilte der Bote über den Dammweg, gefolgt von seinen beiden Begleitern. Sie waren bald im Getöse nicht mehr zu hören, das nun in der Burg anhob. Raoul de Ger bekreuzigte sich.
Nach der ersten Erstarrung bekreuzigte sich auch Juhel und begriff, daß König René gestorben sein mußte und daß die sonderbare Parole das Signal von Gaston de Volsberghe sein mußte, nun für Herzog Conrad von Burias die Waffen zu erheben.
Der Graf erreichte eine Tür in der Mauer und wollte hindurch, als diese aufflog und John Doust herauskam. Die Augen des Engländers funkelten, und er hatte die Lippen aufeinandergepreßt.
»›*Hinab mit dem Fallgatter!*‹« wiederholte er. »Und paßt auf, daß ihr nicht gerade druntersteht«, fügte er mit grimmigem Grinsen hinzu. Als er entdeckte, daß Juhel ebenfalls zugegen war, erklärte er ernsthafter: »Herr, sollen wir beginnen?«
»Ja, Hauptmann«, erklärte Raoul mit unbestimmbarem Lächeln. »Sollten weitere Boten auftauchen und entdecken, was wir hier tun, müssen sie am Weiterreiten gehindert werden. De Medrincourt wollte hier nicht die Pferde wechseln. Ich denke also, daß Gaston in verschiedenen Dörfern frische Tiere bereitgestellt hat. Nun denn, zuerst mustern wir die Boote und Kähne. Nino hat eine Liste zusammengestellt.«
Am späten Nachmittag schleppten die Fischer von Marckmont ihre Boote – ausgehöhlte Stämme oder Gebilde aus Weidenruten, die mit Fellen überzogen waren – in einer langen Reihe ans sandige Ufer unter dem Burghügel.
»Niemand darf sein Boot benutzen oder fortnehmen«, befahl der Graf, »solange er dazu keine Erlaubnis von mir oder dem Hauptmann John Doust erhalten hat.«
Raoul bemannte seine beiden eigenen flachkieligen Kähne mit

Soldaten und schickte sie ins Marschland, wo sie zu beiden Seiten des Damms Patrouille fuhren. In jedem Kahn waren Ruderer und Bogen- und Armbrustschützen, um das Gebot zu unterstreichen, daß niemand den großen See überqueren durfte. Am jenseitigen Ende des Damms hielten sechs Männer in Schichten Tag und Nacht Wache. Das diesseitige Ufer zwischen der Burg und den drei hohen Pappeln über der befestigten Straße wurde bei Einbruch der Dunkelheit mit Fackeln und großen Feuern fast taghell gehalten.

Man schickte Juhel und Piers ins Bett, und trotz des Hämmerns und Klopfens schliefen sie rasch ein. Als sie am nächsten Morgen erwachten und aus dem Fenster schauten, war der Dammweg bereits ausreichend befestigt. Zur Seeseite hin stand eine Chevaux de frise*, die mit Ketten an festen Gestellen befestigt war und nach außen eine schier undurchdringliche Wand von Spitzen und Widerhaken präsentierte. Dahinter waren in zwei Reihen zwischen den niedrigen Wehren Fässer aufgestellt, die man mit Sand gefüllt hatte. Holzklötze und Sandsäcke verkeilten sie und dichteten Lükken ab. Die Schutzwehren aus mit Fell überzogenem Holz ragten zwischen den Fässern hervor. Sie waren hoch genug, um zwei Ebenen zu haben. Auf der oberen fanden sechs Bogenschützen bequem Platz.

Weitere solcher Wehren wurden am Ufer aufgebaut, so daß andere Bogenschützen in völliger Sicherheit bequem die ganze Länge des Dammweges mit ihren Pfeilen bestreichen konnten. Als die Sonne im Osten aufging, wurde eine Mange** aus dem Schuppen in der Burg gerollt und auf dem Kopfsteinpflaster zwischen dem Haus des Priesters und dem Wasserrand in Position gebracht.

Dort ließ man das Gerät mit dem langen, mit Eisen ausgeschlagenen Holzlöffel in Ruhestellung stehen, bis alle anderen Schanz- und Verteidigungsarbeiten getan waren. Erst spät am Nachmittag konnten die schwitzenden Männer ihr Werkzeug aus der Hand

* Verteidigungsanlage gegen Reiter, eine Art Wand mit Eisenspitzen (A. d. Ü.)

** Eine besonders große Steinschleuder (A. d. Ü.)

legen. Sie strömten herbei, um den ersten Probeschuß des gewaltigen Geräts zu beobachten.
Die Mannschaft der Mange drehte an der Winde, mit der die Rute oder der Holzlöffel heruntergezogen wurde. Tiefer und tiefer fuhr das runde Ende, bis es den Boden berührte. Andere Männer wuchteten einen großen Stein hinein – »Als wenn ein Erzengel ein Ei gelegt hätte«, bemerkte Nino Chiostra dazu –, und John Doust, der auf der Barrikade am Dammweg stand, gab mit einem Handzeichen das Signal zum Abfeuern.
Mit einem dumpfen Schlag hieb der Holzlöffel gegen die Dämpfer. Der Stein flog in hohem Bogen auf den Dammweg zu. Das blonde Haar des Engländers nahm im Licht der untergehenden Sonne die Farbe von Stroh an. Juhel stand auf einem Wehrgang und sah zu, wie der Stein die äußerste Wehranlage um eine Elle verfehlte und davor mit einem mächtigen Platschen ins Wasser fuhr.
»Nicht schlecht«, brüllte John Doust gegen den aufkommenden Wind. »Die Rute sechs Zoll nach links, und dann das Ganze noch einmal.«
Beim vierten Schuß traf Stein auf Stein. Große Wassermengen spritzten hoch, und ein zackiges Loch in der Wehranlage wies deutlich auf den Treffer hin. Jubel und Beifall von den Zuschauern, wonach die Wildenten erschrocken aus dem zweihundert Meter entfernten Schilf in die Luft jagten und davonflogen.
In dieser Nacht brannten zwei Pechpfannen auf den beiden Burgtürmen zum Marschland hin. Eisenplatten waren rings um die Pfannen angebracht, damit die Wächter nicht geblendet wurden. Auch auf dem Damm brannte in einem Kessel ein Feuer und warf sonderbare Schatten auf den schmalen Steg, während das vom Wind bewegte Wasser darunter grelle Flammengeister widerspiegelte. Von Zeit zu Zeit fuhr ein Boot hinaus, um das Feuer mit neuem Brennstoff zu versorgen. Dann kletterte ein Soldat rasch eine Leiter hoch, und ein Funkenregen kündete von seiner Arbeit, der zischend im Wasser verging.
Die Morgendämmerung brachte windgepeitschten Regen mit sich. Der Rauch von Pfannen und Kaminen zerfaserte und trieb

zwischen die gebeugten Weiden. Piers schüttelte den schlafenden Juhel an der Schulter. Der Knabe erwachte mit einem Schrei und hatte gleich furchtbare Angst. Heute war der Tag, an dem er mithelfen mußte, Gaston de Volsberghe und seinem Heer entgegenzutreten.
Es bekümmerte Juhel nicht im geringsten, daß sein geliebter Herr die verschwörerischen Edlen betrogen hatte und jetzt dabei war, einen noch größeren Verrat hinzuzufügen. Tatsächlich erheiterte den Knaben sogar die Vorstellung, daß Gaston de Volsberghe und der Graf von Montcarneau ein Fünftel ihrer Streitmacht vergeudeten, indem sie sie auf den Marsch nach Belsaunt über Marckmont schickten, das sie für unverteidigt hielten. Ja, sie glaubten, Raoul de Ger hätte sich auf ihre Seite geschlagen.
Doch wieder, diesmal allerdings aus einem anderen Grund, hatte Juhel den Eindruck, alles habe sich verändert. Die Waffen und Geräte und selbst die spärliche Einrichtung in seiner Kammer kamen ihm fremd vor. Seine Herren und Kameraden erschienen ihm wie Wesen aus einem anderen Erdteil. Der edle Graf pfiff vor sich hin, während er sein dichtes braunes Haar kämmte, und Hauptmann John Doust spielte mit zwei Stoffhunden, während er auf sein Frühstück wartete. Meister Nino gähnte, während Juhel ihm aus der Kleidung half, und bevor er sich in sein Bett fallen ließ, warf er noch einen Blick auf den Klumpen Bergkristall, der allmählich die Form eines ausgestreckten Leoparden annahm. Der wortkarge Meister Hubriton, der sich in dem unvertrauten Harnisch recht unbehaglich fühlte, grinste seinem Abbild in einem Spiegel zu, bevor er sich an der Tafel niederließ. Und Piers war so wie immer, bediente die Herren so fleißig und flink, als wäre dieser Krieg nichts weiter als ein neuer Freizeitspaß.
Juhels Kehle hingegen war wie ausgedörrt, und er bekam kaum einen Bissen hinunter. Seine Finger bewegten sich so plump, als wären sie gar nicht die seinen, doch niemand schimpfte ihn deswegen aus. Die Sonne ging auf, die Kerzen wurden gelöscht, und durch den Schlund rutschten Suppe, Fleisch und Wein . . .
Eine der beiden gräflichen Barken stieß vom Ufer ab und beförder-

te zwei Soldaten mit ihren Pferden als Späher ans jenseitige Ufer. Den ganzen Morgen über wanderten die Blicke Dutzender Augenpaare unablässig über die Sandmulden, die schwankenden Pappeln, das Unterholz, die Weiden, das weite, braune Wasser und die Hügelkette am Wald von Nordanay ...

Die Flügel der Windmühle drehten sich ächzend, und zwei Ochsenwagen fuhren das letzte Heu von den Feldern ein. Schweine grunzten, während man sie auf die nächste Weide hinaustrieb. Kuhglocken klingelten, Hähne krähten und anderes Getier schrie, blökte oder brüllte in Scheunen und hinter Häusern. Die wachsamen Männer lauschten diesen Geräuschen, als hörten sie sie zum erstenmal, vergaßen sie jedoch sofort, als ein Hornstoß vom Turm vom dumpfen Läuten der Torglocke beantwortet wurde. Seit vierzig Jahren war Marckmont nicht mehr in einen Krieg verwickelt gewesen.

»Meinen Helm, Juhel«, sagte der Graf.

Als er ihn dem Grafen festgebunden hatte, traf den Jungen unerwartete Begeisterung. Er konnte sich nur mit Mühe davor zurückhalten, die steilen Stufen hinunterzurennen. Irgendwo hinter ihm rief Nino nach Piers, daß er ihm die Rüstung anlegen sollte. Männer, die in der Nacht Wache gehalten hatten, kamen ihm stolpernd auf dem Weg zu ihren Lagern entgegen. Als Juhel die Barrikade erreichte, postierte John Doust dort bereits in aller Ruhe die Bogenschützen, während die Bauersleute eine lange Kette bildeten und aus Ledereimern Holz, Häute und Balken mit Wasser bespritzten. Bei Gaston de Volsberghe konnte man nicht genug auf der Hut sein. Nicht auszuschließen, daß er Griechisches Feuer oder eine andere Teufelei mitführte.

Am anderen Ufer mühten sich die Späher, ihre Pferde auf die Barke zu treiben. Ein Tier weigerte sich standhaft, wurde dann am Zügel ins Wasser gezogen und schwamm von da an gehorsam hinter dem Kahn her, während die Ruderer hurtig ihrer Arbeit nachgingen.

Etwas funkelte zwischen den Bäumen. Dann stürmten Reiter hervor und zügelten ihre Pferde am Sandufer. Ihre Stimmen waren

leise, aber deutlich zu verstehen, als sie den davoneilenden Spähern etwas zuriefen. Dann galoppierten zehn von ihnen den Damm hinauf, hielten ihre Tiere aber rasch an, als sie die Barrikaden bemerkten. Die Pferde blieben endgültig stehen, als sie oben auf dem Hindernis die Rüstungen des Grafen und seines Hauptmanns ausmachten, dann auch noch die Bogenschützen und die Spieße der anderen Soldaten, die Armbrustschützen hinter den Wehren auf der zweiten Barke, die nun auf sie zu ruderten, und endlich den gespannten Holzlöffel der Mange.
Sie waren noch gut hundert Meter entfernt, als der Anführer der kleinen Reiterschar einen Befehl brüllte. Augenblicklich wendeten sie ihre Rösser und eilten den Dammweg zurück. Massen von Soldaten erschienen nun auf dem Sandufer. Es kam dort wohl zu einer hastigen Unterredung und Beratung. Dann rückten zwei Dutzend Reiter in voller Rüstung vor, und an ihrer Spitze war eine mächtige Gestalt mit vergoldeten Panzerplatten auf einem riesigen Rappen. Als sie das Visier hob, blickten darunter streng die kühlen, grauen Augen von Gaston de Volsberghe. Er hob seine Hand. Die anderen Reiter blieben stehen, und er näherte sich allein der Chevaux de frise.
»Bei Gott dem Gerechten«, raunte ein Bogenschütze, »laßt mich einen Pfeil abschießen.«
»Wäre nicht das schlechteste«, stimmte John Doust zu, der auf der anderen Seite des Grafen stand.
Aber Raoul antwortete nichts und stand nur abwartend mit ebenfalls geöffnetem Visier da. Gaston hatte nun die Barrikade aus Balken und Eisenspitzen erreicht. Die beiden Führer blickten sich gegenseitig hart in die Augen.
»Also hat Ger seine Meinung geändert?«
Die dröhnende Stimme klang freundlich, fast schon gutmeinend durch die windige Stille des Marschlandes. Ohne zu zögern antwortete die hellere Stimme des Verteidigers.
»Ger ändert seine Meinung weniger leicht als Volsberghe seine Umhänge.«
Denn Gaston trug nicht das Azurblau mit dem Greifen seines

Hauses, sondern das Schwarz mit dem goldenen Fallgatter von Hastain.
»Was ist aus Eurem Wort des Beistands geworden, Ihr Ratte?«
»Laßt mich ihm ein Auge ausschießen!« knurrte der kniende Bogenschütze. Doch der Graf hielt ihn mit einer Handbewegung zurück, und Juhel, der hinter seinem Herrn stand, hörte, wie dieser mit den Zähnen knirschte, bevor er antwortete.
»Wie steht es denn mit Eurer Loyalität, Ihr Wolf?«
»Dann weigert Ihr Euch also, unserem Herrn, dem eben gekürten König Thorismund, die Treue zu halten?« rief Gaston, und sein Blick verließ Raoul, um die Verteidigungsanlagen zu studieren.
»Auf solche Gaukelei falle ich nicht herein, de Volsberghe. Denn hier bei mir steht einer, der eure Verschwörung, den Kronprinzen zu verderben, im Hôtel de Ahun belauscht hat.«
Gaston riß die Augen auf, dann wurden sie schmal wie Schlitze und blickten furchtbar drein. Zum erstenmal schwang in seiner Stimme Zorn mit.
»Erinnert Euch an diesen Tag, wenn ich Euch aufspieße, dummer kleiner Gnom!«
Damit riß er das Visier herunter, wirbelte seinen Rappen herum und raste den Dammweg zurück, während ihn Bolzen und Pfeile trafen, die von seinen Stahlplatten abprallten oder abgelenkt wurden.
John Doust schrie einen Befehl. Der Holzlöffel der Mange krachte einen winzigen Moment zu früh gegen den Dämpfer, und der schwere Stein krachte zwischen Gaston und seinem wartenden Begleittrupp auf. De Volsberghe gab seinem Roß die Sporen, und das Tier flog über das Hindernis hinweg.
»Macht nichts«, erklärte der Graf dem eifrigen Bogenschützen unter ihm. »Ich schätze, in nicht allzu langer Zeit erhaltet Ihr eine zweite Gelegenheit.«
Den ganzen Nachmittag hindurch waren am jenseitigen Ufer Rauch und Truppenbewegungen auszumachen. Die Späher von Marckmont überwachten drei Meilen nach links und nach rechts die Gegend. Die Marschen konnten von einem solchen Heerwurm

nicht überquert werden, es sei denn, jemand verriet ihnen die Schleichwege. Bei Sonnenuntergang wurden die Pechpfannen durch sechs große Feuer unterstützt. Soldaten lagen in Kähnen, die so leise wie möglich durchs Schilf und am jenseitigen Ufer vorbeiruderten. Sie lauschten und hielten Ausschau nach Versuchen, den See mit eilig zusammengebauten Flößen zu überqueren oder durch die Sümpfe die Verteidiger zu umgehen. Am gegnerischen Ende des Dammweges brannten zwanzig Feuer. Doch als Nino Chiostra gegen Mitternacht mit einem kleinen Boot das Wasser befuhr und endlich am anderen Ufer landete, entdeckte, er, daß von einem Dutzend Lagerfeuern, an die er sich anschlich, nur zwei von Männern umringt waren.

»Wir haben dem König etwas Luft verschafft, mit Barberghe fertig werden zu können«, erklärte Raoul von Ger.

Doch Gaston de Volsberghe und Alain, der Graf von Montcarneau, eilten in jener Nacht mit ihrer gesamten Reiterstreitmacht nach Norden. Das Fußvolk, insgesamt fünfzehntausend Mann, wurde im Sturmmarsch durch das Moorland von Nordanay nach Westen gejagt. Bei Hastain fielen Gaston und Alain wie ein Unwetter der königlichen Armee in die Flanke und bewahrten so den angeschlagenen Barberghe vor der Niederlage. Thorismund mußte sich zurückziehen – es war mehr eine wilde Flucht als ein geordneter Rückzug –, zuerst bis Rambard und Ververon, dann bis zur großen Biegung des Varne, wo sich der Gasthof ›Zur Eintracht‹ inmitten von Weidengehölzen am Rande des Forstes erhob.

Von Süden her zogen sich auch de Saulte und der Kastellan dorthin zurück, ständig bedrängt von Conrad und dem Großkonnetabel, die unter ihren Bannern doppelt so viele Soldaten hatten. Die Bürgerwehr von Alanol schloß sich dem König an, als der hinter Ververon zurückfiel. Die wehrfähigen Bürger von Belsaunt verbanden sich mit Raoul von Ger, nachdem der endlich seine unversehrte Baronie verließ und mit seinen Truppen loszog, um die königlichen Armeen zu verstärken, während die beiden Zangen der Rebellen unaufhaltsam der Vereinigung auf den Feldern bei Pont-de-Foy zustrebten.

XII

Pont-de-Foy

Mittlerweile war es Nacht geworden. Juhel bewegte sich nur träge und war sich der Schrecken, der Verzweiflung und der körperlichen Erschöpfung bewußt. Vor ihm verschwand die schlammige Straße gräulich in der Dunkelheit – schwere Regengüsse waren auf dieser Seite von Belsaunt niedergegangen –, und die Pfützen warfen einen unheimlichen Widerschein vom letzten Abendglühen. Die Bäume schienen sich auf unheimliche Weise zu regen, wie umherschleichende Verräter oder Kobolde. Das Land im Dämmerlicht war übersät mit den Resten einer vernichteten Armee. Sosehr Juhel sich auch bemühte, er konnte sich kaum noch an eine Einzelheit von der verheerenden Niederlage erinnern. Er wußte nur, daß sein wunderbarer Herr, der Graf Raoul, erschlagen war, und mit ihm waren de Saulte, der Kastellan und ungezählte andere gefallen. Den jungen König hatte man gefangengenommen, und alle weitere Hoffnung war nun zunichte gemacht. Meister Nino Chiostra war schwer verwundet in den Varne gestürzt und dort ertrunken. Nur Hauptmann John Doust hatte die letzten Überlebenden um sich scharen können und befand sich nun mit ihnen auf der Flucht durch den Forst. Des Lebens überdrüssig, stürzte er sich unterwegs auf alle Rebellensoldaten, die ihm in die Quere kamen. Hubriton, der mürrische Schreiber, war erschöpft stehengeblieben und mußte sich an einen Baum lehnen. Als er Juhel bemerkte, wurden seine Augen leer, und der Mund ging auf.

»Piers!« blökte Juhel und erinnerte sich an einen Leichnam, eine kaum noch wiederzuerkennende Gestalt mit zerschmettertem Schädel, die neben dem zertrampelten Falkenbanner im hohen Gras gelegen hatte.

»Bin ich vielleicht auch schon tot?« fragte Juhel elend in die Däm-

merung. »Ich bin ganz allein ... He da, wer seid denn Ihr? Oh, beim großgütigen Gott!«
Zwischen den Bäumen schlich eine Gestalt mit Juhels bleichem Gesicht und mattglänzendem Harnisch heran.
»Es ist Zeit für dich!« dröhnte eine Stimme aus dem Himmel. Eine unsichtbare Hand griff nach ihm, und im nächsten Moment war alles nur noch grauer Nebel mit roten Blutbahnen.
Er öffnete die Augen, bevor er richtig wach war, doch nach ein oder zwei Sekunden löste sich der graue Nebel auf und machte Platz für die Leinentuchwand vom Zelt des Grafen. Und die Blutbahnen verwandelten sich in den Schein vom Lagerfeuer, das von draußen hereinleuchtete.
»Es ist Zeit für dich«, wiederholte Piers und trat zur Seite, so daß Juhel vom Kerzenschein geblendet wurde.
Plötzlich schrille Trompetenstöße. Juhel fuhr hoch. Sein Gesicht war noch feucht von Tränen, und sein Herz schlug wild von den schlimmen Erlebnissen seines bösen Traums.
»Die Pest über mich, wenn meine Seele allein auf dem Schlachtfeld steht, während alle anderen bereits im Fegefeuer schmoren«, sagte er sich entrüstet. Dann mußte er grinsen, als ihm endgültig bewußt wurde, daß er noch lebte; und sein Herz machte einen Satz, als er vor dem Zeltpfosten den Kopf des Grafen entdeckte und draußen John Doust wie ein Walroß schnaufen hörte, während er sich wusch. Und dann drang der unvergeßliche Geruch von Feuerholz, bratendem Speck und kochendem Wein in seine Nase.
Also war dies der Morgen und nicht die Nacht von Pont-de-Foy.

Thorismunds letzte Reihen standen vor dem Wald, die von Conrad am Fluß. Des Königs Heer stand auf ansteigendem Gelände und hatte die günstigeren Innenlinien. Dafür besaß Conrad den Vorteil der deutlichen zahlenmäßigen Überlegenheit und des ausreichenden Raums, die Abteilungen zu manövrieren. Aus den ehemals vier Armeen waren nun zwei geworden, denn der neue König hatte die Straße nach Ververon und die Brücke von Pont-de-Foy aufgegeben, um eine Mehrfrontenschlacht zu vermeiden. Die Rebellen des Nordens hatten sich mit der Armee von Conrad vereinigt. Beiden Seiten wurde rasch klar, daß keine Partei sich ohne Gemetzel zurückziehen konnte. Als die Sonne die Morgennebel an den Flußbänken vertrieb, ertönte Raunen, Murmeln und Fluchen, während über einhunderttausend Männer sich von der Morgenmesse erhoben. Die Priester hatten jeweils für ihre Seite Gott zur Vergebung ihrer Sünden und für einen gerechten und vollständigen Sieg angerufen.

Die königliche Standarte, die von Hautarroy vor Conrad hergetragen worden war, hing von einem Pfosten auf einem hohen Hügel. Es war die mittlere von drei Erhebungen, die inmitten der Weiden zwischen Pont-de-Foy und Angmer standen. Auf der anderen Seite, auf der Anhöhe hinter dem Gasthof ›Zur Eintracht‹, ragte Thorismunds Banner in die Luft. Um während der Schlacht eine Verwirrung auszuschalten, hatte der König sein graues Wappen aufhängen lassen. Es zeigte in vier Vierteln die Farben von Neustrien und Frankonien, und in der Mitte war das goldene Fallgatter von Hastain angebracht. Im aufkommenden Wind des sonnigen Morgens flatterten die Banner leicht. Am Nachmittag trieben Wolken über den Himmel, und ein leiser Nieselregen setzte ein.

Der rechte Flügel von Thorismunds Heer stand unter dem Befehl des hageren Herzogs von Boqueron. Raoul von Ger war sein Stellvertreter. Rote Muscheln auf weißem Grund, dazwischen in einem Block der schwarze Gierfalke auf Gelb, standen dem Greif von Volsberghe, den Zackenornamenten von Barberghe und den Wolfsschädeln von Montcarneau gegenüber. Und hier erlebte auch Juhel den Beginn seiner ersten Schlacht. Das Getöse des Gemetzels aus seinem Traum klingelte noch in seinen Ohren, und als dann der erste wirkliche Angriff erfolgte, schienen sich Wahrheit und Traum zu vermischen.

Eben noch hörte er eine Taube am dunklen Rand des Forstes von Honoy gurren, und im nächsten Moment war die Luft angefüllt mit Trampeln und Stampfen, dem Summen von Langbögen und den Schreien von Befehlshabern, während hinter zusammenge-

bundenen Pfählen und schweren Schilden die Männer von Ger ihre Spieße und Glefen inmitten von taunassem Gras und jungem, grünem Farn fester griffen.
Eingelegte Lanzen, hochgehaltene Schilde und glitzernde Helme der angreifenden Ritter wirkten wie eine langgezogene und grinsende silberne Schnauze. Sie stürmten mit dem Schlachtruf des Hauses Volsberghe heran. Ein Pfeilregen flog hoch und fiel auf die vorderen Kavalleriereihen. Schreie von getroffenen Pferden und das metallische Geklapper von stürzenden Panzerreitern. Dann der Aufprall der Angreifer auf die Verteidiger. Der rechte Flügel war in seiner gesamten Länge eine Sturzflut von aufblitzendem oder sich kreuzendem Stahl.
Juhel sah den Bihander des englischen Hauptmanns durch die Luft fahren. Ein stolperndes Schlachtroß schleuderte seinen Reiter gegen John Doust, doch der ging nur leicht in die Knie und wirbelte schon im nächsten Moment wieder das riesige Schwert über dem Kopf. Die festen Reihen der gelben Umhänge verbargen vor Juhels Blick, was aus dem gefallenen Ritter geworden war. Links und rechts des Engländers rückten die Panzerreiter vor, zogen sich ein Stück zurück oder wendeten ihre Rösser – doch die Verteidigungslinie war noch nicht durchbrochen.
Die Männer von Ger zogen mit den Haken ihrer Glefen die Reiter zu Boden oder stießen ihnen ihre Spieße in die Achselhöhlen, während diese das Schwert oder die Stahlkeule hoch zum Schlag erhoben. Schließlich ertönte eine Fanfare, und entlang der rechten Flanke fuhren die Ritter mit den blauen Umhängen zurück und wendeten ihre Pferde.
Jubel erscholl vom Anstieg. Der Feind zog sich zurück und hinterließ vor den ersten Verteidigungsreihen einen glitzernden Saum von gefallenen oder gestürzten Rittern. Ein Pfeilregen von unten verkündete den Heranmarsch von Gastons bärtigen fränkischen Landsknechten. Vier Fähnlein stürmten gegen die Barrikade. In der Nähe von Juhel blies der Trompeter von Boqueron einen doppelten Stoß. An mehreren Stellen zogen die Soldaten verbundene Balken und Pfähle beiseite. Der Herzog gab Ger ein Handzeichen.

Durch die Lücken stampften sechs Beritte*, schwärmten dahinter auseinander und formierten sich mit dem grauen Safadin an der Spitze. Dreihundert Lanzen senkten sich beim Sturmritt den Hang hinunter. Wappen von Ger, Marckmont und Guarenal vermischten sich mit denen des Hauses Boqueron und freier Ritter. Das Gestampfe der Pferde bekam Rhythmus, und die stählerne und farbenfrohe Masse gewann an Tempo, während sie auf die dunklen, heranrückenden Reihen zuflog. Juhel schlug das Herz bis zum Hals, während er auf der Anhöhe stand, das Ersatzpferd des Grafen am Zügel hielt und im stillen alle Heiligen anrief, Raoul von Ger zu beschützen und mit dem Sieg zu belohnen.
Die fränkische Formation wurde langsamer und kam schließlich zum Stillstand. Doch die rasch gesenkten Piken konnten den Kavallerieansturm nicht behindern. Die Landsknechte hatten keine Barrikaden zu ihrem Schutz und verfügten auch über keine Fangseile, um die Pferdebeine zu umschlingen und die Tiere zum Stolpern zu bringen. Durch die Wucht des Aufpralls zerbrachen ihre Reihen, und die Landsknechte zogen sich in immer größerer Unordnung zurück. Rings um sie herum formierten sich die Reiter neu. Die Franken wußten, daß sie ihre Reihen nicht völlig auflösen durften, sonst würden sie bei der zweiten Attacke von Gaston erbarmungslos niedergeritten werden. Doch binnen fünf Minuten bezahlten sie dieses Standvermögen mit viermal zwanzig Toten. Dann zogen sich Ger und seine Reiter zurück und stürmten den Hang wieder hinauf. Safadin hielt neben dem Schimmel von Boqueron. Zwei Reiter, die aus dem Sattel gestürzt waren, wurden hinter die rauhe Barrikade gezogen, bevor die Soldaten die Lücken wieder schlossen und sich für den zweiten Angriff bereitmachten.
Ein neuerlicher Pfeilregen von Langbögen. Direkt vor Juhel fiel ein Bogenschütze schwer zurück, klappte zusammen und zog sich stöhnend den schweren Handschuh von den Fingern, um sich an die getroffene Schulter zu fassen. Juhel warf einen Blick auf den

* Kleine Kavallerieeinheit (A. d. Ü.)

Grafen. Raoul bemerkte ihn und nickte dem Pagen zu. Das Pferd an einen Weißdornbusch zu führen und dort anzubinden, war das Werk von einer halben Minute. Dann trat Juhel an die Stelle des Verwundeten, griff nach Bogen und schwerem Handschuh und schob sich eine Faustvoll Pfeile in den Gürtel.

Von nun an schoß er knapp über den glitzernden Helm von John Doust hinweg. Der Langbogen war für einen Knaben wie ihn etwas zu hoch. Also hielt er ihn schräg und vermochte es so, die fedrigen Schäfte bis zum Ohr zurückzuziehen. Sieben Pfeile schnellten von seiner Sehne, danach zählte er nicht mehr mit. Reiter und Fußvolk drängte gegen die vierfache Reihe seiner Kameraden. Dreimal sah Juhel, wie sein Pfeil von einem Helm, einer Halskrause oder einem Harnisch abprallte.

Piers stand in seiner Nähe und bediente ebenfalls einen Langbogen. Köche, Pferdeknechte und andere aus dem Troß eilten durch das hohe Gras und sammelten feindliche Pfeile und Bolzen auf, um sie den eigenen Bogenschützen in den hinteren Reihen zu reichen.

Juhels Gedanken wirbelten durcheinander, bis sie einen Nebel bildeten. Seine Augen sahen Dinge und Szenen, ohne sie zur Weiterverarbeitung ans Gehirn durchzugeben. Und in jedem Moment hatte er vergessen, was im vorangegangenen geschehen war. Einmal hörte er Piers singen. Die schrillen Worte drangen sogar an sein Ohr und hallten dort noch eine halbe Stunde später wider.

Die goldenen Spitzen an deinen Sporen sind sieben
Bleib doch, Geliebte, an diesem Ort
Die Pflüge durch den weiten, hohen Himmel stieben
Geh doch, Geliebte, hinfort, hinfort!

Ein anderes Mal hörte er einen Boten, der vermeldete, daß der Gasthof ›Zur Eintracht‹ in Flammen stünde. Er sah in die Richtung und entdeckte eine große Rauchwolke, die am Banner von de Saulte vorbei, der zur Linken von Boqueron stand, nach Norden getrieben wurde. Etwas später hörte er das unverwechselbare Lachen

von Nino Chiostra ... Das war kurz vor dem vierten Angriff, als der königliche Flügel an seiner äußersten Rechten zu wanken begann. Die Soldaten stolperten dort in dichten Haufen durch Wildrosen und andere Dornbüsche am Rand des dichten Waldes. Gepanzerte Reiter flogen im Dutzend von ihren Rössern; Lanzenwälder schwankten wie im Sturmwind und vermischten sich mit Pikenwällen. Pferde verschwanden auf geheimnisvolle Weise zwischen den Schlachtreihen und den Zeltgruppen auf den vordersten Lichtungen im Buchenwald. Der Herzog von Boqueron begab sich höchstselbst an die gefährdete Stelle, und nach einiger Mühe gelang es ihm, die Reihen wieder zu schließen und zu festigen. Juhel sah, wie er mit geöffnetem Visier zurückgeritten kam. Er hielt eine gewaltige Streitaxt vor sich auf dem Sattel.
Der Graf von Ger ritt mit Safadin dort auf und ab, wo die Reihen der Verteidiger immer dünner wurden, feuerte die Soldaten an und griff von Zeit zu Zeit persönlich ein, wenn eine Lanze besonders gefährlich in die bedrängten Männer fuhr. Juhel entdeckte, daß er eine Glefe in den Händen hielt. Er konnte sich nicht daran erinnern, wann er den Langbogen abgelegt hatte. Mal sprang er über ausgestreckte Leiber, mal fing er mit dem Haken seiner Waffe den Zügel eines Streitrosses und zog so lange daran, bis stärkere Arme als die seinen einen heftig um sich schlagenden Ritter von Barberghe aus dem Sattel holten. Nur wenige Rebellen waren durch die Reihen von Ger gebrochen.
»Ergebt Euch, de Medrincourt!« rief ein Knappe von Ger, der neben dem gestürzten Ritter kniete, ihm das eingeschlagene Visier geöffnet hatte und ihm eine Dolchspitze an den Hals setzte. Doch der Edelmann wehrte sich immer noch, und seine behandschuhte Faust fuhr immer wieder hoch, um den Knappen ins Gesicht zu treffen. Der Mann von Ger wich aus, und sein erregtes rotes Gesicht verlor alle Farbe und nahm einen unerbittlichen Zug an. Juhel sah, wie er die Augen schloß und den Dolch ins Fleisch stieß. Der Seneschall des Turms von Ath zuckte, trat unkontrolliert um sich und lag dann still.
Der Knappe spürte, wie Übelkeit zwischen seinen Rippen entstand

und sich ausbreitete. Doch als neues Geschrei ertönte, verging sie ebenso rasch, wie sie gekommen war. Es schien plötzlich heller geworden zu sein, obwohl die Wolken tief über der Biegung des Varne hingen. Erneut fielen die Angreifer von der nicht mehr so stabilen Barrikade zurück. Wo soeben noch ein einziges Gewirr von Stahl und bunten Farben gewesen war, zeigten sich nun die mit Kiefern bestandenen Anhöhen jenseits von Pont-de-Foy, erhoben sich etwa eine Meile hinter der Unordnung des Rückzugs.

Stöhnende und ächzende Männer stützten einander und wischten sich die verschwitzten Gesichter ab. Einige, die das Schlachtfieber aufrecht gehalten hatte, entdeckten nun ihre Wunden und brachen zusammen. Der Graf von Ger brüllte dem englischen Hauptmann etwas zu. Aus dem Zentrum der Verteidiger löste sich John Doust. Er trat mit langen Schritten auf Raoul zu. Mit der einen Hand öffnete er sein Visier, und mit der anderen gebrauchte er den Bihander wie einen Wanderstab.

»Seid Ihr verwundet, John?« rief sein Herr vom Sattel. Der Mund des Engländers zuckte, um eine seiner typischen Antworten zu geben.

»Nur ein wenig außer Atem. Doch bei allen Höllenfeuern, Herr, dies ist das gewaltigste Blutbad, zu dem Ihr mich je geführt habt!«

»Dafür müßt Ihr Euch nicht nur bei mir bedanken«, sagte Raoul von Ger. »Wartet es nur ab, ich schätze, die beiden Parteien geben keine Ruhe, bis eine von ihnen völlig ausgelöscht ist.«

Sie fanden Zeit, in Ruhe ein paar Worte zu wechseln, ehe sie von einem Boten unterbrochen wurden, der auf sie zugaloppierte. Der Reiter schleuderte seinen Schild beiseite, weil der gespalten war. Endlich zeigte er sein braunes Gesicht über einem weiß und blau karierten Umhang.

»Wie steht es, Enguerrand?« rief der Graf ihm entgegen. Juhel erkannte, daß der Neuankömmling der Vetter von Piers war, der Edle du Véranger, der an der Seite seines Herrn bei Karmeriet, Alanol und Gramberge gefochten hatte.

»Teils, teils«, antwortete der stämmige Adlige und salutierte, während er die Zügel zog. »Der Kastellan bedrängt Camors und Ahun sehr, aber der kriegslüsterne Abt ist erschlagen, und der Gasthof ›Zur Eintracht‹ hat einige Male den Besitzer gewechselt. Im Augenblick sitzt der Großkonnetabel dort. Er und Conrad haben alle Reserven zusammengeworfen, um sie gegen den König im Zentrum zu führen. Saulte hält Queranay, aber im Augenblick können wir nicht mehr tun. Daher haben mich Seine königlichen Gnaden zu Euch geschickt. Ich soll Euch sagen: ›Wenn der Graf von Ger noch auf den Beinen ist, so soll er die Narretei wagen, von der er gesprochen hat!‹ Wißt Ihr etwas damit anzufangen?«

»Aber natürlich!« rief Boqueron, der nun hinzutrat und einen nachdenklichen Blick auf das Volsberghe-Banner auf der Ebene warf. »Dann soll es so sein, Ger. Wenn Stärke und Taktik nicht mehr weiterhelfen, kommt der Moment des Wahnwitzes. Ruft Eure ausgesuchten Männer zusammen und geht das Abenteuer ein. Möge Gott Euch begleiten – und einen Augenwinkel auf uns richten, denn den können wir wahrlich gebrauchen. Könnt Ihr vielleicht auf Hauptmann John Doust verzichten?«

»Nein, den brauche ich dringend«, antwortete der junge Graf ernst. »John, Ihr besteigt mein Ersatzpferd und sucht die Männer zusammen, die wir für dieses Wagnis bestimmt haben.«

John Doust ritt hinter den Gerreihen entlang und rief die Namen von Spießträgern und Bogenschützen. Einzeln oder zu zweit lösten sie sich von ihren Kameraden und marschierten zurück zu den Zelten, wo sechzig Pferde auf sie warteten.

»Etwa ein Dutzend ist gefallen«, murrte der Engländer. »Ich habe sie gebeten, sich in die hinterste Reihe zu stellen, bis wir sie rufen würden. Ich fürchte, selbst die schrecklichsten Worte, die mir bekannt sind, können sie jetzt im Fegefeuer nicht mehr erreichen.«

Juhel und Piers traten zusammen vor. Der Graf runzelte die Stirn und sah über die beiden hinweg.

»Herr Enguerrand«, bat der ältere Knappe und wandte sich an

seinen Blutsverwandten. »Bittet unseren Herrn, uns mitzunehmen!«
»Bei der Wahrheit, Raoul«, lächelte du Véranger, »der edle Herzog hier hält Euch schon für so gut wie tot. Und ein toter Graf braucht keine Pagen mehr, oder?«
»Nun los mit Euch, Ger!« rief Boqueron. »Gaston will es jetzt wieder einmal versuchen. Wenn Ihr auf der Brücke steht, hebt Ihr den Schild. Dann will ich mit all meinen Männern zwischen Volsberghe und die anderen Verräter fahren. Lebt wohl, und Gott mit Euch!«
»Dann kommt mit, ihr jungen Burschen!« schimpfte Raoul. »Sammelt rasch Pfeile ein und folgt uns.«
Gaston blies tatsächlich zu einem neuen Angriff. Hinter Juhel wurde das Getümmel der Schlacht immer leiser und verging schließlich ganz, während er sein Pferd durch den halbdunklen Wald hinter dem eilenden Safadin hertrieb. *Die goldenen Spitzen an deinen Sporen sind sieben – Bleib doch, Geliebte, an diesem Ort* ... Juhel stellte erst jetzt fest, daß es regnete. Die Buchenstämme glitzerten gräulich, und hier und da leuchtete finster ein Giftpilz aus dem aufgeweichten Boden ... *Die Pflüge durch den weiten, hohen Himmel stieben – Geh doch, Geliebte, hinfort, hinfort* ... Hufe stampften dumpf über das Gras und Moos von kleinen Lichtungen. Vögel kreischten und erhoben sich schimpfend in die Lüfte. Kiefernstämme verwiesen auf Hügel, reihten sich wie in einer Prozession vor dem rotbraunen Boden und unter dem naßgrauen Himmel auf. Rings herum und überall das unermüdliche Murmeln von Regentropfen, die auf Blätter fielen. Der Sinn erwachte in Juhel, der solche Dinge in sich aufnahm, und empfand den steifen und müden Körper des Knaben als befremdlich, der von Schlacht zu Schlacht schaukelte und schwankte.
Vorneweg vor allen anderen ritt Meister Nino. Juhel hatte mitbekommen, daß der Tuscier eine geheime Furt kannte, die Gers schnelle Reiter nach Pont-de-Foy und in den Rücken der linken Flanke der Rebellenarmee führen würde.
Einmal trug bei diesem waghalsigen Ritt eine freie Stelle im Wald,

von der aus weit unten der graue Flußlauf zu erkennen war, das Getümmel der mindestens zwei Meilen weit entfernten Schlacht hinauf. Doch an der Furt herrschte wieder die Stille des feuchten Sommernachmittags – bis das Platschen mit Ninos Streitroß seinen Anfang nahm. Eine Stunde war vergangen, nachdem sie den Hügel mit dem Herzog von Bequeron verlassen hatten, als Raoul von Ger Safadin inmitten der Kiefern auf einem Hügel hinter Pont-de-Foy zügelte.

Unter ihnen standen Zelte, befand sich das Lager von Barberghe und Montcarneau. Dahinter lagen das Dorf und die eigentliche Brücke. Juhels Puls beschleunigte sich, als er von der Anhöhe das Schlachtfeld überblickte, das sich von Angmer bis zu den waldigen Höhen hinzog, wo Bequerons Reihen immer noch hielten.

»Hört, Nino«, sagte der Graf, »ich und John reiten mit zwanzig Mann los und nehmen die Brücke im Handstreich. Ihr folgt mit den anderen nach und macht dabei ein Spektakel, als rückten Tausende heran.«

Wie Steine von Schleudern flogen die zwanzig Reiter über die Viertelmeile offenen Landes, das den Wald von Pont-de-Foy trennte.

Die Dorfbewohner waren zum größten Teil in die umliegenden Wälder geflohen. Doch einige Marketender aus dem Lager stimmten ein gewaltiges Geheul an und flohen von der Straße zu den Reihen der Soldaten auf dem Schlachtfeld. Ein knappes Dutzend von Barberghe-Soldaten bewachten die Zelte und den Troß, aber die ergriffen gleich die Flucht oder wurden von Pfeilen niedergestreckt. Rasch zogen Raouls Männer zwei Heuwagen zu einer Barrikade zusammen und stellten einen dritten quer auf die höchste Stelle der Brücke. Jetzt befestigte Raoul seinen Schild an eine Lanze und hielt ihn hoch über seinen Kopf.

Schwach war am Waldrand das rote und weiße Banner von Boqueron zu erkennen, das zur Antwort ebenfalls in die Luft gestoßen wurde.

Juhel und Piers gehörten zu den ersten, die nun mit Ninos Truppe aus dem Wald stürmten. Seite an Seite brüllten sie sich die Lunge aus dem Hals, eilten über die enge Straße, sprangen von den Pferden und verbargen ihre Rösser hinter den Hecken des Kirchhofs, wo sich bereits Safadin und knapp zwei Dutzend andere Reittiere befanden und unruhig stampften oder das spärliche Gras abfraßen.

Der Graf, John Doust und vier weitere Männer standen aufrecht in den Wagen. Die anderen lagen, hockten oder knieten und hatten ihre Waffen durch den Wagenrand, zwischen die Räderspeichen oder neben ihre Kameraden oben auf der Karre geschoben. Ein halbes Dutzend Bogen waren gespannt, und für einen endlosen Augenblick hieß es warten. Dann die Schlachtrufe der eigenen zusammengeschmolzenen Reserven und der Kriegsruf von Boqueron, als der mit seinen Mannen den Hang hinunterstürmte.

Juhel schlüpfte unter einen Wagen und legte sich dort so zurecht, daß er den Bogen seitlich spannen konnte. Das eine Ende der Waffe berührte die Achse der Vorderräder, während das andere fast bis an die Brüstung der Brückenbefestigung reichte. Nach allen Seiten gut gedeckt kam in dem Knaben so etwas wie Vorfreude auf. Dann hatte er nur noch Augen für einen alles verdunkelnden Reiterangriff auf die Wagenbarrikade.

Ein Wirrwarr von stampfenden Hufen, der die Wiese zudeckte – galoppierende Beine in weißer, schwarzer, brauner oder grauer Umhüllung unter bunten Schabracken – Lanzenspitzen, die einen furchtbaren Tod verhießen – Schwerter, die außer Sichtweite schwangen – überall die Farben von Barberghe, Rot und Schwarz, nur von Stahl unterbrochen.

Bevor er den zweiten Pfeil abgeschossen hatte, kam es über Juhels Kopf schon zum ersten Waffengeklirr. Holz zersplitterte unter dem Aufprall von schweren Hufen. Weidenrutenstücke von der seitlichen Wagenverkleidung regneten auf das Kopfsteinpflaster. Eine Ecke von einem gelben Schild polterte auf die Straße. Ein Pferd schrie furchtbar und schlitterte gegen die Brückenbrüstung. Gedämpft ertönten aus einem geschlossenen Helm die Flüche des Barberghe. Der Fuchs hatte diesen Angriff selbst angeführt. Und der Fuchs fiel als erster unter dem Bihander von John Doust. Sein massiger, gepanzerter Körper krachte schwer nach unten. Blut quoll aus dem aufgeschlitzten Halsteil und tränkte die Schulter seines roten Umhangs. Eine Hellebarde riß Juhel den Bogen aus der Hand. Der Knabe keuchte und warf sich zurück. Ein Soldat bückte sich hinter ihm und drückte ihm den Schaft eines Spießes in die Hand.

»Mach ihn kalt, Junge!« rief der Soldat. »Stech zu, solange du kannst!«

Doch Barberghe bedurfte Juhels Eingreifen nicht mehr. Er lag längst unter den Leibern von zwei Gefolgsleuten begraben. Juhel stieß einen Schrei der Enttäuschung aus. Nur vorsichtig ging er mit der schweren Waffe vor. Es widerstrebte ihm, auf Sterbende einzustechen, und gleichzeitig schämte er sich dieser Furcht und ärgerte sich über sich selbst.

»Fort mit den Pferden, ihr Narren!« brüllte jemand so laut, daß er den Kampf übertönte, doch ein neuer Getroffener versperrte Juhel die Sicht. Ein Knabe mit braunen Händen, die sich verzweifelt am großen Wagenrad festhielten. Die Finger rutschten langsam ab und ließen los. Eine Stahlkappe krachte auf den Boden, und ein Gesicht, das im Todeskampf zu grinsen schien, tauchte vor dem Knappen auf.

Es gehörte Gavin, einst Page des Vicomte Robin. Gavin, der mit der Unbesonnenheit seiner siebzehn Jahre herbeigeeilt war, um dem Fuchs zu Hilfe zu kommen. Dies war das Ende all seiner Großspurigkeit: eine tödliche Wunde in der Brust und ein langes Hinabsinken auf das tote Schlachtroß seines Herrn. Gavins weit aufgerissene Augen waren nur drei Fuß von seinem Knie entfernt, als Juhel endlich den Spieß fest mit beiden Händen packte und sich nur noch auf das Gemenge konzentrierte. Zackenornamente und Wolfsköpfe kamen dicht an dicht heran, als der große Graf von Montcarneau einen wilden Angriff anführte, um die Brücke von dieser frechen Barrikade zu säubern.

Oben auf dem Wagen standen nun Raoul von Ger, Nino Chiostra und John Doust nebeneinander. Drei solche Klingen waren Gründe genug, dem Knaben, der unter dem Wagen hockte, nicht zu nahe zu kommen. Dann das Getümmel von hauenden, stechenden und ziehenden Armen, als die beiden Parteien aufeinandertrafen. Juhel erfuhr nie, welchen Anteil seine Stöße bei diesem Gemenge hatten. Er bemerkte nur, daß sich bald die Leichen so hoch vor ihm auftürmten, daß er so gut wie nichts mehr sehen konnte. Aber die Schlachtrufe von oben ließen nie nach, und das bewies ihm, daß seine drei Freunde immer noch ihre Stellung im Herzen der Schlacht um Pont-de-Foy hielten.

Endlich: »Bei Gott, wir haben es geschafft!« von Meister Nino. Dann rannten alle die, die vor Juhel noch lebten, so rasch wie möglich davon. Und die über und hinter dem Knappen brachen in Jubel aus.

»Boqueron bricht durch – Hoch Boqueron!«

»Gaston haut auf seine eigenen Speerträger ein. – Nein, hier, Herr, das hat keinen Sinn mehr. – Sie laufen trotz seiner Hiebe davon! – Seht nur, wie sie eilen, wie die Hasen!«

»Bei allen Höllenfeuern, ihre Flanke löst sich auf wie Schnee in der Sonne ... Ho ho, selbst die edlen Ritter ergreifen die Flucht. – Sankt Georg, bei Sankt Georg, was für ein Anblick!«

Die Stimmen über ihm schienen sich in ihrer Begeisterung gegenseitig übertrumpfen zu wollen. Juhel krabbelte unter dem Wagen hervor und richtete sich mit steifen Gliedern auf. Halb benommen starrte er auf die Ebene, wo sich auf der Seite der Rebellen Panik ausbreitete. Die Straße nach Norden wimmelte von Fliehenden. Das Banner von Barberghe hüpfte durch das Unterholz. An der stahlgrauen Biegung des Varne drängten sich die Rebellen, wateten durch oder sprangen ins Wasser – und konnten sich doch oft genug nicht vor dem Ertrinken bewahren. Und dann fiel Juhels Blick auf Piers. Er stieß ein Heulen aus und fiel auf die Knie; denn nicht weit entfernt lag Piers auf dem Rücken, und ein langer Pfeilschaft ragte aus seiner bloßen Kehle.

»Juhel, bringt Safadin hierher!« waren die ersten Worte, die durch den Nebel in sein Ohr drangen. Die stahlbewehrte Hand des Grafen fiel auf seine Schulter. Raouls Augen verzogen sich schmerz-

lich, als sein Blick vom bleichen, wächsernen Gesicht des einen Pagen auf das tränenüberströmte Antlitz des anderen fiel.
»Wir sind noch lange nicht fertig, Knabe«, erklärte der Graf. »Später bleibt noch genug Zeit, die Toten zu beweinen. Nun auf, holt Safadin.«
Als Juhel mit dem großen Schlachtroß zurückkehrte, waren die Heuwagen schon auseinandergezogen. Barberghe und Montcarneau lagen ausgestreckt in ihren vergoldeten Rüstungen da. Der eine hatte ein breite Halswunde, beim anderen ragte das abgebrochene Ende von John Dousts Bihander aus dem Schädel. Die Leichen von Gavin und den vielen anderen wurden beiseite geschoben oder in den Fluß geworfen. Trampeln, Stampfen und Lachen in Pont-de-Foy. Raoul von Ger drehte sich im Sattel herum und rief dem Engländer etwas zu.
»Eure Brücke, Hauptmann. Der König soll erfahren, daß dies Euer Sieg ist. Haltet sie weiterhin. Boqueron jagt den Gegner nach Norden, und ich will von hier aus zum Zentrum. Ich schätze, niemand wird Euch hier mehr behelligen, aber zur Sicherheit bleibt Ihr hier.«
John Doust blickte verblüfft drein, während der Schweiß auf seinem Antlitz langsam trocknete.
»Was ist das für eine Glocke?« fragte er und sah sich um.
»Was für eine Glocke? Ich höre keine.«
»Ich auch nicht«, bemerkte Nino Chiostra und ritt näher zu den beiden heran. »Ganz ehrlich, John, du mußt träumen. Die Glokken läuten nur in deinem Kopf... vielleicht hat die Keule von Montcarneau sie zum Leben erweckt, als sie dich traf, bevor du ihm das Licht ausgeblasen hast.«
»Nein, nein... ich kenne diese Glocke... Eine Totenglocke... Die Glocke des Münsters.«
»Was denn für ein Münster?«
»Das große Münster von York... Ach was, du hast recht, ich muß geträumt haben. Gott segne euch beide. Ich halte euch die Brücke. Aber ich müßte mir ein neues Schwert beschaffen.«
Der Graf und sein Aufseher ritten mit Juhel und dreißig Mann

davon. Denn im Zentrum, nicht weit von den qualmenden Ruinen des Gasthofes, war die Schlacht noch im Gange. Ein wahnwitziges Gemetzel, dessen Ausgang noch in der Schwebe war.
»Ha!« rief Raoul von Ger grimmig. »Robin Barberghe!« Juhel sah hin und ließ dann den Blick über das Land schweifen, auf dem eben noch die Schlacht getobt hatte: verbrannte Erde, zerwühltes Grasland, zerhackte Weiden und gut zwei Dutzend Tote rings um das zerfetzte Barberghe-Banner, das einmal die Gedanken eines Knaben aus dem Kloster Saint-Eloy-über-Hardonek verfinstert hatte. Und mittendrin ein aufgespießter, stehender Leib ohne Helm und den Kopf gesenkt, als befinde er sich in tiefstem Gebet.
»Heute nacht wird ein Schock voll Titel neu zu vergeben sein«, brummte Nino. Juhel verspürte ein sonderbares Gefühl angesichts solcher Mengen an Erschlagenen, Erschossenen und Aufgespießten.
Als sie endlich das Zentrum erreichten, mußten sie feststellen, daß das Schlimmste schon vorüber war. Auf dem mittleren Hügel von dreien und unter dem königlichen Banner seines Vaters, das ihm nur eine Woche lang gehört hatte, stand Conrad ohne Helm und in aussichtsloser Position. Er hatte es zürnend abgelehnt, auf seinem Roß das Heil in der Flucht zu suchen. Seine ehemals gewaltige Streitmacht war ihm unter den Händen zerbröselt. Nun waren der Großkonnetabel und die Edlen an seiner Seite, die noch lebten. Knapp dreihundert Mann scharten sich da um den, der König hatte werden wollen; zumeist Edle und Knappen, die an ihrer Überzeugung festhielten und gewillt waren, bis zum bitteren Ende auszuhalten.
An drei Seiten waren sie von ihren Gegnern umringt. Der neue König öffnete sein Visier und zeigte sein kalkweißes Antlitz, als er auf die Reihen der Rebellen zuritt.
»Bittet Eure Getreuen, sich zu ergeben, Conrad!« rief er mit heller Stimme. »Sechs Köpfe sollen der Preis für alle sein.«
»Was sagt ihr dazu, edle Herren und Ritter?« fragte Conrad laut seine Männer.
Thorismund schlug eine wütende Woge der Ablehnung entgegen.

»Besser mit Burias sterben, als in Schande in Hastain leben!« dröhnte der einfältige Graf de Lestembourg. Conrad lächelte seinem königlichen Vetter und einstigen Freund zu.
»Ihr habt es gehört. Nun laßt Eure Hunde von der Kette, teurer Blutsverwandter. Wir nehmen etliche von ihnen auf die Reise mit, die wir nun antreten.«
Thorismund riß am Zügel und gab ein Handzeichen. Ein Speer prallte von seiner Schulterplatte ab, und er senkte das Visier. Hinter ihm senkten de Saulte und de Olencourt zum letztenmal die Lanzen. An der Westflanke stieß Raoul seinem Safadin die Sporen in die Seiten.
»Hola!« schrie Conrad. »Da ist ja unser kleiner Judas! Kommt zu mir, Judas, und habt Anteil am Spaß, zu dem Ihr Euch verschworen habt!«
»Ich komme gern!« antwortete der junge Graf. Juhel folgte seinem Herrn beim letzten Angriff, der den Thron endgültig für Thorismund sicherte.
Eine halbe Stunde später flammte der Sonnenuntergang durch den Nieselregen auf die sechs Häupter, die Thorismund verlangt hatte. Wie es sich ergeben hatte, waren zehn weitere hinzugekommen. Man hatte sie in einer langen Reihe für die Reise zusammengelegt, in der sie in allen größeren Städten des Reiches vorgeführt werden sollten. Nino Chiostra betrachtete sie lange, bevor sein Blick zu der Gruppe am Pavillon des Königs wanderte und in Raouls Ohr den einzigen Scherz sprach, den Juhel an diesem Tag hörte.
»Nun sind sie alle friedlich vereint, die *Ober*häupter und die *ohne* Häupter.«
Doch der Graf packte seinen Aufseher am Arm und zog ihn herunter, damit er vor dem erschöpften Monarchen niederkniete. Denn der war eben dabei, mit seinem schartigen Schwert die zum Ritter zu schlagen, die ihm seit dem Morgengrauen besonders treu gedient hatten.
»Mein edler Lehnsherr, dies ist Nino da Chiostra, der uns durch die verborgene Furt führte.«
»So so. Das habt Ihr brav getan. Erhebt Euch, Ritter Nino, und

dient weiter so, wie Ihr das bisher getan habt. Raoul, mein werter Vetter, wo steckt denn Euer englischer Hauptmann? Boqueron hier hat Uns berichtet, wie er mit euch beiden zusammen die Brükke gehalten hat.«
»Er hält sie immer noch und bewacht die Leichname von Barberghe und Montcarneau. John Doust selbst hat die beiden erschlagen.«
»Schickt ihn zu Uns, sobald Ihr ihn trefft. Man dient Euch wahrlich gut, lieber Vetter, doch, und da sei Gott Unser Zeuge, kaum so gut, wie man Uns heute diente. Nur Gaston konnte entfliehen. Und nur Camors und Ahun sind zu beklagen. Alle anderen sind hier.«
Juhel wandte sich von der Gruppe ab und betrachtete die Ebene. Die ersten Lagerfeuer brannten zwischen dem Wald und dem Fluß. Rauchfahnen drehten sich unter den rotgefärbten Wolken, die zusammenwuchsen und die Sonne verbargen. Der Nieselregen wurde stetig schwächer, und aus dem Wald strömten die Gerüche eines feuchten Sommerabends, um sich mit den scharfen Düften des Lagerlebens zu verbinden und den Leichengestank abzumildern. Die Mönche von Angmer tauchten auf den Feldern auf und halfen den müden Soldaten, unter den Toten die Verwundeten zu bergen.
»Das was ein sonderbarer Traum«, sagte sich Juhel. »Ich muß Piers davon berichten.«
Dann fiel ihm alles wieder ein, und er stöhnte laut. Doch auch diesmal wurde sein Schmerz von einem Boten abgelenkt, der die westliche Anhöhe hinaufeilte und das Wappen des Hauses Ger trug. Hinter ihm eilten Männer davon; offenbar mit dem Ziel Pont-de-Foy.
»Wo ist mein Herr?« schrie der Bote. Und der König, die Fürsten und die anderen Edlen fuhren gleichzeitig mit Raoul von Ger herum.
»Was gibt es?« rief Ger zurück.
»Herr, ich habe alle Männer alarmiert, denen ich unterwegs begegnet bin – Joris vom Felsen hat mit gut hundert Spießgesellen

vom Wald aus einen Angriff auf die Brücke unternommen. Sie stechen die Verwundeten ab, plündern die Taschen der Toten und bedrängen John Doust hinter der Barrikade. Der hat mich auch losgeschickt, Euch zu finden und . . .«
Der Reiter unterbrach sich, beugte sich seltsam vor und zerrte an dem Pfeil in seinem Oberschenkel. Und schon rutschte er aus dem Sattel, bevor ihn jemand auffangen konnte. Alle rannten durcheinander, und inmitten dieser Unordnung entdeckte Juhel den Feldscher des Königs, der über das nasse Gras zu dem Gestürzten eilte.

Tausende erschlagen auf den Feldern . . . das königliche Banner in den Staub getreten . . . Ein lachender Joris am Ende einer gewaltigen Schlacht.
Joris erinnerte sich an die Prophezeiung. Rote Ränder waren unter seinen Augen, auf den Adlerzügen zeichnete sich neuerwachte Räuberlust ab, und der goldene Bart war nun halb ergraut und nicht länger ordentlich geschnitten. Doch Joris war immer noch fähig, einen ehrlichen Freudenruf auszustoßen, während er hoch auf einer Buche in einer Astgabel hockte und zusah, wie dreimal zwanzig Reiter Conrads linker Flanke in den Rücken fielen und dort solche Unordnung hervorriefen, daß eine Panik entstand.
»Bei den Glocken der Hölle, es bringt tatsächlich nichts als Ärger ein, den Weg von dieser Viper Ger zu kreuzen!« brummte er.
Dann überzog Wut seine Miene. Ähnliche Worte hatte auch *sie* gebraucht – die Schlampe, die er nun nur noch Thorismunds Dirne nannte. Die Hure, die ihm erst die Macht zum Greifen nah gebracht und ihn im letzten Augenblick zurück in sein Wolfsleben geschleudert hatte. In den vergangenen acht Monaten hatte er rein gar nichts mehr von ihr gehört. Thorismund ging mit seinen Bettgefährtinnen recht leichtherzig um. Joris dachte sich, daß diese Dame mittlerweile weit tiefer in der Rangfolge der adligen Buhler gelandet sein mußte. Gastons Gewaltmarsch – der nur dank der Gnade des diesjährigen trockenen Wetters möglich gewesen war, wo Mensch und Tier im Moorland festen Grund unter den Füßen

fanden, was ansonsten nur selten möglich war – hatte Joris und seine Bande weit nach Süden getrieben. Nun waren sie hier angelangt, und vor ihren erstaunten Augen fuhr sich das ganze Reich an die Kehle.

»Sie führen dies zu unserer Erheiterung auf«, rief er seinen verdutzten Männern zu. Den ganzen Tag lang hockten sie nun schon auf Bäumen oder im Unterholz und beobachteten das seltene Schauspiel. Und von ihrem Standort konnten sie das ganze Schlachtfeld von Pont-de-Foy bis Angmer überblicken. Joris fluchte verärgert, als ihm klar wurde, daß die Reiter, die den Rebellen in den Rücken gefallen waren, über die geheime Furt gekommen sein mußten, von der der Räuberhauptmann glaubte, daß sie nur ihm bekannt gewesen war. Er wog kurz ab, ob er diesen Soldaten nicht hinterhereilen und ihrer Überraschung eine noch viel größere hinzufügen sollte. Doch Gaston de Volsberghe war ganz gewiß nicht der Mann, der ihn dafür mit etwas anderem als einem Hieb auf die Nase belohnen würde. Also erst einmal abwarten, was weiter geschah, und die Kräfte seiner Männer schonen.

Als das Ende der Schlacht bevorstand und Ger mit dem Großteil der Brückenverteidiger zum Zentrum abzog, stieg Joris von dem nassen Stamm und trat bis an den Rand des Unterholzes. Überall spiegelte sich das Licht der untergehenden Sonne auf dem Stahl und den Rüstungen der Gefallenen wider. Kaum zwanzig gelbe Ger-Umhänge trieben sich in und um Pont-de-Foy herum.

»Raoul von Ger werde ich dort kaum begegnen«, brummte Joris, »aber sein Häuflein Männer dort unten ist ein zu verlockender Bissen, als daß man ihm widerstehen könnte. Madoc, nehmt zehn Männer und setzt euch auf die Pferde. Sobald wir die Brücke eingenommen haben, stürmt Ihr darüber hinweg. Wir wollen die Zelte dort unten untersuchen und alles Wertvolle in Verwahrung nehmen. Falls mein teurer Blutsverwandter Montcarneau gefallen sein sollte, bin ich als Nachfolger genauso geeignet wie jeder andere. Ab mit Euch!«

Und schon stürmte er aus dem Wald, gefolgt von seiner Bande.

»Der verwünschte Engländer ist dort«, warnte Gandulf. Doch Joris lachte nur darüber und freute sich nicht nur über die zu erwartende Beute, sondern auch über den Umstand, den ein gnädiges Schicksal bewirkt hatte, daß er noch eine zusätzliche Rache an Ger nehmen konnte.
Die Hälfte der Bande griff mit Joris an. Die anderen verteilten sich über das Gelände und begannen mit der grausigen Arbeit unter den Hilflosen und Gefallenen. Auf der Brücke sammelte sich die kleine Schar der gelben Umhänge zur Verteidigung. Ein Mann sprang auf ein Pferd und galoppierte quer zur Reihe der Waldräuber davon, bevor die weit genug herangekommen waren, um ihn mit einem Pfeil aus dem Sattel zu holen. Dennoch sandte ihm Joris einen Schuß nach, und seiner außerordentlichen Fähigkeit als Schütze war es zu verdanken, daß er den Reiter traf. Der Mann ließ im Spurt seine Axt fallen, hielt sich aber im Sattel und eilte höchstwahrscheinlich zu seinem Herrn.
»Nun heißt es, sich zu sputen!« rief Joris. »Das Ganze halt und Bogen los . . . noch einmal anspannen und . . . Schießt! Und nun nieder mit den Bögen und nichts wie auf sie! Rache für Gramberge!«
Einen Wagen hatten die Verteidiger so gedreht, daß er die Brücke halb blockierte. John Doust stand dort mit drei schwer gepanzerten Männern. Ihre Schilde und Platten schützten sowohl sie als auch die anderen Männer, von denen vier Bogenschützen waren und der Rest Spieße oder Glefen trug.
»Dies ist für Euren stinkenden Ruhm, Ihr Ratte aus den Gossen der Hölle!« sagte der Engländer leise, und ein Hieb von seinem hochgerissenen Schwert spaltete den Schild auf Joris' erhobenem Arm und warf ihn auf den Rücken. Über ihren gestürzten Anführer stiegen die ersten kräftigen Männer aus dem Wolfsrudel vom Felsen. John Dousts Waffe flog nach links und nach rechts, erschlug den einen und setzte den anderen matt; letzterer krachte wie ein Klotz auf die Knie von Joris. Gandulf riß den Schild rechtzeitig hoch, um einen Speerstoß auf den Kopf des Anführers abzufangen.

Joris selbst schob sich ein Stück zurück und wurde vom Ansturm seiner Bande fast umgerissen. Jemand drückte ihm einen neuen Schild in die Hand, und mit drei langen Schritten mischte er sich wieder in den Kampf ein, wie er noch keinen furchtbareren erlebt hatte.
Eine Keule hatte dem Engländer das Visier eingeschlagen. Seine Rüstung war an einigen Stellen verbeult und aufgerissen, doch er schien keine größere Verletzung erlitten zu haben. Allerdings hatte er sich von der Schlacht vorhin noch nicht erholt, und seine gewaltigen Hiebe verfehlten immer öfter ihr Ziel. Seine Erschöpfung, verbunden mit Joris' Behendigkeit, bewegten die Waage stetig weiter zu seinen Ungunsten. Bald teilte er nur noch einen Schlag aus für zwei, die er einstecken mußte. Auch schleuderte er den Räubern keine Schlachtrufe entgegen – ganz anders hingegen Joris –, um seinen Atem für das Hauen und Stechen aufzusparen. Und lange Zeit gab er keinen Deut Boden breit.
Zum zweitenmal an diesem Tag verteidigte John Doust Pont-de-Foy, und neben ihm kämpften und fielen die Männer, die das erste Treffen überlebt hatten. Zwar sanken für jeden getroffenen Verteidiger ein oder zwei Waldräuber nieder, aber die Lage wurde bedenklich.
»Beeilt euch! Macht schon!« brüllte Gandulf, der selbst inmitten eines solchen Ringens an andere wesentliche Dinge denken konnte. John Doust zerhieb auch den zweiten Schild von Joris und traf die Schulter darunter. Gandulf trennte ihm dafür die Kniekappe vom Stahlbein, und John Doust geriet ins Wanken. Er fluchte, achtete kurz nicht mehr auf Joris, der sich gerade wieder aufrappelte, und wirbelte einen grausigen Rückhandschlag, der Gandulf das Gesicht zerschmetterte und ihn tot auf den Boden schickte.
Der verwundete Joris nutzte diese Gelegenheit und stieß sein Schwert über den Rand des gegnerischen Schilds, statt weiter darauf einzuhacken. Die Spitze schob sich in eine Brustplatte. Mit vier Zoll Stahl in seinem Leib stöhnte der Engländer, drehte sich um die eigene Achse und krachte gegen den Wagen. Das Schild fiel ihm aus den Händen, und mit dem Schwert holte er zu einem

letzten Schlag aus, der dem Räuberhauptmann die Haut vom Unterkiefer riß und ihn gegen die Brückenbrüstung warf.
»Fahrt selbst zur Hölle, englischer Hund!« brüllte Joris, riß seine Klinge aus dem Gegner und schlug hart zu. Doch diesmal fing die Rüstung die meiste Wucht des Hiebs ab, und im gleichen Moment wies das Geschrei seiner Männer Joris darauf hin, daß es auch für ihn an der Zeit wurde, der Gefahr durch Flucht zu entgehen. Er sah sich rasch um und entdeckte bald die bunten Umhänge, die auf die Brücke zustrebten. Und denen folgten andere auf Pferden, die rasch Raum gewannen.
Als letzter aus seiner Bande rannte Joris den Weg zurück, den er gekommen war, und hatte wenig Zeit, sich um seine Wunden und die entgangene Beute Gedanken zu machen. Und er konnte auch nicht auf seine verwundeten Kameraden Rücksicht nehmen, die ihn verzweifelt um Hilfe anflehten, als er an ihnen vorbeirannte. Auf der Brücke rutschte John Doust am Wagen ab und krachte schwer aufs Gesäß. Er lehnte an einem Rad, während die Füße sich zwischen die Gefallenen schoben. Seine leere Schwerthand kam hoch und wollte das Visier öffnen, doch dazu mußte einer der drei überlebenden Kameraden kommen, es für ihn hochzureißen. Ein anderer humpelte zum Flußufer, um in einem Helm Wasser zu schöpfen.
Aus der Dämmerung heraus erfolgte der letzte Ritt auf Pont-de-Foy. Da Juhel sehr gewandt war, stieß er bald zur Vorhut der Rettungstruppe vor. Als er aus dem Sattel sprang, rannte er sofort los und zog im Laufen die Zange aus seiner Gürteltasche, mit der man verbeulte Panzerplatten öffnen konnte. Doch die allerersten auf der Brücke waren Raoul von Ger und Nino Chiostra. Sie schoben alles beiseite und knieten endlich neben ihrem schwer angeschlagenen Freund.
»John«, krächzte der junge Graf und wandte sich dann an Nino: »Rasch, die Brustplatte. Ich werde ihm den Helm abnehmen.«
»Juhel, hier . . . faßt da an!«
Die kleinen blauen Augen des Engländers blinzelten die Freunde der Reihe nach an. Er hustete kurz, wie sie es noch nie bei ihm gehört hatten, und die markante Röte seines Gesichts verblaßte.

»Die Lunge«, röchelte er. »Nein, Ihr könnt nichts mehr tun. Lob sei Sankt Georg dafür, daß ich dem Wolf ein oder zwei Stiche verpaßt und ihm das Maul zerhauen habe... Aber ein Mann kann nicht den ganzen Tag und auch noch die halbe Nacht ununterbrochen kämpfen. Wenn ich doch nur meinen Bihander gehabt hätte.«

Nino zerriß Leintuch in Streifen. Juhel legte die durchstoßene Brustplatte zur Seite – hätte sie fast dem neuen König auf die Füße gelegt. Thorismund stellte sich vor John Doust. Hinter ihm erschienen einige der großen Herren – Saulte, Boqueron und der grimmige Kastellan –, gefolgt vom schwergewichtigen Bischof von Belsaunt.

»Einen Augenblick noch, Euer Eminenz«, erklärte der König und zog sein Schwert.

»Ein Monarch muß ein gegebenes Wort einhalten«, sagte er feierlich. »Wir schlagen Euch hiermit zum Ritter John. Möge Gott Euch an Seine Seite erheben, mutiger Engländer, und Uns und Unseren Freunden mehr solcher Schwertkämpfer bescheren.«

John Doust lächelte den König an und schüttelte leicht den Kopf. Der Bischof sank neben Raoul auf die Knie. Ein *Pater noster* und ein *Ave Maria* führten die Arbeit der geröteten Finger zu Ende, die doch nichts mehr hatten bewirken können.

Der Engländer schenkte auch dem Bischof ein Lächeln und nickte matt zum Dank. Er hatte im Morgengrauen Hostie und Wein empfangen und brauchte sich daher keine Sorgen um sein Seelenheil zu machen. Die Männer um ihn herum wiederholten im Chor das letzte *Amen*. Dann schwiegen alle und hörten die Worte, die er an seine Kameraden richtete.

»Ich wußte doch, ich hatte die Glocken des Münsters vernommen. Herr, wollt Ihr dem tapferen Bürschlein dort ausrichten, daß ich aus ihm einen Schwertkämpfer gemacht hätte, wie das Reich keinen zweiten kennenlernen würde? Oh, wir hätten große Zeiten miteinander erlebt... Perlen aus Indien, Bernstein von der Ostsee...

Vertraue auf Gott und setz die Bogenschützen auf Pferde. Nein,

Nino, es mußte wohl so kommen ... Ich habe meinen letzten Bogenschützen auf ein Pferd gesetzt, und so bleibt mir nur noch, auf Gott zu vertrauen. Doch der Erzengel Michael hat Sein Ohr, und dann ist da auch noch mein Guter Schutzpatron Sankt Georg. Diese beiden habe ich immer für mich erwählt, und in beide habe ich großes Vertrauen.
Die Männer haben so prächtig gekämpft, wie man sich das erhofft hat. Wer von ihnen steht noch auf den Beinen?«
Weder der Graf noch Nino brachten ein Wort über die Lippen. Juhel brachte auf seine flinke Weise die Namen der Überlebenden in Erfahrung und zählte sie auf.
»Schenkt jedem von ihnen einige Teile von meiner Ausrüstung ... es war ein toller Kampf. Der kleine Juhel soll meinen Dolch erhalten. Und, bitte, hängt das Heft von meinem Bihander in Eurer großen Halle in Marckmont auf.«
John Dousts Gesicht war nun eingefallen und grau. Seine Stimme, die eben etwas an Kraft zurückgewonnen hatte, wurde stetig leiser. Zum letztenmal wanderte der Blick seiner blauen Augen vom Grafen von Ger zum Ritter da Chiostra. Dann schloß er sie. Er sprach noch dreimal, doch mehr zu sich selbst.
Nino und Herluin, zwei ausgezeichnete Burschen.
Er hielt inne und sagte dann voller Überraschung seinen neuen Titel vor sich hin.
Herr John Doust.
Dann kicherte er keuchend, kehrte in die Vergangenheit zurück und wehrte einen Tadel ab.
Nein, Mutter, mach dir keine Sorgen, es wird schon alles gut werden.
Der massige Kopf mit dem strohblonden Haar drückte sich, wie es Kinder tun, gegen die Brust des Tusciers. Der König und die Edelmänner bekreuzigten sich, wandten sich ab und vermieden es, dem Ritter Nino ins Gesicht zu sehen.
Doch Raoul von Ger trat vor seinen König und rief mit furchtbarer, zürnender Stimme.
»Edler Lehnsherr, leiht mir, gebt mir ...«

»Was ist mit Euch, Raoul?«
»Leiht mir ein Viertel Eurer Armee und gebt mir ausreichend Pferde, so daß jeder reiten kann. Dann will ich im Namen und mit dem Beistand des Herrn diesen Höllenhund jagen und fangen und Euch zuletzt seinen Kopf schicken. Wenn wir uns sputen, können wir ihn noch in dieser Gegend einkreisen. Ich wäre zu gern bei Eurer Krönung und Inthronisation zugegen gewesen, doch besser eine Lücke vor dem Thron als ein frei herumlaufender Joris. Seht, er kann noch nicht weit gekommen sein und muß noch irgendwo hier in den Hügeln stecken. Soldaten, die nach Norden und nach Osten marschieren, müßten ihm den Weg abschneiden können. Alanol und Belsaunt werden uns sicher unterstützen und versorgen.«
Thorismund dachte darüber nach. Dann meldete sich der Kastellan zu Wort.
»Dies ist fürwahr kein schlechter Plan, Euer Gnaden. In den nächsten Monaten wird es in den Hügeln von Versprengten und anderen Soldaten der Rebellenarmee nur so wimmeln; und die machen auf Jahre das ganze Land unsicher, wenn wir nichts dagegen unternehmen. Die Bande von Joris wird so stark wie eine Armee werden. Jetzt und hier müssen wir ihn und seine Spießgesellen mit Stumpf und Stiel ausrotten. Ger soll die Hälfte meiner Männer unter dem Kommando meines Bruders zur Verfügung haben.«
»Das will ich gern tun«, bestätigte der Angesprochene, der große Rogier de Olencourt.
Thorismund nickte und blickte wieder zu Ger.
»Bei jedem anderen Mann, ganz gleich zu welchem Zweck, hätten Wir deutlich mehr an Fürsprache verlangt«, erklärte er. »Doch das, was hier gesagt wurde, hat Hand und Fuß. Und man muß sich gar nicht lange umsehen, die Brücke hier, auf der wir stehen, ist beredtes Zeugnis genug. Joris verdient Unsere besondere Aufmerksamkeit. Wir wollen Euch auf sechs Monate zum Leutnant der Nordlande ernennen. Sucht Euch die Männer, die Ihr zu Eurer Unterstützung braucht, solange sie Euch im Rang nicht übertreffen. Brecht gleich auf, wenn es Euch so drängt. Eure Ernennungs-

urkunde sollt Ihr noch in dieser Nacht erhalten. Und Euer getreuer Ritter John soll in der alten Abtei von Sankt Austreberte in Belsaunt zur letzten Ruhe gelegt werden.«

Um Raoul scharten sich die Edelmänner. Neben Rogier de Olencourt bestimmte er diese Herren zu seinen Stellvertretern: Serlo de Saulte, den jüngsten Bruder des Herzogs, und Enguerrand du Véranger, seinen alten Waffengefährten. Kaum eine halbe Stunde war vergangen, da ritten die Soldaten, die sich eigentlich auf einige Stunden Schlaf gefreut hatten, nach Norden und Osten, um die Kunde vom gewaltigen Sieg zu verbreiten und das Volk im Moorland und in den Wäldern aufzurufen, an der Jagd auf Joris vom Fels teilzunehmen.

XIII

Treibjagd durch das Hügelland

»Zumindest habe ich einen Teil meiner Schuld an dem kleinen Ger beglichen«, sagte sich Joris mit einiger Befriedigung, als das Lärmen der Verfolger hinter ihm deutlich nachließ. »Wenn die geheime Furt von nun an nicht mehr nur mir bekannt ist, will ich in Zukunft Boote stehlen oder auf Pferden durch den Varne schwimmen. Ich schätze, in einer Woche hat sich das Heer des Königs aufgelöst. Damit wären wir bei den Versprengten und Flüchtigen von der Rebellenarmee. Einige werden wir gebrauchen können, andere müssen wir eben über die Klinge springen lassen. Vielleicht findet sich darunter auch der eine oder andere vornehme Herr, der uns ein hübsches Sümmchen einbringt. Ich wünschte nur, ich hätte mir die Sachen und Besitztümer meines teuren verblichenen Blutsverwandten Montcarneau aneignen können. Aber ein lebendiger Gandulf wäre für mich zwanzigmal mehr wert als die feinste Ritterrüstung.«

Er hockte tief im Wald nur mit Madoc vor einem kleinen Lagerfeuer und schnitzte mit dem Dolch, der einst Rufin gehörte hatte, einen neuen Strich in das Beinheft seines Schwertes. Diese Striche wiesen auf acht Totschläge hin, die Joris besondere Genugtuung bereitet hatten, ganz gleich ob sie mit dieser Waffe bewerkstelligt worden waren oder nicht. Die erste Markierung war für den fetten Subprior von Medrincourt erfolgt, die zweite und dritte für einen Grobschmied und einen Edelmann, die ihm in den ersten Tagen seines Räuberlebens in die Quere gekommen waren. Der vierte Strich war für Ursin, der fünfte für Rufin, der sechste für Guy de Saulte, der siebte für den falschen Teufel Yaan und der achte schließlich für den Hauptmann John Doust.

»Sechs von ihnen waren ebenbürtige Schwertkämpfer«, grinste

Joris grimmig. »Ich hätte gern noch einen Strich für Gaston de Volsberghe gemacht, später vielleicht für diesen weibischen Thorismund – gar nicht erst zu reden von diesem Wildfang Ger. Doch nun hocke ich hier, hohe Herren, bin auf der Flucht, aber noch längst nicht von der Bildfläche verschwunden. Wartet es nur ab, bis ihr euch wieder getrennt habt. Dann soll Euch mein Name wie bisher in den Ohren klingeln.«

Er starrte in die flackernden Flammen, rief sich die Runen und Ivos Vision ins Gedächtnis zurück und grübelte über das Ende der Prophezeiungen nach, die ihn so lange begleitet hatten.

»Wie es dieser Schlampe von Anne im Augenblick ergeht, kann ich beim besten Willen nicht erkennen«, sagte er sich, und es gelang ihm, ihren Namen fast frei von Zorn zu nennen. »Doch was mich angeht, so wurde mir noch ein Sohn verheißen. Der Sohn von Joris vom Felsen. Doch wer sollte die Mutter sein? Da war Marie, da waren Jehane und Jolette in Montcarneau ... zwei von diesen sind schwanger geworden, aber ich weiß nicht mehr welche. Dann in Medrincourt die Gattin eines Wirts – beim Barte des Goliath, das war vielleicht eine fette Schnecke. Und wie war der Name von der Dirne, deren Milcheimer im Getümmel umgestoßen wurde? Dann gab es da noch zwei oder drei Damen, die von meiner Beglückung nicht so sehr begeistert waren ... darunter diese Tiphaine de Ath, die ich vor Gaston errettet habe. Doch sie und ihr Balg sind doch beim großen Bauernaufstand ums Leben gekommen. Nein, ich weiß es nicht, wer die Mutter sein könnte ... es sei denn, daß Anne ... ach was, das wäre der unwahrscheinlichste Fall von allen.«

Joris rollte sich in seinen Umhang ein und fiel kurz darauf in Schlaf. Aller Triumph war nun auf seiten seiner Feinde. Annes Verrat hatte alle seine Hoffnungen zunichte gemacht. Und jetzt im Halbschlaf kam es ihm so vor, als hätte er mit der tödlichen Wunde, die er dem englischen Hauptmann bei Pont-de-Foy beigebracht hatte, sowohl Gaston als auch der Roten Anne empfindlich eins ausgewischt.

Drei Tage schon versteckte sich die Räuberbande im dichten Wald zwischen Alanol und Olencourt. Ihre Reihen waren von über zwei Dutzend Männern verstärkt worden. Halbverhungerte, umherirrende Soldaten, die zerfetzte Wappen von den gefallenen Fürsten trugen oder diese schon ganz abgetrennt hatten. Von diesen Neuen erfuhr Joris von den Reitertruppen, die alle Straßen zwischen Hastain und Belsaunt unter scharfer Bewachung hielten. Aber erst, als er einen Raubzug unternahm, um Vieh zu stehlen, bekam er zu spüren, in welcher Gefahr er sich befand.

Fluchend und mit neuen Wunden versehen floh er Hals über Kopf aus einem Dorf, in dessen armseligen Hütten sich Saulte-Bogenschützen verborgen hatten. Und in derselben Nacht ging ganz in der Nähe ein Hügel in Flammen auf. Joris runzelte bei diesem Anblick zunächst die Stirn, schmunzelte dann aber.

»Das ist das erste Mal, daß man mir zu Ehren ein Signalfeuer entzündet hat«, grinste er.

Aber es war auch das erste Mal in diesem Jahr, daß seine Männer vierundzwanzig Stunden hintereinander nichts zu essen bekamen. Früh am nächsten Morgen führten sie ihre Pferde aus dem Unterholz zu einem größeren Dorf auf der Straße zwischen Alanol und Ververon.

Der Ort lag in einer Schlucht. Als Joris oben erschien, erschollen von der gegenüberliegenden Seite Hörner, und unzählige Soldaten, die meisten davon zu Pferd, traten hervor und bauten sich in Schlachtordnung auf, um dem Angriff zu begegnen. Joris fluchte wieder und zählte die Feinde. Madoc schrie etwas und zeigte immer wieder auf eine Anhöhe in Richtung Alanol, wo eine Rauchwolke erschien, die stetig anwuchs und nach Osten abtrieb.

»Hola!« sagte Joris. »Ein bißchen viel Aufwand für meine Stippvisite. Wessen Farben tragen die Herrschaften dort unten?«

»Das Blau und Weiß von du Véranger«, antwortete einer seiner Männer. »Aber die in Braun sind Bürger von Alanol. Wahrscheinlich stehen sie gerade vor dem Abrücken in ihre Stadt.«

»Möglich, aber dieser verwünschte du Véranger hält sich für mei-

nen Geschmack ein wenig weit von seinem Heimatort auf. Und wenn sie ihn damit beauftragt haben, die Burg von Campscapel zu besetzen? Moment mal, die Soldaten hielten sich nicht im Dorf selbst auf, sondern sind von den Hügeln dahinter gekommen. Nun mögen sie warten, wir gehen einstweilen auf die Jagd.«
»Sie kommen uns nicht nach«, brummte Madoc. »Doch seht, auf dem Hügel im Westen entzünden sie ein weiteres verflixtes Signalfeuer.«
»Sie halten uns für Versprengte und Nachzügler«, bemerkte ein Mann neben Joris.
»Zurück in den Wald«, befahl der Hauptmann nur, und so zogen sie wieder zwischen die Bäume, um dort Rotwild, Wildschweine, Vögel und Kaninchen zu schießen.
Am Abend schickte Joris Späher aus, um die Straßen nach Süden und Osten zu erkunden. Nach zwei Tagen kehrte der erste Trupp zurück und meldete, daß die Furt und der ganze Waldrand rings um Pont-de-Foy von Soldaten besetzt seien, während auf der Straße nach Belsaunt unablässig Reiter in den grünen Umhängen von Olencourt patrouillierten. Der zweite Trupp kehrte nie wieder zurück. Madoc machte sich dann allein auf den Weg nach Osten, und Joris blieb leicht erheitert, aber auch etwas nachdenklich im waldigen Hochland südlich von Alanol zurück. »Etwas Regen wäre nicht schlecht«, sagte er sich. Aber das Wetter blieb sonnig, und keine Wolke zeigte sich am Himmel. Endlich kehrte Madoc mit einem sonderbaren Grinsen auf dem Habichtsgesicht zurück und berichtete, daß auf allen Marktplätzen zwischen dem Moorland und dem Forst eine Bekanntmachung verlesen würde.
»Zuerst wird jedem Pardon gewährt«, vermeldete er Joris, »der der Rebellenarmee angehört, kein Edelmann ist und der sich binnen zwei Wochen stellt. Dann werden tausend Goldstücke auf Euer Haupt ausgelobt, und bedingungsloser Pardon soll jedem Vogelfreien gewährt werden, der Euer Haupt einem Edelmann bringt. Ger ist zum Leutnant der Nordlande bestellt worden und hat den Auftrag, alle Rebellen zu unterwerfen und alle Banden von Vogelfreien in den Hügeln von Honoy und Nordanay aufzureiben.«

»Wo habt Ihr das gehört?« wollte der Hauptmann wissen.
»In Montenair.«
Joris sah seinen Leutnant ernst an, und seine Augen blinzelten.
»Ihr stellt es nicht sehr geschickt an, Euch die tausend Goldstücke zu erwerben«, scherzte er. »Was ist Schlechtes an so einem Sack voll Geld und dem Pardon, nachdem Ihr ein freier Mann wärt?«
Madocs Miene errötete unter Schweiß, Schmutz und Sonnenbestrahlung. Er senkte rasch den Blick, und seine Hand fuhr an das Horn voll klarem Bachwasser an seiner Seite.
»Doch wenn Ihr Euch schon nicht geschickt anstellt, so mögen das andere tun«, brummte Joris. »Wie viele Männer stehen unter Gers Kommando?«
»Es heißt, an die zehntausend.«
»Bei allen Glocken der Hölle! Erinnert Ihr Euch an diesen Jüngling Ivo, wie er in der Höhle seine Prophezeiung verkündete?«
»Klar doch.«
»*Zehntausend Männer sollen Joris folgen* . . . Aber nicht als ihrem Herrn, sondern ihn *verfolgen*. Nun wenn schon, der kleine Mistkäfer Ivo hat nicht geweissagt, daß sie mich auch kriegen. Nun hört gut zu, Madoc. Südlich von Angmer habe ich neben der Straße nach Hautarroy einen kleinen Kasten voller Gold vergraben. Gutes Klostergold, aus Saint-Eloy-über-Hardonek, um ganz genau zu sein. Doch bis wir diese Kiste erreicht haben, wäre es für uns beide günstiger, so viele Schwerter wie möglich um uns zu scharen. Dort angelangt, haben wir genug Bares in der Hand, um alle Augen blind und alle Münder stumm zu machen. Im Schutz der Nacht könnten wir den Varne durchschwimmen. Sind wir dann erst einmal auf der anderen Seite, bleibt uns immer noch Zeit genug, die nächsten Schritte vorzubereiten. Und zur Not bliebe immer noch der Fels, nicht wahr?«
Madoc nickte, schwieg aber und starrte durch die Eichenstämme in die Ferne.
»Glaubt Ihr denn, die Bande ist als Ganzes über kurz oder lang verloren?« fragte er nach einer Weile den Hauptmann.
»Als Ganzes ja. Da bin ich mir sogar sehr sicher. Nur der Zank und

Hader unter den hohen Herren hat uns bislang ermöglicht, eine so große Bande zusammenzuhalten. Unsere Möglichkeit, als freies Fähnlein weiterzumachen, ging mit Thorismunds Befreiung und Flucht endgültig zunichte. Selbst hunderttausend Soldaten können uns beide nie finden, wenn wir geschickt genug sind. Doch sie können in unserem Wirkungskreis alles Wild verjagen, alles Getreide einsammeln und alles Vieh zusammentreiben. Eine große Räuberbande könnte das nicht lange durchstehen. Die Herrschaften, die nun auf der Jagd nach uns sind, tun dies gern. Jeder hohe Herr unter ihnen hat noch eine Rechnung mit mir offen; mit Ausnahme von diesem Olencourt, aber der entstammt einer Familie, die sehr auf Recht und Ordnung erpicht ist. Und da ich mir es auch noch geleistet habe, den Hintern von dem treten zu lassen, der nun den Thron wärmt, halte ich es für das Beste, das Reich vorerst zu meiden.«

»Hört, Joris«, sagte Madoc, »ich verstehe nicht, wie jemand in Eurer Lage so viele Späße machen kann?«

»Und ich wäre an Eurer Stelle nicht so griesgrämig, wenn mich – so oder so – ein Vermögen erwartet.«

Jetzt konnte auch Madoc lachen, doch mitten hinein platzte auf einem Pferd einer der Kundschafter, die Joris rings um das Lager aufgestellt hatte. Olencourts Truppen seien nur fünf Meilen entfernt, berichtete dieser, und marschierten auf direktem Weg nach Alanol durch den Wald.

»Wie viele?« wollte Joris wissen.

»Mindestens zweihundert«, erklärte der Räuber. »Und sie führen etliche Bluthunde mit sich.«

»Und das Grün ihrer Umhänge ist wohl so hell«, höhnte Joris, »daß Ihr davon geblendet wurdet und das Nächstliegende nicht gesehen habt. Heh, Mann, haben wir denn keine Pfeile mehr? Seid versichert, wenn kein Wildbret zur Verfügung steht, kann auch Hundefleisch ganz schmackhaft sein.«

Er gab den Befehl, die Pferde zu besteigen, und schon eine Viertelstunde später eilte er an der Spitze seiner hundertundzehn Männer nach Süden.

Im Reiten griff Joris nach dem beinernen Schwertgriff und lächelte, als er die acht Striche unter seinen Fingern spürte.
»Ein Pfund Stahl ist mehr wert als eine ganze Tonne Prophezeiungen«, sagte er sich. »Doch ich wünschte, ich würde endlich etwas über meinen Sohn erfahren, der vielleicht eines Tages an meine Stelle treten könnte. Was mag er von sich denken ... und von dem Umstand, daß sein Vater Joris vom Felsen ist?«

Juhel saß in diesem Augenblick im Turm der großen Burg von Ger und hielt sich, nicht zum erstenmal, für verflucht und verdammt. Die liebliche Dionysia de Saint-Aunay hatte ihn zu einer Partie Schach aufgefordert, und tapfer bemühte er sich nun, seine ganze Aufmerksamkeit auf die weißen und roten Elfenbeinfiguren auf den cremeweißen und purpurroten Feldern des alten Spielbretts zu konzentrieren. Doch stärker als seine Bemühungen waren die klaren blauen Augen, das lockige goldene Haar, der Schwanenhals, die rosigen Wangen und die zarten Finger seines Gegenübers. Ein dunkler Impuls regte sich im Blut des Knaben. Es schien, als könnten alle Schlachten, alle Erschöpfung, aller Tod von Kameraden und lieben Freunden, alle erfahrene Freundlichkeit und aller Stolz bei der Verrichtung seiner Dienste nicht die lockende Stimme zum Schweigen bringen, die von ihm Gewalt und Blutbäder verlangte.
Ganz gleich, daß diese Eingebung reichlich grotesk war, daß Juhel sich willentlich der Macht von Ger unterwarf, daß er überzeugt war, sein Herr hätte den König selbst davor zurückgehalten, auch nur ein barsches Wort zu Dionysia zu sprechen ... er spürte es tief in sich – das giftige Ferment eines Übels, das er nicht erklären konnte ... Und alles nützte nichts, Juhel versank in Widerwillen vor sich selbst.
»Euer Zug, junger Herr.«
»Oh, gnädiges Fräulein ... ich bitte um Verzeihung!« stotterte er und errötete angesichts seiner Unhöflichkeit.
Dionysia lächelte, doch es wirkte gezwungen.
»Ich dachte mir schon, daß Ihr nicht nur den nächsten Zug erwäg-

tet«, sagte sie. »Doch Ihr würdet sicher knurren, wenn ich Euch erklärte, Ihr solltet Euch auf eine Fensterbank legen und schlafen.«
Juhel bedachte sie mit einem dankbaren Blick und bewegte langsam einen seiner weißen Bauern. Nino Chiostra war bei der Gräfin, denn er hatte Briefe von Raoul mitgebracht. Die Pagen von Ger wußten mit dem schweigsamen Knaben aus Marckmont wenig anzufangen und hielten sich von ihm fern. So hockte Juhel meist bei den Älteren des Haushalts. Und eben hatte ihn Dionysia gefunden.
»In Zeiten wie diesen«, erklärte das Fräulein gerade, und es klang fast so, als würde sie es nur sich selbst erzählen, »finden Damen, die auf Höfischkeit und Komplimente Wert legen, nur schmale Kost vor. Die Männer starren durch sie hindurch, als seien sie Geister. Vielleicht sind wir auch Geister – oder besser gesagt, die nebligen Anhängsel für den Stolz der Herren. Es mag schon etwas Wahres dran sein, daß Männer ihre wirkliche Erfüllung nur im Kampf finden und sich ansonsten um wenig scheren.«
Juhel glaubte nicht, daß nun von ihm artige Gegenargumente erwartet wurden. Es schien ihm vielmehr so, als mache sie sich ein wenig über sich selbst lustig. Und es schmeichelte ihm, daß er von ihr wohl als Mann angesehen wurde. Doch er wußte auch, daß ihre wahren Gedanken allein Nino galten.
»Erfüllung nur im Kampf?« wiederholte der Page und sah zu, wie die zarten Finger einen seiner Läufer vom Feld räumten. »Da möge Gott vor sein, Fräulein Dionysia.«
Er vervollständigte seine Bauernreihe und blickte auf, um erschrocken festzustellen, daß die rote Königin unterwegs war. Dann wurde er noch mehr erschüttert, als zwei dicke Tränen über die rosigen Wangen der Erbin von Saint-Aunay rannen.
»Ach, Juhel«, flüsterte sie rauh und wischte sich dabei ungeduldig die Tränen fort. »Ach, Juhel – Nino und sein gewaltiger Hauptmann John – Ihr und Euer noch gerissenerer Freund Piers ... so ein gewaltiger Sieg ist errungen worden. Alle Feinde des Königs sind in den Staub getreten, und dennoch trag ihr alle nur Kummer in euren Mienen und Herzen.«

»Es ist nicht nur Kummer«, murmelte der Knabe. »Wir werden diesem Wolf den Schädel abschlagen, bevor mein Herr sich Neuem zuwenden kann.«
»Eure Freude bei dieser Rache kann ja nur sehr gering sein«, antwortete Dionysia schnippisch. »Ja, wenn Euer Schwert dem Schurken sein Ende bereiten würde... Was sollen Frauen nur anstellen, damit die Männer in ihnen den Geist finden, den sie bei ihren Waffengefährten suchen?«
Juhel war fünfzehn, sie ein Jahr älter. Er hielt ihre letzte Frage für unsinnig, auch wenn er ansonsten der Ansicht war, daß sie sich mit einem gemeinsamen Verständnis des aufreibenden Lebens in dieser Zeit begegneten.
»Ich weiß es nicht«, brummte der Page nach einer Weile und wandte den Blick ab; denn ihm selbst war klar, daß er nie bei einer Frau das suchen und finden konnte, was ihm Folquin de Forne, Piers du Véranger und der Graf Raoul de Ger gegeben hatten.
»Doch was immer auch hinter diesem mysteriösen Geist stecken mag, meine Herrin dort hat es gefunden«, fügte er hinzu und rührte so kräftig in einer noch nicht geschlossenen Wunde der Eifersucht.
Dionysia schnaubte leise und behielt die Tür zum Nebenraum im Auge.
»Einige vermögen den Geist zu verströmen, andere nicht«, schob Juhel leise nach.
Das Fräulein errötete, und der Knabe erkannte, daß der Kummer das geweckt hatte, was von der guten Laune bislang eingeschläfert worden war.
Später, als es für ihn Zeit wurde zu gehen, entdeckte er durch eine halboffene Tür den lockigen Kopf von Ritter Nino, der auf dem seidigen Schoß der Jungfer Dionysia ruhte. Es war offensichtlich, daß die beiden sich gegenseitig ihre Liebe gestanden hatten, jedoch aufgrund der Umstände die größte Herzenspein litten. Hinter ihnen hatte sich die Gräfin Reine abgewandt und starrte angestrengt zum Fenster hinaus, während sie nach Wor-

ten zu suchen schien, die dem Paar Trost hätten schenken können, obwohl dies doch unmöglich war.

Nino hatte seinen besten Freund verloren, und die Maid, für die sein Herz schlug, blieb ihm verwehrt. Dies war der Lohn, den brave Männer in der Regel erhielten; wohingegen ein Schurke wie Joris zwanzig Jahre lang und mehr seinem sündhaften Treiben nachgehen konnte. Piers mit seiner ganzen lustigen und artigen Lebensweise lag bei Pont-de-Foy begraben; wohingegen Juhels Leben mit seiner verächtlichen Haltung gegenüber den Frauen, die ihm vertrauten und mit Nettigkeit begegneten, verschont worden war. Was mochte Gott der Gerechte im Sinn haben, wenn er einem Auge gestattete, sich an außerordentlicher Schönheit zu erfreuen, um allen Genuß daran durch Gift im Herzen zu beschmutzen?

Vielleicht bedurfte es größerer, furchtbarerer Anstrengungen, um diesen Gott milde zu stimmen, der zu verlangen schien, daß jeder den Herrn Christus von neuem ans Kreuz nageln oder sich selbst neben Ihm kreuzigen lassen sollte.

Was mochte wohl geschehen, fragte sich Juhel, jede Nacht und jeden Morgen für etwas zu beten, das abseits von der eigenen Person lag? Meinetwegen für eine Belohnung all derer, denen Joris ein Unrecht zugefügt hatte, seien sie nun tot oder noch am Leben. Was mochte dann wohl geschehen . . .

Joris verlor viele Männer, doch nicht auf die Weise, wie er es vorgehabt hatte. Jagd, Flucht und Verfolgung durch dichten Wald bereiteten ihm keine Kopfschmerzen, darauf war er mehr oder weniger vorbereitet. Aber das Marschtempo geschlossener militärischer Formationen überraschte ihn doch. Zwar kamen Schlachtrösser und Bagagewagen nur langsam voran, zumindest im Vergleich zu seinen struppigen Hügelpferden, doch sobald er Olencourts Truppen gegenüberstand, flogen deren Pfeile genauso rasch wie seine eigenen. Kaum war er einer schwerfällig weiterkommenden Abteilung entronnen, stolperte er schon über die nächste. Zehn Minuten lang tobte ein heftiger Kampf auf einer sonnigen Lichtung im Buchenwald. Drei oder vier der Grünmäntel beschäftigten sich mit nichts anderem, als unentwegt in ihre Signalhörner zu blasen und hin und her zu reiten, um die größtmögliche Aufmerksamkeit zu erreichen. Ob sie damit nun weitere Truppen erreichten oder nicht, die Aussicht auf eine Verstärkung des Gegners brach den Kampfwillen der Vogelfreien. Und hinter den fliehenden Hügelpferden rasten etliche Jagdhunde her, die darauf trainiert waren, eher Menschen als Hirsche zu reißen. Und ihre Mienen verrieten, daß sie bei keinem eine Ausnahme machen würden.

Bei Einbruch der Dämmerung erreichte Joris mit gut siebzig Männern den Rand des tiefsten Waldes zwischen Alanol und Capel Conan. Der Hunde hatten sie sich längst durch Pfeilschüsse entledigt, aber immer noch ertönten hinter ihnen die Signalhörner. Vor ihnen rollte und wogte das Heidekraut stetig in unzähligen Höhen und Senken auf und ab bis zu dem großen Zentralkamm, der durch zwei Provinzen ragte und die beiden Berge Dondunor und Dondonoy miteinander verband.

Kiefern, Stechginster und Farn erwarteten das Kommen der Nacht. Joris und seine Männer aßen Haferkuchen, die sie aus dem Mehl machten, das jeder als Notvorrat in einer Satteltasche mit sich führte. Joris bemerkte, daß seine Schulterwunde wieder aufgebrochen war, und Madoc verband sie ihm neu, als sie am Conan Beck hockten, um ihr Mehl zu wässern. Nichts regte sich auf den schweigenden Hügeln. Dunkelrot verging zu Schwarz, und der Himmel füllte sich mit Sternen. Joris lag da und atmete ruhig. Er war wach, aber keineswegs beunruhigt. Und es scherte ihn auch wenig, als er Geflüster und leise Schritte hörte, die ihm verrieten, daß einige seiner Bandenmitglieder desertierten.

»Laßt sie überlaufen«, antwortete er leise, als Madoc ihn in die Rippen stieß. »Je weniger wir sind, desto besser kommen wir voran, und um so weniger müssen wir einen Verrat fürchten.«

Am Morgen war seine Bande auf dreiundfünfzig Mann zusammengeschmolzen. Später hörten sie aus der Ferne einige Signalhörner und schlossen daraus, daß die Abtrünnigen in eine Falle geraten waren. Zehntausend Soldaten, aufgeteilt in Kompanien und Fähnlein, konnten ein ganzes Jahr lang durch dieses Land marschieren und doch nie die Vogelfreien finden, die mit Umsicht und Bedacht vorgingen. Hunde konnten getäuscht oder im Notfall erschossen werden, wenn man wußte, wie man sich unter dem Wasser von Weihern oder kleinen Seen verbergen konnte, die hier im Hügelland überall zu finden waren. Aber Joris dachte auch an die hohe Belohnung auf seinen Kopf und an die Gruppen und Banden von Versprengten, die davon wahrscheinlich erst etwas hörten, wenn es schon zu spät war. Sie mochten sich überall aufhalten, waren aber am ehesten eine Gefahr für sich selbst. Der Winter und die vierbeinigen Wölfe würden dieses Problem nachhaltig lösen. Joris lag schon seit Sonnenaufgang auf einem Hügelkamm und hielt Ausschau nach größeren Menschengruppen. Als bis Mittag niemand aufgetaucht war, beschloß er, den Wald zu verlassen und über das offene Moorland weiterzuziehen.

»Kein Stratege würde ganze Kompanien durch den Wald jagen, aber diese Täler und Erhebungen unbewacht lassen«, sagte er sich. »Oder glauben die hohen Herren, ich würde mich nicht an einen Ort wie diesen wagen, der so nahe an Alanol liegt? Vielleicht gibt es gar keine übergreifende Strategie und jeder Führer geht so vor, wie er das für am günstigsten hält. Das könnte sich auch als Nachteil erweisen, wenn ich von einer ihrer aufgeteilten Regionen in die nächste gelange. Doch eines ist gewiß: die Masse dieser Armee hält sich südlich von hier auf, und daher wird es dort in den Hügeln von Wild, Moorhühnern und Fasanen nur so wimmeln. Wenn es denn sein muß, kann ich dort bis zum Herbst bleiben, dann zum Varne zurückkehren und dort ... Lebt wohl, all ihr alten Wohltäter in Honoy und Nordanay.«

Ohne Eile führte er am Nachmittag seine Männer über die grobe Hügelstraße, vorbei an Senken voller Farn und in die weinrote Weite, wo die zerstörten Wachtürme von Lorin de Campscapel standen. Die Bürger von Alanol hatten sie niedergerissen, damit sich nicht Joris oder andere Banden dort einnisten konnten. Doch die alte Vorsicht blieb; es war nicht auszuschließen, daß sich dort Wachtposten verbargen. Joris ritt in einigem Abstand über einem

Hügel neben seinen Männern her. Als er einen letzten Blick auf Alanol warf, bemerkte er einen Reiter mit einem gelben Umhang, der zielstrebig auf Capel Conan zutrabte.
»Raoul von Ger muß wohl doch ein Narr sein«, sagte Joris leise. »Wer, außer einem Einfaltspinsel, könnte seinen Männern schon befehlen, bei heiterem Sommerwetter solch bunte Umhänge zu tragen – eigentlich ganz gleich, bei welchem Wetter –, wenn es um eine Aufgabe geht, wie er sie sich gesetzt hat?«
Doch dann mischte sich Zweifel in seinen Spott. Könnte es nicht sein, daß man ihn schon entdeckt hatte? Daß er diesen auffälligen Reiter bemerken sollte? Doch während der Hauptmann den Soldaten beobachtete, wandte dieser nicht einmal den Kopf, um einen Blick nach Norden zu werfen. Es schien blanker Zufall zu sein, daß er in der Entfernung von nur einer halben Meile an der gesuchten Bande vorbeiritt. Madoc und ein weiterer Mann verwischten mit Kiefernzweigen die zahlreichen Hufspuren auf der staubigen Straße. Der Ger-Reiter dort unten wähnte sich so sicher, daß es dem Hauptmann wie eine Schande vorkam, ihm nicht ein oder zwei Männer hinterherzuschicken, um ihn vom Pferd zu schießen.
Joris sah ihm noch ein Weilchen nach und wollte sich schon abwenden, als ein zweiter, ähnlich gekleideter Reiter erschien und von Capel Conan auf den ersten zugaloppierte. Die beiden trafen sich, blieben einige Zeit zusammen stehen und trennten sich dann wieder, wobei jeder seinem Pferd die Sporen gab. Joris spürte die aufkommende Brise von Süden, die kühl über sein vernarbtes Gesicht fuhr. Über den grünen Kiefernteppichen voraus ballten sich die ersten Wolkenberge zusammen.
»Regen steht an«, sagte Joris und sog erleichtert die frische Luft ein. Er wählte nun eine geschickte Route durch das weglose Heideland und wollte ein bestimmtes Grasland erreichen, wo die Pferde ausreichend Futter und Wasser finden konnten.
Sie mußten den Conan Beck ein zweites Mal dort überqueren, wo er von Osten kommend in den Dondonoy hineinzuschneiden schien. Unter einem sich mählich bedeckenden Himmel ritt Joris in den Schatten des hohen Berges. Nach Süden hin war die weitere

Sicht schon seit einigen Stunden versperrt. Doch als Joris einen Vorsprung auf dem Felsmassiv erreichte und zurück nach Alanol blickte, fluchte er lange und ausgiebig.

In einer groben Reihe von Ost nach West stiegen von sechs Hügelspitzen Rauchsäulen hoch, die nach Norden abgetrieben wurden.

Zum erstenmal seit seinen frühen Räuberjahren – wie lange war das nun schon her – erlebte Joris Selbstzweifel, die er nicht durch seine gewohnte Entschlußfreudigkeit und Erfahrung wettmachen konnte. Dann beruhigte er sich mit dem Gedanken, daß die Verfolger so klein an Zahl und so verstreut sein mußten, daß sie es nicht gewagt hatten, ihn am Rand des Forstes von Honoy anzugreifen. Der Hauptmann kehrte Dondonoy den Rücken zu und verbrachte die restlichen Stunden des Tageslichts damit, nach Nordosten zum Wald von Nordanay zu eilen.

Als die Sonne unterging, war er allen Signalfeuern entronnen. Erster Regen fiel in den Nordwestwind. Die Männer waren erschöpft und gereizt, denn er hatte es ihnen untersagt, ein Feuer anzumachen. Joris rief sie um sich zusammen und hielt in fast heiterem Tonfall eine Rede.

»Verwechselt nicht Zufall mit Geschick. Zweimal sind sie auf uns gestoßen, doch was glaubt ihr denn, hinter wem sie her sind? Natürlich hinter Gaston de Volsberghe und den anderen entkommenen Verschwörern. Wenn sie dabei auch uns empfindlich treffen können, ist das für sie nur eine willkommene Zugabe. Also, ich habe vor, den Dondunor zu umrunden und dann über das Moor zurück nach Ververon zu reiten. Falls jemand den Wunsch verspüren sollte, mich zu verlassen, so mag er dies nun tun. Aber zu Fuß, denn die Pferde gehören mir.«

Keiner rührte sich oder sprach ein Wort, bis Joris nach seinem Brotbeutel griff. Später hörte das Nieseln auf, und der Wind blies aus einer anderen Richtung. Um Mitternacht kam er aus dem Nordosten und raschelte durch das Heidekraut.

»Habe ich bei Pont-de-Foy einen dummen Fehler gemacht?« grübelte Joris im Halbschlaf. »Nein, aus dieser Verfolgung werde ich als Sieger hervorgehen. Sie ermüden eher als ich. Ich habe schon bei früheren Gelegenheiten am Boden gelegen und bin immer wieder aufgestanden.«

Er zog das lange Schwert unter den Umhang und lächelte in die windige Dunkelheit hinein. Genauso gut könnte er den Wind nach dessen Willen darüber befragen, wie es dem Mann im Hügelland ergehen sollte, für den die Welt gemacht war. Der Morgen war klar und trocken. Der Wind sang frisch über die Hügel und bereitete den Räubern einige Mühe bei der Einkreisung eines Rudels Rotwild. Als sie schließlich sieben Tiere getötet hatten und diese bei einem kleinen See verspeisten, schrie plötzlich ein Mann auf und zeigte wild nach Osten. Über eine dortige Höhe kam der von Joris ausgesandte Posten gerannt, und dem folgten, als sei er ihr Führer, Horden von Rotwild; an der Spitze fünf Böcke und dahinter die Kitzen.

»Was ist denn los?« rief Joris und sprang auf.

»Ich habe niemanden gesehen!« sprudelte es aus dem Posten heraus. »Aber die ganze Heide brennt über eine Breite von vielen Meilen. Und das Feuer rückt auf uns zu.«

Joris nahm ein Stück Wildbret, stopfte es sich beim Gehen in den Mund und stieg die Höhe hinauf, um sich von oben das Werk der Feinde anzusehen. Über den Hügeln im Nordosten breitete sich keine gewöhnliche Wolke aus. Wochen der Trockenheit konnten nicht von einem Nieselregen am Abend überwunden werden. Die weißen Rauchfahnen drehten sich, vereinigten sich, lösten sich voneinander und kamen unaufhaltsam näher. Hier und da leckte eine orangefarbene Flammenzunge zwischen ihnen. Mäßig zuerst kamen die ersten Brandgerüche mit dem Wind. Und während Joris noch hinsah, spuckte das Moorland seine erschrockenen Bewohner aus. Kiebitze schrien schrill und schwärmten in einem Zickzackkurs nach Westen. Moorhühner schnatterten erregt, während sie plump in den Himmel stiegen oder aus Büschen und Sträuchern rannten. Fasane und Wildenten flohen in gemeinsamer Flugformation. Ein Rabe krächzte, so als sei er empört über eine solche Vermengung. Und hoch oben segelten Falken und Bussarde, um sich nichts von dieser Massenflucht entgehen zu lassen.

Auch Joris entging nichts, doch er suchte nach anderen Dingen. Während er ruhig auf dem Stück Braten herumkaute, erkannte er, daß die Zeit ausreichte, das Mahl zu beenden und in Ruhe die Vorräte für spätere Stunden zu erwerben. Mit roten Wangen und lachenden Mienen schossen und schlugen die Räuber das Wild, wie es ihnen in den Weg kam. Und jeder benutzte Pfeil kam zurück in den Köcher seines Besitzers.

»Seht ihr, Männer, da haben wir der Hinterlist der Soldaten ein kleines Schnippchen schlagen können«, munterte Joris seine Bande auf, als sie eine halbe Stunde später ihre Pferde beladen hatten und aufbrachen. Doch Joris war gar nicht so heiter, wie es äußerlich den Anschein hatte. Das Feuer wies auf ein ebenso erbarmungsloses wie methodisches Vorgehen der Verfolger hin. Und keine noch so frechen und kühnen Worte konnten die Vogelfreien auf längere Frist beruhigen.

Kaltblütig überlegte Joris, ob er nicht zusammen mit Madoc die Bande im Stich lassen sollte; vielleicht schon in dieser Nacht? Joris führte die Logik des Schwertes zu ihrem ehrlichen und unheldenhaften Ende: Männer taten sich nur zu Banden zusammen, solange die Aussicht auf geteilten Gewinn größer war als das, was man allein auf sich gestellt erlangen konnte. Daher hatte er Madoc von der Kiste voller Gold erzählt, denn mit ihm allein konnte er sehr weit kommen. Er vermochte allerdings nicht die Gefühle des kleinen Leutnants auszuloten, als dieser ihm von der Belohnung berichtet hatte. Die Rote Anne hatte seine Loyalität hervorgerufen; doch das war eher eine Frage der Begierde gewesen. Ihre Kameradschaft hatte er darüber hinaus zu schätzen gewußt, obwohl er heute glaubte, daß diese mutwillig von ihrer Seite zerstört worden war, als sie sich mit dem hohen Herrn eingelassen und ihm zur Flucht verholfen hatte.

Doch zumindest hatte er zwei kriegerische Provinzen dazu gebracht, sich Gedanken über den Preis zu machen, den sein Kopf wert war. Joris, der so lange aus der Zwietracht seiner Gegner Vorteil gezogen hatte, wußte schon nicht mehr, welche Kraft und Gefahr von Einigkeit ausgehen konnte. Am späten Nachmittag, als das Moorland über eine Breite von einem Dutzend Meilen hinter ihm brannte, führte er seine Männer die Flanke des Höhenzuges hinauf, der die beiden Berge miteinander verband. Am Ende der Schlucht, die er ausgewählt hatte, entdeckte er knapp zwanzig Soldaten in gelben Mänteln, die ein weiteres Feuer entzündeten und gleichgültig die Räuberbande unter sich betrachteten.

Die Schatten am Geröll im Osten waren grau, die am Kalkstein im Westen blau. Die Soldaten bewegten sich um einen großen Felsen herum, zogen, schoben und drückten. Joris warf sein Pferd herum und galoppierte durch die Erika davon. Der Fels polterte durch die Schlucht, wühlte das Heidekraut auf, riß Sträucher von den Wänden und walzte eine breite Gasse in den Farn, bevor er ausgerollt war. Die Räuber brüllten und schrien und rissen an den Zügeln. Manche entgingen dem Stein nur um Ellenlänge. Dann stürmten sie aus dem Tal und flohen ihrem Anführer hinterher.

Joris war immer noch einigermaßen gelassen und schimpfte seine Feinde Feiglinge. Aber ein besonders kräftiger Mann aus seiner Bande verlor die Nerven und brüllte dummes Zeug. Jederzeit bereit zu Kampf, Plünderung oder Schändung, schrie er, daß es nicht fair sei, mit Felsen zu werfen, und hielt dem Hauptmann vor, es sei seine Schuld, sie an einen Ort geführt zu haben, wo man mit solchen Höllentricks arbeite.

Doch etwas später, als die Hügelpferde immer langsamer wurden, und weiße Mäntel aus einem Kiefernwald stürmten, um der Bande den Weg abzuschneiden, gewann der kräftige Mann angesichts der Waffen, die er kannte, sein Selbstbewußtsein wieder. Joris sah, wie er vom Pferd fiel, umzingelt wurde und noch auf den Knien um sich schlug. Und Joris sah, daß die Stunde seiner Bande gekommen war. Er selbst hatte sein Tier nicht vorwärtsgetrieben, und das wurde ihm nun gedankt. Das Pferd trug ihn durch die Reihen der Streitenden. Er streckte einen Soldaten nieder und machte zwei oder drei weitere kampfunfähig. Irgendwer brüllte seinen Namen, aber Joris wandte sich dem nächsten Hang zu und jagte sein Tier mit der flachen Seite des Schwerts hinauf. Er überließ die Bande ihrem Schicksal. Vor ihm breitete sich offenes Land aus, und hinter ihm glaubte er Madoc zu wissen. Doch Madoc war nicht da. Niemand war hinter ihm. Sonderbar, wie rasch alles vonstatten gegangen war. Und noch sonderbarer, nach achtzehn Jahren wieder ganz allein zu sein.

Etwas drang an sein Ohr, etwas, das er erkannte, aber nicht zu erkennen wünschte – Madocs Stimme! Der Leutnant gellte den Soldaten entgegen, er selbst sei Joris vom Fels!

»Armer Trottel«, sagte Joris bewegt. »Aber was soll's, ich bin durch die Reihen der Feinde gebrochen und für die nächste Zeit sicher. Und das ist es, was ich die ganze Zeit gewollt habe. Ivo hat sich für die Rote Anne geopfert. Wie eigenartig, daß einige Menschen das Bedürfnis verspüren, sich für andere zu opfern. Doch nun zu wichtigerem: Wo finde ich am Ende dieses aufreibenden Tages einen Platz zum Schlafen?«

Die Frage wurde ihm vom Pferd beantwortet. Das Tier stöhnte plötzlich, stolperte und fiel zwischen Feldbinsen und hohem Gras tot zu Boden.

Joris verwünschte das Hügelpferd und nahm Umhang, Vorräte und Satteltaschen auf. Eine Weile lief er hierhin und dorthin, bis er schließlich hinter dichtem Stechginster eine Mulde fand. Dort beobachtete er die Feuer, die über das Land brannten. Dann schlief er so tief und ruhig wie der Berg Dondunor.

Es befremdete ihn, am nächsten Morgen aufzuwachen, ohne daß jemand zu ihm kam, ihm seine Wünsche zu erfüllen. Und es ärgerte ihn geradezu, als ein Rabe vom toten Pferd aufflog und herbei flatterte, um nachzusehen, ob es hier nicht frischeres Fleisch zu finden gäbe. Joris griff nach seinem Bogen und sandte dem Tier in einem geradezu mustergültigen Schuß einen Pfeil in den Magen.

Der Gipfel des Dondunor war von Wolken wie von einem Helm bedeckt, doch ansonsten war der Himmel klar. Joris verspeiste kalten Entenbraten, trank aus einem Weiher und wusch sich darin. Da er so ungewohnt allein war, sprach er schließlich den Berg an.

»Hallo, mächtiger Zahn des Nordens«, rief er. »Ich will mich ein

Weilchen in Euren Höhlen einquartieren. Ihr zumindest werdet mich nicht an die Speere von Ger verraten!«
So als hätte das Massiv ihn gehört, riß ein Stück von der Wolkenhülle auf, und lange Lichtschäfte eilten die Hänge hinunter auf ihn zu.
»Seid bedankt, grimmiger, schwarzer Freund!« rief Joris. Er drehte sich um und erstarrte. Denn unter ihm am Fuß des Berges streiften Gruppen von Weiß- und Gelbmänteln umher, bis sie eine langgezogene, dünne Linie bildeten, die sich über Höhen und durch Senken und am Rand des Dondunor entlang bewegte.
»Sie schweben in größerer Gefahr, da sie sich so offen zeigen, als wenn sie vor der Spitze meines Schwertes stünden«, sagte er sich. »Offensichtlich planen sie jetzt, das ganze Land zu durchkämmen. Ob sie vielleicht glauben, mein Fels stünde nördlich vom Varne?«
Kurz erfüllte ihn Schmerz, als er an sein windumtostes Zuhause dachte, an die Lagerfeuer am Grund der Schlucht, an das fröhliche und viel zu oft sorglose Leben dort. Doch rasch unterdrückte er diese Gedanken wieder.
»Nein, was gestern war, ist lange vorbei. Und nur Anne und ich, als wir noch zusammen waren, konnten das Leben dort wirklich genießen. – Nun, es wird an der Zeit nachzusehen, wie es auf der anderen Seite des Bergs ausschaut.«
Er bewegte sich umsichtig wie ein erfahrener Waldläufer und erreichte gegen Mittag die Umgegend seines alten Lagers. Als er sich fünfhundert Meter über der höchsten Höhle ins Heidekraut legte, machte er Pferde aus, die an Büsche gebunden waren. Und da war auch ein schlanker und dunkelhaariger junger Mann in leichter Rüstung, der mit einer Schüssel in der Hand auf einem Stein hockte und sich offensichtlich die Zähne putzte.
»Ach, mein reinlicher kleiner Edelmann«, sagte Joris zu sich selbst, »wie gern würde ich dir die Zähne in den Schlund schlagen. Wenn ich wüßte, daß Ihr hier allein wärt, würde mich sicher kaum etwas davon abhalten können. Doch nun bin ich schon so weit gekommen, da will ich die weitere Reise nicht durch ein unnötiges

Wagnis in Gefahr bringen. Und was Euch angeht, alter Zahn des Nordens, so seid Ihr zu gewaltig, um jemand die Zähne einzuschlagen, es sei denn die von Gott. Ich frage mich . . . Nein, ich habe Gott oft genug verspottet, als es mir gut ging. Und in der Not will ich Ihn nicht um Hilfe anflehen. In zwei oder drei Tagen müßte ich weit genug fort sein.«

Doch zwei oder drei Wochen vergingen, vielleicht auch mehr; Joris wußte nicht, wieviel Zeit verstrich. Ereignisse und Vorfälle gingen in seiner Erinnerung ineinander über, blitzten gelegentlich auf, um gleich darauf wieder zu verlöschen, wenn er sich bemühte, sie in eine chronologische Reihenfolge zu bringen. Hin und wieder erschlug er einen Hund an einem Weiher und lebte so, bis der kleine braune Mann ihn in dem Birkenwald aufstöberte, in dem er die letzte Zeit in andauernder Gefahr verbracht hatte. Oft genug hatte er hier die Dunkelheit begrüßt; doch eine Dunkelheit war Bewußtlosigkeit, als er beim Besteigen einer Felswand abgerutscht und im Wipfel einer Erle gelandet war, die seinen Sturz abfing und ihm damit das Leben rettete. Immer wieder hatte er Signalfeuer entdeckt. Einmal war es so nahe gewesen, daß der Qualm ihn in Augen und Nase gebrannt hatte. Ein anderesmal war er über Asche, schwarze Wurzeln und verbrannte Erde gekrochen, die immer noch warm waren. Dann hatte er sich für Stunden in einem Loch versteckt und dort ausgiebig Gelegenheit gehabt, die schwarze, graue und silberne Öde zu betrachten, die einst Heideland gewesen war. Doch die Wurzeln darunter waren gesund. In ein oder zwei Jahren würde sich die Erika wieder über den torfigen Boden ausbreiten, so als hätte es nie einen Joris vom Felsen und einen Grafen von Ger gegeben, der zehntausend Männer aussandte, ihm und seiner Bande im Hügelland den Garaus zu machen.
Ein anderes Mal das wütende Gekläff einer Hundemeute und eine eiskalte Stunde in einem Fluß. Dann hatte der Räuber sich in einem Hohlweg unter Wurzeln verborgen, während ein Bluthund nur einen Meter über ihm schnüffelte. Und da waren die Momente der Gänsehaut oder des plötzlichen Schweißausbruches in

einem Stück Land mit kargen Obstgärten und kleinen Bauernhäusern aus Kalkstein. Höfe, die mit Wehrtürmen und festen Toren bestückt waren und zusätzlich über Hunde an Ketten und Federvieh verfügten, das mit seinem Gackern und Schnattern den Magen des Gejagten schier brüllen ließ.
Endlich die Birken, silberne und graue Stämme unter grünen Wipfeln – und das Moos an ihren Wurzeln, das einem an der Nase kitzelte, wenn man gezwungen war, liegen zu bleiben. Und zu guter Letzt der kleine Mann im braunen Wollgewand, der ihn mit seltsam vertrauten Zügen beäugte. Doch Joris hatte in der letzten Zeit zuviel durchgemacht, um sie wiederzuerkennen.
»Jesus, Maria und Josef!« entfuhr es dem kleinen Mann. »Kennt Ihr mich denn nicht mehr, Joris? Ich bin es, Flar, der Schmied aus Alanol, den Ihr einst im Schnee gerettet habt. Hört mir zu. Ihr bleibt hier bis zum Einbruch der Dämmerung, dann komme ich wieder und bringe Euch an einen sicheren Ort. Ich habe da eine Dachkammer, und in der könnt Ihr unterkommen. – Was sagt Ihr da? Tausend Goldstücke? . . . Verwünscht sollen sie sein! Ich bringe Euch Wein und kalten Haferbrei, sobald es dunkel wird. Und ich bringe meinen Hund mit, damit er sich an Eure Witterung gewöhnt. Ja, ich bin in dem Dorf Gomblay dort hinten der Hufschmied. Seid versichert, spätestens um Mitternacht liegt Ihr so sicher wie in Abrahams Schoß.«
Abrahams Schoß! Der roch nach Teer, Stroh und faulendem Holz und befand sich über dem Haus des Flar am Rande des kleinen Ortes Gomblay. Die Dachkammer hatte ein Fenster mit einer Lade davor, die Joris jedoch nie öffnete. Astlöcher im Holz, Risse und Spalten in den hartgebackenen Lehmwänden und der Taubenschlag unter dem Strohdach ließen genug Licht auf Flars Kornsäkke und ein paar alte Fässer und Kisten herein. Unter der Dachkammer befand sich der Viehstall, der im Augenblick leer war. Der Boden der Kammer verfügte über eine Luke, ihr einziger Zugang. Flar bewahrte zum Aufstieg in seiner Schmiede eine Leiter auf. Direkt über der Tür zum Stall war eine kleine Öffnung, durch die Joris jeden erkennen konnte, der sich unten aufhielt. Doch zu-

meist schob er einen leeren Sack davor, den er von seinem groben Nachtlager entbehren konnte.
Unter diesem Dach hauste er fast einen Monat lang. In dieser Zeit verheilten sein Gesicht und seine Schulter, und allmählich fand er zu seiner alten Form zurück. Er fand rasch heraus, welche Bretter an welchen Stellen knarrten oder quietschten, aus welchem Astloch er am besten in diese oder jene Richtung blicken konnte, und wo er ungelöschten Kalk verstreuen mußte, um die Rattenplage für eine gewisse Zeit im Zaum zu halten. Am Ende der Woche kannte er das Leben in Gomblay: wann das Vieh zur Tränke getrieben wurde, wann die Müllersfrau ihre Wäsche am Ufer des Bachs scheuerte und schlug, wann der Amtmann und der alte Priester sich an der Brücke trafen und wann der kräftige Dorfbüttel mit seinem Langbogen und Kurzschwert seine Runde machte. Trupp nach Trupp von Soldaten und Bogenschützen zogen zum Dorf herein oder hinaus oder hielten an der Schmiede an, um dort das eine oder andere Teil zu erneuern oder ausbessern zu lassen. Und bald kam Joris zu dem Schluß, daß Flars Arbeit nicht sehr außergewöhnlich war.
Im Morgengrauen und manchmal auch am frühen Abend schlüpfte der Schmied aus der Tür seiner Schmiede und sperrte die zum Kuhstall auf. Dann klapperte das eine Ende der Leiter über den Boden, während das andere dumpf gegen die Luke klopfte. Joris hob dann das schwere Holz, und die zwei Männer unterhielten sich für einige Zeit im Flüsterton. Flar berichtete von der ergebnislosen Suche, die immer noch nicht abgeblasen war, wußte von drei Männern hier und vier Männern dort, die man aufgegriffen und verhört hatte, und wies besorgt darauf hin, daß überall Männer aufgeknüpft oder auf die königlichen Strafgaleeren geschickt worden waren.
»Ringsum sind die Hügel schwarz vom großen Feuer«, sagte Flar. »Die Soldaten sind ihrer Suche mittlerweile recht überdrüssig, aber die hohen Herren gönnen ihnen keine Ruhe. Gestern habe ich dem Edlen du Véranger neue Hufe an sein Roß geschlagen, habt Ihr es zufällig mitbekommen?«

»Ja, ich habe ihn gesehen, den fetten Ochsen«, knurrte Joris. »Aber was war das denn später bei der Kirche für ein Geschrei?«

»Ach so, da ging es um das neue Gesetz über die Vagabunden. Drei Männer hier im Ort behaupten, Euch schon einmal gesehen zu haben; abgesehen von mir natürlich, und ich schwöre Stein und Bein, Euch noch nie gesehen zu haben. Dodart, der Dorfwachmann, und die beiden Büttel des Amtmanns müssen nun jeden Wanderer, der des Wegs kommt, festhalten, bis diese drei Männer ihn sich genau angesehen und geschworen haben, er sei nicht Ihr. Tja, gestern haben sie einen schwarzhaarigen Juden aufgegriffen. Der erhielt dann Stockhiebe, weil er den Amtmann aufgefordert hat, sein goldenes Haar zu bewundern. Sein Pech, denn damit hat er verraten, daß er Euch schon einmal erblickt haben muß, oder?«

»Sie lassen keine Gelegenheit aus«, brummte Joris. Flar nickte und ließ ihn allein im Halbdunkel und Schweigen der Dachkammer zurück.

»Wenn ich an Flars Stelle wäre«, sagte sich Joris, »würde ich mir sicher die tausend Goldstücke verdienen wollen. Doch andererseits, was sollte der arme Tropf mit einer solchen Summe schon anfangen? Er ist doch nur für die Arbeit zu gebrauchen, die er da unten in seiner Schmiede tut. Aber ich . . . warte schön brav auf mich, du kleines Kästchen voller Gold aus Saint Eloy. Warte schön auf mich an der Straße nach Hautarroy.«

XIV

Der Sohn des Joris vom Felsen

Erntezeit in Gomblay. Zweimal am Tag die große Prozession zu den Feldern. Die Männer mit Sensen und Sicheln kurz nach Morgengrauen, und ein paar Stunden später die Frauen und Kinder. Zuerst Lachen und Lärmen, dann erwartungsvolles Schweigen. Dann endlich das Läuten der Ährenleserglocke. Lange Stunden lag das Dorf in völligem Frieden da, bis die Dachkammer von niedrigen Lichtfäden durchzogen wurde und ein zweites Läuten das beendete, was das erste in Gang gesetzt hatte. Schließlich die Rückkehrprozession der müden Feldarbeiter, deren Herzen jedoch nicht so müde waren, einen Schlag auszusetzen, wenn sie erfahren hätten, welche kalten blauen Augen sie von der Dachkammer des Hufschmieds beobachteten.

Ein Nachmittag noch schläfriger als die vorangegangenen. Joris breitete sich auf den leeren Säcken aus, betrachtete müßig die Bewegungen der Enten auf dem Weiher neben der Windmühle, während er sich bemühte, jedes gehörte Geräusch zu seiner Quelle zurückzuverfolgen. Die Ratten trippelten wie stets im Strohdach über und in der Krippe unter ihm. Endloses Gurren vom großen Taubenschlag des Priesters, und hin und wieder auch Flügelschlagen vor dem Taubenschlag in seiner Dachkammer. Der Blasebalg in der Schmiede schwieg, denn auch Flar half bei der Ernte und hatte seinen tauben Gesellen mitgenommen. Auch von der Mühle kam in der Windstille nicht das leiseste Ächzen. Ein Straßenköter trottete heran, knurrte eine Katze an, die sich gerade sonnte, kam ihr dabei zu nahe und floh jaulend die Straße hinunter. Von den Feldern schwebte in Wogen das Murmeln und Rascheln des fleißigen Volks heran. Einmal marschierte ein barfüßiges Kind über die Straße und trug einen leeren Krug zum Bach. Der junge Dodart,

der Dorfbüttel, kletterte träge aus seinem Lager und kämmte sich mit blutroten Fingern das staubige Haar.
An der Tür von Flars Kuhstall blieb der junge Mann stehen. Ein Auftritt befand sich dort, ein Hilfsgerät für die, die die Dienste des Hufschmieds in Anspruch nahmen und zu alt oder zu fett waren, in einen Sattel zu steigen. Joris hörte, wie der Wachmann sich darauf niederließ, kurz seufzte und mit dem Widerwillen von jemand ausspuckte, dessen Arbeit erst in der Nacht begann und somit noch vor ihm lag. Kurz darauf wurde die sommerliche Stille von einem näherkommenden Rhythmus von Holzschuh und Krücke unterbrochen.
Joris zog vorsichtig das Sackleinen vom Loch über dem Kuhstall, legte sich dort hin, stützte den Kinnbart auf die Fäuste und blickte hinunter auf den ausgetretenen Schwellenstein und das sonnenverbleichte Kopfsteinpflaster dahinter. Dodart rief dem einbeinigen Neuankömmling einen fröhlichen Willkommensgruß entgegen.
»Ho, Spielmann Ingolard, seid Ihr rechtzeitig gekommen, um uns nach der Ernte aufzuspielen?«
»Das bin ich«, antwortete eine dünne Stimme, »da niemand mich unterwegs aufgehalten hat, um zu beschwören, ich sei Joris vom Felsen.«
»Ach, dieser Unsinn! Die fangen den Burschen doch nie und nimmer.«
»Da habt Ihr wohl recht, Dodart, auch wenn sie das Heideland durchkämmen und abflammen wie Schaffelle. Doch warum seid Ihr denn nicht draußen auf den Feldern?«
»Man hat mich mittlerweile zum Wachmann gemacht, und da muß ich auch der Nachtwächter sein. Ich beuge also meinen Rükken, wenn es dunkel ist, statt am Tag auf den Feldern. Doch wenn es ans Dreschen geht, werde ich meinen Teil dazu beitragen. Warum setzt Ihr Euch nicht ein Weilchen zu mir? Es dauert noch zwei Stunden, bis die Glocke zum zweitenmal läutet.«
»Gern. Hm, der Auftritt ist mir zu hoch.«
Ingolard tauchte in Joris' Sichtfeld auf und stellte sich auf die

Schwelle. Er schob die Krücken nach vorn und glitt so in eine sitzende Position. Endlich lehnte er mit dem Rücken am Türpfosten, während der Beinstumpf wie eine Lanze aufragte. Die silberweißen Locken fielen über den ausgeblEichten, roten Umhang über der Vielzahl von geflickten und zerrissenen Gewändern darunter.
»Kommt Ihr von Rambard?« fragte Dodart.
»Hm«, machte die helle Stimme. »Drei Meilen an einem Tag wie diesem sind genauso gut wie neun bei Frost. Ah, es tut wohl, mal ein Weilchen zu verschnaufen.«
»Wie ist es Euch in der letzten Zeit ergangen?«
»Die Zeiten sind hart, wie Adam schon zu sagen pflegte, und wie die Menschen noch sagen werden, wenn die Posaunen des Jüngsten Gerichts erschallen. Gott sei Dank gibt es immer noch einige, die ihr Ohr Geschichten von Liebe und Schlacht leihen. Auch ärgere ich mich nicht über ein Gähnen in der Mitte der Geschichte, wenn ich nur am Ende eine Münze erhalte. Doch rufen Erzählungen von Schlachten in dieser Gegend nur mäßige Begeisterung hervor. Liebesgeschichten lassen sich im Sommer besser an den Mann und die Frau bringen als an kalten Winterabenden.«
»Brr! Verschont mich mit Euren Winterabenden!«
»Das hoffe ich, Dodart. Noch ein oder zwei Jahre will ich meinem Gewerbe nachgehen. Ach, die Zeiten sind hart, obwohl ich beim Mittsommer-Jahrmarkt in Hastain einen hübschen Schnitt gemacht habe.«
»Mittsommer-Jahrmarkt in Hastain!« Joris zählte in Gedanken die Jahre, seit Ingolard ihm am weißen Marktkreuz die Runen verkauft hatte. Joris kam auf achtzehn Jahre.
»Ich war einmal dort«, sagte Dodart. »Hab mir den ganzen Tag lang den Bogenschützenwettbewerb angesehen. Gute Männer waren darunter, bei meiner Seele!«
»Klar. Es gab Zeiten, da habe ich mir so etwas auch gerne angeschaut. Und auch heute noch prickelt es mir in den Knochen, wenn ich das Zittern eines tuchellenlangen Pfeils mitten im Schwarzen der Zielscheibe sehe.«

»Ingolard, wo liegt eigentlich Euer zweites Bein?«
»Neun Meilen hinter Volsberghe.«
»Habt Ihr es in einer Schlacht verloren?«
»Nun ja, eine Schlacht war es schon, aber auch ganz anders. Vor vierzig Jahren fiel Volsberghe – ich meine den verstorbenen Großkonnetabel – über die Gotenmark her. Damals war ich ein junger Bursche und ganz verrückt auf eine Bewährung in der Schlacht. Auf unserem Weg zurück haben die frechen Gotenmarker endlich Mut gefaßt. Anscheinend hatten sie vorher keine große Lust gehabt, sich bei unserem gerechten Strafzug zu zeigen. Es war Hochsommer und noch heißer als heute. Unsere Wagen rollten durch ausgetrocknete Flußbetten. Da wurde ein Pferd von einem Pfeil getroffen und brüllte so furchtbar, daß ich es heute noch im Ohr habe. Es sprang herum und kippte dabei einen Wagen um, der mit Wein beladen war. Mein Bein geriet unter ein Rad, als der Wagen aufprallte. Mönche haben mich, der ich besinnungslos war, damals herausgezogen. Der Bader in ihrem Spital trennte mir die zerschmetterten Knochen ab, ehe ich aus meiner Ohnmacht wieder erwachte. Er war ein großer Anhänger der Chirurgie und behielt zum Lohn für seine Arbeit eine Kiste von dem Wein aus dem gestürzten Wagen. Andernfalls wäre ich wohl auf dem Weg liegengeblieben und genauso gestorben wie die, die von den Feinden niedergemetzelt worden waren. Ich erzähle diese Geschichte sehr selten und verlange auch nie eine Münze dafür. Viele Menschen sehen es lieber, wenn man von der Hand des Feindes fällt, als wenn man von ihr behandelt und gerettet wird. Und die Mönche standen halt nicht auf unserer Seite.«
Die singende Stimme des Spielmanns war dunkler geworden, so als wären silberne Glocken von bronzenen abgelöst worden. Joris lauschte halb gelangweilt und halb verächtlich. Ohne Zweifel hatte auch dieser Krüppel wie jeder andere seine Augenblicke der Aufrichtigkeit.
»Wie weit reist Ihr denn heutzutage noch?«
»Von Hastain nach Dunsberghe und wieder zurück. Manchmal bis hinauf zur Küste, seltener bis nach Belsaunt. Denn der Weg dort-

hin führt über viele Hügel, und ich mag Anhöhen nicht besonders, weder den Aufstieg noch ihre Form noch ihre Schatten.«

»Na, hört mal, Mann, was ist denn daran so besonders?«

»Die Erinnerung an den furchtbaren Tag ihrer Erhebung. Der Wind und das Meer sind immerzu in Bewegung, aber die Hügel stehen wie im Halbschlaf da und *warten.* Ich möchte nicht zwischen ihnen sein, wenn der Erzengel Gabriel sie erweckt.«

»Spielmann, Ihr beschäftigt Euch mit reichlich wunderlichen Vorstellungen.«

»Mag sein, aber dort hinten«, Ingolard zeigte nach Osten auf das Hochland von Honoy, »habe ich einmal im Zwielicht die tiefen Wälder heranschleichen und über die Hügel gleiten sehen – wie die Brut von Jormungand ...«

»Bei der Nase des Papstes, wer ist das denn?«

»Jormungand ist die Midgardsschlange, die sich hinter dem Ozean um die Erde schlängelt. Das Ungeheuer, das sich eines Tages erhebt, um die Götter zu vernichten. – Ach was, nichts als eine dumme, alte Sage, so ähnlich wie die Legende von Satan, der sich eines Tages erhebt, um den Himmel zum Einsturz zu bringen. Doch damals, als die Sturmwolken das Haupt des Dondunor verhüllten, bin ich, auf meine Weise ein guter Christenmensch, rückwärts gegangen und habe mich umgesehen, ob sie nicht unter Dach, Heustapel oder Kirchturm auftauchen würden, daß sich etwas bewegt ... etwas *zeigt* ...«

»Was sollte sich denn dort zeigen?«

»Genau weiß ich das auch nicht. Das zeigen, *was sich unter den Hügeln befindet.* Irgend etwas ist dort, das mich anzieht und mein Leben bedroht. Was sich nun genau dort verbirgt, ist mir unbekannt, ich weiß nur, daß es nicht der Herrgott sein kann. Ich bin nicht Moses, und Nordanay ist nicht Kanaan.«

»Vergeßt doch solche Narreteien, Spielmann. Ein Hügel ist ein Hügel, von dem aus man das Wild erspähen kann, oder meinetwegen auch die Feinde. Wenn Ihr aber Eure Geschichten mit solchen Grillen würzt, kann es nicht verwundern, wenn Eure Börse leer bleibt.«

Ingolard lachte schrill.
»Nein, Dodart«, entgegnete der Spielmann. »Ich kenne Euch als jemanden, der ein Geheimnis nicht gleich weitertratscht. Solche Grillen, wie Ihr sie nennt, sind natürlich nicht statthaft in den Romanzen und Geschichten, die ich vortrage. Dort findet sich Balsam für jede Wunde. Und stets zur rechten Zeit tauchen dort Schwerter auf, um aus einer verzweifelten Lage zu retten. Ja, der rechte Zeitpunkt ist das Wichtigste bei der Unterhaltung meiner ehrenwerten Zuhörer. Ho ho, ich habe schon König Arthur, den getreuen Roland und Theseus, den König von Athen, in Arten und Weisen auftreten lassen, daß die edlen Helden sich vor Schmerzen im Fegefeuer winden müssen. Nun ja, am Anfang habe ich die Geschichten erzählt, die mir in den Kopf gekommen sind. Aber bald mußte ich feststellen, daß das längst nicht ausreicht.«
Ingolard kicherte, atmete tief ein und fuhr dann fort.
»Ein jeder hat seinen eigenen Traum darüber, wie ein gutes und gerechtes Leben auszusehen hat. Und wenn ich mit einer Geschichte diesen Traum anrühre, belebe ich ihn. Dann leuchten in der Menge Gesichter auf, und dann weiß ich, zu welchem Zweck ich auf der Welt bin. Außerdem habe ich schon vor langer Zeit gelernt, das Ende einer Romanze so hinzubiegen, wie ich es gerade brauche. Daher haben die meisten meiner Geschichten zwei, drei oder vier unterschiedliche Enden. Eine für den großen Saal einer Burg, eine für das Gästehaus eines Klosters, eine für Bauersleute und eine für die Taverne in der Stadt. Manche Lektion mußte Ingolard lernen, während er sich den Mund mit Bier näßte. Um das Hohnlächeln von den Lippen des Almosenpflegers und den Nebel von den Augen des Schweinehirten fernzuhalten, dazu bedarf es schon einiger Geschicklichkeit und Erfahrung. Oder um andererseits den Frohsinn in einem Priester oder die Ritterlichkeit bei einem Edelmann zu erwecken – wobei ich natürlich die Ritterlichkeit meine, die die hohen Herren bei denen gebrauchen, die ihnen nie über den Weg laufen.«
Joris, der oben immer noch lauschte, fand es abstoßend, wie die-

ser Herumtreiber dort unten prahlte, mit Dingen zu jonglieren, die seiner körperlichen Versehrtheit unmöglich waren. Und Ingolard schien fest entschlossen, seinen Geist von dem Sirup zu befreien, der sein Leben ausmachte. Und das tat er nun eine Stunde und länger. Einmal äffte seine geübte Zunge Zurufe und typische Äußerungen aus dem Publikum nach.

»›Das ist zu grimmig, um wahr zu sein‹, rief einer. Zu grimmig, dabei waren die Frankenkriege gerade erst fünf Jahre vorbei. ›Pfui, was für ein Blutbad‹, rufen die Maiden. Doch wenn der Kampf zu kurz kommt, schimpfen die Männer: ›Wir wissen, wie der Wind singt und wie die Schlüsselblume blüht. Wann greift der Held endlich wieder zum Schwert?‹

Also wieder aufs neue Hiebe und Abwehr, und zur Belohnung seufzen die Ehefrauen: ›Der Herr sei mit uns, wer erträgt denn schon soviel Grausamkeit?‹ – Dann ruft ihr Gemahl, ein schmächtiger kleiner Mann, aus einer anderen Ecke: ›Ich.‹ Und ein anderer, ein Knabe, den man vergessen hat, ins Bett zu schicken, ›Ich auch‹, ›Und ich‹, brummt der Grobschmied, während er grinsend seine Muskeln spielen läßt.

Und wenn der edle Recke in der Schlacht innehält oder gar Reue zeigt, ist bestimmt einer bei den Zuhörern, der schreit: ›Mann, der Bursche sollte besser in ein Kloster eintreten!‹ Und so geht es hin und her. Einige verlangen Drachen, die natürlich erschlagen werden sollen. Doch sind die die Narren, die den Drachen in ihrer eigenen Brust nicht kennen. Andere – vor allem in Städten – wollen von Hexen hören, von heiteren alten Frauen, die auf Besenstielen durch die Nacht reiten. Doch niemals darf eine Hexe das Hinterteil des Satans küssen. Wenn die Wahrheit zu hart oder zu unappetitlich ist, muß man sie eben aussparen.

Dann gibt es immer wieder einen Ignoranten in der Menge, der mittendrin murrt: ›Wer ist denn Lanzelot vom See?‹ – so als wollte er damit sagen: ›Den gibt es ja gar nicht, weil er mir noch nie begegnet ist.‹ Andere sitzen staunend da und fragen sich, mit welchen Mächten ich im Bunde sein mag, daß ich so viele Dinge gehört habe. Das sind dann meistens die, die blind und taub und dumm an Krieg und Kindbett, Pest und Hungersnot vorbeigehen.

Ach ja, das erinnert mich an eine Einsiedlerin bei Volsberghe, eine gütige und heilige Person, mit der ich mich manchmal durch das kleine Fensterchen ihrer Zelle unterhalten habe. Einmal, ich war noch recht jung, machte ich eine abfällige Bemerkung über einen Bogenschützen, der vorbeischritt und zum Gruß seine Kappe zog. Ich wußte, daß er auf dem Weg zu einer kleinen Lichtung im Gebüsch war, wo eine hübsche Maid auf ihn wartete. Und heute noch klingelt mir der sanfte Tadel in den Ohren, den ich junger Sünder entgegennehmen mußte. ›Ich möchte, daß Ihr wißt, Meister Ingolard, daß es in dieser Gegend keine Hurerei gibt!‹ Und ihr Fensterchen zur Welt war nur einen Fuß breit und hoch . . .

Doch am meisten lernte ich in jenen frühen Tagen von einem Schafhirten, der jedes einzelne seiner zwanzig Tiere kannte und von den anderen unterscheiden konnte. Aber wenn in einer meiner Geschichten mehr als sechs Personen auftauchten, fing er heftig an zu knurren und brummen. Es macht nichts, wenn mein Held von einem Ort zum anderen wandert und dabei womöglich die halbe Welt durchquert. Es macht auch nichts, wenn er überall auf die gleichen Menschen trifft. Er darf ein oder zwei Geliebte haben, dazu einen Freund, mit dem er reden kann, und natürlich einen Feind, den es zu besiegen gilt. Ein König darf zwei Hofleute um sich haben, eine Königin zwei Zofen, ein Hauptmann zwei Leutnante. Aber sobald die Anzahl auf drei anschwillt, entsteht die größte Verwirrung.

Das Problem lag damals zur einen Hälfte bei meiner Erzählweise und zur anderen Hälfte bei der Dickfelligkeit des Schafhirten. Also habe ich meine Geschichte, auch wenn es mir noch so gegen den Strich ging, entrümpelt und bis auf ihr Skelett entkleidet. Und dennoch leuchtete immer noch die Flamme eines heimlichen Traums in einem Augenpaar auf. In allen Augenpaaren, zählten sie nun sechzehn oder sechzig Jahre. Man mag das auch Stolz über geheimes Wissen nennen, oder die Erinnerung an Momente der Freude oder der Macht . . .

Oh, Dodart, Ihr gähnt? Nun, ich schätze, auch Ihr kennt ein oder zwei Geheimnisse, deren Fremdartigkeit, Schmerzlichkeit oder Spaßigkeit jede Geschichte schmücken würde. Na, ist es nicht so? Habt Ihr nicht schon mir oder einem anderen zugehört und dabei im stillen gedacht: ›Ja, schön, aber er weiß nicht, was ich über diesen oder jenen weiß.‹?«

Dodart kicherte, und Joris verzog das Gesicht, während er miterlebte, wie der geschickte Spielmann aufs neue die Aufmerksamkeit des jungen Büttels errungen hatte.

»Nun ja, jetzt, wo Ihr es sagt«, entfuhr es Dodart, und er machte eine kleine Pause, um die Wichtigkeit seiner Geheimnisse zu betonen.

»Nein, nein, erzählt mir nicht davon, um danach beschämt von dannen schleichen zu müssen«, umschmeichelte ihn der alte Einbeinige. »Ich habe schon einiges Unmögliche gehört, und eigentlich trachte ich nicht danach, noch mehr zu hören, es sei denn, es wäre etwas Außergewöhnliches.«

»Ach was, beschämt!« ereiferte sich Dodart. »Und es geht ja auch gar nicht um mich und hat mit mir nur insoweit zu tun, als daß er in meiner Wiege gelegen hat, als ich schon krabbeln konnte. Nun, derjenige, den man den Edlen de Ath nennt, ist in Wahrheit gar nicht dieser, sondern der Vetter des wahren Erben, den eine Base zur Welt brachte. Und die wiederum empfing das Kind, als sie von Joris vom Felsen vergewaltigt wurde. Als die aufständischen Bauern den Turm von Ath stürmten, hat mein Vater, damals der Müller dort, einen Säugling gerettet und den bei sich versteckt, bis der Aufruhr vorüber war. Danach hat er ihn als den Erben von Ath ausgegeben und damit seinen eigenen Hals und den Besitz seiner Mühle gerettet. Er und meine Mutter sind nicht lange darauf am Schweißfieber verstorben. In seiner letzten Stunde erzählte mir mein Vater alles über das Kind, weil er meinte, dieses Wissen könnte sich eines Tages für mich als nützlich erweisen. Pah, nützlich! Am ehesten bekäme ich zum Lohn die Ohren abgeschnitten!«

»Wohl wahr«, stimmte Ingolard ruhig zu. »Solche Dinge vergißt man am besten sofort wieder. Und was den Turm von Ath angeht, so ist ein Herr so gut wie der andere. Was ist denn aus dem Kind geworden?«

»Barberghe wurde sein Vormund, lieh ihn aber an Ger aus, bevor der Krieg ausbrach. Damit ist er jetzt Page am Hof von Ger. Vielleicht hat er es mittlerweile schon zum Knappen gebracht. Ich habe ihn nie wiedergesehen. Aber sagt selbst, ist das nicht ein wunderliches Geheimnis?«

»Doch, sehr.«

Das dachte auch Joris und hatte Mühe, ruhig im Halbdunkel liegenzubleiben. Also gab es wirklich einen Sohn des Joris vom Felsen.

Während die schwache Erinnerung an die Begegnung mit Tiphaine in ihm hochkam, sprach Dodart seinen Namen ein zweites Mal aus, und das Geisterbild der bedauernswerten Maid verging unter einem Sturm neuer Erregung.

»Joris selbst ist auch der Bankert eines Edlen. Habt Ihr ihn eigentlich je von Angesicht zu Angesicht gesehen, Ingolard?«

»Nein, nicht daß ich wüßte. Es heißt, er habe die Züge und die Statur derer von Montcarneau. Und die sind ja wohl recht unverwechselbar. Es hat oft etwas Besonderes mit dem Blut der adligen Kegelkinder auf sich. Denkt nur an Conrad von Burias, Gott sei seiner verräterischen Seele gnädig . . . und den habe ich gesehen. Er war so vornehm schwarzhaarig, wie der neue König vornehm rothaarig ist . . .

Dodart, habt Ihr eigentlich von der Prophezeiung gehört, die Thorismund an seiner Wiege gemacht wurde? Ich bin in Hastain darauf gestoßen, und sie war verblüffend genau. Ich brachte sie in meinen Besitz, bevor der kleine Prinz Herzog von Hastain wurde und der alte König dort die Burg errichten ließ.«

»Nein, ich habe nie davon gehört. Wie lautet denn diese Prophezeiung?«

»Es waren Runen, und die verkündeten dieses, wenn ich mich recht entsinne:

Schwarz und Gold
Von Rot gewollt

Gold und Rot
Finden sich in Not

Doch werden sie getrennt
Bis viele Jahre verrennt

Rot macht schlimme Sachen
Das bringt Schwarz zum Lachen

Schwarz und Rot
Zusammen im Liebesboot

Gold leidet große Pein
Schwarz stellt allen ein Bein

Rot läuft rasch davon
Eh' untergeht seine Sonn

Schwarz geht von der Welt
Und Gold nun endlich erhält
Rot, das alles, was für ihn zählt

Nun, habt Ihr das wunderbare Übereintreffen mitbekommen?«
»Ich fürchte, nicht alles ist mir so recht klar geworden«, lautete Dodarts verdrossenes Geständnis. »Worum geht es eigentlich in dieser sonderbaren Verknotung von Rot und Schwarz und Gold?«
»Also gut, paßt genau auf, denn ich will es Euch erklären, und zwar Zeile für Zeile. Ich habe den alten Seher, der es verkündet hat, kennenlernen dürfen. Und noch heute, zwanzig Jahre nach seinem Tod, muß ich ihm alle Ehre erweisen . . .
Schwarz und Gold – Von Rot gewollt. Der rothaarige Thorismund

wollte – und hat auch – Hastain bekommen, dessen herzogliches Wappen ein goldenes Fallgatter auf schwarzem Grund zeigt ...
Gold und Rot – Finden sich in Not – Doch werden sie getrennt – Bis viele Jahre verrennt. Thorismund wurde schon als Kind zum Thronfolger ernannt, weil es dem König damals schlecht ging, und dann mußte er doch noch zehn Jahre warten, bis René verschied ...
Rot macht schlimme Sachen – Das bringt Schwarz zum Lachen. Der schwarzhaarige Conrad brachte seinen Vetter Thorismund in arge Verlegenheit, die einem Prinzen schlecht zu Gesicht stand ...
Schwarz und Rot – Zusammen im Liebesboot. Es geht um die Liebe der beiden zum Fräulein Yolande de Volsberghe. Auch sie habe ich gesehen und voll Wohlgefallen betrachtet, und beim Kruzifix, man kann den beiden jungen Herren keinen Vorwurf dafür machen, daß sich ihr Herz für diese Maid entschieden hatte.
Gold leidet große Pein – Schwarz stellt allen ein Bein. Thorismund war die Krone nicht mehr sicher, und Conrad scharte eine große Partei um sich.
Rot läuft rasch davon – Eh' untergeht seine Sonn. Und gelaufen ist er ja im großen Krieg, bis hinunter nach Pont-de-Foy.
Schwarz geht von der Welt – Und Gold nun endlich erhält – Rot, das alles, was für ihn zählt. Ich meine, trotz der etwas verdrehten Sprache ist doch klar, was damit gesagt werden soll – und wie es ja auch gekommen ist, nicht wahr? Und man erzählt sich, Thorismund habe zwei Nächte auf den Knien verbracht, ehe ihm die Krone aufs rote Haupt gesetzt wurde, möge Gott ihn segnen und ihm beistehen!«
»Amen zu diesem Wunsch«, schloß Dodart sich an. »In der Tat, guter Mann, das war ja eine unglaubliche Prophezeiung. Seid Ihr auch ganz sicher, daß sie nicht erst nach der Schlacht im Juni angefertigt und dann für alt ausgegeben wurde?«
»Da bin ich mir ganz sicher«, antwortete Ingolard und fing an, sich ausgiebig am Kinn zu kratzen.

»*Und ich bin mir ebenso sicher*«, dachte Joris und zitterte von einem inneren Sturm der Wut und des Lachens.
Anne war fort, seine Bande bestand nicht mehr, und jetzt erwiesen sich auch noch die Runen als Schabernack. Diese elendige Made von einem Krüppel, dieser plärrende Händler von zusammengeschusterten Geschichten, diese einbeinige Mißgeburt hatte ihn auf so plumpe Weise hereingelegt, wie er das sonst wohl nur mit tumben Bauersfrauen auf den Jahrmärkten in Basse Honoy vermochte. Es war wohl wahr, daß Joris nicht nur sein Leben unter diese dummen, verwirrenden Zeilen gestellt, sondern auch mit seinem Schwert eine neue Auslegung dieses blühenden Unsinns hinzugefügt hatte. Es war außerdem wahr, daß Anne sein Herz auch ohne diesen Beistand des Spielmanns in Flammen gesetzt hätte. Aber daß seine Kraft und sein Geist sich unter eine launige Geschichte von Ingolard gebeugt hatten, bei der es dem Spielmann nur um das Klingen einer Silbermünze gegangen war, konnte auch jetzt, so lange danach, nicht hingenommen werden.
Nicht hingenommen werden! Oho, Dodart erhob sich!
»Es ist an der Zeit, sich von den Wundern dieser Welt zu verabschieden«, erklärte der Wachmann. »Ich muß nun mein Horn und meinen Bogen holen. Ihr könnt hier ruhig sitzenbleiben, Ingolard. Flar kommt sicher bald zurück.«
»Ja, bleibt nur ruhig dort sitzen, Spielmann«, dachte Joris voll innerer Anspannung. »Dodart hat Eure Spielmannsbekenntnisse gehört; und auch, daß Ihr nicht mehr lange herumziehen wollt. Keine Bange, der Tod ist schon zu Euch unterwegs.«
Die schlurfenden Schritte des Büttels wurden leiser und vergingen. Joris legte sich flach auf sein Lager und griff mit beiden Händen um eine Ecke. Dort lagen schon lange drei flache Steine von der Art herum, wie man sie zum Beschweren von Dachstroh verwendete. Er bekam einen davon zu fassen und zog ihn vorsichtig heran. Sein Körper drohte unter der Anspannung zu zerreißen, und eine Diele krachte verräterisch unter ihm.
Ingolards weißer Kopf drehte sich, und die Lippen von Joris verzo-

gen sich zu einem wölfischen Grinsen. Er hielt den Stein aus dem Loch und rief nach unten:
»Ingolard! He, Spielmann!«
Der Einbeinige fuhr zusammen, drehte sich auf dem Schwellenstein herum und hielt endlich das braune und verrunzelte Gesicht fragend hoch.
»Ja?« sagte er unfreundlich. »Was gibt es? Wer seid Ihr?«
»*Das, was sich unter den Hügeln befindet!*« lachte Joris und stieß den schweren Stein nach unten.
Dann band er sich den Schwertgurt um, stopfte Brot und andere Nahrung in seinen Beutel, entdeckte sein Jagdhorn und hing es sich über die Schulter. Er packte noch rasch seinen Umhang und riß die Luke auf, um sich in den Kuhstall hinunterzuschwingen. Er zückte sein Schwert. Dodart kehrte schlurfend zurück. Der dumpfe Aufprall des Dachsteins auf den Kopf und dann der zweite Aufschlag auf den Stein hatten ein sonderbares Loch in die Stille des Sommernachmittags gerissen. Eine von Ingolards messingbeschlagenen Krücken war zusätzlich über das Kopfsteinpflaster gepoltert.
Dodart rief etwas und stellte sich unter die offene Luke. Dem Räuber blieb kein Raum für einen Hieb, also stieß er die Klinge auf direktem Weg nach unten. Kurz darauf landete Joris zwischen den beiden leblosen Männern, wischte die Waffe ab und sprang zu dem Unterholz vor dem Wald, in dem Flar ihn gefunden hatte.
Schweiß strömte ihm rasch aus allen Poren. Seine Beine waren steif und lahm vom langen Herumsitzen, und seine ersten zwanzig Schritte hinterließen auf dem Sand rote Spuren. Ein Hund bemerkte ihn und kläffte, trottete auf den Kuhstall zu und verstummte dort. Das Glück ist mit den Wagemutigen – Joris war schon drei Meilen weit fort, als die zweite Ernteglocke geläutet wurde und die Straße des kleinen Ortes sich mit Leben füllte.
Zweimal watete Joris durch einen Bach, damit Hunde seine Spur verlieren würden. Er legte sich in dichten Farn, sank sofort erschöpft in den Schlaf und erwachte erst, als die Sonne schon wieder hoch am Himmel stand.

Er aß etwas von seinen Vorräten, kletterte eine Buche hinauf und sah sich um, wo er sich eigentlich befand. Tiefer Wald stand gar nicht weit fort, und bis dahin gab es genug Bäume, um ungesehen dorthin zu gelangen. Leider hatte er keinen Bogen mehr, und die Jagd nach Wild würde sich somit schwierig gestalten. Außerdem waren seine Muskeln schlaff, und das Laufen ermüdete ihn rasch. Aber er war immer noch Joris, und er gönnte sich die Zeit, befriedigt eine neunte Schramme in den Schwertknauf zu ritzen – diesmal zu Ehren des Spielmanns Ingolard.
In dieser Nacht schlich er über die Straße nach Ververon und schlüpfte über Lichtungen am Wegesrand, wenn sich Wolken vor den hellen Mond schoben. Am Morgen beobachtete er im Unterholz einen Galgenbaum auf einem Kreuzweg. Die Leiche, die dort hing, hatte soviel Ähnlichkeit mit Madoc, daß kein Zweifel mehr möglich schien. Joris verzog das Gesicht, wandte sich ab und hörte plötzlich das ›Lied von Fastingal‹ in seinem Kopf.

Da hängt er nun hoch am Galgenbaum
Der so gern im Schatten tat schleichen
Steif und starr in des Abends Stunde
Aus und vorbei ist's mit seinen Streichen.

Plötzlich erschien ein Bild vom letzten Monat in den Hügeln vor seinem inneren Auge: die sich ständig verringernden Gruppen von Versprengten, die alle Hoffnung verloren hatten; die enger werdenden Fesseln von Hungersnot, Feuer und Stahl; die wahnwitzigen Ausbruchs- und Durchbruchsversuche; das Bellen, die Schlachtrufe und die Todesschreie; die aufgerührten Tiere im Heideland; das Herannahen von Raben und Krähen, sobald die grünen, weißen oder gelben Mäntel abgezogen waren. Joris nahm das große Horn von der Schulter, warf einen letzten Blick dann auf das wunderbare Mundstück aus getriebenem Silber und schleuderte das Stück in den nächsten Waldsee. Es hatte wenig Sinn, sich mit einem Gepäckstück zu belasten, denn die, die das Horn einst zusammengerufen hatte, konnten nicht mehr laufen oder hören.

Als nächstes schaute er sich ärgerlich um, denn es schien ihm so, als würden Dodart und Ingolard sich ganz in der Nähe leise und kichernd über ihn unterhalten. Doch nichts und niemand war zwischen den Eichen. Nichts, nicht einmal ein Eichhörnchen oder ein Vogel.

Joris fluchte und marschierte nach Süden. Er redete laut mit sich selbst, um diese höhnenden Stimmen nicht noch einmal vernehmen zu müssen. Doch es vergingen noch drei Tage, bis sie ihn nicht mehr plagten.

Eine Nonne, in Grau gekleidet und mit einer gewaltigen und gestärkten, makellos weißen Haube auf dem Kopf, trug einen leeren Eimer durch einen Buchenwald, der zum großen Besitz des bedeutenden Klosters von Vautram gehörte. Sie hatte Almosen in das armselige Dorf gebracht, in dem die Leibeigenen des Konvents lebten. Und nun, im letzten Tageslicht, suchte sie sich mit gebeugtem Haupt ihren Weg über Moos, Bucheckern und graue Wurzeln.

Die Nonne war kräftig gebaut und besaß ein starkes Herz, das sich nicht nur auf die Ausstrahlung ihrer Tracht berief. Denn als sie entdeckte, wie eine zerlumpte Gestalt zwischen den Bäumen auf sie zuschlich, blieb sie stehen, drehte sich um und trat einen Schritt auf den Kerl zu. Und ihre blauen Augen, die in dem verbrauchten, aber immer noch anmutigen Gesicht weit auseinanderstanden, starrten ihn mit einer Offenheit an, die genauso erschreckend wirkte wie Schielen.

»Aber das ist ja Joris!« entfuhr es ihr, und in ihrer tiefen Stimme schwang Vorsicht mit. »Ich hörte, man hätte dich vor drei Tagen tot aufgefunden. Jeden Morgen und jede Nacht habe ich seitdem für deine Seele gebetet. – Doch dein Körper ist hier nicht sicher.«

Joris lehnte sich an einen Baum und starrte sie an wie ein wilder Wolf. Seine Gedanken gerieten durch den Schock des Wiedersehens in arge Unordnung. Doch alles Brüten der Vergangenheit troff von seinen Worten.

»Und du denkst, daß dein Körper hier sicher ist?« fuhr er sie an und grinste zornig.
»Sicherer als irgendwo sonst«, antwortete die Nonne und stellte den Eimer vor sich ab.
Der graue Ärmel verfing sich im Weidengeflecht des Griffs und offenbarte so das Ende einer häßlichen Strieme auf dem starken, milchweißen Unterarm. Joris hörte wie im Halbtraum, wie ein Stöhnen über seine Lippen kam. Die Herodias in Hastain, die sich im Wald in die Göttin Diana verwandelt hatte, war nun zu Schwester Magdalen in Vautram geworden.
»Du . . . du . . .« stammelte er, und dann gelang es ihm mit einiger Mühe, sein Erstaunen und seinen Rachedurst unter Kontrolle zu bekommen. Er machte einen großen Schritt auf sie zu.
»Also hat Thorismund dich hier versteckt, nachdem er deiner im Bett überdrüssig geworden war? Wie lange hat er dich ertragen, dieser königliche Reiter so vieler anmutiger Stuten?«
»Laß ab von deinen faulen Schmähungen, und vergiß deine törichten Gedanken«, erklärte die, die einst die Rote Anne gewesen war. »Der Prinz bekam nichts von mir. Nur einmal hat er in meinen Armen geweint, weil er sich seiner Schwäche und seiner Sünden schämte. Und er hat mir nichts gegeben, außer daß er mir den Eintritt in dieses Kloster ermöglichte und dafür sorgte, daß meine Novizenzeit stark verkürzt wurde. Ob du mir das nun glaubst oder nicht, Joris, ich schwöre bei meinem Rosenkranz, daß es so gewesen ist.«
Sie löste den Ärmel vom Eimergriff und nahm dann die Perlen und das Kruzifix in die Finger. Und von ihrer Erscheinung und von der fremdartigen und unerschütterlichen Freundlichkeit auf ihren furchtlosen Zügen ging etwas aus, das das Herz des Räubers dazu brachte, ihr zu glauben. Kaum war ihm das bewußt geworden, als tiefste Verzweiflung wie mit tausend Schwertern auf ihn einstach. Denn aller Stolz auf sein sündiges Leben und alle satanische Selbstgerechtigkeit der Männer, für die die Welt gemacht war, konnten Joris nicht dazu bringen, den Anblick eines anderen zu ertragen, der über einen Pfad, der jenseits von seinem Verständnis lag, aus dem gleichen verderbten Leben ausgebrochen war.

»Was ... was hat den Wandel in dir bewirkt ... in dir, die du einst die treue Dienerin des Großmeisters alle Hexenversammlungen des Nordens warst ... du, die du das Bett mit solchen wenig heiligen Männern wie Lorin de Campscapel und Joris vom Felsen geteilt hast?«

»Vielleicht hatte ich nach langem genug davon, so zu leben wie ein Mann – ich, der ich doch nichts anderes bin als ein unfruchtbares Weib. Und vergiß nicht, daß auch mir etwas geweissagt wurde. Eine Prophezeiung, die ebenso sonderbar war wie deine Runen.«

»Wußtest du, daß meine Runen nichts als Schwindel waren?«

»Ich wußte, daß sie in Hastain die Runde machten, als ich noch ein Kind war. Und ich weiß, daß man sie sich nach dem Sieg bei Pont-de-Foy wieder erzählt. Du hast deine Wahrheit in ihnen gefunden; und Thorismund die seine. Doch wie soll ich dir begreiflich machen, wie es mir erging, bevor ich in die Schatten auf dem Hügel mit den drei Bäumen eintrat? Lys hatte ihren Anteil daran, auch Ivo, der für mich in den Tod ging, und sogar Thorismund, der in seiner schweren Krankheit alle flüchtigen und weniger flüchtigen Lieben vergaß und nur noch nach seiner Mutter rief – stell dir vor, in seinem Fieberwahn hielt er mich für sie!«

»Ihr habt eines gemein, nämlich die Haarfarbe ... du, der Prinz und Judas Ischariot. Doch du hast recht, wenn du sagst, daß du mir deine Konvertierung nicht begreiflich machen kannst. Wie stellt sich eigentlich dein Leben im Kloster dar?«

»Nun, ich arbeite, faste und bete um Vergebung. Ich gebe zu, die Umstände meines Eintritts sind nicht nur unehrenhaft, vielleicht sogar verdammungswürdig. Aber keine Verdammung geht so tief wie die Gnade der Dreieinigkeit. Und wenn die Anne, die du kennst, immer noch kämpft, widerstrebt und sich nur zollweise zurückdrängen läßt, so sei versichert, daß der Friede, den ich manchmal finde, etwas so Großartiges ist, daß keine Erfüllung des Fleisches oder des Geistes auch nur entfernt dort heranreichen können.«

»Ha! Da hat wieder die alte Rote Anne gesprochen. Nachdem sie die Hölle und die Erde ausgekostet, sogar ausgequetscht hat, greifen ihre gierigen Finger nun nach dem Paradies, um auch dort möglichst viel, wenn nicht alles herauszuschlagen. Du arbeitest sicher schon kräftig daran, Äbtissin zu werden, was?«

»Nein, Joris. Seit ich hier bin, schule ich mich darin, dem Wort zu gehorchen, den Worten anderer bis ans Ende meines Lebens zu gehorchen.«

Sie stand ernst vor ihm und sah ihm fest in die Augen. Die große, weiße Haube warf einen Schatten auf die obere Hälfte ihres Gesichts. Das steife Leinen umrahmte ihr rundes, kräftiges Kinn, und die graue Tracht verbarg den wunderbaren Leib, dessen Rundungen seine Hände einst so gut gekannt hatten wie den Griff seines Schwertes.

»Bis ans Ende deines Lebens, wie?« sagte er heiser, und der leibeigene Teil seines Blutes verwandelte sich in reines Gift. »Diese Schulung sollte dir nicht schwerfallen. Ich will hier nicht auf deinen Verrat unserer alten Kameradschaft eingehen und es dabei bewenden lassen, daß du nicht auch noch Soldaten zum Fels geführt hast. Ich sage dir aber, daß ich seit achtzehn Jahren keinen Trost in der Kirche gefunden habe, und so soll die Kirche auch nie mehr etwas von mir erhalten. Wenn du auf Erden die Braut Christi sein willst, so wirst du heute nacht eine Perle in deiner Ausstaffierung vermissen. Eine trübe Perle, das versichere ich dir, aber eine, deren Verlust du beklagen wirst.«

Damit und mit einem unterdrückten Fluch zog er das Schwert aus der Scheide. Falls Anne zu beten begann, so tat sie das im Herzen. Sie hob nur das Kinn ein wenig und setzte ein sehr feines Lächeln auf.

»Ich trage ein eisernes Bußkorsett«, warnte sie ihn. Und das waren ihre letzten Worte. Der Stahl schnitt durch die Luft, und für einen Moment entmutigte der milde Blick ihrer Augen den Räuber. Doch dann brachten Härte, Rachegelüst und schmerzliche Erinnerung den Wolf in ihm zum Durchbruch, der nur eine Freude kannte – die an Zerstörung.

Es gab nur sehr wenige, die auch das bloße Haar als das der Roten Anne wiedererkannt hätten. Man hatte es ihr kurz wie bei einem

Knaben geschnitten, und mehr noch waren viele graue Strähnen darin. Die Vesperglocke läutete. Ihr Klang trieb sanft über die Felder; er hielt die Hand von Joris zurück, konnte aber nicht verhindern, daß seine Zunge noch ein paar Worte hervorsprudelte, die er eigentlich nicht mehr für wert befunden hatte, gesagt zu werden.

»Du wirst dich verspäten!« knurrte er, machte auf dem Absatz kehrt und eilte davon – zwischen den Buchen, deren Äste gegen ihn schlugen, und hindurch auf die Wolkengebilde im Westen zu, die im Blutrot der untergehenden Sonne wie eine sprungbereite Bestie wirkten.

Tatsächlich hielt man Joris für tot. Ein kräftiger Bursche, der irgendwie von seinem Trupp abgetrennt worden war und einen Bart trug, der dem des Räuberhauptmanns verblüffend ähnelte, hatte sich nicht mehr aus einer in Brand geratenen Hütte bei Santloy befreien können. Man hatte ihn unter einem Balken aufgefunden. Sein Schädel war verkohlt und bis zur Unkenntlichkeit zerdrückt worden. Die meisten Soldaten hatten die Verlängerung ihres Dienstes mit dieser Räuberjagd gründlich satt, und niemand neidete den Männern, die den Toten gefunden hatten, ihre königliche Belohnung.

So hockte Joris halb verhungert und dem Wahnsinn nahe zwei Tage lang in den Wäldern bei Ververon und beobachtete, wie seine Verfolger nun die Straßen hinauf oder hinunter marschierten, um endlich nach Hause zu kommen. Als er sich endlich aus seinem Versteck traute, wirkte das Land ungewohnt leer. Er raubte die Vorräte aus einer Försterhütte und lief nach Süden in Richtung Pont-de-Foy.

An einem nebligen Vormittag erreichte er das Flußufer, als das matte Sonnenlicht die ersten gelben Flecken auf dem Septemberlaub zeigte. Der Varne lief ruhig unter den Weiden, lag wie ein braunes und silbernes Band zwischen dem dichten Wald. Fünfzig Meter von Joris entfernt glitt ein junger Hirsch ins Wasser und tauchte seinen Schädel in sein verzerrtes Spiegelbild. Er trank

rasch, aber ruhig, bis er wendete und wieder das Ufer hinaufstieg, um wie ein Geist zwischen den Stämmen zu verschwinden.
Der Räuber betrachtete den Boden an der Furt und entdeckte keine Abdrücke von Menschenfüßen oder Tierklauen. Das Weiß an manchen gebrochenen Zweigen wirkte älter, und das Gras und der Farn hatten sich längst von Gers Sturmritt im vergangenen Juni erholt. Joris hatte eigentlich vorgehabt, bis zum Einbruch der Dämmerung zu warten und erst dann den Übergang zu wagen. Doch sein altes Geheimnis schien heute wieder nur ihm allein zu gehören. Nichts regte sich am gegenüberliegenden Ufer, und während er noch hinsah, löste sich dort der Nebel ein wenig auf.
Wenige Momente später stand er schon bis zur Brust im Wasser und verzog bei der Kälte das Gesicht. Er benutzte das Schwert wie einen Stecken, um nicht von der schmalen Furt abzukommen. Seine letzten Morde plagten ihn nicht mehr mit Geisterstimmen. Abgesehen von Hunger und Erschöpfung hatte Joris immer schon Erholung darin gefunden, sich auf seine nächste Tat vorzubereiten. Vor langer Zeit schon hatte er sich ein Stückchen Religion angeeignet, um damit seine Führungsansprüche zu rechtfertigen. Er hatte Gott zwar nicht ganz vergessen, ließ sich aber von anderen gottähnlich verehren. Wenn einer seiner Untertanen es wagen sollte, sich ihm zu widersetzen, so kam ihm das wie Blasphemie vor. Sicher, Wogen des Wahnsinns streiften immer wieder durch seinen Kopf, aber seine Ungebundenheit und Freiheit verbanden sich mit der Anstrengung, den Varne zu überqueren, zu völliger Zufriedenheit, die sich auch auf den adlerartigen Zügen des Räubers abzeichnete. Langsam bewegte er sich über dem wispernden Wasserrauschen weiter.
Endlich erreichte er die sandige Bank am südlichen Ufer des Flusses und stieg hinauf. Seine Kleider klebten an ihm, glänzten und tropften. Die bloße Klinge, die er eingeölt hatte, sonderte eine abnehmende Folge von dicken Wassertropfen neben die Eindrücke seiner Schuhe ab. Und nun befanden sich zehn Striche auf dem Heft der Waffe.
Auf dem Kamm des ersten Hügels, wo seine Schritte trockene Kie-

fernnadeln zerknackten, blieb er stehen, drehte sich noch einmal um und schwang die glitzernde Klinge gegen das Ufer, das er eben noch bestiegen hatte.
»Ha, bei den Glocken der Hölle!« lachte er. »Ich habe die ganze gerüstete Bande zum Narren gehalten!«
Ein Geräusch drang an sein Ohr, und er wirbelte herum. Ein dunkelhaariger Junge mit einem Bogen in der Hand und dem schwarzen Gierfalken auf der gelben Tunika trottete auf einem braunen Gaul durch die Kiefern auf ihn zu.

»Bevor ich nach Hautarroy aufbreche«, hatte Graf Raoul von Ger erklärt, »will ich bei Pont-de-Foy den Bau der von mir gestifteten Kapelle für John Doust in Gang bringen.«
Ein Mönch von der Priorei von Dor, ein weithin gerühmter Baumeister und Architekt, ritt mit dem Grafen nach Angmer und zog dort zusammen mit dem Edlen in den Gasthof ein. Sie unterhielten sich nicht viel, dafür zeichnete der Mönch um so mehr. So bekam Juhel wiederum einen Stift und Papier in die Hand und erfuhr dabei das Wiedererwachen der tiefen Befriedigung am Zeichnen und Malen, die er schon halb vergessen hatte. Jeden Tag ritt er an den schwarzen Ruinen des Gasthofs ›Zur Eintracht‹ vorbei, dessen Wirt Glück gehabt hatte; denn er hatte sich und einiges von seinem Besitz in den einzigen Schuppen bringen können, der dem Feuer entgangen war. Juhel ritt das Schlachtfeld ab und plazierte dort in Gedanken die Geschichten, die er von den Kämpfen am linken Flügel und im Zentrum gehört hatte. Dann fing er an, Zeichnungen von der Schlacht anzufertigen, von denen er die gelungensten dem gräflichen Sekretär Hubriton gab. Der rieb sie mit Öl ein, um die Bleistiftstriche zu erhalten, und klebte sie dann in seine große Chronik, in der der Knabe mit großem Vergnügen las.
Juhel war nun nach allem Recht in der Obhut von Raoul von Ger. Einmal war der Knabe im vergangenen Sommer – während die anderen die Hügel durchkämmten – zu seinem Turm von Ath geritten und war dort von dem grauhaarigen Ritter begrüßt worden,

den der Graf dort als Seneschall eingesetzt hatte, bis Juhel das achtzehnte Lebensjahr vollenden würde. An jenem Tag war der Knabe sehr still. Er sah seine Leibeigenen fragend an, und die starrten ebenso zurück. Als der Ritter und er in der dunklen kleinen Kapelle zusammenkamen, bat Juhel den Seneschall, ihn allein zu lassen. Er kniete nieder und betete lange Zeit oder lauschte dem Wind, der leise in den Mauern sang. Nicht die Vergangenheit, sondern die Zukunft bedrückte den jungen Mann. Sein Herr würde Ger sein und nicht Barberghe, aber die Aussicht auf eigene Macht und Herrschaft bereitete ihm alles andere als Vergnügen. Er strebte nicht danach, anderen Befehle zu erteilen oder anderen Herren zu gehorchen, nur weil die in der Rangfolge über ihm standen. Er wollte ein eigenes Leben führen, sich nur von seiner Hände Arbeit ernähren und vor allem der Unruhe fernbleiben, die Frauen auszulösen pflegten.

Er war froh, endlich wieder einmal von Ger fortzukommen, und es beglückte ihn geradezu, sein Ath zu verlassen. Doch in Angmer fand er dann eine innere Ruhe, wie er sie seit dem Tod von Piers nicht mehr gekannt hatte. Raoul von Ger, Nino Chiostra, Hubriton und Dom Blaise, der Architekt von Dor, waren allesamt Männer, denen man mit Respekt begegnen konnte und denen man interessiert zuhörte. Am Tag vor der geplanten Abreise ritt Juhel noch einmal am Fluß entlang, um einen letzten Blick auf den Weg ihres Sturmritts zu werfen, bei dem sie im Rücken des Feindes die Brücke erobert hatten.

Er nahm den Bogen aus reiner Gewohnheit mit. Ein Fasan lag über seinem Sattelknauf, bevor er seinen Gaul zum Heimritt wendete. An einer Stelle hielt er das Pferd an und starrte gedankenverloren auf die Furt. Er nahm sich vor, an diesem Abend eine Zeichnung vom damaligen Übergang anzufertigen. Dann entdeckte er die Gestalt, deren Bart im Sonnenlicht leicht glänzte.

»Wahrscheinlich irgendein Waldarbeiter des Herzogs von Saulte«, sagte er halblaut zu sich und beobachtete den Kopf und die Schultern, von denen das Wasser tropfte. »Bei allen Heiligen, was für ein Hüne. Und für einen Mann in den Diensten des Herzogs sieht

er eigentlich zu zerlumpt aus. Davon abgesehen trägt er kein Emblem. Nein, er muß ein Vogelfreier sein. Aber was macht er hier, so weit fort von seiner Bande? In dieser Gegend gibt es normalerweise keine Räuber . . . Ich denke, ich sehe mir den Burschen einmal aus der Nähe an.
Und ich wünschte, ich wäre nicht allein. Aber daran läßt sich im Augenblick wohl nichts ändern.«
Er zog einen Pfeil aus dem Köcher, hielt ihn mit Mittel- und Zeigefinger am Holz und trabte mit seinem kleinen Gaul vorwärts, seine Pflicht zu erfüllen.

»He da, Kerl, stehengeblieben!« rief er. »Sagt mir, wer Ihr seid?«
Joris betrachtete den Knaben, sah den Bogen und hielt es für das Beste, sich erst einmal zu verstellen. Zumindest war hier ein Pferd – und offenbar kein weiterer Reiter in der Nähe.
Juhel sah, wie eine große, rote Hand die letzten Tropfen von einer ledernen Scheide wischte, während die andere ein großes Schwert hineinschob. Dann kam der graugoldene Kopf hoch. Juhel riß am Zügel und machte keuchend die rotgeränderten Augen mit den schweren Lidern, das wettergegerbte, grimmige Gesicht und den struppigen Bart aus.
»Dietrich Halbern!« schrie er. »Ich kenne Euch, Ihr seid Joris vom Felsen!«
Er ließ den Zügel los und hob den Bogen. Joris lachte nur und zückte den Dolch. Er sprang zwischen den Kiefernstämmen hin und her und näherte sich dem Knaben von der Seite. Sein Ziel war, das Pferd zu erschrecken und darauf zu achten, daß der Schädel des Tieres immer zwischen ihm und dem Bogen war. Und er mußte nahe genug herankommen, um den Dolch sicher werfen zu können. Doch der braunäugige Reiter ließ sich nicht so leicht täuschen. Er lenkte das Pferd mit den Schenkeln, während er mit festem, sicherem Griff den Bogen auf den Gegner richtete.
Ein scharfes Sirren, ein Pfeifen durch die Luft und ein heftiger, stechender Schmerz – dies kam für Joris alles zusammen in einem

Augenblick. Er duckte sich, um dem Geschoß zu entgehen, schaffte das aber nicht rechtzeitig und fiel auf den Bauch, während die Pfeilspitze durchs Schlüsselbein gefahren war und am Rücken wieder herauskam.
Hufestampfen, als er über die Kiefernnadeln rollte, Stiefelstampfen, als er sich auf eine Hand aufstützte. Der Knabe rannte mit einem erhobenen Kurzschwert auf ihn zu. Es blieb Joris immer noch Zeit, den Dolch zu packen und mit der Linken zu schleudern. Doch die Klinge prallte flach gegen einen Baumstamm.
Als er auf den Knien war und das Schwert schon halb gezogen hatte, regneten die ersten noch unbeholfenen Schläge auf ihn herab. Er schützte sein Gesicht mit dem gesunden Arm und spürte einen Stich in der Brust, während schrille, helle Worte an sein Ohr drangen.
»Ich bin Juhel de Ath, Ihr Hund! Das ist für meine Base Tiphaine – und das für Hauptmann John Doust – und das – und das – und das für jedes andere gemeine Verbrechen in Eurem ganzen verderbten Leben!«
Joris lag jetzt auf dem Rücken und öffnete stöhnend die Augen. Er war immer noch reichlich überrascht, daß ihm so etwas widerfahren konnte, und obwohl ihm klar war, daß das Leben rot aus ihm rann, fand er noch Gelegenheit, sich an Tiphaine zu erinnern. Nun hob Juhel mit beiden Händen das Schwert und ließ die Spitze mit aller Kraft hinabfahren. Dabei bemerkte er voller Verwunderung ein heiteres Funkeln unter den schweren Lidern. Joris hob langsam eine zitternde Hand. Wenn Gott sich diesen Scherz mit ihm erlaubte, so blieb ihm immer noch der Schlußlacher über den Jungen. Mit dem letzten Atem – so wie Rufin damals, als er in seinen letzten Momenten noch den Fluch ausgestoßen hatte – wollte er seinem Mörder die Wahrheit über seine Herkunft stecken.
Doch als er dazu ansetzte, konnte er nicht sprechen, denn sein Mund war voller Blut. Juhel sah, wie das Funkeln in den Augen verging und Todesangst und Schrecken Platz machte. Joris spuckte und würgte; spuckte wieder und preßte eine Hand auf die

Brust. Er zuckte und wand sich und hob in einer letzten Anstrengung den großen Kopf, um noch etwas sagen zu können.
Dodart und Ingolard hatten die Wahrheit gewußt, und diese beiden hatte er getötet. Nicht die Kirche mit ihrem Bann, nicht die Rote Anne mit all ihrem Verrat und auch nicht Raoul von Ger mit seinen zehntausend Soldaten hatten es vermocht, den Räuberhauptmann zu seinem Ende zu bringen. Stolz über seine Gerissenheit flammte kurz in ihm auf und verging rasch wieder. Alle Kraft strömte aus seinen Gliedern. Das Gesicht des Knaben verschwand hinter einem Nebel, der sich von Rot zu Braun zu Schwarz verfärbte. Lungen und Luftröhre verkrampften sich und bereiteten ihm unsägliche Schmerzen; doch ein letzter Hauch blieb ihm, und den verbrauchte er, bevor ihm das bewußt wurde.
»Gott weiß es!« gurgelte er und fing wieder an zu würgen. Blendende Blitze fuhren durch die Schwärze, und aus weiter Ferne kam ein furchtbarer Donnerschlag. Gott wußte es. Und Joris' letzter Gedanke war der, daß er glaubte, das Lachen des himmlischen Herrn zu vernehmen.

»Bei allen zehntausend Flugteufeln!« rief Nino Chiostra vom Sattel. »Junge, den habt Ihr aber schön zugerichtet. Wer um alles in der Welt . . .«
»Dies ist der wirkliche Joris vom Felsen«, sagte Juhel und hob den Kopf. Sein Gesicht war bleich und angespannt. »Ich habe ihn mit einem Pfeil niedergeschossen, und dann . . . und dann . . . er war völlig wehrlos, und . . .«
»Ja«, brummte der Tuscier. »Ich kenne das Gefühl. Ist bei jedem beim ersten Mal so.«
»Und es war auch das letzte Mal«, murmelte der Knabe und biß die Zähne aufeinander. Er wirbelte abrupt herum, holte weit mit dem feuchten Schwert aus und warf es hoch durch die Luft. Die Waffe überschlug sich und landete platschend im Varne. Nino stieg vom Pferd.
»Ich habe Joris nur einmal gesehen«, erklärte er, »und damals lief er gerade davon. Aber bei meiner Seele, Ihr habt recht, und unser

Herr Graf kann das auch bestätigen. Beendet nun, was Ihr begonnen habt. Schlagt ihm den schurkischen Schädel vom Rumpf. Die Belohnung wurde einem Falschen gegeben, doch ich schätze, Ihr werdet eine neue erhalten. Warum habt Ihr Euer Schwert fortgeworfen? Nehmt das meine ... oder das seine.«

»Ich will nichts mehr mit ihm zu schaffen haben«, murmelte Juhel dumpf.

»Nun, dann will ich Euch beistehen«, erklärte Nino mit unterdrückter Belustigung. Er trat einen Schritt vor, hieb dem Räuber das Wolfshaupt ab und schnitt ein großes Stück von dessen nassem Umhang, um darin die scheußliche Trophäe zu tragen.

Der Knabe sah ihm mit eigentümlicher Miene zu, während die Farbe langsam in sein Antlitz zurückkehrte. Aber erst als der Tuscier seine Klinge abgewischt und das blutige Tuch aufgenommen hatte, fand Juhel seine Sprache wieder.

»Ritter Nino?«

»Ja, was gibt es?«

»Nehmt Ihr ... nehmt Ihr das Haupt von Joris. Und erklärt vor allen, Ihr hättet ihn erschlagen, ja? Ich will weder Belobigung noch Belohnung ... wohingegen Ihr ... Wenn unser Herr ... wenn der König hört, was Ihr geleistet habt ...«

»Was dann?«

»Da ... da gibt es doch eine Angelegenheit, in der ich ... Wir, nun wir alle kennen Euch ... und wünschen Euch das Beste ... und würden ... würden alles, was wir vermögen, tun, um Euch zu helfen bei ...«

»Juhel, lieber Freund, laßt es gut sein. Ich hätte einiges darum gegeben, wenn ich derjenige gewesen wäre, der Joris den Garaus gemacht hätte. Aber glaubt Ihr denn wirklich, ich würde, selbst wenn es um so etwas Bedeutendes ginge wie diese von Euch angesprochene Angelegenheit, ein solch unfaßbares Geschenk annehmen können? Doch nun will ich Euch ein Geheimnis verraten, das Ihr für Euch behalten müßt, und außer dem Herrn Grafen, Hubriton, Euch und mir weiß noch niemand davon. An diesem Morgen, Ihr wart schon fort, kam ein Bote von Hautarroy. Nachdem ich seine Nachricht gelesen hatte, schwang ich mich aufs Pferd, um mein Blut abzukühlen, und das ist auch der Grund, warum ich jetzt hier bin.«

»Macht es nicht so spannend, Ritter Nino!«

»Es wird Euch sicher nicht entgangen sein, daß sich in der letzten Zeit die Reihen des alten Adels in diesem Reich stark gelichtet haben. Nun denn, möglicherweise war der König nicht ganz bei sich, oder vielleicht hat Graf Raoul, Gott möge ihn segnen, ihm gedroht, einen neuen Aufstand anzuzetteln, wenn er sich nicht so entscheiden würde. Wie dem auch sei, ich soll der neue Graf von Saint-Aunay werden, allerdings unter der Maßgabe, daß ich die einzige Erbin des Hauses, ein gewisses Fräulein Dionysia, eheliche.«

»Herr Ritter, ich meine, Herr Graf, ich . . . ich . . .«

»Nein, Knabe, spart Euch diese Worte. Gerade Ihr, der Ihr eben ein so überaus großzügiges Angebot gemacht habt, braucht nun nicht vor Ehrfurcht im Boden zu versinken. Und noch bin ich kein hoher Herr. Doch sobald ich dort auf meinem Grafenstuhl sitze, wird es mir zeit meines Lebens eine Ehre sein, Euch in Saint-Aunay empfangen und bewirten zu dürfen. Doch nun kommt fort von diesem Aas. Ist das dort sein Dolch, der mit dem silbernen Griff?«

»Ja, das ist er. Ich glaube, ich nehme jetzt sein Schwert und bringe es als Opfergabe dar; denn ich denke, es wird dem Himmel ein Wohlgefallen sein, auf diese Weise zu erfahren, daß ich nichts Unrechtes mehr tun will. Wollt Ihr den Dolch behalten, Herr Nino?«

»Tausend Dank, das will ich gern. Wenn mir John Doust wieder in den Sinn kommt, ist es sicher herzerfrischend, den silbernen Knauf vor Augen zu haben und sich dieses Tages an der Furt zu besinnen. An unserer Furt. Und vielleicht denke ich dann auch darüber nach, wie oft Joris diese Stelle überquert haben mag, um seinem blutigen Tun nachzugehen . . .

Also nehmt Ihr das Schwert und ich den Dolch. Und der Satan soll seine schwarze Seele erhalten. König Thorismund soll das goldene Haupt erhalten, und was noch übrig ist, mögen sich die Raben und Milane holen. Nun wollen wir aber endlich zum Grafen.«

»Ja, das ist Joris«, sagte Raoul, als Nino das Tuch aufschlug. »Damit habe ich also endlich mein Versprechen an unseren Herrn, den König, einhalten können. Denn der Schädel, den wir irrtümlich für den von Joris hielten, war es nicht wert, Seiner Gnaden geschickt zu werden . . .

Mein lieber Juhel, Ihr also habt das Reich von einer großen Pest gesäubert und meine Arbeit zu Ende gebracht. Gott weiß, wieviel ich Euch schon schulde. Sagt mir, was kann ich für Euch tun?«

»Wie wäre es mit einem Schwert«, grinste Nino, »und einem Schlag auf seine Schulter?«

Juhel erbleichte und verschränkte die Hände um den beinernen Schwertgriff an seiner Seite. Er sah erst auf das sonnenverbrannte Gesicht von Nino Chiostra und dann auf das elfenbeinerne Antlitz des Raoul von Ger.

»Edler Graf«, begann er, »es gibt nur eines, das Ihr für mich tun könntet.«

»Es ist Euch schon gewährt.«

»Entlaßt mich aus Euren Diensten, auf daß ich mich in den Schoß der Heiligen Kirche begeben kann«, wünschte sich der Sohn des Joris vom Felsen.

CUM GRANO SALIS